Doce Relíquia Mortal

Nora Roberts

A Pousada do Fim do Rio
O Testamento
Traições Legítimas
Três Destinos
Lua de Sangue
Doce Vingança
Segredos
O Amuleto
Santuário
Resgatado pelo Amor
A Villa
Tesouro Secreto
Pecados Sagrados
Virtude Indecente
Bellissima
Mentiras Genuínas
Riquezas Ocultas
Escândalos Privados
Ilusões Honestas

Trilogia do Sonho

Um Sonho de Amor
Um Sonho de Vida
Um Sonho de Esperança

Trilogia do Coração

Diamantes do Sol
Lágrimas da Lua
Coração do Mar

Trilogia da Magia

Dançando no Ar
Entre o Céu e a Terra
Enfrentando o Fogo

Trilogia da Gratidão

Arrebatado pelo Mar
Movido pela Maré
Protegido pelo Porto

Trilogia da Fraternidade

Laços de Fogo
Laços de Gelo
Laços de Pecado

Trilogia do Círculo

A Cruz de Morrigan
O Baile dos Deuses
O Vale do Silêncio

Trilogia das Flores

Dália Azul
Rosa Negra
Lírio Vermelho

Nora Roberts & J. D. ROBB

Doce Relíquia Mortal

J. D. ROBB

SÉRIE MORTAL

Nudez Mortal
Glória Mortal
Eternidade Mortal
Êxtase Mortal
Cerimônia Mortal
Vingança Mortal
Natal Mortal
Conspiração Mortal
Lealdade Mortal
Testemunha Mortal
Julgamento Mortal
Traição Mortal
Sedução Mortal
Reencontro Mortal
Pureza Mortal
Retrato Mortal
Imitação Mortal
Dilema Mortal
Visão Mortal
Sobrevivência Mortal
Origem Mortal
Recordação Mortal

Nora Roberts
&
J. D. ROBB

Doce Relíquia Mortal

Tradução
Renato Motta

Rio de Janeiro | 2015

Copyright © 2003 *by* Nora Roberts

Título original: *Remember When*

Capa: Leonardo Carvalho

Fotos da autora: John Earle

Editoração: FA Studio

Texto revisado segundo o novo
Acordo Ortográfico da Língua Portuguesa

2015
Impresso no Brasil
Printed in Brazil

Cip-Brasil. Catalogação na publicação
Sindicato Nacional dos Editores de Livros, RJ

R549d Roberts, Nora, 1950-
    Doce relíquia mortal / Nora Roberts, J. D. Robb; tradução Renato
  Motta. — 1. ed. — Rio de Janeiro: Bertrand Brasil, 2015.
  532 p.; 23 cm.

    Tradução de: Remember when
    ISBN 978-85-286-2018-4

    1. Romance americano. I. Robb, J. D. II. Motta, Renato. III. Título.

               CDD: 869.93
15-20949   CDU: 821.134.3(81)-3

Todos os direitos reservados pela:
EDITORA BERTRAND BRASIL LTDA.
Rua Argentina, 171 — 2º andar — São Cristóvão
20921-380 — Rio de Janeiro — RJ
Tel.: (0xx21) 2585-2070 — Fax: (0xx21) 2585-2087

Não é permitida a reprodução total ou parcial desta obra, por
quaisquer meios, sem a prévia autorização por escrito da Editora.

Atendimento e venda direta ao leitor:
mdireto@record.com.br ou (0xx21) 2585-2002

PARA MARY KAY MCCOMAS,

que toca um instrumento musical de forma apenas regular,
mas é a melhor das amigas.

PARTE

Um

Doce Relíquia

Apesar de ser desejoso dos bens alheios,
ele era pródigo com os seus.

— SALÚSTIO —

Quem sou eu, afinal?
Ah, esse é o grande enigma!

— LEWIS CARROLL —

Capítulo Um

◆ ◆ ◆

O ARROTO HEROICO do trovão acompanhou o estranho homenzinho no momento em que ele abriu a porta e entrou na loja. Olhando em torno com ar de quem pede desculpas, como se aquele barulho grosseiro fosse responsabilidade sua e não da natureza, enfiou um pacote debaixo do braço para poder fechar um guarda-chuva listrado em preto e branco.

Tanto o homem quanto o guarda-chuva pingavam muito, com um ar enlutado, sobre o capacho que ficava do lado de dentro da porta, enquanto a chuva fria da primavera fustigava as ruas e calçadas do outro lado. Ficou petrificado ali, como se demonstrasse alguma incerteza de ser bem-vindo ou não.

Laine virou a cabeça e lançou-lhe um sorriso amável, num convite simpático. Seus amigos batizariam aquilo de "sorriso educado de lojista".

Mas, ora... Ela *era* uma lojista educada — e naquele momento esse rótulo estava prestes a ser colocado duramente à prova.

Se soubesse que a chuva atrairia tanta gente para a loja, em vez de manter as pessoas afastadas, não teria dado a Jenny o dia inteiro de folga. Não que se importasse com a afluência exagerada de interessados. Afinal, uma mulher não abriria uma loja se não estivesse disposta a receber muitos clientes, independentemente do clima lá fora. E certamente não o faria numa cidade minúscula do interior dos Estados Unidos se não soubesse, de antemão, que iria passar quase tanto tempo batendo papo e jogando conversa fora com as pessoas, ouvindo e arbitrando debates quanto efetuando vendas.

Isso era ótimo, pensou Laine, era muito bom. Mas, se Jenny estivesse trabalhando na loja em vez de passar o dia pintando as unhas dos pés e assistindo às reprises de novelas na TV, teria sobrado para ela a tarefa de atender as gêmeas.

Darla Price Davis e Carla Price Gohen tinham os cabelos pintados no mesmo tom louro-acinzentado. Usavam capas de chuva azuis de boa qualidade e absolutamente idênticas e bolsas em forma de lua em quarto crescente, também iguais, que completavam o conjunto. Uma sempre terminava a frase que a outra começava, e as duas se comunicavam numa espécie de código secreto que incluía muitos movimentos do tipo erguer de sobrancelhas, franzir de lábios, encolher de ombros e acenos de cabeça para todos os lados.

O que poderia parecer uma gracinha em crianças de oito anos era inegavelmente esquisito em mulheres de quarenta e oito.

Apesar disso, Laine se lembrou de que as duas irmãs sempre compravam algo quando visitavam a Doce Relíquia. Poderia levar horas, mas eventualmente o sininho do caixa iria tilintar. Pouca coisa animava mais o coração de Laine do que a sineta da caixa registradora.

Naquele dia elas estavam à caça de um presente para o noivado de uma sobrinha, e nem a chuva persistente acompanhada de trovoadas as impedira. Como também não tinha impedido o jovem casal ensopado que, segundo foi informado por eles mesmos, tinha se desviado do caminho e entrado na cidadezinha de Angel's Gap por um impulso inesperado quando seguia a caminho de Washington.

Nem o encharcado homenzinho com o guarda-chuva listrado que parecia, aos olhos de Laine, ligeiramente agitado e perdido.

Foi por isso que ela abriu um sorriso ainda mais caloroso e informou:

— Vou já atendê-lo. — Voltou-se, então, para as gêmeas. — Por que não continuam a procurar um pouco mais por toda a loja? — sugeriu Laine. — Fiquem à vontade. Assim que eu...

A mão de Darla se fechou como uma garra em torno do pulso de Laine, e ela percebeu que não conseguiria escapar.

— Precisamos decidir *agora*. Carrie tem mais ou menos a sua idade, querida. O que *você* desejaria ganhar como presente de noivado?

Doce Relíquia   13

Laine não precisava de nenhum decifrador de códigos para perceber que aquela era uma indireta nem um pouco sutil. Afinal, tinha vinte e oito anos e ainda não se casara. Nem estava noiva. Nem saía com alguém especial, no momento. Isso tudo, segundo as Gêmeas Price, era um crime contra a natureza.

— Como sabe — completou Carla —, Carrie conheceu Paul quando foi jantar espaguete no Kawanian, no outono passado. Você devia sair mais para conhecer pessoas, Laine.

— Devia, mesmo — concordou Laine com um sorriso encantador. *Isso se quisesse me envolver com um contador divorciado que está ficando careca e que sofre de sinusite.* — Sei que Carrie vai adorar qualquer coisa que vocês escolherem, mas talvez um presente de noivado deva ser algo mais pessoal do que um par de castiçais. São lindos, é claro, mas o conjunto de toucador é muito mais feminino. — Pegou a escova com dorso de prata que as irmãs examinavam. — Aposto que uma noiva, um dia, usou esta peça em sua noite de núpcias.

— Sim, esse é um presente mais pessoal — concordou Darla. — Mais...

— Delicado e feminino. Isso mesmo! Poderíamos deixar os castiçais para dar como...

— Presente de casamento. Mas talvez devêssemos, antes de decidir pelo conjunto, apreciar as peças de joalheria. Por acaso você tem algo com pérolas? Alguma coisa...

— Bem antiga que Carrie possa usar no dia do casamento? Reserve os castiçais *e também* o conjunto de toucador, querida. Vamos dar uma olhada nas joias antes de decidirmos o que levar.

A conversa ia e voltava como a bola numa partida de tênis; as vozes saíam de duas bocas idênticas pintadas num forte tom de coral. Laine congratulou a si mesma pela habilidade e foco, pois conseguia acompanhar toda a conversa e saber quem dizia o quê.

— Boa ideia! — Laine levantou o par de antigos e belíssimos castiçais Dresden. Ninguém podia acusar as gêmeas de terem mau gosto ou serem tímidas na hora de usar seus cartões de crédito.

Começou a levar as compras para o balcão quando o homenzinho surgiu no seu caminho.

Fitaram-se com atenção. Os olhos dele eram de um azul pálido, como se fossem desbotados, e estavam muito vermelhos, provavelmente por falta de sono, excesso de álcool ou alguma alergia. Laine decidiu que era falta de sono, pois sob seus olhos havia imensas olheiras. Os cabelos, desalinhados pela chuva, formavam uma massa grisalha. Trazia um casacão caro da Burberry e um guarda-chuva de três dólares. Presumiu que tivesse feito a barba às pressas de manhã, pois alguns tufos de pelos brancos resistiam bravamente junto ao maxilar.

— Laine.

Ele pronunciou o nome dela com uma espécie de urgência e de intimidade, e isso a fez substituir o sorriso por um ar de educada perplexidade.

— Sim? Desculpe, mas... nós nos conhecemos?

— Vejo que não se lembra de mim. — O corpo dele parecia querer inclinar-se para a frente. — Já foi há muito tempo, mas eu imaginei que...

— Senhorita! — chamou a mulher que ia a caminho de Washington. — Vocês enviam as compras pelo correio?

— Sim, senhora. — Laine ouviu as gêmeas numa de suas discussões em código sobre brincos e broches e percebeu que o casal de Washington sentia impulso de comprar alguma coisa. Enquanto isso, o homenzinho continuava olhando-a com uma intimidade esperançosa que lhe provocou arrepios.

— Desculpe, estou muito atarefada esta manhã — continuou, dando a volta no balcão para pousar os castiçais. A intimidade, recordou a si mesma, fazia parte do ritmo das cidades pequenas. O homem talvez já tivesse estado lá e ela não conseguia se lembrar dele. — Posso ajudá-lo em algo específico ou prefere olhar com calma o que temos à venda?

— Preciso que me ajude. Não temos muito tempo. — Sacou um cartão e o colocou na mão dela. — Ligue-me neste número assim que tiver chance.

— Senhor... — Olhou para o cartão e leu o nome dele. — Peterson? Eu não compreendo. Planeja vender alguma coisa?

Doce Relíquia **15**

— Não, não. — Ele soltou uma gargalhada quase histérica, e Laine agradeceu, silenciosamente, pelo fato de haver mais clientes na loja. — Agora já não quero mais vender. Eu lhe explicarei tudo, mas não agora. — Olhou ao redor. — Não aqui. Aliás, eu nem devia ter vindo. Ligue para mim.

Fechou a mão sobre a dela com força, de um jeito que obrigou Laine a reprimir o instinto de se soltar.

— Prometa que vai me ligar.

Ele cheirava a chuva, sabonete e... Brut, percebeu ela. Sua loção pósbarba a fez se lembrar de algo distante, mas Laine não soube identificar o quê, exatamente. Os dedos dele lhe apertaram a mão com mais força.

— Prometa! — insistiu ele, com um sussurro áspero, e ela viu diante de si apenas um homem estranho vestindo um casacão encharcado.

— Claro.

Observou enquanto ele saía da loja e abria o guarda-chuva barato. E soltou um suspiro de alívio quando ele caminhou pela calçada debaixo da chuva intensa. *Esquisito* foi a palavra que lhe veio à cabeça, mas analisou o cartão por alguns instantes.

Tinha um nome impresso: Jasper R. Peterson. O número de telefone, porém, estava escrito à mão e sublinhado duas vezes.

Enfiou o cartão no bolso e se preparou para dar ao casal viajante um incentivo amistoso para fechar logo a venda. Naquele instante, ouviu a forte freada de um carro que derrapou no asfalto molhado e vários gritos de terror. Isso a fez se virar na mesma hora em direção à porta. Ouviu ainda outro barulho horrível, um baque surdo que jamais esqueceria. Como também não conseguiria esquecer o homenzinho com o casacão de grife que voou e atingiu a vitrine com força.

Laine se lançou para fora da loja e sentiu no rosto a chuva forte. Passos se aproximavam dela pela calçada molhada; o som se misturou ao do choque de metal contra metal e vidros se estilhaçando.

— Sr. Peterson! — Laine agarrou a mão do homem, e se debruçou sobre ele, numa tentativa patética de lhe proteger o rosto ensanguentado da chuva inclemente. — Não se mexa. Chamem uma ambulância! — gritou, tirando o casaco para cobrir o corpo da vítima da melhor forma que conseguiu.

— Eu o vi, eu o vi! Não devia ter vindo. Laine...

— Calma, o socorro está a caminho.

— Ele deixou para você. Queria que eu viesse fazer a entrega.

— Está tudo bem. — Afastou os cabelos que pingavam diante de seus olhos e aceitou o guarda-chuva que alguém lhe estendeu. Colocou-o sobre o homem e se inclinou mais, pois ele lhe puxava a mão, quase sem forças.

— Tenha cuidado. Lamento por tudo isso. Tome muito cuidado.

— Tomarei, claro que sim. Agora não se mexa e poupe suas forças, sr. Peterson. A ambulância está chegando.

— Você não lembra mesmo? — O sangue lhe escorria pela boca, mas ele sorria. — A pequena Lainie. — Respirou fundo e tossiu um pouco de sangue. Ela ouviu as sirenes, e ele começou a cantarolar uma velha canção numa voz fina e ofegante:

— Vou me livrar de medos e tristezas — entoou. Depois arquejou: — Adeus, meu melro.

Ela olhava para aquele rosto destroçado quando começou a sentir fisgadas na pele, já gelada. As recordações, tão longínquas, apareceram.

— Tio Willy? Oh, meu Deus!

— Você adorava essa canção. Eu estraguei tudo — disse, quase sem fôlego. — Perdão, pensei que fosse seguro, mas não devia ter vindo.

— Eu não compreendo. — As lágrimas queimavam a garganta de Laine e lhe escorriam pelo rosto. Ele estava morrendo em seus braços porque ela não o tinha reconhecido e deixou que saísse debaixo daquela chuva. — Sinto muito, sinto de verdade — lamentou.

— Ele sabe onde você está agora. — Revirou os olhos. — Esconda o cãozinho.

— O quê? — Debruçou-se um pouco mais, até seus lábios quase tocarem os dele. — O que disse? — Mas a mão que apertava a sua ficou inerte e sem vida.

Os paramédicos a afastaram para o lado. Laine ouviu suas vozes urgentes e o diálogo enérgico pontuado por termos médicos que ela costumava ouvir nas séries de TV sobre hospitais e quase conseguia recitar de cor. Só que aquilo era a vida real. O sangue que escorria pela calçada misturado com a chuva era de verdade.

Doce Relíquia **17**

Ouviu uma mulher soluçar e dizer repetidamente, num tom de voz muito agudo:

— Ele se jogou na frente do meu carro. Não consegui frear a tempo. Ele se atirou na minha frente. Ele está bem? Está bem? Está bem?

Não, Laine teve vontade de responder. Não está nada bem.

— Venha para dentro, querida. — Darla pôs o braço nos ombros de Laine e a puxou para trás. — Você está ensopada e não pode fazer mais nada aqui.

— Mas eu devia fazer alguma coisa. — Olhou para o guarda-chuva quebrado, as listras alegres manchadas de sujeira e respingos de sangue.

Ela devia tê-lo mandado sentar perto da lareira. Devia ter lhe oferecido uma bebida quente e tê-lo deixado se aquecendo e secando diante do fogo. Se tivesse feito isso, ele ainda estaria vivo para lhe contar muitas histórias e piadas bobas.

Mas não o reconheceu, e agora ele estava morrendo.

Ela não podia ir para dentro, sair da chuva e deixá-lo sozinho com estranhos. Mas nada mais havia a fazer a não ser observar, impotente, enquanto os paramédicos lutavam em vão para salvar a vida do homem que, no passado, rira das suas gracinhas e lhe cantara cantigas tolas. Morreu em frente à loja que ela trabalhara tanto para ter e deixara à sua porta todas as recordações das quais ela julgava ter escapado.

♦ ♦ ♦ ♦

*L*AINE ERA uma mulher de negócios, um sólido pilar da comunidade. E uma fraude. Nos fundos da loja, serviu duas canecas de café e soube que teria de mentir a um homem a quem considerava amigo. E negaria qualquer conhecimento prévio de outro homem, a quem ela um dia amara.

Fez o melhor que conseguiu para se recompor, passando as mãos pela massa úmida de cabelos ruivos, os quais normalmente usava soltos, cortados à altura dos ombros. Estava pálida, e a chuva lavara sua maquiagem, aplicada sempre com muito cuidado para esconder as sardas no nariz fino e nas bochechas. Os olhos, num azul brilhante como os de um viking, estavam vidrados de choque e dor. A boca, talvez um pouco desproporcional para seu rosto anguloso, ameaçava tremer.

Observou o reflexo no espelho com moldura dourada que tinha na parede do escritório e se enxergou exatamente do jeito que era. Muito bem... Faria o que fosse necessário para sobreviver. Willy certamente compreenderia isso. Resolva os problemas que surgirem primeiro, disse para si mesma, e depois pense no resto.

Inspirou fundo, expirou e pegou o café. Tinha as mãos quase firmes quando entrou no salão principal da loja e se preparou para prestar falso-testemunho ao chefe de polícia de Angel's Gap.

— Desculpe eu ter demorado tanto tempo — disse ela com as canecas na mão, seguindo na direção de Vince Burger, que estava em pé junto da pequena lareira.

Ele tinha o físico de um urso e abundantes cabelos louros platinados que pareciam quase arrepiados naquele momento, como se estivessem surpresos por se verem no alto de um rosto tão largo e confiável. Seus olhos, de um azul desmaiado e emoldurados por rugas de expressão, emitiam compaixão.

Era marido de Jenny e se tornara uma espécie de irmão para Laine. Porém, ela agora pensava nele como um policial e em como tudo o que ela conseguira na vida estava em jogo.

— Por que você não se senta, Laine? O choque foi muito grande.

— Parece que estou com o corpo anestesiado. — Isso era verdade, ela não precisava mentir a respeito de tudo. Mas foi provar o café e olhar a chuva para não ter de fitar aqueles olhos cheios de solidariedade. — Obrigada por ter vindo pegar meu depoimento pessoalmente, Vince. Sei o quanto você é ocupado.

— Achei que você ficaria mais à vontade conversando comigo.

É melhor mentir para um amigo do que para um estranho, pensou ela com amargura.

— Não sei exatamente o que poderia relatar. Não vi o acidente propriamente dito. Ouvi a freada forte e os gritos, seguidos de um barulho horrível e depois... — Não fechou os olhos. Se os fechasse, voltaria a ver tudo de novo.

— Vi o corpo do homem atingindo a vitrine com força. Fui para a calçada e fiquei com ele até os paramédicos aparecerem. Eles chegaram muito depressa. Pareceu-me que levaram horas, mas foram apenas alguns minutos.

— Ele esteve aqui na loja antes do acidente.

Dessa vez ela fechou os olhos e se preparou para fazer o que fosse preciso para se proteger.

— Sim. Tive vários clientes esta manhã, o que mostra que nunca devia dar folga a Jenny. As gêmeas apareceram e um casal parou na loja a caminho de Washington. Eu estava muito ocupada quando o homem entrou, mas ele ficou olhando os produtos por algum tempo.

— A visitante de fora da cidade disse que parecia que vocês já se conheciam.

— Sério? — Laine se virou e pintou no rosto um ar espantado, como um artista competente saberia colocar num retrato. Foi até uma das duas poltronas que instalara em frente à lareira e se sentou. — Não sei por que ela diria isso.

— Foi só uma impressão — disse Vince, encolhendo os ombros. Sempre consciente do seu tamanho, sentou-se devagar, com muito cuidado, na outra cadeira. — Ela contou que ele pegou na sua mão.

— Bem, demos um *aperto de mão* e ele me entregou um cartão. — Laine o tirou do bolso e se obrigou a olhar para o rosto de Vince. O fogo crepitava alegremente; embora Laine sentisse o calor na pele, sentiu frio por dentro. Muito frio. — Ele disse que queria conversar comigo quando eu não estivesse tão ocupada. Comentou que talvez tivesse algo para vender. Acontece com frequência — acrescentou, dando o cartão a Vince. — É para vender coisas usadas que eu tenho esta loja.

— Sim, claro. — Ele enfiou o cartão no bolso da camisa. — Reparou algo especial em relação a ele?

— Só que usava um belo casacão e carregava um guarda-chuva vagabundo. Também notei que ele não parecia o tipo de homem que circula por cidades do interior. Tinha um ar muito urbano.

— Você também tinha quando chegou aqui, alguns anos atrás. Aliás... — Estreitou os olhos, estendeu a mão e pareceu limpar com o polegar algo na bochecha dela. — Ainda tem um pouco disso grudado em você.

Ela riu, porque era o que ele esperava que fizesse.

— Quem me dera poder ajudar mais, Vince. Foi uma experiência terrível.

— O que eu sei é que temos quatro depoimentos diferentes. Todos dizem que o sujeito saiu da loja correndo e se jogou diante do carro. Como se estivesse apavorado ou algo assim. Ele parecia assustado, Laine?

— Para ser franca, não prestei muita atenção nele. O fato, Vince, é que eu praticamente o mandei embora quando percebi que não era um cliente em potencial. Tinha muita gente para atender. — Balançou a cabeça quando sua voz falhou. — Nossa, dizer isso agora parece falta de sensibilidade.

A mão que Vince pôs sobre as suas para confortá-la fez com que Laine se sentisse péssima.

— Você não sabia o que estava para acontecer. E foi a primeira a acudi-lo.

— Ele caiu junto da porta. — Teve de beber um grande gole de café para limpar a mágoa que sentiu na garganta. — Quase no degrau da entrada.

— E falou alguma coisa com você.

— Sim. — Tornou a pegar o café. — O que disse não fez muito sentido. Pediu desculpa duas vezes. Não pareceu saber quem eu era nem o que tinha acontecido. Acho que delirava. Então os paramédicos chegaram e ele... Ele se foi. O que você vai fazer agora? Ele não é daqui. O número de telefone que me deu é de Nova York, eu acho. Fico imaginando se ele estava apenas de passagem pela cidade, para onde ia e de onde vinha.

— Vamos investigar tudo isso para comunicar ao parente mais próximo. — Erguendo-se da poltrona, Vince pousou a mão no ombro de Laine. — Não vou lhe dizer para tirar isso da cabeça. Você não conseguirá fazê-lo por algum tempo. Mas lhe garanto que você fez tudo o que podia. Não dava para fazer mais.

— Obrigada. Vou fechar por hoje, Quero ir para casa.

— Boa ideia. Quer uma carona?

— Não, obrigada. — Foi a culpa, mais que o afeto, que a fez ficar na ponta dos pés para plantar um beijo na bochecha dele. — Avise a Jenny que eu a vejo amanhã.

♦ ♦ ♦ ♦

Doce Relíquia **21**

O NOME DELE, pelo menos o nome que ela conhecera, era Willy Young. Provavelmente William, pensou Laine, enquanto o carro subia o caminho de cascalho. Não era tio verdadeiro dela, pelo que sabia, apenas de consideração. Um "tio" que sempre trazia no bolso jujubas vermelhas para uma menininha.

Ela não o via há quase vinte anos, época em que os cabelos dele eram castanhos e o rosto, mais redondo. Sempre caminhara com passos firmes e rápidos.

Não era de admirar que Laine não o tivesse reconhecido no homenzinho curvado e nervoso que entrara na loja.

De que forma ele a encontrara? E *por quê?*

Como ele era, pelo que Laine sabia, o amigo mais chegado do seu pai, supunha que tio Willy também fosse, como seu pai, um ladrão e vigarista, um homem que aplicava contos do vigário. Não era o tipo de ligação que uma respeitável mulher de negócios gostaria de ter.

Mas por que razão isso a fazia se sentir mesquinha e culpada?

Pisou no freio do carro e ficou parada ali, olhando através dos limpadores de para-brisa, que não paravam, para sua linda casinha no suave monte acima.

Laine adorava aquele lugar. A sua casa. Um lar. A residência de dois andares era, numa avaliação objetiva, grande demais para uma mulher sozinha, mas ela adorava poder circular livremente pelos cômodos. E adorava cada segundo que havia passado decorando com cuidado cada ambiente. Tudo para agradar somente a si.

Sabendo que nunca, nunca *mesmo*, teria de fazer as malas às pressas e fugir correndo assim que ouvisse a velha canção que falava do melro.

Adorava poder ocupar-se com o quintal, o jardim, podar os arbustos, cortar a grama, arrancar as ervas daninhas. Coisas comuns. Atos simples e *normais* para uma mulher que passara metade da vida fazendo pouca coisa normal.

Tinha direito a isso, não tinha? Tinha direito de ser Laine Tavish e tudo o que isso significava, certo? A loja, a cidadezinha, a casa, os amigos, a *vida*. Tinha direito de ser a mulher que inventara para si.

Não teria ajudado Willy em nada se tivesse contado a verdade a Vince. Nada teria mudado para ele, mas poderia sim ter mudado tudo para ela. Vince não tardaria a descobrir que o homem no necrotério da cidade não era Jasper R. Peterson, mas, sim, William Young — e as outras identidades que pudesse ter.

Tinha ficha na polícia. Ela sabia que Willy cumprira pena pelo menos uma vez, junto com o pai. "Somos irmãos de armas", dissera o pai, e ela ainda conseguia ouvir a gargalhada dele, aberta e barulhenta.

Como ficou furiosa por se lembrar disso, saiu do carro e bateu a porta. Correu para casa remexendo na bolsa em busca das chaves.

Acalmou-se quase de imediato quando a porta se fechou atrás de si, e a sensação de lar a envolveu. A calma, o cheiro do óleo de citronela que as mãos dela haviam passado nas madeiras e a doçura sutil das flores de primavera que tinha trazido do jardim lhe acalmaram os nervos em frangalhos.

Colocou as chaves dentro da tigela raku que tinha na mesinha da entrada, tirou o celular da bolsa e o colocou para carregar. Descalçou os sapatos, tirou o casaco, pendurando-o no pilar da escada, e pousou a bolsa no primeiro degrau.

Seguiu a rotina de sempre e se dirigiu à cozinha. Normalmente teria posto a chaleira no fogo e visto a correspondência que recolhera na caixa enquanto a água aquecia.

Naquele dia, porém, se serviu de um grande cálice de vinho.

E o bebeu ali, em pé, junto da pia, olhando para o quintal pela janela aberta.

Laine morara em casas com quintal algumas vezes, quando era criança. Lembrava-se de um em... Nebraska? Iowa? Qual a diferença?, pensou, e tomou mais um generoso gole de vinho. Gostava do quintal porque tinha uma árvore grande e antiga bem no meio, e ele havia pendurado um pneu velho numa corda grande e grossa para servir de balanço.

E a empurrara tão alto que ela pensou que fosse voar.

Não sabia quanto tempo tinham morado lá, nem se lembrava de mais nada da casa. A maior parte da infância não passava de uma lembrança desfocada de locais, rostos, viagens de carro, correria para fazer as malas e partir novamente. E ele, seu pai, com a gargalhada poderosa, as mãos grandes, o sorriso irresistível e as promessas vazias.

Ela passara a primeira década da sua vida amando desesperadamente aquele homem, e o restante dela tentando esquecer sua existência.

Caso ele estivesse em apuros mais uma vez, aquilo não lhe diria respeito.

Já não era a pequena Lainie, filhinha de Jack O'Hara. Era Laine Tavish, cidadã respeitável.

Olhou para a garrafa de vinho e se serviu de mais uma dose, encolhendo os ombros. Uma mulher crescida tinha todo o direito de ficar bêbada em sua própria cozinha, especialmente se tivesse visto um fantasma do passado morrendo aos seus pés.

Com o cálice na mão, foi até o saguão fechado para atender os choramingos esperançosos que ouviu.

O cão entrou como um tiro de canhão. Era peludo, com orelhas grandes. Encostou as patas dianteiras na barriga dela, e seu focinho comprido lhe tocou o rosto, antes de a língua lhe cobrir as bochechas numa explosão de afeto molhado e desesperado.

— Tudo bem, tudo bem, também estou contente por ver você. — Por mais que se sentisse de baixo astral, as boas-vindas de Henry, aquele cão espantoso, nunca deixavam de animá-la.

Ela o salvara de uma espelunca ou, pelo menos, era o que gostava de pensar. Tinha ido ao canil municipal, dois anos antes, para trazer um cachorrinho. Desde pequena, sentia vontade de ter uma bolinha de pelos alegre e agitada para treinar.

Mas de repente o viu. Grande, desajeitado e espantosamente feio naquele pelo cor de lama. Um cruzamento, pensou ela, entre um urso e um tamanduá. E se rendeu no instante em que ele olhou para ela através da jaula.

Todo mundo merece uma oportunidade, pensou. Então salvou Henry do canil, e ele nunca lhe deu razões para arrependimento. Sua adoração era absoluta, tanto que ele continuava a olhá-la do mesmo jeito, mesmo quando ela lhe enchia o pote de comida com ração barata, como fazia naquele momento.

— Hora de comer, garoto.

Ao receber o sinal verde, Henry mergulhou a cabeça no pote com vontade.

Ela também devia comer — qualquer coisa para compensar os efeitos do vinho —, mas não sentiu vontade. Com tanto álcool no sangue, não conseguiria pensar, questionar nem se preocupar.

Deixou a porta de dentro aberta, mas foi até o saguão para verificar as trancas da rua. Alguém poderia entrar na casa usando a portinhola do cão, se estivesse realmente disposto a isso, mas certamente Henry daria o alarme.

Henry ladrava sempre que um carro subia a rua, mas, apesar de Laine saber que o intruso fosse ser recebido com muita baba e empolgação pelo cão — assim que parasse de tremer de medo —, nunca lhe aparecera qualquer visita de surpresa. E nunca, nos quatro anos em que morava em Angel's Gap, tivera problemas em casa ou na loja.

Até aquele dia, lembrou.

Por fim, resolveu trancar a porta do saguão e deixou Henry sair pela frente da casa para sua inspeção noturna.

Pensou em ligar para a mãe, mas iria lhe dizer o quê? A mãe levava uma vida boa e estável agora, com um homem bom e estável. Merecia isso. De que lhe adiantaria invadir essa bela vida para dizer: "Sabe de uma novidade? Dei de cara com o tio Willy hoje de manhã, e uma Cherokee fez a mesma coisa."

Levou o vinho com ela para o andar de cima. Resolveu que iria preparar algo rápido para jantar, tomaria um banho quente e se deitaria cedo.

Viraria a página dos acontecimentos daquele dia.

Ele deixou para você, foram as palavras que lhe disse. Provavelmente delirava. Por outro lado, mesmo que alguém tivesse deixado alguma coisa, ela não queria nada.

Já tinha tudo o que poderia desejar.

♦ ♦ ♦ ♦

Doce Relíquia **25**

Max Gannon deu ao médico uma nota de vinte dólares em troca da chance de dar uma boa olhada no morto. Na experiência de Max, a efígie de Andrew Jackson, impressa na nota de vinte, vencia a burocracia mais depressa do que mil explicações, muita papelada e mais formalidades.

Soubera das más notícias sobre Willy pelo funcionário do Red Roof Inn, local até onde conseguira rastrear o safado escorregadio. A polícia já havia estado lá, mas Max investira a primeira nota de vinte do dia para conseguir o número e a chave do quarto.

A polícia ainda não tinha levado a roupa dele, nem fizera uma busca minuciosa, pelo jeito como estava o quarto. Por que fariam isso num caso de acidente? Assim que identificassem Willy, porém, voltariam para avaliar melhor.

Willy não desfizera as malas, reparou Max ao examinar o quarto. As meias, cuecas e duas camisas estavam impecavelmente guardadas e dobradas na mala Louis Vuitton. Willy era muito meticuloso e adorava produtos caros.

Tinha pendurado um dos ternos no armário. Era um Hugo Boss cinza-escuro, com uma única fileira de botões. Um par de sapatos Ferragamo, com as devidas formas de madeira para manter o formato, estava perfeitamente alinhado no chão.

Max revirou os bolsos e apalpou o forro com cuidado. Tirou as formas de dentro dos sapatos e enfiou os dedos compridos até o bico.

No banheiro da suíte, vasculhou o conjunto de toalete da Dior. Levantou a tampa da caixa da privada e se agachou para examinar a parte de trás do vaso; depois, olhou debaixo da pia.

Abriu as gavetas, remexeu na mala e revirou o colchão da cama de casal.

Levou menos de uma hora para revistar o quarto todo e ter a certeza de que Willy não deixara nada de importante ali. Ao sair, deixou o cômodo arrumado e com um ar tão intocado como quando entrara.

Pensou em dar ao empregado mais uma nota de vinte dólares para que ele não contasse à polícia sobre sua visita, mas depois achou que isso poderia colocar ideias em sua cabeça.

Entrou no Porsche, colocou Bruce Springsteen para tocar no som e seguiu direto para o necrotério da cidade, a fim de verificar se a sua pista mais importante estava bem guardada na geladeira.

— Que sujeito burro. Droga, Willy, pensei que você fosse mais esperto.

Max expirou com força enquanto olhava para o rosto arruinado de Willy. *Por que você correu tanto, afinal?* E o que poderia haver de tão importante numa cidade minúscula de Maryland?

O quê, pensou Max... Ou quem?

Considerando que Willy não lhe poderia responder, Max tornou a entrar no carro e foi até o centro de Angel's Gap, decidido a encontrar a continuação da pista multimilionária.

◆ ◆ ◆

QUEM QUER conhecer todos os boatos de um lugar pequeno, deve ir até onde o povo se reúne. De dia, isso significava café e comida. De noite, álcool.

Depois de decidir que ficaria em Angel's Gap por mais um ou dois dias, Max preencheu a ficha de registro de um lugar chamado Taverna dos Viajantes e tomou uma boa ducha para limpar as primeiras doze horas do dia. Era tarde o bastante para tentar a segunda opção de seu esquema.

Pediu ao serviço de quarto um hambúrguer decente, que comeu enquanto fazia pesquisas em seu laptop e analisava a página da Câmara de Comércio de Angel's Gap. A seção sobre Vida Noturna listava várias opções de bares, discotecas e cafés. Queria um bar de bairro, o tipo de local onde os moradores se reuniam para beber uma cerveja e falar uns dos outros.

Escolheu três que poderiam se encaixar nos seus planos, procurou os endereços e terminou de comer o hambúrguer enquanto estudava o mapa de Angel's Gap.

Era uma cidadezinha agradável, avaliou, aninhada em meio às montanhas. Tinha cenários belíssimos e muitas opções de atividades recreativas para quem gostava de esportes ou era entusiasta de camping. Ao mesmo tempo, o lugar oferecia um ritmo calmo para os que desejavam se livrar da cidade grande por alguns dias sem abrir mão de eventos culturais de alta classe. Tudo isso a uma distância razoável das principais áreas metropolitanas de Maryland. Um lugar sob medida para quem quisesse passar um belo fim de semana nas montanhas.

A Câmara de Comércio se gabava de oferecer aos visitantes múltiplas oportunidades, como caça, pesca, caminhadas e outras atividades ao ar livre, mas nada disso atrairia um sujeito tipicamente urbano como Max.

Se quisesse ver ursos e corças no seu habitat, certamente escolheria o Discovery Channel.

Mesmo assim, reconheceu que o lugar tinha alguns encantos, com suas ruas em ladeiras e os edifícios antigos de tijolinhos vermelhos. O rio Potomac dividia a cidade em duas, e as pontes em arco que o atravessavam eram típicas. Também havia muitos pináculos de igrejas, alguns com toques de cobre que se tornara esverdeado devido à idade e ao clima. Ali, ainda era possível ouvir o apito de um trem distante sinalizando sua passagem.

Sem dúvida aquele seria um lugar lindíssimo no outono, quando as árvores se enchiam de cores. E a cidade certamente se transformava num cartão-postal quando a neve cobria tudo. Mas nada disso explicava por que um vigarista como Willy Young se deixara atropelar por uma caminhonete esportiva na Market Street.

Para encontrar essa peça do quebra-cabeça, Max fechou o laptop, vestiu a adorada jaqueta de aviador e saiu para circular pela noite.

Capítulo Dois
♦ ♦ ♦

*G*GNOROU O PRIMEIRO lugar que havia selecionado sem sequer parar. A floresta de motos Harley estacionadas na porta mostrava que aquele era um bar só para motociclistas, não um lugar onde se conversasse sobre os assuntos rotineiros da cidade com uma cerveja na mão.

Ele identificou o segundo local escolhido, em menos de dois minutos, como um *point* para universitários que curtiam música alternativa estranha, com dois sujeitos com ar sério que jogavam xadrez num canto enquanto o resto dos clientes se dedicava a típicos rituais de acasalamento.

A terceira casa noturna mostrou ser exatamente o que Max procurava.

O Artie's era o tipo de bar onde um sujeito levaria a esposa, mas nunca a amante. Era um lugar apropriado para se socializar, encontrar amigos ou tomar um drinque antes de voltar para casa.

Max teria apostado que mais de noventa por cento da freguesia se conhecia pelo nome de batismo. E que muitos dos frequentadores eram parentes.

Foi até o bar, pediu uma cerveja Beck's e avaliou o ambiente. A TV estava ligada no canal ESPN, sem som, e aperitivos de cortesia eram servidos em cestinhas de vime. Um homem negro gigantesco manejava as alavancas de chope, e duas garçonetes serviam as mesas, as cabines e o balcão.

A primeira delas se parecia com a bibliotecária da escola onde ele estudara e exibia um ar de quem já vira de tudo na vida, mas nada lhe agradava. Era baixa, com quadris avantajados, quarenta e tantos anos. Seu olhar era um aviso claro de que não tolerava papo-furado.

A segunda aparentava ter vinte e poucos e ser do tipo provocadora. Tinha um belo corpo modelado por uma blusa justa e uma calça jeans tingida. Passava tanto tempo ajeitando os cabelos louros encaracolados quanto limpando as mesas.

Doce Relíquia **29**

Pelo modo como demorava em algumas cabines junto à parede, jogando conversa fora, Max percebeu que ela poderia ser uma boa fonte de informações — e parecia ser do tipo que gostava de compartilhá-las.

Esperou alguns instantes e lançou-lhe um sorriso encantador quando ela passou pelo bar para fazer pedidos.

— Casa cheia, hoje — comentou ele.

— Pois é, nada mau — retorquiu ela, correspondendo ao sorriso de Max com outro ainda mais luminoso. Posicionou-se melhor e virou o corpo na direção dele, num claro convite à conversa. — De onde você é?

— Ando por todo lado. Negócios.

— Dá para sacar um sotaque do Sul.

— Acertou em cheio. Sou de Savannah, mas há muito tempo não passo em casa. — Estendeu a mão e se apresentou: — Max.

— Prazer, Max. Meu nome é Angie. Que tipo de negócios o traz a Angel's Gap?

— Seguros.

O tio de Angie também era vendedor de seguros, mas certamente não enfeitava um banco de bar tão bem quanto aquele homem com quase um metro e noventa, pernas compridas, corpo musculoso e oitenta e cinco quilos, pelo palpite de Angie. E ela raramente errava quando se tratava de um espécime como aquele.

Seus cabelos castanho-claros eram fartos, levemente encaracolados pela umidade e emoldurando um rosto estreito e forte. Os olhos eram escuros e amistosos, mas penetrantes. E havia o sotaque arrastado e o canino ligeiramente torto que impedia que seu sorriso fosse perfeito.

Tudo bem. Ela gostava de homens com olhar penetrante e algumas imperfeições.

— Seguros? Jamais teria adivinhado.

— É tudo uma grande aposta, não é? — Max jogou um pretzel na boca e tornou a exibir o sorriso luminoso. — A maioria das pessoas gosta de jogar. E gosta de pensar que vai viver para sempre. — Tomou mais um gole de cerveja e reparou que ela olhava para a sua mão esquerda, à procura de uma possível aliança. — Só que elas não vivem tanto. Ouvi dizer que um sujeito bateu as botas na Main Street, hoje de manhã.

— Foi na Market Street — corrigiu ela, e Max exibiu um ar confuso.
— Não foi na Main Street. Ele se jogou na frente de uma Cherokee dirigida pela pobre Missy Leager. Ela ficou em estado de choque, completamente arrasada.

— Que coisa bizarra! Mas, pelo que você diz, a culpa não foi dela.

— Não, não foi. Muita gente viu o que aconteceu. Ela não poderia ter feito nada para evitar o atropelamento. O homem se jogou na frente dela.

— Que péssimo. E ela devia conhecê-lo, numa cidade pequena como esta.

— Não, ninguém o conhecia. Não era daqui. Ouvi dizer que esteve na Doce Relíquia pouco antes de morrer. Eu trabalho lá, em meio expediente. Vendemos antiguidades, artigos para colecionadores e coisas desse tipo. Acho que ele passou lá só para dar uma olhada na loja. Foi horrível. Tenebroso.

— Certamente. Você estava lá quando aconteceu?

— Não. Hoje de manhã eu não trabalhei. — Fez uma pausa, como se tentasse decidir se estava contente ou triste por ter perdido o evento. — Não sei como é que uma pessoa se lança contra um veículo desse jeito. Chovia muito na hora. Acho que ele não viu o carro.

— Que falta de sorte!

— E como!

— Angie, as bebidas não se servem sozinhas, sabia?

Era a bibliotecária, e Angie revirou os olhos.

— Já vou, já estou indo. — Piscou o olho para Max e ergueu a bandeja. — A gente se vê por aqui?

— Com certeza!

Quando Max entrou de volta no seu quarto, já tinha uma boa percepção dos movimentos de Willy. Ele entrara no hotel às dez da noite, na véspera, e pagara em dinheiro por três diárias. Não receberia a devolução dessa grana. Havia tomado o *breakfast* sozinho numa cafeteria ali perto e depois se dirigira, num carro alugado, até a Market Street, mas estacionara dois quarteirões acima da Doce Relíquia.

Doce Relíquia **31**

Como Max não conseguia imaginá-lo visitando nenhuma outra loja ou empresa daquela rua, a razão mais lógica para ter estacionado tão longe seria a cautela, por causa da chuva ou por simples paranoia.

Já que tinha morrido, a cautela seria o motivo mais óbvio.

Mas o que Willy poderia querer numa loja de antiguidades em Angel's Gap que o levara a deixar pegadas desde Nova York, embora tivesse feito de tudo para apagar seus rastros?

Um posto de receptação de mercadorias? Um contato?

Mais uma vez, Max ligou o laptop e entrou no site oficial da cidade. Em dois cliques chegou à Doce Relíquia. Antiguidades, joalheria com peças de inventários, artigos para coleções. Compra e venda de objetos.

Anotou o nome da loja num bloco e acrescentou: "Receptador?" Fez dois círculos em torno da pergunta.

Avaliou o horário de funcionamento, anotou os números de telefone, fax e e-mail e reparou que eles faziam entregas no mundo inteiro.

Depois leu o nome da proprietária.

Laine Tavish.

Esse nome não constava da lista dele, mas mesmo assim foi confirmar. Não havia Laine, nem havia Tavish. Mas encontrou uma Elaine O'Hara. A única filha de Big Jack.

De lábios apertados, pensativo, Max se recostou na cadeira. Ela devia ter vinte e oito ou vinte e nove anos, agora. Não seria interessante se a filhinha do Big Jack tivesse seguido a vida de roubos do pai, mudado de nome e se estabelecido numa cidadezinha no meio das montanhas?

Aquela era uma peça de quebra-cabeça pedindo pelo amor de Deus para ser encaixada.

♦ ♦ ♦ ♦

Depois de quatro anos morando em Angel's Gap, Laine sabia exatamente o que esperar quando abriu a Doce Relíquia na manhã seguinte.

Jenny chegaria ligeiramente atrasada, com donuts quentinhos. Aos seis meses de gravidez, ela raramente passava mais de vinte minutos sem sentir desejo de comer alguma coisa cheia de açúcar e gordura. Por causa dessas extravagâncias, Laine começara a olhar o próprio peso no painel da balança do banheiro com um dos olhos fechado.

Jenny certamente iria comer os donuts acompanhados por uma xícara do chá de ervas que sempre trazia numa garrafa térmica. Estava viciada naquilo desde o início da gravidez. Depois, iria exigir saber de todos os detalhes do evento do dia anterior. Ser casada com o chefe de polícia não a impediria de querer ouvir a versão de Laine e acrescentá-la aos dados já computados em sua cabecinha.

Às dez em ponto, os curiosos começariam a entrar. Alguns, pensou Laine enquanto colocava troco na caixa registradora, fingiriam apenas ver os artigos, mas outros nem se dariam ao trabalho de disfarçar sua busca por informações.

Laine teria de passar por tudo novamente. Teria de mentir mais uma vez ou, pelo menos, dissimular, garantindo que nunca tinha visto o homem que dava a si mesmo o nome de Jasper Peterson.

Há muito tempo não precisava colocar uma máscara para enfrentar o dia. E se deprimiu ao perceber como aquilo ainda era fácil.

Estava pronta quando Jenny entrou correndo, com cinco minutos de atraso.

Havia em Jenny um ar de anjo travesso. Seu rosto era redondo e liso, com pele macia e rosada. Tinha olhos muito alertas, castanho-claros, que se repuxavam de leve nas extremidades. Os cabelos eram uma massa de caracóis pretos e muitas vezes, como era o caso naquele dia, vinham presos de forma casual no alto da cabeça. Vestia uma blusa vermelha enorme que se esticava na barriga de grávida sobre jeans largos e botinas Doc Martens gastas.

Era tudo o que Laine não era: desorganizada, impulsiva, indisciplinada, um torvelinho emocional. Também era exatamente o tipo de amiga que Laine sempre desejara ter na infância.

Na verdade, considerava um presente do destino ter Jenny em sua vida.

— Estou *morrendo* de fome. E você, não está louca para comer alguma coisa? — Jenny largou a caixa da padaria sobre o balcão e abriu a tampa.

Doce Relíquia **33**

— Eu mal consegui aguentar o cheirinho dessas coisas nos dois minutos que levei do Krosen's até aqui. Acho que até comecei a choramingar pelo caminho. — Enfiou um pedaço imenso de donut com geleia na boca e continuou a falar com dificuldade. — Fiquei preocupada. Sei que você me garantiu que estava bem quando liguei ontem à noite, que tinha só dor de cabeça, não queria falar sobre o assunto e blá-blá-blá, mas a Mamãezinha aqui ficou preocupada, gatinha.

— Estou bem. Foi horrível, mas estou bem.

Jenny estendeu a caixa e ordenou:

— Coma açúcar!

— Ai, meu Deus. Você imagina quanta ginástica eu vou ter que fazer depois para tirar os quilos extras da bunda?

Jenny se limitou a sorrir quando Laine cedeu e pegou um donut com creme.

— Não se preocupe, sua bunda é linda. — Esfregou a barriga lentamente, em círculos, enquanto via Laine comer. — Você não me parece ter dormido muito bem.

— Não dormi, mesmo. Não consegui me acalmar. — Apesar de evitar fazer isso, olhou para a vitrine. — Devo ter sido a última pessoa com quem aquele homem falou no mundo e eu não dei atenção a ele só porque estava ocupada.

— Então, imagine o estado em que Missy está. E ela não teve culpa nenhuma, exatamente como você. — Foi para os fundos da loja, andando como uma pata devido à gravidez avançada, e voltou com duas canecas. — Tome esse chazinho para acompanhar o açúcar do donut. Você vai precisar de gordura e açúcar para se fortalecer. E se prepare para a invasão quando abrirmos a loja. A cidade toda vai querer dar uma passadinha aqui.

— Pois é, eu sei.

— Vince vai abafar as novidades até investigar mais detalhes, mas logo todo mundo vai descobrir... e acho que você tem o direito de saber antes.

— Saber o quê? — Pronto, a coisa ia começar.

— O nome do sujeito... Não era o que estava no cartão que ele lhe entregou.

— Como assim?

— Não era o mesmo nome da carteira de motorista e dos cartões de crédito — anunciou Jenny, muito empolgada. — Era um *nome falso*. Seu nome verdadeiro era William Young. Agora, *prepare-se* para o melhor: ele era um ex-presidiário.

Laine detestou ver o homem que ela recordava com tanto carinho ser descrito daquele jeito, um fora da lei, como se apenas isso o definisse. E odiou ainda mais não poder fazer nada para defendê-lo.

— Você está falando sério? Aquele pobre sujeito?

— Furto, fraude, posse de bens roubados... e essas são só as condenações... Pelo que consegui arrancar de Vince, ele é suspeito de muito mais. Uma espécie de criminoso profissional, Laine. E esteve aqui provavelmente para sondar o terreno antes de roubar a espelunca.

— Você anda assistindo a muitos filmes antigos, Jenny.

— Ah, qual é? E se você estivesse aqui sozinha? E se ele tivesse uma arma?

— Estava armado? — quis saber Laine, sacudindo o açúcar dos dedos.

— Não, mas poderia estar. E também poderia ter assaltado você.

— Um criminoso profissional vem até Angel's Gap só para roubar a minha loja? Nossa, meu site está funcionando mesmo!

Jenny tentou parecer aborrecida, mas depois riu.

— Está bem, provavelmente ele não tinha a menor intenção de assaltar a espelunca.

— Vou ficar puta da vida se você continuar chamando a minha loja de espelunca.

— Mas tinha de haver algum motivo — retorquiu Jenny. — Ele te deu um cartão, não foi?

— Deu, mas...

— Talvez planejasse vender alguma mercadoria roubada. Quem é que iria procurar um material desses aqui? É como eu disse ao Vince: provavelmente ele fez algum trabalhinho há pouco tempo, talvez o receptador habitual já não existisse ou coisa assim, e por isso ele teve de arrumar um jeito de vender as coisas com urgência.

Doce Relíquia **35**

— E, de todas as lojas de antiguidades do mundo inteiro, ele entra justamente na minha? — Laine riu, mas sentiu uma fisgada na barriga ao pensar se não seria exatamente esse o motivo de Willy ter vindo procurá-la.

— Bem, se ele procurava uma loja desse tipo, por que não a sua?

— Porque não estamos num filme da Sessão da Tarde?

— Tudo bem, mas você precisa admitir que é estranho.

— Sim, é estranho e triste. E também são dez horas, Jen. Vamos abrir as portas para ver o que o dia nos traz.

Trouxe, como se esperava, as fofoqueiras de plantão, os curiosos e os idiotas em geral, mas Jenny conseguiu trocar teorias com alguns clientes enquanto fazia vendas genuínas. Era covardia, mas Laine decidiu escapulir para os fundos da loja, alegando problemas com a papelada, enquanto Jenny cuidava do salão.

Não tinha conseguido nem vinte minutos de sossego quando Jenny meteu a cabeça na porta.

— Gata, você precisa vir ver uma coisa.

— Só vou se for um cão fazendo malabarismos em cima de um monociclo, porque preciso atualizar esta planilha.

— É muito melhor. — Jenny fez um sinal com a cabeça para a loja e se afastou para o lado, deixando a porta aberta.

Já que sua curiosidade tinha sido aguçada, Laine saiu atrás dela. Viu-o com um copo de água da época da Grande Depressão na mão, erguido contra a luz. Aquele parecia um gesto delicado demais, feminino demais para um homem que vestia uma jaqueta de aviador muito usada e botas de caminhada igualmente gastas. Mas não foi desajeitado quando pousou o copo de volta e pegou uma segunda peça para observá-la com o mesmo interesse.

— Hummm... — Jenny fez o mesmo ruído que costumava fazer diante de uma caixa de donuts com geleia. — Esse é o tipo de bebida que qualquer mulher gosta de entornar num gole só.

— Mulheres grávidas não deviam babar por homens estranhos.

— Estar grávida não impede nenhuma mulher de apreciar o cenário, ora.

— Bem, pare de babar e de encará-lo. — Deu uma cotovelada carinhosa na amiga. — Enxugue esse queixo e vá lá fazer uma venda.

— Vá você. Tenho que fazer xixi. Mulher grávida, sabe como é...

Antes que Laine tivesse chance de impedir, Jenny escapou para os fundos. Mais divertida do que irritada, Laine atravessou o salão.

— Bom dia.

Ela estava com a expressão amigável de vendedora solícita quando ele se virou e a fitou longamente.

Laine sentiu como se tivesse levado um soco na boca do estômago e as vibrações ecoaram até os joelhos. Sentiu os pensamentos coesos lhe fugirem do cérebro, substituídos por algo do tipo "Oh!", "Bem..." e "Uau!"

— Bom dia para você também. — Ele manteve o copo na mão e continuou a olhar para ela.

Tinha olhos de tigre, pensou Laine, debilmente. Olhos de gato, grandes e perigosos. E o meio sorriso ao encará-la a fez sentir algo que só poderia ser o próprio desejo subindo pela garganta.

— Ahn... — Fascinada com a sua própria reação, soltou uma risadinha e abanou a cabeça. — Desculpe, eu estava distraída. O senhor é colecionador?

— Ainda não, mas minha mãe é.

— Ah... — O cliente tinha uma doce mãe que colecionava copos antigos. Isso não era lindo? — Ela gosta de algo em especial?

Ele sorriu e Laine se sentiu decolando.

— Não, pelo menos que eu saiba. Ela gosta das coisas inesperadas. Eu também. — Pousou o copo. — Como o caso desta loja.

— O que quer dizer?

— Uma arca do tesouro escondida nas montanhas.

— Obrigada.

Ela também tinha sido algo inesperado, pensou ele. Luminosa com aqueles cabelos, olhos e sorriso. Linda como um *parfait* de morango, só que muito mais sensual. Não da maneira descontraída e aberta como a morena que o impressionara, mas sim de um jeito secreto e curioso que o fez ter vontade de saber mais.

— Geórgia? — perguntou ela, e ele ergueu a sobrancelha esquerda.

— Acertou em cheio.

— Tenho muita facilidade para identificar sotaques. Sua mãe vai fazer aniversário?

— Ela parou de comemorar isso há mais de dez anos. Hoje nós simplesmente chamamos a data de Dia da Marlene.

— Ela é esperta. Esses copos têm como tema "Sala de Chá", e há poucos desse tipo no mercado. Não é fácil encontrar um conjunto de seis deles em condições tão perfeitas. Posso fazer-lhe um bom preço pela caixa completa.

Ele tornou a pegar um, mas continuou a olhar para ela.

— Posso pechinchar?

— Isso é obrigatório. — Ela se aproximou para erguer outro copo e mostrar-lhe o preço na base. — Como vê, custa cinquenta cada um, mas, se quiser o conjunto, posso lhe fazer a duzentos e setenta e cinco.

— Espero que não me leve a mal, mas você está com um cheiro delicioso. — Era um perfume marcante, do tipo que você só percebe quando já está fisgado. — Bom de verdade. Duzentos e vinte e cinco.

Ela nunca flertava com clientes... *nunca!* Mas se sentiu inclinar na direção dele, colocando-se um pouco mais próxima do que seria normal, e sorriu para aqueles olhos perigosos.

— Obrigada pelo elogio, fico feliz que goste do meu perfume. Duzentos e sessenta, e isso é quase de graça.

— Inclua a entrega em Savannah, jante comigo e fechamos negócio.

Tinha passado muito tempo, talvez tempo demais desde a última vez que ela sentira aquela agitação no sangue.

— Mercadoria entregue no local pedido e um drinque rápido com opção em aberto para jantar outro dia em outro local. É uma boa oferta.

— É verdade. Sete horas? Vi um bar que me pareceu muito bom aqui perto, o Wayfarer.

— É bom, sim. Às sete está bom. Como pretende pagar? — Ele pegou um cartão de crédito e o entregou a ela.

— Max Gannon — leu ela. — Só Max? Seu nome não é Maxwell, Maximillian, Maxfield? — Percebeu que ele fez uma careta e riu. — Como no caso do pintor Maxfield Parrish, certo?

— Só Max — garantiu ele, com firmeza.

— Muito bem, sr. Só Max, mas saiba que tenho dois lindos pôsteres de Parrish emoldurados no escritório ao lado.

— Vou me lembrar disso.

Ela foi para trás do balcão e pegou o formulário para entrega.

— Por favor, me informe o endereço. Vamos remeter a compra ainda hoje.

— Quanta eficiência! — Ele se debruçou no balcão enquanto preenchia o papel. — Você já sabe o meu nome. Qual é o seu?

— Tavish. Laine Tavish.

Ele continuou a sorrir quando ergueu a cabeça do papel.

— Apenas Laine? Não é Elaine?

— Só Laine — respondeu ela, sem pestanejar. Registrou a venda e lhe entregou um cartão dourado. — Incluímos isto e embrulhamos para presente, caso queira escrever uma mensagem para sua mãe.

Olhou para a porta quando ouviu a sineta e viu as gêmeas entrarem.

— Laine! — Carla foi direto até o balcão. — Como você está se sentindo?

— Estou bem, muito bem. Já vou atendê-las.

— Estávamos preocupadíssimas, não é verdade, Darla?

— Nossa, como estávamos!

— Ora, não havia necessidade. — Sentiu uma espécie de pânico e desejou que Jenny voltasse. O interlúdio com Max afastara a mágoa e a preocupação com Willy da sua cabeça. Agora, tudo tinha voltado. — Vou buscar as coisas que deixaram guardadas assim que terminar aqui.

— Não há pressa. — Carla já inclinava a cabeça para poder ler o endereço no formulário de entrega. — Nossa querida Laine capricha no atendimento aos clientes — elogiou, olhando para Max.

— Sim, estou vendo. Serviço completo. Quanto às senhoras, devo mencionar que são um duplo colírio para os olhos.

As duas coraram ao mesmo tempo.

Doce Relíquia **39**

— Aqui está seu cartão, sr. Gannon, e também o recibo.

— Obrigado, srta. Tavish.

— Espero que sua mãe goste do presente.

— Estou certo que sim. — Os olhos dele riram com alegria para os dela antes de se virarem mais uma vez para as gêmeas.

— Tenham um bom dia, caras damas.

As três mulheres o acompanharam com o olhar. Houve um silêncio, e depois Carla soltou um suspiro muito longo e disse, simplesmente:

— Minha Nossa!

O sorriso de Max desapareceu assim que ele saiu à rua. Não tinha razão para se sentir culpado, disse para si mesmo. Tomar um drinque com uma mulher bonita ao final do dia era uma atividade normal e prazerosa, além de ser o direito inegociável de um homem solteiro e saudável.

Além do mais, não acreditava em culpa. Mentir, prevaricar, fingir e trapacear faziam parte do trabalho. E ele nem tinha mentido para ela. Ainda.

Andou meio quarteirão e então voltou o olhar para o local onde Willy havia morrido.

Ele só mentiria para Laine se ela tivesse culpa na história. E, se esse fosse o caso, ela iria enfrentar coisas muito piores que mentiras leves.

O que o preocupava era não saber e não ter nenhuma intuição sobre o assunto. Costumava sentir a percepção aguçada quando trabalhava e, devido a isso, era muito bom no que fazia. Mas Laine Tavish atingira seu ponto fraco, e a única coisa que ele sentia agora era o surgir lento e doce da atração em estado bruto.

Porém, apesar dos olhos azuis e do sorriso sexy, talvez ela estivesse enterrada naquilo até o pescoço. Max seguia sempre as probabilidades. Willy fora vê-la e acabou esparramado em frente à loja que pertencia a ela. Assim que soubesse o motivo disso, Max estaria um passo mais perto da luz no fim do túnel.

Se tivesse que usá-la para alcançar esse objetivo, então a usaria, pois era assim que as coisas funcionavam.

Voltou ao hotel, tirou o recibo do bolso e aplicou cuidadosamente pó para fazer com que surgissem impressões digitais. Conseguiu algumas excelentes do polegar e do indicador dela. Tirou fotos digitais e as enviou para um amigo que as investigaria sem fazer perguntas irritantes.

Depois se sentou, estalou os dedos e foi navegar na internet em busca de mais informações.

Ingeriu um bule inteiro de café, um sanduíche de frango e uma torta de maçã excelente enquanto trabalhava. Conseguira o endereço de Laine e, seguindo os rastros do seu telefone e do seu computador, chegou às informações sobre a compra da casa em que ela morava e a inauguração da loja na Market Street, quatro anos antes. Descobriu também que ela havia morado na Filadélfia antes de se mudar para Angel's Gap. Um pouco mais de pesquisa o levou até o apartamento onde ela morava, na época.

Com métodos não estritamente éticos, continuou investigando Laine Tavish, até começar a obter uma noção mais detalhada de seu perfil. Tinha se formado na Universidade Estadual da Pensilvânia, e os pais se chamavam Marilyn e Robert Tavish.

Engraçado, pensou Max, tamborilando com os dedos na mesa. A mulher de Jack O'Hara também se chamava Marilyn. Não seria coincidência demais?

— Você está enterrada até o seu belo pescocinho — murmurou, decidindo então que era a hora de hackear os dados dela com mais determinação.

Havia muitas maneiras diferentes de conseguir pequenas informações que, por sua vez, levavam a outras informações. A licença comercial dela estava, conforme a lei determinava, afixada na loja. E o número da licença era um trampolim para ele.

Com um pouco de criatividade, conseguiu o formulário do pedido de licença e o número do Seguro Social dela.

Max, então, usou os números, a intuição e a própria curiosidade insaciável para chegar à escritura da casa onde ela morava, registrada no cartório da cidade. Agora também tinha o nome da instituição bancária, caso desejasse quebrar várias outras leis e analisar seu pedido de financiamento.

Isso seria divertido, pois ele *adorava* tecnologia. Era mais importante, porém, descobrir de onde ela viera em vez de onde estava no momento.

Doce Relíquia **41**

Voltou aos pais e começou uma busca que resultou no pedido de mais um bule de café ao serviço de quarto do hotel. Quando finalmente localizou Robert e Marilyn Tavish em uma pequena cidade chamada Taos, no Novo México, abanou a cabeça.

Laine não lhe parecia uma flor do Oeste. Nada disso. Ela era da parte Leste, refletiu, e muito urbana. Mas Bob e Marilyn, que ele analisava naquele momento, estavam ligados a um local chamado Roundup, uma bela churrascaria típica da região Oeste do país, que tinha até mesmo um site na internet. Se bem que isso todo mundo tinha, pensou.

Encontrou uma foto dos alegres proprietários junto ao enorme desenho de um caubói com laço e tudo. Ampliou e imprimiu a imagem antes de navegar pelo site. O cardápio que encontrou não lhe pareceu nada mau. Era possível até pedir o Churrasco Campeão do Rob para entrega em domicílio.

Rob, reparou Max, e não Bob.

Pareciam felizes, pensou, estudando a foto. Pessoas típicas da classe trabalhadora, satisfeitas por serem donas do próprio negócio. Marilyn Tavish não aparentava ser a ex-mulher — e provável cúmplice — de um ladrão e vigarista profissional. Um homem que não só tivera manias de grandeza como também conseguira escapar dos longos braços da lei.

Parecia mais o tipo de mulher capaz de nos preparar um sanduíche caseiro antes de ir estender a roupa lavada no varal.

Reparou que a Roundup estava aberta havia oito anos, ou seja, tinha inaugurado quando Laine ainda cursava a faculdade. Por puro palpite, entrou na página do jornal local de Taos e procurou alguma referência aos Tavish.

Encontrou seis, o que o surpreendeu. Voltou à primeira, uma matéria sobre a inauguração do restaurante. Leu tudo, dando especial atenção a detalhes pessoais, como, por exemplo, o fato de que os Tavish estavam casados havia seis anos na época e tinham se conhecido, segundo a notícia, em Chicago, onde Marilyn era garçonete e Rob trabalhava numa concessionária da Chrysler. A matéria mencionava uma filha que cursava administração de empresas numa faculdade da Costa Leste.

Desde jovem, Rob desejara abrir o próprio negócio, blá-blá-blá. Por fim, cedera ao desafio da esposa de usar seu talento culinário para algo além de alimentar amigos e vizinhos em piqueniques.

As outras referências eram sobre o interesse de Rob na política local e a associação de Marilyn à junta de atividades artísticas de Taos. Havia, ainda, uma matéria de quando a Roundup comemorou o quinto aniversário com uma festa ao ar livre, incluindo passeios de pônei para crianças.

Ao lado do texto, havia uma foto do casal feliz, ao lado de uma Laine que sorria abertamente.

Puxa, ela era belíssima. A cabeça estava lançada para trás devido ao riso, e os braços afetuosos envolviam a mãe e o padrasto. Vestia uma blusa típica dos filmes do Velho Oeste com franjas. Por algum motivo que Max desconhecia, isso o deixou louco.

Percebeu uma forte semelhança com a mãe, agora que as via lado a lado, especialmente nos olhos e na boca.

A cronologia também encaixava de forma perfeita. Marilyn O'Hara pedira o divórcio enquanto Jack cumpria uma pena curta no estado de Indiana. Ela pegara a filha e se mudara para Jacksonville, na Flórida. As autoridades tinham mantido os olhos nela durante alguns meses, mas Marilyn se mantivera limpa, trabalhando honestamente como garçonete.

Também circulara por vários lugares. Texas, Filadélfia, Kansas. Depois desaparecera de vista, até dois anos antes de ela e Rob se casarem.

Talvez desejasse recomeçar a vida do zero por causa da filha. Ou talvez tudo aquilo não passasse de uma imensa farsa. Max decidiu que sua missão seria desvendar aquele mistério.

Capítulo Três

♦ ♦ ♦ ♦

— Mas o que estou fazendo? Não é do meu feitio agir assim.

Jenny observou atentamente por cima do ombro de Laine e viu os reflexos das duas no espelho do quarto.

— Você vai tomar um drinque com um homem muito interessante. O fato de agir assim não ser do seu feitio é algo que deve ser analisado por um terapeuta.

— Mas eu nem mesmo sei quem ele é. — Laine baixou o batom que trazia na mão antes mesmo de aplicá-lo. — Eu dei em cima dele, Jen. Pelo amor de Deus, eu dei em cima de um cliente da minha loja!

— Se uma mulher não puder dar em cima de um homem em sua própria loja, onde mais poderá fazer isso? Ande logo, passe o batom nessa boca. — Olhou para Henry, que abanava a cauda. — Viu só? Até o Henry concorda comigo.

— Eu devia ligar para o hotel, deixar mensagem e avisar a ele que surgiu um imprevisto.

— Laine, você está arrasando com meu coração — reclamou Jenny, pegando o batom. Pinte essa boca! — tornou a ordenar.

— Não acredito que deixei você me convencer a fechar a loja meia hora mais cedo. E não acredito em como concordei tão facilmente com isso. Passar em casa para trocar de roupa é um pouco óbvio, você não acha?

— Qual o problema em ser óbvio?

— Não sei. — Laine aplicou o batom e olhou para ele, balançando-o na mão. — Não estou raciocinando direito. Foi um momento bem explosivo, entende? Fiquei louca de vontade de arrancar a camisa dele e morder aquele pescoço.

— Dou a maior força, garota.

— Claro que não vou fazer nada disso — garantiu Laine, se virando. — Um drinque, tudo bem. Seria indelicadeza não aparecer, é claro. Mas vai ser só isso. Depois, vou fazer com que o bom-senso volte a imperar, voltarei para casa, fecharei a porta e esquecerei esse episódio tão esquisito.

Abriu os braços e perguntou:

— Que tal estou? OK?

— Melhor que isso.

— Então está ótimo. É melhor eu ir.

— Vai fundo, garota. Pode deixar que eu levo o Henry para o saguão. Você não pode aparecer lá com cheiro de cachorro, certo? Depois eu tranco tudo.

— Obrigada. De verdade. Pelo apoio moral também. Eu me sinto uma idiota.

— Se você resolver... ahn... estender a noitada, basta me ligar. Posso voltar aqui para pegar Henry. Ele poderá dormir lá em casa.

— Obrigada mais uma vez, mas eu *não vou* "estender a noitada". Vai ser só um drinque. Calculo que isso levará uma hora, no máximo. — Laine deu um beijo no rosto de Jenny e depois, correndo o risco de ficar com cheiro de cachorro, beijou o focinho de Henry. — A gente se vê amanhã — disse para a amiga, a caminho dos degraus da frente.

Tinha sido uma tolice imensa dirigir até em casa para então voltar para o centro da cidade, mas Laine estava contente por ter sido tola. Jenny não conseguira convencê-la a usar um pretinho básico, o que seria óbvio demais, mas ela se sentia mais à vontade sem a roupa de trabalho. A blusa verde musgo de malha macia que vestia tinha uma cor sóbria e era descontraída o bastante para não enviar sinais errados.

Nem ela sabia que tipo de sinais desejava enviar. Por enquanto.

Sentiu uma onda de pânico no instante em que entrou no saguão do hotel. Não ficara exatamente confirmado que eles iriam somente tomar alguns drinques. Tudo fora marcado meio de improviso e isso não combinava com Laine. E se ele não aparecesse? Ou pior: se entrasse no bar do hotel por acaso quando ela estivesse sentada e fizesse cara de surpresa, decepção ou irritação ao vê-la?

Doce Relíquia   45

Puxa, se ela se sentia tão nervosa por algo casual como um drinque em companhia de um homem num bar chique, então, definitivamente, suas ferramentas de sedução estavam enferrujadas.

Entrou pelas portas de vidro jateado e sorriu para a mulher que estava atrás do balcão de carvalho.

— Olá, Jackie.

— Boa noite, Laine. Deseja beber alguma coisa?

— Por enquanto, não. — Percorreu com os olhos o salão fracamente iluminado, com seus convidativos sofás e poltronas vermelhos. Viu alguns homens de negócios, dois casais e três mulheres tomando drinques sofisticados, certamente dando início a uma noitada do tipo "só para garotas". Nada de Max Gannon.

Escolheu uma mesa que não estava de frente para a porta, mas de onde poderia vê-la com facilidade. Ia pegar o cardápio, nem que fosse para fazer algo com as mãos, mas decidiu que isso poderia dar uma impressão de tédio. Ou fome exagerada. Céus!

Por fim, decidiu pegar o celular e verificou sua caixa de mensagens. Nenhum recado novo, é claro, pois já havia conferido, menos de vinte minutos antes. Mas reparou que alguém tinha ligado duas vezes para sua casa num curto intervalo.

Sua fisionomia estava sombria quando ouviu a voz dele.

— Más notícias?

— Não. — Enrubescida, alegre e aliviada, ela desligou o celular e o guardou na bolsa. — Nada de importante.

— Estou atrasado?

— Não. Eu é que sou irritantemente pontual. — Ficou surpresa quando ele se sentou ao lado dela no pequeno sofá em vez de escolher a cadeira do outro lado da mesa. — Um hábito antigo.

— Eu já disse que você tem um cheiro delicioso?

— Já, sim. E eu não perguntei o que o trouxe a Angel's Gap.

— Negócios, que consegui estender por mais alguns dias, devido às atrações locais.

— Realmente. — Ela já não estava nervosa, e se perguntou por que se sentira tão agitada. — Temos várias atrações. Muitas trilhas nas montanhas para quem gosta de caminhar.

— Você gosta? — Max passou os dedos pelas costas da mão de Laine. — De caminhadas?

— Não tenho tempo. A loja me mantém muito ocupada. E os seus negócios?

— Preenchem o meu dia — respondeu ele, erguendo os olhos quando a garçonete chegou à mesa.

— O que vão querer?

— Um bombay martíni seco com duas azeitonas e bem gelado — pediu Laine.

— Parece ótimo. Dois. Você foi criada nesta região? — perguntou ele.

— Não, mas imagino que teria sido bom crescer aqui. Uma cidade pequena, porém não muito rústica, perto de uma metrópole, mas sem multidões. E eu adoro as montanhas.

Pelo menos da parte do papo furado no primeiro encontro ela se lembrava. Não fazia *tanto* tempo, afinal.

— Ainda mora em Savannah? — quis saber ela.

— Basicamente minha casa fica em Nova York, mas eu viajo muito.

— Por quê?

— Negócios, lazer. Trabalho com seguros, mas não precisa ter medo. Não quero lhe vender nenhuma apólice.

A garçonete trouxe os ingredientes e as coqueteleiras e preparou os drinques ali mesmo. Pousou na mesa uma tigela com frutas secas açucaradas e se retirou discretamente.

Laine ergueu o seu copo e sorriu por cima da beirada.

— À sua mãe — brindou.

— Ela iria gostar disso. — Bateram os copos de leve. — Como é que você se tornou dona de uma loja de antiguidades?

— Queria ter um negócio próprio. Sempre gostei de coisas antigas, da continuidade delas. Não me incomodo com papelada, mas não me imagino

Doce Relíquia **47**

trabalhando num escritório o dia todo. — Sentindo-se mais à vontade, recostou-se com a bebida e virou o corpo meio de lado para poderem continuar o jogo do flerte do tipo olho no olho, acompanhado da conversa leve.

— Gosto de comprar, vender e acompanhar o que as pessoas compram e vendem. Juntei dinheiro, corri atrás e abri a Doce Relíquia. Em que ramo de seguros você atua?

— Corporativo, basicamente. Um tédio completo. Sua família mora por aqui?

Muito bem, ele não queria falar muito sobre o trabalho.

— Meus pais moram no Novo México. Foram para lá há alguns anos.

— Irmãos, irmãs?

— Filha única. E você?

— Tenho um irmão e uma irmã. Que me deram dois sobrinhos e uma sobrinha.

— Que legal! — reagiu ela, de forma sincera. — Tenho muita inveja de famílias grandes, do barulho, dos traumas e do companheirismo. Sem falar na competição.

— Ah, temos tudo isso. E você? Se não cresceu aqui, onde foi?

— Nós mudávamos de cidade o tempo todo, por causa do trabalho do meu pai.

— Entendo. — Provou o drinque com um ar casual. — Em que ele trabalha?

— Ele era... vendedor. — Como conseguiria falar do assunto e manter a neutralidade? — Meu pai era capaz de vender qualquer coisa.

Max percebeu uma ponta de orgulho na voz dela, num forte contraste com a sombra que lhe passou pelos olhos.

— Ele parou de trabalhar?

Ela não respondeu de imediato. Tomou um gole para conseguir pensar melhor. Ser direta e simples era a melhor estratégia, lembrou.

— Meus pais abriram um restaurante em Taos. Uma espécie de aposentadoria, mas com trabalho. Trabalho demais, por sinal. Mas parecem muito contentes.

— Você sente falta deles?

— Sinto, mas não queria o mesmo que eles para a minha vida. E estou aqui. Adoro Angel's Gap. É o meu lugar especial. Você tem um lugar assim?

— Talvez tenha, mas ainda não o encontrei.

A garçonete voltou.

— Desejam mais um?

Laine abanou a cabeça.

— Não, obrigada, estou dirigindo.

Ele pediu a conta e pegou na mão de Laine.

— Reservei uma mesa no restaurante aqui do hotel para o caso de você mudar de ideia. Por favor, mude de ideia, Laine, e jante comigo.

Ele tinha olhos muito bonitos e uma voz quente de uísque com gelo que ela adorava. Que mal faria?

— Está bem. Eu adoraria.

♦ ♦ ♦

$\mathcal{E}$LE DISSE para si mesmo que aquilo eram apenas negócios e prazer, e não havia nada de errado em misturar os dois, desde que não se esquecesse das prioridades. Sabia conduzir conversas, extrair informações. E, se estivesse interessado nela em um nível pessoal, isso não iria interferir no trabalho.

Já não tinha tanta certeza de que ela estivesse afundada naquela história até o pescoço. E essa mudança de opinião não se devia ao fato de que se sentia atraído por ela. A verdade, porém, é que as coisas não estavam se encaixando do jeito que deveriam. A mãe dela se enfiara numa cidadezinha do Novo México com o segundo marido. Laine, em um cantinho especial em Maryland. De Big Jack, nenhuma pista.

Ele não conseguia ver a ligação. Sabia ler as pessoas, conhecia o bastante para perceber que ela não estava ali só matando tempo com a loja. Adorava o que fazia e havia criado relações genuínas com a comunidade.

Porém, nada daquilo explicava a visita de Willy, nem sua morte. Nada daquilo explicava por que ela não contara à polícia que o conhecia. Mas

Doce Relíquia   49

é claro que nem todas as pessoas que não eram sinceras com a polícia eram culpadas.

Pesando do outro lado da balança, Laine tinha o cuidado de selecionar o seu histórico de vida e misturava de uma maneira suave as imagens do pai e do padrasto, de modo que um ouvinte casual certamente pensaria se tratar do mesmo homem.

Não falara em divórcio quando eles conversaram sobre família, e isso lhe mostrava que ela sabia esconder bem o que queria.

Embora lamentasse, Max conseguiu um jeito de encaixar o fantasma de Willy na conversa.

— Ouvi falar no acidente que aconteceu ontem na porta da sua loja. — Os nós dos dedos de Laine embranqueceram por alguns segundos quando ela segurou a colher com mais força, mas esse foi o único sinal de perturbação, antes de ela continuar a mexer o café que bebiam depois do jantar.

— Sim, foi terrível. Ele não deve ter visto o carro, por causa da chuva.

— Esteve na sua loja?

— Sim, pouco antes. Parou só para olhar. Mal falei com ele, pois tinha outros clientes para atender; Jenny, minha balconista de tempo integral, estava de folga. Ninguém teve culpa. Foi só um acidente horrível.

— Ele não era aqui da cidade?

— Na minha loja ele nunca tinha ido — garantiu ela, olhando-o diretamente nos olhos. — Acho que deve ter entrado para se abrigar da chuva por alguns minutos. O dia estava péssimo.

— Estava mesmo. Vim dirigindo debaixo daquela chuva. Parece que cheguei à cidade poucas horas depois de o acidente acontecer. Ouvi versões diferentes em cada lugar que passei, por todo o dia. Numa delas, acho que a do posto de gasolina, ele era um ladrão de joias internacional em fuga.

Os olhos de Laine se tornaram mais suaves, o que ele interpretou como uma expressão de afeto.

— Ladrão de joias internacional? — murmurou ela. — Não, não devia ser nada disso. As pessoas inventam cada coisa estranha, não é?

— Acho que sim. — Pela primeira vez desde que aceitara o trabalho, acreditou que Laine Tavish, ou Elaine O'Hara, não fazia a mínima ideia do que o pai dela, acompanhado de William Young e um terceiro cúmplice, até então não identificado, tinha feito seis semanas antes.

Acompanhou-a até o carro e tentou pensar em como poderia usá-la como um instrumento para seu trabalho. O que poderia contar a ela e o que não deveria confessar, se e quando chegasse o momento.

Mas não era em nada disso que queria pensar naquele momento, com o ar fresco da primavera a soprar pelos cabelos dela, espalhando o seu perfume à volta dele.

— Ainda está um pouco frio — comentou ele.

— Sim, aqui costuma fazer frio durante a noite até junho, mas às vezes muda tudo e faz muito calor antes do fim de maio. — Ele já terá ido embora quando as noites ficarem mais quentes, lembrou Laine para si mesma. Seria mais esperto manter isso em mente. Mais sensato.

Por outro lado, estava farta de ser sensata.

— Eu me diverti muito. Obrigada. — Virou-se, deslizou as mãos pelo peito dele acima, envolveu-lhe o pescoço e puxou a sua boca na direção da dela.

Era o que ela queria fazer, e que se danasse a sensatez. Queria aquela onda de energia, aquela subida no nível de adrenalina, o relâmpago imediato no sangue que advém de um simples ato perigoso. Laine vivia em segurança. A segunda metade da sua vida tinha sido baseada apenas em segurança.

Assim era bem melhor. Aquele choque quente dos lábios, línguas e dentes era melhor que a segurança. Trazia-lhe vida e a fazia recordar de como se sentia quando simplesmente agia de modo impulsivo.

Como podia ter se esquecido da emoção que era saltar em pleno ar e só depois parar para pensar?

Ele tinha certeza de que ela o surpreenderia. Assim que pusera os olhos nela soubera disso, mas não esperara que ela o abalasse. Aquele não era um beijo convidativo, nem uma provocação sutil, mas sim uma rajada francamente sexual que o atordoou e lhe colocou a libido a mil por hora.

Laine começou a roçar o corpo compacto e curvilíneo no de Max como se ambos fossem sobreviventes de um naufrágio e, então, ele ouviu um lento ronronar que lhe veio da garganta quando ela se afastou lentamente, num movimento elástico e infinito que ele, aturdido, não conseguiu impedir.

Ela umedeceu os lábios. Estavam molhados e eram sensuais. Então sorriu.

— Boa noite, Max.

— Ei, espere um pouco, só um instante. — Pôs a mão na porta do carro antes que ela conseguisse abri-la. Depois a deixou ali, pois não confiava no próprio equilíbrio.

Laine continuava a sorrir, lábios suaves, olhos sonolentos. Tinha o poder naquele momento, o poder completo, e ambos sabiam disso. Como diabo aquilo acontecera?

— Você vai me mandar embora para o quarto sozinho? — Acenou com a cabeça para o hotel. — Isso é crueldade.

— Eu sei. — Inclinou a cabeça de leve, analisando-o. — Não quero, mas preciso. Temos que ficar assim, por hoje.

— Vamos tomar o café da manhã juntos — propôs. — Não, é melhor pedir um lanche à meia-noite. Ah, que se dane, eu quero é um conhaque agora mesmo.

Ela riu.

— Você não quer conhaque nenhum.

— Não. Era só um eufemismo maldisfarçado para uma sessão de sexo louco e selvagem. Venha comigo, Laine. — Passou a mão pelos cabelos dela. — Está quentinho lá dentro.

— Não posso, sério. É uma pena. — Abriu a porta do carro, olhou por cima do ombro com ar provocador e entrou. — Henry está à minha espera.

A cabeça dele foi lançada para trás como se tivesse sido esmurrada.

— Uau!

Ela reprimiu uma gargalhada, fechou a porta, esperou um segundo e desceu o vidro.

— Henry é o nome do meu cão. Obrigada pelo jantar, Max. Boa noite.

Afastou-se, ainda rindo, não se lembrando da última vez em que se sentira tão viva. Tornariam a se encontrar, disso tinha certeza absoluta. Depois veriam o que iria acontecer... Quando chegasse o momento.

Ligou o rádio no volume máximo e cantou uma canção junto com Sheryl Crow, enquanto dirigia numa velocidade quase excessiva. Aquele momento de irresponsabilidade fora delicioso, extremamente sensual. Sentia arrepios de desejo na pele quando subiu a rua de casa e estacionou o carro num ponto escuro, do lado de fora. Corria uma brisa leve pelas árvores que começavam a florir, e uma bela meia-lua acrescentava a sua luz débil à lâmpada amarelada que deixara acesa na varanda.

Por alguns momentos se deixou ficar no carro, com a música e o luar, e reviveu cada movimento, toque e sabor daquele beijo enlouquecedor.

Ah, mas uma coisa era certa: ela teria outra provinha de Max Gannon, o gatão com olhos de tigre que viera da Geórgia.

Ainda cantarolava quando saltou do carro. Destrancou a porta da frente, jogou as chaves dentro da tigela, colocou o celular para carregar e quase tropeçou ao entrar na sala de estar.

A agitação sexual se transformou em choque. Seu sofá estava revirado, as almofadas, rasgadas. O armário de cerejeira que ela usava como móvel para a TV e o som estava aberto, sem o equipamento. As três violetas africanas que criara desde que eram só folhas até se transformarem em plantas viçosas tinham sido arrancadas dos vasos; havia terra por todo lado. As mesas estavam viradas, as gavetas, vazias, e as molduras das paredes se encontravam espalhadas pelo chão.

Laine não se mexeu por alguns momentos, paralisada pela inércia da negação. Aquilo não era possível. Não na casa dela, nas coisas dela, no mundo dela. Um único pensamento lhe veio à mente.

— Henry!

Aterrorizada, correu para a cozinha, ignorando os destroços de suas coisas que enchiam o corredor, o caos de pedaços de vidro e alimentos espalhados que cobriam o chão da cozinha.

Lágrimas de alívio arderam em seus olhos quando ouviu os latidos frenéticos atrás de uma porta. Assim que a abriu, o cão assustado e trêmulo se atirou sobre ela. Laine se abaixou na direção dele, e seus sapatos quase escorregaram no açúcar entornado quando ela o abraçou, no instante em que ele tentou pular no seu colo.

Eles estavam bem, disse para si mesma, com o coração aos pulos. Era tudo o que importava. Estavam bem.

— Eles não machucaram você, não machucaram! — repetiu ela quase cantarolando, enquanto as lágrimas lhe escorriam pelo rosto. E passou as mãos ao longo dos pelos do cão para garantir que não tinha ferimentos. — Graças a Deus eles não maltrataram você.

Ele gemeu e depois lambeu a cara da dona. Ambos tentavam se acalmar.

— Precisamos chamar a polícia. — Tremendo muito, encostou o rosto nos pelos dele. — Vamos chamar a polícia e calcular o estrago.

◆ ◆ ◆ ◆

Era grande. Nas poucas horas em que Laine estivera ausente, alguém havia entrado na casa, roubado várias coisas e deixado uma trilha de destruição. Pequenos tesouros quebrados, artigos valiosos desaparecidos, objetos pessoais remexidos, examinados, e depois levados ou descartados. Aquilo partiu o coração dela, abalou seu sentimento de segurança...

Mas, depois, a deixou revoltada.

Quando Vince chegou, a revolta tinha se transformado em raiva pura. Preferia estar daquele jeito, zangada. Havia algo poderoso no ódio que sentia dentro de si, algo mais útil do que o choque e o pavor iniciais.

— Você está bem? — Foi a primeira pergunta de Vince quando ele a abraçou e lhe esfregou os braços num gesto carinhoso.

— Não fui ferida, se é isso que quer saber. Já tinham ido embora quando eu cheguei. Henry estava nos fundos. Estava preso; então o deixaram em paz. Jenny. Deixei Jenny aqui, Vince. Se ela ainda estivesse aqui em casa quando...

— Não estava. Está tudo bem. Vamos nos concentrar no que aconteceu.

— Tem razão. Está bem, você tem razão. — Respirou fundo. — Cheguei em casa por volta das dez e meia da noite. Destranquei a porta da frente, entrei e vi a sala. — Fez um gesto largo.

— A porta estava trancada?

— Sim.

— Essa janela está quebrada. — Apontou com a cabeça para a janela da frente. — Parece que foi assim que entraram. Levaram sua aparelhagem de som e outros equipamentos.

— Sim, também a TV lá de cima e a outra, portátil, que eu tinha na cozinha. Joias também. Dei uma olhada geral, mas parece que levaram somente eletrônicos e objetos valiosos pequenos. Tenho dois enfeites de bronze em estilo *art déco* e várias outras peças excelentes, mas deixaram isso tudo. Das joias que levaram há peças verdadeiras e muita bijuteria. — Encolheu os ombros.

— Dinheiro?

— Cerca de duzentos dólares que estavam na gaveta da escrivaninha. Ah, e o computador que eu tinha em casa.

— E fizeram uma bagunça danada aqui. Quem sabia que você não estaria em casa hoje à noite?

— Jenny e o homem com quem fui tomar um drinque. Acabamos jantando juntos também. Ele está hospedado no Wayfarer. Seu nome é Max Gannon.

— Jenny disse que você o conheceu hoje, na loja.

Uma fisgada lhe incomodou a nuca.

— Foi só um drinque e um jantar, Vince.

— Estou só perguntando... Precisamos averiguar tudo. Vou mandar um grupo de policiais para revistar a casa. Com tanto movimento por aqui, talvez seja melhor você ficar comigo e com a Jenny esta noite.

— Obrigada, mas não. Vou dormir aqui mesmo.

— Pois é. Jenny adivinhou que você não aceitaria o convite. — Deu-lhe uma palmada no ombro com a mão enorme e foi até a porta quando ouviu a patrulhinha chegar. — Vamos fazer o nosso trabalho. É melhor você preparar uma lista do que falta.

Ela ficou algum tempo na sala do andar de cima com Henry enroscado em seus pés. Fez anotações do que já tinha dado falta, respondeu às perguntas de Vince e dos outros policiais que a procuraram. Queria café, mas como o pó estava todo espalhado pelo chão da cozinha se contentou com chá. E bebeu um bule inteiro.

Sabia que os sentimentos de violação, medo e raiva eram reações clássicas, tanto quanto a camada de desconfiança que as acompanhava. É claro que havia atos criminosos em Angel's Gap. Mas um ataque como aquele e a destruição cruel de uma propriedade privada certamente não eram típicos naquela cidade.

Para Laine, aquilo parecia muito, *muito* pessoal.

Quando ela se viu sozinha, já passava de uma da manhã. Vince lhe disse que deixaria um policial de guarda na porta. Ela recusou, mas aceitou a oferta de pregarem tábuas na janela arrombada.

Verificou duas vezes as trancas, com Henry nos seus calcanhares pela casa toda. A raiva havia voltado, apagando o cansaço que começara a afetá-la enquanto os policiais trabalhavam. Ela usou aquela nova carga de energia para arrumar a cozinha.

Encheu uma caixa de lixo com louça e vidros quebrados, tentando não lamentar pelas peças de Fiestaware coloridas que colecionara com tanto carinho. Varreu açúcar, café, farinha, sal, chá e depois lavou os ladrilhos de cor creme.

A energia já estava desaparecendo novamente quando ela se arrastou escada acima. Mas bastou olhar para a cama, com o colchão puxado para o chão com violência, as gavetas reviradas da bonita cômoda de mogno, os compartimentos vazios na antiga arca que usava como porta-joias, para sentir novamente raiva.

Mesmo assim, ela se recusava a sair de seu quarto e de sua casa. Rangendo os dentes, ergueu o colchão e o colocou no lugar. Foi buscar lençóis limpos e fez a cama. Tornou a pendurar as roupas que haviam arrancado do closet, dobrou muitas outras e as guardou nas gavetas.

Passava das três horas quando subiu na cama, quase rastejando. Violando uma de suas próprias regras, bateu no colchão e chamou Henry para dormir a seu lado.

Estendeu a mão para apagar a luz, mas desistiu. Mesmo que dormir com a luz acesa fosse covardia e uma medida tola de segurança, ela faria isso aquela noite.

Tinha seguro, lembrou. Os ladrões não haviam levado nem quebrado nada que não pudesse ser substituído. Eram objetos, apenas isso. Afinal de contas, ela ganhava a vida comprando e vendendo coisas, certo?

Aconchegou-se com o cão, que olhava pesaroso para ela.

— São apenhas objetos, Henry. Objetos não têm muita importância.

Fechou os olhos e soltou um longo suspiro. Estava quase pegando no sono quando o rosto de Willy surgiu na sua mente.

Ele sabe onde você está agora.

Sentou-se na cama, ofegante. O que ele quisera dizer com aquilo? *A quem* se referira?

Willy havia aparecido um belo dia, do nada, depois de quase vinte anos, e acabara morto à porta da sua loja. Depois, sua casa fora assaltada e vandalizada.

Tinha de haver alguma ligação entre os dois fatos. Como não haveria?, perguntou para si mesma. Mas quem é que andaria à sua procura? E por quê? Ela não tinha nada.

Capítulo Quatro

◆ ◆ ◆ ◆

SEM CAMISA e com os cabelos ainda pingando da ducha matinal, Max foi até a porta do quarto com uma única ideia na cabeça: café.

Frustração era um sentimento ruim, mas ele havia aprendido a lidar com as frustrações — como a decepção por ter dormido sozinho, por exemplo. Certamente, dar de cara com um policial na porta do seu quarto era bem pior. Isso significa precisar usar o cérebro sem a dádiva da cafeína, direito inalienável dado por Deus aos homens.

Avaliou a figura de autoridade diante de si. Era um homem grande, alto, estava em boa forma e o olhava com ar de suspeita. Max tentou exibir um sorriso de cooperação misturado com perplexidade.

— Bom dia — cumprimentou. — Como esse não me parece o uniforme dos funcionários do hotel, creio que o senhor não deve ter vindo me trazer o café com ovos que pedi.

— Sou o chefe Burger, sr. Gannon. Posso roubar alguns minutos do seu tempo?

— Claro. — Afastou-se e olhou para o quarto. A cama estava por fazer e o vapor da ducha recém-tomada saía pela porta do banheiro.

A mesa de apoio parecia a escrivaninha de um homem de negócios atarefado — laptop, pastas, tablet e celular —, mas isso era bom. Max tivera a preocupação, como sempre, de fechar todos os arquivos e guardar toda a papelada suspeita.

— Ahn... — Max fez um gesto vago para a cadeira. — Sente-se, por favor — convidou, e então foi até o armário pegar uma camisa. — Há algum problema?

Vince não se sentou, nem sorriu.

— O senhor conhece Laine Tavish?

— Conheço. — Várias sirenes de alerta soaram em sua cabeça, ecoando perguntas, mas Max se limitou a vestir a camisa. — Da loja Doce Relíquia. Ontem à tarde eu comprei para minha mãe um presente lá. — Deixou que a voz mostrasse certo cuidado. — Há algo de errado com meu cartão de crédito?

— Não que eu saiba. A casa da srta. Tavish foi arrombada ontem à noite.

— Arrombada? Ela está bem? Ficou ferida ou algo assim? — Não precisava fingir a preocupação, com tantos sinais de alarme soando na cabeça. As mãos que abotoavam a camisa caíram ao lado do corpo. — Onde ela está?

— A srta. Tavish não estava lá no momento da invasão. No depoimento à polícia, ela informou que estava em sua companhia.

— Sim, nós jantamos juntos. Droga! — Já que o café deixara de ser prioridade, Max praguejou baixinho quando alguém bateu à porta. — Espere um instante, por favor. — Abriu a porta e viu uma loura linda junto do carrinho de serviço.

— Bom dia, sr. Gannon. Pronto para seu café da manhã?

— Sim, obrigado. Por favor, coloque isso em qualquer lugar.

Ela avistou Vince assim que entrou no quarto com o carrinho.

— Oh... Olá, Chefe.

— Bom dia, Sherry. Como está?

— Oh... Está tudo na mesma. — Parou com o carrinho e tentou não parecer curiosa demais enquanto observava os dois homens. — Posso descer e pegar um café para o senhor também, Chefe.

— Não se preocupe com isso, obrigado. Bebi dois agora mesmo, antes de sair de casa.

— Basta ligar caso o senhor mude de ideia. — Ergueu a tampa da bandeja, revelando uma omelete acompanhada de uma fatia de bacon. — Ahn... — Entregou a comanda do pedido para Max e esperou que ele a assinasse. — Espero que aprecie o seu café, sr. Gannon.

Disse isso e saiu, mas não sem dar mais uma olhada para trás, antes de fechar a porta.

— Vá em frente e tome seu café — sugeriu Vince. — Não vale a pena deixar tudo esfriar. A omelete aqui do hotel é excelente.

— Que tipo de arrombamento foi? Roubo?

— Parece que sim. Por que a srta. Tavish estava com o senhor ontem à noite?

Max se sentou e decidiu se servir de um pouco de café.

— Estávamos nos conhecendo melhor. Eu a convidei para tomar um drinque e ela aceitou. Estendi o convite para um jantar e ela não recusou. Depois do drinque no bar, fomos para o restaurante do hotel.

— O senhor sempre sai com as mulheres que lhe vendem presentes para sua mãe?

— Puxa, se isso funcionasse tão bem, certamente compraria presente para minha mãe toda semana. — Max ergueu a xícara, tomou um gole e olhou para Vince pela beirada. — A srta. Laine é muito atraente, uma mulher realmente interessante. Quis sair com ela socialmente; então a convidei. Lamento muito que ela esteja com problemas.

— Alguém entrou e saiu da casa da srta. Tavish enquanto ela estava aqui, "conhecendo" o senhor melhor.

— Sim, eu entendi essa parte. — Max decidiu que era melhor comer e colocou na boca uma generosa garfada de omelete. — Portanto, suponho que o senhor está aqui para investigar se eu dou em cima de mulheres bonitas em lojas e depois armo um roubo com alguém enquanto as levo para jantar. Isso seria de uma burrice sem tamanho, Chefe. Até ontem, nunca na vida tinha visto a srta. Tavish, não sei onde ela mora nem se possui algo de valor. Seria mais inteligente assaltar diretamente a loja, não concorda? O estabelecimento vende produtos excelentes.

Vince se limitou a observar, sem dizer nada, enquanto Max comia.

— Há dois copos de vidro ali na mesa, caso o senhor queira um pouco de café, Chefe — ofereceu Max.

— Não, obrigado. O que veio fazer em Angel's Gap, sr. Gannon?

— Sou da Reliance Seguros e estou em trabalho de pesquisa.

— Que tipo de pesquisa?

— Chefe Burger, o senhor pode entrar em contato com Aaron Slaker, presidente da Reliance, para confirmar que eu realmente trabalho para a empresa. A sede fica em Nova York. Não tenho autorização para divulgar detalhes de meus contatos com possíveis clientes sem a autorização deles.

— Ora, mas esse sigilo não me parece necessário no ramo de seguros.

— Existe todo tipo de seguro, Chefe. — Max abriu um frasco de geleia de morango e passou um pouco dela sobre uma torrada triangular.

— O senhor tem alguma identificação?

— Claro. — Max se levantou, foi até a cômoda e pegou a carteira de motorista. Entregou-a para Vince e tornou a se sentar.

— Seu sotaque não me parece nova-iorquino.

— É fácil tirar um garoto da Geórgia, mas é muito difícil arrancar a Geórgia do garoto. — Ele estava tão irritado que exagerou um pouco no sotaque, transformando aquilo num desafio. — Não sou ladrão, Chefe. Apenas quis jantar com uma mulher bonita. Pode entrar em contato com Slaker.

Vince colocou a carteira de motorista junto do prato de Max.

— Farei isso. — Foi até a porta e colocou a mão na maçaneta. — Por quanto tempo pretende ficar na cidade, sr. Gannon?

— Até terminar o trabalho que vim fazer. — Comeu mais uma garfada e concluiu: — Sabe de uma coisa, Chefe? O senhor tinha razão. Eles preparam uma omelete excelente aqui.

Mesmo depois que a porta se fechou atrás de Vince, Max continuou a comer. E a refletir sobre o que acontecera. O chefe Burger certamente iria investigá-lo e descobriria que ele também tinha trabalhado na polícia durante quatro anos. E também tomaria conhecimento da sua licença de detetive particular. Numa cidade pequena como aquela, essas informações não demorariam muito tempo para chegar até Laine.

Tudo bem, ele se preocuparia com isso depois. Por enquanto, o arrombamento era mais importante. Aquilo certamente não fora coincidência. Isso provava que Max não era o único a achar que a atraente srta. Tavish tinha algo a esconder.

A questão era quem iria descobrir tudo primeiro.

♦ ♦ ♦ ♦

— Não se preocupe com nada — garantiu Jenny, falando com Laine. — Eu e a Angie podemos cuidar de tudo por aqui. Você tem certeza de que não quer manter a loja fechada hoje? Vince me disse que sua casa está um desastre. Eu podia ir até aí para ajudá-la a arrumar as coisas.

Laine passou o telefone para o outro ouvido, olhou ao redor para o escritório de sua casa e imaginou Jenny, em avançado estado de gravidez, arrastando cadeiras e revirando mesas para colocá-las no lugar.

— Não, muito obrigada, de verdade. Já me sinto melhor sabendo que você e Angie estão tomando conta da loja. Vai chegar uma remessa agora de manhã, bem grande, do leilão do qual participamos em Baltimore.

Nossa, como ela gostaria de estar lá para receber todas as coisas lindas que tinha adquirido. Admirá-las, catalogá-las e arrumá-las nas prateleiras. A melhor parte do seu trabalho era colocar os artigos em exposição, e a segunda melhor era vê-los ir embora, nas mãos de um cliente satisfeito.

— Preciso que você registre todas as mercadorias novas, Jen. Já calculei os preços de venda, estão no fichário. Há um jarro Clarice Cliff, em forma de lótus. Ligue, por favor, para a sra. Gunt e avise que a peça chegou. O preço que combinamos foi setecentos dólares, mas ela certamente vai querer pechinchar. Você pode baixar até seiscentos e setenta e cinco, nem um centavo a menos, OK?

— Entendido.

— Ah, tem mais uma coisa...

— Laine, relaxe! Não é meu primeiro dia na loja. Vou cuidar de tudo e, se aparecer alguma coisa que eu não saiba como resolver, eu telefono para sua casa.

— Sei que a loja está em boas mãos. — Com ar distraído, Laine baixou a mão para afagar o cão, que continuava colado nela. — Nossa, estou com tanta coisa na cabeça!

— Não é de espantar. Detesto a ideia de você ter de cuidar dessa confusão sozinha. Tem certeza de que não quer que eu vá aí? Posso dar uma passadinha na hora do almoço. Angie pode cuidar sozinha da loja por uma hora, numa boa. Vou levar algo para você comer. Qualquer coisa cheia de gordura e calorias energéticas.

Sim, Angie *conseguiria* cuidar da loja por uma hora, analisou. Era uma boa funcionária e melhorava a cada dia. Mas Laine sabia que renderia mais trabalhando sozinha, sem conversas nem distrações.

— Não se preocupe, Jenny. As coisas vão engrenar por aqui, assim que eu colocar a mão na massa. Provavelmente passarei aí na loja à tarde.

— Tire pelo menos uma soneca depois do almoço.

— Pode ser. Conversaremos mais tarde.

Quando desligou, Laine guardou o pequeno telefone sem fio no bolso de trás do jeans que vestia. Certamente iria inventar meia dúzia de pretextos para ligar para a loja, ao longo do dia. Era melhor manter o aparelho à mão.

Mas, por ora, precisava focar-se no problema imediato.

— "Esconda o cãozinho" — disse para si mesma, baixinho. Como o único cão que tinha era Henry, Laine imaginou que Willy só poderia estar delirando. Se ele tinha ido até lá para lhe contar, pedir ou entregar algo, então havia falhado na missão. Ele parecia achar que estava sendo perseguido e, a menos que tivesse mudado de vida, o que era muito improvável, devia ter razão.

Um policial, um cobrador, um comparsa de crimes que queria mais do que tinha recebido por algum golpe? Qualquer uma dessas era uma possibilidade real, mas o estado em que sua casa estava lhe dizia que a última hipótese era a correta.

A pessoa que perseguia Willy estava agora atrás dela.

Ela poderia contar a Vince... O quê? Absolutamente nada. Tudo o que criara em sua nova vida estava fundamentado nos alicerces de Laine Tavish, uma boa e simples mulher, que levava uma boa e simples vida e tinha bons e simples pais que eram donos de uma churrascaria no Novo México.

Elaine O'Hara, filha de Big Jack, o homem charmoso dos mil truques e de longa ficha policial, não tinha nada a ver com a paisagem linda e pastoral

Doce Relíquia **63**

de Angel's Gap. Ninguém entraria na loja de Elaine O'Hara para comprar um bule de coleção ou uma mesa antiga com bordas trabalhadas.

Na filha de Jack O'Hara ninguém poderia confiar.

Para ser franca, nem ela confiava na filha de Jack O'Hara. A filha de Big Jack era do tipo que aceita tomar drinques com um estranho e depois quase o derruba com um beijo ardente e profundo. A filha de Jack corria riscos grandes e complicados, que sempre resultavam em consequências igualmente grandes e complicadas.

Laine Tavish tinha uma vida normal, refletia muito antes de agir e vivia sem fazer alarde.

Na noite anterior, ela deixara aflorar seu lado O'Hara por algumas horas e veja só o que tinha lhe acontecido. Momentos sensuais e empolgantes, claro, e uma baita confusão no final.

— Isso foi para eu aprender — murmurou, olhando para Henry, que concordou na mesma hora, abanando a cauda.

Era hora de colocar as coisas em ordem. Não pensava em desistir de quem era, do que conseguira, nem do que tencionava fazer com sua vida só porque um ladrãozinho de segunda categoria achava que ela se envolvera em algum golpe.

Certamente é de segunda categoria, pensou, enquanto recolhia o recheio das almofadas de seda que escolhera para o sofá-cama em estilo Jorge II. Tio Willy não circulava entre os grandes golpistas. Big Jack também não, apesar de todas as histórias e de todos os sonhos dele.

Portanto, tinham destruído sua casa e, ao perceber que iriam sair de mãos abanando, decidiram levar alguns itens fáceis de vender, para não perder a viagem.

Apenas isso, garantiu para si mesma.

Provavelmente haviam deixado impressões digitais por todo o lado. Revirou os olhos, sentou-se no chão e começou a empilhar a papelada espalhada. Os grupos de "trabalho" em que tio Willy se metia eram sempre formados por idiotas. Os sujeitos que tinham invadido a sua casa deviam ter ficha na polícia. Vince iria rastrear tudo, identificar cada um deles e possivelmente seriam apanhados em breve.

Era provável que fossem idiotas a ponto de contarem à polícia o motivo do arrombamento. Se fosse assim, ela iria dizer que a tinham confundido com outra pessoa.

Ficaria chocada, furiosa, ultrajada. Desempenhar um papel — qualquer que fosse esse papel — era, para ela, como vestir uma segunda pele. Tinha o bastante de Big Jack nas veias para enganar alguém sem grandes dificuldades.

Afinal de contas, enganar as pessoas era exatamente aquilo que Laine Tavish, de Angel's Gap, fazia há quase quatro anos.

Pensar naquilo a deprimia. Ela colocou, então, a ideia de lado e mergulhou na papelada. Envolveu-se tanto com a atividade que quase deu um pulo quando ouviu alguém bater à porta da frente.

Henry despertou da soneca da manhã e desatou a latir de forma ameaçadora, embora continuasse escondido atrás de Laine.

— Esse é o meu bravo herói. — Fez um carinho nele. — Deve ser o homem que vem instalar a nova vidraça. Nada de atacar o homem das janelas, ouviu?

Como testemunho do seu grande afeto e devoção, Henry foi com ela. Rosnava baixinho e acompanhou o ritmo da dona, mantendo-se sempre um passo atrás dela.

Ela ficara cautelosa depois do assalto; por isso, resolveu espiar pela janela antes de abrir a porta. Seu estômago pareceu dar um salto quando viu Max.

Instintivamente olhou para baixo, desgostosa, para seu jeans surrado, para os pés descalços, para a velha camiseta cinza. Tinha feito um rabo de cavalo de manhã e nem se dera ao trabalho de se maquiar.

— Esse não é bem o visual que eu gostaria de apresentar ao homem com quem pretendo ir para a cama na primeira oportunidade — disse ela para Henry. — Mas, se não tem jeito...

Abriu a porta e se esforçou para parecer casual.

— Olá, Max, que surpresa! Como foi que você me encontrou?

— Perguntei por aí. Você está bem? Soube que foi... — Parou de falar e baixou os olhos para junto dos joelhos dela. — Henry? Puxa, esse é o cão mais feioso e simpático que eu já vi na vida. — Exibiu um sorriso iluminado, e foi difícil Laine se sentir ofendida quando ele se abaixou até Henry e sorriu para ele.

— E aí, garoto, como vão as coisas?

Geralmente, as pessoas tinham medo do cão — pelo menos ao conhecê-lo. Era *grande, feio* e, quando rosnava, *parecia* perigoso. Mas Max já estendia a mão para ele cheirar.

— Puxa, que cara de mau você tem, Henry.

Obviamente dividido entre o terror e o prazer, Henry esticou o focinho e farejou de leve. A cauda bateu nas pernas de Laine antes de ele se deitar no chão e virar de barriga para cima.

— Ele não tem orgulho nenhum — declarou Laine.

— Não precisa. — Max se tornou o novo amor da vida de Henry quando lhe esfregou vigorosamente a barriga. — Não há nada melhor do que ter um cão por perto, não acha?

Primeiro fora o desejo, o que era muito natural, pensou Laine. Depois surgiram o interesse e uma forte atração. Mas ela estava preparada — ou tentara se preparar — para colocar todos esses impulsos de lado e manter a sensatez.

Ao vê-lo com o cão, porém, sentiu um calorzinho no coração que significava — essa não! — afeto. Bastava juntar desejo com afeição, e qualquer mulher, mesmo a mais sensata, ficava rendida.

— Não há nada melhor — concordou ela.

— Eu sempre tive cães em casa. Não posso tê-los em Nova York, pois viajo muito, e não me parece certo deixar um animal sozinho em casa. — Passou a mão pelo pescoço de Henry e o cão entrou em êxtase.

Laine quase gemeu.

— Essa, para mim, é a grande desvantagem de viver na cidade — acrescentou Max. — Como passaram por ele?

— Como assim?

Deu uma última palmadinha em Henry e depois se levantou. — Ouvi falar no assalto. Um cão desse tamanho deve ter dado muito trabalho para os ladrões.

Vá devagar, garota, ordenou Laine a si mesma.

— Que nada! Ele estava trancado na sala dos fundos. É onde o deixo quando eu saio. Além do mais... — Olhou para Henry, que lambia, sem parar, a mão de Max. — Ele não tem exatamente um coração de guerreiro.

— E você, está bem?

— Na medida do possível, acho que sim. Tanto quanto poderia estar na manhã seguinte após terem destruído meu lar e me roubado um monte de coisas.

— Sua casa é muito isolada. Ninguém deve ter visto nada.

— Pois é, duvido muito. Vince, o chefe de polícia, vai fazer um inquérito, mas esta é a única casa nesta rua.

— Sim, eu conheci o Chefe. Outra razão para vir até aqui foi garantir a você que eu não a convidei para jantar com a finalidade de afastá-la de casa e deixar o caminho livre para os ladrões.

— Ora, mas claro que não. Por que você... — Ela ligou os pontinhos. — Vince. Espero que ele não tenha deixado você numa posição desconfortável.

— É o trabalho dele. E agora vejo que deixei a mesma desconfiança na sua cabeça.

— Não, nada disso... — Mas ela considerava a possibilidade. — Não pense assim. Esta semana tem sido muito estranha. Acho que só lidei com o Vince, em termos profissionais, duas vezes desde que me mudei para cá. Agora, tive de procurá-lo duas vezes em dois dias. Ele deve ter ido ao hotel conversar com você agora de manhã. Sinto muito.

— Foi só rotina. Mas voltar para casa e encontrar o resultado de um furacão não é nada rotineiro. — Estendeu a mão e lhe tocou o rosto. — Eu estava muito preocupado com você.

A temperatura pareceu aumentar vários graus. Laine disse a si mesma que aquilo tudo não encaixava... Willy Young e Max Gannon trabalhando juntos? Se Max fosse um pilantra, ela perceberia.

Os iguais sempre se reconheciam.

— Estou bem. Jenny e Angie ficaram na loja hoje, enquanto eu arrumo a casa. — Apontou para a sala. — Não consegui fazer nada até agora. Ainda bem que gosto de fazer compras, pois essa será a segunda fase.

Ele passou por ela para ver a sala.

Para um leigo, aquilo parecia um ato de vandalismo seguido de um roubo. Aos olhos de Max, no entanto, era outra coisa: uma busca desesperada e vil. Mas, se tivessem levado o que procuravam, Laine não estaria limpando tudo com a maior calma do mundo nem falando de compras.

Ninguém poderia ser tão frio.

Pensando nisso, imaginou ela chegando em casa sozinha, às escuras, abrindo a porta e vendo aquela cena. Não era de estranhar que estivesse com olheiras e com o ar pálido de quem passara a noite em claro.

— Eles lhe aprontaram uma boa — murmurou ele.

— Isso não é comum em Angel's Gap. Quando eu morei na Filadélfia, porém, trabalhei com uma mulher que certa noite encontrou a casa revirada. Roubaram-lhe tudo e escreveram palavrões com spray nas paredes.

Ele olhou para ela.

— Você acha que poderia ter sido pior?

— Sempre pode ser pior. Escute, eu já arrumei a cozinha e dei uma passadinha no mercado para comprar café. Você quer um pouco?

— Eu sempre aceito café. — Foi até onde Laine estava. Ela parecia tão natural... Os cabelos brilhantes afastados do rosto bonito, os olhos ainda mais azuis por causa das olheiras. Exalava um perfume de sabonete, só sabonete. E tinha um encanto inocente nas sardas do nariz.

— Laine, não quero atrapalhar seu dia, mas... Deixe-me ajudá-la.

— Ajudar em quê?

Ele não sabia exatamente, mas falava sério e a oferta era irrecusável. Ele simplesmente olhou para ela e quis ajudar.

— Para começo de conversa, posso ajudá-la a limpar a casa.

— Ora, isso não é necessário. Você deve ter trabalho a fazer...

— Permita que eu a ajude. — Ela se calou quando ele a pegou pela mão. — Tenho tempo livre. Além do mais, se eu fosse fazer outra coisa, ficaria preocupado com você, e o trabalho não renderia nada.

— Isso é muito gentil. — Ela percebeu que não tinha saída. — É mesmo muito gentil da sua parte.

— Tem mais uma coisa. — Deu um passo na direção dela, fazendo-a encostar na parede. Quando a boca dele se aproximou, o beijo foi lento e suave, quase como num sonho. Ela sentiu os joelhos cederem e quase se derreteu antes que ele a soltasse. — Se eu não fizesse isso, ficaria pensando em fazer. Foi melhor resolver logo de cara.

— Ótimo. — Ela passou a língua pelo lábio inferior. — Satisfeito?

— Nem de longe.

— Ótimo, também. Café! — decidiu, antes que eles se lançassem no chão da sala e a desarrumassem ainda mais. — Vou buscar o café.

Foi até a cozinha com o cão pulando alegremente atrás dela. No momento, era bom manter-se ocupada, moendo os grãos e colocando o pó no medidor da cafeteira francesa. Ele a enlouquecia. Estava encostado no balcão, observando-a. Aquele corpo grande descontraído, os olhos concentrados. Algo nele a fazia querer se jogar no seu corpo como uma gata implorando para ser acariciada.

— Preciso esclarecer uma coisa — avisou ela.

— Diga.

Ela pegou duas canecas que haviam sobrevivido à destruição.

— Eu não costumo... Espere, deixe-me pensar em como dizer isso sem parecer completamente idiota e vulgar.

— Não creio que você consiga isso. Nunca.

— Puxa, você realmente sempre diz a coisa certa. Tudo bem. — Virou-se para ele enquanto a cafeteira trabalhava. — Não costumo sair, nem mesmo casualmente, com homens que acabei de conhecer. Muito menos com clientes. Aliás, você foi o primeiro.

— Ah, eu sempre gostei de ser o primeiro.

— Quem não gosta? Mais uma coisa: embora eu goste de homens e do bem que eles me fazem, não costumo me enrolar com um depois de jantar, como uma trepadeira faz com uma árvore.

Ele tinha a certeza de que se recordaria daquela frase e daquele momento durante muito tempo. Em seu leito de morte, pensaria naquele como um dos pontos altos da sua vida.

— Também fui o primeiro nisso?

— Nesse ponto, sim.

— Está ficando cada vez melhor.

— Você quer leite? Açúcar?

— Puro está ótimo.

Doce Relíquia 69

— Muito bem, continuando... Também não costumo, e essa é uma regra que nunca quebro, dormir com um homem que conheço há menos de vinte e quatro horas.

Ele coçava as orelhas de Henry, mas não tirava os olhos dela.

— Você sabe o que costumam dizer sobre regras?

— Sei, e, embora concorde com o ditado, não as quebro com facilidade. Acredito piamente na necessidade de uma estrutura, Max, tanto em questão de regras quanto de riscos. Portanto, o simples fato de eu considerar violar uma norma e passar por cima dos riscos já me deixa nervosa. Seria mais inteligente, seguro e sensato se recuássemos um pouco, pelo menos até nos conhecermos melhor. Até termos tido chance de desenvolver as coisas num ritmo mais razoável e racional.

— Mais inteligente, seguro e sensato — concordou ele.

— Você não faz ideia do quanto me custa seguir essas regras. — Riu de leve e serviu o café. — O problema é que nunca me senti tão atraída por alguém como me sinto por você.

— Talvez eu seja mais maleável na questão de regras e riscos. E não me preocupo em ser sensato em certas coisas. — Pegou a caneca que ela lhe estendia e a colocou sobre o balcão. — Só sei que nunca olhei para uma mulher e a desejei da forma como a desejo.

— Isso não vai me ajudar a ser mais inteligente. — Ela pegou o café e se afastou dele. — Preciso de um pouco de ordem nas coisas. Deixe que eu coloque a casa em ordem, na medida do possível, e vamos ver onde a coisa nos leva.

— É difícil argumentar contra isso. Mas eu posso ajudar você, e então, acabaremos nos conhecendo um pouco mais.

— Bem, isso pode funcionar. — Ele poderia ser uma distração, pensou Laine. Muito mais do que Jenny e um Big Mac para o almoço.

Ora, que se dane a cautela.

— Já que meus músculos estão disponíveis, que tal começarmos pela sala? — ofereceu ele. — O sofá é bem pesado.

◆ ◆ ◆ ◆

NA DOCE RELÍQUIA, as coisas andavam às mil maravilhas. Pelo menos o número de pessoas que paravam para olhar era grande. As notícias dos novos problemas de Laine não tinham demorado a se espalhar e atraíam os curiosos, sedentos por mais detalhes. À uma da tarde, já com a nova remessa de produtos recebida, os itens etiquetados e expostos, as vendas corriam soltas, lado a lado com as fofocas. Jenny colocou as mãos nas costas para acalmar a dor que sentia.

— Vou almoçar em casa e colocar os pés para cima por uma hora. Você consegue ficar aqui sozinha numa boa?

— Claro! — Angie exibiu uma barra de cereais e um Frappuccino com baixo teor de gordura. — Meu almoço está aqui.

— Você não imagina a tristeza que eu sinto ao ver você se referir a isso como almoço.

— Hoje de manhã eu me pesei: cinquenta e três quilos.

— Sua vaca!

Enquanto Angie ria, Jenny pegou a bolsa atrás do balcão e a suéter no cabide.

— Pois eu vou esquentar a massa que sobrou do jantar de ontem no micro-ondas e comer um brownie de sobremesa.

— Quem é a vaca, agora? — Deu uma palmadinha na barriga de Jenny, tentando pegar o bebê se mexendo. — Como vão as coisas por aqui?

— Esse bebê é uma coruja noturna. — Prendeu uma mecha que se soltara do coque. — Esse garoto acorda e começa a sapatear na minha barriga toda noite às onze horas e continua agitado até umas três da manhã.

— E você adora.

— E como! — Sorrindo, Jenny vestiu a suéter. — Adoro cada minuto dessa experiência. Estão sendo os melhores momentos da minha vida. Volto daqui a uma hora.

— Está tudo sob controle. Você acha que eu devo ligar para Laine só para ver como estão as coisas por lá?

— Pode deixar que eu ligo de casa — retorquiu Jenny, a caminho da porta. Antes de abri-la, duas pessoas entraram. Ela reconheceu o casal e tentou encontrar os nomes deles em seus arquivos mentais.

— Olá, sejam bem-vindos de volta. Dale e Melissa, acertei?

— Boa memória! — A mulher de trinta e poucos anos com corpo malhado e cheia de estilo sorriu.

— E lembro que vocês ficaram interessados no armário de pau-rosa.

— Acertou de novo, e já reparei que ele ainda não foi vendido. — Disse isso, foi até o armário e passou a mão no relevo da porta. — Ele continua me atraindo.

— É uma peça muito bonita — comentou Angie, vindo de trás do balcão. — Uma das minhas preferidas. — A verdade é que ela preferia peças mais modernas e arrojadas, mas era boa vendedora. — Recebemos outra peça de pau-rosa hoje. É uma escrivaninha estilo Davenport, lindíssima. Vitoriana. Acho que foram feitos um para o outro.

— Ai, meu Deus! — Rindo, Melissa apertou o braço do marido. — Acho que tenho que dar uma olhada, pelo menos.

— Eu lhe mostro.

— Eu já estava de saída, mas se precisarem de mim...

— Estamos bem. — Angie fez um sinal para Jenny. — Não é linda? — perguntou a Melissa, enquanto passava um dedo no tampo brilhante. — Está em excelentes condições. Laine tem um olho fantástico. Encontrou essa peça em Baltimore há algumas semanas. Chegou agora de manhã.

— É maravilhosa. — Melissa se debruçou e começou a abrir e fechar as gavetinhas laterais. — Perfeita! Eu pensei que Davenport fosse um tipo de sofá.

— E é mesmo, mas escrivaninhas assim, com gavetas pequenas dos dois lados, também têm esse nome. Só não pergunte por quê. Isso é território de Laine.

— Adorei a peça, não importa o nome. E então, Dale?

Ele mexia na etiqueta do preço e lançou um olhar significativo para a esposa.

— Precisamos calcular se é uma boa comprar as duas peças, Melissa. Não são baratas.

— Talvez elas possam baixar o preço.

— Podemos pensar nisso — garantiu Angie.

— Deixe-me ver novamente o armário. — Foi até lá e abriu as portas do móvel.

Como sabia como efetuar uma venda, Angie não insistiu e recuou um pouco, enquanto Dale se juntava à esposa e eles começavam a sussurrar. As portas foram abertas e fechadas, e as gavetas também.

— Podemos levar o que está aqui dentro também? — perguntou Dale.

— Como assim?

— Tem uma caixa aqui. — Tirou-a de dentro de uma das gavetas e a sacudiu. — É como o brinde que vem nas caixas de cereal matinal?

— Dessa vez, não. — Com um sorriso, Angie pegou a caixa. — Chegou um grande carregamento esta manhã e estivemos muito atarefadas. Jenny deve ter colocado isso aí por engano.

Será?... As coisas realmente haviam ficado agitadas por ali nas últimas duas horas. De um jeito ou de outro, Angie os considerou uma sorte que a cliente tivesse aberto a gaveta antes que a peça se perdesse.

— Vamos conversar um pouquinho sobre o preço — avisou Melissa.

— Fiquem à vontade. — Angie os deixou e voltou ao balcão. Desembrulhou a caixa e analisou o tolo cãozinho de louça. Era uma gracinha, pensou, mas não compreendia por que alguém pagaria um preço alto por uma peça de louça em formato de animal. Achava os animais de pelúcia muito mais fofos e amigos.

Aquela devia ser uma peça Doulton, Derby ou um dos estilos que Laine ainda a estava ensinando a reconhecer.

Considerando que, pelo rumo da conversa, Melissa parecia estar convencendo o marido sem precisar de ajuda, Angie lhes deu mais espaço e levou o cão para a vitrine de estatuetas e pequenas joias para tentar identificar o tipo e a época.

Aquilo era uma espécie de jogo para ela. Claro que encontraria a resposta no fichário, mas não valia colar. Identificar os produtos da loja era muito parecido com tentar identificar personalidades dos clientes do bar. Depois de algum tempo, dava para reconhecer logo de cara quem era a figura.

— Senhorita...?

Doce Relíquia **73**

— Angie. — Ela se virou e sorriu.

— Se levarmos as duas peças, por quanto sairá?

— Deixe-me ver... — Deliciada com a perspectiva de surpreender Jenny com uma venda dupla, colocou o cãozinho de louça na vitrine e foi discutir preços com os clientes.

Na empolgação de fechar o negócio, cuidar da entrega e preencher a nota, nem pensou mais no cãozinho.

Capítulo Cinco

♦ ♦ ♦

MAX APRENDEU muito sobre Laine naquelas horas. Era organizada, prática e precisa. Tinha um raciocínio mais linear do que ele imaginaria para alguém com o seu passado. Olhava para uma tarefa, analisava-a do princípio ao fim e seguia todos os passos até a conclusão, sem desvios ou distrações.

E cuidava do ninho. Era parecida com sua mãe naquele ponto e adorava enfeitar o ninho com pequenas... Como é mesmo que seu pai chamava? Bugigangas. Como sua mãe, Laine sabia exatamente onde preferia cada uma delas.

Porém, e ao contrário da mãe dele, Laine não parecia criar um sentimento de apego quase íntimo aos objetos. Ele já vira a mãe chorar baldes por causa de um jarro quebrado, e ele mesmo tinha conhecido a força poderosa de sua ira ao quebrar uma tigela antiga.

Laine varria pedaços disso, cacos daquilo e despejava tudo no lixo sem pestanejar. Queria restabelecer a ordem no seu espaço. Isso era algo que ele respeitava.

Embora fosse um enigma a forma como a filha de um vigarista e andarilho tinha conseguido realizar uma volta de cento e oitenta graus na vida, tornando-se uma pessoa caseira e sossegada numa cidade minúscula, o fato mais intrigante era que esse quebra-cabeça tornava tudo, especialmente ela, ainda mais interessante.

Ele gostava de estar ali, no ninho dela, e de lhe fazer companhia. Certamente a atração óbvia que existia entre eles iria complicar as coisas no futuro, mas era difícil não curtir aquele momento.

Ele gostava da voz dela, do fato de ela ser rouca e suave ao mesmo tempo. Gostava de reparar no quanto ela parecia sensual, mesmo de camiseta. E adorava suas sardas.

Admirava a resiliência dela diante de tantas coisas que teriam devastado a maioria das pessoas. Admirava e apreciava a reação sincera dela sobre ele e o que começava a borbulhar entre ambos.

A verdade é que, sob outras circunstâncias, ele poderia se imaginar mergulhando de cabeça numa relação com Laine, baixando a guarda, mandando a cautela às favas ou qualquer outro clichê a respeito. Mesmo naquelas circunstâncias, estava disposto a dar esse mergulho. Só não descobrira, ainda, se isso era bom ou mau.

Contudo, fosse aquilo um benefício ou um obstáculo ao seu objetivo, era hora de voltar ao jogo principal.

— Você teve muito prejuízo — comentou ele.

— Posso comprar tudo de volta. — Sentiu uma fisgada de dor ao ver a ponta lascada do jarro Derby que mantinha sobre o aparador da sala de jantar. — Entrei nesse ramo de negócio porque gosto de colecionar de tudo. Com o tempo, percebi que não precisava tanto ser a dona das coisas, desde que me mantivesse junto delas para vê-las e tocá-las.

Passou os dedos pelo jarro lascado e continuou:

— É gratificante comprar, vender e ver peças interessantes indo para as mãos de pessoas interessantes. Mais até do que possuí-las, de certo modo.

— Quer dizer que as pessoas sem graça nunca compram peças interessantes?

— Compram, sim — garantiu ela, rindo. — Eis o motivo de ser tão importante não criar um vínculo sentimental excessivo com o que se planeja vender. E eu adoro vender e ouvir o tilintar da caixa registradora.

— E como sabe o que comprar, para início de conversa?

— Instinto, experiência. Às vezes, é como um jogo de apostas.

— Você gosta de apostar?

— Para ser franca, gosto, sim. — Olhou diretamente para ele.

Aquele era o momento, pensou ele. Era como se estivessem parados na beira de um abismo e fosse hora de saltar.

— Que tal largar tudo agora mesmo e ir para Las Vegas?

— Se eu topasse, o que você faria? — quis saber ela, erguendo uma sobrancelha.

— Marcaria o voo.

— Sim — disse ela, pensando por alguns instantes. — Aposto que sim, e acho que eu gostaria disso. — Seu lado O'Hara já estava a caminho do aeroporto. — Infelizmente, porém, não posso aceitar o convite. — Aquele era o seu lado Tavish. — Que tal deixarmos isso para outra hora?

— Tudo bem, mas a ideia continua de pé. — Ele a viu guardando algumas peças que tinham sobrevivido ao assalto. Castiçais, uma enorme tigela de cerâmica, uma travessa comprida. Sentiu que ela as colocava exatamente no lugar onde haviam estado. Parecia sentir um pouco de conforto nisso. Misturado com provocação.

— Quer saber de uma coisa? — continuou ele. — Analisando com atenção, isso não parece ter sido um simples assalto. Se é que ter a casa arrombada pode ser considerado algo simples. Não me parece um roubo comum. Tem cara de ter sido um ataque pessoal.

— Puxa, agora você me deixou mais aliviada.

— Desculpa, falei sem pensar. Se bem que você não me parece muito assustada.

— Dormi com a luz acesa a noite passada — confessou. — Como se isso fizesse grande diferença. Não ajuda em nada ficar assustada. Não muda nem conserta as coisas.

— Mandar instalar um sistema de alarme não seria exagero, no seu caso. Qualquer coisa mais sofisticada do que a espécie canina — acrescentou, olhando para Henry, que roncava debaixo da mesa de jantar.

— Não. Cheguei a pensar nisso por cinco minutos, mas não é um sistema de segurança que vai me deixar tranquila. Pelo contrário, só ressaltaria o fato de que eu preciso me preocupar. E eu me recuso a ficar amedrontada dentro de minha própria casa.

— Deixe-me insistir mais um pouco. Acha que isso pode ter sido feito por alguém que a conhece? Você tem inimigos?

— Não para as duas perguntas — respondeu ela, dando de ombros enquanto arrastava as cadeiras de encosto alto e as ordenava em torno da mesa. Mas as palavras de Willy voltaram à sua mente: *Ele sabe onde você está agora.*

Doce Relíquia   77

Ele quem?

Papai?

— Vejo que agora eu a deixei preocupada. — Ele levantou o queixo dela com o indicador.

— Não, preocupada, não. Desconcertada, talvez, com a ideia de que posso ter inimigos. Lojistas comuns de uma cidade do interior de Maryland não devem ter inimigos.

— Você não é nem um pouco comum. — Ele deslizou o polegar de leve pelo queixo dela.

Laine deixou que os lábios se curvassem quando os dele desceram para um beijo. Ele não fazia ideia, pensou, no trabalho que ela tivera a vida toda para *ser* comum.

As mãos dele estavam nos quadris dela quando o telefone tocou.

— Você está ouvindo sinos ao longe? — perguntou ele.

Ela recuou um pouco, rindo, e pegou o telefone sem fio no bolso.

— Alô. Oi, Angie. — Enquanto ouvia, ajeitou o jarro lascado alguns centímetros para o lado sobre o aparador. — *As duas* peças? Que maravilha! O quê? Sim, sim. Claro, você fez muito bem. A escrivaninha em estilo Davenport tem esse nome porque foi projetada para um tal capitão Davenport, no século XIX, e a denominação pegou. Sim, estou bem. Sério, é claro que isso me deixou mais animada. Obrigada, Angie. Mais tarde voltamos a nos falar.

— Eu pensei que Davenport fosse um estilo de sofá — disse Max, quando ela tornou a guardar o telefone no bolso.

— E é mesmo, um sofá pequeno que pode se transformar numa cama. Mas também serve para identificar uma escrivaninha baixa e quadrada que tem uma seção superior que desliza ou se abre para fornecer espaço para as pernas de quem a utiliza.

— Hum... Realmente estamos sempre aprendendo algo novo.

— Eu posso lhe ensinar muita coisa. — Curtindo o momento, passou os dedos de leve pelo peito dele. — Quer que eu lhe mostre a diferença entre uma cômoda do tipo Canterbury e uma comum?

— Mal posso esperar.

Pegou-o pela mão e o levou para a pequena biblioteca, onde podia lhe dar uma aula sobre antiguidades enquanto arrumavam as coisas.

♦ ♦ ♦ ♦

Quando o cavalheiro alto, distinto, de bigode cinza bem-aparado, entrou na Doce Relíquia, Jenny estava pensando no que preparar para o jantar. Como sentia fome o tempo todo, pensar em comida era quase tão bom quanto comê-la.

Depois da grande venda efetuada por Angie na hora do almoço, o ritmo diminuíra na loja. Alguns clientes haviam passado apenas para olhar produtos, e a sra. Gunt aparecera rapidamente para ver o jarro em forma de lótus, que acabou comprando. Depois disso, as duas vendedoras tinham ficado à toa. O dia assumiu um ar de preguiça, e isso fez Jenny mandar Angie embora para casa mais cedo.

Sozinha, Jenny ergueu a cabeça quando ouviu o sininho da porta, contente por ter um cliente para distraí-la das fantasias com costeletas de porco e purê de batata.

— Boa tarde. Em que posso ajudá-lo?

— Queria apenas dar uma olhadinha, se não se importa. É muito interessante essa loja. Ela pertence à senhora?

— Não. A dona não está aqui, hoje. Pode observar tudo, fique à vontade. Se tiver alguma pergunta, dúvida ou se precisar de ajuda, não hesite.

— Obrigado.

Ele vestia um terno quase da mesma cor do bigode e dos cabelos curtos e bem-cortados. O estilo da roupa e a gravata com listras discretas a fizeram perceber que aquele era um homem com dinheiro. Sua voz tinha um jeito abrupto que a fez reconhecer seu sotaque do Norte.

O instinto de vendedora lhe garantiu que ele não se importaria de conversar enquanto visitava a loja.

— O senhor está de passagem por Angel's Gap?

— Sim, tenho negócios na região. — Deu um sorriso, o que acentuou as covinhas do seu rosto, deixou seus olhos azuis mais cordiais e emprestou sensualidade àquele seu ar distinto. — É uma cidadezinha muito amistosa.

Doce Relíquia 79

— Sim, é mesmo.

— E pitoresca. Boa para fazer negócios, me parece. Tenho uma loja de antiguidades, também. — Inclinou-se para observar a vitrine das joias familiares. — Um expositor só para joias de herança! — disse, batendo no vidro de leve. — Compra e venda. Vejo que vocês têm belas peças aqui. Na verdade, isso é um tanto inesperado, tão longe de uma metrópole.

— Obrigada. Laine tem muito cuidado e atenção com o que coloca para vender.

— Laine?

— Laine Tavish, a proprietária.

— Será que já não ouvi esse nome? Pode ser que a tenha conhecido nesses leilões que frequento. Atuamos num mercado relativamente pequeno.

— Sim, é possível. Se o senhor ficar na cidade por algum tempo, poderá voltar a nos visitar. Ela costuma estar sempre aqui.

— Sim, vou me lembrar disso. Por favor, diga-me: vocês também vendem pedras avulsas?

— Pedras?

— Costumo comprar pedras preciosas — explicou ele, ao ver o olhar perdido de Jenny. — Uso-as para substituir as que se perderam em engastes antigos ou para duplicar peças para clientes.

— Ah. Não, não trabalhamos com pedras. Para ser franca, as joias têm uma participação muito pequena em nosso estoque.

— Entendo. — Virou-se de lado, mas seus olhos vasculharam cada centímetro do salão. — Temos uma mistura eclética aqui, vários estilos e épocas. É a srta. Tavish quem faz as compras?

— Sim, ela mesma. É uma sorte termos alguém como Laine em Angel's Gap. A loja já conquistou uma boa reputação, somos citados em vários guias da região. Também aparecemos em publicações sobre antiguidades e revistas voltadas para colecionadores.

Ele se afastou e seguiu na direção da mesa em que ficavam expostas as figuras de porcelana e bronze.

— Quer dizer que ela não é da cidade?

— Uma pessoa só é originária da cidade se seu avô tiver nascido aqui. Não é o caso dela. Laine se mudou para cá faz alguns anos.

— Tavish, Tavish... — Voltou a olhar ao redor, estreitou os olhos e alisou o bigode. — Ela é alta, magra, tem cabelos curtos alourados e usa óculos pretos?

— Não. Laine é ruiva.

— Ah... Bem, isso pouco importa. Que peça magnífica! — elogiou, pegando um gato de porcelana fina. — Vocês fazem entregas?

— Fazemos, sim. Ficaremos muito felizes em... Oh, olá, querido — saudou ela quando Vince entrou na loja. — Este é o meu marido — explicou ao cliente, com uma piscadela. — Não chamo todos os policiais que aparecem por aqui de "querido".

— Passei por aqui para ver como Laine estava.

— Acho que ela não vem hoje. Tem muito a fazer. A casa da Laine foi assaltada ontem à noite — explicou, olhando para o visitante.

— Minha nossa, que coisa terrível! — O homem levou a mão ao nó da gravata, e a pedra azul escura do anel em seu dedo mindinho cintilou. — Houve algum dano pessoal?

— Não, ela não estava em casa. Desculpe, Vince, este é o senhor... Desculpe, não guardei seu nome.

— Alexander. Miles Alexander. — Estendeu a mão a Vince.

— Sou Vince Burger. O senhor conhece a Laine?

— Estávamos justamente tentando determinar isso. Eu vendo joias de herança de família e estava me perguntando se não conheceria a srta. Tavish desse modo. Lamento o que lhe aconteceu. Estou muito interessado no gato de porcelana — declarou, olhando para Jenny —, mas tenho um compromisso importante daqui a alguns minutos. Prometo voltar e espero encontrar a srta. Tavish. Obrigado pelo seu tempo, sra. Burger.

— Por favor, me chame de Jenny. Volte sempre — completou, quando ele se dirigiu à porta.

Quando se viram a sós na loja, Jenny deu uma cotovelada na barriga de Vince.

— Você olhou para ele como se fosse um suspeito.

Doce Relíquia   81

— Claro que não. — Ele também cutucou, de leve, a barriga dela. — Apenas acho curioso ver um sujeito sofisticado circulando pela loja de Laine um dia após a casa dela ter sido arrombada.

— Ah, sim, ele tinha a maior pinta de bandido.

— Ah, é? E por que ele não parece ser um bandido?

— Porque eles não têm esse estilo todo — argumentou Jenny.

◆ ◆ ◆ ◆

Seu nome era Alex Crew, embora tivesse um documento com o nome de Miles Alexander — entre outras identidades falsas. Caminhava a passos largos na calçada levemente íngreme. Precisava espairecer a raiva que fervia dentro dele por não ter encontrado Laine Tavish onde pretendia.

Detestava contrariedades e frustrações, não importava de que tipo.

Não obstante, caminhar fazia parte do negócio. Tinha de reconhecer o terreno a pé, embora tivesse um mapa detalhado de Angel's Gap guardado na cabeça. Não gostava de cidades pequenas, nem da paisagem verde luxuriante das montanhas circundantes. Era um típico homem da cidade grande. Gostava do mundo urbano e de suas oportunidades.

Gostava da abundância de alvos.

Para descanso e lazer preferia os trópicos, com as suas brisas suaves, noites de luar e turistas ricos.

Aquela cidadezinha estava cheia de caipiras como a vendedora grávida. Talvez aquele já fosse seu quarto filho. O marido, certamente um ex-campeão de futebol do ensino médio, era, agora, o chefe de polícia do vilarejo. Parecia ser o tipo de homem que relembra as glórias do passado com os amigos aos sábados à noite, em meio a latas de cerveja. Ou fica na mata à espreita para caçar corças e se sentir novamente um campeão.

Crew deplorava aquele tipo de homem e as mulheres que lhe mantinham o jantar quente, à noite.

Seu pai tinha sido assim.

Sem imaginação, sem visão, sem gosto pela rapinagem. O pai não fazia nada que não estivesse agendado. Nem tirava uma folga do trabalho. E de que lhe tinha servido isso? Teve uma mulher com ar cansado e muito queixosa, uma casa que parecia uma caixa de fósforos em Camden e foi para o túmulo mais cedo do que se esperava.

Para Crew, o pai representava apenas um patético desperdício de vida.

Alex sempre quis mais. E começara a agarrar tudo o que queria desde que arrombara pela primeira vez uma janela aos doze anos. Roubara o primeiro carro aos quatorze, mas isso não bastara. Sempre tivera grandes ambições e objetivos mais arrojados.

Preferia roubar dos ricos, mas não tinha nada de Robin Hood. Fazia isso simplesmente porque os ricos possuíam coisas melhores. Ao tê-las e tirá-las deles, sentia-se parte da elite da sociedade.

Matara o primeiro homem aos vinte e dois anos, embora isso não tivesse sido planejado — mariscos estragados haviam feito a vítima voltar para casa mais cedo, voltando do balé. Apesar disso, não tinha aversão a tirar vidas, especialmente se o lucro fosse bom.

Estava com quarenta e oito anos, gostava de vinhos franceses e ternos italianos. Morava numa casa em Westchester, de onde a mulher fugira carregando o filho deles pouco antes do divórcio. Também tinha um apartamento de luxo perto do Central Park, onde recebia convidados de forma pródiga, quando lhe dava na telha. Era dono, ainda, de uma casa de férias nos Hamptons e de outra, de praia, nas ilhas Cayman. Cada escritura tinha um nome de dono diferente.

Construíra um ótimo patrimônio a partir das coisas que roubara dos outros e, modéstia à parte, se transformara numa espécie de *connoisseur*. Havia se tornado, inclusive, mais seletivo em seus roubos na última década. Arte e pedras preciosas eram sua especialidade, com ocasionais investidas na área de selos raros.

Fora preso poucas vezes e condenado uma única vez — uma mancha que atribuía unicamente ao advogado incompetente e caro que contratara.

O homem pagara caro pela sua incompetência, já que Crew o espancara até a morte com uma barra de chumbo, três meses depois de ser solto. Porém, na cabeça dele, isso não bastava para equilibrar as coisas. Passara

Doce Relíquia **83**

vinte e seis meses dentro de uma cela, privado de sua liberdade, aviltado e humilhado.

A morte do advogado idiota lhe trouxera pouco consolo.

Mas isso tudo acontecera mais de vinte anos atrás. Embora o tivessem interrogado uma ou duas vezes depois disso, nunca mais tinha sido preso. O único benefício dos meses perdidos na prisão fora o tempo infindável que tivera para refletir, avaliar e considerar.

Não bastava roubar. Era essencial roubar bem e viver melhor. Por conseguinte, estudara muito, desenvolvera seu cérebro e suas *personas*. Para roubar os ricos de forma bem-sucedida, precisava se tornar um deles, ganhar conhecimentos e adquirir um gosto refinado, ao contrário dos bundões que apodreciam atrás das grades.

Era preciso planejar uma bela *entrée* na sociedade e, em algum momento, arrumar uma esposa rica. Sucesso, para ele, não era mais arrombar janelas, e sim contratar outros para fazê-lo. Pessoas que pudesse manipular e depois descartar, quando necessário. Porque não importava o que eles roubassem sob suas ordens, os direitos sobre o butim lhe pertenciam exclusivamente.

Era esperto, paciente e implacável.

Mesmo que tivesse cometido alguns erros pelo caminho, isso não era nada que não pudesse corrigir. E ele *sempre* corrigia seus erros. O advogado idiota, a mulher tola que questionara quando ele a fraudara em alguns milhares de dólares e outros sujeitos de raciocínio lento que ele contratara ou com quem se associara ao longo da carreira.

Mas Big Jack O'Hara e seu ridículo comparsa Willy tinham sido erros.

Equívocos, corrigiu Crew enquanto virava a esquina em direção ao hotel. Não eram tão burros quanto ele imaginava quando os usou para planejar e executar o golpe de toda uma vida. Seu Santo Graal; seu grande sonho; o objetivo *dele*.

Como haviam escapado da armadilha que lhes preparara e fugido com a sua parte antes de serem apanhados era um enigma para ele. Tinham conseguido enganá-lo durante mais de um mês. E nenhum deles tentara transformar a sua parte em dinheiro — essa era outra surpresa.

Mas ele mantivera o faro apurado e acabara por sentir o cheiro de O'Hara. No entanto, não fora Jack quem ele seguira de Nova York até as montanhas do Maryland, e sim Willy, o fuinha idiota.

Não devia ter deixado que o patife o visse, analisava Crew naquele momento. Malditas cidades pequenas! Não esperava dar de cara com o sujeito no meio da rua. Assim como não imaginava que Willy iria se sobressaltar a ponto de correr como um coelho assustado, aos pinotes, e se deixar atropelar por um carro.

Na hora, teve vontade de enfrentar a chuva só para ir até a massa sanguinolenta que agonizava na calçada e enchê-la de pontapés. Milhões de dólares estavam em jogo, mas o idiota não se lembrou de olhar para os dois lados antes de atravessar a rua.

Foi então que ela saiu da loja correndo. A linda ruiva com uma expressão de choque no rosto. Ele conhecia aquele rosto. Nunca haviam sido apresentados, mas ele já vira aquela mulher. Big Jack tinha fotos dela e adorava exibi-las depois de algumas cervejas.

Esta é minha filha. Não é uma beleza? É esperta e tem a língua rápida como um chicote. E fez faculdade, minha Lainie.

Muito esperto se enfiar entre as montanhas, refletiu Crew. Dava para ela curtir uma vida limpa, numa cidadezinha, receptando mercadorias e as transportando em segurança, antes de repassá-las adiante. Era um belo plano.

Mas, se Jack achava que poderia passar o que pertencia a Alex Crew à filha e se aposentar morando no Rio de Janeiro, como tantas vezes disse que iria fazer, ele não perdia por esperar.

Crew pretendia recuperar o que lhe pertencia. *Tudo* o que lhe pertencia. Pai e filha iriam pagar bem caro por isso.

Entrou no saguão do Wayfarer e teve de reprimir um arrepio. Considerava aquele hotel pouco mais que um alojamento, simplesmente intolerável. Subiu as escadas até a suíte e colocou o aviso de FAVOR NÃO INCOMODAR na maçaneta, pois queria se sentar em paz para arquitetar o próximo movimento.

Precisava estabelecer contato com Laine Tavish, mas deveria fazê-lo sob a identidade de Miles Alexander, joalheiro de peças herdadas. Analisou o reflexo no espelho e assentiu. Alexander era uma identidade recente, assim como os cabelos brancos e o bigode. O'Hara o conhecia como Martin Lyle ou Gerald Benson, e o descreveria como alguém sem barba nem bigode, com cabelos grisalhos muito curtos.

Um flerte poderia ser o caminho de entrada, e ele realmente gostava de companhia feminina. O interesse mútuo por joias herdadas fora um toque de mestre, mas era melhor esperar alguns dias antes de dar o passo seguinte.

Ela não tinha escondido a mercadoria em casa. Não possuía cofre nem chave de alguma caixa bancária, senão ele e os dois bandidinhos que contratara para o trabalho teriam encontrado.

Talvez tivesse sido precipitado arrombar a casa com tanto estardalhaço, mas o fato é que ele estava com fome de vingança e queria recuperar o que lhe pertencia. Continuava achando que Laine escondia o que era dele ou, pelo menos, sabia onde estava. A melhor abordagem talvez fosse se manter amigável ou até mesmo romântico.

Ela estava ali e Willy também, ainda que morto. Portanto, Jack O'Hara não poderia estar muito longe, certo?

Satisfeito com a simplicidade do plano, Crew se sentou diante do laptop. Navegou por vários sites da internet sobre joias herdadas e começou a estudá-los.

♦ ♦ ♦ ♦

*L*AINE ACORDOU com a luz do abajur acesa e olhou em volta do quarto.

Que horas eram? Que dia era? Jogou os cabelos para trás e levantou para olhar o relógio. Oito e quinze. Não podia ser da manhã porque estava escuro; portanto, que diabos ela fazia ali deitada, às oito da noite?

Ainda por cima na cama, reparou, e com a colcha de chenile cobrindo-a de forma cuidadosa. E Henry roncando no chão ao lado da cama.

Ela bocejou, se espreguiçou e logo ficou alarmada.

Max!

Oh, Deus! Ele a estava ajudando a limpar os destroços do quarto de hóspedes e conversavam alguma coisa sobre sair para jantar ou pedir comida.

O que acontecera, então? Tentou se concentrar. Ele tinha levado o lixo para a rua e ela fora ao quarto para se arrumar.

Sentara-se na cama por alguns instantes.

Tudo bem... Ela se *recostara* na cama por um minuto. Fechara os olhos, tentando se recompor.

E agora acordava quase três horas mais tarde. Sozinha.

Ele a cobrira com a colcha, pensou com um sorriso embevecido, passando a mão pelo chenile. E acendera o abajur para que ela não acordasse no escuro.

Começou a afastar a colcha para se levantar quando viu o bilhete sobre a almofada ao lado.

Você estava linda demais e cansada demais para eu bancar o Príncipe Encantado diante da Bela Adormecida. Tranquei tudo, mas deixei seu cão feroz de guarda. Durma bem. Ligo para você amanhã. Ou melhor, passo aqui para vê-la.

Max

— Isso poderia ser mais perfeito? — perguntou ao cão, que ainda ressonava. Recostou-se e levou o bilhete ao peito. — Uma pessoa deve desconfiar da perfeição na mesma hora, quando a encontra, mas confesso que isso me agrada. Puxa, estou farta de ser desconfiada, cautelosa, e de estar sempre sozinha.

Deixou-se ficar ali mais alguns instantes, sorrindo para si mesma. A Bela Adormecida já não tinha mais sono. Aliás, não poderia estar mais alerta.

— Você sabe há quanto tempo eu não faço algo irresponsável? — Respirou fundo e expirou lentamente. — *Nem eu sei* há quanto tempo fiz isso pela última vez. Está na hora de voltar ao jogo.

Levantou-se, foi para o banheiro e ligou o chuveiro. Pensando melhor, decidiu que um banho de espuma seria mais apropriado para o plano que tinha em mente. Havia tempo para isso. Enquanto a água corria, ela tentava decidir o que vestir para seduzir Max Gannon.

Usou sais de frésia na banheira e levou mais de vinte minutos só para se maquiar. Depois, demorou quase o mesmo tempo para resolver se prendia o cabelo ou não. Optou por prendê-lo e fez num coque frouxo que se soltaria à menor provocação.

Optou pelo óbvio pretinho básico. Sentiu-se grata pelo frenesi comprista em que tinha se lançado alguns meses antes, acompanhada por Jenny, ainda não grávida, ocasião em que ambas haviam comprado incríveis peças de lingerie.

Depois, lembrando que Jenny atribuía seu atual estado interessante à lingerie, Laine acrescentou mais alguns preservativos aos que já tinha colocado na bolsa. Chegou a meia dúzia, número que decidiu, alegremente, ser cauteloso e, ao mesmo tempo, otimista.

Vestiu um agasalho de cashmere preto muito fino por cima do vestido, uma linda peça que ela não conseguia usar com muita frequência.

Deu mais uma boa olhada no espelho, de todos os ângulos.

— Se ele dispensar você — declarou —, não há mais esperança para a humanidade.

Assobiou para que o cão a seguisse até o andar de baixo. Depois de ir à cozinha buscar uma garrafa de vinho, pegou a correia de Henry no gancho atrás da porta.

— Quer dar um passeio? — Essa era uma pergunta que sempre deixava Henry aos pulos, dando corridinhas de empolgação. — Você vai ficar com Jenny. Vai dormir fora e, se Deus quiser, eu também vou. Se eu não encontrar uma válvula de escape para todo esse fogo, vou entrar em combustão espontânea.

O cão já tinha corrido para o carro e voltado três vezes quando ela chegou lá e abriu a porta. Ele pulou para o lugar do carona e ela o prendeu com o cinto de segurança.

— Nem estou nervosa! Não acredito que não estou nem um pouco nervosa, apesar de não fazer isso há... Puxa, nem vale a pena pensar nisso — acrescentou, já ao volante. — Se tentar descobrir quando foi a última vez, eu vou *acabar ficando* nervosa. Gosto muito dele. É uma loucura, porque mal o conheço, mas gosto muito dele, Henry.

Henry ladrou, talvez por concordar ou por pura alegria, quando o carro começou a descer o acesso para a rua.

— Isso não deve dar em nada — continuou ela. — Afinal de contas, ele mora em Nova York e eu vivo aqui. Portanto, não pode dar em nada, entende? Mas também não precisa ser um amor eterno, nem um compromisso para a vida toda. Pode ser apenas tesão, um pouco de respeito, afeto e... Mais tesão. Puxa, certamente há muito tesão nessa história, mas não existe nada de errado com isso.

Refletiu mais um pouco e completou:

— Vou calar a boca, antes que me convença de que não devo fazer isso.

Eram quase dez da noite quando entrou no acesso à casa de Jenny. Era tarde, pensou. E mais tarde ainda para surpreender um homem em seu quarto de hotel.

Por outro lado, qual seria a melhor hora para surpreender um homem em seu quarto de hotel?

Jenny já saía pela porta da frente e descia o acesso. Laine soltou o cinto de Henry e esperou que a amiga abrisse a porta do carona.

— Olá, Henry! Aí está meu garotão, aí está. Vince está à sua espera.

— Vou ficar devendo essa a você — disse Laine, enquanto Henry corria como um louco para dentro da casa.

— Não vai ficar devendo nada. Encontro tarde da noite, hein?

— Não pergunte e não espalhe por aí.

Jenny se inclinou para dentro do carro o máximo que sua avantajada barriga permitiu.

— Você está de gozação comigo?

— Estou. Amanhã eu conto tudo a você. Poderia me fazer mais um favorzinho?

— Claro, o que é?

— Reze com vontade para todos os santos para que haja alguma coisa para eu contar amanhã.

— Tudo bem, mas, pelo arraso que você está, minhas orações já foram atendidas.

— Muito bem. Lá vamos nós!

— Vai fundo, garota. — Jenny fechou a porta e se afastou, esfregando a barriga enquanto Laine saía com o carro. — O pobrezinho está perdido — murmurou para si mesma e entrou para brincar com Henry.

Capítulo Seis

♦♦♦♦

OCORREU A LAINE que ela parecia uma mulher a caminho de um encontro amoroso. O pretinho básico, os sapatos de salto fino, a garrafa de vinho debaixo do braço.

Mas aquilo era bom. Realmente *era* uma mulher a caminho de um encontro amoroso, só que o homem em questão ainda não fora informado. E se esbarrasse em alguém conhecido, qual seria o problema? Era adulta, solteira e livre. Tinha direito a uma noite de sexo saudável e sem compromissos.

Mesmo assim, ficou aliviada quando passou pela recepção do Wayfarer sem encontrar ninguém conhecido. Chamou o elevador e começou a praticar uma técnica de relaxamento que aprendera numa aula de ioga.

Parou.

Não queria relaxar. Poderia relaxar no dia seguinte. Naquela noite, queria sentir a adrenalina no sangue, os músculos do estômago se retesando, a sensação de arrepios e de calor na pele.

Entrou no elevador e apertou o botão do andar de Max. Assim que as portas se fecharam, as do elevador ao lado se abriram.

E Alex Crew saltou.

♦♦♦♦

EM SUA MESA de trabalho, com a televisão ligada no mudo, apenas para lhe fazer companhia, Max revia as anotações e preparava seu relatório diário. Deixou de mencionar algumas coisas, na verdade. Não valia a pena descrever que brincara com o cão, beijara Laine ou que a cobrira com uma colcha e ficara apreciando-a enquanto dormia.

Nada daquilo era informação relevante.

Entretanto, relatou de forma detalhada a extensão dos danos na propriedade dela, suas ações e reações, e fez observações sobre o atual estilo de vida dela.

Simples, provinciana, bem-sucedida. Conhecedora da sua profissão, muito bem-instalada em uma casinha no alto de uma ladeira e adaptada à comunidade.

Porém, onde conseguira dinheiro para comprar aquela casa e abrir a loja? Os dados do empréstimo bancário ao qual ele tivera acesso — por meios não exatamente legais — não explicavam isso. Ela fizera depósitos elevados, mais do que parecia logicamente possível para uma jovem que tinha um salário fixo não muito alto desde os tempos de faculdade.

Por outro lado, o dinheiro gasto não era uma soma exorbitante, refletiu. Não chamava a atenção. Não indicava haver uma árvore de dinheiro em algum lugar, fazendo chover milhões na horta dela.

Laine dirigia um carro de boa qualidade, americano, com três anos de uso. Tinha algumas peças de arte excelentes, mas esse era o negócio dela e, portanto, não havia nada de especial naquilo.

Suas roupas, que ele conhecera durante a arrumação, revelavam um gosto clássico, mas não eram caras e se adequavam muito bem à imagem de uma comerciante de antiguidades solteira e bem-sucedida.

Tudo combinava com essa imagem, até os mínimos detalhes.

Não levava vida de rica. Não parecia lidar com operações ilícitas, e ele tinha bom olho para reconhecer gente assim. Por fim, de que valia comprar uma casa nas montanhas, arrumar um cão feio e abrir uma loja na rua principal de uma cidade minúscula, a não ser que isso fosse exatamente o que ela queria?

Uma mulher com as características e qualidades dela poderia morar em qualquer cidade e fazer qualquer coisa. Portanto, era possível deduzir que ela estava fazendo exatamente o que queria.

E *isso* parecia não bater com o restante.

Max estava confuso com o histórico de Laine, esse era o problema. Recostou-se na cadeira e fitou o teto. Todas as vezes que olhava para ela, seu cérebro parecia derreter. Havia algo naquele rosto, naquela voz, por Deus, no *cheiro* dela! Ela o deixava com as pernas bambas.

Talvez não conseguisse enxergá-la como uma contraventora simplesmente por não querer reconhecer isso. Não se via tão interessado em uma mulher desde... Puxa, ele nunca estivera tão interessado numa mulher.

Sabia que, para fazer seu trabalho, deveria se afastar um pouco dela. Embora Laine fosse a melhor rota para chegar a Jack O'Hara, ele não poderia usá-la, a não ser que superasse o que sentia.

Poderia arrumar uma desculpa qualquer e sumir da cidade por alguns dias. Poderia estabelecer uma base ali perto, de onde pudesse observar e registrar tudo. Usaria seus contatos e ligações, bem como seus dotes de hacker para pesquisar mais a fundo a vida de Elaine O'Hara, também conhecida como Laine Tavish.

Quando tivesse mais dados concretos, decidiria como lidar com ela e, só então, voltaria. Nesse meio-tempo, precisava manter uma distância objetiva. Nada de jantares a dois nem de passar o dia todo na casa dela. Não haveria mais contato físico, pois isso complicaria as coisas.

Ele partiria na manhã seguinte e ligaria para ela depois, dizendo que tinha sido chamado de volta a Nova York e que manteria contato. Era melhor manter as linhas abertas, mas não se envolver mais.

Um homem não podia trabalhar com eficiência se caminhasse envolto numa névoa de atração sexual.

Satisfeito com o plano, Max se levantou da cadeira. Já arrumara boa parte das coisas e talvez descesse até o bar para tomar um drinque antes de dormir. Depois, tentaria se livrar dos sentimentos por ela, que cresciam rápido demais e de forma totalmente imprópria.

Alguém bateu à porta e ele se distraiu. Já tinham ido arrumar o quarto e tinham até colocado barrinhas de chocolate com menta sobre os travesseiros. Esperou para ver se alguém enfiava um envelope por baixo da porta. Embora preferisse contatos por e-mail, alguns clientes insistiam em mandar instruções via fax.

Como não apareceu nada, foi à porta e olhou pelo olho mágico. Quase engoliu a própria língua.

Que diabo ela fazia ali, na porta dele? E que vestido era aquele?

Santo Cristo!

Ele recuou, passou as mãos no rosto e no coração. O instinto profissional entrou em ação a tempo e ele voltou à mesa, fechou os arquivos, guardou a papelada e deu uma última olhada em tudo para ver se não ficara nada suspeito à vista.

Resolveu que iria levá-la ao bar do hotel. Isso mesmo! Num lugar público, ele poderia contar que tinha sido chamado de volta para Nova York e curtiria um drinque rápido em sua companhia.

E cairia fora. Sempre em frente. Iria para bem longe.

Passou a mão pelos cabelos algumas vezes para acalmar os nervos. Colocou no rosto uma expressão que misturava satisfação com surpresa e abriu a porta.

O impacto dela não tinha sido transmitido por completo pelo olho mágico. Ao abrir a porta, ele ficou de queixo caído.

Não conseguiu se focar direito no que ela vestia. Sabia apenas que era preto, curto e exibia mais curvas do que um circuito de Fórmula 1. As pernas eram mais compridas do que ele imaginara e terminavam em saltos pretos muito altos e finos.

Aqueles cabelos de fogo estavam presos no alto da cabeça e seus olhos pareciam ainda mais azuis e cintilantes. Tinha passado algo escuro, brilhante e atraentemente úmido nos lábios.

Que Deus o ajudasse.

— Acordei — anunciou ela.

— E *como* acordou. Dá para perceber.

— Posso entrar?

— Ahn... Hummm. — Foi só o que conseguiu dizer, então se afastou da porta. Quando Laine passou por ele, seu perfume lhe envolveu as gônadas e pareceu apertá-las.

— Não tive chance de lhe agradecer e achei que devia fazer isso.

— Agradecer... Agradecer o quê? — balbuciou, se sentindo um imbecil.

Ela sorriu, ergueu a garrafa de vinho e a balançou para os lados.

— Que tal um merlot?

— Parece uma ótima ideia.

Foi preciso muita força de vontade para ela não rir. Havia alguma coisa que fizesse uma mulher se sentir mais mulher do que ter um homem embasbacado diante dela? Deu um passo na direção dele e sentiu-se lisonjeada quando ele recuou.

— Isso está bom para você?

— Bom para mim?

— O vinho.

— Ah. — Já tinha sofrido algumas concussões na cabeça que lhe deram a mesma sensação de imagens turvas e a percepção de estar fora do corpo, como naquele momento. — Claro! — Pegou a garrafa que ela estendia. — Claro, claro!

— Muito bem, então.

— Muito bem? — Parecia haver um atraso entre a boca e o cérebro dele. — Ah, sim, o saca-rolhas. — Olhou para o minibar enquanto ela remexia na bolsa.

— Experimente este. — Entregou-lhe um saca-rolhas no qual a parte de cima era uma mulher de seios nus e a parte de baixo eram pernas.

— Que legal! — ele conseguiu dizer.

— É meio kitsch — explicou ela. — Tenho uma pequena coleção. Seu quarto é bom — elogiou. — Cama grande. — Foi até a janela e abriu um pouco as cortinas. — Aposto que a vista daqui é ótima.

— É ótima, sim, mais que ótima.

Obviamente percebendo que ele não tirava os olhos dela, Laine continuou a apreciar a paisagem pela janela e despiu lentamente o agasalho fino. Ouviu o barulho súbito da garrafa de vinho batendo na madeira e ficou feliz por perceber que o vestido que escolhera tinha cumprido bem o seu papel. De onde ele estava não se via muito, só as costas nuas emolduradas em preto.

Ela voltou lentamente, foi até a cama e pegou uma das barrinhas de chocolate que estavam sobre os travesseiros.

— Humm, chocolate! Você não se importa?

O máximo que ele conseguiu fazer foi abanar a cabeça. A rolha saiu da garrafa com um estalo forte, e a expressão "meu Deus" lhe invadiu a cabeça quando ela desembrulhou o chocolate com sensualidade e mordeu a ponta de leve.

Em seguida, emitiu um gemido sensual e passou a língua pelos lábios.

— Dizem por aí que o dinheiro fala, mas o chocolate canta. Gosto dessa frase. — Foi até Max e levou delicadamente a outra metade do chocolate até a boca dele. — E gosto de compartilhar.

— Você está me matando.

— Vamos tomar um pouco de vinho, então, para você poder morrer feliz. — Sentou-se na beira da cama e cruzou as pernas de um jeito sensacional. — Interrompi seu trabalho?

— São apenas relatórios. Mais tarde eu continuo. — *Quando recuperar a sanidade*, disse para si mesmo. Serviu o vinho, entregou-lhe uma taça e a observou olhando fixamente para ele enquanto tomava o primeiro gole, sem a mínima pressa.

— Há muito tempo ninguém me cobria na hora de ir para a cama. Não pretendia dormir e deixar você sozinho na sala, Max.

— Foi uma noite difícil para você. E um dia também.

— O dia não foi tão difícil quanto eu imaginava. Devo isso a você.

— Laine...

— Deixe que eu lhe agradeça. Foi mais fácil fazer o que era preciso tendo você por perto. Gosto da sua companhia. — Bebeu outro gole, ainda mais devagar. — Gosto de desejar você e de imaginar que também me deseja.

— Desejo tanto que isso está me tirando o ar e cortando o oxigênio para o meu cérebro. Isso não era o que eu esperava ou planejava.

— Você nunca teve vontade de dizer "que se danem os planos, vou seguir o impulso"?

— O tempo todo.

Ela riu com mais vontade, terminou o vinho de sua taça e se levantou para pegar mais. Depois, foi até a porta.

— Pois eu não sou assim. Apenas raramente. Mas as regras só existem se houver exceções, certo?

Abriu a porta e pendurou na maçaneta externa a placa de FAVOR NÃO INCOMODAR. Depois trancou o quarto e se encostou à porta.

— Se você não gostar do caminho que estamos seguindo, é melhor dizer logo.

Ele tomou um grande gole antes de reagir.

— Não tenho absolutamente nada a dizer.

— Ainda bem, porque eu estava pronta para ser mais direta.

— Sério? — Ele supôs que o sorriso que grudou na cara era grande e idiota, mas não se importou.

Ela avançou em direção a ele.

— Eu não sabia se deveria jogar limpo.

— Usar esse vestido não é jogar limpo.

— Você acha? — Bebeu mais um gole e pousou o copo. — Então, talvez seja melhor tirá-lo.

— Eu faço isso. Por favor. — Ele passou um dos dedos por sobre a pele branca, quase leitosa, emoldurada em negro. — Eu faço.

— Fique à vontade.

Ele se esqueceu da praticidade e do profissionalismo. Também se esqueceu da distância emocional e física que decidira ser melhor para ele. Esqueceu-se de tudo, menos do fato de que ela era real. Conseguia pensar apenas na textura suave da pele dela, no aroma estonteante, no sabor quente da sua boca apetitosa quando a agarrou pelos quadris, a puxou para si e a beijou.

Ela o envolveu por inteiro, unindo texturas, perfumes e sabores até que eles se tornaram uma silhueta só e ela representava tudo o que ele poderia querer ou imaginar.

Aquilo era um erro. Possuí-la naquele momento, daquele jeito, seria um equívoco. Era algo que beirava o proibido. Mas saber disso só servia para acrescentar um elemento extra e irresistível à situação.

Puxou-lhe o vestido do ombro e lhe mordeu a carne com voracidade. Quando a cabeça dela tombou para trás, ele percorreu seu pescoço com os lábios, atraído pelo ronronar que lhe saía pela garganta.

— Devemos respeitar os planos — murmurou, desnudando o outro ombro. — Tenho um monte de planos para você.

— Estava contando com isso. — Apalpou com a mão o lugar onde colocara a bolsa sobre a cama. — Você vai precisar disto aqui. — Exibiu a camisinha que tinha pegado lá dentro.

— Sim, e depois vamos precisar também de um desfibrilador e de um extintor de incêndio.

— Promessas, promessas...

Ele sorriu.

— Assim você vai me enlouquecer. — Levou os lábios de encontro aos dela outra vez e roçou neles de leve. — Esse vestido é do tipo que se abre quase sozinho?

— Sim, é um desses.

— Puxa, o meu tipo favorito. — Ele a despiu lentamente e com muita habilidade, beijando-a o tempo todo até sentir que os dois estremeciam de desejo. Só então se afastou e pegou-a pela mão para ela poder sair do vestido, que lhe envolvia os calcanhares como uma poça. E fitou-a longamente.

Ela vestia um modelo fascinante e muito feminino de lingerie feito de seda e rendas que lhe apertava e erguia os seios a ponto de eles quase explodirem. A seda negra descia pelo torso, apertava-lhe a cintura e modelava os quadris numa cinta-liga que se prendia a meias pretas transparentes.

— Estou tentando inventar uma frase memorável, mas é difícil fazer isso quando o sangue foge da cabeça por completo.

— Experimente.

— Uau!

— Era isso o que eu queria ouvir. — Estendeu a mão e começou a desabotoar-lhe a camisa. — Gostei da maneira como você olhou para mim desde o primeiro momento. Gosto especialmente do jeito como você está olhando para mim agora.

— Eu vejo você até quando não estou em sua presença — confessou ele. — É a primeira vez que isso me acontece e é um pouco perturbador.

— Talvez deva ser assim entre algumas pessoas. Talvez seja esse o motivo de tudo estar rolando tão depressa entre nós, mas eu não me importo e nem quero saber. — Tirou a camisa dele, passou as mãos pelo seu peito e as entrelaçou atrás do seu pescoço. — Não quero saber — repetiu, e então esmagou os lábios contra os dele.

Tudo o que ela sabia é que queria continuar a se sentir daquele jeito, recebendo rajadas de excitação que lhe abalavam o organismo e a faziam estremecer com a expectativa. Gostava do poder de atrair a atenção e o desejo de um homem. *Daquele* homem.

Ela queria ser irresponsável, apoderar-se do que queria com voracidade e pensar, pelo menos por um instante, unicamente no prazer e na paixão.

Quando ele a virou, colocando-se por trás, ela arqueou as costas, ergueu os braços e os prendeu no pescoço dele, deixando o caminho livre para que ele explorasse a parte da frente do seu corpo. As mãos dele deslizaram sobre a seda, sobre a renda, sobre a carne pura. Ele mordiscou-lhe o pescoço e o ombro, enquanto a tocava e excitava. Ela prendeu a respiração por um segundo e soltou um gemido no instante em que ele chegou ao espaço entre suas pernas. Apertou as coxas contra as mãos dele, mexendo os quadris e se erguendo levemente, numa onda quente de prazer.

Ele se imaginou erguendo-a com delicadeza e pousando-a sobre a cama, a fim de passar para a fase seguinte com um mínimo de romance e finesse. De algum modo, porém, acabaram nus, embolados entre os lençóis, numa luta desesperada para tocar e saborear.

Os cabelos dela se soltaram e eram fogo puro em contraste com o branco da cama. O cheiro dela, da sua pele, lhe inebriava tanto os sentidos que ele se perguntou, por um décimo de segundo, se conseguiria voltar a respirar sem sentir aquele perfume.

— Faça coisas comigo. — Sua boca estava faminta contra a dele. — Pode fazer comigo o que quiser.

Ele se viu perdido num redemoinho de desejos e ânsias, afogado no calor que ambos emanavam. Banquetearam-se um com o outro. Ela se movia por baixo dele, por cima, e o rodeava. Ele foi mais rude do que planejara, na busca desesperada por mais.

Os pulmões dela arfavam e ardiam, o coração galopava a ponto de doer. Tinha a pele tão quente que parecia prestes a derreter sobre os músculos e ossos. Por Deus, aquilo era maravilhoso.

Max tinha as mãos fortes e a boca sedenta. Ela adorava a sensação de ser possuída por inteiro, corpo e mente. Ele puxou a cinta-liga com sofreguidão, tentando abri-la. A imensa fileira de minúsculos fechos fez com que se atrapalhasse e xingasse baixinho. Laine riu e, então, arquejou em choque quando ele a penetrou e a lançou no abismo.

Ela pedira aquilo. Agora, agora, *agora*! Ela arqueou o corpo para cima, se abriu e gritou quando ele quase a atravessou, com determinação. Sentiu a vista embaçada e o coração galopante pareceu parar. Depois, tudo se tornou límpido como cristal e o coração voltou a disparar quando um tomou o outro por inteiro.

Laine olhou para o rosto de Max, as marcas de expressão, as covinhas, a barba por fazer e os olhos de tigre focados nela. Mas logo ele ficou mais sombrio e seus olhos chegaram a ficar opacos quando ele enterrou o rosto entre seus cabelos e ejaculou, esvaziando-se por completo dentro dela.

◆◆◆◆

$\mathcal{E}$LA SENTIU o corpo inundado e saturado de prazer, mas a cabeça estava calma como um lago no verão. Viu-se aprisionada do lado de baixo, encantada consigo mesma e com ele. Ouviu-lhe a respiração entrecortada. Era uma satisfação imensa saber que tinha sido a responsável por aquilo. Brincou com os cabelos dele, fechou os olhos e se deixou flutuar no silêncio.

— Tudo bem aí embaixo? — murmurou ele.

— Tudo ótimo, obrigada. E aí em cima, tudo bem?

— Estou paralisado, mas tudo bem. — Virou a cabeça e os lábios roçaram o pescoço dela. — Laine...

— Sim, Max — respondeu ela, sorrindo e com os olhos ainda fechados.

— Preciso lhe confessar que... Preciso lhe confessar que... — repetiu, tanto para ele quanto para ela. — Isso é uma coisa que eu não esperava que fosse acontecer quando eu... Aceitei esse trabalho.

— Pois eu adoro surpresas. Deixei de gostar ao longo da vida, mas estou me lembrando, agora, de como elas são boas. Porque as surpresas são espontâneas, simplesmente acontecem.

— Se todas as surpresas envolverem você na minha porta em um vestido sexy, então eu também as adorarei.

— Mas, se eu fizer isso de novo, vai deixar de ser surpresa para ser repeteco.

— Não me importo. E o Henry?

— Henry?

— Você não o deixou sozinho em casa depois do que aconteceu ontem à noite, certo? — perguntou ele, se erguendo sobre um dos cotovelos para poder olhar para ela.

Um calor gostoso a invadiu. Ele estava preocupado com um cão. O cão dela. Qualquer homem que pensasse num cão enquanto estivesse nu na cama com uma mulher iria para o topo da sua lista de heróis. Ela puxou-lhe o rosto e fez chover beijos sobre ele.

— Não, eu não o deixei sozinho. Ele está na casa da Jenny. Como é que você pode ser tão perfeito? Eu vivo procurando defeitos em tudo, mas você é simplesmente... — Pressionou os lábios contra os dele, num beijo longo e ruidoso — ... Absolutamente perfeito.

— Não sou, não. — Ele não se importou com a fisgada de culpa que sentiu. Era uma sensação que sabia evitar ou superar. O problema era a preocupação misturada com a culpa. O que Laine pensaria dele e como reagiria quando descobrisse seus defeitos?

— Sou egoísta e obcecado — disse ele. — Também sou...

— Um homem egoísta não entra numa loja de antiguidades para comprar um presente para a mãe só porque sentiu vontade.

Doce Relíquia   101

A culpa se transformou em angústia.

— Isso foi um impulso.

— Viu só? Uma surpresa. Eu não acabei de dizer que adoro surpresas? Não tente me convencer de que não é perfeito. Estou muito feliz com você, neste momento, para pensar diferente. Opa, acho que assustei você. — Ela deslizou as mãos pelas costas dele e lhe deu uma palmada gostosa na bunda. — "Puxa, será que ela vai transformar isso em mais que diversão e passatempo?"

— Não pensei nada disso. Aliás, isso *já virou* mais que diversão e passatempo.

— Ah, é? — O coração dela deu um pulo, mas manteve os olhos nele. — Sério?

— Era o que eu não esperava, Laine. — Baixou a cabeça e roçou os lábios nos dela. — Isso complica um pouco as coisas.

— Não me importo com complicações, Max. — Ela emoldurou-lhe o rosto com as duas mãos. — Podemos nos encucar com o que é ou não é, com o que será amanhã. Ou podemos simplesmente curtir o momento e aproveitar um ao outro. Só sei que quando eu acordei sozinha em casa, esta noite, fiquei feliz porque sabia que queria estar com você. Não me sentia assim fazia muito tempo.

— Feliz?

— Eu antes me sentia satisfeita, contente, produtiva e feliz o bastante. Mas não a ponto de "dançar pela casa toda". Portanto, a única coisa que poderia complicar tudo seria você me confessar que tem mulher e dois filhos no Brooklyn.

— Eu não faria isso. Eles moram no Queens.

Ela o beliscou com força e conseguiu passar para cima dele.

— Rá-rá, muito engraçado.

— Minha ex-mulher é que mora no Brooklyn.

Ela se sentou sobre ele e jogou os cabelos para trás.

— Vejo que você tem andado muito ocupado.

— Ora, você não coleciona saca-rolhas? Há quem colecione mulheres. Minha amante atual mora em Atlanta, mas tenho pensado em diversificar. Você poderia ser minha favorita de Maryland.

— Favorita? Essa foi sempre uma das minhas maiores ambições: ser a "favorita" de alguém. Onde é que eu assino?

Ele se sentou, enlaçou-a com os braços e ficou ali. Complicações, refletiu. Era melhor nem começar a enumerá-las. Ele simplesmente teria de enfrentá-las quando aparecessem. Ela também teria de fazer isso. Mas não naquela noite. Naquela noite, ele a aceitaria do jeito que era e iria simplesmente curtir o momento.

— Você vai ficar mais um pouco comigo? Fique, Laine.

— Puxa, pensei que você nunca fosse pedir.

♦ ♦ ♦ ♦

— Não vá embora. — No instante em que essas palavras saíram de sua boca, ele percebeu que nunca as tinha dito para mulher alguma, antes. Talvez aquilo fosse resultado de falta de sono ou exaustão sexual. Ou talvez o motivo fosse ela, simplesmente.

— Já passa das três da manhã.

— Exato. Fique aqui na cama. Vamos dormir de conchinha por duas horas e depois pedir o café da manhã aqui no quarto.

— Parece ótimo, mas isso vai ter que ficar para outra vez. — Ela se enfiou no vestido, dispensando a roupa de baixo, e apagou todas as ideias sobre cochilos da mente dele.

— Por favor, volte para a cama.

— Tenho que ir. — Ela riu de leve e se afastou quando ele tentou agarrá-la. — Preciso passar em casa para dormir um pouco, mudar de roupa, vir novamente à cidade para pegar Henry, deixá-lo em casa e voltar mais uma vez para abrir a loja.

— Se você ficar aqui, pode ir buscar o Henry no caminho para casa e poupar uma viagem.

— E oferecer munição para um festival de fofocas que pode durar até o Natal? — A personagem que inventara era provinciana o bastante para se preocupar com essas coisas. — Quando uma mulher sai de um hotel de manhã com uma roupa dessas, todo mundo se espanta. Principalmente em Angel's Gap.

— Posso lhe emprestar uma camisa.

— Não, preciso ir. — Enfiou a lingerie na bolsa. — Mas se você quiser jantar comigo hoje à noite...

— Basta dizer a hora e o lugar.

— Oito, na minha casa. Vou preparar a comida.

— Preparar? — Ele piscou duas vezes e pareceu vidrado. — Comida?

— Não, na verdade eu vou preparar um golpe contra o governo. É claro que é comida! — Ela se olhou no espelho, pegou uma escova de cabelo minúscula na bolsa abarrotada e a passou pelos cabelos. — Do que você gosta?

— Você ainda está falando de comida? — perguntou, olhando fixamente para ela.

— Vou pensar em alguma coisa. — Satisfeita com o rumo das coisas, guardou a escova na bolsa e foi até ele. Debruçou-se e lhe deu um beijo de leve. — Até logo.

Ele ficou imóvel depois que ela saiu e olhou para a porta ainda sentindo o gosto dela na boca.

Aquilo não fazia nenhum sentido. O que acontecera entre eles, o que ele sentia, quem ela era... Porque sua percepção não poderia estar errada. Ele *nunca* se enganara em questões como aquela, e isso não tinha nada a ver com atração sexual.

Se Laine Tavish estivesse envolvida num golpe multimilionário, ele comeria a sua licença de detetive com batatas.

Então por que William Young fora vê-la? Por que ele tinha morrido? E por que alguém havia arrombado a casa dela?

Certamente haveria explicações para todas essas coisas, e ele haveria de encontrá-las. Era bom no que fazia. Depois de esclarecer tudo, remover as suspeitas sobre ela, deixar o cliente satisfeito e encerrar o caso, ele lhe contaria toda a verdade.

Ela provavelmente ficaria um pouco chateada.

Caia na real, Gannon, ela vai ficar muito pau da vida. Mas ele a convenceria.

Ele era bom em convencer as pessoas, também.

A melhor maneira de sair do sufoco em que tinha se metido era agir com lógica. Era óbvio que Elaine, a filha de Jack O'Hara, havia cortado relações com o pai, mudado de nome, adaptado o seu passado e começado uma nova vida. Tudo apontava nessa direção, inclusive seu instinto.

Isso não impedia, porém, que Big Jack, Willy ou qualquer outro sócio tivesse notícias dela ou soubesse onde ela morava. Talvez fizessem contato ocasionalmente ou, ao menos, tentassem.

Sim, as finanças dela pareciam suspeitas, mas ele iria averiguar tudo com calma. Alguns milhares de dólares para dar entrada numa casa ou abrir uma loja não eram nada comparado ao montante de mais de vinte e oito milhões de dólares.

Talvez Willy tivesse ido procurá-la para pedir ajuda, um esconderijo, ou para lhe transmitir um recado do pai. Não importava o motivo, o fato é que ele estava mortinho da silva e não poderia mais responder a nenhuma pergunta. Nem receberia sua parte do lucro, pensou Max.

Isso só tornava a situação ainda mais complicada.

Laine não tinha nada em casa que merecesse a cobiça de alguém, estava certo disso. Se tivesse — e as pessoas que arrombaram sua casa houvessem falhado em encontrar —, ela nunca deixaria o lugar sozinho na noite seguinte para brincar de esquentar os lençóis com ele.

Pela lógica, não havia nada lá. Laine estava em Angel's Gap quando as joias foram roubadas. Por Deus, tinha pouco mais de dez anos quando se afastara da tutela e da influência de Big Jack.

De um modo ou de outro, nem que fosse para afastar todas as suspeitas, ele precisava averiguar tudo. Para isso, teria que investigar a loja dela.

Quanto mais cedo fizesse isso, mais depressa poderia seguir em frente. Olhou o relógio e calculou que faltavam cerca de três horas para amanhecer.

Era melhor que ele começasse logo.

Capítulo Sete

♦♦♦♦

*F*ICOU SURPRESO ao descobrir que alguém com o mesmo DNA de um ladrão protegesse a própria loja com fechaduras comuns e um sistema de alarme tão ridículo que qualquer menino de doze anos com um pouco de imaginação e um canivete suíço conseguiria desarmar.

Puxa, se aquela... ligação entre eles se transformasse num relacionamento, ele iria ter uma conversa séria com Laine sobre segurança em casa e no trabalho. Talvez uma loja numa cidade pequena como aquela não precisasse de grades, portões ou câmeras de vigilância, mas ela nem se dera ao trabalho de instalar luzes de segurança, dentro ou fora. Quanto à porta, era absurdamente ridícula. Se ele *fosse* um ladrão que não se preocupasse com *finesse*, bastariam dois pontapés para arrombá-la.

Aquele arremedo de alarme transformava um arrombamento noturno numa brincadeira de criança. Contornou o prédio e abriu o trinco dos fundos, para não ser visto caso alguém com insônia resolvesse passear pela Market Street às três e meia da manhã. Antes disso, saíra do hotel a pé com toda a calma do mundo e dera a volta no quarteirão. Só porque uma coisa era fácil, não significava que ele podia ficar desatento aos procedimentos.

A cidade estava tão sossegada que dava para ouvir o barulho de um aquecedor sendo ligado dentro de algum prédio. E o longo e tristonho apito de um trem de carga quebrou o silêncio ao longe de forma misteriosa. No local que podia ser considerado o centro de Angel's Gap não havia vagabundos, drogados, sem-teto, prostitutas nem ninguém circulando pela rua.

Ele nem parecia estar nos Estados Unidos. Era como se estivesse dentro de um cartão-postal distribuído pela câmara de comércio da cidade.

Aquele lugar era quase sinistro, pensou Max.

As luzes públicas que iluminavam a calçada íngreme eram antiquadas, em formato de lanternas, e estavam todas acesas. As vitrines das lojas em volta eram de vidro. Tal como a Doce Relíquia, não possuíam grades nem portões.

Será que nunca um espertinho tinha atirado um tijolo contra uma daquelas vitrines, só para roubar algo e fugir a pé? Ou arrombado uma daquelas portas a pontapés só pela alegria de saqueá-la?

Aquilo não lhe parecia correto.

Pensou em Nova York às três e vinte e sete da manhã. Lá, certamente seria fácil encontrar alguma ação, ou problemas, se essa fosse a intenção. Haveria pedestres, veículos, e as lojas estariam fortemente trancadas durante a noite.

Será que lá havia mais crimes *per capita* só por esse ser o esperado?

Aquela era uma teoria interessante. Max teria de analisá-la melhor, quando tivesse tempo.

Por ora, porém, depois de vencer o alarme e as trancas, ele abriu a porta traseira da Doce Relíquia.

Iria entrar e sair em menos de uma hora, prometeu a si mesmo. Depois disso, voltaria ao hotel para dormir um pouco. Assim que o escritório de Nova York abrisse, iria ligar para o cliente e relatar que todos os indícios diziam que Laine Tavish não estava envolvida no crime e até mesmo desconhecia o fato.

Isso, em seu modo de ver, o deixaria livre para explicar tudo a ela. Assim que o fizesse e a convencesse a não ficar zangada com ele, tentaria sondá-la. Tinha a sensação de que Laine seria uma excelente fonte para descobrir o paradeiro de Big Jack e dos diamantes.

Então, receberia a parte dele.

Max fechou a porta silenciosamente atrás de si e se abaixou para acender a pequena lanterna que levara consigo.

Em vez do estreito feixe de luz, porém, sentiu clarões explodindo dentro de sua cabeça.

◆ ◆ ◆ ◆

*A*CORDOU NO COMPLETO escuro, a cabeça estourando de dor com uma violência semelhante à de seu pequeno sobrinho quando resolvia bater as tampas de panelas umas contra as outras. Conseguiu virar o corpo de lado e ficar de barriga para cima ou pelo menos acreditava ter conseguido. Do jeito como sua cabeça latejava e girava, não tinha certeza nem mesmo de sua posição.

Ergueu a mão para confirmar se seu rosto estava realmente virado para cima e sentiu um líquido quente lhe escorrer pelo braço.

Sentiu a raiva sobrepor-se à dor. Já era péssimo ele ter sido emboscado e atacado, mas seria ainda pior ter de ir ao pronto-socorro para levar alguns pontos.

Não estava raciocinando direito, mas conseguiu se sentar. Como a cabeça, que parecia estar em posição normal, ameaçava lhe cair dos ombros a qualquer momento, segurou-a com as mãos até se sentir mais seguro.

Precisava se levantar e acender a luz. Recompor-se e entender o que tinha acontecido. Limpou o sangue, abriu os olhos doloridos e franziu o cenho ao ver a porta traseira escancarada.

Quem o atingira já tinha ido embora há muito tempo. Começou a se levantar lentamente, determinado a dar uma boa olhada no local, antes de seguir seu agressor.

Mas o espaço da porta dos fundos foi subitamente preenchido com a sombra de um policial.

Max olhou com atenção para Vince Burger, que lhe apontava uma arma, e exclamou:

— Ora, porra!

◆ ◆ ◆

— OLHE, PODE me prender por arrombamento, chefe. Vai ser lamentável, mas eu sobrevivo. Vou tentar argumentar, mas sei que não vou escapar. Mesmo assim...

— Eu já o prendi por arrombamento. — Vince reclinou a cadeira para trás e deu um sorriso nada amistoso para Max, que estava algemado à cadeira diante da mesa dele, na delegacia.

Já não parecia tão urbano e arrogante, pensou Vince, olhando para o curativo na lateral da cabeça e o galo na testa.

— Ainda temos tentativa de assalto...

— Eu não estava roubando nada, cacete, e você sabe muito bem disso.

— Quer dizer que você costuma arrombar lojas no meio da noite só para dar uma pesquisada nos produtos, certo? É como olhar vitrines, só que pelo lado de dentro? — Ergueu um plástico com evidências e o balançou no ar. As ferramentas que Max usava em arrombamentos chacoalharam lá dentro, junto com seu tablet. — Você carrega essas coisas por aí para o caso de precisar fazer reparos de emergência?

— Escute...

— Posso prendê-lo por portar ferramentas de roubo.

— Ora, mas isso é a porcaria de um tablet. Todo mundo tem um tablet!

— Eu não tenho.

— Puxa, que surpresa! — reagiu Max, com tom amargo. — Eu tinha motivos para estar dentro da loja de Laine.

— Costuma arrombar as lojas e as casas das mulheres com quem sai?

— Eu não arrombei a casa dela. É elementar, meu caro Watson, que alguém invadiu a loja antes de mim e me nocauteou. Sei que você quer protegê-la, mas...

— E quero mesmo. — Seus olhos amigáveis ficaram duros como pedras. — Laine é uma boa amiga. Não gosto de babacas que vêm de Nova York para se meter com amigos meus.

— Sou um babaca da Geórgia, se quer saber. Simplesmente moro em Nova York. Estou realizando uma investigação para um cliente. Uma investigação particular.

— Isso é o que você diz, mas não encontrei nenhuma licença de detetive em seus bolsos.

— Nem minha carteira — rebateu Max —, porque quem me derrubou levou ela embora. Porra, Burger...

— Não quero palavrões na minha delegacia.

Sem saber como sair daquela enrascada, Max jogou a cabeça para trás, encostou-a na parede e fechou os olhos.

— Não exigi um advogado, mas estou disposto a lhe implorar e até derramar algumas lágrimas por uma maldita aspirina.

Doce Relíquia   109

Vince abriu uma gaveta e pegou uma garrafa com água. Fechou a gaveta com força só pelo prazer de ver Max se encolher com o barulho, depois se levantou e lhe serviu um copo.

— Você sabe que eu sou quem afirmo ser. — Max pegou os comprimidos que Vince lhe entregou, engoliu-os com a água e rezou para que entrassem em sua corrente sanguínea em tempo recorde. — Você já me investigou e sabe que eu tenho carteira de detetive. Também sabe que já fui policial. Enquanto está aqui perdendo tempo e curtindo com a minha cara, a pessoa que estava na loja dela voltou para a toca. Você tem que...

— Não venha me dizer o que eu tenho que fazer. — A voz era suave, mas Max foi esperto o bastante para respeitar a fúria gélida que ela encobria, ainda mais algemado a uma cadeira. — Você contou tudo isso a Laine? Sobre ter sido policial e estar trabalhando como detetive particular num caso aqui em Angel's Gap?

Max percebeu que tinha sido uma tremenda falta de sorte esbarrar com um tira durão de cidade pequena, típico das ilustrações de Norman Rockwell.

— Isso tudo é por causa da minha relação com Laine ou pelo fato de eu ter sido encontrado na loja dela?

— Para mim, dá no mesmo. Em que caso você está trabalhando?

— Não posso divulgar detalhes sem antes falar com meu cliente. — O pior é que o cliente não ia gostar nem um pouco de saber que ele tinha sido pego burlando a lei. Ou que estava preso. Mas lidaria com ele depois.

— Escute, alguém já estava na loja quando eu entrei, e foi essa mesma pessoa que destruiu a casa de Laine. É com isso que devemos nos preocupar agora. Você precisa mandar um policial à casa dela para verificar se...

— Não é me ensinando a trabalhar que você vai conquistar minha simpatia.

— Não me importo se você não quiser me convidar para o baile da cidade. O fato é que Laine precisa de proteção.

— E você tem trabalhado para isso, certo? — Vince apoiou o corpo na quina da mesa. Max percebeu, com um aperto no coração, que ele estava prestes a dar início a um longo papo. — Engraçado como você surgiu vindo de Nova York poucas horas depois de eu levar outro nova-iorquino para o necrotério.

— Sim, estou rindo disso até agora. Existem mais ou menos oito milhões de habitantes em Nova York — retrucou Max, com toda a calma do mundo. — É normal que alguns deles passem por aqui de vez em quando.

— Não encaro o que aconteceu como "normal". Eis a minha versão: um cara entra na loja de Laine, se apavora com alguma coisa, sai correndo pela rua e acaba morto. Você aparece logo depois, convida Laine para jantar e a casa dela é invadida e vandalizada. No dia seguinte, é apanhado às três e meia da manhã na loja dela com ferramentas para arrombamento. O que procura, Gannon?

— Paz interior.

— Boa sorte. — Vince encerrou o papo, e passos se fizeram ouvir no corredor.

Laine entrou na sala. Vestia roupa de ginástica, e os cabelos presos num rabo de cavalo deixavam seu rosto livre. Nos olhos, era possível notar a falta de sono misturada com preocupação e perplexidade.

— O que houve? Jerry passou na minha casa, avisou que havia problemas com a loja e eu precisava vir falar com você, Vince. Que tipo de problemas? — Naquele instante, reparou nas algemas e emudeceu. Só então ergueu os olhos lentamente e olhou para Max. — O que significa isso?

— Laine...

— É melhor ficar pianinho — avisou Vince, olhando para Max. — Alguém arrombou sua loja — disse a Laine. — Até onde eu vi, não houve nenhum dano, mas você terá de verificar pessoalmente se algum item foi levado.

— Entendo. — Quis se sentar, mas se limitou a apoiar as mãos nas costas de uma cadeira. — Não, na verdade não entendi nada. Por que Max está algemado?

— Recebi uma ligação denunciando um assalto em sua loja. Fui correndo para o local e o encontrei lá dentro, cheio de ferramentas para arrombamento.

Ela respirou fundo e olhou para Max.

— Você arrombou minha loja?

Doce Relíquia   **111**

— Não. Bem, tecnicamente, sim, mas alguém a invadiu antes. Esse alguém me deu uma coronhada e ligou para a polícia para eu levar a culpa e ser preso.

Ela observou o curativo na testa, mas seus olhos frios já não demonstravam preocupação.

— Isso não explica o que *você* estava fazendo lá no meio da noite, para começo de conversa. — *Logo depois de eu ter deixado sua cama*, pensou. *Logo depois de eu passar boa parte da noite em sua companhia.*

— Posso explicar, mas precisamos conversar a sós. Dez minutos. Tudo que eu quero são dez minutos.

— Sim, gostaria muito de ouvir sua história. Posso falar com ele a sós, Vince?

— Eu não recomendaria isso — afirmou o chefe.

— Sou detetive particular e ele sabe. — Apontou com o polegar para Vince. — Estou investigando um caso para um cliente e ando em busca de provas. Não posso contar mais nada, por enquanto.

— Então essa conversa será uma perda de tempo — insistiu Vince.

— Só dez minutos, Laine.

Detetive particular. Um caso. Antes de conseguir absorver o golpe, já havia deduzido que o pai estava envolvido na história. Dor, raiva e resignação a invadiram, mas ela não deixou transparecer nada.

— Eu agradeceria se você nos desse alguns minutos, Vince — disse ela. — É assunto pessoal.

— Eu já imaginava. — Vince levantou. — Vou fazer isso como um favor especial a você. Estarei ali no corredor, se precisar. Quanto a você, muito cuidado, ouviu? — acrescentou, olhando para Max. — Ou ganhará novas marcas roxas para fazer companhia às que já tem.

Max esperou que a porta fechasse antes de começar a falar.

— Você tem amigos muito protetores.

— Quantos desses dez minutos você pretende gastar com observações irrelevantes?

— Você poderia se sentar um pouco?

— Poderia, sim, mas não quero. — Foi até a cafeteira de Vince. Precisava ocupar as mãos para não ceder ao impulso de dar um soco em Max. — Que tipo de jogo é esse?

— Trabalho para a Reliance Seguros e estou ultrapassando os limites só por contar isso a você antes de entrar em contato com meu cliente.

— Ah, é? Mas arrombar minha loja depois de várias horas fazendo sexo comigo é um limite que você não tem escrúpulos em ultrapassar, certo?

— Eu não sabia. Não esperava... — *Que merda*, pensou. — Eu poderia pedir desculpas a você, mas isso não faria diferença, nem justificaria o que aconteceu.

— Muito bem, então. — Bebeu o café puro e amargo. — Pelo menos estamos de acordo em alguma coisa.

— Pode ficar revoltada comigo, se quiser.

— Ora, muito obrigada. Acho que vou ficar, sim.

— Mas tente superar, Laine, porque você está em apuros.

Ela ergueu as sobrancelhas e olhou fixamente para as algemas.

— *Eu* é que estou em apuros?

— Quantas pessoas sabem que você se chama Elaine O'Hara?

Ela nem pestanejou. Max não imaginou que fosse tão boa atriz.

— Você é uma delas, pelo visto. Escolhi não usar mais esse nome. Peguei emprestado o sobrenome do meu padrasto há muito tempo. E não vejo de que modo isso possa ser da sua conta. — Tomou outro gole de café. — Por que não voltamos ao momento em que, uma hora após dormirmos juntos, você foi preso por invadir minha loja?

A culpa tomou conta do rosto dele, mas ela não ficou satisfeita.

— Uma coisa não tem nada a ver com a outra — garantiu ele.

Ela assentiu e pousou o café.

— Com respostas desse tipo, nossa conversa vai durar menos de dez minutos.

— William Young morreu na porta da sua loja — tentou Max, quando ela deu um passo na direção da porta. — Morreu, segundo as testemunhas, praticamente nos seus braços. Você deve tê-lo reconhecido.

A expressão dela se abalou de leve e uma sombra de pesar se insinuou. Mas logo ela se recompôs.

— Isso me parece mais um interrogatório do que uma explicação. Não estou interessada em responder às perguntas de alguém que mentiu para mim e me usou. É melhor você me contar o que faz aqui e o que quer, ou eu chamo Vince e oficializo uma acusação contra você.

Ele refletiu por um instante. Foi o suficiente para perceber que ela estava realmente disposta a fazer aquilo. Iria descartá-lo, fechar a porta e ir embora. Foi o suficiente, também, para entender que preferia mandar o trabalho às favas a correr o risco de perdê-la.

— Arrombei a loja esta noite para remover uma suspeita que paira sobre sua cabeça. Para garantir ao meu cliente que você não está envolvida em um crime e, depois, vir lhe contar toda a verdade.

— Envolvida em quê? Que crime? A verdade a respeito de quê?

— Sente-se, droga. Estou cansado de entortar o pescoço.

Ela se sentou.

— Pronto. Está bom assim?

— Há seis semanas, diamantes avaliados e segurados pela Reliance no valor de vinte e oito milhões e quatrocentos mil dólares foram roubados dos escritórios da International Jewelry Exchange, em Nova York. Dois dias depois, Jerome Myers, comerciante de pedras preciosas com sala no mesmo prédio, foi encontrado morto num canteiro de obras em Nova Jersey. Durante a investigação que se seguiu, foi descoberto que Jerome serviu de intermediário no crime. Também ficou provado que ele tinha associação com William Young e Jack O'Hara.

— Ei, espere um minuto, espere um minuto só! Você acha que meu pai está envolvido num golpe de mais de vinte e oito milhões de dólares? *Milhões?* E que ele está metido em um assassinato? A primeira hipótese é ridícula, a segunda é impossível. Jack O'Hara sonhava alto, mas era um trapaceiro de segunda linha. Nunca fez mal a ninguém, pelo menos fisicamente.

— As coisas mudam.

— Não a esse ponto.

— A polícia não tem provas para incriminar Jack nem Willy, mas adoraria conversar com eles. Já que Willy não pode falar com mais ninguém, sobrou Big Jack. As seguradoras detestam pagar apólices de valor astronômico.

— É aí que você entra na história?

— Tenho mais liberdade de ação do que a polícia. E uma polpuda ajuda de custo.

— O ganho certamente também é maior — acrescentou ela. — Quanto você leva se desvendar o caso?

— Cinco por cento do que for recuperado.

— Nesse caso, se você recuperar vinte e oito milhões e quatrocentos, ganha... — Seus olhos se estreitaram enquanto fazia as contas. — Um milhão, quatrocentos e vinte mil dólares para colocar no cofrinho. Isso não é nada mau.

— E mereço essa grana. Já dediquei muitas horas ao caso. Sei que Jack e Willy estavam envolvidos, mas existe uma terceira pessoa.

— E você acha que essa pessoa sou eu? — Ela teria dado uma bela gargalhada se não estivesse tão zangada. — Acha que eu vesti meu macacão colante preto, enfiei um boné, dei um pulinho em Nova York, roubei milhões de dólares em joias, peguei minha parte e voltei para casa a tempo de alimentar o cachorro?

— Não. Se bem que você ficaria muito sexy num colante preto. Alex Crew. Esse nome lhe diz alguma coisa?

— Não.

— Tanto o comerciante morto quanto o seu pai foram vistos com ele antes do golpe. Crew não é trapaceiro de segunda linha, embora esse seja o maior golpe da sua vida. Para resumir, digamos apenas que ele não é flor que se cheire. Se você entrou na mira de Alex Crew, está em apuros de verdade.

— Por que eu estaria na mira dele?

— Porque é filha de Jack. E porque Willy morreu minutos depois de falar com você. O que foi que ele lhe contou, Laine?

— Não me contou nada. Pelo amor de Deus, eu ainda era uma menina na última vez em que o vi. Não o reconheci até que... Nem sabia quem era quando entrou na loja. Você está enganado, Max. Jack O'Hara não

Doce Relíquia **115**

conseguiria sequer organizar um golpe desses. E se, por algum milagre, tivesse tomado parte nisso, certamente teria caído fora com sua parte há muito tempo. Isso é mais dinheiro do que ele conseguiria gastar.

— Nesse caso, o que Willy veio fazer aqui? O que o assustou? Por que invadiram sua casa e sua loja? Quem entrou na sua casa estava à procura de alguma coisa. E devia estar fazendo o mesmo, ou prestes a fazer, quando eu entrei na loja. Você é esperta demais para não ligar os pontinhos.

— Se eu estiver na mira de alguém, é por culpa sua. Não tenho nada em meu poder. Não falo com o meu pai há mais de cinco anos e não o vejo há mais tempo ainda. Levo uma vida agradável e calma aqui, e faço questão de mantê-la assim. Não vou permitir que você, meu pai ou uma terceira pessoa imaginária estrague tudo. — Levantou-se da cadeira e propôs: — Vou livrar você das algemas e de toda essa confusão com Vince. Em troca, você vai ter que me deixar em paz.

— Laine...

— Cale a boca. — Passou a mão no rosto, o primeiro sinal de cansaço. — Infringi minhas regras e me deixei levar pelos instintos quando saí com você. Isso é bem feito, para eu aprender.

Foi até a porta e lançou um sorriso cansado para Vince.

— Desculpe por todo esse trabalho, Vince. Quero que você liberte Max.

— Por quê?

— Foi tudo um mal-entendido, Vince. A culpa é minha. Max tentou me convencer a instalar um sistema de segurança mais moderno na loja, mas eu não quis fazer isso. Brigamos e ele arrombou a loja para provar que eu estava errada.

— Escute, garota. — Vince ergueu uma das mãos grandes e lhe fez um carinho no rosto. — Isso é papo furado.

— Quero que você registre isso assim mesmo, se tiver de fazê-lo. Liberte Max. De que adianta fazer uma acusação formal quando ele pode usar sua licença de investigador particular para escapar? O cliente dele é rico e pagará um advogado bambambã para resolver o assunto.

— Eu preciso saber do que se trata, Laine.

— Sei que precisa. — Os robustos alicerces da sua vida nova estavam sendo abalados. — Por favor, me dê algum tempo para analisar a situação. Estou muito cansada e não consigo nem raciocinar direito.

— Tudo bem. Seja lá o que for, saiba que estou ao seu lado.

— Espero que sim.

Ela saiu sem olhar para trás e não trocou mais nenhuma palavra com Max.

◆ ◆ ◆

Ela não iria ceder. Tinha trabalhado de forma incansável. Fora muito longe para desistir de tudo por causa de um homem bonito com um charmoso sotaque sulista. Um sedutor, pensou Laine, andando de um lado para o outro pela casa.

O pior é que *sabia* muito bem que não devia cair naquele tipo de sedução. Afinal, seu pai também não passava de um sedutor cheio de conversa para boi dormir, certo?

Típico, pensou com ar de repulsa. Era típico, muito típico, previsível e constrangedor que ela caísse no papo de outro homem do mesmo tipo. Max Gannon podia mentir e enganar do lado certo da lei, mas continuava sendo mentiroso e enganador.

Naquele momento, toda a sua luta e tudo pelo que trabalhara na vida estavam em risco. Se não fosse sincera com Vince, ele nunca mais confiaria nela. E, se fosse sincera... Como ele poderia voltar a confiar nela?

Estava ferrada de um jeito ou de outro.

Era melhor fazer as malas, cair fora e começar tudo de novo. Era assim que Big Jack agia quando as coisas davam errado. Mas ela não ia fazer o mesmo, de jeito nenhum. Aquele era seu lar, seu espaço, sua vida. Não ia desistir de tudo só porque um detetive abelhudo da cidade grande atropelara as coisas e manchara sua imagem.

Também a deixara de coração despedaçado, admitiu. Por baixo da raiva e da ansiedade, sentia-se destroçada. Permitira-se ser ela mesma diante de Max. Correra esse risco e confiara nele.

E ele a decepcionara. Os homens que mais importavam sempre a decepcionavam.

Largou-se no sofá e isso fez com que Henry colocasse o focinho sobre seu braço, na esperança de um carinho.

— Agora não, Henry. Agora não.

Algo no tom de voz dela fez o cão choramingar no que parecia ser compaixão. Depois, rodou várias vezes sem sair do lugar e se acomodou no chão, ao seu lado.

Tinha aprendido a lição, disse para si mesma. Daquele momento em diante, a única figura masculina em sua vida seria Henry. E precisava encerrar a sessão de autopiedade e *raciocinar*.

Olhou para o teto.

Vinte e oito milhões de dólares em pedras preciosas? Ridículo, impossível, parecia até piada. O velho Big Jack, um fanfarrão, e o doce e inofensivo Willy planejando um golpe milionário? Num local importante de Nova York? Não era possível. Não baseado no histórico e nas aptidões deles.

Por outro lado, jogando o possível pela janela, sobrava o fantástico.

E se Max tivesse razão? E se o fantástico tivesse acontecido e ele estivesse certo? Ela sentiu um arrepio diante da possibilidade.

Diamantes. O mais sensual dos alvos. Milhões. O lance perfeito. O golpe de toda uma vida. Se Jack ao menos tivesse...

Não, mesmo assim as coisas não se encaixavam.

O afeto que ela sentia pelo pai e que não desaparecera com o tempo estava levando-a a fantasiar que ele tinha finalmente tirado a sorte grande. Mas nada nem ninguém a convenceria de que Jack O'Hara se envolvera num assassinato. Mentiroso, vigarista, moralmente questionável, tudo isso era possível. Mas causar danos físicos a alguém? Impossível.

Ele nunca andara armado. Na verdade, tinha fobia de armas. Laine se lembrou da história da primeira detenção de seu pai antes de ela nascer. Atropelara um gato quando fugia de um arrombamento e não só parara para verificar o estado do animal como o levara para o veterinário. A polícia avistara o carro — roubado, é claro — no estacionamento da clínica.

O gato se recuperara e tivera uma vida longa e feliz. Big Jack tinha sido condenado a uma pena que variava de dois a cinco anos.

Não, ele não estava envolvido na morte de Jerome Myers.

Mas o vigarista podia ter caído no conto do vigário, certo? Será que ele acabara entrando em algo maior e pior do que imaginava? Será que fora iludido e enganado?

Naquilo era possível acreditar.

Talvez por isso Willy tivesse ido lhe dizer ou entregar alguma coisa, mas morrera antes de conseguir.

De qualquer modo, tentara avisá-la. *Ele sabe onde você está agora.*

Será que se referia a Max? Será que Willy tinha visto Max, entrado em pânico e corrido para a rua?

Esconda o cãozinho. O que essa frase queria dizer? Será que Willy deixara algum cãozinho de louça na loja? Laine tentou visualizar o salão depois da visita de Willy. Cuidava pessoalmente de todas as vitrines, mas não se lembrava de nada fora do lugar. Nem Jenny nem Angie tinham mencionado artigos estranhos.

Talvez ele quisesse dizer "saquinho". Talvez ela tivesse entendido mal, por causa da chuva. Diamantes podiam ser guardados num saquinho de pano. Mas ele não lhe entregara nada, e as autoridades teriam descoberto se tivesse algo escondido nas suas coisas.

Mas isso era apenas especulação, baseada na palavra de um homem que mentira para ela.

Expirou com força. Como é que podia fingir dar tanta importância à sinceridade se vivia, ela própria, uma mentira?

Tinha de contar tudo a Vince e a Jenny. Aquilo era o contrário do que haviam lhe ensinado desde criança — esconder as coisas da polícia —, mas conseguiria superar isso. Só precisava descobrir a forma certa de lhes contar.

— Vamos dar um passeio, Henry.

Aquelas palavras foram como um feitiço, e o cão sonolento saltou como se tivesse molas. Foi pulando até a porta. Um passeio iria clarear suas ideias, decidiu Laine. E lhe daria tempo para pensar num jeito de contar tudo a seus amigos.

Abriu a porta da frente para Henry e ele saiu como um foguete. Viu, então, o carro de Max estacionado junto da calçada. Ele estava ao volante, de óculos escuros, mas devia estar vigiando a casa, pois saiu do carro antes mesmo de ela fechar a porta.

— Que diabos veio fazer aqui?

— Eu avisei que você estava em apuros. Talvez isso seja culpa minha ou talvez você fosse se enrascar de qualquer modo. Seja como for, vou protegê-la, quer goste ou não.

— Sei tomar conta de mim mesma desde que aprendi o golpe das cartas marcadas. O único cão de guarda de que preciso é Henry.

Como o cão, naquele momento, tentava subir numa árvore para pegar um esquilo, Max simplesmente olhou com pesar para o animal.

— Vou ficar por aqui.

— Se você acha que vai ganhar seus cinco por cento vigiando minha casa, prepare-se para ficar desapontado.

— Não acredito que você tenha algo a ver com o golpe. No início pensei isso — acrescentou, quando ela o olhou com desdém e se afastou. — Quando a conheci, achei que talvez você estivesse envolvida na história. Mas investiguei um pouco mais e as coisas não batiam. Deixei de considerá-la suspeita.

— Puxa, muito obrigada! Se foi assim, por que arrombou minha loja?

— Meu cliente quer fatos e não impressões, embora me dê uma bela comissão com base nas provas obtidas pelo meu instinto. Estive em sua casa ao seu lado — continuou, quando ela virou a cabeça de repente na direção dele. — Uma mulher que esconde algo no valor de quase trinta milhões de dólares não deixa nenhum homem ajudá-la a varrer o chão e despejar o lixo. O passo seguinte era averiguar a loja para ver se não havia nada lá que a ligasse ao crime.

— Você está pulando um passo, Max. Está esquecendo o nosso rala-e-rola em sua cama de hotel.

— Muito bem, vamos esclarecer logo uma coisa: você está vendo alguma auréola aqui? — perguntou ele, apontando para o alto da cabeça.

Ela sentiu vontade de rir, mas se conteve.

— Não — disse, depois apertou os olhos como que para enxergar melhor. — Mas espere um segundo... Isso na sua testa são chifrinhos?

— Vamos lá, seja objetiva. Um cara abre a porta do quarto de hotel e dá de cara com uma mulher incrível por quem ele tem todo tipo de sentimentos e tesão. Essa mulher indica... Ou melhor, *declara abertamente* que adoraria uma noite de sexo com ele. O cara bate a porta na cara dela ou não?

Ela parou perto de um fio d'água que corria junto do meio-fio, resultado das chuvas de primavera.

— Não. Agora me diga você: uma mulher, depois de saber que o cara com quem transou armou tudo, mentiu sobre seu objetivo e seus interesses, tem o direito ou não de lhe dar um belo chute na bunda?

— Claro que tem! — Ele tirou os óculos escuros e prendeu uma das hastes no bolso da frente da calça. Os dois perceberam o significado do gesto.

Olhe bem para mim. Você precisa entender o que estou falando, em vez de apenas ouvir. Porque isso é importante.

— Tem todo o direito, Laine — confirmou ele. — Mesmo que esses interesses tenham mudado e se transformado em algo que ele não esperava, nem imaginava. Acho que me apaixonei por você essa noite.

— Essa é uma frase bastante forte para dizer.

— É forte até para meus ouvidos, mas estou dizendo. Na verdade, acho que fui fisgado enquanto colocava seu lixo para fora ou passava o aspirador de pó na sua sala de estar. Tentei reprimir esse sentimento, mas me dei por vencido depois da nossa espetacular noite de transa.

— E por que eu deveria acreditar nisso?

— Não precisa acreditar. Pode me dar um chute na bunda, sacudir a poeira e ir embora. Só espero que você não faça isso.

— Você tem um jeito especial de dizer a coisa certa no momento certo. É uma habilidade muito conveniente, mas me parece suspeita. — Ela se virou de frente para ele e esfregou os braços para se aquecer.

— Quando se trata de trabalho, eu digo qualquer coisa para conseguir um bom resultado, Laine. Só que não estamos falando de trabalho. Eu magoei você e lamento, mas aquilo foi trabalho. Não sei como poderia ter feito as coisas de forma diferente.

Ela deu uma risada fraca e concordou.

Doce Relíquia **121**

— Sim, imagino que não pudesse.

— Estou apaixonado por você. Foi como se me batessem com um tijolo na cabeça, e ainda não consigo pensar direito. Não faço ideia de como poderia ter sido diferente, mas isso a deixa com todas as cartas na mão, Laine. Você pode prosseguir no jogo ou largar tudo e ir embora.

A bola estava no seu lado do campo agora, pensou Laine. E não era exatamente aquilo que ela queria? Fazer suas escolhas e correr os próprios riscos? Mas o que ele não dissera, e ambos eram espertos o bastante para saber, era que ter todas as cartas boas não significava entregar tudo de mão beijada.

Seu lado Tavish contaria os prejuízos, sairia de campo e seguiria em frente. Mas o lado O'Hara jamais perderia a possibilidade de ganhar uma bolada.

— Passei a primeira parte da minha vida adorando um homem que não conseguia colocar a verdade para fora nem quando ela dançava um tango em sua língua. Jack O'Hara.

Respirou fundo e continuou:

— Ele não prestava, mas, puxa vida, sabia como fazer você acreditar que existia um pote de ouro no fim do arco-íris. E fazia isso porque *ele também* acreditava.

Deixou cair as mãos ao lado do corpo e se virou para Max.

— Passei os anos seguintes com uma mulher que tentava esquecê-lo. Fazia isso mais por mim do que por ela, coisa que levei muito tempo para perceber. Por fim ela conseguiu e se casou com um homem muito decente, que assumiu o papel de pai para mim. Um homem que eu adoro. Muito generoso e amável, mas que nunca conseguiu conquistar meu coração como o outro, o mentiroso nato. Não sei o que isso diz sobre mim. Então passei os últimos anos tentando ser uma pessoa responsável, comum, levando uma vida simples. Fiz um bom trabalho, mas você estragou tudo, Max.

— Sim, eu sei.

— Se tornar a mentir para mim, nem me darei ao trabalho de dar um chute na sua bunda. Lavarei minhas mãos e me afastarei de vez.

— É justo.

— Não tenho os diamantes que você procura e não sei nada a respeito deles. Não faço ideia de onde meu pai está, não sei como entrar em contato com ele e nem imagino como Willy me encontrou.

— Tudo bem.

— Mas caso eu descubra e isso o ajude a ganhar seus cinco por cento, quero metade.

Ele a olhou por um momento e depois abriu um sorriso.

— Puxa, agora eu tenho certeza de que me apaixonei mesmo por você.

— Isso é o que veremos. Pode entrar na minha casa. Preciso chamar Vince e Jenny para lhes confessar todos os meus pecados. Depois, saberemos se ainda tenho amigos e condições de continuar nesta cidade.

Capítulo Oito

♦ ♦ ♦ ♦

ELA MATUTOU muito sobre o assunto. Não só sobre o que dizer, mas como dizer e *onde* dizer. Laine decidiu armar o cenário na cozinha, com café e o bolo que tinha no freezer. Só que aquilo era informal demais e muito descontraído para uma situação em que a amizade seria posta à prova.

Vince era um policial, lembrou. E Jenny era uma típica mulher de tira. Por mais chegados que tivessem se tornado naqueles anos, os laços de amizade poderiam desaparecer quando ela lhes contasse o seu passado. Quando lhes dissesse que mentira desde o princípio.

A sala era melhor — mas sem bolo de café.

Enquanto se afligia com o cenário ideal, foi buscar o aspirador portátil e começou a limpar o sofá.

— Laine, que diabos você está fazendo?

— Estou plantando macieiras. Ora, o que lhe parece? Estou tirando os pelos de Henry do sofá.

— Então tá...

Ele enfiou as mãos nos bolsos, depois as tirou e passou os dedos pelos cabelos enquanto ela aspirava, afofava as almofadas que havia estofado novamente e ajeitava as pontas da colcha de chenile lançada sobre o sofá.

— Você está me deixando nervoso.

— Puxa, desculpe. — Afastou-se um pouco e inspecionou o resultado. Embora tivesse afofado as almofadas do melhor jeito que conseguiu e as tivesse colocado com o lado rasgado para trás, o estofado ainda parecia triste e patético. — Estou à espera do chefe de polícia e da minha melhor amiga para lhes confessar que tudo o que julgam saber sobre mim é uma grande mentira; sofri dois arrombamentos em dois dias; meu pai é suspeito de um golpe de vinte e oito milhões de dólares com assassinato na história; meu sofá parece ter sido atacado por furões raivosos. Mesmo assim, sinto muito por deixar você nervoso.

— Você se esqueceu da maratona sexual com o detetive que trabalha no caso.

— Isso é para ser engraçado? — Ela bateu com a haste do aspirador na palma da mão. — É algum jeito esquisito de tentar me divertir?

— Mais ou menos. Por favor, não me bata com esse troço, Laine. Já sofri uma concussão leve. Eu acho. Relaxe um pouco. Mudar de nome e adaptar o passado não é crime.

— Não é só isso. Menti para eles todos os dias desde que cheguei aqui. Você sabe por que os golpes dão certo? Quando as pessoas lesadas descobrem que foram enganadas, ficam tão envergonhadas que não fazem nada. Fazer papel de idiota é tão difícil quanto perder dinheiro. Muitas vezes é até pior.

Ele pegou o aspirador e o colocou sobre a mesa para poder tocar nela. Para poder pôr as mãos naqueles ombros retesados e massageá-los até alcançar o rosto com os polegares.

— Você não queria fazê-los de idiotas, e eles não se tornaram seus amigos pelo seu suposto passado de típica garota americana perfeita.

— Eu aprendi a me fazer de isca antes dos sete anos. Que bela garota americana perfeita! Acho que eu devia trocar de roupa — disse, olhando para a roupa de ginástica que tinha vestido quando o policial a acordara de madrugada para relatar o arrombamento da loja. — Você não acha que eu devia trocar de roupa?

— Não. — Ele colocou as mãos nos ombros dela mais uma vez e continuou massageando-os até que ela ergueu a cabeça. — Fique como está.

— Por quem você acha que está se apaixonando, Max? Pela dona de uma lojinha do interior, pela golpista recuperada ou pela donzela em perigo? Qual delas é mais atraente para um homem como você?

— A ruiva esperta que sabe cuidar de si mesma e cede a impulsos ocasionais. — Baixou a cabeça para lhe dar um beijo na testa. Sentiu que a respiração dela acelerava e que reprimia um soluço. — Há muitas facetas nessa mulher. Ela adora o cão, se preocupa com os amigos, é ligeiramente obcecada com organização e ouvi dizer que sabe cozinhar bem. Também é prática, eficiente, obstinada... E muito boa de cama.

— Você criou muitas impressões sobre mim num espaço de tempo tão curto.

— Sou rápido nessas coisas. Minha mãe sempre dizia: "Max, quando você encontrar a mulher certa, vai se sentir como uma sequoia cortada a machadadas e cair de quatro por ela."

— Que diabos isso quer dizer? — perguntou ela, sorrindo.

— Sei lá, mas dona Marlene nunca se engana. Eu encontrei essa mulher.

Ele a puxou para si e ela se deixou ficar ali, curtindo o calor e o conforto do momento, a sensação de ser abraçada por um homem forte. Depois, se obrigou a recuar um pouco.

Não sabia se amar significava poder apoiar-se em alguém. Pela experiência que tinha, porém, esse tipo de indulgência quase sempre derrubava os dois no chão.

— Não posso pensar nisso. Não devo pensar no que está acontecendo, nem no que sinto a respeito. Preciso dar o próximo passo e ver aonde ele me levará.

— Tudo bem.

Henry começou a ladrar alegremente e, alguns segundos depois, ouviu-se o ruído de pneus esmagando cascalho. Laine sentiu um frio na barriga, mas manteve os ombros retos.

— Chegaram. — Antes que Max tivesse a chance de falar, ela continuou. — Preciso me preparar para o papo. Isso tem de ser resolvido.

Foi até a porta, abriu-a e viu Jenny brincando com Henry. A amiga olhou para ela.

— Isso deve ser amor! — exclamou, e começou a andar em direção à casa. — E quando alguém me tira da cama antes das oito da manhã, isso deve ser sinal de amizade verdadeira.

— Desculpe por ser tão cedo.

— Desde que tenha comida...

— Tenho, sim. Isto é, tenho bolo de café, mas...

— Por mim está ótimo. O bolo de café é todo para mim. E você, vai comer o quê? — Soltou sua gargalhada típica, mas se calou ao avistar Max.

— Não sei o que pensar por ver você aqui. Se é um detetive da cidade grande, por que não nos contou logo?

— Jenny. — Laine pôs a mão sobre o braço da amiga. — A história é complicada. Por que não vamos para a sala de estar?

— E por que não nos sentamos na cozinha? É lá que a comida está. Esfregou a barriga e começou a andar.

— Tudo bem. — Laine respirou fundo e fechou a porta atrás de Vince. — Por mim, na cozinha está ótimo.

Seguiu os convidados até os fundos da casa e avisou:

— Isso pode ser meio confuso — começou a dizer, enquanto trazia o bule com chá de ervas que preparara para Jenny. — Antes de qualquer coisa, quero pedir desculpas. Simplesmente dizer que lamento muito, logo de cara.

Serviu café, cortou pedaços de bolo e completou:

— Não tenho sido honesta com vocês nem com ninguém.

— Gatinha... — Jenny se aproximou de onde Laine meticulosamente servia o bolo — Você está em apuros?

— Parece que sim.

— Isso pode ser resolvido. Não é, Vince?

O chefe de polícia observava Laine com atenção.

— É melhor você se sentar, Jen. Deixe-a falar à vontade.

— Podemos consertar qualquer coisa — garantiu Jenny, mas se sentou e lançou um olhar penetrante para Max. — Isso é culpa sua?

— Não, nada disso — disse Laine rapidamente. — Não é mesmo. Eu não me chamo Laine Tavish. É que... Mudei de nome legalmente quando fiz dezoito anos. Meu nome de batismo é Elaine O'Hara. Meu pai se chama Jack O'Hara, e se Vince investigar vai descobrir que ele tem várias passagens pela polícia. Basicamente roubo, pequenos golpes e contos do vigário.

Os olhos de Jenny se arregalaram.

— Como assim? Ele não é dono de uma churrascaria no Novo México?

— Rob Tavish, o meu padrasto, tem uma churrascaria. Meu pai entrou numa fria quando... — Parou de falar e suspirou. Era fácil usar as antigas expressões. — Jack foi preso por um golpe no mercado imobiliário quando eu tinha onze anos. Não foi a primeira vez que o apanharam, mas essa foi a gota d'água para minha mãe. Ela estava preocupada comigo, o que eu descobri mais tarde. Eu adorava o meu pai e me saía muito bem, considerando a idade, na hora de seguir os passos dele.

— Você aplicava golpes?

Havia tanto fascínio quanto choque no tom de voz de Jenny, e Laine teve de sorrir.

— Eu só cometia contravenções simples, mas agia com precisão. Estava me especializando em bater carteiras. Tinha dedos leves, e as pessoas não olham para uma menina quando percebem que a carteira foi roubada.

— Minha Nossa! — Foi tudo que Jenny conseguiu dizer.

— O pior é que eu gostava daquilo. Era empolgante e fácil. Meu pai... bem, ele transformava tudo numa espécie de *jogo*. Nunca tinha me ocorrido que, quando roubava a carteira de alguém, aquele podia ser o dinheiro do aluguel do mês; quando arrancávamos alguns milhares de dólares de um casal no mercado imobiliário, podíamos estar levando a poupança de toda uma vida ou uma reserva para pagar a faculdade dos filhos. Tudo me parecia divertido e eles eram apenas alvos.

— Mas você só tinha dez anos — acrescentou Max. — Dê uma colher de chá para a menina que você foi.

— Podemos dizer que foi isso que aconteceu. Eu recebi uma colher de chá. A direção em que eu ia convenceu mamãe a transformar sua vida e a minha também. Ela se divorciou do meu pai e nos mudamos para longe. Então trocou de nome e conseguiu um emprego honesto como garçonete. Circulamos muito de uma cidade para outra nos primeiros anos. Não para nos livrarmos do meu pai, pois ela não faria isso com ele. Pelo contrário, sempre lhe contava onde estávamos, desde que ele cumprisse a palavra de não tentar me levar novamente para o mau caminho. E ele manteve o compromisso. Não sei qual de nós três ficou mais surpreso com isso, mas o meu pai cumpriu a promessa. Mesmo assim nós mudávamos o tempo todo de cidade para evitar que a polícia nos incomodasse e...

Parou de falar e lançou um sorriso sem graça para Vince.

— Desculpe, mas quando se tem reputação de trambiqueiro, mesmo que seja por tabela, a polícia está sempre de olho. Minha mãe queria uma vida nova, só isso. Para mim também. Não foi fácil para ela, que também amava Jack. E eu não ajudei em nada. Gostava do jogo e não curtia que tudo tivesse acabado, nem de viver longe do meu pai.

Voltou a encher as canecas de café, embora mal tivesse tocado no dela.

— Minha mãe trabalhava tanto que eu comecei a admirá-la. Percebi o orgulho e a satisfação de ganhar a vida honestamente. Depois de algum tempo, já não nos mudávamos tanto. Nem fazíamos as malas no meio da noite para fugir de apartamentos ou quartos de hotel. E ela cumpriu as promessas que me fez. Big Jack prometia muito, mas não cumpria quase nada. Minha mãe, por sua vez, quando se comprometia a fazer algo, fazia.

Ninguém disse uma palavra enquanto ela foi até a geladeira para pegar uma jarra de água com fatias de limão. Serviu um copo e bebeu, pois estava com a garganta seca.

— Enfim, nossa vida havia mudado. E quando ela conheceu Rob Tavish, tudo mudou novamente para melhor. É um homem maravilhoso, louco por ela, e era bom para mim. Doce, amável e divertido. Passei a assinar usando o nome dele. E me transformei em Laine Tavish porque essa era uma pessoa normal e responsável. Uma mulher que poderia ter uma casa própria, um negócio só dela e uma vida digna. Talvez não tivesse os momentos emocionantes que ela curtira na primeira parte de sua vida, mas também não tinha os momentos assustadores. Isso me servia muito bem. A partir de então, sempre que perguntavam sobre a minha vida, eu inventava algo que se adequava a Laine Tavish. Lamento. Isso é tudo. Desculpem.

Houve um longo silêncio.

— Tudo bem... Uau! — Jenny fitou Laine com os olhos arregalados. — Vou ter muitas coisas para dizer e comentários para fazer quando minha cabeça parar de girar. Mas a primeira pergunta entre tantas, que não serão poucas, é: o que isso tudo tem a ver com você estar em apuros?

— Dizem que é impossível escapar do passado e encobri-lo por completo. William Young.

Laine viu que Vince assentia com a cabeça e somava dois mais dois.

— O homem que morreu depois de se lançar diante do carro? — percebeu Jenny.

— Isso mesmo. Ele costumava dar golpes com meu pai. Eram como irmãos e, puxa vida, morava conosco metade do tempo. Eu o chamava de tio Willy. Não o reconheci quando entrou na loja. Juro que não o reconheci, Vince. Há muitos anos eu não o via e a ficha não caiu. Só depois do acidente eu vi que ele... Meu Deus, ele estava morrendo!

Bebeu mais alguns goles de água, e naquele momento sua mão tremeu levemente.

— Ele me pareceu tão triste por eu não o reconhecer e o dispensar com tanta rapidez. E logo depois ele estava ali, deitado na calçada, sangrando. Morrendo. Foi quando entoou alguns versos da antiga canção que ele e papai costumavam cantar em dueto: "Adeus, meu melro". Eles cantavam essa canção sempre que fazíamos as malas para escapar de algum hotel. Então eu o reconheci, mas já era tarde demais. Não disse nada sobre isso a você, Vince, talvez tenha cometido algum tipo de delito, mas a verdade é que eu não lhe contei que o conhecia.

— Por que ele veio ver você?

— Não teve chance de me dizer. Isto é, eu não lhe dei oportunidade de dizer — corrigiu.

— É uma perda de tempo você se culpar por isso — disse Max, falando depressa, e ela engoliu as lágrimas que estava prestes a verter.

— Talvez. Analisando agora, vejo que ele estava nervoso, agitado, cansado. Entregou-me um cartão, como já contei, com um número de telefone. Na hora, achei que ele realmente queria colocar alguma peça para vender na loja.

Olhou para o copo vazio e o colocou de lado.

— Pode ser que meu pai o tenha mandado. Uma das coisas que Willy sabia fazer bem era se misturar entre as pessoas. Era um homem de baixa estatura, sem nada de especial. Jack é grande, ruivo e chama a atenção. É por isso que eu acho que ele mandou Willy para me dizer algo. Mas não houve tempo para nada. Willy apenas falou "Ele sabe onde você está agora" e pediu para eu esconder o saquinho. Acho que disse "saquinho", é a única coisa que faz sentido. Na verdade, pensei ter ouvido "cãozinho", mas deve ter sido pura impressão minha.

— O quê? — A voz de Max parecia uma chicotada. — E só agora você me conta isso?

Em contrário à reação dele, Laine manteve a voz calma e suave.

— É verdade, mas não creio que você esteja em posição de me criticar. Companhia de seguros, uma ova!

— Mas eu *trabalho* para uma seguradora, droga. Onde está o saquinho? O que você fez com ele?

O calor surgiu nas bochechas dela. Não de vergonha, e sim de raiva.

— Ele não me deu saquinho nenhum, nem nada do tipo. Não tenho a porcaria dos seus diamantes. Estava delirando, à beira da *morte*. — Apesar da determinação, seus olhos se encheram de lágrimas e sua voz se entrecortou. — Estava morrendo ali, diante de mim, e era tarde demais.

— Deixe ela em paz. — Como uma mãe ursa protegendo a cria, Jenny enfrentou Max e foi abraçar Laine. — Deixe ela em paz.

Vince deu algumas palmadinhas no ombro de Laine, como forma de apoio, e olhou para Max.

— De que diamantes ela está falando?

— Os diamantes no valor de vinte e oito milhões e quatrocentos mil dólares; os diamantes que foram roubados da International Jewelry Exchange, em Nova York, há seis semanas; os diamantes que o meu cliente, a Reliance Seguros, gostaria muito de reaver; os diamantes que acredito que tenham sido roubados por Jack O'Hara, William Young e um terceiro cúmplice, que suponho ser Alex Crew.

— Minha Nossa! — sussurrou Jenny.

— Não sei de nada sobre eles — garantiu Laine, com ar cansado. — Não estão comigo, nunca os vi, não sei onde podem estar. Aceito declarar a respeito a um detector de mentiras.

— Mas alguém certamente acha que você está com eles ou sabe onde estão.

Grata pelo apoio, Laine encostou a cabeça no ombro de Jenny e assentiu para Vince.

— Pelo visto, sim. Pode revistar minha casa, Vince. Você e Max. Também podem procurar na loja. Eu lhes dou acesso irrestrito aos meus

Doce Relíquia **131**

registros telefônicos, bancários, o que quiserem. Só peço que façam isso discretamente para eu poder tocar minha vida em frente.

— Você sabe onde seu pai está?

— Não faço a mínima ideia.

— O que sabe a respeito desse tal de Alex Crew?

— Nunca ouvi falar dele. Ainda é difícil, para mim, acreditar que Jack O'Hara tenha participado de um golpe dessa grandeza. Ele é peixe miúdo comparado a isso.

— Se você precisasse entrar em contato com seu pai, como faria?

— Nunca aconteceu. — Seus olhos ardiam muito e ela os esfregou. — Sinceramente, não sei. Ele já entrou em contato comigo algumas vezes ao longo dos anos. Depois de me formar, recebi uma carta registrada. Nela constavam uma passagem aérea de primeira classe pará Barbados e também um voucher para uma semana num hotel de luxo. Eu sabia que aquilo fora enviado por ele e quase não fui. Mas, puxa vida, uma semana em Barbados! Ele me procurou assim que eu cheguei lá. Foi uma semana fantástica. É impossível não se divertir com Jack. Ele tinha orgulho de mim, por eu ter me formado e tudo o mais. Nunca alimentou ressentimentos da minha mãe nem de mim por termos saído de sua vida. Depois, tornou a aparecer mais uma ou duas vezes. A última foi quando eu me mudei para o Leste e morava na Filadélfia.

— A parte da história relacionada com Nova York está fora da minha jurisdição — declarou Vince —, mas as invasões à sua casa e à sua loja são assunto meu. E William Young também.

— Meu pai nunca iria ferir Willy, se é isso que você está pensando. Nem por dez vezes essa fortuna. Também não invadiria minha casa para destruí-la daquela maneira. Não faria uma coisa dessas comigo. Não faria isso com ninguém, na verdade. Ao seu modo, ele me adora. Além do mais, esse não é o seu estilo.

— O que você sabe sobre esse Alex Crew? — perguntou Vince a Max.

— O bastante para afirmar que Jack e Willy se meteram com más companhias. O intermediário do golpe de Nova York era um comerciante de pedras preciosas. Foi executado. O cadáver foi encontrado em seu carro queimado, em Nova Jersey.

Olhou para Laine e completou:

— Podemos ligar O'Hara a Myers, o comerciante de pedras. Mas os históricos de O'Hara e de Young não mostram ações violentas, nem algum tipo de crime à mão armada. Não se pode dizer o mesmo de Crew. Embora nunca tenha sido condenado por assassinato, é suspeito de vários homicídios. É inteligente e esperto. Esperto o bastante para saber que esses diamantes são um problema. Certamente sabe que vai precisar esperar o caso esfriar antes de tentar vendê-los ou levá-los para fora do país. Mas talvez tenha tido um ataque de ganância ou impaciência.

— Se esse Alex Crew estiver tentando chegar aos diamantes ou ao meu pai por meu intermédio, vai ficar desapontado.

— Isso não significa que ele não vai tentar — afirmou Max. — Se for o caso, ele deve ter vindo para cá. E ainda pode estar por perto. E me roubou a carteira; portanto, sabe quem sou e por que estou aqui. — Com ar distraído, Max tocou no curativo da testa. — Ele vai refletir sobre o assunto por algum tempo. Tenho fotos dele. O espertinho gosta de usar disfarces, mas, se estiver na cidade, talvez um de vocês o reconheça.

— Quero cópias das fotos para distribuir aos meus homens — disse Vince. — Vamos cooperar com as autoridades de Nova York para encontrar esse suspeito que pode estar aqui na cidade. Deixarei Laine fora disso o máximo de tempo que conseguir.

— Muito bem, então.

— Obrigada, Vince. — Laine ergueu as mãos, mas logo as deixou cair de volta.

— Você achou que iria nos deixar revoltados? — perguntou Jenny. — Achou que isso poderia afetar nossa amizade?

— Achei, sim.

— Isso é uma espécie de insulto, mas vou dar um desconto porque você me parece muito cansada. E quanto a ele? — Esticou o queixo na direção de Max. — Você vai perdoá-lo?

— Acho que tenho que perdoar, diante das circunstâncias.

— Tudo bem, então eu também o perdoo. Puxa, agora é que eu percebi que fiquei tão perturbada com essa história que nem comi. Vou compensar

Doce Relíquia   **133**

esse erro. — Pegou uma fatia de bolo, deu uma mordida e falou com a boca cheia: — Acho que você deveria ficar comigo e com Vince até tudo isso ser resolvido.

— Amo vocês, Jenny. — Como sentiu a ameaça de novas lágrimas, Laine se levantou e virou de costas, com a desculpa de ir buscar mais café. — Obrigada pelo convite, mas preciso permanecer aqui em casa. Vou ficar bem. Max vai ficar comigo. — Virou-se a tempo de ver o ar de surpresa que surgiu no rosto dele. Sorriu quando trouxe o bule para completar as canecas. — Não é, Max?

— Sim, claro. Pode deixar que vou cuidar dela — garantiu a Jenny.

— Considerando que você sofreu uma pancada na cabeça, talvez eu é que precise cuidar de você. Agora, preciso trocar de roupa para ir trabalhar. Tenho que abrir a loja.

— O que você precisa fazer é subir para o seu quarto e dormir por várias horas — disse Jenny, discordando de Laine. — A loja poderá ficar fechada por um dia.

— Acho que as forças policiais aqui presentes, a pública e a particular, dirão que eu devo manter tudo funcionando normalmente.

— Sim, faça isso — sugeriu Vince. — Vamos ficar de olho na sua casa e na loja até desvendarmos tudo. E quero aquelas fotos — completou, olhando para Max.

— Vou trazê-las.

Laine os acompanhou até a porta.

— Tenho um monte de outras perguntas para fazer. Precisamos marcar uma noite só para garotas — decidiu Jenny — para eu poder arrancar mais informações de você. Você alguma vez aplicou o golpe da troca dos copos com uma moeda embaixo? Conhece esse truque?

— Jenny! — Vince revirou os olhos.

— Puxa, estou só *perguntando*, não posso? Depois você me conta. E o jogo das três cartas marcadas? — berrou, já na rua, com Vince a empurrando para o carro. — Tudo bem, depois a gente conversa, mas quero detalhes.

— Ela é uma figura! — comentou Max, observando Vince ajudar a mulher a entrar no carro.

— E como! Uma figuraça! Conhecê-la foi uma sorte, a melhor coisa que me aconteceu quando eu vim para cá. — Esperou até o carro sumir de vista antes de fechar a porta. — Tudo correu de forma mais tranquila do que eu merecia.

— Você está sendo mais dura com você mesma do que comigo.

— Você estava trabalhando. Respeito a ética no trabalho. — Encolheu os ombros e se virou na direção da escada. — Preciso me recompor para ir à cidade.

— Laine... Achei que teria que convencê-la a me deixar ficar aqui. Em vez disso, foi você que sugeriu isso. Por quê?

Ela se encostou ao corrimão.

— Por várias razões. Antes de mais nada, não sou uma covarde lamurienta, mas também não sou uma corajosa desmiolada. Não tenho a mínima intenção de ficar aqui sozinha, tão longe da cidade, quando alguém que me deseja mal pode muito bem voltar. Não vou me arriscar, nem colocar meu cão em perigo, por causa dos diamantes de outra pessoa.

— Sensata.

— Por isso resolvi arrumar um detetive particular da cidade grande que eu presumo, apesar das evidências em contrário, que saiba se defender.

Ele fez uma careta.

— Sei me defender muito bem.

— É bom saber disso. Em segundo lugar, considerando que agora eu tenho interesse direto na recuperação dos diamantes, prefiro ter você por perto para saber exatamente cada passo que dá. Os setecentos mil dólares da recompensa vão me fazer muito bem.

— Prática.

— Por último, gostei do sexo e não vejo razão para me privar disso. Vai ser mais fácil levá-lo para a cama se você já estiver aqui.

Vendo que Max não conseguiu arranjar nenhum argumento em contrário, ela simplesmente sorriu.

— Vou tomar uma ducha.

— Tudo bem — conseguiu dizer ele, depois que ela começou a subir a escada. — A explicação está completa.

Doce Relíquia **135**

♦ ♦ ♦ ♦

TRINTA MINUTOS depois ela desceu de volta, tão fresca quanto uma manhã de primavera, vestindo calça e jaqueta verdes. Prendera os cabelos para trás com duas presilhas prateadas nas têmporas e deixou que eles caíssem soltos e retos sobre os ombros, numa cascata de brilhos.

Foi até onde Max estava e lhe entregou um chaveiro de metal.

— Aqui estão as chaves das duas portas, da frente e dos fundos. Se você voltar para casa antes de mim, agradeceria muito se colocasse Henry lá fora para brincar.

— Tudo bem.

— *Se* e *quando* eu cozinhar, você lava a louça.

— Combinado.

— Gosto da casa arrumada e não pretendo catar suas tralhas.

— Fui bem criado. Agradeça à dona Marlene.

— Isso é tudo por enquanto. Preciso ir.

— Espere, essas são as suas regras. Agora, aqui vão as minhas: guarde este número. — Entregou-lhe um cartão. — É do meu celular. Ligue-me assim que você sair da loja. Caso não venha direto para casa por algum motivo, quero ser avisado.

— Tudo bem. — Ela guardou o cartão no bolso.

— Pode me ligar em caso de novidades, e também se alguma coisa estranha acontecer. Não me importa o quanto algo possa parecer sem importância, quero saber de tudo.

— Se eu receber alguma ligação de telemarketing, vou avisar você na mesma hora.

— Estou falando sério, Laine.

— Tudo bem, tudo bem. Mais alguma coisa? Já estou muito atrasada.

— Se você tiver notícias do seu pai, quero que me conte. Ligue na mesma hora, Laine — insistiu Max, ao ver a cara que ela fez. — Esse tipo de lealdade não vai ajudá-lo em nada.

— Não vou ajudar você a colocá-lo na prisão. Isso eu não faço, Max.

— Não sou tira. Não mando ninguém para a cadeia. Tudo o que eu quero é recuperar as pedras e receber minha comissão. E também nos manter a salvo nesse meio-tempo.

— Se você me prometer que não vai entregá-lo, não importa a situação, juro que lhe contarei assim que souber dele.

— Prometo. — Estendeu a mão e apertou a dela. Depois, deu-lhe um puxão que a colocou direto nos seus braços. — Agora, quero um beijo de despedida.

— Tudo bem.

Ela segurou nos quadris dele com força, ficou na ponta dos pés e lhe atacou os lábios com os dela. Fez o beijo demorar uma eternidade, balançando-se docemente, mudando o ângulo para excitá-lo mais e usando os dentes como desafio. Sentiu as mãos dele penetrando entre seus cabelos, os dedos se apertando. Quando o calor lhe aumentou por dentro e ela percebeu que também crescia nele, deixou as mãos escorregarem e lhe tascou um beliscão na bunda.

Sua pulsação estava acelerada, mas ela gostava de ter a sensação de controle e virou a cabeça até deixar os lábios junto do ouvido dele.

— Isso vai me ajudar a enfrentar o dia — sussurrou, afastando-se dele.

— Agora é a minha vez de beijar você.

Ela riu e lhe deu uma palmada no peito.

— Nada disso. Tome conta da casa e você poderá me receber com um beijo à noite. Devo chegar por volta das sete horas.

— Estarei aqui.

Ele saiu de carro logo atrás dela, seguiu-a até o centro da cidade e desviou para o hotel.

Parou no saguão e avisou à recepcionista que estava de saída. Ela o observou com atenção.

— Olá, sr. Gannon. Está tudo bem? O senhor sofreu um acidente?

— Na verdade, foi de propósito, não um acidente. Mas estou bem, obrigado. Voltarei daqui a alguns minutos.

Entrou no elevador. Já que decidira trabalhar nas anotações e fazer os relatórios assim que se instalasse na casa de Laine, o melhor a fazer era levar logo as suas coisas. Um homem acostumado a viajar, como ele, sabia fazer as malas com rapidez e o mínimo de confusão. Pendurou a mala pela alça num dos ombros, a mochila com o laptop no outro e saiu do quarto quinze minutos depois de ter entrado.

Na recepção, conferiu a conta e pagou com cartão de crédito.

— Espero que tenha apreciado seus dias conosco.

— Apreciei muito, sim — Fixou os olhos no nome que a moça exibia no crachá. — Só uma coisa antes de eu partir, Marti. — Baixou-se um pouco e pegou na mochila as fotos de Jack O'Hara, William Young e Alex Crew. Colocou-as sobre o balcão. — Por acaso você viu algum desses homens?

— Como assim? — Ela piscou. — Por quê?

— Estou à procura deles — informou, com um sorriso provocante. — Você os viu?

— Ahn... — reagiu ela, olhando para as fotos. — Acho que não. Desculpe.

— Não faz mal. Alguns dos seus colegas estão por aí? Talvez eles possam vir aqui para dar uma olhadinha.

— Tudo bem, eu acho. Mike está aqui. Espere só um minuto.

Max fez a mesma pergunta ao empregado, deixando de lado o sorriso de flerte, mas obteve os mesmos resultados.

Depois de colocar as coisas no porta-malas do carro, foi fazer seu trabalho. Primeiro, levou as fotos a Vince e esperou que as copiassem. Depois, passou pelos outros hotéis, motéis e pousadas num raio de dezesseis quilômetros.

Três horas depois, o mais real que conseguira como resultado do seu esforço era uma dor de cabeça lancinante. Tomou quatro comprimidos de ibuprofeno como se fossem jujubas e pegou um sanduíche para viagem numa lanchonete ali perto.

De volta à casa de Laine, dividiu o sanduíche, de forma generosa, com um Henry muito grato, e torceu para que aquilo permanecesse um segredo entre eles. Com a cabeça ainda latejando, resolveu passar o resto do dia desfazendo a mala e se instalando em algum lugar onde pudesse trabalhar. Depois, começou a rever as anotações.

Passou cerca de dez segundos decidindo onde colocaria suas roupas. Laine dissera que o queria em sua cama. Portanto, a melhor solução seria ter as roupas à mão.

Entrou no closet dela e analisou suas roupas. Imaginou-a dentro de algumas delas; em seguida, imaginou-a completamente nua. Reparou que Laine, como a mãe dele, também adorava sapatos.

Depois de refletir mais um pouco, concluiu que tinha direito a algum espaço nas gavetas. Evitou remexer nas roupas íntimas de Laine para não parecer pervertido e fez uma pilha de cuecas e meias numa gaveta, ao lado de várias camisas e agasalhos coloridos.

Com Henry sempre atrás dele, como uma sombra, analisou rapidamente o escritório de Laine, depois a sala do andar de cima e o quarto de hóspedes. A mesa do quarto, muito sofisticada, não era o lugar ideal, mas entendeu que era o único espaço disponível.

Instalou-se. Passou as novas anotações para o laptop. Redigiu o relatório do dia, releu tudo e fez algumas alterações. Verificou seu e-mail, caixa postal e respondeu as mensagens mais urgentes.

Depois, recostou-se na cadeira diante da mesinha, olhou para o teto e deixou que algumas teorias passeassem por sua cabeça.

Ele sabe onde você está agora.

Quem era "ele"? O pai dela? Se Willy sabia onde Laine estava, provavelmente Big Jack também sabia. Mas, pelo que ela contara, Jack nunca a perdera completamente de vista. Raciocinando assim, a frase não fazia sentido. Ele sabe onde você está *agora*. A flecha na cabeça de Max apontou para Alex Crew.

Não havia violência no histórico de Jack O'Hara, mas havia no de Crew. O'Hara não parecia se encaixar no homicídio do comerciante de diamantes. E não havia razão aparente para Willy fugir assustado do seu velho amigo Big Jack.

O possível, e bem mais provável, era que estivesse fugindo do terceiro homem, o homem que Max acreditava ser Alex Crew. Por conseguinte, Crew devia estar em Angel's Gap.

Para Max, porém, saber disso não resultava em nenhuma pista sobre onde Willy tinha guardado as pedras.

Ele tentara fazer com que os diamantes chegassem a Laine. Por que Willy ou Big Jack a colocariam na mira de um homem perigoso como Crew?

Matutou sobre aquilo sem chegar a lugar algum. Desconfortável na cadeira, foi se estender na cama. Fechou os olhos e disse a si mesmo que um cochilo poderia lhe refrescar o cérebro.

E mergulhou num sono profundo.

Capítulo Nove

••••

$\mathcal{F}$OI A SUA vez de acordar com uma colcha por cima do corpo. Como de costume, despertou do mesmo modo como adormecera: de forma rápida e completa.

Olhou para o relógio e fez uma careta ao perceber que tinha apagado por mais de duas horas. Já passava das sete, e ele havia planejado estar de pé, pronto para a ação, antes de Laine voltar.

Saiu da cama, tomou mais dois comprimidos para a dor de cabeça que não desaparecera e desceu para procurar Laine.

Ainda estava distante da cozinha quando sentiu um aroma que lhe inebriou os sentidos, envolvendo-o em seus dedos longos e puxando-o pelo restante do caminho.

Laine realmente era a coisa mais linda que existia, pensou ele. Vestia calça e blusa limpas, pendurara um pano de prato na cintura e mexia algo cheiroso numa frigideira imensa sobre o fogão. Fazia isso com o auxílio de uma colher de pau muito comprida e mantinha o ritmo, acompanhando com os quadris a canção que vinha de um pequeno aparelho de som sobre o balcão.

Reconheceu o som da The Marshall Tucker Band e percebeu que seus gostos musicais também combinariam.

O cão estava esparramado no chão e roía um pedaço de corda que já estava quase se desfazendo. Havia narcisos amarelos numa jarra com detalhes em azul sobre a mesa. E viu uma variedade de legumes frescos junto a uma tábua de cozinha em cima do balcão.

Max nunca curtira cenas domésticas ou, pelo menos, achava assim. Mas o clima daquele momento o atingiu em cheio. Um homem, decidiu, certamente ficaria feliz em "aguentar" um cenário desse pelos próximos quarenta ou cinquenta anos.

Henry bateu com a cauda duas vezes e se levantou para pular e golpear a coxa de Max com a corda estraçalhada.

Laine bateu com a colher na frigideira e se virou para olhar para ele.

— Você tirou um bom cochilo?

— Tirei. E acordei ainda melhor. — Para agradar Henry, baixou-se para puxar a corda e deu início a um animado cabo de guerra.

— Você vai se dar mal. Ele consegue ficar nisso durante dias a fio sem se cansar.

Max arrancou a corda do cão e a atirou para o fundo do corredor. Henry percorreu, todo desajeitado, o chão de mosaico e depois de madeira, louco de alegria.

— Você voltou mais cedo do que eu esperava.

Ela o viu se aproximar e ergueu as sobrancelhas quando ele colou seus corpos e a colocou de costas para o balcão. Envolveu-a com os braços e se inclinou para beijá-la.

Laine tentou se ancorar nos quadris dele, mas as mãos penderam dos lados do corpo, inertes. Sentiu-se derreter, o corpo estremecendo de leve devido ao suave ataque. Sua pulsação acelerou e o cérebro sofreu um apagão. Quando conseguiu abrir os olhos, ele se afastava dela, sorrindo.

— Olá, Laine.

— Olá, Max.

Ainda com os olhos nela, baixou um pouco o corpo para lançar longe, mais uma vez, a corda que Henry trouxera.

— Algo no ar está com um cheiro delicioso. — Inclinou-se mais uma vez e deu uma fungada no pescoço dela. — Além de você, é claro.

— Achei que seria uma boa ideia comermos frango ao molho branco com fettuccine.

Ele olhou para a frigideira e viu o molho cremoso.

— Você não está brincando comigo, está?

— Claro que estou, mas não desse jeito. Há uma garrafa de um bom *pinot noir* na geladeira. Por que não a abre e serve duas taças para nós?

— Farei isso. — Afastou-se e se voltou para Henry. Pegou a corda e tornou a atirá-la. — Puxa, você realmente está cozinhando.

— De vez em quando eu gosto. Como sou só eu a maior parte do tempo, nem sempre me dou a esse trabalho.

— Fico feliz em colaborar. — Pegou o saca-rolhas que ela lhe entregou e analisou o porquinho de prata que enfeitava a ponta. — Você realmente coleciona saca-rolhas!

— Uma das minhas manias. — Colocou duas taças de vinho em tons de âmbar sobre o balcão. Gostou de ver o jeito como Max exibia seus dotes de *sommelier* ao mesmo tempo em que brincava com o cão. Para lhe dar um pouco de paz, agachou-se e pegou uma lata debaixo da pia.

— Henry! Quer biscoito?

O cão abandonou a corda na mesma hora e começou a saltar, a tremer e a ladrar como louco. Max podia jurar que o cão tinha lágrimas de desespero nos olhos quando Laine lhe mostrou um biscoito.

— Só cães bonzinhos comem biscoitos — avisou, com firmeza. Henry se sentou nas patas traseiras e estremeceu, no esforço de se controlar. Quando ela atirou o biscoito, o cão pulou e o agarrou em pleno ar, como um atleta veterano de salto. E fugiu com o petisco como se fosse um ladrão.

— Você coloca alguma droga nesses biscoitos?

— Meu nome é Henry e eu sou viciado em biscoitos. Isso vai distraí-lo por um bom tempo: cinco minutos. — Pegou uma frigideira rasa e declarou: — Vou dourar o frango.

— Dourar o frango! — Soltou um gemido. — Sim, faça isso.

— Você é muito fácil de agradar.

— Sou, isso não é nenhum insulto. — Esperou até ela pegar um pacote de filés de peito de frango na geladeira e começar a fatiá-los. — Você consegue conversar e fazer isso ao mesmo tempo?

— Consigo. Sou prendada e habilidosa.

— Legal! E então, como foi na loja?

Ela pegou a taça que ele servira e tomou um gole.

— Você quer saber como foram as coisas na área de venda de antiguidades ou se eu vi algo suspeito?

— As duas coisas.

Doce Relíquia   **143**

— Hoje o movimento foi muito bom. Vendi um aparador Sheraton, entre outras coisas. Não parecia haver nada desarrumado na loja, no escritório ou no estoque, com exceção de umas manchas de sangue no chão, que imagino ser seu. — Colocou óleo na frigideira e olhou para ele. — Como está a cabeça?

— Melhor.

— Ótimo. Não vi nenhuma figura suspeita além da sra. Franquist, que aparece lá uma ou duas vezes por mês para reclamar dos preços. E o seu dia, como foi?

— Foi um dia cheio até a hora do cochilo. — Contou-lhe tudo enquanto ela colocava as tiras de frango no óleo quente e preparava a salada.

— Deve haver vários dias assim, em que muitas perguntas ficam sem resposta.

— *Não* também é uma resposta.

— Acho que sim. Por que um rapaz bonito de Savannah vai para Nova York e vira detetive particular?

— Primeiro ele decidiu ser tira porque gosta de descobrir coisas erradas e de consertá-las, na medida do possível. Mas isso não funcionou, porque ele não se deu muito bem trabalhando em equipe.

— Ah, não? — Ela sorriu um pouco e voltou à salada.

— Não muito. Depois de algum tempo, o excesso de regras começou a incomodar, como um colarinho apertado demais, entende? Foi quando ele percebeu que aquilo de que gosta mesmo de fazer é desvendar mistérios, mas com autonomia para escolher em que casos trabalhar. Para isso, só virando detetive particular. E para ser detetive e ter uma vida confortável... Gosto de viver com conforto, aliás.

— Claro. — Ela colocou um pouco de vinho no frango, baixou o fogo e tampou a frigideira.

— Então... Para ganhar dinheiro nessa área, você tem que ser bom em solucionar casos e ainda precisa encontrar clientes abastados e dispostos a pagar alguém para fazer o trabalho sujo por eles. — Roubou uma tira de cenoura crua cortada e começou a mastigá-la. — Então, o garoto do Sul se mudou para o Norte, e os ianques pensaram que ele era lento para se mover, para pensar e para agir.

— Foi esse o grande engano deles. — Ela parou de misturar os ingredientes da salada na tigela de aço inox e olhou para ele.

— Sim, erro deles e vantagem minha. Por fim, eu me interessei pela área de segurança de computadores. Quase enveredei por esse caminho, mas é um trabalho feito entre quatro paredes, sem passeios nem viagens. Sendo assim, resolvi unir as duas coisas e uso esse talento no meu trabalho. A Reliance Seguros gosta dos resultados que apresento e me dá bons adiantamentos. É perfeito para os dois lados.

— Seus talentos incluem o de pôr a mesa?

— Aprendi isso sentado no joelho da minha mãe.

— Os pratos estão ali, talheres ali e guardanapos nessa gaveta.

— Entendido.

Ela colocou água na panela para preparar a massa enquanto ele punha a mesa. Depois de conferir o frango e abaixar o fogo, tornou a pegar vinho.

— Max, pensei muito em tudo isso durante o dia.

— Imaginei que sim.

— Acho que você vai cumprir o que me prometeu sobre meu pai por várias razões. Você se preocupa comigo e ele não é o seu objetivo, e sim reaver as joias.

— Duas boas razões.

— Há mais uma: você é um homem bom. Não brilhante ou perfeito — riu quando ele parou e olhou para ela —, o que seria irritante para uma mulher como eu, pois eu acabaria me sentindo inferior. Mas você é um bom homem, que pode modificar um pouco a verdade quando isso lhe interessa, mas que mantém a palavra quando a empenha. Isso me deixa mais descansada em vários aspectos.

— Eu nunca prometo nada que não possa cumprir.

— Viu só? Você disse a coisa certa novamente.

◆◆◆◆

Enquanto Laine e Max comiam massa na mesa da cozinha, Alex Crew jantava bife malpassado acompanhado por um cabernet decente em uma cabana que alugara no parque estadual.

Doce Relíquia 145

Não se importava com o ambiente rústico e apreciava a privacidade. O quarto no Wayfarer, em Angel's Gap, subitamente ficara quente demais para ele.

Maxfield Gannon, pensou, analisando a licença de detetive de Max enquanto comia. Ele atuava por conta própria em busca de recompensas ou trabalhava para alguma companhia de seguros. De um jeito ou de outro, era irritante.

Matá-lo teria sido um erro, embora tivesse ficado tentado a isso quando estava sobre o homem inconsciente, irritado com a interrupção que ele causara.

Mas até mesmo uma força policial primitiva como a de uma cidade do interior se colocaria em alerta vermelho no caso de um assassinato. Era melhor que os tiras locais continuassem a aplicar multas de estacionamento e a implicar com os jovens do lugar.

Fora esperto, pensou, tomando o vinho lentamente, ao roubar a identidade dele e fazer uma denúncia anônima. Adorou imaginar Maxfield Gannon tendo de explicar à polícia o que fazia dentro de uma loja fechada às três e meia da manhã. Isso embolaria o meio de campo por um bom tempo. E, sem dúvida, serviria como clara mensagem para Jack O'Hara, através da filha.

Ainda assim, continuava irritado. Não tivera tempo de revistar a loja e fora obrigado a trocar de acomodação. Isso era muito inconveniente.

Pegou uma agenda encadernada em couro e fez uma lista dos débitos adicionais. Quando pegasse O'Hara — e é claro que o pegaria —, queria poder recitar para ele em detalhes, enquanto o torturava, todas as ofensas que sofrera, até ele confessar onde escondera os diamantes.

Pela forma como a lista crescia, teria de torturar O'Hara durante muito tempo. Isso, sim, era algo a almejar.

Podia acrescentar a filha de O'Hara e o detetive à lista de pagamentos devidos. Um bônus para alguém como ele, que equiparava o ato de causar sofrimento ao aumento de poder.

Crew fora rápido e misericordioso com Myers, o idiota comerciante de pedras preciosas, muito ganancioso, que usara como intermediário no golpe. Myers tinha sido burro o bastante para achar que merecia um quarto do saque. E fora tão ganancioso que aceitara se encontrar com Crew sozinho num canteiro de obras, no meio da noite, para receber a proposta de uma parte maior.

Obviamente um homem desse tipo não merecia mesmo viver.

Além do mais, era uma ponta solta que precisava ser cortada. Seu rastro acabaria por levar a polícia até Crew. Ele certamente teria se gabado para alguém ou esbanjado dinheiro em carros, mulheres de baixo nível e sabe Deus mais o que poderia desejar.

Tinha balbuciado, implorado e soluçado como um bebê quando Crew lhe encostou a arma na cabeça. Uma cena lamentável, mas o que mais se poderia esperar?

E havia lhe entregado a chave da caixa postal onde guardara a boneca de pano com o saquinho de diamantes na barriga.

Uma ideia de gênio da parte de O'Hara, era obrigado a admitir. Esconder gemas no valor de milhões de dólares em objetos inócuos para os quais os tiras não olhariam duas vezes. Se algum alarme tocasse e o edifício fosse trancado, ninguém poderia imaginar que os diamantes continuavam lá dentro, enfiados em algo tão inocente quanto uma boneca de pano. Depois, bastava ir buscar o material quando as buscas se concentrassem noutro lugar.

Sim, podia admitir o mérito de Jack O'Hara por um detalhe tão inteligente, mas isso não liquidava todas as suas dívidas.

Não se podia confiar neles para segurarem fora do mercado milhões de dólares em diamantes durante um ano, conforme tinham combinado. Como era possível acreditar que ladrões cumpririam sua palavra?

Afinal, o próprio Crew não tinha intenção de cumprir a dele.

Queria ficar com tudo. Desde o início. Todos haviam sido meros instrumentos. E quando um instrumento acabava de servir à sua função devia ser descartado. Ou melhor, destruído.

No entanto, o tinham enganado, escapulido por entre seus dedos e levado metade do prêmio com eles. Além de lhe custarem várias semanas de tempo e esforço. Era preocupante a possibilidade de eles serem presos num dos golpes ridículos de que Big Jack tanto gostava, acabarem confessando o roubo e perderem metade do que era dele.

Doce Relíquia   *147*

Deviam estar mortos àquela altura do campeonato. O fato de um deles continuar vivo e escondido era um insulto à sua pessoa. E Crew nunca tolerara insultos.

O plano dele era simples e limpo. Myers primeiro, executado de forma a parecer que fora morto por dívidas de jogo. Depois O'Hara e Young, os idiotas fracassados.

Deviam ter estado onde ele mandou que estivessem, mas eram *burros* demais para seguir instruções.

Se tivessem agido assim, ele os teria contatado como tencionava, semeado a preocupação com a morte de Myers e sugerido que se reunissem num lugar sossegado, semelhante àquele onde estava jantando.

Então, ele teria lidado com os dois facilmente, já que nenhum deles tinha sequer estômago para andar armado. Teria plantado provas suficientes sobre o trabalho de Nova York para ligá-los ao crime e montado o cenário para parecer, até para o tira mais imbecil, que tudo fora um acerto de contas entre ladrões.

Mas eles sumiram do mapa. Estragaram seu plano tão cuidadosamente arquitetado com uma tentativa patética de entrar na clandestinidade. Ele levara *mais de um mês* para achar os rastros deles e seguir Willy até Nova York, para acabar perdendo-o por pouco e tendo que investir mais tempo, esforço e dinheiro naquela caçada até Maryland.

E depois perdê-lo num atropelamento tolo.

Balançando a cabeça, Crew cortou mais uma fatia do bife ensanguentado. Nunca mais poderia cobrar a dívida de Willy diretamente. Teria de transferir essa conta para Big Jack — e para os outros.

A questão era como fazê-lo, e as possibilidades o ocuparam durante o restante da refeição.

Seria melhor ir atrás da filha, imediatamente, para lhe arrancar informações sobre o paradeiro do pai e dos diamantes? Mas e se Willy morrera antes de lhe dar informações? Isso poderia ser um esforço inútil.

Depois, havia o fator Maxfield Gannon. Não seria melhor investigá-lo um pouco para saber que tipo de homem era? Receptivo a subornos, talvez? Era óbvio que sabia alguma coisa sobre a garota ou não teria ido à loja dela.

Ou então — a ideia o atingiu como um raio — ela já fizera um acordo com Gannon. Isso seria ruim, pensou batendo com o punho na mesa várias vezes. Seria péssimo para todos os envolvidos.

Não iria se contentar com a metade. De forma alguma. Portanto, era necessário arrumar um jeito de recuperar o restante do que lhe pertencia.

A garota era a chave. Não sabia que informações tinha ou deixava de ter, mas havia um fato simples: era filha de Jack, a menina dos olhos ladrões do papaizinho.

Seria uma bela isca.

Considerando as possibilidades, ele se recostou e limpou a boca com o guardanapo. A comida ali era melhor do que esperava e o silêncio era um bálsamo.

Sossego. Isolamento. Aquele era um belo esconderijo na mata. Começou a sorrir quando se serviu de mais uma taça de vinho. Sossegado e isolado, sem vizinhos para intervirem quando houvesse uma discussão com seus... sócios. Uma discussão que poderia se tornar acalorada.

Olhou ao redor do chalé e viu a escuridão campestre que envolvia as janelas.

Poderia dar tudo certo, afinal, pensou. Realmente, poderia dar tudo *muito* certo.

◆ ◆ ◆ ◆

Era estranhíssimo acordar com um homem em sua cama. Um homem ocupava muito espaço, para começo de conversa, e Laine não estava acostumada a se preocupar com a própria aparência no instante em que abria os olhos de manhã.

Mas talvez superasse esse último problema se continuasse a acordar com aquele homem ao seu lado. E poderia comprar uma cama maior para compensar o problema de espaço.

O ponto mais importante da questão era como se sentia a respeito de dividir a cama — e não seria isso uma metáfora para sua vida? — com

Doce Relíquia **149**

aquele homem. Não tinha conseguido tempo para pensar no assunto. Ou melhor, não se propusera a fazê-lo.

Fechou os olhos e tentou se imaginar dali a um mês. O jardim estaria explodindo de cores e flores, ela se dedicaria a pensar nas roupas de verão, em tirar a mobília de varanda do depósito. Henry iria à consulta anual no veterinário.

E ela organizaria um chá de bebê para Jenny.

Abriu um olho e observou Max.

Ele continuava ali. Tinha a cara enfiada no travesseiro e seus cabelos estavam lindos em desalinho.

Tudo bem, ela gostava da ideia de que Max ainda estivesse em sua casa dali a um mês. E dali a seis meses?

Tornou a fechar os olhos e fez as projeções. O Dia de Ação de Graças estaria próximo. No seu jeito habitual, muito organizado — não importava o que Jenny dizia, aquilo *não era* obsessivo nem desagradável —, já teria terminado as compras de Natal. Estaria planejando as festas de fim de ano e a decoração natalina da casa e da loja.

Compraria algumas achas de lenha e curtiria acender a lareira todas as noites. Guardaria garrafas de um bom champanhe para ela e Max poderem...

Sim, ali estava ele.

Abriu os olhos novamente e tornou a observá-lo. Sim, ele realmente estava em sua vida. Surgindo nas pequenas projeções para o futuro, deitado ao lado dela e dormindo enquanto Henry, seu despertador natural, começava a se remexer durante o sono.

Teve a sensação de que, se acrescentasse mais seis meses à projeção até completar um ano, ele ainda estaria ali.

Max abriu os olhos, num relâmpago inesperado de castanho-amarelado, e ela soltou um curto grito de surpresa.

— Percebi você me olhando fixamente — brincou ele.

— Não fiz nada disso. Estava só pensando.

— Também percebi isso.

Esticou o braço e o passou por cima dela. Laine sentiu um arrepio tolo na barriga por causa da força e da facilidade com que ele a puxou.

— Tenho que deixar o Henry sair.

— Ele pode esperar um minuto. — Sua boca alcançou a dela, e o arrepio virou uma vibração constante.

— Temos hábitos arraigados. — Susteve a respiração. — Henry e eu.

— Criaturas com hábitos arraigados deviam estar sempre abertas a criar novos hábitos. — Cheirou o pescoço dela, bem no ponto onde a pulsação latejava. — Você é muito quentinha e macia de manhã.

— Agora estou ficando ainda mais quentinha e macia.

Roçou os lábios na pele dela. Em seguida, levantou-lhe o rosto e a olhou fixamente.

— Vamos confirmar isso.

Colocou as mãos por baixo dos quadris dela, levantou-os e a penetrou subitamente. Os olhos azuis brilhantes se enevoaram.

— Puxa, você estava certa. — Observou-a à luz pálida da manhã, entre as estocadas firmes. — Tem toda a razão.

◆ ◆ ◆ ◆

HENRY RECLAMOU e bateu com as patas na lateral da cama. Inclinou a cabeça um pouco, como se tentasse entender por que os dois humanos continuavam de olhos fechados quando já passara da hora de o deixarem sair.

Latiu uma única vez. Sua expressão parecia um ponto de interrogação.

— Está bem, Henry, só um minuto.

— Você quer ficar relaxando na cama enquanto faço isso? — Max passou os dedos pelo braço de Laine.

— Achei que já tivéssemos terminado. Obrigada, aliás.

— Muito engraçado. Estou falando de Henry. Quer que eu o leve lá fora?

— Não, nós temos nossa rotina.

Saiu da cama. Henry correu para a porta do quarto, voltou e pareceu dançar enquanto ela tirava o roupão do armário.

Doce Relíquia **151**

— Essa rotina inclui café? — quis saber Max.

— Não existe rotina sem café.

— Graças a Deus. Vou tomar uma ducha e depois desço.

— Pode levar o tempo que quiser. Você tem certeza de que quer sair, Henry? Certeza mesmo?

Pelo tom dos latidos e pela reação frenética do cão, Max imaginou que aquele papo fazia parte do ritual de todas as manhãs. Gostou de ouvir o cão galopando a escada para baixo e para cima, e Laine rindo alto.

Levantou-se da cama e foi sorrindo até o chuveiro.

No andar de baixo, com Henry saltando nas quatro patas, Laine destrancou a porta do saguão. Por hábito, destrancou a porta de fora para ele poder sair, em vez de passar pela portinhola. Inspirou o ar fresco da manhã.

Apreciou os primeiros bulbos da primavera, inclinou-se para cheirar os jacintos que plantara, em tons de púrpura e rosa. De braços cruzados, viu Henry fazer o circuito matinal e levantar a pata em cada árvore do quintal. No fim, ele daria uma corrida na mata para ver se assustava algum esquilo ou se perturbava algum cervo. Mas, antes, marcaria escrupulosamente o seu território.

Laine ouviu os pássaros chilrearem e o gorgolejar do regato. Ainda se sentia quente por causa de Max e perguntou a si mesma como é que alguém podia ter alguma preocupação numa manhã tão perfeita e serena.

Voltou para dentro e fechou a porta externa. Ia começar a cantarolar quando entrou na cozinha.

Ele saiu de trás da porta e o coração dela quase lhe saltou na garganta. Esboçava um grito quando ele levou um dedo aos lábios e lhe ordenou silêncio.

Capítulo Dez

••••

ELA FICOU sem fôlego, deu um passo para trás, bateu na parede e levou a mão à garganta como se ainda estivesse decidindo se deixava o grito escapar ou se o reprimia.

Enquanto ele sorria para ela, com o dedo ainda colado aos lábios, Laine respirou fundo e soltou o ar num sussurro explosivo.

— Papai!

— Surpresa, Lainie! — Ele tirou a outra mão das costas e estendeu um buquê de violetas meio morto. — Como vai a minha filhinha?

"Uma sequoia cortada a machadadas" foi a expressão que Max usara para descrever um momento de assombro completo. Naquele momento ela o compreendeu perfeitamente.

— O que você está *fazendo* aqui? Como foi que conseguiu... — Não chegou a perguntar como ele entrara em sua casa. A resposta era óbvia, pois abrir fechaduras e cadeados era um dos seus passatempos favoritos. — Oh, papai, o que você andou aprontando?

— Ora, mas isso são modos de receber seu velho e querido pai depois de todos esses anos? — Abriu os braços. — Não mereço um abraço?

Seus olhos cintilaram, tão azuis quanto os dela. Os cabelos — seu grande orgulho — eram de um vermelho forte, quase um sinal de trânsito, e formavam uma juba luxuriante em torno do rosto largo e bonachão. Sardas se espalhavam em abundância no nariz e na face, como gengibre salpicado sobre creme batido.

Vestia uma camisa de flanela quadriculada vermelha e preta e calça jeans que certamente escolhera tendo em mente a região em que estava, mas sua aparência era de quem havia dormido de roupa e tudo. As botas, em contraste, tinham um ar dolorosamente novo.

Inclinou a cabeça e exibiu aquele sorriso de cãozinho abandonado ao relento.

Doce Relíquia   153

O coração de Laine não teve defesa contra aquilo. Ela se lançou nos braços dele e o abraçou com força, enquanto ele a apertava e a girava no ar, alegremente.

— Aqui está minha menina. Minha gatinha. Minha Princesa Lainie das Montanhas.

Com os pés ainda a dois palmos do chão, ela repousou a cabeça no ombro dele.

— Já não tenho mais seis anos, pai. Nem oito, nem dez.

— Mas continua sendo minha filhinha, não é?

Ele cheirava a canela e era corpulento como um urso cinzento do Yukon.

— Sim, acho que ainda sou. — Ela se afastou um pouco e lhe deu um tapinha no ombro, como se pedisse para ele colocá-la novamente no chão. — Como você veio parar aqui?

— Aviões, trens e automóveis. A última parte da jornada foi feita a pé mesmo. Que lindo lugar você tem aqui, meu docinho. A vista é fantástica! Mas você percebeu que fica quase no meio da floresta?

— Sério? — Ela riu. — Ainda bem que eu gosto da floresta.

— Nisso você puxou à sua mãe. Como é que ela está?

— Ótima. — Laine não sabia a razão de se sentir sempre culpada quando o pai lhe fazia aquela pergunta, mesmo que ele não demonstrasse rancor e que seu interesse parecesse genuíno. — Quando foi que você chegou?

— Ontem à noite. Como já era tarde quando eu descobri seu paraíso oculto na mata, imaginei que você estaria na terra dos sonhos e entrei na casa por meios próprios. Apaguei no sofá. Desculpe lhe dizer isso, mas ele está em péssimo estado. — Colocou a mão na base das costas. — Que tal ser uma boa menina e preparar um café fresquinho para o papai?

— Era o que eu ia fazer antes de... — Não completou a frase porque falar em café a fez lembrar um detalhe importante: *Max!* — Não estou sozinha em casa, **papai**. — Sentiu o pânico na garganta. — Tem uma pessoa lá em cima tomando uma ducha.

— Sim, deduzi isso quando vi o carrão estacionado ali fora com placa de Nova York. — Ele fez um carinho no queixo dela. — Espero que você me diga que organizou uma festa de pijama com uma amiga de fora.

— Tenho vinte e oito anos, papai. Superei as festas de pijama com amigas e passei a ter festas de sexo com homens.

— Ah, me poupe dos detalhes! — Jack fez uma careta e levou a mão ao coração. — Vamos fingir que é apenas um amigo seu que veio passar a noite aqui. Esse é o tipo de coisa que um pai precisa assimilar aos poucos. Agora o café, querida. Por favor, seja boazinha.

— Está bem, está bem, mas existem coisas sobre o meu... convidado que você precisa saber. — Pegou o saco de café e colocou alguns grãos para moer.

— Já sei o mais importante: ele não serve para a minha filhinha. Ninguém serve.

— É mais complicado que isso. Ele trabalha para a Reliance Seguros.

— Então tem emprego fixo, trabalha de nove às cinco. — Encolheu os ombros largos. — Posso perdoar esse deslize.

— Papai...

— Falaremos desse rapaz daqui a pouco. — Cheirou o ar enquanto ela colocava os grãos recém-moídos no filtro. — Hummm, esse é o melhor aroma do mundo. Enquanto a cafeteira trabalha, você poderia pegar o pacote que Willy lhe entregou? Eu vigio o café.

Ela olhou longamente para ele enquanto os pensamentos e as palavras lhe rodopiavam na cabeça e se fundiam numa única certeza: ele não sabia.

— Pai, eu não... Willy não... — Abanou a cabeça. — É melhor nos sentarmos.

— Não me diga que ele ainda não apareceu? — Uma sombra de irritação surgiu em seu rosto. — Aquele maluco consegue se perder até dentro do próprio banheiro se não tiver um mapa, mas teve tempo suficiente para chegar aqui. Se ao menos deixasse o celular ligado, eu teria entrado em contato com ele para avisar que houve uma mudança nos planos. Detesto lhe contar isso, Laine, mas o tio Willy está ficando velho e distraído.

Não havia jeito fácil, pensou ela, quando o café ficou pronto. Não havia uma forma fácil de contar.

Doce Relíquia **155**

— Papai, ele morreu.

— Eu não iria tão longe. Mas o fato é que está muito esquecido.

— Papai. — Ela o agarrou pelo braço e o apertou com força enquanto via o sorriso indulgente se desvanecer em seu rosto. — Houve um acidente. Ele foi atropelado por um carro e morreu. Sinto muito. Sinto muitíssimo.

— Não pode ser. Isso é algum engano.

— Willy apareceu na minha loja faz alguns dias. Não o reconheci. — Passou as mãos pelos braços do pai, pois viu que eles começavam a tremer. — Não o via há tanto tempo que não o reconheci. Ele me deu um número de telefone e me pediu que ligasse. Achei que queria colocar algo na loja para vender e eu estava tão ocupada que não lhe dei muita atenção. Ele foi embora e, segundos depois, ouvi um barulho horrível.

Os olhos de Jack se encheram de lágrimas e os dela também.

— Oh, papai. Chovia muito na hora e ele correu para a rua. Não sei por que fez isso, mas correu, e o carro não conseguiu frear. Eu fui acudi-lo, mas só percebi quem ele era tarde demais.

— Oh, Deus, meu Deus, meu bom Deus. — Jack se jogou sobre uma cadeira e colocou a cabeça entre as mãos. — Ele não pode ter morrido. Não o Willy!

Balançou o corpo para a frente e para trás. Laine o abraçou e encostou o rosto no dele.

— Fui eu que o mandei procurar você. Fiz isso porque pensei que fosse mais... Você disse que ele saiu correndo para a rua?

Ergueu a cabeça. As lágrimas lhe escorriam livremente pelo rosto. Laine sabia que ele nunca tivera vergonha de chorar, nem de demonstrar qualquer tipo de emoção.

— Ele não era criança para atravessar uma rua sem olhar.

— Mas foi exatamente o que fez. Houve testemunhas. A mulher que o atropelou ficou arrasada. Não pôde fazer nada.

— Ele saiu correndo? Se fez isso, é porque havia uma razão. — Ficou pálido debaixo das lágrimas. — Você precisa pegar o objeto que ele lhe entregou. Vá pegá-lo para mim, por favor. Não conte nada a ninguém. Para todos os efeitos, você nunca o viu na vida, é isso que deve dizer.

— Ele não me deu nada, papai. Mas eu sei dos diamantes. Sei do golpe de Nova York.

As mãos que ele colocara sobre os ombros dela a apertaram com tanta força que ela sabia que aquilo deixaria marcas.

— Como sabe se ele não lhe deixou nada?

— O homem que está lá em cima trabalha para a Reliance, a seguradora dos diamantes. É um detetive particular.

— Um policial de seguros? — Pulou da cadeira. — Um tira está tomando banho em sua casa, pelo amor de Deus!

— Ele seguiu Willy até Angel's Gap e fez a conexão dele comigo. Comigo e com você, papai. Mas ele só pretende recuperar as joias, não planeja entregar você à polícia. Por favor, me entregue o que tem e ele cuidará de tudo.

— Quer dizer que você anda dormindo com um tira? Minha própria filha?

— Esse não é o momento para discutirmos isso. Pai, alguém arrombou minha casa e também invadiu minha loja em busca dos diamantes. Só que eles não estão comigo.

— Foi aquele patife do Crew. Aquele canalha assassino. — Ainda tinha os olhos cheios d'água, mas naquele momento havia fogo neles. — Você não sabe de nada, ouviu bem? Não sabe de nada, não me viu nem falou comigo. Vou cuidar disso, Laine.

— Não pode cuidar disso, papai, pois você está em apuros. Os diamantes não valem todo esse desgaste.

— Metade de vinte e oito milhões de dólares vale muita coisa, sim, e é com isso que vou negociar quando souber o que Willy fez com a sua parte. Ele não entregou nada a você? Não lhe disse coisa alguma?

— Ele me disse apenas para esconder o saquinho, mas não me deu nada.

— Saquinho? Ele mostrou os diamantes para você?

— Não, eu acabei de dizer que ele não me deu nada. Estava perdendo a consciência e foi difícil entender o que dizia. Quando falou, eu entendi a palavra "cãozinho".

— É isso mesmo! — A empolgação voltou ao seu rosto. — A parte dele está dentro do cãozinho.

Doce Relíquia **157**

— Dentro do *cão*? — A voz dela demonstrou um choque genuíno. — Vocês deram os diamantes para um cão comer?

— Não é um cão de verdade, Laine. Pelo amor de Deus, você acha que somos idiotas?

— Já não sei de mais nada, simplesmente não sei. — Cobriu o rosto com as mãos.

— É um bibelô com a forma de um cãozinho preto e branco. A polícia deve ter ficado com as coisas dele. Os diamantes devem estar lá e eles nem sabem. Vou agir a partir desse ponto.

— Papai...

— Não quero que fique preocupada. Ninguém vai incomodar você novamente. Ninguém vai tocar na minha filhinha. Fique calma que eu cuido de tudo. — Abraçou-a e beijou sua bochecha. — Vou pegar minha sacola e dar no pé.

— Você não pode simplesmente ir embora — protestou, correndo atrás dele. — Max me disse que Crew é muito perigoso.

— Max é o nome do seu agente de narcotráfico?

— Sim. — Olhou, nervosa, para o alto da escada. — Isto é, não! Ele não combate o narcotráfico.

— Ah, dá no mesmo. Mas ele tem razão sobre Crew. O canalha pensa que eu não sei quem ele é — murmurou Jack. — Nem o que fez. Achou que eu acreditaria nos seus nomes falsos e nos seus contos de fadas. Puxa, logo eu, que entrei nesse jogo pouco depois de começar a falar! — Jack pendurou a bolsa de ginástica no ombro. — Eu não deveria ter me metido com ele, mas vinte e oito milhões de dólares é tanta grana que acaba atraindo más companhias. Acabei matando Willy por causa disso.

— Você não o matou. A culpa não foi sua.

— Aceitei o trabalho, mesmo sabendo o quanto Crew era canalha. Ele se apresentou como Martin Lyle, mas eu sabia o tempo todo que ele era perigoso e planejava nos passar pra trás. E Willy entrou nessa por minha culpa. Mas vou consertar tudo. Não deixarei que algo lhe aconteça, filha. — Deu-lhe um beijo no alto da cabeça e foi em direção à porta da frente.

— Espere, papai. Pelo menos converse com Max.

— Melhor não. — Soltou um riso de deboche diante da ideia. — Agora, faça a nós dois um grande favor, princesa... — Colocou os dedos sobre os lábios dela. — Eu nunca estive aqui.

Laine o ouviu assobiando "Adeus, meu melro" enquanto se afastava, e o viu começar a correr. Sempre se movimentara bem, para alguém tão corpulento. Antes de ela dar por si, ele já tinha virado a esquina e desaparecido.

Foi como se nunca tivesse estado ali.

Laine fechou a porta e encostou a testa nela. Tudo lhe doía: a cabeça, o corpo, o coração. Seu pai ainda tinha lágrimas nos olhos ao partir. Lágrimas por Willy. Ele sofreria muito com sua morte, ela bem sabia. E iria se culpar. O pior é que, no estado em que estava, poderia fazer alguma burrice.

Não, burrice nunca, corrigiu a si mesma, entrando na cozinha e andando a esmo. Algo precipitado ou tolo, talvez, mas não uma burrice.

De qualquer modo, não poderia tê-lo impedido. Nem que rogasse, suplicasse e recorresse às lágrimas. Ele ficaria abalado ao vê-la chorar, mas aguentaria firme e iria embora correndo do mesmo jeito.

É, ele sempre se movimentara bem, para alguém tão corpulento.

Ouviu Max descendo, a caminho da cozinha, e se apressou para tirar as canecas do armário.

— Puxa, você chegou bem na hora — disse a ele, alegremente. — O café está pronto.

— O café matinal deve ser um dos melhores aromas do mundo.

Virou-se e olhou para ele, suas palavras fazendo ecoar as que o pai dissera havia poucos minutos. Os cabelos ainda estavam molhados da ducha. No banheiro dela. Ainda tinha o cheiro do seu sabonete. Dormira na cama dela. Estivera dentro dela.

Ele lhe dera tudo isso. Agora, depois de uma visita de dez minutos do pai, ela ia lhe negar a confiança e a verdade?

— Meu pai esteve aqui. — Soltou ela, antes de se questionar mais.

Ele colocou a caneca que acabara de pegar.

— O quê?

— Acabou de sair. Há poucos minutos. E eu percebi que não ia contar nada a você, não ia dizer coisa alguma. Ia esconder a vinda dele para protegê-lo. Por hábito, eu acho. Pelo menos em parte. Amo meu pai. Sinto muito.

— Jack O'Hara esteve aqui? Esteve nesta casa e você não me contou?

— Estou contando agora. Sei que você não vai entender o quanto isso me custa, nem espero que entenda, mas o fato é que estou contando. — Tentou servir o café, mas as mãos tremiam. — Não faça mal a ele, Max. Eu não suportaria que você lhe fizesse mal.

— Vamos recuar um passo aqui. Seu pai estava aqui nesta casa... você me preparou jantar e foi para a cama comigo. Eu estava lá em cima transando com você enquanto ele se escondia...

— Não! Não! Eu não sabia que ele estava aqui até agora há pouco, de manhã. Não sei a que horas chegou. Entrou sem bater e dormiu no sofá. Fui colocar Henry para fora e, quando voltei aqui para a cozinha, ele estava à minha espera.

— Mas, então, por que diabos você me pediu desculpas?

— Porque não ia contar nada a você.

— Durante quanto tempo? Três minutos? Por Deus, Laine. Se você continuar erguendo essa grade de honestidade entre nós, vou ficar batendo com a cabeça nela o tempo todo.

— Estou muito confusa.

— Ele é seu pai há vinte e oito anos. Eu sou apenas o cara que se apaixonou por você há uns dois dias. Acho que posso lhe dar uma folga, OK?

Ela respirou de forma longa e entrecortada.

— Sim.

— Agora, fim da folga. O que foi que ele disse, o que queria e para onde foi?

— Não sabia da morte de Willy. — Seus lábios estremeceram antes de ela conseguir apertá-los. — Ele chorou.

— Sente-se, Laine, eu cuido do café. Sente-se e descanse um minuto.

Ela fez o que ele sugeriu, já que tudo que antes lhe doía estava tremendo naquele momento. Sentou-se e olhou para as mãos enquanto ouvia a água bater na louça.

— Acho que também estou apaixonada por você. Provavelmente, esse é um momento esquisito para falar disso.

— Pois eu gostei de ouvir. — Colocou a caneca diante dela e se sentou. — Não importa o momento.

— Não estou fingindo, Max. Quero que você saiba disso.

— Amor, aposto que você é boa para fingir e aplicar golpes, considerando sua história. Mas não é tão boa assim.

O tom exibido dele foi o bastante para lhe secar as lágrimas. Ela olhou para Max com uma expressão de divertida arrogância e garantiu:

— Ah, pois pode acreditar que eu sou boa, sim. Conseguiria subtrair a poupança de toda a sua vida, roubar seu coração, seu orgulho e ainda fazer você acreditar que, desde o início, tinha sido *sua* a ideia de me entregar tudo com um lacinho em cima. Porém, já que a única coisa sua em que estou interessada é o seu coração, prefiro que a ideia de me entregá-lo seja realmente sua. Jack nunca conseguiu ser sincero com minha mãe. Ele a amava. Ainda ama, de certo modo. Mas nunca jogou limpo, nem com ela. Foi por isso que a coisa não deu certo entre eles. Se você e eu entrarmos nessa, Max, quero as chances a nosso favor.

— Então, comecemos por planejar como lidar com seu pai.

Ela assentiu e pegou a caneca de café. Seria firme e direta.

— Ele mandou Willy me entregar uma parte dos diamantes do golpe. Para guardar, pelo que entendi. Devo confessar a você que, se tudo tivesse dado certo, eu tomaria conta das pedras e depois as repassaria para meu pai. É claro que ficaria indignada e reclamaria com ele, mas lhe devolveria os diamantes.

— O sangue fala mais alto — reconheceu Max.

— Pelo que entendi, ele ficou preocupado porque Willy não se comunicou mais e manteve o celular desligado. Foi por isso que mudou os planos e apareceu aqui para pegar o cãozinho.

— Que cãozinho?

— Era um cãozinho, afinal, e não um saquinho. Ou melhor... O saquinho está dentro do cãozinho. Nossa, isso até parece uma comédia maluca. Mas a verdade é que eu não recebi o tal cãozinho com saquinho, e meu pai chegou à conclusão de que os tiras guardaram o objeto junto com as coisas de Willy. E acha que Crew, que ele investigou, aliás, seguiu Willy

Doce Relíquia **161**

até aqui, tal como você. Talvez tenha sido isso que deixou Willy apavorado e o fez sair pela rua correndo.

— Puxa, não existe café suficiente no mundo para acompanhar essa história — murmurou Max. — Voltemos ao cão.

— Não é um cão real. É um bibelô. Um dos velhos truques de Jack. Esconder o saque dentro de qualquer coisa inocente que possa ser movimentada sem levantar suspeitas e que passe despercebida a quem estiver procurando. Uma vez ele escondeu uma pilha de moedas raras dentro do meu ursinho de pelúcia. Saímos do prédio, conversamos com o porteiro e fomos embora com cento e vinte e cinco mil dólares em moedas de coleção dentro do brinquedo.

— Seu pai levou você para participar desse golpe?

O choque genuíno dele a fez baixar os olhos para a caneca de café.

— Eu não tive uma infância normal, Max.

Max fechou os olhos.

— Para onde ele foi quando saiu daqui, Laine?

— Não sei. — Estendeu a mão e cobriu a de Max, que a fitou. — Juro que não sei. Ele me disse para eu não me preocupar com nada porque iria cuidar de tudo.

— Vince Burger está com os pertences de Willy?

— Não conte nada a ele, Max, por favor. Vince não terá escolha, a não ser prender Jack. Não posso ser culpada disso. Você e eu não teremos chance se eu tiver algo a ver com a prisão do meu pai.

Refletindo sobre tudo aquilo, Max tamborilou com os dedos na mesa.

— Revistei o quarto de hotel de Willy. Não vi nenhum bibelô de cão. — Trouxe a imagem do quarto à cabeça e tentou rever todos os cantos mentalmente. — Não me lembro de nenhum objeto desse tipo, mas é possível que não tenha reparado, por achar que fazia parte da decoração do quarto. "Decoração" não seria o nome certo, mas não me ocorre outro.

— É por isso que os golpes funcionam.

— Muito bem. Você consegue convencer Vince a lhe mostrar as coisas que pertenciam a Willy?

— Consigo — respondeu, sem hesitar.

— Então, vamos começar por aí. Depois, passamos para o Plano B.

— Que Plano B?

— Inventamos na hora.

◆ ◆ ◆

$\mathcal{E}$RA LEVEMENTE perturbador perceber a facilidade com que o comportamento dissimulador lhe voltava. Talvez fosse ainda mais fácil, pensou Laine, porque não estava falando com Vince. De um jeito ou de outro, porém, estava enganando um amigo e mentindo para um tira.

Conhecia o sargento McCoy socialmente e, quando percebeu que falaria com ele, tentou se lembrar rapidamente de todos os fatos que sabia sobre o policial. Casado, nascido e criado ali na cidade, dois filhos. Laine tinha quase certeza de que eram dois, já crescidos. Achava até que já havia um neto.

Acrescentou aos fatos um pouco de observação e instinto.

O sargento estava uns dez quilos acima do peso e certamente gostava de comer. Como tinha biscoitos dinamarqueses num guardanapo sobre a mesa, Laine calculou que sua mulher devia estar obrigando-o a fazer dieta, e o pobre precisava se contentar com prazeres escondidos, comprados na confeitaria.

Usava aliança, e suas unhas eram cortadas muito curtas. A mão era áspera, e Laine sentiu alguns calos quando ele a cumprimentou. McCoy se levantou da cadeira para estender a mão a ela e fez o possível para encolher a barriga. Laine lhe lançou um sorriso caloroso e o viu corar de leve.

Aquilo ia ser moleza.

— Sargento McCoy, que bom vê-lo outra vez.

— Srta. Tavish.

— Trate-me por Laine, por favor. Como vai sua esposa?

— Bem, muito bem.

— E o netinho?

Ele exibiu o sorriso de um avô coruja.

— Já não é tão pequeno assim. Está com dois anos e dá o maior trabalho à minha filha.

Doce Relíquia **163**

— Mas essa é uma idade maravilhosa. Já o levou para pescar?

— Levei-o até o rio nesse último fim de semana. Ainda não consegue ficar sossegado por muito tempo, mas vai aprender.

— Vai ser divertido. Meu avô me levou para pescar algumas vezes, mas não conseguíamos concordar na hora de escolher as minhocas.

McCoy soltou uma gargalhada de apreço.

— Tad adora minhocas.

— Os meninos são assim mesmo. Oh, desculpe, sargento. Este é o meu amigo Max Gannon.

— Sim. — McCoy reparou no ferimento na testa de Max. — Você se meteu numa briga ontem à noite, não foi?

— Um mal-entendido — explicou Laine, depressa. — Max me acompanhou até aqui para me dar apoio moral.

— Certo. — McCoy apertou a mão que Max lhe estendeu e olhou para Laine. — Apoio moral?

— Nunca fiz nada desse tipo na vida. — Ergueu as mãos com um ar frágil e frustrado. — Vince deve ter comentado com o senhor que eu descobri que conhecia William Young. O homem que morreu atropelado diante da minha loja?

— Não, ele não mencionou isso.

— Pois é, acho que não faz diferença no processo. Só me lembrei dele depois. Era amigo do meu pai desde que eu era menina. Eu não via o William desde meus dez anos, acho. Estava muito ocupada quando ele apareceu na loja.

Os olhos dela se encheram com lágrimas de pesar, mas completou:

— Eu não lhe dei muita atenção. Ele deixou um cartão e me pediu que ligasse assim que tivesse chance. No entanto, quando saiu da loja... Nossa, eu me sinto péssima por não ter me lembrado dele e por tê-lo dispensado com tanta rapidez.

— Isso não importa, agora. — McCoy tirou uma caixa de lenços de papel da gaveta e a entregou a Laine.

— Obrigada. Muito obrigada. Quero fazer o que puder por ele agora. Quero poder dizer ao meu pai que fiz tudo que era possível. — Aquela parte era verdade. Ajudava muito usar a verdade. — Ele não tinha família, que eu saiba, e por isso quero tratar de tudo para o enterro.

— O chefe é quem está cuidando da pasta dele, mas posso dar uma olhada nisso.

— Eu lhe agradeceria muito. Eu poderia ver as coisas dele? Isso é permitido?

— Não vejo nenhum problema. A senhorita não quer se sentar? — Pegou-a pelo braço, com gentileza, e a levou até uma cadeira. — Sente-se que vou buscar os pertences do falecido. Mas nada poderá sair daqui.

— Não, claro, eu compreendo.

Quando McCoy saiu da sala, Max se sentou ao lado dela.

— Isso foi muito bom. Há quanto tempo você conhece esse policial?

— O sargento McCoy? Já o vi algumas vezes.

— Pescando?

— Ah, isso! Bem, ele tem uma revista de pesca debaixo dos processos que estão sobre a mesa, o resto foi dedução. Vou cuidar do funeral do tio Willy — acrescentou. — Vai ser aqui mesmo em Angel's Gap, a não ser que eu descubra que ele preferia ser enterrado em outro lugar.

— Esta cidadezinha está perfeita para ele.

Ele e Laine se levantaram quando McCoy voltou com uma caixa grande.

— O sr. Young não tinha muita coisa. Viajava com pouca bagagem. Roupa, carteira, relógio, cinco chaves, chaveiro...

— Ahn... Acho que fui eu quem lhe deu esse chaveiro num Natal, há muito tempo. — Estendeu a mão, fungando discretamente, e o fechou em sua palma, com emoção. — Pode imaginar? Ele usou o presente durante todos esses anos. E eu nem sequer o reconheci.

Apertando os dedos em torno das chaves, ela tornou a se sentar e soluçou.

— Não chore, Laine.

Max lançou para McCoy um olhar completamente perdido e deu palmadinhas carinhosas na cabeça de Laine.

Doce Relíquia **165**

— Elas às vezes precisam desse momento — afirmou McCoy, oferecendo os lenços de papel mais uma vez. Quando se afastou um passo, Laine estendeu a mão, pegou três e enxugou o rosto.

— Desculpe. Sei que isso é *tolice*. É que acabei de lembrar o quanto ele era bom para mim. Perdemos contato com o passar do tempo, sabe como são essas coisas... Minha família se mudou e eu nunca mais o vi.

Recompôs-se e tornou a se levantar.

— Tudo bem, sargento. Desculpe, vou ficar bem. — Pegou o envelope, colocou as chaves novamente lá dentro e tornou a guardá-lo na caixa grande. — Posso ver o resto? Prometo que não vou mais chorar.

— Ora, não se preocupe com isso. Você tem certeza de que quer ver tudo agora?

— Tenho, sim, obrigada.

— Há um conjunto de toalete: lâmina de barbear, escova de dentes... o de sempre, além de quatrocentos e vinte e seis dólares e doze centavos. Ele tinha alugado um carro, um Taurus, na Avis de Nova York, e havia alguns mapas no automóvel.

Laine analisava todos os itens enquanto McCoy os descrevia.

— Encontramos ainda um celular, mas não havia ninguém na lista de contatos para quem ligar. Há duas mensagens de voz. Vamos ver se localizamos quem as deixou.

Deviam ser do seu pai, imaginou Laine, mas se limitou a assentir.

— O relógio tem uma inscrição gravada — acrescentou ele, quando Laine girou o objeto na mão. — "Um a cada minuto." Não entendi o significado.

Laine exibiu um sorriso atônito para McCoy.

— Nem eu. Talvez seja uma mensagem romântica de alguma mulher que ele amou. Seria bonito, gosto de pensar nessa possibilidade. Isso é tudo?

— É pouca coisa, mas ele estava de passagem. — Pegou o relógio da mão de Laine. — Um homem não leva muitos objetos pessoais quando viaja. Vince vai tentar localizar seu endereço. Não se preocupe. Ainda não encontramos parentes e, se isso não acontecer, certamente vão entregar o corpo à senhorita. É um gesto bonito de sua parte querer enterrar um velho amigo do seu pai.

— É o mínimo que posso fazer. Obrigada, sargento. Foi muito amável e paciente comigo. Agradeceria se me avisassem quando eu puder tratar do funeral, caso venha a fazê-lo.

— Sim, manteremos contato.

Saiu de mãos dadas com Max, e ele sentiu a chave na palma da mão dela.

— Muito sutil — comentou. — Quase não deu para perceber.

— Se eu não estivesse tão enferrujada, você nem teria notado. Parece a chave de um armário de vestiário. Agora é proibido alugar armários desse tipo em aeroportos e estações de trem, certo?

— Exato, e a chave é pequena demais para ser de um armário para armazenamento de objetos pessoais. Além do mais, a maioria dos depósitos desse tipo tem cadeados com segredos ou funciona com cartões magnéticos. Mas pode ser de uma caixa postal.

— Deve ser fácil de rastrear. Não havia nenhum cãozinho entre as coisas dele.

— Pois é, nada. Vasculharemos o quarto do hotel mais uma vez, mas não creio que esteja lá.

Laine saiu na calçada ao lado de Max e olhou para a cidade que aprendera a chamar de sua. Dali, do alto da ladeira, dava para ver um pouco do rio e as casas que pareciam entalhadas no monte sobre a outra margem. As montanhas assomavam por trás do cenário e seguiam por entre as ruas e os prédios, os parques e as pontes. Formavam uma parede pitoresca, coberta pelo verde das árvores que começavam a receber a nova e exuberante folhagem e também o branco dos cornisos já floridos.

E havia os anônimos cotidianos, como o pai chamava as pessoas normais, com vidas normais, seguindo sua rotina. Vendendo carros, fazendo compras, aspirando o pó dos tapetes, ensinando história.

Jardins eram plantados ou estavam sendo preparados. Laine viu duas casas que ainda ostentavam a decoração da Páscoa, mesmo depois de três semanas. Ovos coloridos dançavam nos galhos mais baixos das árvores e coelhos infláveis ainda estavam sobre os gramados verdes de primavera.

Doce Relíquia 167

Laine tinha tapetes para aspirar, compras para fazer e um jardim para cuidar. Apesar da chave que carregava na mão, achou que essas tarefas faziam dela uma anônima cotidiana também.

— Não vou fingir que não senti a adrenalina invadir meu sangue, mas, quando essa história acabar, ficarei muito feliz por voltar à aposentadoria. Willy nunca pôde fazer isso e meu pai nunca fará.

Sorriu enquanto caminhava na direção do carro de Max.

— Foi meu pai quem deu aquele relógio para Willy. A história do chaveiro foi invenção, mas o relógio foi um presente de aniversário do meu pai. Talvez tenha até mesmo comprado o presente, mas não tenho certeza. Só sei que eu estava em sua companhia quando ele mandou gravar a frase. "Um a cada minuto."

— O que significa?

— Nasce um otário a cada minuto — disse ela, com simplicidade, quando entrou no carro.

Capítulo Onze

♦ ♦ ♦ ♦

Era o mesmo funcionário que estava atrás do balcão do Red Roof Inn, mas Max percebeu que ele não o reconheceu. A maneira mais simples e rápida de ficar com o quarto de Willy era pagar por isso.

— Queremos o quarto 115 — avisou Max.

— Tudo bem — disse o rapaz, depois de analisar a tela do computador e ver que estava vago.

— Esse quarto tem valor sentimental — explicou Laine, com um sorriso cheio de vida, e se agarrou a Max.

Max pagou em dinheiro e pediu:

— Preciso de um recibo. Não somos sentimentais a ponto de dispensá-lo.

Com a chave na mão, levaram o carro até a porta do quarto de Willy.

— Ele devia saber onde eu moro. O meu pai sabe, então Willy também sabia. Eu preferia que ele tivesse ido me procurar em casa. A única razão que me ocorre para Willy não ter feito isso é saber que havia alguém atrás dele ou temer que houvesse, o que o levou a achar que a loja seria um lugar mais seguro.

— Ele dormiu neste quarto somente uma noite. Nem desfez a mala. — Max foi até a porta. — Tinha roupas para uma semana apenas. A mala foi aberta, mas ele só tirou o conjunto de toalete. Queria estar pronto para sair novamente, às pressas.

— Estávamos sempre prontos para sair às pressas. Minha mãe conseguia fazer as malas, com toda a nossa vida dentro, em vinte minutos no máximo, e montava o circo no lugar novo com a mesma velocidade.

— Sua mãe deve ser uma mulher interessante. A minha leva mais tempo do que isso só para escolher o sapato certo para usar.

— Sapatos nunca são uma decisão fácil. — Solidária, colocou a mão no braço dele. — Não precisa me distrair, Max. Estou bem.

Ele abriu a porta. Laine se viu diante de um quarto duplo típico de motel americano. Tais quartos entristecem algumas pessoas devido à sua impessoalidade, mas ela sempre gostara deles, justamente pelo anonimato que conferiam.

Em locais como aquele a pessoa podia fingir que estava em qualquer lugar. Indo para qualquer destino. E sendo qualquer pessoa.

— Quando eu era pequena, parávamos em motéis como este durante as viagens. Eu adorava. Fingia que era uma espiã em perseguição a algum nefasto dr. Doom ou uma princesa viajando incógnita. Meu pai sempre transformava tudo num jogo ou numa brincadeira.

"Sempre me trazia chocolates e refrigerantes de máquinas automáticas, e minha mãe fingia ralhar com ele. Depois de um tempo, acho que ela já não fingia."

Passou os dedos pela colcha barata e completou:

— Puxa, viajei pelo túnel do tempo, agora. Não vejo nenhum cão por aqui.

Embora o quarto já tivesse sido vistoriado por ele, pela polícia e depois pela equipe de limpeza, Max vasculhou tudo.

— Nada escapa ao seu olho, não é? — perguntou Laine, quando ele terminou.

— Tento ser meticuloso. A chave pode ser nossa melhor pista. Vou verificar nas caixas postais e nos guarda-volumes da cidade.

— O que você não quer me contar é que ele pode ter escondido o que queremos em um milhão de lugares desse tipo entre aqui e Nova York.

— Vou rastrear tudo. E vou achar.

— Acredito nisso. Agora é melhor eu ir para o trabalho. Não gosto de deixar Jenny sozinha na loja, considerando as circunstâncias.

Ele jogou a chave do quarto sobre a cama.

— Eu levo você até lá.

Quando entraram no carro, ela passou a mão sobre a calça que vestia.

— Você também teria desaprovado os quartos de motel, o jogo e as incertezas da vida que levávamos, Max.

— Sim, mas entendo o motivo de isso seduzir tanto você, especialmente aos dez anos. E também entendo a razão de sua mãe ter se afastado dessa vida. Fez o que era melhor para você. Tem mais uma coisa a respeito do seu pai...

Ela se preparou para a crítica e prometeu a si mesma não se ofender.

— Pode dizer.

— Muitos homens que trabalham na... digamos, área de atuação do seu pai, abandonam as mulheres, os filhos e tudo que lhes traga responsabilidade. Ele não fez isso.

Ela descontraiu os ombros, sentiu o nó no estômago se desfazer e lançou um sorriso luminoso para Max.

— Não, ele não fez.

— E não foi só por você ser uma gatinha linda e ruiva com dedos leves.

— Bem, isso não atrapalhava, é claro, mas sei que não foi essa a razão. Ele nos amava, ao seu jeito. O jeito especial de Jack O'Hara. Obrigada por dizer isso.

— De nada. Quando tivermos filhos, também vou comprar guloseimas para eles em máquinas, mas só em ocasiões especiais.

Ela sentiu um nó na garganta e teve de pigarrear com força para conseguir falar.

— Puxa, você gosta de colocar o carro na frente dos bois — brincou.

— Por que hesitar quando o rumo a ser seguido já foi determinado?

— Pois me parece que o destino final ainda está muito longe. Sem falar nas curvas e desvios.

— Tudo bem, vamos curtir a viagem. Mas podemos superar uma dessas curvas logo agora: eu não *tenho* que morar em Nova York, se é isso que a preocupa. Achei este lugar perfeito para criar três filhos.

Ela quase se engasgou.

— Três?

— Número da sorte.

Laine virou a cabeça e olhou para fora do carro.

Doce Relíquia **171**

— Tudo bem, passamos por essa curva. Agora, você pode desacelerar um pouco até conhecermos melhor um ao outro durante pelos menos... sei lá... uma semana?

— As pessoas se conhecem mais depressa em certas situações. Esta é uma delas.

— Qual é sua lembrança favorita de antes dos dez anos? — quis saber Laine.

— Essa é difícil. — Ele refletiu um pouco. — Aprender a andar de bicicleta sem rodinhas. Meu pai correndo ao lado com um sorrisão no rosto e um medo nos olhos que eu não identifiquei na época. Eu me lembro do que senti, do vento na cara e da fisgada no estômago quando percebi que estava pedalando sozinho. E a sua, qual foi?

— Eu e meu pai, sentados numa cama enorme no Ritz-Carlton de Seattle. Era uma suíte cara, porque estávamos cheios da grana. Meu pai pediu uma refeição com uma quantidade absurda de coquetel de camarão e frango frito, porque eu gostava de ambos. Também veio caviar, que eu ainda não tinha aprendido a apreciar. E pizza e sundaes com calda de chocolate quente. A refeição dos sonhos para uma menina de oito anos. Fiquei meio enjoada depois; ele me colocou na cama e me deu cem dólares em notas de um para brincar.

Esperou um pouco e completou:

— Nós não viemos do mesmo mundo, Max.

— Estamos no mesmo mundo agora.

Ela tornou a olhar para ele. Parecia confiante e decidido, as mãos habilidosas segurando com firmeza o volante do carrão, os cabelos alourados de sol revoltos pelo vento, os perigosos olhos de gato atrás dos óculos escuros.

Bonito, com tudo sob controle e autoconfiante. O curativo na testa era uma lembrança de que nem sempre ganhava todas, mas não ficava caído no chão por muito tempo.

O homem dos meus sonhos, pensou ela. *O que vou fazer com você?*

— É difícil dar uma rasteira em você — declarou ela.

— Pois saiba que eu já levei uma tremenda rasteira, gata, quando caí de quatro por você.

Ela riu e jogou a cabeça para trás.

— Declaração um pouco sentimentaloide, mas funciona. Eu devo ter um fraco por homens com boa lábia.

Ele parou o carro diante da loja.

— Pego você aqui na hora de fechar — ofereceu, inclinando-se para dar um beijo rápido nela. — Não trabalhe demais.

— Essa cena me parece estranhamente normal. Um momento comum em meio a uma tempestade de eventos esquisitos. — Estendeu a mão e acariciou o curativo na testa dele. — Tome cuidado, por favor, Max. Alex Crew sabe quem você é.

— Espero que tornemos a nos encontrar em breve. Temos contas a ajustar.

◆ ◆ ◆

$\mathcal{A}$ NORMALIDADE SE prolongou pelo restante do dia. Laine atendeu clientes, embalou mercadorias e desencaixotou produtos que encomendara. Aquele era o tipo de dia que apreciava, com muito trabalho a fazer e pouca pressa. Enviou peças para pessoas que tinham gostado delas a ponto de comprá-las por um bom dinheiro e, nas caixas recebidas, viu objetos dos quais gostara o bastante para ter na loja.

Apesar disso, o dia se arrastou.

Preocupou-se com o pai e com as tolices que poderia fazer, levado pelo pesar que sentia. Preocupou-se com Max e com o que lhe aconteceria se Crew resolvesse persegui-lo.

E se preocupou com seu relacionamento com Max. Analisou esse assunto com especial atenção, dissecando-o até se sentir cansada de tanto matutar.

— Pelo jeito, ficamos só nós duas, agora — disse Jenny, depois que um cliente saiu da loja.

— Por que não descansa um pouco? — sugeriu Laine. — Coloque os pés para cima e relaxe por alguns minutos.

— Ficarei feliz em fazer isso. Desde que você faça o mesmo.

Doce Relíquia   *173*

— Não estou grávida e tenho muita papelada para organizar.

— Pois eu estou, mas só me sento se você também se sentar. Se você não fizer isso, obrigará uma pobre grávida a ficar de pé, mesmo com os pés inchados.

— Você está com os pés inchados? Puxa, Jenny...

— Na verdade eles não estão inchados. Ainda. Mas *podem* ficar. É bem provável que isso aconteça, e a culpa será sua. Portanto, vamos nos sentar.

Empurrou Laine até um pequeno divã com encosto em forma de coração.

— Adoro esta peça! — exclamou Jenny. — Já pensei em comprá-la várias vezes, mas depois me lembro de que não tenho onde colocá-la.

— Quando a gente gosta de uma coisa, sempre arruma um cantinho para ela.

— Sim, você sempre diz isso, mas sua casa não parece um depósito de antiguidades. — Passou os dedos pelas listras de cetim rosado das almofadas. — De qualquer modo, se ela não for vendida em até uma semana, não vou resistir.

— Esse divã vai ficar lindo no nicho da sua sala de estar.

— Concordo, mas terei de trocar as cortinas e arranjar uma mesinha.

— Isso mesmo. E um tapete.

— Vince vai me matar. — Suspirou e juntou as mãos sobre a barriga protuberante. — Muito bem, chegou a hora de você colocar tudo para fora.

— Já fiz isso. Despachei a última entrega de hoje.

— Estou falando de colocar os *problemas* para fora, desabafar. Você sabe o que eu quero dizer.

— Nem sei por onde começar.

— Comece com o que lhe vier na cabeça. Você tem muita coisa presa aí dentro, Laine. Eu a conheço bem e sei disso.

— E você ainda acha que me conhece depois de tudo o que descobriu nestes últimos dias?

— Claro que acho! — protestou. — Vamos lá, desembuche. O que a preocupa mais?

— Max acha que está apaixonado por mim.

— Sério? — Já não lhe era tão fácil colocar o corpo em estado de alerta como antes, mas Jenny apoiou os cotovelos nas almofadas e se sentou mais reta. — Você mesma percebeu isso ou ele confessou, diretamente?

— Ele se declarou. Você não acredita em amor à primeira vista, certo?

— Claro que acredito! Reações químicas e coisas desse tipo. Assisti a um programa sobre isso na rede PBS. Ou talvez tenha sido no Learning Channel, sei lá. — Fez um gesto de pouco caso. — Fizeram um monte de estudos sobre atração, sexo e relacionamentos. Na maioria das vezes tudo se resume a reações químicas, instintos, feromônios... Você sabia que Vince e eu nos conhecemos ainda crianças, no primeiro ano do ensino fundamental? Cheguei em casa depois do primeiro dia de aula e comuniquei à minha mãe que iria me casar com Vince Burger. É claro que levamos um bom tempo para chegar lá... As leis são muito rigorosas quanto a casamentos entre crianças de seis anos. Mas tenho certeza de que foi a química que nos influenciou desde o primeiro instante.

Laine não se cansava de imaginar a cena — a sociável e agitada Jenny e Vince, sempre calmo, falando devagar. Ela os via sempre com suas cabeças de adultos em corpos de crianças.

— Vocês se conhecem praticamente desde que nasceram — disse Laine.

— Isso não vem ao caso. Minutos, dias, anos, às vezes basta um clique. — Jenny estalou os dedos para dar ênfase. — Além do mais, por que ele não estaria apaixonado por você? Uma garota linda, esperta e sexy. Se eu fosse homem, daria em cima de você logo de cara.

— Puxa, isso é... lindo — disse Laine, meio em dúvida.

— E você ainda vem com um passado interessante e misterioso. Como se sente com relação a ele?

— Feliz, nervosa e tola.

— Você sabe que eu gostei dele desde a primeira vez que o vi.

— Jenny, você gostou da *bunda* dele na primeira vez que a viu.

— E daí? — Soltou uma gargalhada e gostou quando viu que Laine riu junto. — Tudo bem, além da bunda, ele é muito atencioso. Comprou um presente para a mãe; tem um sotaque interessante e um emprego sexy. Henry gosta dele, e é ótimo para interpretar pessoas.

— Isso é verdade... Bem verdade.

— Ele não tem paranoia com compromissos, ou não pronunciaria a palavra *amor*. Ainda por cima — disse, quase sussurrando — está do seu lado. Isso já ficou bem claro. Apoia você, o que lhe valeu belos pontos da sua melhor amiga.

— Então não devo me preocupar?

— Depende. Como ele é na cama? Gladiador ou poeta?

— Hummm... — Refletindo com cuidado, Laine passou a língua sobre o lábio inferior. — Um gladiador poético.

— Ah, *meu Deus*, que calor! — Estremecendo de emoção, Jenny se jogou para trás no sofá. — Esses são os melhores. Não o deixe escapar, garota.

— Talvez eu faça isso. Pode ser... Se conseguirmos superar os obstáculos sem estragar as coisas.

Olhou para trás quando ouviu a porta abrir e a sineta tocar.

— Deixe que eu atendo — ofereceu Laine. — Fique quietinha aqui, descansando.

O casal tinha quarenta e poucos anos, e Laine percebeu que eram turistas com dinheiro. A jaqueta da mulher era de camurça cor de manteiga e combinava bem com os sapatos e a bolsa Prada. Usava joias caras. Um anel com diamante quadrado e uma aliança também incrustada com diamantes.

O homem usava casaco de couro com corte que lhe pareceu italiano e uma calça jeans Levi's desbotada. Quando se virou para fechar a porta atrás de si, Laine reparou no Rolex que trazia no pulso.

Estavam ambos bronzeados e em boa forma. *Country club*, pensou. Golfe ou tênis todos os domingos.

— Boa tarde. Em que posso ajudá-los?

— Passamos só para dar uma olhada — respondeu a mulher com um sorriso e um olhar que disse a Laine que ela não gostava de ser orientada nem apressada.

— Fiquem à vontade. Qualquer coisa, basta me chamarem. — Para lhes dar espaço, foi até o balcão e abriu um dos seus catálogos de leilões.

176 Nora Roberts

Mas ficou prestando atenção à conversa, discretamente. Tinham um jeitão típico de frequentadores de um *country club*. Fez uma aposta consigo mesma: eles fariam uma compra de, no mínimo, quinhentos dólares. Se estivesse errada, teria de colocar um dólar no jarro de louça que mantinha no escritório. Como raramente se enganava, o jarro vivia quase vazio.

— Senhorita?

Laine olhou para eles e fez sinal para Jenny antes de ela ter a chance de se erguer do divã. Colou na cara seu sorriso de vendedora solícita e foi até a cliente.

— O que sabe me dizer sobre esta peça?

— É muito interessante, não acha? Mesa de xadrez da década de 1850. Inglesa. Madeira entalhada e quadrados em ébano e marfim. Está em excelentes condições.

— Combina com nossa sala de jogos — comentou a mulher, olhando para o marido. — O que você acha?

— O preço é um pouco salgado para uma simples peça de decoração — afirmou o marido.

Tudo bem, pensou Laine. Tenho de executar o tango dos preços com o marido enquanto a esposa continua vendo a loja. Não faz mal.

— Repare no pedestal em espiral dupla. Está perfeito! É uma peça única. Veio de um inventário de Long Island.

— E esta aqui?

Laine foi até onde a mulher estava.

— Final do século XIX. Mogno — respondeu, passando os dedos pela borda da mesinha expositora com tampo de vidro. — Observe que esse tampo tem dobradiças e o vidro é bisotado. — Levantou-o com cuidado. — Não é lindo o formato de coração desta peça?

— Sim, de fato.

Laine reparou no sinal discreto que a mulher enviou ao marido. *Quero as duas, se vire.*

A cliente se afastou um pouco e Laine acenou na direção de Jenny para que ela respondesse às possíveis perguntas sobre a coleção de taças de vinho que a mulher observava.

Doce Relíquia   177

Passou os quinze minutos seguintes convencendo o marido de que tinha cortado o valor a ponto de deixá-lo quase a preço de custo. Fechou a venda, ele ficou satisfeito e a mulher conseguiu as peças que queria.

Todos saíram ganhando, pensou Laine, tirando a nota.

— Espere! Michael, veja o que eu encontrei! — A mulher correu para o balcão com o rosto enrubescido, rindo muito. — Minha irmã adora esses bibelôs. Quanto mais tolos, melhor. — Exibiu um cãozinho de louça preto e branco. — Está sem preço.

Laine olhou fixamente para o cãozinho, o sorriso grudado nos lábios e o coração tão disparado que era quase possível ouvi-lo. Com calma, muita calma, estendeu a mão e pegou o bibelô.

Sentiu um calafrio na base da espinha.

— "Tolo" é o adjetivo mais adequado para isso. Desculpem. — Sua voz soava muito natural, num tom quase alegre. — Isso não está à venda. Não foi nem cadastrado no estoque.

— Mas estava na vitrine, bem à vista.

— Sim, mas pertence a um amigo. Ele deve tê-lo deixado ali por distração. Eu nem percebi que estava na vitrine. — Antes de a mulher ter a chance de reclamar, Laine tirou o cãozinho de cena e o escondeu atrás do balcão. — Tenho certeza de que conseguiremos achar outra peça para atender ao gosto de sua irmã, senhora. E eu a venderei pela metade do preço para compensar seu desapontamento.

O desconto de cinquenta por cento cortou o possível protesto pela raiz.

— Bem, eu vi outro bibelô desse tipo, representando um gato siamês. É muito mais elegante do que o cão, mas não deixa de ser *kitsch*, bem como Susan gosta. Vou dar mais uma olhada nele.

— Fique à vontade. E agora, sr. Wainwright, para onde devo enviar as peças?

Terminou a transação, jogou um pouco de conversa fora e acompanhou os clientes até a porta.

— Bela venda, patroa. Adoro quando eles continuam encontrando coisas e aumentando a venda.

— A mulher tinha bom olho, e o marido tinha uma bela carteira. — Sentindo-se quase nas nuvens, Laine voltou ao balcão e pegou o cãozinho. — Jenny, foi você que colocou isto na vitrine?

— Não. — De lábios franzidos, Jenny aproximou para ver. — É bonitinho, mas ridículo. É "brechó" demais para o nível desta loja, não acha? Se ainda fosse um Doulton, um Minton ou algo assim... Mas não é o caso, acertei?

— Tem razão, não é o caso. Deve ter vindo por engano no carregamento de um dos leiloeiros. Vou conferir. Escute, são quase cinco horas. Por que não vai para casa mais cedo? Você cobriu minha ausência por mais de uma hora, hoje de manhã.

— Eu não me importo de ir. Estou louca por um Big Mac. Vou passar na delegacia e ver se Vince topa jantar no Chez McDonald's. Se você precisar de mim ou quiser bater papo, estou a um celular de distância.

— Eu sei, obrigada.

Laine remexeu alguns papéis até Jenny pegar suas coisas e ir embora. Esperou mais cinco minutos, fingindo estar ocupada, para o caso de a amiga voltar por alguma razão.

Só então foi até a porta da loja, virou para fora do vidro o cartaz de FECHADO e trancou a fechadura.

Pegou o bibelô, levou-o para a sala dos fundos e trancou a porta traseira. Satisfeita por ninguém poder entrar de surpresa, colocou a peça no centro da mesa e a observou com atenção.

Dava para ver a marca da cola, agora que a analisava de perto. Um traço fino em torno da cortiça pregada na base. Era um trabalho limpo, porque Big Jack nunca fora desleixado. Na cortiça havia uma marca desbotada de carimbo. MADE IN TAIWAN.

Sim, ele teria pensado em detalhes como aquele. Balançou o objeto. Nada chocalhou lá dentro.

Estalou a língua e abriu uma grande folha de papel sobre a mesa. Colocou o bibelô no centro da folha e foi até o armário onde guardava ferramentas. Escolheu um martelinho, inclinou a cabeça e ergueu o braço.

Então, parou.

Doce Relíquia 179

Foi ao parar com a mão no ar que ela percebeu, sem sombra de dúvida, que estava apaixonada por Max.

Ficou ofegante, olhando para o cão, e pousou o martelinho.

Não podia fazer aquilo sozinha porque estava apaixonada por Max. Teriam de abrir a peça juntos. E enfrentar juntos o que viesse depois.

Foi isso que sua mãe tinha encontrado em Robert Tavish, refletiu Laine. Algo que nunca tivera com Jack, apesar de toda a empolgação e aventura. Sua mãe fazia parte da equipe e, possivelmente, era o grande amor da vida de Jack. No fundo, porém, não haviam sido um casal.

A mãe e Rob eram um casal. Era isso que Laine queria para si. Se era para estar apaixonada por alguém, queria representar a metade de um casal.

— Muito bem.

Levantou-se e foi buscar plástico bolha no depósito. Embrulhou o cãozinho de louça barata da mesma forma meticulosa e cuidadosa com que teria embalado uma peça de cristal antigo. Fechou tudo com papel pardo e aninhou o pacote numa sacola da loja, junto com outro objeto que pegara nos fundos.

Terminado o trabalho, cuidou do envio da última venda do dia e preencheu a papelada. Às seis da tarde, em ponto, estava na porta da loja à espera de Max.

Ele chegou com quinze minutos de atraso, o que foi ótimo, pois deu a ela tempo de se acalmar.

Mal ele estacionou junto ao meio-fio, ela saiu da loja e trancou a porta.

— Já vi que você é sempre pontual, certo? — disse ele, quando ela entrou no carro. — Deve ser o tipo de pessoa que chega cinco minutos antes.

— Acertou.

— Eu quase nunca sou pontual. Isso vai ser um problema entre nós?

— Claro que sim. Curtiremos um período inicial de lua de mel, em que eu vou me limitar a pestanejar depressa, de paixão, assim que você aparecer, sem nunca mencionar o atraso. Depois disso haverá brigas.

— Tudo bem, perguntei só para conferir. O que tem nesse pacote?

— Algumas coisas. Você teve sorte na pesquisa sobre a chave?

— Depende do ponto de vista. Não encontrei a fechadura certa, mas eliminei várias possibilidades.

Ele subiu com o veículo o acesso à casa de Laine e estacionou atrás do carro dela.

— Por que Henry não sai feito um foguete pela portinhola de cachorro assim que ouve um carro chegar?

— Como é que ele pode saber quem é? Pode ser uma pessoa que não queira cumprimentar.

Ela saltou e esperou enquanto ele abria o porta-malas; ficou radiante diante do balde de frango frito do KFC.

— Você me trouxe frango!

— Entre outras coisas. — Ergueu mais dois sacos. — Também temos material para preparar sundaes com calda de chocolate quente. Pensei em trazer também coquetel de camarão e pizza, mas achei que poderíamos ficar enjoados. Portanto, esta noite teremos só o frango do Coronel e sorvete.

Ela pousou o saco, pendurou-se no pescoço dele e lhe deu um beijo ardente.

— Puxa, posso trazer o frango do Coronel todas as noites — disse ele, quando conseguiu falar.

— Eu adoro as ervas e os condimentos secretos do KFC. Decidi que amo você.

— Ah, é? — Ela notou que a emoção dançou nos olhos dele.

— Isso mesmo. Vamos contar ao Henry.

Henry pareceu muito mais interessado no frango, mas aceitou disputar um pequeno cabo de guerra e se contentou com um biscoito gigante enquanto Laine colocava a mesa.

— Podemos comer isso em cima de um guardanapo — sugeriu Max.

— Nesta casa, jamais!

Ela arrumou a mesa de um jeito que ele achou doce e feminino. Os pratos coloridos transformaram o frango frito e a tigela de salada de repolho numa refeição de comemoração.

Curtiram o vinho e a comida à luz de velas.

— Não quer saber como foi que eu descobri que amo você? — perguntou ela, saboreando o jantar e percebendo que ele também apreciava tudo.

— Descobriu que eu sou uma cara bonito e charmoso?

— Não, esse foi o motivo de eu ter ido para a cama com você. — Tirou a mesa. — Mas decidi que posso amar alguém que me faz rir, é gentil, inteligente... e porque, quando fiz o jogo do mês que vem, você ainda estava aqui em casa.

— Jogo do mês que vem?

— Depois eu explico. No entanto, o que me fez ver que amo você foi o fato de que eu estava prestes a fazer uma coisa importante, mas parei. Não quis resolver sozinha, quis esperar por você, porque, quando duas pessoas formam um casal, elas fazem juntas tanto as coisas importantes quanto as de menor expressão. Em vez de explicar melhor, trouxe um presente para você.

— Sério?

— Claro que sim. Presentes são uma coisa muito séria. — Tirou o primeiro embrulho da sacola. — Este é um dos meus preferidos, espero que você goste.

Curioso, ele rasgou o papel pardo e abriu um enorme sorriso.

— Você não vai acreditar.

— Você já tem um desses?

— Não, mas minha mãe tem. É um dos pintores preferidos dela.

Laine gostou de ouvir aquilo.

— Imaginei que ela gostasse do trabalho de Maxfield Parrish, já que batizou o filho com o nome dele.

— Ela tem algumas gravuras dele. Esta ela pendurou na sala de estar. Como é mesmo o nome dessa obra...?

— *Lady Violetta preparando tortas* — informou Laine, e ambos olharam para o pôster que mostrava uma linda mulher diante de uma arca com uma jarra de prata na mão.

— Ela é muito sexy. E se parece com você.

— Nada a ver.

— Mas é ruiva.

— Isso não é ruivo. — Laine tamborilou com o dedo nos cabelos em um tom de vermelho-alourado da figura e depois pegou um cacho dos próprios cabelos. — *Isto aqui* é ruivo.

— Seja como for, vou pensar em você todas as vezes que olhar para ela. Obrigado.

— De nada. — Tirou-lhe a gravura da mão e a colocou sobre o balcão. — Muito bem. Agora, vamos à explicação de como eu descobri que amo você e resolvi lhe dar um presente para celebrar... Um casal esteve na minha loja agora à tarde — continuou, colocando o embrulho sobre a mesa. — Classe alta, fortuna de segunda ou terceira geração. Não podres de rico, mas muito bem de vida. Agiam como uma dupla, e eu admiro isso. Gostei dos sinais secretos, do ritmo do casal. Quero o mesmo para mim.

— Posso lhe dar tudo isso.

— Acho que pode, sim. — Tirou o pacote da sacola, foi buscar uma tesoura e começou, com toda a paciência do mundo, a desembrulhá-lo.

— Enquanto estavam na loja comprando uma linda mesinha com tampo de vidro e outra de xadrez, a mulher reparou nesta peça. Não tinha nada a ver com o estilo dela, diga-se de passagem, mas ela explicou que era a cara de sua irmã. Ficou muito empolgada e levou-a até o balcão quando eu já tirava a nota fiscal. Queria comprar a peça, mas ela estava sem preço. E não tinha preço porque eu nunca a vira antes.

Viu o espanto lhe surgir no rosto.

— Santo Cristo, Laine, você encontrou o cãozinho!

Ela colocou o bibelô desembrulhado sobre a mesa.

— Parece que sim.

Capítulo Doze

◆◆◆◆

Ele pegou o objeto para examiná-lo, exatamente como ela fizera. Também o balançou.

— Parece um bibelô de louça comum, barato e meio brega — disse Laine, dando tapinhas nele com os dedos. — Exatamente o tipo de peça que Jack O'Hara escolheria.

— Sim, você reconheceria isso. — Balançou-o na mão para sentir o peso. — Mas não quis abri-lo quando estava sozinha.

— Não.

— Sua pontuação aumentou muito.

— Sim, fiz muitos pontos neste jogo, mas se ficarmos aqui jogando conversa fora por mais tempo eu vou pirar, gritar feito louca e estilhaçar o troço em mil pedaços.

— Então vamos fazer assim. — Ela mal teve tempo de abrir a boca quando ele bateu com o cãozinho na borda da mesa. A simpática cabeça foi decepada, rolou de lado, e seus grandes olhos pintados se fixaram no teto, numa acusação muda.

— Puxa. — Laine soltou um suspiro longo. — Acho que poderíamos ter sido um pouco mais solenes.

— Um golpe de misericórdia é mais humano. — Enfiou os dedos na abertura esgarçada e puxou. — Enchimento — disse, e ela se encolheu quando ele quebrou o resto da louça na mesa.

— Tenho um martelo lá atrás.

— Humm... — Desembrulhou as camadas de algodão e chegou a um saquinho. — Aposto que isto é muito melhor do que os brindes que vêm nas caixas de cereais. Tome. — Entregou o saquinho a ela. — Você faz essa parte.

— Agora foi a sua pontuação que aumentou.

Sentiu um formigamento e uma vibração no sangue que reconheceu como a emoção de saber que segurava algo valioso que pertencia a outra pessoa, tanto quanto a descoberta em si. Uma vez ladra, sempre ladra, pensou. Uma pessoa podia parar de roubar, mas a adrenalina sempre voltava em momentos como aquele.

Desatou o fio, abriu o saquinho e despejou uma chuva de diamantes resplandecentes na palma da mão.

Soltou um gemido curto. Muito parecido, notou Max, com o ruído que fazia quando ele a levava ao orgasmo. Seus olhos, quando os ergueu para fitá-lo, pareciam um pouco enevoados.

— Veja como são grandes e brilhantes — murmurou. — Você não fica com vontade de correr lá para fora e dançar pelado ao luar? — Quando ele ergueu uma única sobrancelha, ela encolheu os ombros. — Tudo bem, já vi que só eu sinto isso. É melhor você ficar com eles.

— Eu fico, mas você está com o punho fechado e eu preferia não ter de quebrar seus dedinhos.

— Desculpe. Obviamente eu ainda preciso trabalhar um pouco na minha recuperação, rá-rá-rá. A mão não quer abrir. — Ela forçou os dedos um por um e deixou os diamantes escorrerem para a palma da mão de Max. Como ele continuava a olhar para ela com a sobrancelha erguida, riu e deixou cair o último.

— Foi só para ver se você estava prestando atenção.

— Essa é uma nova faceta sua, Laine. Devo ter algum desvio de conduta, porque isso me agrada. É melhor limpar essa bagunça. Preciso pegar meu equipamento.

— Vai levá-los com você?

— É mais seguro para nós dois — explicou ele, olhando para a porta.

— Só para você saber... — gritou, quando ele já saía. — Eu os contei.

Ouviu a risada dele e sentiu mais um clique no peito. De algum modo, o destino tinha trazido o homem perfeito para ela. Honesto, mas flexível a ponto de não ficar chocado nem apavorado com certos impulsos que ela ainda sentia. Confiável, mas com uma pontinha de perigo para temperar a relação.

Aquilo poderia dar certo, pensou, juntando os cacos e os colocando numa folha de jornal. Eles poderiam fazer com que aquilo desse certo.

Doce Relíquia **185**

Ele voltou e notou que ela colocara a cabeça do cãozinho sobre um guardanapo de pontas picotadas, como se fosse um centro de mesa. Piscou duas vezes e deu uma gargalhada.

— Você é uma mulher singular e imprevisível, Laine. Gosto disso.

— Engraçado, eu pensava o mesmo a seu respeito. Sem o "mulher", claro. O que você trouxe aí?

— Arquivos e ferramentas. — Pousou a pasta e a abriu para tirar uma descrição detalhada dos diamantes desaparecidos. Sentou-se, pegou uma lupa de joalheiro e uma balança de precisão.

— Você sabe mexer com essas coisas?

— Quando aceito um caso, sempre faço meu dever de casa. Sim, sei muito bem como examiná-los. Vamos dar uma olhada.

Espalhou os diamantes no saquinho aberto e escolheu um ao acaso.

— A olho nu, parece tudo em ordem. — Ergueu-o no ar. — Não tem defeitos nem manchas visíveis. E o seu?

— Parece perfeito.

— Este tem lapidação completa, de brilhante, e pesa... — Pousou-o na balança e calculou: — Uau, mil e seiscentos miligramas.

— Oito maravilhosos quilates. — Laine suspirou. — Também entendo um pouco de diamantes e de matemática.

— Muito bem, agora vamos analisar mais de perto. — Com uma pinça, pegou um diamante e o estudou. Não tem deformações, nem manchas ou marcas. Brilho fabuloso e fogo intenso. Está no topo da tabela de cintilação.

Colocou-o de lado sobre uma espécie de veludo que levara.

— Posso riscar o diamante branco russo, de lapidação completa e oito quilates, da minha lista de pedras desaparecidas.

— Isso daria um belo anel de noivado. Um pouco exagerado, talvez, mas ninguém tem nada com isso.

A expressão que ele exibiu, uma mistura de horror reprimido e esperança divertida, a fez rir.

— Estou só brincando. Mais ou menos. Vou servir um pouco mais de vinho.

— Ótimo.

Ele escolheu outro diamante e repetiu o processo.

— Essa conversa de anel de noivado significa que você vai se casar comigo?

Ela pousou a taça de vinho ao lado do cotovelo dele.

— É o que desejo.

— E você me parece uma mulher que segue seus desejos.

— Você é um homem observador, Max. — Tomou um gole de vinho e passou a mão pelos cabelos dele. — Para sua informação, prefiro a lapidação quadrada. — Inclinou-se e o beijou. — Com engaste simples e despojado, em platina.

— Devidamente anotado. Acho que dá para comprar um com a comissão pela recuperação dessas belezinhas.

— *Metade* da comissão — lembrou ela.

Ele a puxou pelos cabelos para poder beijá-la melhor.

— Eu amo você, Laine. Adoro todos os pequenos detalhes loucos que encontro em você.

— Existem muitos desses detalhes loucos em mim. — Ela se sentou ao lado dele. — Eu devia estar morta de medo. Devia estar uma pilha de nervos com o que está acontecendo entre nós. Devia estar aterrorizada, sabendo o que significa ter essas pedras sobre a minha mesa de cozinha, consciente de que alguém já invadiu minha casa à procura delas. E que pode voltar. Devia estar me roendo de preocupação com o meu pai, com a forma como ele vai agir e com o que Crew fará com ele, caso o encontre.

Tomou um gole de vinho, com ar contemplativo.

— E estou me sentindo exatamente assim. Aqui — disse, colocando a mão sobre o coração. — Tudo está borbulhando nesta região e, apesar disso, estou feliz. Como nunca me senti na vida e nunca imaginei estar. Nem a preocupação, nem o nervoso e nem o medo conseguem sobrepujar minha felicidade.

— Gata, sou um excelente partido. Não precisa ficar nervosa com relação a isso.

— Tem certeza? Por que você nunca foi fisgado até hoje, então?

— Nenhuma das mulheres que conheci era como você. Quanto à preocupação seguinte na sua lista, quem entrou aqui e revirou tudo,

Doce Relíquia 187

e suponho que tenha sido Crew, não encontrou nada. Não faria sentido ele voltar. Por fim, o seu pai sempre conseguiu se cuidar. Aposto que ainda sabe fazer isso.

— Obrigada pela lógica e pelo bom-senso.

Mas Laine não parecia acreditar em nada daquilo. Max pensou em lhe mostrar o revólver calibre .38 que trazia preso no coldre do tornozelo, mas não sabia se isso iria confortá-la ou assustá-la ainda mais.

— Sabe o que temos aqui, srta. Tavish?

— O quê?

— Pouco mais de sete milhões de dólares, um quarto dos vinte e oito milhões e quatrocentos mil, calculado quase até o último quilate.

— Sete vírgula um milhões em diamantes — disse ela, num sussurro reverente. — Na minha mesa de cozinha. Estou aqui sentada, olhando para ele, e ainda não acredito que meu pai tenha conseguido dar um golpe desses. Ele sempre disse que conseguiria. "Lainie, um dia, qualquer dia, vou tirar a sorte grande". Juro, Max, que na maioria das vezes em que dizia isso era como se tentasse enganar a si mesmo. No entanto, veja o que conseguiu.

Pegou um diamante e o deixou cintilar em sua mão.

— Toda a vida ele sonhou em aplicar um golpe grande e brilhante desses. Ele e Willy devem ter se divertido muito. — Respirou fundo e recolocou a pedra na mesa. — Muito bem, hora de cair na real. Quanto mais depressa isso sair da minha casa e voltar para quem pertence, melhor.

— Vou entrar em contato com o cliente para tratar de tudo.

— Você vai ter que voltar para Nova York?

— Não. — Pegou a mão dela. — Daqui não saio, daqui ninguém me tira. Vamos terminar essa tarefa. Três quartos do bolo ainda estão lá fora. Para onde você acha que seu pai iria, Laine?

— Não sei. Juro que não faço ideia. Já não conheço mais seus hábitos nem seus esconderijos. Eu me afastei dele porque queria me tornar uma mulher respeitável. Apesar disso... Nossa, como sou hipócrita!

Esfregou o rosto com as mãos e em seguida as passou pelos cabelos.

— Recebi dinheiro dele ao longo dos anos. Durante a faculdade, um pouco aqui, um pouco ali. Às vezes, encontrava um envelope cheio de notas na caixa do correio; outras vezes era um cheque ao portador. Depois de me formar, isso continuou acontecendo. Eu recebia uma pequena bolada de vez em quando, dinheiro que depositava ou investia para poder comprar minha casa e abrir um negócio. Aceitava sempre, embora soubesse que não tinha sido enviado pela fada do dente. Mesmo sabendo que ele havia roubado ou enganado alguém, sempre aceitei.

— E você quer que eu a culpe por isso?

— O que eu queria era ser respeitável — repetiu. — Mas aceitei o dinheiro para construir essa respeitabilidade. Puxa, Max, eu não usava o nome dele, mas não hesitava em usar seu dinheiro.

— Você racionalizou e justificou esse ato. Eu talvez fizesse o mesmo. Chegando direto ao que importa: essa é uma espécie de corda bamba ética. Vamos combinar que você não vai mais aceitar dinheiro dele e deixará isso bem claro na próxima vez que o encontrar.

— Se eu ganhasse um dólar por cada vez em que tentei deixar isso bem claro para ele... Ahn, na verdade, eu ganhei esses dólares, mas vou ser bem firme da próxima vez, prometo. Você me faz um favor?

— É só pedir.

— Esconda esses diamantes e não me conte onde estão. Não quero que meu pai apareça novamente e me convença a entregá-los. Essa não é uma possibilidade absurda.

Max guardou os diamantes no saquinho e o colocou no bolso.

— Pode deixar que eu cuido disso.

— Quero ajudar você a recuperar o restante. Por vários motivos. Primeiro, porque isso vai ajudar a aliviar minha consciência. Segundo, e também muito importante, porque é a coisa certa a se fazer. Em terceiro, o principal: espero que, quando você os devolver a quem pertencem, isso servirá para proteger meu pai. Não suporto a ideia de que ele possa ser ferido ou morto. E em algum lugar, entre o drama de consciência e a vontade de fazer a coisa certa, estão os dois e meio por cento da recompensa.

Ele pegou a mão dela e a beijou.

— Sabe de uma coisa? Você pode ter comprado sua respeitabilidade, mas certamente nasceu com esse estilo. Preciso resolver alguns assuntos. Que tal esquentar aquela calda para colocar sobre o sorvete?

— Se esperarmos um pouco e ambos encerrarmos nossas tarefas, podemos comer nossos sundaes na cama e com uma porção extra de creme batido.

— Nesse momento eu sou certamente o homem mais sortudo da face da Terra. — O celular dele tocou e Laine riu ao ouvir as primeiras notas de "Satisfaction". — Mantenha essa ideia na cabeça — pediu, ao atender. — Max Gannon falando! — Seu rosto se iluminou num sorriso largo. — Olá, mamãe!

Como ele se encostou no fogão em vez de sair da cozinha em busca de privacidade, Laine fez menção de se afastar, mas Max a agarrou pelo braço e a puxou para junto dele.

— Quer dizer que você gostou dos copos? Então isso me transformou no seu filho bom, o favorito, certo? — Ele riu e encaixou o celular entre a orelha e o ombro para manter uma das mãos em Laine enquanto a outra pegava o vinho. — Ah, não... Nada a ver você colocar os netos nessa história. Afinal, Luke não se deu a nenhum trabalho para escolhê-los pessoalmente e enviá-los de presente para agradar você, como eu fiz com os copos. Fique aqui — pediu a Laine, num sussurro, e passou o celular para a outra mão depois de soltá-la.

— Sim, ainda estou em Maryland. A trabalho, mamãe. — Parou de falar por um instante e ficou ouvindo, enquanto Laine caminhava pela cozinha em busca de algo para fazer. — Não, não me canso de dormir em hotéis nem de comer em restaurantes. Também não estou acorrentado ao meu notebook do mal, trabalhando sem parar. Quer saber o que estou fazendo? Estou traindo você com uma ruiva sexy que conheci um dia desses. Ouvi falar que vamos curtir creme batido mais tarde.

Laine soltou uma exclamação chocada, mas ele se limitou a cruzar os pés na altura dos tornozelos.

— Não estou inventando nada disso. Por que o faria? Ela está bem aqui, quer falar com ela? — Afastou o celular alguns centímetros do ouvido. — Minha mãe disse que estou deixando você sem graça. Estou?

— Está! — anunciou Laine em voz alta.

— Parece que você tem razão, mamãe. O nome dela é Laine, e ela é a coisinha mais linda que já vi na vida. O que acha da ideia de ter netos ruivos?

Fez uma careta e afastou o celular alguns centímetros. Do outro lado da cozinha, Laine conseguia ouvir a voz alterada, mas não conseguia distinguir o tom.

— Não faz mal, mamãe. Tenho outro tímpano. Sim, estou perdidamente apaixonado por ela. Vou... Claro que vou... Mas ela não pode... Assim que... *Vamos aí, sim*, prometo. Mamãe, respire fundo e se acalme. Sim, ela me faz muito feliz. Sério, mamãe? Quero que você ligue para Luke agora mesmo, assim que desligarmos. Avise que ele perdeu o posto de filho predileto. Eu assumi o cargo e virei o filhão favorito. Hã-hã... hã-hã... Tudo bem, eu também te amo. Até logo.

Desligou e guardou o celular no bolso.

— Virei o filho preferido. Luke vai ficar revoltado. Por falar nisso, devo avisá-la de que minha mãe mal pode esperar para conhecê-la. Precisamos ir a Savannah na primeira oportunidade para ela ser apresentada a você e nos preparar uma festa de noivado. Isso, no mundo de dona Marlene, significa uns duzentos convidados íntimos, sem contar os familiares. E você não pode mudar de ideia a meu respeito. Mais uma coisa: ela gostaria muito de que você ligasse amanhã de manhã, depois que ela tiver se recuperado da novidade, para vocês duas baterem um belo papo.

— Oh, Deus!

— Está disposta a amar você só porque eu amo. E ficou empolgadíssima com a ideia de eu me acomodar na vida e me casar. Sem falar no fato de achar que você tem bom-senso por perceber o prêmio maravilhoso que eu sou. Só isso já lhe garantiu muitos pontos com dona Marlene.

— Estou meio enjoada.

— Venha aqui, então. — Pegou novamente o celular. — Ligue para a sua mãe e conte tudo a ela, só para me colocar na berlinda. Assim, ficaremos quites.

Laine olhou para o celular e depois para ele.

— Você está falando sério?

— Claro que estou!

— Você realmente quer se casar comigo?

— Estamos além do "quero". Eu *vou* me casar com você. E, se não me aceitar, dona Marlene vai caçar você e transformar sua vida num inferno.

Ela riu, aproximou-se dele e pulou em seus braços. Enganchou as pernas em torno da cintura de Max e lhe cobriu a boca com a sua.

— Eu sempre tive vontade de conhecer Savannah. — Pegou o celular da mão dele e o colocou sobre a bancada.

— E quanto à sua mãe?

— Ligo para ela mais tarde. O Texas está duas horas atrás de nós, por causa do fuso horário. Portanto, se eu falar com ela daqui a duas horas, será como se falasse agora. Enquanto isso, podemos aproveitar esse tempo para fazer algo interessante.

Como ela mordiscou sua orelha enquanto falava, Max teve uma vaga ideia do que poderia ser esse "algo interessante". Ajeitando-a no colo para firmá-la melhor, saiu da cozinha.

— E quanto às nossas tarefas urgentes?

— Sejamos irresponsáveis.

— Gosto do seu jeito de pensar.

Ela lhe passou a língua pelo pescoço, para baixo e para cima.

— Você consegue me carregar no colo até lá em cima?

— Gata, do jeito que estou eu conseguiria carregá-la até Nova Jersey.

Ela balançou para cima e para baixo, pendurada nele enquanto subiam a escada.

— Esquecemos o creme batido — avisou ela.

— Vamos guardá-lo para mais tarde.

Ela se inclinou para puxar a camisa dele para fora das calças.

— Papo furado! — Suas mãos se enfiaram por baixo da camisa e alisaram a superfície dura do peito dele. — Hummm, adoro o seu corpo. Foi a primeira coisa que me chamou a atenção.

— Digo o mesmo a seu respeito.

— Mas não foi isso que me cativou.

— Então o que foi? — quis saber ele, entrando no quarto.

— Seus olhos. Você me fitou longamente e eu senti a língua inchar, salivei, meu cérebro derreteu e eu pensei "Nham, nham!". — Ela manteve as pernas e os braços fortemente grudados nele quando os dois despencaram em cima da cama. — Depois, quando me convidou para jantar, pensei, em um canto escondido da mente, que eu poderia ter um caso tórrido, selvagem e impulsivo com você.

— E foi o que aconteceu. — Começou a desabotoar-lhe a blusa.

— E agora vou me casar com você. — Satisfeita, arrancou-lhe a camisa pela cabeça e a atirou longe. — Max, devo confessar que dormiríamos juntos mesmo que Henry não gostasse de você, mas eu não me casaria se ele fizesse alguma objeção.

Ele levou a boca ao seio dela e o mordeu de leve.

— É justo.

Ela arqueou o corpo, absorvendo o momento com intensidade, e logo rolou por cima dele, invertendo as posições.

— Eu sairia de casa sorrateiramente para transar com você. Não me sentiria bem por trair a confiança de Henry, mas faria isso do mesmo jeito.

— Humm... Você é uma vadia, mesmo.

Ela jogou a cabeça para trás e riu com vontade.

— Oh, Deus! Eu me sinto maravilhosa.

As mãos dele percorreram a pele dela e se demoraram nas curvas.

— Estou vendo *in loco*.

— Max. — Foi tomada por uma onda de doçura e afagou os cabelos dele, despenteando-o, para então emoldurar-lhe o rosto entre as mãos. — Eu amo você. Prometo ser uma ótima esposa.

Laine era tudo que ele queria e nem sabia que procurava. Tudo nela, até os aspectos estranhos e adoráveis que a formavam, o preenchia por completo, de um jeito que nenhuma mulher até então conseguira, nem conseguiria.

Puxou-a até seus corpos colarem; acariciou-lhe os cabelos, as costas, e se sentiu pleno de amor. Quando ela suspirou baixinho, o som longo e contente que emitiu parecia música.

Era tão macia! Sua pele, seus lábios e a intimidade do momento criaram uma atmosfera onírica que o fez sentir ternura. Ele a acalentaria e cuidaria dela. Perguntou a si mesmo se alguém já tinha feito aquilo.

Em vez de simplesmente a enxergar como uma mulher competente ou esperta, inteligente e de espírito prático, será que alguém lhe mostrara, alguma vez, o quanto era preciosa?

Murmurou coisas tolas no ouvido dela, coisas românticas, enquanto a afagava docemente, despindo-a. Tocou-a como se fosse mais frágil que cristal e mais esplêndida que um diamante.

Laine prendeu a respiração e soltou um novo suspiro ao sentir as suaves ondas de prazer que Max lhe proporcionava. Era flexível sob as mãos dele e estava disposta a se entregar ao que ele lhe desse ou pedisse.

Beijos longos e cheios de luxúria faziam o sangue ferver e aceleravam sua pulsação. Carícias lentas e indolentes lhe provocavam arrepios na pele, e ela se deixou flutuar no rio preguiçoso das sensações.

Quando a maré desse rio subiu, sentiu a paixão sonolenta acordar e rolar por dentro dela numa onda infinita. Arqueou-se para grudar nele, enlaçando-o novamente com as pernas e sentando, seus corpos úmidos no meio da cama.

Suas bocas se encontraram com mais urgência, a respiração deles acelerou, o ar pareceu enevoado e os corações bateram um contra o outro. A necessidade aumentou dentro dela, latejando como um ferimento e se espalhando como uma febre.

Murmurou o nome de Max várias vezes, empurrou-o lentamente para trás, sentou-se sobre ele com uma perna para cada lado e espalmou as mãos ávidas dele sobre seus seios.

Tomou-o por inteiro, capturando seu membro duro como pedra e o envolvendo com seu calor de veludo. Observou-o por entre as sombras e balançou os cabelos que brilhavam e iluminavam seus olhos de um azul impossível.

Esticou-se para trás e deixou à mostra todo o seu esplendor. Ele sentiu o galope do coração de Laine, os arrepios em sua pele e a firmeza com que ela o cavalgava.

Então ela se inclinou para a frente, e seus cabelos formaram uma linda cascata sobre Max. Firmou as mãos nos ombros dele, enterrando as unhas com força. E o levou à loucura.

Os quadris dela corcoveavam com a velocidade de relâmpagos, lançando ondas de choque pelo sangue dele. O prazer o invadia naquele momento, fustigado pela energia feminina de Laine. Ela jogou a cabeça para trás, gritou forte e seu corpo se contraiu, em convulsões ritmadas.

Quase à beira do abismo ele se ergueu um pouco, abraçou-a com mais força e, com os lábios quentes grudados em sua garganta, deixou que ela o arrastasse junto para o gozo completo.

◆◆◆

ELE TINHA de trabalhar. Aquela não era uma transição fácil, já que estava com o corpo saciado de sexo e a mente voltando o tempo todo para Laine. Mas o trabalho era vital. Não só para o cliente ou para ele mesmo, mas também para Laine.

Quanto mais cedo aquela parte dos diamantes estivesse onde deveria estar, melhor seria para todos os envolvidos.

Mas aquela história não acabaria ali, nem era o único problema dela.

Max não achava que Crew fosse voltar a procurar os diamantes na casa de Laine, mas sabia que o sujeito não iria deixar passar as derrotas que sofrera e não tiraria o time de campo. Já tinha matado pelas pedras preciosas e queria ficar com todas elas.

Seu plano, desde o princípio, fora ficar com tudo. Foi a conclusão a que Max chegou enquanto rearrumava as anotações em novos padrões, torcendo para que mais uma peça se encaixasse.

Não havia razão para Crew ter atraído Myers para um encontro secreto se não quisesse eliminá-lo, a fim de aumentar a própria cota. Ele teria descartado os outros sócios com a mesma facilidade e escaparia sorrateiramente com os vinte e oito milhões só para si.

Será que os outros haviam pressentido isso? Quem ganha a vida com trapaças, não saberia reconhecer o cheiro de uma traição? Essa era a aposta de Max. Jack ou Willy pressentiram a traição ou então ficaram assustados e em estado de alerta depois do desaparecimento de Myers.

E tinham sumido do mapa.

Doce Relíquia 195

Ambos acabaram ali, imaginando que Laine seria o esconderijo ideal para as joias até poderem vendê-las e, em seguida, sumir de vez.

Mais tarde, Jack O'Hara teria de prestar contas disso a Max.

Era como se tivessem levado Crew até a porta de Laine. As joias estavam em segurança no momento, mas não da forma que eles tinham imaginado. E, com Willy morto, Laine se tornara um alvo.

Mais uma vez, pensou Max, numa onda de desalento, Big Jack estava fora do radar e em movimento.

Mas não iria longe, analisou. Não com a quarta parte de Willy ainda em perigo.

Jack certamente se enfiaria em algum canto, pesando suas várias opções. Isso era bom. Daria a Max tempo e oportunidade para apanhá-lo e recuperar a outra quarta parte.

Manteria a palavra dada a Laine. Não lhe interessava entregar Big Jack à polícia. Mas queria e estava determinado a castigar o homem por ter posto a própria filha em perigo.

E isso o levava de volta a Crew.

O último elemento do tabuleiro também não iria longe. Agora que sabia que a investigação estava centrada ali em Angel's Gap — e Max se culpava por isso —, Crew seria mais cuidadoso. Mas certamente não se distanciaria do grande prêmio.

Já tinha matado por uma quarta parte do roubo. Não hesitaria em matar pela metade que faltava.

Se estivesse no lugar de Crew, Max se concentraria em O'Hara. E só havia uma coisa entre O'Hara e os vinte e oito milhões: Laine.

Max entregaria ao cliente os diamantes que conseguira recuperar. Em seguida, lavaria as mãos, diria que aquilo era tudo que tinha conseguido e levaria Laine para Savannah. Claro que teria de sedá-la, amarrá-la e trancá-la em algum lugar, mas estava disposto a fazê-lo se isso a tirasse dos holofotes e lhe trouxesse segurança.

No entanto, como sabia que nenhum dos dois ficaria muito satisfeito com Laine drogada, amarrada e trancada pelos próximos anos, essa não lhe pareceu a melhor solução.

Crew simplesmente esperaria. E viria atrás dela quando bem quisesse.

Era melhor, então, que Crew avançasse ali, no território deles, com ambos em total estado de alerta.

Porque Laine certamente sabia de tudo isso. Havia duas coisas que ela não era: lenta e burra. Obviamente sabia que um homem não roubava milhões, matava por eles e depois se afastava alegremente da outra metade do bolo.

Já não se tratava apenas da diversão, do desafio da investigação e de uma boa comissão. Eram as vidas deles que estavam em jogo. E, para garantir o futuro deles, Max faria o que fosse preciso.

Tornou a ler as anotações, parou e quase se reclinou na delicada cadeira. Porém, logo se lembrou de que não devia fazê-lo. Em vez disso, inclinou-se para a frente e tamborilou com os dedos sobre as informações impressas.

Alex Crew se casara com Judith P. Fines no dia 20 de maio de 1994. A certidão de casamento fora emitida em Nova York. Tinham um filho, Westley Fines Crew, nascido no Hospital Mount Sinai no dia 13 de setembro de 1996.

Em seguida havia um pedido de divórcio feito pela esposa e concedido pelos tribunais de Nova York em 28 de janeiro de 1999.

Depois, Judith Fines mudara de cidade. Partira com o filho para Connecticut em novembro de 1998, mas depois se mudara de lá também. O paradeiro atual era desconhecido.

— Bem, podemos remediar isso — resmungou Max.

Ainda não pesquisara aquilo a fundo. A investigação inicial com os vizinhos, amigos e familiares de Judith rendera pouco, e nada lhe indicara que ela ainda mantivesse contato com Crew.

Folheou mais anotações e encontrou o que escrevera sobre a ex-sra. Crew. Estava com vinte e sete anos quando se casou. Trabalhava, na época, como gerente de uma galeria de arte no Soho. Não tinha ficha na polícia. Fora criada numa família de classe média alta, recebera educação sólida e era muito atraente, reparou Max, analisando a foto dela que guardara em seus arquivos.

Tinha uma irmã dois anos mais nova, mas nem ela nem os pais se mostraram dispostos a lhe dar mais informações. Judith havia cortado relações com a família e os amigos. Desaparecera em algum momento do verão de 2000, levando o filho pequeno.

Será que Crew não os monitorava de longe?, questionou-se Max. Um homem orgulhoso e com um ego tão grande iria gostar de acompanhar seu reflexo, sua própria imortalidade representada por um filho. Talvez não lhe interessasse manter relações com a ex-mulher ou com um menino que exigisse atenção, mas ele certamente os monitorava. Porque um dia o menino se tornaria adulto, e um homem sempre quer passar seu legado a alguém do mesmo sangue.

— Vamos lá, Judith e pequeno Wes. — Max mexeu os dedos como um pianista prestes a fazer um arpejo. — Vamos descobrir por onde vocês andam. — Dançou com as mãos sobre o teclado e deu início à busca.

♦ ♦ ♦ ♦

Entrar de livre e espontânea vontade numa delegacia de polícia era contra a sua natureza. Jack não tinha nada contra os tiras. Eles faziam simplesmente o que eram pagos para fazer, mas, como eram pagos para prender pessoas como ele em espaços minúsculos com grades, Jack preferia evitá-los sempre que possível.

Infelizmente, havia momentos em que até os criminosos precisavam da polícia.

Além do mais, se ele não conseguisse enganar os policiais de uma cidade do interior e arrancar deles o que precisava saber, era melhor desistir daquela vida e arrumar um emprego legalizado.

Mas esperaria até o turno da noite. Geralmente quem ficava de plantão depois das sete era menos graduado.

Jack roubara a roupa que usava num shopping fora da cidade, tendo em mente a personalidade que iria incorporar. Acreditava piamente que o hábito faz o monge, independentemente do papel escolhido.

O terno listrado fora obtido numa loja de departamentos, e ele ainda tivera de modificar a bainha da calça, mas até que não lhe caía mal.

A gravata vermelha cor de nariz de palhaço era o toque final para dar a ele um ar absolutamente inofensivo.

Roubara os óculos sem aro numa filial do Walmart, mas não estava pronto para admitir que eles realmente o ajudavam a enxergar. Em sua opinião, ainda era jovem e viril demais para precisar de óculos.

Mas eles lhe deixavam com a imagem de um sujeito intelectual e quase nerd; era isso que queria transmitir.

Carregava uma pasta de couro marrom, que ele passara algum tempo chutando e arrastando pelo chão para lhe dar um aspecto de muito usada. Ele a enchera de papéis e pastas, meticulosamente, como faria um homem viajando para fora da sua cidade a fim de participar de uma reunião.

Um ator esperto incorporava o personagem por inteiro.

Passara pela loja Office Depot e comprara muitas canetas, caderninhos de notas, bloquinhos de post-it e toda a parafernália que o assistente de um importante executivo poderia carregar. Desde sempre, os objetos de escritório o fascinavam e intrigavam.

Tinha ficado, ainda, mais de uma hora brincando com um tablet. Adorava tecnologia.

Enquanto caminhava rumo à delegacia, seu jeito de andar assumiu um ritmo mais acelerado e seus ombros largos se encurvaram, formando uma corcunda que combinava com o personagem. Ajustou os óculos no alto do nariz, num gesto distraído que treinara diante do espelho.

Seus cabelos brutalmente penteados para trás exibiam — graças à tintura que comprara numa drogaria naquela tarde — uma tonalidade negra, brilhante e obviamente falsa de graxa de sapato.

Achou que Peter P. Pinkerton, seu *alter ego* temporário, seria vaidoso a ponto de pintar os cabelos e ingênuo a ponto de acreditar que o resultado pareceria natural.

Embora não houvesse ninguém por perto para reparar na figura que encarnava, já se sentia à vontade. Pegou o relógio de bolso preso por uma corrente, o tipo de afetação que cairia como uma luva em Peter. Conferiu a hora e franziu o cenho com ar preocupado.

Peter certamente estaria sempre preocupado com alguma coisa.

Doce Relíquia   199

Subiu o pequeno lance de escada e entrou na delegacia. Tal como imaginara, encontrou uma sala de espera minúscula e um policial fardado atrás do balcão.

Havia cadeiras de plástico pretas, duas mesas baratas e algumas revistas de pesca, esportes e variedades — todas de vários meses atrás.

O ar cheirava a café e a desinfetante.

Jack, agora Peter, tamborilou nervosamente com os dedos na gravata e tornou a ajeitar os óculos no alto do nariz quando se aproximou do balcão.

— Posso ajudá-lo?

Jack pestanejou depressa ao olhar para o policial, como se fosse míope, e pigarreou de leve.

— Não sei ao certo, policial... ahn... Russ. É que eu combinei de me encontrar com um cliente hoje, à uma da tarde, no restaurante do Hotel Wayfarer. Era um almoço de negócios, entende? Só que o cliente não apareceu e eu não consegui entrar em contato com ele. Quando perguntei na recepção do hotel, me informaram que ele nem chegou a se hospedar lá. Fiquei preocupadíssimo, porque fomos muito específicos quanto à hora e ao local. Vim de Boston só para esse encontro.

— Mas o senhor quer registrar o desaparecimento de uma pessoa que sumiu há menos de oito horas?

— Pois é, mas é que eu não consegui contatá-lo e esse era um encontro importante. Estou preocupado que tenha lhe acontecido alguma coisa em sua viagem para cá. Ele veio de Nova York.

— Nome, por favor.

— Peter P. Pinkerton. — Jack enfiou a mão no bolso interno do termo para pegar um cartão.

— Preciso saber o nome do homem que o senhor procura — explicou o policial.

— Ah, claro, desculpe. Jasper R. Peterson. Ele é negociante de livros raros e eu vim comprar um exemplar muito especial para o meu patrão.

— Jasper Peterson? — Pela primeira vez desde o início da conversa, os olhos do policial entraram em estado de alerta.

— Isso mesmo. Ele vinha de Nova York e estava a caminho de Baltimore, pelo que me contou, e também passaria por Washington antes de vir para esta linda região. Pode ser que eu esteja exagerando no cuidado, mas, em todos os contatos profissionais que eu tive com o sr. Peterson, ele sempre se mostrou pontual e confiável.

— Peço que o senhor aguarde um minuto, sr. Pinkerton.

O policial Russ saiu do balcão e desapareceu por entre as salas que se espalhavam na parte de trás da delegacia.

Até ali, tudo bem, pensou Jack. Em seguida ele iria expressar choque e perplexidade ao ouvir que o homem que procurava tinha morrido num acidente ocorrido havia poucos dias. Willy iria lhe perdoar por aquilo. Aliás, seu amigo de longa data apreciaria as complexidades da artimanha.

Então, Jack iria sondar e perguntar detalhes ao policial de serviço até descobrir exatamente quais os pertences do morto que a polícia tinha sob custódia.

Assim que obtivesse a confirmação de que o cãozinho de louça estava na delegacia, daria o passo seguinte, subtraindo o bibelô do local.

Ficaria com os diamantes e sumiria da área, indo para tão longe de Laine quanto fosse possível. E deixaria uma pista para Crew que até um cego conseguiria seguir.

Depois disso, ele... Bem, nem sempre dava para planejar tudo com a devida antecedência.

Virou-se para o balcão com ar distraído. E sentiu um friozinho na barriga quando, em vez do policial com cara de tédio, surgiu por uma porta lateral um tira grande e louro.

Ele não parecia burro nem caipira, e isso incomodou Jack.

— Sr. Pinkerton? — Vince estudou Jack longa e calmamente. — Sou o chefe de polícia, Vince Burger. Venha até a minha sala, por favor.

Capítulo Treze

♦ ♦ ♦

$\mathcal{J}$ACK SENTIU um filete de suor frio lhe descer pelas costas quando entrou no gabinete do chefe de polícia de Angel's Gap. Em assuntos de lei e ordem, preferia tratar com subalternos.

Mesmo assim ele se sentou, puxou as calças para cima com certo exagero e pousou a pasta cuidadosamente ao lado da cadeira, como Peter faria. O cheiro de café era mais forte ali, e a caneca grande com o desenho de uma vaca de lábios gigantescos como os de Mick Jagger indicou a Jack que o chefe se enchia de cafeína para enfrentar a papelada que se acumulava depois do expediente.

— O senhor é de Boston, sr. Pinkerton?

— Exato. — O sotaque de Boston era um dos favoritos de Jack, pelo aspecto de desdém sutil que transmitia. Treinara muito o tom certo assistindo às velhas reprises do seriado *MASH*, quando tentava imitar o personagem Charles Winchester. — Só estou de passagem e preciso voltar para lá amanhã, mas, como ainda não concluí o que vim fazer aqui, talvez adie a volta. Desculpe incomodá-lo com uma coisa que pode não ser importante, chefe Burger, mas estou realmente preocupado com o sr. Peterson.

— Conhece-o bem?

— Sim. Isto é, relativamente bem. Tive contato e fechei negócios com ele ao longo dos últimos três anos. Na verdade, o sr. Peterson é um comerciante de livros raros, e o meu patrão, Cyrus Mantz Neto... Talvez o senhor já tenha ouvido falar dele...?

— Não creio.

— Pois bem, o sr. Mantz é um homem de negócios muito conceituado em Boston e em Cambridge. É um ávido colecionador de livros raros e tem uma das maiores bibliotecas da Costa Leste. — Jack ajeitou a gravata. — Neste caso, especificamente, vim me encontrar com o sr. Peterson para avaliar e, espero, adquirir um exemplar da primeira edição de *O Som e a Fúria*, de William Faulkner, com sobrecapa de proteção intacta. Fiquei de me encontrar com o sr. Peterson para almoçar e...

— O senhor já tinha se encontrado com ele?

Jack pestanejou por detrás dos óculos roubados, como se a pergunta e a interrupção o tivessem confundido.

— Claro, em diversas ocasiões.

— Poderia descrevê-lo?

— Pois não. É um homem não muito alto, cerca de um metro e setenta, com mais ou menos sessenta quilos. Deve ter por volta de sessenta anos e tem cabelos grisalhos. Acho que seus olhos são castanhos, mas não tenho certeza. — Estreitou os próprios olhos, pensativo. — Isso ajuda?

— Este aqui seria o sr. Peterson? — Vince exibiu a Jack a foto que pegara no arquivo da polícia.

— Sim — confirmou Jack, franzindo os lábios. — Ele era muito mais novo quando essa foto foi tirada, é claro, mas certamente é ele: Jasper Peterson. Receio não estar compreendendo, Chefe.

— O homem que o senhor identificou como Jasper Peterson sofreu um acidente há alguns dias.

— Oh, céus! Por Deus, eu temia que algo desse tipo tivesse acontecido. — Num gesto nervoso, Jack tirou os óculos e limpou as lentes com força, usando um lenço branco impecavelmente engomado. — Ele ficou ferido? Está no hospital?

Vince esperou que ele colocasse os óculos novamente antes de informar:

— Está morto.

— Morto? *Morto?* — Era como um soco no estômago ouvir aquilo outra vez, ainda mais daquele jeito abrupto. O susto genuíno fez a voz de Jack se transformar num guincho. — Oh, mas isso é terrível. Não posso acreditar. Nunca teria imaginado. Como aconteceu?

— Foi atropelado. Morreu quase no mesmo instante.

— É um choque muito grande saber disso.

Willy. Oh, Deus, Willy. Sabia que tinha ficado pálido. Sentia o frio na pele de onde o sangue desaparecera. Suas mãos tremiam. Queria chorar e gemer, mas se conteve. Peter Pinkerton jamais se permitiria uma expressão tão aberta de sentimentos.

— Não sei exatamente o que fazer agora. E pensar que durante todo esse tempo eu esperei que ele aparecesse e já estava ficando impaciente, até mesmo chateado; e ele estava... Isso é terrível. Preciso ligar para o meu patrão para lhe contar que... Oh, Deus, isso é simplesmente terrível.

— O senhor conhecia outros sócios do sr. Peterson? Ou familiares?

— Não. — Ajeitou um pouco mais a gravata, meio atrapalhado, embora tivesse vontade de arrancá-la, já que sua garganta parecia ter inchado. *Sou tudo o que ele teve*, pensou Jack. *A única família que ele conheceu. E fui eu quem o levou à morte.* Mas Peter Pinkerton continuou com o sotaque esnobe de Harvard. — Praticamente só falávamos de livros. Pode me informar se os arranjos para o seu sepultamento já foram feitos? Certamente o sr. Mantz vai querer enviar flores ou fazer uma doação a uma instituição de caridade em nome do falecido.

— Ainda não definimos nada.

— Oh, está bem. — Jack se levantou da cadeira, mas logo tornou a sentar. — Será que o senhor poderia me informar se o sr. Peterson estava de posse do livro que vim comprar quando... Desculpe se lhe pareço repulsivo por falar disso agora, mas o sr. Mantz vai me perguntar sobre o livro de Faulkner.

Vince se recostou na cadeira e a rodou lentamente de um lado para o outro, mantendo os olhos de tira no rosto de Jack.

— Ele tinha alguns romances de bolso.

— Tinha? Não quero incomodar, mas há algum jeito de confirmar isso numa lista ou algo assim? O sr. Mantz quer muito essa edição. É raríssima, ainda mais com a sobrecapa. Uma primeira edição que, imagino, esteja novinha em folha. O sr. Mantz insistirá comigo a respeito desse detalhe. Ele é bastante severo e vai querer saber se eu perguntei sobre a obra.

Mostrando-se cooperativo, Vince abriu uma gaveta e tirou de lá uma pasta.

— Aqui não há nada disso. Encontramos roupa, artigos de higiene, chaves, um relógio, um celular com carregador, a carteira com algum dinheiro e documentos. Mais nada. Era um homem que viajava com pouca coisa.

— Entendo. Talvez tenha colocado o livro num cofre até a compra ser confirmada. Pode ser que não tenha tido chance de resgatá-lo antes de... Desculpe, Chefe, já tomei muito do seu tempo.

— Onde ficará hospedado, sr. Pinkerton?

— Hospedado?

— Isso mesmo. Onde poderemos encontrá-lo, caso saibamos mais alguma coisa sobre o livro ou os preparativos do funeral?

— Ah, ficarei no Hotel Wayfarer esta noite, mas devo tomar o avião amanhã, já está reservado. Oh, Deus, oh, Senhor. Não sei *o que dizer* para o sr. Mantz.

— E se eu precisar encontrá-lo em Boston? — quis saber Vince.

Jack sacou um cartão do bolso.

— Qualquer desses números serve. Se souber de mais alguma novidade, por favor, entre em contato comigo, Chefe Burger. — Estendeu a mão.

— Manteremos contato.

Vince o acompanhou até a porta e o observou ir embora.

Não levaria muito tempo para confirmar os detalhes da história que acabara de ouvir, nem para investigar os nomes de Pinkerton e Mantz. Porém, como tinha olhado através daquelas lentes baratas e visto os olhos azuis de Laine, percebeu que as informações eram todas falsas.

— Russ, ligue para o Wayfarer e veja se o sr. Pinkerton fez *check-in* lá.

Depois de confirmar ou não aquela informação, tiraria um dos policiais da cama e o designaria para manter sob vigilância, a noite toda, o homem que acabara de sair de sua sala.

Daria mais uma olhada nos pertences do morto para ver o que O'Hara — se é que aquele homem era mesmo O'Hara — parecia tão ansioso para encontrar. Como tinha certeza de que *não havia* milhões de dólares em diamantes nos pertences sob sua custódia, teria de investigar se algo ali serviria de pista para o produto do roubo.

Doce Relíquia 205

♦ ♦ ♦ ♦

Onde os diamantes *estavam*, droga? Jack apressou o passo por dois quarteirões antes de voltar a respirar com facilidade. Delegacias, cheiro de polícia e olhos de tira costumavam lhe pressionar os pulmões. Não havia nenhum cãozinho de louça na lista de pertences da polícia. Certamente, um tira desconfiado — o que era redundante — teria listado algo tão incomum. Seu pequeno e simpático plano de invadir o depósito da polícia para pegar o bibelô não seria posto em prática. Ele não poderia roubar o que já tinha sido roubado.

O cão estava com Willy quando eles se separaram, na esperança de Crew perseguir Jack e dar tempo a Willy para desaparecer, alcançar Laine e lhe pedir para guardar o bibelô.

Porém, o cruel e traiçoeiro Crew resolvera perseguir Willy, em vez de Jack. Logo o velho e nervoso Willy, que só queria se aposentar numa linda praia distante e passar o resto da vida pintando aquarelas e observando pássaros.

Jack não deveria tê-lo abandonado, não deveria ter lhe dado aquela missão. Agora o amigo mais antigo que tinha no mundo morrera. Não havia mais ninguém com quem pudesse conversar sobre os velhos tempos, ninguém que soubesse o que ele pensava antes mesmo de as palavras lhe saírem pela boca. Ninguém que entendesse suas velhas piadas.

Perdera a mulher e a filha, mas entendia que a vida era assim mesmo. Não podia culpar Marilyn por desaparecer e levar a pequena Lainie junto. Afinal, ela pedira a Jack que mudasse de vida mais de mil vezes. E ele tinha prometido a ela que faria isso outras tantas, mas quebrara a promessa *todas* as vezes.

Não se pode ir contra a natureza, era a opinião de Jack. Era parte da natureza dele ser jogador. E, enquanto houvesse otários, o que ele poderia fazer? Se Deus não queria que ele se aproveitasse dos otários, não teria criado tantos.

Sabia que era fraco, mas, se tinha sido criado por Deus *desse jeito*, como reclamar? Quem questionava Deus era idiota. E o filho de Kate O'Hara não era nem um pouco idiota.

Amara apenas três pessoas na vida: Marilyn, a sua Lainie e Willy Young. Deixara que duas delas partissem porque não se pode obrigar ninguém a ficar. Mas Willy ficara.

E, enquanto tivesse Willy, Jack teria família.

Agora, estava sozinho. Não poderia trazê-lo de volta. Mas um dia, quando tudo estivesse bem novamente, ele iria para uma praia bonita e faria um brinde ao melhor amigo que um homem poderia ter tido.

Por enquanto, porém, havia trabalho a fazer, coisas em que pensar e um assassino traiçoeiro para sobrepujar.

Willy chegara a Laine e decerto tinha o cãozinho com ele, ou nem haveria motivo para procurá-la, certo? Poderia tê-lo guardado, claro. Um homem sensato teria escondido o tesouro muito bem até completar o reconhecimento do terreno.

Mas esse não era o estilo de Willy. Jack conhecia bem Willy — quem o conheceria melhor? — e era capaz de apostar que ele levava o cãozinho com os diamantes quando entrara na loja de Laine.

E não estava com ele na saída.

Sobravam duas possibilidades: Willy escondera o bibelô na loja sem Laine saber; ou sua garotinha o estava passando para trás.

De um jeito ou de outro, Jack precisava descobrir.

A primeira parada seria para uma busca na loja de sua querida filhinha.

◆ ◆ ◆

MAX ENCONTROU Laine trabalhando no escritório. Ela colocava alguns papéis recortados sobre um painel quadriculado. Havia vários recortes enfileirados sobre a mesa. Depois de uma rápida análise, percebeu que era mobília de papel.

— Essa é a versão adulta de uma casinha de bonecas?

Doce Relíquia   *207*

— De certo modo, sim. É uma projeção em escala da minha casa, aposento por aposento. — Bateu numa pilha de papel quadriculado. — Vou ter de substituir alguns móveis e fiz modelos em escala de cada uma das peças do depósito que possam me servir. Assim, posso ver se cabem e estudar como arrumar os ambientes, se as trouxer para cá.

Ele analisou mais um pouco.

— Estou aqui me perguntando como é que alguém tão cuidadoso na escolha de um simples sofá acabou por me aceitar como noivo.

— E quem foi que disse que eu não fiz um Max em miniatura e o experimentei em diversos cenários?

— Ahn?...

— Além do mais, não estou apaixonada por um sofá. Posso gostar do estofado, mas estarei sempre disposta a me separar dele pelo preço certo. De você, porém, não pretendo abrir mão.

— Você levou quase um minuto para matutar essa resposta, mas gostei do resultado. — Debruçou-se no canto da mesa. — Parece que encontrei a ex-mulher e o filho de Crew. Moram num bairro residencial de Columbus, capital do Ohio.

— Você acha que ela sabe de alguma coisa?

— Acredito que Crew deva ter algum interesse pelo filho. Um homem provavelmente enxerga seus descendentes, especialmente um filho, como uma espécie de posse, certo? A esposa é diferente. É só uma mulher, fácil de substituir.

— Ah, é mesmo?...

— Analisando pelo ponto de vista de Crew, é claro. No meu modo de pensar, quando um homem tem a sorte de encontrar a mulher certa, ela é insubstituível.

— Você levou quase um minuto para matutar essa resposta, mas gostei do resultado.

— Na minha área de atuação, quando encontramos uma pista, devemos segui-la até não dar em nada ou dar em alguma coisa. Tenho de confirmar tudo. Portanto, houve uma mudança nos planos. Vou para Nova York amanhã de manhã com os diamantes que temos. Pretendo devolvê-los pessoalmente ao dono. Depois, sigo para Ohio para ver se consigo arrancar alguma coisa da ex-sra. Crew ou do Júnior.

— Que idade ele tem?

— Sete anos.

— Oh, Max, ainda é uma criança.

— Crianças nessa idade ainda atiram as coisas longe, mas prestam atenção a tudo que escutam. Por Cristo, Laine, que cara é essa? — acrescentou, ao ver a perplexidade estampada nela. — Não vou torturá-lo, só conversar com ele.

— Se o casal está divorciado, pode ser que ela não queira nada com Crew, nem queira que o filho descubra quem o pai é.

— Isso não quer dizer que o menino não saiba ou que o papai não apareça de vez em quando. Preciso investigar essa pista, Laine. Parto amanhã de manhã cedo. Se você quiser vir comigo, posso cuidar de tudo.

Ela voltou ao papel quadriculado e, com a borracha da ponta de um lápis, empurrou o modelo do sofá alguns milímetros, colocando-o num ângulo diferente.

— Você vai se movimentar bem mais depressa sem me carregar de reboque.

— É provável, mas não vai ser tão divertido.

Ela ergueu os olhos.

— Um pulinho em Nova York e uma esticadinha em Ohio. Para mim, seria como nos velhos tempos. A ideia é atraente, mas não posso. Há muito trabalho a fazer, tenho o Henry, preciso colocar a casa em ordem. E tenho de treinar o telefonema que vou dar para sua mãe. — Virou o lápis e lhe deu uma espetadela ao ouvir a risada que ele soltou. — Nada de piadinhas sobre essa última frase, ouviu? É assim que eu gosto de fazer as coisas.

Ele não queria deixá-la nem por um dia. Parte disso, claro, era obsessão insana pelo novo amor, mas também havia um pouco de preocupação.

— Se vier comigo, poderá ligar para minha mãe de onde quiser. Henry poderia ficar com os Burger e você pode manter a loja fechada por um dia. Quanto à casa, eu a ajudo na volta. Ah, e pode levar seu papel quadriculado para brincar.

— Você está encucado por me deixar sozinha enquanto vai trabalhar. Não se sinta assim. Nem pense nisso. Há muito tempo que sei cuidar de mim, Max. E vou continuar a fazer isso depois de nos casarmos.

Doce Relíquia 209

— Não haverá um ladrão de joias assassino atrás de você depois que nos casarmos.

— Você pode me garantir isso? Não atrase seu cronograma — disse ela, sem esperar resposta. — Faça o que precisa fazer. Eu farei o mesmo. E quando você voltar... — Passou-lhe a mão pela coxa. — Faremos alguma coisa interessante juntos.

— Você está tentando me distrair. Não, espere, você *já me distraiu.* — Inclinou-se e a beijou. — Já sei?... Eu vou e faço o que preciso, você fica e faz o mesmo. Volto amanhã à noite, mais cedo até, se conseguir. Enquanto isso, você fica com o chefe de polícia e a mulher dele. Henry também. Não quero você aqui sozinha até tudo se resolver. Agora, escolha: brigamos por causa disso ou chegamos a um acordo.

Ela continuou a passear com os dedos pela coxa dele.

— Gosto de brigar.

— Muito bem. — Ele empinou o corpo e ergueu os punhos, preparando-se para o primeiro *round*.

— Mas não quando concordo com o ponto de vista da outra pessoa. É um risco desnecessário eu ficar aqui sozinha. Por isso é que vou impor minha presença a Jenny e Vince por uma noite.

— Ótimo. Puxa... Muito bem, então. Quer brigar por algum outro motivo?

— Mais tarde, talvez.

— Claro. Vou reservar meus voos. Uma última pergunta: esse sofá novo é comprido o bastante para um homem tirar um cochilo nos domingos à tarde?

— Talvez.

— Vou gostar de estar casado com você.

— Claro que vai.

♦ ♦ ♦

Já passava de uma da manhã quando Jack acabou de revistar a loja de Laine. Fechou a porta ao sair de lá, sentindo-se dividido. Estava amargamente desiludido por não ter encontrado os diamantes. Sua vida seria muito mais simples se estivesse com o cãozinho no bolso. Poderia sair da cidade, deixar migalhas de pão para Crew segui-lo e afastar Laine de problemas e perigos.

Depois sumiria pela toca do coelho. Catorze milhões em diamantes — mesmo sabendo que metade dessa fortuna fora obtida por uma reviravolta inesperada — lhe proporcionariam uma excelente toca de coelho.

Ao mesmo tempo ele estava assombrado, numa espécie de orgulho estupefato. Vejam só o que sua filhinha tinha conseguido, e tudo *dentro da lei*. Onde teria aprendido a comprar tantas coisas de qualidade para a sua loja? Os móveis, as peças sofisticadas, as mesinhas antigas muito bem-trabalhadas. Aquele era um lugar lindo. Sua filha montara um negócio fantástico. E, como ele não resistiu à curiosidade e *hackeou* o computador da loja, viu que ela ganhava um bom dinheiro com aquilo.

Laine levava uma vida boa. Não exatamente a vida que ele queria para sua menininha, mas, se aquela era a sua vontade, ele aceitaria de bom grado. Não compreendia e nunca conseguiria compreender, mas aceitaria.

Ela nunca voltaria com ele à estrada. Essa fantasia finalmente terminara depois de ele analisar bem a casa dela, sua loja e sua vida.

Um desperdício de talento, no seu modo de ver, mas ele entendia que um pai não pode colocar a filha num molde. Ele mesmo tinha se revoltado contra o seu. Era natural que Laine fosse rebelde e seguisse o próprio caminho.

Não era natural, porém, tentar enganar o próprio pai. Ela estava com os diamantes, só podia estar! Se pretendia esconder aquilo de Jack para protegê-lo, ele teria de explicar a Laine como o mundo funcionava.

Chegara o momento de uma conversa séria entre pai e filha, decidiu.

Isso significava que ele teria de roubar um veículo. Detestava roubar carros; esse era um crime vulgar. Mas precisava de transporte, já que a filha decidira morar no meio do mato.

Iria vê-la. Teriam a tal conversa, ele pegaria os diamantes e, quando amanhecesse, já estaria muito longe dali.

◆ ◆ ◆ ◆

Doce Relíquia   *211*

Escolheu um Chevy Cavalier, um carro bom e confiável. Teve o cuidado de trocar suas placas com a de um Ford Taurus a poucos quilômetros dali. Assim, poderia seguir com o Chevy através da Virgínia até a Carolina do Norte, onde um antigo sócio passaria o carro adiante. Com dinheiro vivo na mão, ele seguiria viagem com um novo veículo.

Deixaria pegadas claras para Crew seguir, claras o bastante para atraí-lo até outro estado e levá-lo para longe de Laine.

Em seguida, Jack tinha um compromisso no sul da Califórnia, onde transformaria os diamantes em dinheiro.

Depois disso, o céu era o limite.

Cantarolava ao som da estação de rádio que só tocava rock clássico, e sua disposição melhorou ao ouvir uma música dos Beatles. Como dizia a letra da canção, para superar um obstáculo é preciso uma ajudinha dos amigos.

Jack sabia muito bem como superar obstáculos.

Por precaução, estacionou o carro a uma boa distância da casa. Lembrou que o cão era do tipo amistoso — quando não se borrava de medo —, mas, como todo cão, latia. Seria melhor evitar isso até que tivesse sondado o terreno.

Acendeu uma lanterna que mais parecia uma caneta e começou a subir a rua. O céu estava um breu, e ele tornou a especular sobre o porquê de Laine ter escolhido morar num lugar tão isolado. Os únicos sons que ouvia era o dos seus passos no cascalho, o pio de uma coruja e um ocasional ruído entre os arbustos.

Mas só uma pessoa burra se arriscaria a segui-lo por entre arbustos barulhentos.

Sentiu o perfume dos lilases e sorriu. Aquilo era muito bom, pensou. Andar sozinho no escuro e cheirar as flores. Um instante de paz era ótimo para quebrar o ritmo alucinado dos últimos dias. Talvez ele colhesse algumas flores e as levasse consigo até a porta como oferenda de paz.

Seguia o perfume quando o foco da lanterna incidiu sobre uma superfície cromada.

Passando o feixe de luz pelo veículo, Jack desanimou na mesma hora.

O carro do tira da seguradora estava no acesso à casa, bem ao lado do automóvel de Laine.

Estreitou os olhos e estudou a casa. Não se via luz nas janelas. Eram quase duas da manhã. O carro de um homem estava parado na porta da casa da filha.

Sua menininha estava... Procurou uma palavra que sua cabeça de pai pudesse enfrentar sem implodir. Namorando. Sua filhinha namorava um tira. Na cabeça de Jack, um detetive particular não passava de um policial que ganhava mais que os que usavam distintivo.

Sua filha, sangue do seu sangue, com um tira. Onde será que ele tinha errado?

Suspirou e olhou para o chão. Não podia se arriscar a entrar na casa com aquele sujeito lá dentro. Precisava de privacidade, droga, para meter um pouco de juízo na cabeça de sua Lainie.

O tira teria de ir embora em algum momento, lembrou Jack para si mesmo. Resolveu, então, esconder o carro e esperar.

◆ ◆ ◆ ◆

*E*RA UMA VERDADEIRA prova do amor, concluiu Laine, abandonar sua rotina para se levantar e se despedir de Max às quinze para as seis da manhã. Gostava de imaginar que aquilo a tornava uma mulher mais adaptável, mas sabia que não era bem assim.

A rotina voltaria a se impor assim que ela e Max ficassem mais acostumados um com o outro. Talvez um pouco diferente, mas, no fim das contas, continuaria sendo uma rotina.

Ansiava por aquele momento e, pensando naquilo, lhe deu um beijo com muito entusiasmo, na porta de casa.

— Se essa é a sua despedida quando eu vou passar só um dia longe, como será quando o trabalho me obrigar a ficar uma noite inteira fora da cidade e longe de você?

— Eu estava justamente imaginando como vai ser legal quando eu me acostumar com você, me sentir segura da conquista e começar a me irritar com seus hábitos e peculiaridades.

Doce Relíquia **213**

— Puxa, que mulher estranha! — Segurou-lhe o rosto entre as mãos. — Devo ansiar pelo momento em que vou deixar você irritada?

— Sim, sem falar nas brigas que teremos. As pessoas casadas brigam, sabia? Vou chamar você de Maxfield quando brigarmos.

— Isso é golpe baixo.

— Vai ser divertido. Mal posso esperar pelas nossas discussões provocadas por despesas extras na casa ou pela cor das toalhas do banheiro. — Lançou os braços em torno do pescoço dele e o beijou com muito entusiasmo, mais uma vez. — Boa viagem.

— Devo estar de volta às oito da noite, até mais cedo, se conseguir. Vou ligar para você ao longo do dia. — Pressionou o rosto na curva do pescoço dela. — Enquanto isso, vou pensar num motivo para brigarmos.

— Ah, que fofo!

Ele se afastou e se agachou para fazer carinho em Henry, que tentava se meter entre os dois.

— Cuide bem da minha garota, ouviu? — Ergueu a pasta, lançou uma piscadela para Laine e seguiu na direção do carro.

Ela acenou para ele alegremente e, como havia prometido, fechou a porta e a trancou.

Não se importava de ter acordado tão cedo. Iria à cidade para escolher o que tinha no depósito da loja que pudesse trazer para casa. Em seguida, levaria Henry para um passeio no parque, chamaria alguém para consertar a mobília avariada e jogaria fora o que estivesse em estado de perda total.

Depois, iria se distrair navegando em sites sobre noivas, babando com vestidos, flores e mordomias. Laine Tavish ia se casar! Encantada, executou uma pequena dança de alegria, e Henry começou a correr em círculos, como louco. Pretendia comprar algumas revistas de noivas, mas para isso teria de ir ao shopping, onde poderia adquiri-las sem dar início a uma torrente de fofocas na cidade. Pelo menos até estar pronta para enfrentá-las.

Queria um casamento grande e inesquecível, e ficou surpresa ao perceber aquilo. Queria um vestido lindo e absurdamente caro. Um vestido que ficaria na história de sua vida. Queria passar horas sem fim escolhendo as flores, as músicas, as comidas e as bebidas que ofereceria.

Rindo de si mesma, subiu a escada para se vestir. Logo retomaria a sua rotina. Sua vida tinha levado uma bela e inesperada sacudida, mas tudo começava a voltar aos trilhos da normalidade. Afinal, havia algo mais normal do que uma mulher sonhar com o dia do seu casamento?

— Preciso fazer listas, Henry, *muitas* listas. Você sabe que eu adoro isso.

Abotoou uma blusa branca e vestiu uma calça azul-marinho.

— Teremos de marcar a data com muita antecedência, obviamente. Outubro me parece um mês ótimo. Todas as cores lindas do outono: marrom-amarelado, ferrugem e ouro velho. Tons *marcantes*. Vai ser um sufoco organizar tudo a tempo, mas eu consigo.

Pôs-se a imaginar alguns detalhes, arrumou os cabelos numa trança única em estilo francês e vestiu um paletó com padronagem em xadrez azul e branco.

O primeiro programa do dia seria o passeio no parque, decidiu, e calçou sapatilhas.

Descia a escada quando Henry soltou uma série de latidos assustados e fugiu.

Laine ficou paralisada onde estava e desceu o resto dos degraus pé ante pé, com o coração lhe martelando as costelas. Antes que tivesse a chance de seguir Henry, Jack surgiu na base da escada.

— O cão foi buscar o rifle?

— Papai! — Fechou os olhos e prendeu a respiração. — Por que você *faz* essas coisas? Não dá para bater na porta em vez de invadir?

— Isso poupa tempo. Você costuma falar sempre com o cão?

— Costumo.

— Ele responde?

— Sim, ao seu modo. Está tudo bem, Henry, ele não vai lhe fazer mal. — Continuou a descer, observando os cabelos pintados e o terno amarrotado do pai. — Vejo que andou trabalhando, papai.

— Sim, ao meu modo.

— Dormiu de terno?

— Acertou na mosca.

O tom da resposta a fez erguer a sobrancelha.

Doce Relíquia **215**

— Bem, não descarregue a raiva em cima de mim, Jack. A culpa disso não é minha.

— É *sua*, sim. Precisamos conversar, Elaine.

— Ah, com certeza! — Com a voz áspera ela concordou, girou nos calcanhares e seguiu para a cozinha. — Temos café e tortinhas de maçã, se você estiver com fome. Não vou preparar mais nada.

— O que você está *fazendo* com a sua vida?

A explosão dele fez com que Henry, que tinha se aproximado para sondar o terreno, corresse para a porta.

— O que *eu* estou fazendo com a minha vida? *Eu*?! — Virou-se para ele com a cafeteira na mão. A resposta dela dissolveu o medo de Henry, que voltou, postou-se ao lado da dona e tentou rosnar para Jack.

— Está tudo bem, Henry. — Satisfeita e surpresa com aquele inesperado ato de defesa, Laine fez carinho no cão. — Ele não é perigoso.

— Posso ser — resmungou Jack, mas ficou aliviado ao ver que o cão tinha coragem.

— Vou lhe contar o que estou fazendo com minha vida, papai. Estou *vivendo*. Tenho uma casa, um cão, uma loja, um carro e muitas contas, inclusive a do encanador. — Fez um gesto amplo com o bule e quase entornou o café pela borda. — Tenho amigos que nunca foram presos, posso pegar livros emprestados na biblioteca e saber que ainda estarei morando aqui quando chegar o momento de devolvê-los. O que *você* está fazendo com a sua vida, papai? O que você *fez* ao longo da vida?

Os lábios dele tremeram antes de ele os apertar com força para conseguir falar.

— Isso não é jeito de falar com o seu pai.

— E isso também não é jeito de falar com a sua filha. Nunca critiquei suas escolhas porque eram suas e você tinha todo o direito de fazê-las. Agora, não venha criticar as minhas.

Ele encurvou os ombros e enfiou as mãos nos bolsos. Henry, imensamente aliviado por não ter de provar sua bravura, se sentou.

— Você passa as noites com um tira. Um *tira*!

— Ele é detetive particular e isso não vem ao caso.

— Não vem ao caso?

— Passo as noites com o homem que amo e com quem vou me casar.

— Casar?! — Emitiu sons estranhos e incoerentes enquanto o sangue lhe desaparecia do rosto. Agarrou com força o espaldar de uma cadeira e se sentou lentamente. — Fiquei sem força nas pernas. Lainie, você não pode se casar. Ainda é uma criança!

— Não sou criança, não. — Pousou a cafeteira na bancada, foi até onde o pai estava e emoldurou as bochechas dele com as mãos. — Não sou mais criança, papai.

— Mas era uma menina, cinco minutos atrás.

Suspirando fundo, Laine se sentou no colo do pai e pousou a cabeça em seu ombro. Henry se aproximou, tentando enfiar a cabeça pelo emaranhado de pernas e a deitou, solidário, sobre o joelho de Jack.

— Eu amo esse homem, papai. Por favor, fique feliz por mim.

— Esse homem não é bom o bastante para você. — Ele a abraçou docemente. — Espero que ele tenha consciência disso.

— É claro que tem. Ele sabe quem eu sou. Quem *nós* somos — disse, e afastou-se para ver a cara de Jack. — E não se importa porque me ama. Quer se casar comigo, construir uma vida ao meu lado. Nós lhe daremos netos, papai.

Um pouco da cor que voltara ao rosto dele tornou a desaparecer.

— Ei, ei, ei, não vá atropelar as coisas! Antes disso, deixe que eu assimile a ideia de que você não tem mais seis anos. Qual é o nome dele?

— Max. Maxfield Gannon.

— Nome pomposo!

— Nasceu em Savannah e é um homem maravilhoso.

— Ganha bem?

— Parece que sim, e eu também ganho bem. — Passou a mão pelos cabelos tingidos de preto dele. — Já vai começar o interrogatório do pai da noiva?

— Tenho muitas perguntas sobre ele.

— Não se preocupe, papai. Entenda apenas que Max me faz feliz. — Beijou-o no rosto e se levantou para ver o café.

Absorto, Jack coçou atrás das orelhas de Henry, o que o fez ganhar um amigo para a vida toda.

— Ele saiu muito cedo para o trabalho, agora de manhã — comentou Jack.

— Não gosto que você ande vigiando minha casa, papai — reclamou Laine, olhando por sobre o ombro. — Mas é verdade, ele saiu cedo.

— Quanto tempo temos, antes que volte?

— Ele só volta à noite.

— Ótimo. Laine, preciso dos diamantes.

Ela pegou uma caneca, serviu o café diante de Jack, sentou-se à mesa e entrelaçou as mãos.

— Lamento muito, papai, mas você não poderá ficar com eles.

— Escute bem o que eu vou dizer, filha. — Inclinando-se para a frente, ele agarrou as mãos que ela cruzara sobre a mesa. — Isso não é uma brincadeira.

— Ah, não? Mas não é sempre uma brincadeira?

— Alex Crew, que eu espero que arda no fogo do inferno por toda a eternidade, está à procura dessas joias. Já matou um homem e foi responsável pela morte de Willy. Só pode ter sido ele. E vai voltar para fazer mal a você, Laine. Vai fazer de tudo para colocar as mãos nesses diamantes. Para Crew, isso não é brinquedo. Para ele, tudo não passa de um negócio frio e brutal.

— E como foi que você se envolveu com um sujeito desses?

— Fiquei cego com o brilho das pedras. — Cerrando os dentes, Jack se recostou na cadeira, pegou a caneca e olhou fixamente para o líquido escuro. — Achei que conseguiria lidar com Crew, e ele pensou que pudesse me enganar. Filho da mãe! Pensou que eu fosse engolir a história bonita que me contou, usando nome falso e fala mansa. Mas eu sabia quem ele era e em que andava metido. Mas havia todo aquele brilho, Laine...

— Sim, eu sei. — E como sabia mesmo, como ainda se lembrava do que sentia quando ficava cega com aquele brilho, esfregou a mão sobre a do pai.

— Eu devia ter imaginado que ele tentaria nos trair em algum momento, mas achei que conseguiria lidar com isso. Mas ele matou Myers, o intermediário no golpe. É um idiota ganancioso que quer ficar com o prêmio só para si. Isso mudou tudo, Lainie. Você sabe que não trabalho desse jeito. Nunca fiz mal a ninguém.

— E, no fundo, não entende que existe gente que faz isso, papai.

— E você, acha que entende?

— Melhor que você, sim. Na sua cabeça, tudo é adrenalina, papai. Nem o próprio golpe é tão importante quanto a emoção que ele traz. E o brilho — retrucou ela, com afeto na voz. — Para alguém como Crew, tudo se resume ao golpe, em ficar com tudo para si; e se pelo caminho alguém se machucar ou morrer, melhor ainda, porque o lucro dele aumentará. Ele não vai parar enquanto não conseguir a bolada toda.

— Então entregue os diamantes para mim! Posso levá-los para longe daqui. Crew saberá que não está com eles e vai deixar minha filhinha em paz. Você não é importante para ele, mas ninguém é tão importante no mundo para mim quanto você.

Era verdade. Apesar de ele ser um homem acostumado a fazer malabarismos e contar mentiras, Laine conseguia enxergar a verdade daquela declaração. Seu pai a amava, sempre a amara e sempre amaria. E ela estava no mesmo barco.

— Eles não estão comigo. E como eu amo você, mesmo que estivessem aqui eu não os entregaria.

— Ora, mas Willy certamente estava com eles quando entrou na sua loja. Não teria ido lá para conversar com você se não planejasse entregá-los em mãos. Mas saiu de lá sem eles.

— É verdade, ele os tinha quando entrou. Encontrei-os ontem. Encontrei o cãozinho. Quer uma tortinha de maçã?

— Elaine!

Ela se levantou para ir buscar a tortinha e a serviu num pires.

— Max ficou com eles. Está a caminho de Nova York neste exato momento para devolvê-los.

Jack perdeu a respiração, literalmente.

— Você... Você *entregou* os diamantes para o tira?

— Ele é um detetive. E sim, eu os entreguei.

— Ele apontou uma arma para a sua cabeça? Você teve alguma convulsão? Ou simplesmente *enlouqueceu*?

Doce Relíquia   219

— Os diamantes voltarão para o lugar que deviam estar. Amanhã haverá um comunicado à imprensa, um anúncio sobre a recuperação parcial das pedras, e Crew desistirá de me perseguir.

Ele se levantou e começou a puxar os próprios cabelos enquanto caminhava pela cozinha. Achando que aquilo era uma brincadeira, agora que eram amigos, Henry pegou a corda velha com os dentes e começou a pular em torno de Jack.

— Pelo que sabemos desse Max, ele pode muito bem estar a meio caminho da Martinica; ou de Belize; ou do Rio; ou de Timbuktu; ou do raio que o parta. Meu Jesus, como foi que minha filha caiu num golpe tão velho que chega até a ter mofo?

— Max vai exatamente para onde disse que iria e vai fazer o que prometeu. Quando voltar, eu e você vamos entregar a ele a sua parte para que faça o mesmo com ela.

— Uma ova que eu vou entregar!

Para acalmar o cão, Laine se levantou e colocou comida na tigela dele.

— Henry, hora de comer. Você vai me entregar os diamantes, Jack, porque não quero que meu pai seja caçado e assassinado por causa de um saquinho de pedras brilhantes. — Bateu com as mãos na mesa, com força. — Não vou mentir para os meus filhos um dia, quando me perguntarem o que aconteceu com o avô.

— Não me venha com chantagem emocional

— Vai fazer isso porque essa é a primeira coisa que eu peço a você em toda a minha vida, papai.

— Puxa, Laine, que inferno, isso é golpe baixo.

— Você também vai devolver os diamantes porque quando Max os entregar ele vai receber uma comissão por isso, e eu vou lhe repassar minha parte. Bem, metade dela, para falar a verdade. Um vírgula vinte e cinco por cento de vinte e oito milhões de dólares, papai. Não é o maior golpe do mundo, mas a quantia não é nada desprezível, e seremos todos felizes para sempre.

— Mas eu não posso simplesmente...

— Pense nisso como um presente de casamento. — Inclinou a cabeça de leve. — Quero que você dance comigo no meu casamento, papai. Isso não poderá acontecer se você estiver na prisão ou fugindo de Crew.

Ele soltou um suspiro forte e tornou a se sentar, implorando:

— Lainie!

— Esses diamantes lhe trouxeram má sorte, papai. São amaldiçoados. Levaram Willy embora da sua vida, você está fugindo e, dessa vez, não é da polícia, mas de alguém que quer matá-lo. Entregue sua parte para mim e tire esse problemão dos ombros. Max arrumará um jeito de acertar tudo com o pessoal da seguradora em Nova York. Eles simplesmente querem as pedras de volta e não se importam com você.

Chegou junto dele, tocou-lhe o rosto e confessou:

— Eu me importo.

Ele olhou para ela. Fitou o único rosto que amava mais que o seu.

— Que diabo eu poderia fazer com todo aquele dinheiro mesmo?

Capítulo Catorze
♦♦♦♦

$\mathcal{L}$AINE TAMBORILAVA os dedos no volante, com o carro ainda estacionado no acesso à casa, e olhava para o Chevy verde-escuro.

— Sabe, minha linda, sua mãe costumava fazer essa cara quando... — Jack parou de falar quando ela virou a cabeça lentamente e o encarou. — Essa cara também.

— Você roubou um carro!

— Considero uma espécie de empréstimo.

— Você afanou um carro e o trouxe para a minha casa?

— Mas o que eu poderia fazer? Pedir carona para chegar até aqui? Seja razoável, Lainie.

— Desculpe. Vejo que estou sendo irracional por fazer objeções só porque meu pai furtou um veículo e o trouxe para a minha casa. Uma vergonha essa minha atitude!

— Não fique tão revoltada — resmungou ele.

— Irracional *e* revoltada. Eu devia levar uns tabefes por ser tão tola. Você vai devolver o carro para o dono.

— Mas...

— Não, não! — Enterrou a cabeça nas mãos e apertou as têmporas. — É tarde demais para isso. Você vai ser pego, vai para a cadeia e eu terei de explicar que meu pai considera perfeitamente normal roubar um carro. Vamos deixá-lo no acostamento. Na estrada, não aqui. Em algum lugar longe, de preferência. Meu Deus!

Preocupado com o tom da voz dela, Henry enfiou a cabeça no banco da frente e lambeu a orelha da dona.

— Está bem, tudo vai ficar bem. Vamos deixar o carro fora da cidade. — Sugou o ar com força e se ajeitou no banco. — Sem danos, sem prejuízos.

— Mas, se eu ficar sem carro, como poderei ir até Nova Jersey? Pense bem, Lainie. Preciso ir a Atlantic City para abrir o armário alugado, pegar os diamantes e trazê-los para cá. É isso que você quer, não é?

— Sim, é o que eu quero.

— Faço isso por você, querida, e contra a minha vontade, só porque é o que você quer. O que minha menina deseja vem sempre em primeiro lugar. Mas não posso ir a pé até Atlantic City, concorda?

Ela conhecia aquele tom. Jack O'Hara conseguia vender água podre às margens de um regato cristalino usando aquela lábia.

— Existem aviões, trens, um porrilhão de ônibus.

— Não fale palavrões na frente do seu pai! — ralhou ele com ar doce. — Você não espera que eu vá até lá de ônibus, certo?

— Claro que não, claro que não. Lá vou eu bancar a irracional revoltada! Tudo bem, pode levar meu carro. Emprestado! — corrigiu ela na mesma hora. — Não vou precisar dele hoje, mesmo. Vou estar muito ocupada na loja, batendo com a cabeça contra a parede para acionar o cérebro.

— Se você insiste, eu aceito, querida.

Ela olhou para o céu.

— Não acredito que você deixou milhões de dólares em diamantes num armário alugado e depois mandou Willy me procurar trazendo outros tantos milhões.

— Tivemos que correr. Por Deus, Laine, tínhamos descoberto que Crew acabara com a raça de Myers. Nós seríamos *os próximos* a morrer. Escondi minha parte e sumi. O canalha do Crew deveria ter me seguido, eu quase desenhei um mapa para ele me achar. A bufunfa estava em segurança. Willy trouxe a parte dele para cá e depois iria pegar o resto quando Crew estivesse a milhares de quilômetros daqui, me caçando. A grana seria para nossas despesas com viagens, nossa proteção financeira.

Para vivermos como reis, pensou Jack, naquela praia lindíssima.

— Nunca imaginei que Crew fosse vir atrás de você, querida. Jamais colocaria minha própria filha, de propósito, num perigo desses. Crew deveria ter ido atrás de mim.

— E se ele tivesse apanhado você?

— Você acha que eu iria me deixar apanhar? — Jack sorriu. — Nunquinha! Ainda sei me mexer muito bem, Lainie.

— Sim, você ainda é muito ágil.

Doce Relíquia   223

— Isso tudo era só para dar tempo a Willy. Ele iria ao México para levantar os primeiros vinte e cinco por cento do dinheiro. Depois disso iríamos nos encontrar e, com as mãos na grana, seguiríamos direto para um canto bem escondido, a fim de viver com todo o conforto até a poeira baixar.

— E um dia pegariam comigo a parte deixada aqui.

— Sim, daqui a dois ou três anos, quem sabe? Planejaríamos isso mais tarde.

— Você e Willy tinham a chave do armário em Atlantic City?

— Sim. Não confiava em mais ninguém além de Willy. E em você, é claro, Lainie — acrescentou, dando palmadinhas no joelho dela. — Agora é a polícia que está com a chave. — Franziu os lábios, pensativo. — Vão levar algum tempo para descobrir de onde aquela chave é, se é que isso vai acontecer.

— Max está com a chave, neste instante. Eu a tirei do chaveiro e a entreguei a ele.

— Mas... Como foi que você conseguiu? — A irritação logo se transformou em afeto. — Você a *roubou*?

— Sim, de certo modo. Mas se você vai comparar isso com o roubo de um carro, pode parar! São coisas completamente diferentes.

— Você roubou a chave bem debaixo do nariz da polícia?

— Talvez. — Ela mal disfarçou um sorriso.

— Você também ainda é muito ágil. — Ele a cutucou de leve.

— Parece que sim. Mas não quero mais ser.

— E também não quer saber como conseguimos aplicar o golpe?

— Já saquei a maior parte. O intermediário levou para dentro do escritório os objetos inocentes... Um cão, uma boneca etc. Eram coisas inócuas, quem iria reparar nelas? Ficaram à vista de todos. O carregamento chegou e ele trocou os diamantes por pedras falsas. Escondeu um quarto do saque em cada objeto e eles ficaram ali.

— Não foi nada fácil para Myers fazer isso. Era ganancioso, mas não tinha nervos de aço.

— Humm... Vocês não podiam esperar muito mais tempo, senão ele se entregaria sem querer. E você certamente não confiava nele. Então aguardou apenas alguns dias. Ele próprio deu o alarme quanto às falsificações, e isso ajudou a tirar a suspeita de si mesmo. A polícia chegou e a investigação teve início. Só que os objetos já tinham desaparecido debaixo do nariz de todo mundo.

— Cada um de nós quatro levou um objeto. Eu mesmo banquei o agente da seguradora e entrei na sala de Myers enquanto todo mundo andava como barata tonta. Saí com a minha parte numa pasta de executivo. Foi lindo.

Abriu um largo sorriso para a filha e completou:

— Eu e Willy almoçamos num restaurante *fast-food* a poucos quarteirões dali, o T.G.I. Friday's, com catorze milhões de dólares nos bolsos. Eu comi nachos. Estavam deliciosos, por sinal.

Ela se mexeu no banco e ficou de frente para o pai.

— Não vou dizer que não foi um grande golpe. Nem vou fingir que não entendo a descarga de adrenalina e o barato que dá. Mas confio em você, papai. Estou acreditando que vai cumprir sua promessa. Preciso tocar minha vida nova em frente. Preciso mais disso do que você da adrenalina. Não estrague tudo, por favor.

— Vou consertar as coisas. — Inclinou-se e a beijou no rosto. — Espere e verá.

Laine o viu caminhar lentamente até o carro roubado. "Um a cada minuto", pensou.

— Não vá me fazer de otária, papai — murmurou.

◆ ◆◆ ◆

$\mathcal{L}$AINE FEZ Jack levá-la ao parque com Henry. Torceu para ainda ser cedo demais e ninguém a reconhecer nem comentar, mais tarde, que vira um estranho dirigindo seu carro.

Deu a Henry meia hora para passear, rolar na grama e perseguir os esquilos do parque.

Depois, pegou o celular e ligou para Max.

— Gannon falando! — atendeu ele.

— Tavish falando! — ecoou ela.

— Olá, meu amor. O que houve?

— É que eu... Você está no aeroporto?

— Sim. Acabamos de aterrissar em Nova York.

— Achei que devia contar uma coisa para você: meu pai veio conversar comigo agora de manhã.

— Ah, foi?

Laine reparou que a voz dele ficou fria e franziu o cenho. Não valia a pena explicar detalhes sobre o meio de transporte usado por Jack.

— Resolvemos umas coisas e esclarecemos algumas pendências, Max. Ele está indo pegar os diamantes que escondeu. Vai me trazer tudo para eu entregar a você, para que possa devolvê-los... etc.

— E onde está a parte dele, Laine?

— Antes de contar, quero que você entenda que ele sabe que fez merda.

— Ah, é? Qual das merdas ele reconheceu ter feito?

— Max. — Ela se inclinou para pegar o galho que Henry deixara aos seus pés. Atirou-o para a frente como uma lança e o cão saiu em disparada para recuperá-lo, louco de alegria. — Eles entraram em pânico quando souberam da morte de Myers. Simplesmente se apavoraram. Bolaram um plano apressado e péssimo, ninguém questiona isso, mas foi na base do impulso. Meu pai não fazia ideia de que Crew sabia da minha existência, muito menos que viria para cá. Pensou que Willy poderia me trazer o bibelô em segurança, e eu o guardaria por alguns anos enquanto... — Calou-se ao perceber como o resto da história pareceria a Max.

— Enquanto eles gastavam o resto da grana dos diamantes, levando uma vida de magnatas.

— Sim, mais ou menos. Mas a questão é que ele concordou em desistir deles. Foi buscá-los.

— Onde eles estão?

— Num armário alugado em Atlantic City, numa loja chamada Caixas Postais Etc. Está indo para lá de carro neste exato momento. Vai levar o dia todo para ir e voltar, mas...

— Em que carro ele está viajando?

— No meu. — Ela pigarreou. — Eu emprestei a ele o meu carro, tive que fazer isso. Sei que você não confia nele, Max, mas Jack é meu pai. Eu *tenho* que confiar.

— Tudo bem.

— É só isso que você tem a dizer?

— Seu pai é seu pai, Laine, você fez o que teve que fazer. Mas eu não sou obrigado a confiar nele, nem vou me fingir de chocado quando descobrirmos que ele se mudou para uma linda mansão em Barcelona.

— Ele também não confia em você. Acha que você está a caminho da Martinica.

— Ora, que ideia. Gosto mais de São Bartolomeu. — Parou de falar por um instante. — Você realmente está em cima do muro, não é?

— É uma sorte eu amar vocês dois. — Ela ouviu a mudança no ruído de fundo e percebeu que ele saíra do terminal. — Você vai pegar um táxi?

— Vou.

— Tudo bem, vou desligar, então. A gente se vê quando você voltar.

— Estou contando os minutos. Eu amo você, Laine.

— É bom ouvir isso. Eu também amo você. Até logo.

Do outro lado da linha, Max guardou o celular no bolso e viu que horas eram antes de entrar no táxi. Se tivesse sorte com o trânsito, resolveria tudo em Nova York em menos de duas horas. Pelos seus cálculos, poderia fazer um pequeno desvio até Atlantic City sem grandes problemas.

Se Laine estava em cima do muro, ele precisava ter certeza de que não iria despencar de lá.

◆ ◆ ◆

*L*AINE SAIU do parque caminhando e foi até a Market Street, com Henry fazendo de tudo para virar a cabeça cento e oitenta graus e morder a correia que tanto detestava.

— Regras são regras, Henry. Acredite ou não, eu quase mandei tatuar isso na minha bunda, duas semanas atrás. — Quando a resposta do cão foi se deitar de barriga no chão e gemer, ela se agachou até ficarem quase nariz com focinho. — Escute bem, garoto. Aqui nesta cidade os cães devem andar de coleira e correia. Se não consegue aceitar isso nem se portar como deve, não levo mais você para brincar no parque.

— Vocês estão com algum problema?

Laine deu um pulo de susto e se encolheu devido às ondas de culpa que a invadiram quando ergueu a cabeça e viu o rosto largo e amigável de Vince.

— Henry detesta ficar preso na coleira.

— Então ele vai ter que reclamar na câmara municipal. Vamos lá, Henry, tenho um pedaço de uma bela rosquinha só para você. Vou caminhar um pouco com vocês — anunciou Vince. — Precisamos conversar, Laine.

— Tudo bem.

— Você se levantou cedo, hoje.

— Pois é. Tinha um monte de tarefas acumuladas. Obrigada — agradeceu ela quando ele pegou a correia e segurou Henry.

— Os últimos dias foram movimentados e interessantes.

— E como! Estou louca para voltarmos à monotonia habitual.

— Deve estar, mesmo.

Ele esperou enquanto ela pegava as chaves e destrancava a porta da frente da loja. Enquanto desligava o alarme, ele se agachou para tirar a correia de Henry e lhe fazer uma festa na cabeça, o que o deixou imensamente grato.

— Soube que você esteve na delegacia, dois dias atrás.

— Estive lá, sim. — Para se manter ocupada, foi destrancar a caixa registradora. — Eu contei a você que conhecia Willy e achei que... Bem, queria organizar as coisas para o funeral dele.

— Sim, você me contou tudo. Fique à vontade para cuidar dos preparativos. Já liberamos o corpo.

— Ótimo, isso é ótimo.

— O engraçado é que apareceu outra pessoa lá ontem, também interessada na vítima. Só que disse que o conhecia por outro nome. O mesmo nome que estava no cartão que você recebeu.

— Sério? Vou levar Henry para os fundos.

— Pode deixar que eu faço isso. Vamos, Henry. — Subornado pela metade de um donut, o cão seguiu Vince rapidamente para a sala dos fundos. — Esse homem que apareceu lá disse que Willy, ou Jasper, era um comerciante de livros raros.

— É possível que fosse mesmo ou estivesse se passando por um. Eu lhe contei que não via Willy desde que era criança, Vince. É a pura verdade.

— Eu acredito. Só que tem outra coisa curiosa. — Ele voltou com muita calma e se apoiou no balcão. — Havia cinco chaves entre os pertences dele, mas quando eu conferi ontem à noite encontrei só quatro. — Esperou um segundo e concluiu: — Você não vai me dizer que alguém contou errado, vai?

— Não, Vince. Não vou mentir.

— Obrigado. O homem que foi lá ontem à noite tinha os seus olhos.

— O mais correto seria dizer que eu tenho os olhos dele. Se você o reconheceu, por que não o prendeu?

— Isso é muito complicado. Para resumir a história, devo dizer que não se prende uma pessoa por ver algo em seus olhos. Vou ter que pedir que me devolva a chave, Laine.

— Ela não está comigo.

— Droga, Laine. — Ele empinou o corpo.

— Eu a entreguei a Max — explicou ela, depressa. — Estou tentando fazer a coisa certa, o que deve ser feito, Vince. Não quero ser a responsável por levar meu pai para a cadeia, nem por fazer com que alguém o mate.

— Então, fazer a coisa certa inclui me manter informado. O roubo dos diamantes pode ter acontecido em Nova York, Laine, mas um dos suspeitos do crime morreu na minha cidade. Outro suspeito, ou mais de um, também está em território sob a minha responsabilidade. Isso coloca os cidadãos de Angel's Gap em risco.

— Você tem razão. Estou no maior sufoco, tentando manter o equilíbrio nessa corda bamba, e sei que você quer me ajudar. Encontrei a parte dos diamantes que estava com Willy. Até ontem eu não sabia onde ela estava, Vince, eu juro.

— Se não sabia, como a encontrou?

— Os diamantes estavam dentro de um bibelô. Um cão. O tal cão-zinho. Estou tentando juntar as peças, e a única conclusão a que cheguei foi que Willy colocou o objeto numa das prateleiras da loja quando esteve aqui ou o escondeu em algum lugar... um móvel, uma gaveta. Jenny ou Angie devem tê-lo encontrado e o colocado na vitrine. Provavelmente foi Angie. Jenny teria estranhado algo desse tipo e, quando eu lhe perguntei, ela me disse que nunca tinha visto a peça. Entreguei os diamantes a Max e ele está em Nova York, neste exato momento, para devolvê-los ao dono. Você pode confirmar isso. Basta ligar para a Reliance, se identificar e perguntar.

Ele não disse nada por um momento.

— Ainda posso confiar em você a ponto de não precisar confirmar, certo, Laine?

— Não quero perder sua amizade, Vince, nem a de Jenny. — Teve de respirar fundo para se acalmar. — Não quero perder meu lugar nesta cidade. Não me sentiria insultada se você verificasse, Vince.

— É por isso que não preciso fazê-lo.

Laine, então, precisou de um lenço de papel. Puxou um da caixinha que ficava do lado de dentro do balcão.

— Muito bem, muito bem. Eu sei onde está a outra parte. Descobri só hoje de manhã. Por favor, só não me pergunte como.

— Está certo.

— A chave que eu peguei nas coisas de Willy é de um armário para guardar bagagens, desses de aluguel. Avisei a Max assim que tive chance. Aliás, estava falando com ele ao celular, contando tudo, agora há pouco, enquanto passeava com Henry. Esses diamantes também serão devolvidos. Com isso, teremos recuperado metade da mercadoria roubada. Não posso fazer nada sobre a outra metade. Max tem algumas pistas e cumprirá sua missão, mas, quando a parte do meu pai e a de Willy voltar ao dono verda-deiro, terei feito tudo o que pude.

Ela refletiu um pouco e perguntou:

— Precisarei ir embora desta cidade?

— Jenny ficaria com o coração partido se você fizesse isso. Mas eu não quero seu pai circulando por Angel's Gap, Laine.

— Compreendo sua posição. Tudo será resolvido esta noite, no máximo amanhã. Ele irá embora de vez.

— E, até tudo ser resolvido, não quero que você se afaste de nós, para sua própria segurança.

— Isso eu posso prometer.

♦ ♦ ♦

QUANDO JACK se aproximou de Nova Jersey, já tinha chegado a uma dezena de conclusões sobre o quanto era um erro devolver a sua parte dos diamantes. Obviamente o tal Gannon estava enrolando sua garotinha desde o início e pretendia ficar com a recompensa toda para si. Não seria melhor para Laine descobrir isso logo de uma vez?

Além do mais, se ele voltasse a Maryland com os diamantes, poderia acabar atraindo Crew novamente até a cidadezinha e a Laine.

Também havia outro problema: devolver todas aquelas pedrinhas brilhantes combinava tanto com ele quanto um uniforme de penitenciária.

Willy certamente teria preferido que Jack mantivesse a bufunfa. E um homem não deveria contrariar o desejo de um amigo morto, certo?

Sentiu-se muito melhor ao se misturar com o tráfego pesado de Atlantic City. Ficou tão feliz que assobiou alegremente enquanto dirigia, entre um gole e outro do copo gigantesco de refrigerante Big Gulp. Estacionou num shopping e decidiu que a melhor forma de cair fora seria pegar um voo no aeroporto e se mandar para o México.

Enviaria de lá um cartão-postal para Laine. Ela compreenderia. Sua menina conhecia muito bem as regras daquele jogo.

Caminhou pelos andares, observando os rostos em busca de otários e mantendo os olhos nos tiras. Lugares como aquele sempre o deixavam com comichão nos dedos. Centros comerciais, galerias, lojas de onde as pessoas entravam e saíam com dinheiro e cartões de crédito à mão eram uma tentação.

Dia após dia pessoas decentes passavam por ali, compravam produtos, rações para cães e cartões de aniversário, todos vendidos por outras pessoas decentes.

Qual era a graça naquilo?

Lugares como aquele o faziam ter vontade de se colocar de joelhos e dar graças aos céus pela vida que levava para, em seguida, se servir do dinheiro das pessoas, subtrair alguns cartões de crédito e sumir, não sem antes plantar várias pistas erradas.

Entrou numa lanchonete da rede Subway e comprou um sanduíche de presunto e queijo, com molho picante. Isso lhe deu mais tempo para analisar a área. Empurrou tudo para dentro com belas doses de cafeína gelada e foi ao banheiro.

Satisfeito, atravessou a praça de alimentação e foi até a loja Caixas Postais Etc. Seguiu até o canto onde ficavam os armários de aluguel e enfiou a chave na fechadura certa.

Venha para o papai, pensou ele, abrindo a portinha.

Fez com a boca um barulho muito parecido com o de um pato que recebera um soco na barriga e pegou a única coisa que estava no armário: um pedaço de papel com uma mensagem.

Olá, Jack. Olhe para trás.

Girou nos calcanhares, já com um punho fechado.

— Experimente me atacar que eu derrubo você — avisou Max, num tom casual. — E, se pensa em fugir, não esqueça que eu sou mais jovem e mais rápido. Vai ser um vexame.

— Filho da mãe! — disse ele baixinho. Mesmo assim, algumas cabeças se viraram na direção deles. — Seu filho da mãe traiçoeiro.

— Olhe o sujo falando do mal-lavado. Que falta de imaginação. — Quero as chaves. — Estendeu a mão. — As chaves do carro de Laine.

Com cara de revolta, Jack as colocou na mão de Max.

— Você conseguiu o que queria — resmungou Jack.

— Até agora, sim. Que tal conversarmos no carro? Não me faça arrastar você daqui à força — ameaçou Max, baixinho. — Isso só serviria para armar uma cena que atrairia a polícia, e Laine não iria gostar nem um pouco disso.

— Você está pouco se lixando para ela.

— Ao contrário, estou me lixando muito, e é só por isso que não vou arrastar seu couro gasto até onde os tiras estão. Você tem uma única chance,

O'Hara, e só conseguiu essa colher de chá por causa de Laine. Vamos para o carro.

Jack pensou em correr, mas conhecia suas limitações. Ademais, se corresse, não conseguiria recuperar os diamantes. Acompanhou Max até o carro e se sentou no banco do carona. Max se aboletou diante do volante e colocou a pasta no colo.

— Vou lhe explicar como a coisa vai rolar, Jack. Você vai ficar grudado em mim como um chiclete no meu sapato. Vamos pegar um voo até Columbus.

— Como assim? Que diabos...

— Cale a boca, Jack. Tenho uma pista para seguir. Até lá você e eu seremos inseparáveis. Verdadeiros gêmeos siameses.

— Ela deu com a língua nos dentes. Uma menina que é sangue do meu sangue! Ela contou a você onde estavam as pedras.

— Contou, sim. Porque me ama e acredita, ou pelo menos se convenceu a acreditar, que Big Jack cumpriria o acordo e levaria os diamantes de volta. Fez isso porque ama você. Quanto a mim, eu não, Jack, e aposto que você tinha outro plano em mente.

Abriu a pasta e tirou um porquinho barato, de cerâmica.

— Você merece alguns pontos pela criatividade. Eu, você e o porquinho vamos até Columbus e depois voltaremos para Maryland. Vou lhe dar essa chance. Aliás, essa será sua única chance de merecer Laine. E você vai lhe entregar isto. — Deu um tapinha no porco e tornou a guardá-lo. — E agirá como se essa tivesse sido a sua intenção o tempo todo.

— E quem disse que não era?

— Eu digo. Você tinha cifrões saltando dos olhos quando abriu o armário. Vamos demonstrar algum respeito um pelo outro, por favor. Meu cliente quer os diamantes de volta. Eu quero a minha comissão. Laine quer você em segurança. Vamos cuidar para que tudo isso aconteça nessa ordem. — Ligou o carro. — Se você se comportar bem até o fim, prometo limpar sua barra com relação ao golpe. Mas, se aprontar alguma ou fugir, vai magoar Laine e eu vou caçar você como caçaria um cão raivoso. Encontrá-lo vai se transformar na grande missão da minha vida. Pode acreditar nisso, Jack.

— Você não está mentindo. Consigo ver de longe quando um homem está planejando algo por trás de boas intenções. Filho da mãe! — Jack exibiu um sorriso largo e se inclinou para abraçar Max. — Seja bem-vindo à família.

— A pasta está trancada, Jack. — Max se afastou do abraço e colocou a pasta fora do alcance, no banco de trás.

— Bem, não se pode culpar um homem por tentar — disse Jack, em um tom alegre, e se recostou para aproveitar a viagem.

◆ ◆ ◆ ◆

Na cabana no meio da mata, Crew escolheu uma camisa cor de berinjela. Tirou o bigode e pôs um pequeno aplique de barba sob o lábio inferior, que julgou combinar bem com o rabo de cavalo castanho-avermelhado. Queria adotar um visual artístico para aquela aventura. Escolheu óculos escuros de armação redonda e avaliou o efeito.

Provavelmente era desnecessário tanto trabalho, mas ele curtia um bom disfarce.

Estava com tudo pronto para receber companhia. Sorriu ao olhar para o chalé. Era rústico, decerto, mas ele duvidava muito que a srta. Tavish fosse reclamar das acomodações. Também não tinha a intenção de hospedá-la por muito tempo.

Prendeu a arma de calibre .22 atrás, no cinto, e a cobriu com um casaco preto que lhe batia nos quadris. Tudo o mais que pudesse precisar estava na bolsa de ginástica que pendurou no ombro antes de sair do chalé.

Talvez fosse melhor comer alguma coisa antes de sair para se encontrar com a atraente srta. Tavish. Mais tarde, ele poderia estar ocupado demais para jantar.

◆ ◆ ◆ ◆

— Fiz todo o trabalho de pesquisa e de campo — explicou Jack, enquanto ele e Max tomavam um chope no bar do aeroporto. — Cortejei Myers durante meses, mas admito que nunca imaginei que aquele seria um golpe tão grande. Não sonhava alto, achei que fosse apenas afanar duas ou três pastas executivas e faturar uns duzentos mil dólares em cada uma. Foi quando Crew entrou na jogada.

Jack balançou a cabeça para os lados, sugando o colarinho do chope.

— Podem colocar em Crew os defeitos que quiserem, mas a verdade é que ele é um sujeito que pensa grande.

— Entre seus defeitos está o de ser um assassino implacável.

Jack franziu o cenho e colocou a mão na tigela de amendoins que tinha diante de si.

— O maior erro da minha vida, e não tenho vergonha de dizer que cometi muitos, foi ter me envolvido com Crew. O cara me enganou bonitinho, não há dúvida! Fiquei cego com o brilho de todos aqueles diamantes. Todas aquelas pedrinhas lindas e cintilantes. Ele era o sabe-tudo do pedaço, em se tratando do golpe. Tinha visão periférica. Eu tinha as ligações. Pobre Myers. Fui eu quem o chamou para entrar na jogada; fui eu quem o convenceu. Ele era viciado em jogo, você sabia?

— Sabia, sim.

— No meu modo de ver, qualquer envolvimento com jogo é um problema. A casa nunca perde, pode acreditar. Portanto, é melhor fazer parte da casa. Grandes jogadores são pessoas ricas que estão cagando e andando se perdem ou ganham ou são idiotas que realmente acreditam que podem ganhar. Myers era um desses idiotas viciados. Estava enterrado em dívidas até o pescoço e bastou um empurrãozinho meu para ele entrar na jogada. Viu nisso a sua tábua de salvação.

Jack bebeu mais um gole do chope.

— De certo modo era mesmo. O golpe correu às mil maravilhas. Foi tudo rápido e limpo. Era de supor que alguém viria atrás de Myers, mas ele iria desaparecer logo em seguida. Um não saberia do paradeiro do outro. Eu e Willy saímos logo da cidade, deixei o porquinho no armário de aluguel aqui em Atlantic City e guardamos o cãozinho de Willy num armário em Delaware. Nos hospedamos num belo hotel da Virgínia, comemoramos com uma refeição memorável e algumas garrafas de champanhe. Foram momentos bons — disse, depois fez um brinde com o copo.

— Soube da morte de Myers pela CNN. Willy adorava esse canal de notícias. Tentamos nos convencer de que ele morrera por causa das dívidas de jogo, mas no fundo sabíamos da verdade. Trocamos de carro e fomos para a Carolina do Norte. Willy estava muito assustado. Droga, nós dois estávamos apavorados, mas ele ficou mais nervoso que puta em igreja. Queria deixar tudo para trás, planejava sumir, correr para as colinas. Eu o convenci a ficar. Droga!

Olhou o chope atentamente, ergueu o copo e tomou mais um gole.

— O plano era eu atrair Crew enquanto Willy voltava para pegar sua parte e levar para Laine. Ela poderia hospedá-lo durante algum tempo, e imaginei que ele estaria em segurança. Juro que eu achei que os dois estariam seguros.

— Mas Crew sabia sobre Laine.

— Tenho fotos dela comigo. Pegou a carteira e mostrou a Max.

Max viu fotos de uma bebê com densos cachos de cabelos ruivos, pele branca como leite e uma expressão que parecia dizer: "*Que diabos* estou fazendo aqui?"

Havia muitos retratos também de Laine ainda criança, com cabelos e olhos brilhantes e um sorriso aberto que indicava que já tinha descoberto o que fazer na vida. Depois, a adolescente quase madura, bonita e digna na foto da formatura. Viu ainda Laine de short de bainha esfiapada e top justo, rindo muito em meio à espuma do mar que Max supôs ser de Barbados.

— Ela sempre foi linda, não é? — murmurou Max.

— Foi a bebê mais linda que já se viu, e ficava mais bonita a cada dia. Fico muito sentimental, especialmente depois de um ou dois chopes. — Jack encolheu os ombros. Aquela era outra fraqueza que Deus lhe dera. Fechou a carteira e a guardou novamente no bolso.

— Eu devo ter exibido essas fotos para Crew em algum momento — continuou Jack. — Ou então ele me investigou e rastreou até achar algo que pudesse usar contra mim, caso precisasse. Não existe honra entre ladrões, Max, e quem pensa diferente é um idiota. Mas matar outro ser humano por causa de dinheiro? Isso é doença! Eu percebi que ele era um homem desse tipo, mas achei que pudesse me dar bem do mesmo jeito.

— Vou encontrá-lo — prometeu Max. — Vou acabar com ele, de um jeito ou de outro. Vamos lá, estão anunciando o nosso voo.

◆◆◆◆

$\mathcal{L}$AINE PRECISOU se controlar para não andar de um lado para o outro na loja, mas tentou parecer ocupada. O pai provavelmente já estava voltando. Ela devia ter lhe pedido para ligar quando estivesse a caminho. Devia ter insistido.

Poderia ligar novamente para Max, mas com que propósito? Ele estava indo para Columbus. Talvez até já tivesse chegado lá.

Tudo que ela precisava fazer era esperar o dia passar, só isso. Um único dia. Na manhã seguinte seria divulgada a notícia da recuperação de boa parte dos diamantes roubados. Ela estaria limpa, seu pai, livre, e a vida iria recuperar um pouco da normalidade.

Talvez Max conseguisse achar alguma pista de Crew em Ohio. A polícia iria caçá-lo e prendê-lo. Ela nunca mais teria de se preocupar com isso.

— Você está com a cabeça longe daqui — comentou Jenny, dando uma cutucada nela quando passou levando uma queijeira George Jones para mostrar a um cliente que estava próximo ao balcão.

— Desculpe, estou viajando. Pode deixar que eu atendo o próximo cliente que entrar.

— Você devia era levar Henry para dar mais uma volta.

— Não, já chega por hoje. De qualquer modo, ele vai ficar lá nos fundos por no máximo mais uma hora.

Ouviu a sineta da porta soar e avisou:

— Vou atender esse.

— É todo seu — reagiu Jenny, erguendo uma sobrancelha ao ver o homem que entrou. — Ele é velho demais para toda essa produção, não acha? — sussurrou e se afastou em seguida.

Laine colou no rosto um sorriso de boas-vindas e foi cumprimentar Crew.

— Boa tarde. Em que posso ajudá-lo?

— Em muita coisa, tenho certeza. — Como já havia visitado a loja, Crew conhecia a planta do local e sabia exatamente onde pretendia atacar Laine. — Estou interessado em equipamentos de cozinha. Manteigueiras de porcelana, mais especificamente. Minha irmã é colecionadora.

— Ela está com sorte e o senhor também. Acabamos de receber umas peças muito bonitas. Quer que eu lhe mostre?

— Sim, por favor.

Ele a seguiu pela loja até a seção onde estavam os artigos de cozinha, material de decoração e alguns itens novos.

Quando passaram junto à porta dos fundos, Henry começou a rosnar.

— A senhorita tem um cão aí dentro?

— Tenho, sim. — Perplexa, Laine olhou para a porta. Henry nunca reagira daquele jeito aos barulhos e vozes da loja. — Ele é inofensivo e está trancado. Fui obrigada a trazê-lo hoje para a loja comigo. — Como viu o aborrecimento no rosto do cliente, pegou-o pelo braço e o levou até onde estavam expostas as manteigueiras.

— Esta aqui, da Caledônia, é muito bonita, ótima para colecionadores.

— Humm... — Havia dois clientes na loja, além da funcionária grávida. Como os clientes estavam no balcão, Crew deduziu que estavam pagando e se preparando para ir embora. — Não entendo nada dessas coisas, para ser franco. O que representa este objeto?

— É uma peça vitoriana, feita em latão. Se sua irmã gostar de antiguidades, esta é a melhor.

— Pode ser. — Crew tirou a arma do cinto e a encostou nas costelas de Laine. — Fique quietinha e em silêncio. Se gritar ou fizer algum movimento brusco, mato todo mundo nesta loja, começando por você. Entendeu?

Um calor de pânico a invadiu subitamente e virou gelo quando ouviu a gargalhada gostosa de Jenny.

— Entendi.

— Sabe quem sou eu, srta. Tavish?

— Sei.

— Ótimo! Isso nos poupa tempo com apresentações. Você vai inventar uma desculpa para sair da loja comigo. — Crew planejara tirá-la de lá pela porta dos fundos, mas o maldito cão tornara aquilo impossível. — Avise que vai me ensinar o caminho para algum lugar, por exemplo, e ande ao meu lado até chegarmos na esquina. Se gritar, alertar ou chamar a atenção de alguém, eu a mato.

— Se me matar, você não conseguirá os diamantes.

— O quanto você gosta da sua funcionária que está grávida?

Laine sentiu náuseas na garganta.

— Gosto muito. Vou com você, sem criar problemas.

— Uma mulher sensata. — Guardou a arma no bolso, mas manteve a mão nela. — Preciso ir a uma agência de correios — comentou, com naturalidade. — A senhorita poderia me informar onde fica?

— Claro. Por acaso, estou precisando de selos. Eu o acompanho até lá.

— Agradeceria muito.

Laine se virou e mandou que as pernas a obedecessem. Não as sentia, mas viu Jenny erguer a cabeça e sorrir.

— Vou até a agência de correios. Não demoro.

— Tudo bem. Por que não leva Henry? — Jenny fez sinal para os fundos da loja, onde o cão rosnava mais alto, alternando os rosnados com latidos desesperados.

— Melhor não. — Tateou às cegas tentando encontrar a maçaneta da porta, mas recuou ao encostar em Crew. — Ele vai morder a correia o tempo todo.

— Sim, mas... — Jenny franziu o cenho quando Laine saiu rapidamente, sem dizer mais nada. — Engraçado... Nossa, ela se esqueceu da bolsa. Com licença um instantinho — pediu aos clientes.

Jenny pegou a bolsa de Laine debaixo do balcão e já seguia na direção da porta quando parou e olhou para os clientes.

— Laine disse que estava saindo para ir aos correios? A agência fechou às quatro da tarde.

— Ela deve ter se esquecido disso, senhora. — A cliente apontou para as compras que estavam no balcão, à espera da nota fiscal.

— Não, ela nunca se esquece. — Agarrando a bolsa, Jenny disparou porta afora, apertou a barriga com a outra mão e saiu desesperada pela calçada. Viu que o homem apertava o braço de Laine com força e que já viravam a esquina na direção oposta à dos correios.

— Oh, Deus. Oh, meu Deus. — Voltou correndo para a loja e quase derrubou os clientes quando voou para pegar o telefone e ligar para a linha direta de Vince.

Capítulo Quinze

◆ ◆ ◆ ◆

*A*QUELE ERA um típico bairro residencial sossegado de classe média, com gramados bem-cuidados e árvores frondosas, tão velhas que as raízes já haviam levantado parte do calçamento. A maioria dos acessos às casas tinha caminhonetes 4 x 4 estacionadas, o meio de transporte preferido dos moradores da região. Muitas possuíam cadeirinhas para crianças no banco de trás, e as bicicletas e brinquedos antigos e muito usados espalhados pelos jardins mostraram a Max que a faixa etária das crianças locais ia dos bebês aos adolescentes.

A casa era uma bela construção de dois andares em estilo Tudor inglês, com um belo gramado decorado com canteiros de flores sóbrias e arbustos bem-podados. E um cartaz que informava: VENDIDA.

Max não precisou ver o cartaz da imobiliária para perceber que a casa estava vazia. Não tinha cortinas nas janelas, nem carros no acesso, nem brinquedos espalhados.

— Caíram fora — anunciou Jack.

— Puxa, Jack, ainda bem que você me avisou — reagiu Max, irritado.

— Deve ser chato andar tanto para chegar a um beco sem saída.

— Não existem becos sem saída, apenas desvios.

— Bela filosofia, filho.

Max enfiou as mãos nos bolsos e se balançou para a frente e para trás, apoiado nos calcanhares.

— Sem esse papo de "chato" — retorquiu, e Jack se limitou a sorrir. — Bairros como este sempre têm pelo menos uma vizinha mexeriqueira. Vamos bater de porta em porta, Jack.

— Sob que pretexto?

— Não preciso de pretexto. Tenho carteira de detetive.

Jack assentiu e ambos se dirigiram à casa da esquerda.

— Moradores de lugares como este gostam de conversar com detetives. Isso torna o dia deles mais animado — comentou Jack. — Mas não creio que seja uma boa tática informar à dona Maria Faladeira que você está atrás de milhões de dólares em diamantes roubados.

— Procuro Laura Gregory. Esse era o nome que ela usava quando veio morar aqui. Estou investigando se ela é a herdeira de um certo testamento, mas os detalhes são confidenciais.

— Boa tática. Simples, clara e direta. As pessoas adoram testamentos, por sinal. Dinheiro grátis! — Jack ajeitou o nó da gravata. — Que tal minha aparência?

— Você é um cara pintoso, Jack, mas já estou comprometido.

— Rá-rá, muito engraçado! — Deu um tapa forte nas costas de Max. — Gosto de você, garoto, sou obrigado a confessar.

— Muito obrigado. Agora fique quieto e deixe a falação comigo.

Estavam a poucos passos de uma casa de dois andares quando a porta da frente se abriu. A mulher que apareceu devia ter trinta e poucos anos. Vestia uma camiseta desbotada e jeans quase brancos. A música-tema de *Star Wars* tocava ao fundo, as notas flutuando pelo vão da porta.

— Posso ajudá-los?

— Espero que sim, senhora. — Max exibiu sua carteira. — Meu nome é Max Gannon, detetive particular. Procuro Laura Gregory.

Ela analisou a carteira com muita atenção e com um brilho de entusiasmo no olhar. Depois, simplesmente exclamou:

— Oh!

— Não se trata de nada grave, senhora...?

— Gates. Hayley Gates.

— Pois então, sra. Gates, fui contratado para localizar a sra. Gregory e verificar se ela é a Laura Gregory que foi indicada como beneficiária de um testamento.

— Oh! — repetiu ela, e o brilho nos olhos se tornou uma centelha.

— Eu e meu sócio... — Jack se intrometeu na conversa. — A propósito, meu nome é Bill Sullivan. — Para desagrado de Max, Jack deu um passo à frente, pegou a mão da sra. Gates e a cumprimentou calorosamente. — Nós queríamos falar pessoalmente com a sra. Gregory para confirmar se ela é mesmo a sobrinha-neta do falecido Spiro Hanroe. Houve uma séria briga de família na geração anterior, e vários dos parentes, incluindo os pais da sra. Gregory, perderam contato com ele. — Ergueu as mãos numa atitude de lamentação. — Famílias são assim mesmo, o que se pode fazer?

— Entendo o que quer dizer. Por favor, vocês poderiam me dar um minutinho? — Enfiou a cabeça no vão da porta e gritou: — Matthew? Estou aqui fora! Meu filho mais velho está em casa, adoentado — explicou, deixando só uma fresta aberta. — Normalmente eu os convidaria para entrar, mas lá dentro está uma bagunça. Como podem ver, Laura se desfez da casa. — Apontou para a residência ao lado. — Colocou o imóvel à venda faz menos de um mês por um preço muito abaixo do mercado. A corretora que fechou o negócio é minha irmã. Laura queria vender a casa o mais depressa possível e se mudou antes mesmo de receber o dinheiro. Num dia estava plantando flores para o verão e no dia seguinte começou a empacotar as coisas.

— Isso não lhe pareceu estranho? — perguntou Max. — Ela mencionou o motivo?

— Bem, ela me *disse* que a mãe, que mora na Flórida, estava doente, muito doente. Então ia se mudar para lá e cuidar dela. O interessante é que fomos vizinhas durante três anos e não me lembro de ela ter falado na mãe uma única vez. O filho dela e o meu mais velho brincavam juntos. Era um menino adorável, o Nate. Muito sossegado. Os dois eram calminhos. Era ótimo para meu Matt ter um amiguinho na casa ao lado, e Laura era uma pessoa bastante sociável, fácil de conviver. Sempre tive a impressão de que a família dela tinha dinheiro.

— Por que diz isso?

— Um palpite. Ela trabalhava em meio expediente numa loja de artigos finos para presentes, no shopping aqui perto. Como o salário, certamente não conseguiria manter o padrão de vida que levava: a casa, o carro, o estilo, se entendem o que eu quero dizer. Uma vez ela me contou que tinha recebido uma herança. Engraçado ter recebido outra agora, não acham?

— Ela lhe contou em que cidade da Flórida ia morar?

— Não. Só disse Flórida, e estava com muita pressa de ir embora. Vendeu ou deu muitas coisas dela e do Nate. Enfiou-se no carro e colocou o pé no mundo. Partiu há três semanas, talvez um pouco mais. Prometeu que me ligaria assim que se instalasse, mas não ligou. Foi quase como se fugisse de algo ou de alguém.

— Como assim?

— Eu sempre... — Ela se calou e olhou para os dois homens com ar de suspeita. — Vocês têm certeza de que ela não está em nenhum tipo de apuro, certo?

— Conosco não há problema algum — garantiu Max, lançando um sorriso brilhante antes de Jack ter chance de falar alguma coisa. — Somos pagos pelos advogados do inventário Hanroe, e eles simplesmente nos pediram para localizar os beneficiários e confirmar suas identidades. Por que a senhora acha que ela pode estar em apuros?

— Não sei dizer exatamente, mas sempre achei que um homem... um ex-marido, talvez... estivesse por trás da sua vida, entendem? Ela nunca saiu com ninguém desde que se mudou para cá. Além disso, Laura não contava nada sobre o pai de Nate. Aliás, nem Nate falava do pai. Porém, na *noite anterior* à decisão dela de vender a casa com aquela pressa toda, eu vi um homem entrar lá. Chegou dirigindo um Lexus e trouxe uma caixa embrulhada para presente, com um laço bonito. Era como se fosse um presente de aniversário, mas não era aniversário de Nate. Nem de Laura. Ele ficou lá menos de vinte minutos. No dia seguinte, bem cedo, Laura ligou para minha irmã, colocou a casa à venda, pediu demissão do emprego e agora, refletindo sobre o caso, lembro que também manteve Nate em casa, sem ir à escola, durante toda a semana seguinte.

— Ela lhe contou quem era o visitante? — Jack deu um tom casual à pergunta, como se estivessem todos curtindo a brisa da primavera e jogando conversa fora. — A senhora deve ter perguntado. Qualquer um ficaria curioso.

— Para ser franca, não quis me intrometer. Isto é, comentei que tinha visto o carro, mas ela disse que era uma pessoa conhecida e mudou de assunto na mesma hora. Mas *eu* acho que era o ex. Foi ele que a deixou apavorada daquele jeito. Ninguém vende a casa e a mobília de um dia para o outro por qualquer merreca e sai correndo só porque a mãe está doente.

Doce Relíquia **243**

Talvez ele tenha descoberto sobre essa nova herança e esteja tentando voltar à vida dela para desfrutar da grana. Certos homens são muito canalhas.

— São mesmo. Obrigado, sra. Gates. — Max estendeu a mão. — A senhora foi de grande ajuda.

— Se vocês a encontrarem, digam a ela que eu adoraria que me ligasse. Matt sente muita falta de Nate.

— Faremos isso.

— Ele a encontrou — sentenciou Jack, enquanto os dois caminhavam na direção do carro alugado.

— Com certeza! E aposto que não havia nenhum presente de aniversário naquela caixa bonita. Ela está fugindo. — Tornou a olhar para a casa vazia. — A questão é: fugindo dele, fugindo com os diamantes ou as duas coisas?

— Quando uma mulher foge desse jeito, é porque está assustada. — Foi a opinião de Jack. — Mas a chance é grande de ele ter deixado os diamantes com Laura para mantê-los em segurança. Talvez ela nem mesmo saiba que os tem em seu poder. Crew não é homem de confiar em alguém, muito menos numa ex-esposa. Pelo menos é o que eu acho. E agora...? Vamos para a Flórida pegar um belo bronzeado?

— Ela não está na Flórida e nós vamos voltar para Maryland. Pretendo descobrir o paradeiro dela, mas, antes disso, tenho um encontro marcado com uma ruiva linda.

♦ ♦ ♦ ♦

— *Você* DIRIGE! — ordenou Drew, movimentando o cano da arma do rim de Laine para a base da sua espinha e abrindo a porta do carro. — Sinto muito, mas você vai ter de pular por cima do banco do carona para chegar ao volante. Vamos logo, srta. Tavish.

Laine poderia gritar, poderia correr. Poderia morrer. *Iria* morrer, corrigiu-se, quando passou pelo banco do carona, pulou o console e se sentou diante do volante. Como não estava disposta a morrer, teria de esperar por uma chance de escapar que fosse, pelo menos, razoável.

— Coloque o cinto — ordenou Crew.

Quando Laine travou o cinto de segurança, sentiu o volume do celular no bolso esquerdo da calça.

— Preciso pegar as chaves — avisou.

— Claro. Agora, vou avisá-la uma vez, uma *única* vez: Você vai dirigir normalmente e com todo o cuidado; vai obedecer direitinho às leis de trânsito. Se tentar chamar a atenção de alguém, eu atiro em você. — Entregou-lhe as chaves e completou: — Pode acreditar nisso.

— Eu acredito.

— Então, podemos ir. Saia da cidade e pegue a rodovia 68 Leste. — Virou o corpo de lado para que ela pudesse ver a arma. — Não gosto que ninguém dirija para mim, mas vou abrir uma exceção. A senhorita deve agradecer muito ao seu cão. Se ele não estivesse na sala dos fundos, teríamos saído por lá e você estaria sendo levada para esse passeio dentro do porta-malas deste carro.

Deus te abençoe, Henry.

— Prefiro dirigir. — Enquanto conduzia o veículo, Laine considerou e rejeitou a ideia de pisar fundo no acelerador ou dar uma guinada súbita no volante. Talvez esse tipo de ato heroico funcionasse nos filmes, mas a verdade é que as balas nos filmes eram de festim.

O que ela precisava mesmo era deixar um rastro, de algum modo. E manter-se viva para que alguém pudesse segui-lo.

— Foi você que assustou Willy quando ele correu para o meio da rua?

— Sim, uma daquelas ironias do destino, ou apenas má sorte. Onde estão os diamantes?

— Esta conversa e a minha existência seriam muito curtas se eu lhe contasse.

— Pelo menos é esperta e não finge que não sabe do que estou falando.

— De que serviria? — Olhou para o retrovisor, arregalou os olhos e tornou a olhar para Crew. Foi o bastante para ele virar a cabeça e olhar para trás. Aproveitando a oportunidade, ela enfiou a mão no bolso, tateou o teclado e passou os dedos pelos números. Rezando para contar as teclas corretamente, apertou a de rediscagem.

— Mantenha a atenção na estrada — ralhou ele.

Ela apertou o volante com as duas mãos, fechou os olhos com força uma única vez e pediu, silenciosamente: *Atenda o telefone, Max; atenda e escute.*

— Para onde vamos, sr. Crew?

— Simplesmente dirija.

— A 68 Leste é uma estrada longa. Pretende adicionar rapto interestadual à sua lista de crimes?

— Uma contravenção dessas não encabeçaria a minha lista.

— Provavelmente está certo, mas eu dirigiria muito melhor se não houvesse uma arma apontada para mim.

— Quanto melhor você dirigir, menores as chances de ela disparar e fazer um buraco horrível em sua linda pele. Ruivas verdadeiras, como suponho que você seja por hereditariedade, têm uma pele bastante delicada.

Laine não queria que ele pensasse na pele dela, muito menos que lhe fizesse buracos.

— Jenny vai dar o alarme assim que perceber que eu não voltei.

— Será tarde demais para fazer diferença. Mantenha o limite de velocidade.

Ela acelerou até chegar aos cem quilômetros por hora. E elogiou:

— Belo carro. Eu nunca dirigi uma Mercedes. A direção é pesada. — Passou a mão na garganta, como se tagarelasse por estar nervosa. — Mas ao mesmo tempo é suave. Parece carro de diplomata ou algo assim. Sabe como é, um clássico sedã Mercedes preto.

— Você não vai conseguir me distrair com essa conversa fiada.

— Estou tentando distrair a mim mesma, se não se importa. É a primeira vez na vida que sou raptada sob a mira de uma arma. Foi você que arrombou minha casa?

— Sim, e, se tivesse encontrado o que me pertence, não estaríamos fazendo esta viagem agora.

— Deixou para trás uma bela bagunça.

— Estava com pressa.

— Creio que não vai adiantar nada recordar que você já tem metade da grana, apesar do combinado ser só um quarto. Mas talvez valha a pena lembrar que depois que a pessoa tem mais de, digamos, dez milhões de dólares, o resto é supérfluo.

— Acertou, não vai adiantar nada. Pegue a próxima saída.

— A 326?

— Sim, direção Sul até a 144 Leste.

— Tudo bem, tudo bem. Saída 326 direção Sul até a 144 Leste. — Olhou para ele. — Você não me parece o tipo de homem que frequenta parques florestais. Não vamos acampar, vamos?

— Você e seu pai já me trouxeram transtornos suficientes, sem falar nas despesas. Ele pagará por isso.

Ela seguia as orientações que ele dava e as repetia cuidadosamente. Precisava acreditar que Max atendera a ligação. Tinha de torcer para a bateria do celular não ter acabado e ela ainda estar na área de cobertura do sinal.

— Parque Recreativo Alleghany — disse ela, saindo da pista asfaltada e entrando numa rua pavimentada com cascalho, seguindo as instruções de Crew. — Esse tipo de terreno não combina com um Mercedes.

— Pegue a esquerda no cruzamento.

— Chalés particulares.

— Mantenha-se na pista da direita.

— Muitas árvores. Passagem de corças. Que bonito! Estou sendo raptada e levada para um lugar onde cervos atravessam a rua. Isso não me parece tão ameaçador assim.

— Último chalé à esquerda.

— Bela escolha. Um local completamente abrigado pelas árvores, mal se vê o chalé seguinte.

Ela precisava desligar o celular. Ele acabaria descobrindo o ardil em algum momento. Quando isso acontecesse, Laine perderia a pequena vantagem que pudesse ter.

— Desligue o carro. — Ele próprio colocou a marcha em ponto morto. — E me entregue as chaves.

Ela obedeceu, virou a cabeça e o olhou fixamente.

— Não pretendo fazer nada para levar um tiro. Não planejo ser corajosa nem burra. — Enquanto dizia isso, enfiou a mão no bolso, passou o polegar pelas teclas e apertou o botão de desligar.

— Então, comece descendo por este lado. — Ele abriu a porta e saltou. A arma estava apontada para o coração de Laine quando ela passou com os quadris por sobre o console.

— Vamos lá para dentro. — Empurrou-a de leve. — Precisamos conversar.

♦ ♦ ♦ ♦

$\mathcal{E}$LE FIZERA a viagem num tempo excelente, pensou Max enquanto caminhava pelo terminal rumo à saída. Ainda era cedo e ele conseguiria pegar Laine na casa de Jenny depois de esconder Jack em algum lugar. Não lhe pareceu uma boa ideia levar o futuro sogro à casa do chefe de polícia.

O problema era conseguir confiar nele.

Olhou para trás e percebeu que Jack ainda continuava com uma aparência esverdeada. Vieram num avião turbo-hélice bimotor de Columbus até o aeroporto municipal de Angel's Gap. Jack exibira vários tons de verde desde a decolagem.

— Detesto essas latas de sardinha. É o que são: latas de sardinha com asas, apenas isso. — Sua pele ainda brilhava de suor quando ele se encostou no capô do carro de Max. — Preciso voltar a sentir minhas pernas.

— Tente se sentar de pernas cruzadas. — Com ar solidário, Max abriu a porta e ajudou Jack a entrar com seu corpanzil. — Se vomitar no meu carro, juro que lhe dou uma surra. Estou só informando.

Deu a volta no carro e se sentou ao volante. Achava que Big Jack era capaz de fingir toda espécie de doenças, mas era preciso mais que talento para mudar a cor da pele.

— Vou lhe contar o que faremos — continuou Max. — Vou levar você até a casa de Laine e você vai ficar quietinho lá até eu voltar com ela. Se tentar fugir, vou caçar você até o fim do mundo, arrastá-lo de volta e lhe dar uma surra implacável com um pedaço de pau. Entendeu tudo direitinho?

— Quero só uma cama. Tudo que eu quero é uma cama.

Divertindo-se com aquilo, Max saiu do estacionamento. Lembrou-se do celular e o tirou do bolso. Tinha sido obrigado a mantê-lo desligado durante o voo. Ligou o aparelho, ignorou o toque indicando que havia duas mensagens de voz e ligou para Laine. Ouviu a gravação da caixa postal e deixou uma mensagem.

— Oi, gata, já estou de volta, saindo do aeroporto. Preciso passar num lugar antes, mas logo estarei aí para pegá-la. Depois eu conto tudo a você. Tenho novidades. Até logo.

Jack falou com a cabeça reclinada para trás e os olhos fechados.

— É perigoso dirigir e falar no celular ao mesmo tempo.

— Ah, cale a boca, Jack. — Mas como concordava com o conselho, Max estava guardando o celular no bolso quando ele tocou. Devia ser Laine e ele atendeu. — Puxa, isso é que é rapidez. Eu acabei de... Vince?

O medo quicou em sua barriga como uma bola de gelo e ele teve de desviar para o acostamento.

— A que horas aconteceu isso? Por Deus, faz mais de uma hora! Estou a caminho.

Jogou o aparelho sobre o console, pisou fundo no acelerador e informou:

— Ele a pegou.

— Não, não, isso não pode ser verdade. — O verde abandonou o rosto de Jack e ele ficou branco como um papel. — Ele não pode estar com ela, não a minha menininha!

— Crew a raptou na loja, logo depois das cinco da tarde. Vince acha que eles estão num sedã preto. Algumas pessoas a viram entrar num carro com um homem, mas ele não conseguiu uma boa descrição do veículo. — O Porsche de Max estava a mais de cento e quarenta quilômetros por hora. — Jenny o descreveu melhor. Cabelos castanhos compridos, rabo de cavalo, óculos escuros. É branco, tem entre quarenta e cinco e cinquenta anos, mais de um metro e oitenta e compleição média.

— O cabelo está diferente, mas deve ser ele. Crew tem que chegar até a mim para ficar com os diamantes. E vai tentar fazer mal a Laine.

— Não devemos pensar nessa hipótese. É melhor imaginar como encontrá-los para trazê-la de volta. — As mãos de Max estavam geladas no volante. — Crew precisa de um lugar para isso. Se acha que os diamantes continuam aqui, não deve estar longe. Certamente é um lugar particular, não um hotel. Vai entrar em contato com você ou comigo e... *Merda!*

Ele pegou o celular.

— Deixe o celular comigo — pediu Jack. — Se você nos matar, não poderemos ajudá-la. — Jack agarrou o aparelho e teclou o botão de mensagens de voz.

— Você recebeu duas mensagens novas. A primeira está com a data de hoje: 18 de maio, às cinco e quinze da tarde. É essa!

Ouviram a voz de Laine, numa calma espantosa.

"A 68 Leste é uma estrada longa. Pretende adicionar rapto interestadual à sua lista de crimes?"

— Esperta. — Max conseguiu respirar melhor. — Ela é muito esperta. — Acelerou o Porsche ainda mais ao chegar a uma saída, deu meia-volta e seguiu como um foguete na direção contrária, rumo à estrada interestadual.

Ouviu cada palavra de Laine e bloqueou o próprio medo. Quando a chamada terminou, teve de se reprimir para não pedir a Jack que tocasse tudo de novo só para ouvir a voz dela.

— Ligue para Vince, passe-lhe a descrição do carro e o destino. Parque Recreativo Alleghany. Avise que estamos indo para lá e que Crew está armado.

— Não vamos esperar pela polícia?

— Não, nem pensar.

E voou em direção à mata.

◆◆◆◆

LAINE ENTROU no chalé, olhou em volta para a sala espaçosa com lareira de pedra e móveis escuros e pesados. Estava na hora, concluiu, de mudar de atitude.

Era importante ganhar tempo. Qualquer coisa que a salvasse de levar um tiro ou sofrer uma agressão. E não podia esperar que alguém aparecesse para salvá-la. As pessoas espertas contavam apenas consigo mesmas.

Foi por isso que ela se virou e ofereceu a Crew um sorriso fácil e convidativo.

— Antes de qualquer coisa, deixe-me dizer que não vou lhe dar nenhum motivo para me machucar. Não gosto de sentir dor. É claro que você poderá me ferir do mesmo jeito, mas espero que esse não seja o seu estilo. Somos pessoas civilizadas. Eu tenho algo que você quer. — Foi até um confortável sofá estofado em padronagem xadrez, sentou-se e cruzou as pernas. — Vamos negociar.

— Isto aqui fala por si — disse ele, balançando a arma.

— Use-a e você vai sair daqui com as mãos abanando. Por que não me oferece uma taça de vinho?

— Você é uma mulher fria — afirmou Crew, virando a cabeça meio de lado, num gesto que indicava consideração e, talvez, reavaliação.

— Tive algum tempo para me adaptar à situação. Não nego que você tenha me assustado. Poderia continuar a me assustar, aliás, mas minha esperança é que esteja aberto a um diálogo razoável.

Reviu mentalmente o que sabia dele e o que poderia observar. Ego exacerbado, vaidade, ganância, tendências sociopatas e homicidas.

— Estamos sozinhos, não tenho saída. É você quem determina os acontecimentos, mas mesmo assim... eu ainda tenho algo que você quer.

Atirou a cabeça para trás e riu ao ver que o tinha surpreendido. Era bom mantê-lo instável e pensativo.

— Puxa vida, quem poderia imaginar que meu velho tinha tanto peito assim? Sua marca foi ser sempre um peixe miúdo e um porre de aturar, como pessoa. De repente, volta para dar o golpe de uma vida. Puxa, o golpe de dez vidas. E desova o flagrante bem no meu colo. Senti muito, de

Doce Relíquia **251**

verdade, a morte de Willy, ele era um doce de pessoa. Mas não devo chorar por leite derramado.

Percebeu uma centelha de interesse na expressão de Crew antes de ele abrir uma gaveta e tirar um par de algemas.

— Ora, Alex, se vamos curtir essa onda de dominação e submissão, eu agradeceria muito se me oferecesse uma taça de vinho antes.

— Acha que vou cair nessa conversa?

— Não estou tentando enrolar você. — Talvez ele não acreditasse mesmo, mas a ouvia com muita atenção. Ela suspirou quando as algemas lhe caíram no colo. — Tudo bem, vamos fazer do seu jeito. Onde você as quer?

— Braço do sofá e sua mão direita.

Embora sentisse a garganta seca só com a ideia de ser presa ali, Laine fez o que ele mandou e lhe lançou um olhar lascivo.

— E quanto ao vinho?

Ele assentiu e foi até a cozinha buscar uma garrafa no armário.

— Cabernet? — ofereceu.

— Perfeito. Você se importa que eu lhe pergunte como é que um homem com suas habilidades e o seu bom gosto se juntou a Jack?

— Ele me foi útil. E quanto a você? Por que está se fingindo de oportunista durona?

Ela fez beicinho, quase por deboche.

— Não gosto de pensar em mim como durona, apenas como realista.

— Você não passa de uma comerciante de loja numa cidade pequena que tem a má sorte de estar com algo que me pertence.

— Acho que foi uma tremenda *boa* sorte. — Pegou a taça de vinho que ele lhe entregou e tomou um gole. — A loja até que é um bom negócio, lucrativo e estável. Vendo coisas velhas, muitas vezes inúteis, com boa margem de lucro. Isso também me oferece acesso a outras coisas velhas e inúteis, mas também valiosas. E continuo no jogo.

— Ora, ora... — Laine percebeu que ele não considerara aquela hipótese antes, mas o fazia naquele momento.

— Escute, se você tem alguma questão para resolver com meu velho, tudo bem. Para mim, ele não passa de um albatroz desengonçado. A única coisa boa que ele me ensinou na vida foi tratar diretamente com quem manda no pedaço.

Crew balançou a cabeça para os lados, lentamente.

— Você saiu da loja sem fazer alarde para proteger sua funcionária.

— Não queria argumentar com uma arma colada nas costelas. Mas, você tem razão, eu não queria prejudicá-la. É minha amiga e... puxa vida... está grávida de quase sete meses. Tenho alguns limites, Alex. E sempre fujo da violência.

— Isso está sendo divertido. — Sentou-se e fez um sinal com o braço. — Como explica o fato de andar transando com Gannon, o detetive da seguradora?

— É ótimo de cama, mas, mesmo que não fosse, eu teria dormido com ele. Devemos manter os amigos perto, Alex, e os inimigos mais ainda. Sei de cada movimento dele antes de todo mundo. Vou lhe dar uma informação fresquinha como prova de boa-fé: hoje ele está em Nova York. — Inclinou-se para a frente e completou: — Estão armando um esquema para desentocar você. Amanhã deve sair um comunicado para a imprensa noticiando que Max recuperou parte dos diamantes. A ideia brilhante dele é que isso vai desequilibrar você e levá-lo a cometer um ato imprudente. Ele é esperto, reconheço, mas até agora não conseguiu agarrar Alex Crew.

— Isso prova que eu sou mais esperto.

— Deve ser mesmo — concordou Laine. — Ele está quase pegando Jack, e Deus sabe que meu querido paizinho não vai conseguir iludi-lo por muito tempo. No entanto, Max não faz ideia de como agarrar você. — Ego, ego, massageie o ego dele. — Está disposto a tentar qualquer truque desesperado.

— Interessante o seu boletim, mas um detetive de seguradora não me assusta.

— Claro que não, por que deveria? Você já o derrubou uma vez. Tive de cobrir de beijos suas feridas para consolá-lo. — Ela riu. — Enquanto eu o mantive ocupado, você ganhou mais espaço para agir.

— E você quer algum tipo de agradecimento meu? Considere um "muito obrigado" o fato de não estar sofrendo nenhum tipo de tortura neste momento. Onde estão os diamantes, srta. Tavish?

Doce Relíquia **253**

— Pode me chamar de Laine. Acho que já passamos da fase de formalidades. Sou eu quem tem o que você quer. Tanto os de Jack quanto os de Willy. — Ajeitou-se no sofá e pareceu ronronar. — O que vai fazer com esse dinheiro todo, Alex? Viajar? Comprar um pequeno país? Tomar muitas mimosas numa praia longínqua? Não acha que todas as coisas lindas e fantásticas que um homem pode fazer com pilhas e pilhas de dinheiro seriam muito mais divertidas se fossem curtidas com alguém que pense como você?

Ele fitou a boca de Laine, mas logo desviou o olhar.

— Foi assim que seduziu Gannon?

— Não. Na verdade, com ele eu fingi ser seduzida. Ele é o tipo de homem que tem de caçar e conquistar. Estou lhe oferecendo muito mais, aqui. Você pode ficar com os diamantes e comigo.

— Eu poderia ter os dois de qualquer maneira.

Ela se recostou e bebeu um gole de vinho, lentamente.

— Poderia, sim. Mas eu acho que homens que gostam de violar mulheres pertencem ao tipo mais baixo de ser humano. Se você for um deles, minha avaliação foi completamente equivocada. Você pode me estuprar, me espancar, dar um tiro em mim. Vou acabar contando onde os diamantes estão. Por outro lado... — tomou mais um gole e exibiu um olhar malicioso — você não saberia se estou falando a verdade ou não. Acabaria perdendo um tempão e eu talvez sofresse um grande desconforto. Isso não é nada prático, ainda mais quando estou disposta a chegar a um acordo que dê a nós dois o que queremos, e com um bônus.

Ele se levantou.

— Você é uma mulher fascinante, Laine. — Com ar distraído, tirou a peruca.

— Hummm, muito melhor! — Ela apertou os lábios, avaliando os cabelos grisalhos dele. — Posso beber mais um pouco? — Estendeu a taça e a balançou de leve. — Estou louca para saber uma coisa... — continuou, quando ele voltou para pegar a garrafa. — Você realmente está com o resto dos diamantes?

— Você quer saber se eu *realmente* estou?

— Só tenho a sua palavra. Meu pai não é fonte confiável.

— Ah, não se preocupe. Eu os tenho, sim.

— Se é assim, por que não ficar com um pássaro na mão e fugir com ele em vez de balançar o arbusto e correr o risco de todos voarem ao mesmo tempo?

O rosto dele parecia uma pedra onde um sorriso fora entalhado. Seus olhos eram sem vida.

— Não me contento com nada pela metade.

— Respeito isso. Mesmo assim, eu poderia tornar essa metade muito agradável para você.

Ele completou a taça dela e pousou a garrafa.

— O mundo dá uma importância exagerada ao sexo.

Ela soltou uma gargalhada rouca e sensual.

— Você não quer pagar para ver?

— Por mais atraente que você seja, não vale vinte e oito milhões de dólares.

— Puxa, agora você feriu meus sentimentos.

Traga-o mais para perto, pensou ela. *Traga-o mais para perto e tente distraí-lo. Vai doer, mas só por um minuto.* Preparando-se para o golpe, ela se inclinou para pegar a taça e se virou de lado, deixando o celular bater no braço de madeira do sofá.

Ele avançou sobre ela com fúria, puxando-a pelos cabelos e a empurrando para o chão, enquanto tentava rasgar o bolso de sua calça. Laine só viu pontos pretos de dor e de medo lhe dançando diante dos olhos, mas fez um esforço para se levantar do chão, trêmula. Propositalmente, olhou para a mancha de vinho que se formara em sua calça com ar de aborrecimento.

— Ah, veja só o que você fez! Espero que tenha água com gás.

Ele lhe deu um tapa forte no rosto com as costas da mão, e os pontos pretos explodiram e se tornaram vermelhos.

Capítulo Dezesseis
♦ ♦ ♦

$\mathcal{M}$AX PAROU o carro num ponto estratégico, no caminho revestido de cascalho e longe da vista do último chalé à esquerda. Se Crew tentasse fugir, teria de passar pelo Porsche.

Estava tudo tranquilo e era quase hora do crepúsculo. Max reparou que havia pouca atividade no bosque e ainda menos nos chalés por onde passara. As pessoas que faziam trilha já tinham se recolhido àquela hora, e os turistas certamente bebericavam algum drinque ou jantavam.

Max desligou o motor, debruçou-se na frente de Jack, ainda no carro, e abriu o porta-luvas.

— Não podemos simplesmente ficar parados aqui — protestou Jack.

— E não vamos ficar. — Max pegou a arma, um pente extra de balas e jogou um binóculo no colo de Jack. — Vigie o lugar.

— Se você entrar lá com isso, alguém vai se machucar — afirmou Jack. — Armas são terríveis — acrescentou, quando Max se limitou a olhá-lo.

— Você tem razão nas duas coisas. — Abriu o pente de balas para verificar tudo e tornou a prendê-lo no lugar. Pegou uma arma extra e a colocou no bolso. — Os tiras estão a caminho daqui. Vão levar algum tempo para isolar a área e se preparar para uma situação envolvendo uma refém. Sabem que ele anda armado e que está com Laine. Vão tentar negociar.

— Como é que se negocia com a porra de um lunático? Minha filhinha está lá dentro, Max. É a minha garota.

— Ela é minha garota também. E eu não negocio.

Jack passou as costas da mão pela boca.

— E não vamos esperar pela polícia para agir — entendeu Jack.

— Isso mesmo, não vamos. — Como Jack continuava com o binóculo no colo, Max o pegou e observou o chalé. — Está tudo fechado e, provavelmente, trancado. Cortinas cerradas. Deste ângulo vejo só uma porta e quatro janelas, mas deve haver outra porta nos fundos, algumas janelas nos lados e mais duas na parte de trás. Ele não pode sair pela frente da casa, mas se conseguir passar por mim vai contornar pelo outro lado, pegar uma das estradinhas secundárias e alcançar a rodovia principal. Não vamos permitir que isso aconteça, certo?

Abriu novamente o porta-luvas e tirou de lá uma faca numa bainha. Quando a puxou para examinar, um reflexo de luz cintilou no metal prata, expondo uma série de dentes largos no fio serrilhado. Entregou-a a Jack.

— Meu santo Cristo! — espantou-se ele.

— Você pode cuidar dos pneus do Mercedes com isso?

— Pneus? — Jack respirou aliviado. — Sim, consigo cuidar disso.

— Muito bem. Esse vai ser o nosso plano.

◆ ◆ ◆ ◆

_Lá_ DENTRO, Laine se ergueu do chão lentamente. As orelhas lhe ardiam e pareciam pulsar por causa do tapa que levara. Com o coração martelando, xingou-se por ter calculado mal a reação violenta dele e não ter virado o corpo de lado no momento que recebeu o golpe.

Sentiu os olhos cheios de lágrimas, mas não iria se permitir chorar. Em vez disso, aguentou a ardência enquanto encarava com ódio seu agressor e passava a mão na maçã do rosto, que latejava.

— Seu canalha. Seu filho da puta!

Ele a agarrou pela blusa e a ergueu um pouco do sofá. Ela estendeu o braço livre da algema enquanto o encarava, mas não havia ângulo para atingi-lo.

— Para quem você pretendia ligar, vadia? Para o papaizinho?

— Seu idiota! — foi a resposta dela, e o empurrão vigoroso que deu nele o surpreendeu o bastante para tornar a largá-la no sofá. — Por acaso você me mandou esvaziar os bolsos? Perguntou se eu tinha celular? Ele está desligado, não está vendo? Eu sempre o carrego no bolso quando estou na loja. Você esteve comigo o tempo todo, lembra, Einstein? Por acaso me viu fazer alguma ligação?

Ele pareceu considerar tudo que ela disse, pegou o celular e o analisou longamente.

— Parece que está desligado. — Ele o ligou. Depois de o aparelho procurar por sinal durante alguns segundos, fez um ruído curto. — Olha só, você recebeu uma mensagem de voz. Por que não verificamos quem ligou para você?

— Vá à merda! — Ela deu de ombros, visivelmente aborrecida, esticou-se até a mesa, pegou a garrafa de vinho e se serviu novamente. Manteve a mão firme ao ouvir a mensagem de Max, informando que tinha chegado bem. — Viu só? Você ainda acha que eu posso ter feito contato com ele pelo celular ou pelos poderes da minha mente? Sujeito burro! — Ele estava a mais de um metro dela naquele momento. Longe demais. Pousando a garrafa novamente sobre a mesa, colocou a mão em concha sobre a bochecha ferida. — Pegue uma porra de um gelo para colocar nisto aqui!

— Não gosto de receber ordens.

— Ah, é? E eu não gosto de levar socos de um sujeito que não sabe controlar seus impulsos. Como é que vou explicar esta marca roxa na cara para as pessoas? E, pode acreditar, ela vai ficar linda! Você estragou tudo. E sabe o que mais, covardão? A oferta que eu fiz não vale mais nada. Não durmo com homens que me agridem. Nunca, jamais, sob nenhuma hipótese. — Avançou um pouco, como se tentasse confortar a si mesma, e continuou a massagear o rosto. — Agora vamos tratar só de negócios, sem benefícios extras.

— Você parece ter esquecido que isso aqui não é uma negociação.

— *Tudo* é negociável. Você tem metade do lote, eu tenho a outra metade. Você quer ficar com tudo, eu sou mais realista e muito menos gananciosa. E me solte desta porcaria! — exigiu ela, balançando as algemas. — Para onde você acha que eu posso fugir?

Ela viu a mão de Crew se encaminhar para o bolso esquerdo da calça, mas parando no meio do caminho.

— Ainda não. Antes disso — avançou na direção dela —, quero os diamantes.

— Se você me agredir de novo e encostar a mão em mim novamente, juro que faço a polícia chegar aos diamantes muito antes de você colocar o olho numa só pedra daquelas.

— Você tem uma compleição delicada, Laine. Ossos delicados se quebram facilmente. Reconheço que você tem mente e nervos de aço, difíceis de quebrar, mas poderíamos começar pela sua mãozinha. Sabe quantos ossos existem na mão humana? Eu não lembro quantos exatamente, mas não são poucos.

Os olhos dele se iluminaram ao dizer aquilo, e nada em toda a vida de Laine a assustara tanto quanto aquele brilho de prazer.

— Alguns se quebram no meio, outros são esmagados — continuou ele. — Certamente vai doer muito. É melhor me contar logo onde os diamantes estão, porque até uma mente forte tem limites para tolerar a dor.

Ela sentiu a pulsação nas têmporas, na garganta e nas pontas dos dedos como tambores de terror quase ensurdecedores.

— É preciso uma mente doentia para apreciar a ideia de provocar tanta dor. Se não fosse esse seu pequeno defeito, eu até que apreciaria passar um tempo com você.

Tinha de manter os olhos fixos nele, não podia desviar o olhar. Sua sobrevivência dependia disso.

— Eu gosto de roubar — continuou ela. — Curto pegar coisas que pertencem aos outros e torná-las minhas. Isso me dá um barato inigualável. Mas essa adrenalina não compensa se me provocar dor. E certamente não vale a minha vida. Herdei isso do meu pai. Acho que chegamos a um ponto em que você quer esses diamantes mais do que eu. Quer saber onde estão escondidos? É um lugar mais simples do que você imagina. Mas chegar até ele é outra história... — Seu coração martelava como um bate-estaca. — Chegue mais perto que eu lhe dou uma dica.

— Você vai me dar mais do que isso.

— Ah, qual é? Pelo menos deixe que eu me divirta um pouco. — Brincou com o cordão que trazia pendurado no pescoço, ergueu-o e o colocou para fora da blusa. — Adivinha o que é isto aqui... — Riu de leve. — Vamos lá, Alex, pode vir dar uma olhadinha mais de perto.

Doce Relíquia   259

Percebeu que o tinha convencido quando ele se aproximou dela com os olhos vidrados no pingente. Deixou o cordão escorregar mais uma vez para dentro da blusa para liberar a mão e a estendeu na direção da taça de vinho.

— O segredo, na verdade, é simplesmente armar um jogo de desorientação. Foi outra coisa que aprendi com meu pai.

Virou o rosto para que ele concentrasse toda a atenção no cordão. Só haveria uma chance. Ele se aproximou para ver o pingente, inclinando um pouco a cabeça para avaliar melhor.

Ela pulou do sofá e balançou a garrafa de vinho com muita força e fúria. Ouviu um horrível som de vidro batendo em osso, ambos se quebrando, e viu a explosão de vinho tinto como se fosse sangue. A força do golpe o nocauteou e ela quase caiu, com o gargalo da garrafa ainda na mão.

Ficou de joelhos, debatendo-se para vencer uma onda de náusea enquanto esticava o corpo para tentar agarrá-lo. Precisava pegar a chave das algemas no bolso dele e também a arma e o celular. E fugir.

— Não! Droga! — Sentiu lágrimas de frustração lhe queimando os olhos quando esticou o braço, quase estirando os músculos, mas ele permaneceu fora do seu alcance. Laine tornou a se levantar e empurrou o sofá com o ombro para chegar mais perto. Quase lá... Só mais um bocadinho...

Sentiu o sangue rugir em suas orelhas. A própria voz, aguda e desesperada, parecia distante quando disse, em voz alta:

— Vamos lá, vamos lá, mais um *pouco*!

Jogou-se no chão e se agarrou à perna da calça dele, tentando puxá-lo para mais perto.

— A chave, a chave... Oh, Senhor, fazei com que eu encontre a chave.

Olhou ao redor. A arma estava sobre o balcão da cozinha, a dois metros de distância. Mas, enquanto ela não abrisse as algemas, aquilo não iria lhe servir de nada, era como se estivesse a duzentos metros. Inclinou-se mais até o metal da algema lhe entortar o pulso, mas a mão livre alcançou o bolso dele, e seus dedos trêmulos conseguiram entrar.

Novas lágrimas lhe pinicaram os olhos quando seus dedos encontraram o objeto de metal. Sem conseguir respirar direito, tentou enfiar a chave na ranhura, xingou por não conseguir de imediato e cerrou os dentes de aflição. O leve clique que ouviu quando o fecho se abriu soou quase como um tiro para Laine. Ela fez preces incoerentes e arrancou a algema do pulso.

— Pense, pense. Respire fundo e pense. — Sentou-se no chão e demorou alguns minutos para conseguir afastar o pânico.

Talvez o tivesse matado. Ao menos desacordado estava. Mas Laine não pretendia verificar isso. Se não estivesse morto, iria atrás dela. Ela poderia fugir, mas ele certamente a perseguiria.

Tornou a se levantar, gemeu, ofegou e resmungou, mas começou a arrastá-lo na direção do sofá. Precisava algemá-lo. Iria prendê-lo, era isso que iria fazer. Algemá-lo ali. Depois iria pegar o celular, a arma e ligar pedindo ajuda.

O alívio a invadiu quando a algema estalou em torno do pulso de Crew, ao se fechar. O sangue escorria pelo rosto dele e pingou na mão de Laine quando ela abriu o paletó dele e enfiou a mão lá dentro para resgatar seu celular.

Subitamente, ouviu o alarme de um carro disparar e gritou. Deu um pulo e olhou na direção da porta. Havia alguém ali fora. Alguém que poderia ajudá-la.

— Socorro! — Saiu apenas um sussurro e ela se obrigou a ficar em pé. Quando tentou correr, sentiu a mão de Crew a agarrar pelo tornozelo e caiu de cara no chão.

Não gritou. Os sons que emitiu foram os de uma fera ferida. Deu chutes para trás, com vontade, e engatinhou para escapar. Ele a apertou com mais força ainda, envolvendo uma das pernas dela com o braço, o que a obrigou a girar o corpo e erguer um pouco o tronco para poder usar os punhos e as unhas contra seu agressor.

O alarme continuava a soar, como um grito em dois tons, enquanto ela o atacava e ele a puxava com mais força. Os cabelos e o rosto dele estavam empapados de sangue, que também descia pelos novos ferimentos que Laine acabara de abrir com as unhas.

Ouviu um estrondo, e um dos braços descontrolados dela tombou sobre o vidro quebrado. Em meio a novas fisgadas de dor, ela se apoiou

Doce Relíquia **261**

nos cotovelos e tentou ganhar alguns centímetros. Mais uma vez sua mão apalpou a garrafa de vinho.

Então, quando seu corpo foi puxado de novo, ela empunhou a garrafa com as duas mãos, como se fosse um taco de beisebol. E acertou o alvo com força.

Ouviu-se mais um estrondo. Na cabeça dela? Na sala? Lá fora? Foi um baque surdo, em algum lugar. A mão de Crew perdeu a força, seus olhos giraram para trás e seu corpo ficou imóvel.

Gemendo baixinho, Laine engatinhou para trás como um caranguejo.

Foi assim que Max a encontrou quando invadiu a sala: agachada no chão com sangue nas mãos; a calça e a blusa rasgadas e manchadas de vermelho.

— Laine, por Deus! — Correu para ela e sentiu que todo o controle que reunira para arrombar a porta se estilhaçava como vidro. Ajoelhou-se ao lado dela, passou-lhe as mãos pelo rosto, pelos cabelos, pelo corpo. — Você está ferida? Onde é que dói? Ele atirou em você?

— O quê? Atirou em mim? — Sua visão falhou por alguns instantes, como num filme danificado. — Não, eu estou... Isso é vinho. — Sentiu uma onda de alegria na garganta que explodiu como uma risada insana. — Vinho tinto, misturado com um pouco de sangue. Dele. Mais dele do que meu. Está morto? — perguntou, num tom quase casual. — Eu o matei?

Max tirou os cabelos dela da face e passou o polegar de leve pela sua maçã do rosto, onde já se instalava uma marca roxa.

— Você consegue se aguentar em pé?

— Claro, numa boa. Mas quero me sentar um pouco.

Max foi até Crew e se agachou ao lado dele.

— Ele está vivo — anunciou, depois de lhe tomar o pulso. Analisou o rosto ferido e ensanguentado e sentenciou: — Você lhe deu umas cacetadas certeiras, não foi?

— Usei a garrafa de vinho para bater nele. — A sala parecia girar lentamente. Ela sentia como se pequenas ondulações reverberassem no ar. — Duas vezes. Foi quando você chegou. Recebeu minha mensagem?

— Sim, recebi. — Max revistou Crew para ver se ele estava armado e voltou até onde Laine estava. — Tem certeza de que não está ferida?

— Tenho, estou só me sentindo um pouco fraca.

— Tudo bem. — Ele colocou a arma no chão ao lado deles e a abraçou. O medo, a fúria e o desespero contra os quais lutara ao longo da última hora foram se dissolvendo devagar. — Preciso abraçar você — murmurou, junto do pescoço dela. — Não quero que se machuque, mas preciso de um abraço apertado.

— Eu também. — Laine se aninhou junto de Max. — Eu também. Tinha certeza de que você viria. De algum modo, sabia que poderia contar com você. Mas isso não quer dizer que eu não consiga cuidar de mim. — Ela se afastou dele e insistiu: — Eu já lhe disse que sei cuidar muito bem de mim mesma.

— Difícil negar isso diante do que aconteceu. Vamos ver se conseguimos nos levantar.

Quando se colocaram em pé, ela se encostou nele e olhou para Crew.

— Puxa, eu o derrubei de verdade. Estou me sentindo... poderosa, satisfeita e também... — engoliu em seco e colocou e mão no estômago — um pouco enjoada.

— Vamos lá fora, você precisa respirar um pouco de ar puro. Pode deixar que eu cuido de tudo por aqui. A polícia está a caminho.

— Tudo bem. Sou eu que estou tremendo ou é você?

— Os dois. Você está em estado de choque, Laine. Vamos sair daqui. Sente-se ou deite-se no chão, se isso a fizer se sentir melhor. Vou chamar uma ambulância.

— Não preciso de ambulância.

— Talvez não, mas ele precisa. Vamos.

Max a levou para fora. Na mesma hora, Jack surgiu de um dos lados da casa com a faca numa das mãos e uma pedra na outra. A primeira impressão que passou pela cabeça de Laine foi a de que ele parecia um tolo sem rumo.

Mas logo ele baixou os dois braços, deixando a faca e a pedra caírem no chão. Quase tropeçou ao se lançar na direção dela e a abraçou com força.

Doce Relíquia 263

— Lainie, Lainie! — Apertando o rosto contra o ombro dela, ele explodiu num choro convulsivo.

— Está tudo bem. Eu estou bem. Shhhh. — Emoldurou-lhe o rosto com as mãos e se inclinou para lhe beijar as faces. — Estamos todos bem, papai.

— Eu não poderia viver. Não conseguiria...

— Você veio. Quando eu mais precisei. Não é uma tremenda sorte eu amar dois homens que aparecem quando mais preciso?

— Eu nem sabia ao certo se voltaria... — começou ele.

Numa onda de ternura, ela limpou as lágrimas dele.

— Mas voltou, não voltou? E agora tem que ir embora.

— Lainie.

— A polícia vai chegar a qualquer momento. Não passei por tudo isso para ver você preso. Vá antes que eles cheguem.

— Há coisas que eu preciso dizer a você.

— Depois. Você pode me dizer noutra hora. Sabe onde eu moro. Papai, por favor, vá.

Max se afastou com o celular no ouvido.

— Crew está preso. Laine está ferida, mas não foi nada grave. Crew vai precisar de cuidados médicos. Laine e eu vamos esperar por vocês aqui. Qual é sua hora estimada de chegada, Chefe? Ótimo. Vamos esperar, então. — Desligou.

— Vince e seus homens estão chegando. Você tem cinco minutos — avisou a Jack. — É melhor ir andando.

— Obrigado. — Jack estendeu a mão. — Talvez você seja *quase* um bom partido para ela. Até breve — acrescentou, olhando para a filha. — Em pouco tempo tornaremos a nos ver.

— Estão chegando. — Ela ouviu as sirenes. — Corra!

— É preciso mais do que um bando de tiras caipiras para pegar Big Jack O'Hara. — Deu uma piscadela. — Mantenha a luz sempre acesa para mim. — Correu para o bosque, virou-se para acenar e desapareceu.

— Bem... — Laine deu um longo suspiro. — Lá vai ele. Obrigada.

— Pelo quê? — perguntou Max quando ela o beijou.

— Por deixar meu pai partir.

— Não sei do que você está falando. Nunca vi seu pai em toda a minha vida.

Com um riso abafado, ela esfregou os olhos.

— Acho que agora eu vou aproveitar para me sentar no chão.

♦ ♦ ♦ ♦

Não foi difícil ganhar uma discussão sobre uma ida à Emergência do hospital com um homem tão aliviado por vê-la viva, inteira, e que lhe teria dado tudo o que ela pedisse. Laine se aproveitou disso, e também da amizade com Vince, para ir direto para casa.

Teria de prestar depoimento ao chefe de polícia na manhã seguinte, mas ele havia aceitado liberá-la naquele dia após um relato sucinto dos acontecimentos.

Ela fez isso sentada no chão, na frente do chalé, com um cobertor nas costas. Embora tivesse saído do martírio com Crew sem nada mais sério do que cortes e marcas roxas, não reclamou quando Max interrompeu o interrogatório da polícia, tirou-a do chão e a levou no colo até o carro.

E sentiu muita satisfação ao ver Crew sair dali de maca.

Uma imensa satisfação.

A filha de Jack O'Hara continuava em forma.

Gratidão, foi só o que Laine conseguiu sentir após passar vinte minutos debaixo de uma ducha escaldante. Estava grata a Max, a Vince, ao destino. Puxa, estava grata pela tecnologia moderna e pelas comunicações digitais. A tal ponto que decidiu aposentar o celular, emoldurá-lo e pendurá-lo num lugar de honra na casa.

E nunca mais tomaria Cabernet, pelo resto da vida.

Saiu do chuveiro e se secou com muito cuidado. Já não sentia dormência no corpo, mas cada galo, arranhão e contusão ainda doía muito. Engoliu quatro aspirinas e reuniu coragem para se ver diante do espelho de corpo inteiro.

— Puxa, isso foi brabo! — sussurrou, respirando fundo quando se virou para ver as costas. Era uma confusão de hematomas coloridos.

Doce Relíquia 265

Quadris, canelas, joelhos, braços. E a linda marca roxa que ela previra na face direita.

Mas as feridas desapareceriam, pensou. Tudo sumiria, ela se esqueceria do trauma e voltaria à sua antiga rotina. Alex Crew, porém, passaria o resto da vida atrás das grades. Desejou que ele amaldiçoasse o nome dela a cada manhã. E torceu para que passasse todas as noites sonhando com diamantes.

Numa concessão aos hematomas, vestiu uma roupa solta e prendeu os cabelos. Numa concessão à vaidade, passou algum tempo aplicando cremes e maquiagem para atenuar as marcas de violência que lhe cobriam o rosto.

Depois se virou, abriu os braços e abraçou Henry, que se transformara em sua sombra até no banheiro, desde que o apanhara na casa de Jenny.

— Até que não ficou mal, concorda?

Encontrou Max na cozinha, aquecendo uma lata de sopa no fogão.

— Imaginei que você estaria com fome.

— Acertou.

Ele foi até onde ela estava e passou os dedos, de leve, sobre o olho roxo.

— Desculpe eu não ter chegado mais depressa.

— Se você me pedir desculpas, estará diminuindo minha garra, coragem e esperteza, e estou me parabenizando por elas há duas horas.

— Não quero diminuir sua façanha, mas confesso que fiquei frustrado. Você me roubou o gostinho de transformar a cara daquele filho da mãe em ketchup.

— Da próxima vez que enfrentarmos um sociopata homicida, deixo você derrubá-lo.

— Combinado, então. — Max se virou para mexer a sopa e Laine entrelaçou as mãos nas dele.

— Acabamos acelerando as coisas entre nós, Max.

— É verdade.

— Acho que as pessoas que se conhecem em situações intensas e perigosas *geralmente* aceleram as coisas, devido à adrenalina das emoções. Quando as coisas se acalmam, elas às vezes lamentam ter agido por impulso.

— Faz sentido.

— Poderemos nos arrepender se avançarmos da velocidade que combinamos. Poderemos nos arrepender se mergulharmos de cabeça nessa relação e, pior ainda, num casamento.

— Talvez. — Bateu com a colher na borda da panela, pousou-a e se virou para ela. — Você se importa com isso?

Os lábios dela tremeram. Ali estava ele, diante do fogão, alto e elegante, com aqueles olhos perigosos e aquele jeito descontraído.

— Não, não, não me importo nem um pouco. Nada, para ser franca. — Voou até onde ele estava e se colocou na ponta dos pés quando os braços dele a enlaçaram. — Por Deus, não quero nem saber. Amo você demais!

— Uau. Isso é bom. — Beijou-a de forma ardente, depois suave. — Eu também não me importo. Por falar nisso, comprei uma coisinha hoje para você, em Nova York. O presente perderia a graça se você resolvesse bancar a sensata logo agora.

Tirou uma pequena caixa do bolso.

— Eu me lembrei direitinho do que você desejou — avisou ele.

— Você arrumou tempo para me comprar um anel?

— Como assim? — Ele piscou duas vezes. — Você queria um anel?

— Engraçadinho. — Abriu a caixa e o coração dela se agitou dentro do peito ao contemplar o diamante de lapidação quadrada num simples engaste de platina. — É perfeito. Você sabe que isto é perfeito.

— Ainda não... — Ele tirou o anel do suporte e o enfiou no dedo dela. — Agora sim! — Beijou-lhe os nós dos dedos arranhados debaixo do anel. — Quero passar a minha vida com você, Laine. E vamos começar esta noite e deste jeito: você sentada ali quietinha e eu lhe preparando uma sopa. Isso não tem nada de intenso.

— Acho que vai ser bom. Bom e normal.

— Mas podemos brigar, se você quiser.

— Também não é uma má ideia. Antes disso, porém, devíamos resolver um assunto pendente. Posso vê-los?

Ele baixou o fogo da sopa e abriu a pasta que pousara sobre a mesa. Quando o viu pegar o porquinho de cerâmica barata, ela riu e se sentou.

Doce Relíquia **267**

— É horrível imaginar que eu poderia ter sido morta por causa de um cofre de porquinho. Ou irônico. De qualquer modo, isso é a cara do Jack.

— Um representante da seguradora vem aqui buscá-los amanhã. — Max abriu um jornal e pegou o martelinho que encontrara na sala dos fundos. — Você quer fazer as honras da casa?

— Não faço questão, fique à vontade.

Ele deu duas marteladas fortes antes de conseguir quebrar a peça, pegar o enchimento e, dentro dele, um saquinho de veludo. Fez com as pedras uma cascata cintilante na mão de Laine.

— Eles nunca perdem o brilho nem o encanto que têm.

— Prefiro o que você tem no dedo.

Ela sorriu.

— Eu também.

Enquanto ele jogava fora os cacos e o jornal, ela espalhou os diamantes numa caixinha forrada de veludo.

— Agora a seguradora já recuperou metade deles. E como Crew foi identificado e preso, poderão recuperar o resto onde ele morava, ou em algum cofre de banco em nome dele.

— Pode ser. Talvez Crew tenha guardado parte dos diamantes num local desses. Mas garanto que ele não foi até Columbus levar um presente para o filho por ter um coração bondoso, nem para cumprir suas obrigações de pai. A ex-mulher e o filho estão com algumas pedras ou sabem de alguma coisa.

— Max, não vá atrás deles. — Ela pegou a mão dele ao pedir aquilo. — Deixe isso para lá. Deixe-os em paz. Pelo que você me contou, ela só quer proteger o filho e levar uma vida normal. Se você procurá-los, ela vai se sentir perseguida e tornará a fugir. Sei como é isso. Sei como era a vida para a minha mãe até encontrar alguma paz e conhecer Rob. E olha que meu pai é ladrão e vigarista, mas não é louco nem assassino.

Empurrou os diamantes na direção dele e completou:

— Não vale a pena fazer aquele menino inocente ter de enfrentar o fato de seu pai ser um assassino. São apenas pedras. Objetos.

— Vou pensar no assunto.

— Tudo bem. — Ela se levantou e beijou o alto da cabeça dele. — Tudo bem. Vamos combinar o seguinte: vou preparar alguns sanduíches para acompanhar a sopa. Enquanto isso você compara os novos diamantes recuperados com os da lista. Depois, vamos deixá-los de lado e vamos jantar como pessoas normais e entediantes.

Levantou-se para ir buscar pão e perguntou:

— Quando você acha que vou ter meu carro de volta? Ele ficou em Nova Jersey.

— Vou providenciar para que alguém o traga de volta em dois dias, no máximo. — Começou a trabalhar. — Nesse meio tempo eu serei seu motorista, ou você poderá usar meu carro, se preferir.

— Viu só? Um casal normal e entediante. Você prefere mostarda ou maionese sobre o presunto?

— Mostarda — respondeu ele, absorto, e ficou calado por alguns minutos, com o cão roncando aos seus pés. — Filho da mãe! — exclamou, de repente.

Ela olhou para trás.

— Que foi?

Ele balançou a cabeça para os lados.

— Me deixe confirmar uma coisa, Laine.

Ela cortou os sanduíches ao meio e perguntou:

— Está faltando algum? — Pôs os pratos na mesa, enquanto Max tamborilava com os dedos sobre o tampo e a observava. — Era o que eu receava. Ou melhor, já tinha me conformado com isso. Falta um pouco para chegar à metade, certo?

— Isso mesmo. Faltam vinte e cinco quilates.

— Humm... Bem, tenho certeza de que o cliente aceitará a possibilidade de eles não terem repartido o saque em quatro partes iguais. Pode ser que as duas partes que faltem sejam um pouco maiores.

— Mas essa não é a verdade, certo?

— Não. Duvido que seja a verdade.

— Ele guardou uma parte em separado. Seu pai.

— Provavelmente pegou seus vinte e cinco por cento. Retirou alguns diamantes como uma espécie de seguro, pôs a maior parte no porquinho e manteve o resto com ele, num cinto de dinheiro, no pescoço ou até no bolso. "Se você guardar todos os ovos no mesmo cesto, Lainie, a alça poderá quebrar e você terá só ovos mexidos." Quer café para acompanhar os sanduíches?

— Não, quero a porcaria de uma cerveja. Eu o deixei escapar!

— Teria feito isso de qualquer maneira. — Foi buscar a cerveja, abriu a tampa e se sentou no colo dele. — Você teria arrancado os diamantes restantes do meu pai, se desconfiasse do que ele fez, mas teria permitido que escapasse. No fim, isso não muda quase nada. São apenas vinte e cinco quilates. — Beijou-o num lado do rosto, depois no outro. — Estamos numa boa, não estamos?

Quando pousou a cabeça no ombro de Max, ele acariciou-lhe os cabelos.

— Claro que estamos numa boa. Pretendo dar um belo chute na bunda do seu pai quando ele aparecer por aqui, mas ficaremos numa boa.

— Ótimo.

Ele se sentou e continuou acariciando os cabelos dela. Havia sanduíches de presunto sobre a mesa, sopa no fogão, um cachorro cochilando no chão e alguns milhões de dólares em diamantes brilhando na cozinha.

Estava tudo bem, pensou Max. Aliás, estava tudo fantástico.

Mas eles nunca conseguiriam ser um casal normal e entediante.

PARTE

DOIS

RELÍQUIA MORTAL

◆ ◆ ◆

Tudo muda, nada perece.

— OVÍDIO —

*Cometa os pecados mais antigos
das formas mais novas.*

— WILLIAM SHAKESPEARE —

◆ ◆ ◆

Capítulo Dezessete

Nova York, 2059

Ela estava louca para chegar em casa. Saber que o seu lar, a sua cama e as suas coisas a esperavam fez com que até o trânsito insuportável do fim de tarde, na saída do aeroporto, fosse um prazer.

Havia discussões, atitudes grosseiras, fechadas e o confronto eterno entre os táxis, os passageiros que faziam baldeação e os maxiônibus que mais pareciam tanques de guerra. No ar, os bondes aéreos, os dirigíveis de propaganda e os jatinhos executivos rasgavam o céu. Só de ver toda aquela efervescência ela ficou impaciente a ponto de se imaginar pulando no banco da frente para agarrar o volante com fúria e mergulhar de cabeça naquele caos, com muito mais crueldade e entusiasmo que seu taxista.

Nossa, como ela *adorava* Nova York!

Enquanto o motorista arrastava o veículo pela FDR Drive, mais um no exército de veículos que batalhava para conseguir entrar em Manhattan, ela se distraiu assistindo aos cartazes animados. Alguns contavam pequenas histórias. Como Samantha Gannon era escritora e adorava um bom relato, gostava de observá-los.

O cartaz de uma mulher bonita na espreguiçadeira à beira da piscina de um resort chamou sua atenção. Ela está obviamente sozinha e solitária, enquanto os casais fazem farra na água ou caminham lado a lado. Pede uma bebida e, logo no primeiro gole, seus olhos encontram os de um homem lindo que acaba de sair da água. Músculos molhados, sorriso arrebatador.

Um raio elétrico corta o telão, e o cenário se transforma numa cena ao luar, em que o agora feliz casal caminha de mãos dadas na praia.

Moral da história? Beba rum Silby's e abra seu mundo à aventura, ao romance e ao sexo inesquecível. Como se as coisas fossem assim tão simples...

Contudo, para alguns era mais fácil. Os avós de Samantha haviam sentido uma espécie de química. O rum não entrara em cena em nenhuma das versões que ouvira, mas os olhos do seu avô e da sua avó se encontraram daquele jeito, e algo tinha clicado e borbulhado na corrente sanguínea do destino.

Como no outono seguinte eles iam fazer cinquenta e seis anos de casados, o que quer que tenha sido aquela sintonia no primeiro encontro certamente havia funcionado.

E foi por causa daquilo, pelo fato de o destino tê-los juntado, que ela estava ali, sentada no banco traseiro de um sedã preto imenso, a caminho da parte norte da cidade, no rumo de casa. Lar, o seu doce lar, depois de duas semanas viajando pelas estradas acidentadas e infindáveis na turnê nacional de divulgação do lançamento do seu livro.

Sem os seus avós, o que eles tinham feito e o que haviam escolhido, não existiria livro algum. Nem turnê de divulgação. Nem volta para casa. Ela lhes devia tudo aquilo — bem, na verdade não a turnê de divulgação. Isso não era culpa deles.

Só esperava que estivessem tão orgulhosos dela como ela estava deles.

Samantha E. Gannon, autora do best-seller nacional *Pedras Quentes*.

Aquilo não era simplesmente o máximo?

Promover o livro em catorze cidades de costa a costa ao longo de quinze dias, com direito a entrevistas, participações em programas importantes, entrevistas coletivas em hotéis e o constante entrar e sair de estações e aeroportos tinha sido exaustivo.

E, sejamos francas, disse para si mesma, *fabuloso de um jeito louco*.

Todas as manhãs ela se rebocava de uma cama estranha, abria os olhos cansados e turvos, e olhava para o espelho, pois precisava ter certeza de que era realmente ela do outro lado, de que aquilo estava mesmo acontecendo com ela, Sam Gannon.

Relíquia Mortal

De certo modo, tinha escrito aquela obra durante toda a vida, pensou; a cada vez que ouvira a história da família, a cada vez que pedira aos avós que a recontassem, a fim de garimpar mais pormenores. Aperfeiçoara sua arte a cada hora que passara deitada na cama, quando criança, imaginando a aventura.

Tudo lhe parecera tão romântico, tão empolgante! E a melhor parte era saber que se tratava de sua própria família, sangue do seu sangue.

O projeto atual também corria muito bem. O novo livro iria se chamar simplesmente *Big Jack*, e Sam achava que o bisavô se divertiria muito com a história.

Estava louca para voltar ao livro novo, mergulhar de cabeça no mundo de vigarices e esquemas de um Jack O'Hara sempre em fuga. Dividida entre a turnê de divulgação e os eventos relacionados, não conseguira uma única hora para escrever. Cobrava isso de si mesma.

Mas não iria se envolver com trabalho naquele momento. Não iria pensar em escrever nas próximas quarenta e oito horas. Ia largar a bagagem no chão e, se dependesse dela, o que estava nas malas podia pegar fogo, porque pretendia se trancar em sua casa tranquila e maravilhosa. Iria preparar um belo banho quente e abrir uma garrafa de champanhe.

Banho e champanhe; depois, mais banho e mais champanhe. Se tivesse fome, poderia programar alguma coisa no AutoChef. Não lhe importava o que fosse, porque seria a *sua* comida, na *sua* cozinha.

Depois pretendia dormir por dez horas seguidas.

Não ia atender a ninguém pelo *tele-link*. Já tinha avisado aos pais, ao irmão, à irmã e aos avós, do avião mesmo, e comunicara a todos que iria se esconder por alguns dias. Os amigos e colegas de trabalho poderiam esperar mais um pouco. E, como acabara de terminar uma espécie de namoro fazia menos de um mês, não havia homem nenhum à sua espera.

Provavelmente era melhor assim.

Empinou as costas no banco quando o carro fez a curva. Lar, doce lar! Subitamente, percebeu que estava absorta em devaneios e pensamentos, como acontecia com frequência, e não percebera que já estava em casa.

Pegou seu tablet e a bolsa enorme. Encantada, deu uma bela gorjeta ao taxista quando este levou sua mala e o pequeno baú com rodinhas até a porta. Estava tão feliz por vê-lo ir embora e ser a última pessoa com quem ela teria de falar até decidir voltar novamente à superfície que quase lhe deu um beijo na boca.

Em vez disso, resistiu à tentação, liberou o rapaz e arrastou suas coisas até o saguão do lugar que sua avó costumava chamar de "casinha de bonecas de Sam na cidade grande".

— Estou de volta! — sussurrou, de costas para a porta fechada. Respirou fundo, balançando os quadris e os ombros com vontade, numa espécie de dança enquanto caminhava. — Meu, meu, tudo isso é meu. Estou de volta, baby!

Parou de repente, os braços ainda na posição da dança, e ficou boquia-berta olhando para a sala. Mesas e cadeiras viradas, o sofá de dois lugares de pernas para o ar como uma tartaruga de cabeça para baixo. O telão fora da parede e estilhaçado no chão, junto com a coleção de fotografias da família em molduras e hologramas. As paredes estavam sem os quadros e sem as gravuras.

Sam levou as duas mãos à cabeça, fincou os dedos nos cabelos ruivos e curtos, e soltou um grito.

— *Pelo amor de Deus*, Andrea! Tomar conta de uma casa não significa destruí-la.

Dar uma festa era compreensível, mas aquilo era demais, muito além do aceitável. Andrea iria levar uma bronca homérica.

Pegou o *tele-link* no bolso do casaco e ordenou em voz alta para o aparelho:

— Ligar para Andrea Jacobs. Ex-amiga — acrescentou, com um res-mungo, quando a ligação completou. Rangendo os dentes de raiva, girou nos calcanhares, saiu da sala e subiu a escada enquanto ouvia uma men-sagem gravada na caixa postal. — Que diabos você andou aprontando? — ladrou para o *tele-link*. — Resolveu soltar uma bomba na minha casa? Como pôde fazer uma coisa dessas comigo, Andrea? Como pôde permitir que estragassem minhas coisas e deixassem esse caos para eu encontrar na volta? Onde foi que você se enfiou, por falar nisso? Tomara que esteja fugindo para salvar sua pele, porque se eu colocar as mãos em você... Minha Nossa, que fedor é esse? Vou matá-la por isso, Andrea!

Relíquia Mortal

O cheiro era tão forte que ela teve de tapar a boca com a mão quando abriu a porta do quarto ainda escuro com um empurrão.

— Está fedendo aqui. E bem no meu quarto! Pelo amor de Deus! Nunca vou perdoar você. Juro por Deus, Andrea, você pode se considerar uma pessoa morta! Acender luzes! — ordenou.

Quando elas se acenderam, Sam piscou duas vezes e viu Andrea estendida no chão sobre uma pilha de lençóis manchados.

E viu que tinha razão. Andrea realmente estava morta.

Ela estava praticamente de saída. Mais cinco minutos e teria encerrado o turno e ido para casa. Então, provavelmente outra pessoa estaria investigando o caso. Outro alguém teria de passar uma escaldante noite de verão lidando com carne putrefeita.

Acabara de encerrar um caso que tinha sido um verdadeiro horror.

Mas Andrea Jacobs era dela, agora. Para o bem ou para o mal.

A tenente Eve Dallas respirava por uma máscara contra gases tóxicos. O aparato não funcionava muito bem e, em sua opinião, era um acessório ridículo. Mas ajudava a diminuir o cheiro quando se examinava um cadáver vários dias após a morte.

Embora a temperatura da sala estivesse em agradáveis vinte e dois graus, o corpo vinha se decompondo havia, pelo menos, cinco dias. Estava cheio de gases internos cujos excessos tinham sido expelidos sem controle. A pessoa que degolara Andrea Jacobs não se limitara a matá-la. Deixara-a apodrecer.

— Identificação da vítima confirmada: Andrea Jacobs, sexo feminino, vinte e nove anos, raça mista. A garganta foi cortada num movimento descendente feito da esquerda para a direita. Os indícios mostram que o assassino a atacou por trás. A deterioração do corpo dificulta a análise de outras lesões ou feridas defensivas neste primeiro exame visual, ainda na cena do crime. As roupas da vítima indicam que ela tinha saído.

Eram roupas de festa, pensou Eve, reparando no brilho encardido da bainha do vestido e nos sapatos de salto agulha lançados no outro lado do aposento.

— Ela entrou aqui depois de um encontro com um homem ou talvez tenha circulado pelas baladas de Nova York. Pode ter trazido alguém com ela, mas não me parece que tenha sido o caso.

Olhou em torno do cômodo enquanto fixava as imagens na cabeça. Num pensamento vago, desejou ter Peabody ao seu lado, mas mandara a ex-auxiliar, e atual parceira de trabalho, para casa mais cedo. Não valia a pena chamá-la de volta e estragar o que Eve sabia ser um jantar comemorativo ao lado do grande interesse amoroso da amiga.

— Voltou sozinha — continuou, gravando suas impressões. — Se tivesse voltado com alguém, mesmo que ele pretendesse matá-la, teria feito sexo com ela antes. Por que desperdiçar essa chance? Aqui não houve luta nem confronto. Ela sofreu um golpe direto e rápido. Não há indícios de outras facadas.

Olhou para o corpo e deu vida a Andrea Jacobs, em pensamento.

— Ela volta para casa depois de um encontro ou uma noitada. Tinha bebido. Chega em casa e sobe a escada. Terá ouvido algo estranho? Provavelmente, não. Ela pode até ter sido burra e subido para checar se havia algo errado, mas eu aposto que foi ele quem a ouviu, no instante exato em que chegou.

Eve saiu para o corredor e ficou ali por um momento, pensando, abstraindo-se dos movimentos da equipe de peritos que vasculhava a casa toda com pente-fino.

Voltou para o quarto e a imaginou tirando os sapatos de salto agulha. A curva do pé deve ter quase chorado de alívio. Talvez tenha erguido um dos pés para massagear a planta, lentamente.

Quando tornou a se endireitar, ele estava sobre ela.

Veio de trás da porta, pensou Eve, ou saiu do closet que ficava ao lado da entrada. Posicionou-se às costas dela, puxou-lhe pelos cabelos e cortou-lhe a garganta.

De lábios apertados, Eve estudou o padrão dos respingos de sangue.

Os jatos tinham jorrado da jugular, pensou, direto sobre o colchão. A vítima estava de frente para a cama, o assassino atrás. Ele nem se sujou. Rasgou-lhe a garganta com rapidez e a empurrou para a frente. O sangue ainda saía aos borbotões quando ela caiu.

Relíquia Mortal

Olhou para as janelas. Cortinas fechadas. Abriu-as e reparou que as telas de privacidade estavam acionadas. Ele certamente teria feito isso. Não queria que alguém percebesse luz nem movimentação estranha na casa.

Saiu do quarto novamente e jogou a máscara dentro do kit de serviço.

Os peritos e a equipe técnica que atuava na cena do crime continuavam a trabalhar com rapidez e eficiência, com seus trajes especiais de proteção. Eve acenou com a cabeça para um dos policiais.

— Diga à equipe do médico-legista que ela já está pronta para ser embalada, etiquetada e transportada. Onde está a testemunha?

— Na cozinha, tenente.

Eve olhou para o relógio de pulso e determinou:

— Pegue sua parceira e comece a interrogar os vizinhos. Vocês foram os primeiros a chegar, certo?

Ele empinou o corpo antes de responder.

— Sim, senhora.

Ela esperou alguns segundos e perguntou:

— E depois?

A tenente tinha fama de durona. Ninguém queria se meter com Dallas. Uma mulher alta e magra, vestindo calça, camiseta e jaqueta leve. O policial a vira selar as mãos e os pés antes de entrar no quarto, mas havia uma mancha de sangue em seu polegar.

Não sabia ao certo se devia alertá-la quanto a isso.

A tenente tinha os cabelos castanhos picotados bem curtos. Os olhos eram da mesma cor e demonstravam ser olhos de tira.

Ele ouvira dizer que ela mastigava e engolia policiais indolentes no café da manhã e os vomitava na hora do almoço.

O rapaz pretendia chegar ao fim do turno inteiro.

— O chamado da Emergência chegou às dezesseis e quarenta; relato de arrombamento com possível morte neste endereço.

Eve tornou a olhar para o quarto.

— Sim, uma morte bem possível.

— Eu e minha parceira atendemos de imediato. Chegamos a este local às dezesseis e cinquenta e dois. A testemunha, identificada como Samantha Gannon, moradora do lugar, nos recebeu à porta. Parecia muito abalada.

— Vá direto ao ponto, Lopkre — sugeriu Eve, depois de ler o nome bordado na farda.

— Ela estava histérica, tenente. Já tinha vomitado do lado de fora da porta.

— Sim, eu reparei.

Ele relaxou um pouco, pois ela não parecia inclinada a mordê-lo.

— Tornou a vomitar, no mesmo local, após abrir a porta para nós. Em seguida, encolheu-se em posição fetal no chão do saguão, chorando baixinho. Repetia, sem parar: "Andrea está morta lá em cima." Minha colega ficou com ela e eu subi para verificar. Não demorei muito para constatar que era verdade.

Fez uma careta e acenou com a cabeça na direção do quarto, antes de continuar.

— O cheiro estava fortíssimo. Olhei para o quarto e vi o corpo. Ahn... Como confirmei a morte antes de entrar no recinto, não contaminei a cena do crime. Fiz uma rápida busca pelo segundo andar, a fim de verificar se não havia mais ninguém no local, e só então dei o alarme.

— E quanto à sua parceira?

— Ficou o tempo todo com Samantha. A policial Ricky tem um jeito excelente para lidar com vítimas e testemunhas. Conseguiu acalmá-la de forma admirável.

— Muito bem. Vou liberar Ricky para vocês começarem o interrogatório pela vizinhança.

Começou a descer as escadas. Reparou na mala do lado de dentro da porta, no tablet, na bolsa enorme sem a qual algumas mulheres não conseguiam sair de casa.

A sala de estar parecia ter sido varrida por um tornado, assim como a saleta de entretenimento ao lado do corredor. Na cozinha, a impressão era a de que cozinheiros loucos — uma redundância, na opinião de Eve — tinham trabalhado duro.

A policial fardada estava sentada junto a uma mesa azul-escura, em frente a uma ruiva que Eve avaliou ter pouco mais de vinte anos. Tinha o rosto tão pálido que até as sardas de seu nariz e de suas maçãs do rosto

Relíquia Mortal

pareciam pó de canela polvilhado sobre leite. Seus olhos, de um azul forte e brilhante, continuavam vidrados devido ao choque e às lágrimas, mas as partes brancas estavam muito vermelhas.

Tinha os cabelos ainda mais curtos que os de Eve. O corte seguia o formato da cabeça e terminava numa franja. Imensas argolas prateadas lhe pendiam das orelhas e o preto básico, tipicamente nova-iorquino, estava presente na calça, na blusa e no casaco leve.

Roupa de viagem, deduziu Eve, recordando as malas que vira na entrada.

A policial — Eve fez questão de lembrar a si mesma que Ricky era o seu nome — falava em tons suaves e reconfortantes. Então se calou e olhou para Eve. Trocaram um breve olhar, de tira para tira.

— Ligue para o número que eu lhe dei, Samantha — disse a policial.

— Pode deixar, eu ligo, sim. Obrigada por ficar aqui comigo.

— Não precisa agradecer. — Ricky se levantou da mesa e foi até Eve, que a esperava junto da porta.

— Senhora... — cumprimentou Ricky. — Ela está muito abalada, mas aguenta mais um pouco. Porém, vai desabar a qualquer momento, porque está presa à sanidade pelas pontas das unhas.

— Que número foi esse que você lhe deu?

— O da equipe de apoio psicológico às vítimas.

— Muito bem. Gravou a conversa com ela?

— Sim, com autorização dela mesma, senhora.

— Faça chegar o arquivo à minha mesa. — Eve hesitou um pouco. Peabody também tinha um jeito tranquilizador, mas não estava ali. — Ordenei que seu parceiro e você dessem início às rodadas de perguntas junto à vizinhança. Vá procurá-lo e diga a ele que eu a mandei ficar por aqui mais um pouco. Peça-lhe que vá com outro policial. Se ela desabar, será melhor que esteja ao lado de alguém que já conheça.

— Sim, senhora.

— Por enquanto, dê-me algum tempo a sós com ela. — Eve entrou na cozinha e parou diante da mesa. — Srta. Gannon? Sou a tenente Dallas. Preciso lhe fazer algumas perguntas.

— Sim. Beth... Isto é, a policial Ricky, me explicou que a senhora viria. Desculpe, como disse mesmo que se chamava?

— Dallas. Tenente Eve Dallas. — Ela se sentou devagar. — Compreendo o quanto isso é difícil para a senhorita. Gostaria de gravar a conversa, se isso não a incomodar. Conte-me tudo o que aconteceu.

— Não sei o que aconteceu. — Os olhos dela brilharam e a voz ficou perigosamente mais grave. Mas ela olhou para as mãos e respirou fundo várias vezes. Lutou para se controlar, e Eve apreciou sua fibra. — Voltei para casa, vindo do aeroporto. Viajei por duas semanas.

— Onde esteve?

— Ahn... Boston, Cleveland, Washington do Leste, Lexington, Dallas, Denver. Nova Los Angeles, Portland, Seattle. Devo ter me esquecido de citar uma ou duas cidades. — Simulou um sorriso fraco. — Participei da turnê de um livro que lancei. Uma editora o publicou, não só em papel, mas também em eBook e audiolivro. Tive muita sorte.

Seus lábios tremeram e ela engoliu um soluço.

— O livro está vendendo muito bem e a editora organizou uma turnê para eu promovê-lo. Há duas semanas que não faço outra coisa. Acabei de regressar a Nova York.

Eve podia ver pela maneira com que o olhar de Samantha vagava sem rumo que ela estava prestes a desmoronar.

— Você mora aqui sozinha, srta. Gannon?

— O quê? Sozinha? Sim, moro sozinha. Andrea não mora... Isto é, não morava... Oh, meu Deus!

Começou a ficar com a respiração ofegante. Pela brancura dos nós dos dedos nas mãos engalfinhadas uma à outra com firmeza, Eve soube que sua luta interna havia se transformado em uma verdadeira guerra.

— Quero ajudar Andrea, srta. Gannon — garantiu Eve. — É importante que me ajude a compreender o que houve para eu poder ajudá-la. Preciso que a senhorita seja forte até que eu entenda como tudo aconteceu.

— Não sou uma mulher frágil. — Esfregou o rosto com as mãos, violentamente. — Não sou *mesmo*. Sou boa em crises e não vou desmontar como um brinquedo.

Aposto que não, disse Eve para si mesma.

Relíquia Mortal

— Todo mundo tem o seu limite, mas vamos em frente. Você entrou em casa. Conte-me o que aconteceu. A porta estava trancada?

— Sim. Digitei a senha e desliguei o alarme. Entrei e larguei as coisas no chão. Estava tão feliz por estar de volta ao meu cantinho! Muito cansada, mas feliz. Queria uma taça de vinho e um banho de espuma. Foi quando vi a sala de estar. Não pude acreditar. Fiquei zangada. Estava furiosa e ofendida. Peguei o *tele-link* e liguei para Andrea.

— Por que fez isso?

— Bem, porque... Ahn... Andrea ficou tomando conta de tudo. Eu não quis deixar a casa vazia durante duas semanas; ela queria mandar pintar o apartamento onde mora e isso veio a calhar. Ela poderia ficar aqui, regar as plantas, dar comida aos peixes... Meu Deus, os peixes! — Fez menção de se levantar, mas Eve a segurou pelo braço.

— Espere um instante.

— Meus peixes. Tenho dois peixinhos dourados em um aquário no escritório. Nem fui ver como estão as coisas lá dentro.

— Fique sentada. — Eve ergueu um dedo para Samantha ficar quieta, levantou-se, foi até a porta e fez sinal para alguém da equipe técnica. — Verifique o escritório e me faça um relato sobre a situação dos peixes dourados.

— Como assim, tenente?

— Faça o que eu ordenei. — Voltou à mesa. Corria uma lágrima pela face de Samantha, e seu rosto, com pele avermelhada, lisa e delicada, tinha manchas de maquiagem. Mas ela ainda não havia cedido ao choque.

— Andrea ficou aqui durante a sua ausência? Sozinha?

— Sim. Mas é provável que tenha recebido alguém. É muito sociável. Gosta de festas. Foi a primeira coisa que eu pensei ao ver a sala de estar. Que Andrea tinha dado uma festa insana e os convidados haviam destruído tudo. Liguei para ela e gritei para o *tele-link* enquanto subia a escada. Disse-lhe coisas terríveis. — Desolada, deixou cair a cabeça nas mãos.

"Coisas pesadas. Quando senti um cheiro nauseante, fiquei ainda mais furiosa. Entrei de repente no quarto e... lá estava ela. Bem ali no chão, ao lado da cama. Vi todo aquele sangue, na verdade uma crosta que nem parecia mais sangue, de tão ressecado. Mesmo assim, identifiquei o que era.

Acho que gritei. Talvez tenha desmaiado por alguns segundos. Não sei ao certo."

Tornou a olhar para cima, e seus olhos pareciam devastados.

— Não me lembro, tenente. Só me lembro de tê-la visto e de correr escada abaixo. Liguei para a Emergência e pedi ajuda. Senti um enjoo forte e vontade de vomitar. Corri até a porta da rua e coloquei tudo para fora. Depois, fiz uma burrice.

— Como assim, burrice?

— Tornei a entrar em casa. Devia saber que não era a coisa certa a fazer. Eu deveria ter ficado lá fora, à espera da polícia, ou ido para a casa de algum vizinho. Só que não consegui raciocinar direito; então, entrei e fiquei no saguão, tremendo.

— Isso não foi burrice, você estava em estado de choque, há uma diferença. Qual foi a última vez em que você conversou com Andrea?

— Não sei ao certo. Logo no início da turnê. Liguei de Washington do Leste, eu acho. Só para verificar como iam as coisas, entende? — Limpou uma segunda lágrima, como que irritada por vê-la escapar. — Estava ocupadíssima, com pouco tempo livre. Liguei mais uma ou duas vezes e também deixei mensagens para informar o dia que voltaria para casa.

— Ela alguma vez disse estar preocupada com algo? Havia alguém lhe causando problemas ou que a tenha ameaçado?

— Não, nada desse tipo.

— E quanto a você? Alguém a ameaçou?

— A mim? Não, não. — Balançou a cabeça.

— Quem sabia que você estava viajando?

— Ahn... Todo mundo. Família, amigos, o meu agente, o editor, o pessoal da divulgação, os vizinhos. Não era segredo. Eu estava tão empolgada com o livro e com a oportunidade que contei para todo mundo que quisesse ouvir. Portanto... deve ter sido um assalto, não acha, tenente...? Puxa, desculpe, ainda não guardei o seu nome.

— Dallas.

— A senhora não concorda que parece ter sido um assalto, tenente Dallas? Alguém soube que eu tinha viajado, pensou que a casa estivesse vazia e...

Relíquia Mortal

— É possível. Temos de conferir seus pertences para ver se falta alguma coisa. — Porém, Eve já tinha reparado nos eletrônicos e nas obras de arte que qualquer ladrão certamente levaria. Além do mais, Andrea Jacobs usava um belo e caro relógio e muitas joias. Se eram verdadeiras ou simples imitações, isso pouco importava. Um arrombador não as teria deixado para trás.

"Você recebeu alguma ligação, mensagem ou outro contato de natureza incomum, recentemente?"

— Bem, desde que o livro foi publicado eu tenho recebido mensagens, a maioria delas por meio da minha editora. São de pessoas que desejam me conhecer ou que pedem ajuda para publicar seus livros. Tem gente que me procura para que eu escreva histórias sobre suas vidas. Algumas dessas pessoas me parecem meio estranhas, devo confessar. Mesmo assim, não houve nada ameaçador. Também aparecem leitores querendo me contar suas teorias sobre o sumiço dos diamantes.

— Que diamantes?

— Os do livro. Meu romance é sobre um grande roubo de diamantes que aconteceu no princípio do século, aqui em Nova York. Meus avós estiveram envolvidos no caso. Não roubaram nada — apressou-se a acrescentar. — Meu avô era o detetive da seguradora, e a minha avó era... Puxa, isso é meio complicado. O fato é que vinte e cinco por cento dos diamantes nunca foram recuperados.

— É mesmo? — interessou-se Eve.

— O caso é muito curioso e empolgante. Algumas das pessoas que me procuraram estão só brincando de detetive, entende? Esse é um dos motivos para o sucesso do livro. São milhões de dólares em diamantes e ninguém sabe onde estão. Já se passou mais de meio século e, até onde sabemos, eles nunca apareceram.

— Você publicou o livro com seu nome verdadeiro?

— Publiquei, sim. É que os diamantes foram o motivo de meu avô e minha avó se conhecerem. Isso faz parte da história da família Gannon. É a espinha dorsal do livro, na verdade. Os diamantes são o chamariz, mas o melhor é o amor que brotou entre eles dois.

Com ou sem amor, pensou Eve, com uma ponta de ceticismo, alguns milhões em diamantes eram mesmo um tremendo chamariz. E um belo motivo para um crime.

— Tudo bem, por ora. Você ou Andrea terminaram algum relacionamento recentemente?

— Andrea não tinha relacionamentos, por assim dizer. Ela simplesmente curtia os homens. — Sua pele branca ficou bem avermelhada. — Acho que não expliquei direito. Quis dizer que ela gostava de badalar e saía muito com rapazes, mas preferia não se comprometer com ninguém, especificamente.

— Algum desses rapazes com quem ela saía pretendia algo mais sério?

— Nunca mencionou isso, e certamente teria me contado. Eu saberia se algum deles fosse mais insistente. Andrea costumava sair com homens que buscavam o mesmo que ela: diversão, mas sem compromissos.

— E você?

— Eu não saio com ninguém, atualmente. Com meu trabalho como escritora e agora, com esse furacão que foi a turnê, não tenho tempo nem disposição para isso. Terminei um relacionamento há mais ou menos um mês, mas não houve problemas nem ressentimentos.

— Qual é o nome dele?

— Como assim? Ele nunca... Nossa, Chad seria *incapaz* de fazer mal a alguém. É um pouco idiota, às vezes. Para ser franca, ele consegue ser um babaca sem tamanho, em alguns momentos, mas não é...

— Estou perguntando por questão de rotina. Isso ajuda a eliminar suspeitos da lista. Chad de quê?

— Oh, Deus. Chad Dix. Mora na Rua 71 Leste.

— Ele sabe as senhas e os códigos de acesso à sua residência?

— Não. Sabia, mas eu troquei tudo quando nos separamos. Não sou idiota e o meu avô foi policial antes de se tornar detetive. Ele me esfolaria viva se eu não tomasse essas precauções básicas.

— Com toda a razão. Quem mais conhecia as novas senhas?

Samantha passou as mãos pelos cabelos até eles ficarem eriçados.

Relíquia Mortal

— Andrea era a única pessoa, além de mim... E o pessoal do serviço de limpeza da casa, uma firma chamada *Maid in New York*. Ah, e meus pais também. Moram em Maryland. Eu sempre lhes passo todas as senhas, por precaução.

Arregalou os olhos ao lembrar uma informação importante.

— A câmera de segurança! Tenho uma câmera de segurança na porta da frente.

— Eu sei, mas ela foi desativada, e os dados gravados desapareceram.

— Ah. — As cores voltavam-lhe ao rosto, um rosado típico de uma jovem saudável. — Isso tudo me parece trabalho de profissionais. Por outro lado, por que seriam tão profissionais e meticulosos para depois destruir a casa toda?

— Boa pergunta. Vou precisar conversar com você em algum outro momento, mas por agora é só. Há alguém que queira contatar?

— Acho que não consigo falar com ninguém. Estou exausta. Meus pais estão de férias, num cruzeiro pelo Mediterrâneo. — Mordeu o lábio inferior como se reprimisse um pensamento. — Não quero que saibam o que aconteceu. Estavam planejando essa viagem há mais de um ano e embarcaram faz menos de uma semana. Se souberem, vão querer voltar na mesma hora.

— Cabe a você decidir contar ou não.

— Meu irmão está fora do planeta, a trabalho. — Bateu com os dedos nos dentes enquanto pensava. — Ele vai ficar fora mais uns dias, e minha irmã está na Europa. Ela vai se juntar aos meus pais daqui a dez dias; então eu posso mantê-los afastados dessa tragédia, pelo menos por enquanto. Sim, farei isso. Precisarei contar tudo aos meus avós, mas isso pode esperar até amanhã.

Eve preferia deixar Samantha sob os cuidados de alguém que pudesse lhe dar apoio, mas a estimativa inicial que a jovem fizera sobre si mesma parecia acertada. Ela não era uma mulher frágil.

— Sou obrigada a dormir aqui? — perguntou. — Por mais que eu deteste a ideia, acho que prefiro ir para um hotel... Ficar por lá alguns dias. Não pretendo ficar em casa sozinha. Não gostaria de passar esta noite aqui.

— Vou providenciar para que alguém a leve aonde desejar. Mas preciso saber como encontrá-la.

— Claro. — Fechou os olhos por um momento e respirou fundo, enquanto Eve se levantava. — Tenente, ela está morta. Andrea morreu porque estava aqui. Morreu por estar na minha casa enquanto eu viajava, não foi?

— Nada disso! Ela morreu porque alguém a matou. Quem cometeu o crime é o único responsável pelo que aconteceu. Você não tem culpa. Nem ela. Meu trabalho é encontrar o responsável.

— A senhora é boa no que faz?

— Pode apostar que sim. Vou pedir à policial Ricky que acompanhe você até um hotel. Se acontecer mais alguma coisa, pode entrar em contato comigo na Central de Polícia. Mais uma pergunta: esses diamantes sobre os quais você escreveu... Quando foram roubados?

— Em 2003. Março de 2003. Na época, foram avaliados em mais de vinte e oito milhões de dólares. Mas três quartos do montante foram recuperados e devolvidos ao dono verdadeiro.

— Mesmo assim, ainda sobraram muitas pedras valiosas soltas por aí. Obrigada pela colaboração, srta. Gannon. Meus pêsames pela morte de sua amiga.

Eve saiu da cozinha matutando sobre diversas teorias. Um dos peritos do laboratório tocou em seu ombro quando ela passou.

— Tenente! Fomos verificar os peixes. Estão mortos.

— Merda. — Enfiou as mãos nos bolsos e saiu da casa.

Capítulo Dezoito

Eve estava mais perto de casa do que da Central, e era tarde o bastante para que não precisasse voltar ao centro da cidade. Além disso, seu equipamento pessoal era muito superior a qualquer um que a polícia pudesse oferecer, com exceção da celebrada DDE, a Divisão de Detecção Eletrônica.

Na verdade, Eve tinha acesso a equipamentos superiores àqueles do Pentágono, provavelmente. Esse era um dos benefícios de estar casada. Bastava escolher para marido um dos homens mais ricos e poderosos do mundo, de preferência um que adorasse brinquedinhos eletrônicos. Isso permitia a Eve brincar com eles quando bem lhe aprouvesse.

Para completar, Roarke ainda a convenceria a deixá-lo "testar" o equipamento. Como Peabody não estava por perto para fazer o trabalho mais tedioso, Eve planejava deixar que Roarke a ajudasse sem discutir.

Os diamantes pareciam um bom ponto de partida para o caso, e queria cavar fundo para levantar mais dados. E quem melhor para assisti-la nessa tarefa do que um ex-ladrão? O passado enevoado de Roarke era um bônus em momentos como aquele.

O casamento, apesar de parecer uma ideia assustadora e inquietante para Eve, estava se revelando um bom negócio na vida dela, de modo geral.

Além do mais, faria bem a Roarke bancar o assistente de pesquisas. Isso afastaria sua mente das revelações sobre o seu passado que tinham surgido recentemente, deixando-o abalado. Um homem adulto descobre que a própria mãe *não era* a megera insensível que o espancava na infância e depois o abandonara, e sim uma jovem que o amara profundamente e fora assassinada quando ele ainda era bebê — e pelo próprio pai! Isso tira o equilíbrio e a paz de qualquer ser humano, até mesmo de um sujeito com os pés firmemente plantados no chão, como Roarke.

Portanto, se ele a ajudasse, estaria ajudando a si mesmo.

Isso também compensaria, em parte, o desperdício dos planos que Eve tinha para aquela noite. Ela pensara em algo mais pessoal e muito mais energético. Summerset, o terror da sua existência e mordomo sargentão de Roarke, estava passando dez dias num spa de recuperação fora do planeta, por insistência do patrão. Aparentemente, a licença que tirara depois de ter quebrado a perna não bastara para acabar com seu abatimento. Como se a palidez cadavérica não fosse uma de suas marcas registradas. Mas o fato é que o mordomo sumira por uns tempos, e era isso que importava. Cada minuto contava. Eve e Roarke estariam sozinhos em casa e, pelo que ela lembrava, não havia nenhum compromisso social ou de negócios agendado para aquela noite.

Eve pretendia, então, passar várias horas devorando o marido numa sessão de sexo selvagem e depois permitiria que ele lhe devolvesse o favor.

Mas trabalhar em conjunto também tinha suas vantagens.

Passou pelos enormes portões de ferro que guardavam o mundo que Roarke construíra.

Era espetacular, com um gramado tão verde quanto os que ela vira na Irlanda, enormes árvores frondosas e belíssimos arbustos floridos. Um santuário de elegância e paz no coração da cidade que ambos tinham adotado como sua. A casa propriamente dita era uma mistura de fortaleza e castelo, mas acabara por se tornar um símbolo de lar para Eve. A construção se erguia e se espraiava, sobressaindo-se no terreno, com suas torres e blocos de pedra em contraste com o céu profundo e as inúmeras janelas que pareciam em chamas nos reflexos do entardecer.

Conforme Eve foi compreendendo Roarke, o desespero que sofreu na infância e a determinação obstinada de nunca voltar àquela vida, passou

Relíquia Mortal

a entender e até apreciar a necessidade que seu marido tinha de criar uma base tão sólida e suntuosa — tão unicamente sua.

Eve precisara do distintivo e da base sólida da lei exatamente pelas mesmas razões.

Deixou a feia viatura da polícia em frente à entrada majestosa, subiu aos pulos a escada da casa em meio ao calor pegajoso do verão e entrou no geladinho glorioso do saguão.

Já ansiava por mergulhar de cabeça no trabalho, organizar as primeiras anotações e dar início às investidas, mas se virou para o localizador de pessoas e perguntou:

— Onde está Roarke?

Bem-vinda ao nosso lar, querida Eve.

Como sempre, a mensagem gravada com tanta ternura não só lhe provocava arrepios de prazer e constrangimento, como também lançava fagulhas que lhe corriam pela espinha.

— Sim, tá legal. Responda à pergunta.

— Ele está bem atrás de você.

— Caraca, que susto! — Ela pulou de lado e se virou num movimento rápido, xingando baixinho ao ver Roarke casualmente encostado ao portal que unia o saguão à sala de estar. — Por que não me atacou logo com uma arma de atordoar? O susto seria menor.

— Não foi assim que eu planejei recebê-la — disse Roarke. — Você está com manchas de sangue na calça.

Ela olhou para baixo.

— Não é meu. — Esfregou as manchas com aquele ar distraído, olhando para ele.

Não foi somente sua saudação maliciosa que fez o coração de Eve disparar. Isso acontecia sempre que olhava para ele. E não era apenas por causa do rosto perfeito, com olhos azuis quase ofuscantes, uma boca incrível curvada agora num sorriso fácil; um milagre de linhas retas e ângulos precisos combinados num espécime espantoso de beleza masculina — tudo isso emoldurado por uma juba de cabelos pretos e sedosos. Não era só a compleição atlética, que ela sabia ser formada por músculos duros por baixo da elegância do terno preto que vestia.

Era tudo o que sabia dele, tudo o que ainda havia por descobrir, tudo que se combinava, lançando uma onda de amor sobre ela que mais parecia uma tempestade.

Algo insensato e impossível. E, no entanto, a coisa mais verdadeira e genuína que ela conhecia.

— Como é que você planejava me dar as boas-vindas?

Roarke estendeu a mão e entrelaçou os dedos nos de Eve quando ela atravessou o chão de mármore a passos lentos, até ele. Depois se inclinou, observou-a longamente e roçou seus lábios nos dela, sentindo-a relaxar quando o beijo se aprofundou.

— Pensei em algo assim — murmurou, com um traço de sotaque irlandês na voz. — Para começar.

— É um bom começo. E depois?

Ele riu.

— Pensei numa garrafa de vinho na sala de estar.

— Nós dois, sozinhos, bebendo vinho na sala de estar?

A alegria da voz dela o fez erguer uma das sobrancelhas.

— Sim, acho que o Summerset está aproveitando muito suas férias. Muito simpático você perguntar.

— Blá-blá-blá. — Ela entrou na sala de estar, largou-se sobre um dos sofás antigos e, deliberadamente, colocou as botas sobre uma mesinha de centro de valor inestimável. — Você viu o que estou fazendo? Será que seu mordomo acabou de sentir uma fisgada no períneo?

— Isso é muito infantil, tenente.

— Sim, e daí?

Ele teve de rir e, em seguida, serviu vinho de uma garrafa que já abrira.

— Muito bem, então. — Serviu-lhe uma taça, sentou-se ao lado dela e também colocou os pés em cima da mesinha. — Como foi o seu dia?

— Nada disso, conte você primeiro.

— Devo contar detalhes sobre as minhas muitas reuniões, sobre o progresso dos planos de aquisição do Grupo Eton, a reabilitação do complexo residencial de Frankfurt ou a reestruturação da nossa divisão de nanotecnologia em Chicago?

Relíquia Mortal

— Tudo bem, chega de falar sobre você. — Ergueu o braço para dar espaço a Galahad, o enorme gato da casa, que aterrissou numa almofada ao lado dela com um baque.

— Foi o que pensei. — Roarke brincou com os cabelos de Eve enquanto ela fazia carinho no gato. — Que tal a nossa nova detetive?

— É boa. Ainda está submersa em papelada. Anda despachando assuntos antigos para poder se dedicar aos novos. Eu preferi lhe dar alguns dias trabalhando na parte burocrática antes de ela estrear seu distintivo novinho em folha nas ruas.

Ele olhou para a mancha de sangue na calça de Eve.

— Mas você conseguiu um novo caso.

— Humm. — Bebericou o vinho e deixou que a fizesse relaxar após um dia difícil. — Consegui lidar sozinha com a cena do crime.

— Está tendo problemas para se adaptar a uma parceira em vez de uma assistente, tenente?

— Não. Talvez. Sei lá! — Encolheu os ombros, irritada. — Eu não podia me livrar dela, não é mesmo?

Ele pôs o dedo na covinha do queixo dela.

— Na verdade, você *não queria* se livrar dela.

— E por que haveria de querer? Trabalhamos bem juntas. Temos um bom ritmo. Então é melhor mantê-la ao meu lado. É uma ótima profissional, uma excelente tira. De qualquer modo, não quis convocá-la porque ela tinha encenado o turno e planejava uma grande noite. Em nosso trabalho, já temos tantos planos frustrados que eu não quis estragar sua comemoração.

Ele a beijou no rosto.

— Belo gesto.

— Nada a ver. — Deu de ombros. — Preferi fazer isso a aturá-la lamentando a perda das reservas que fizera em algum lugar especial, reclamando por não poder usar o novo vestido ou algo do tipo. De qualquer modo, amanhã contarei tudo a ela.

— E por que não me conta tudo hoje?

— Essa era a minha ideia. — Olhou para ele e exibiu um sorriso forçado. — Acho que você me poderá ser útil.

— Sabemos que adoro ser útil. — Subiu com os dedos pela coxa dela.

Eve pousou a taça, ergueu Galahad, que pesava uma tonelada, e se esparramara no colo dela.

— Venha comigo, meu chapa. Tenho uma tarefa para você.

— Parece... interessante.

Ele acompanhou Eve e inclinou a cabeça de leve quando ela parou no meio da escada.

— Algum problema?

— Estive pensando numa coisa. Você lembra como Summerset levou um tombo desta escada?*

— Como poderia esquecer?

— Pois é... Lamento que ele tenha quebrado seus ossinhos e coisa e tal, principalmente porque isso atrasou suas férias em vários dias.

— Você é sensível demais, querida Eve. Não carregue o peso do mundo sobre seus ombros desse modo.

— Rá-rá! Aquilo foi uma tremenda falta de sorte. Da escada, é claro. Precisamos agradá-la, senão qualquer dia é um de nós que despenca dela.

— E como você pretende...

Foi impossível terminar a pergunta e difícil se lembrar de alguma coisa com aquela boca quente e sensual na sua, e as mãos dela já começando a arrancar o cinto dele.

Roarke sentiu os olhos girando para cima nas órbitas e só a parte branca ficou à mostra.

— Sorte nunca é demais — conseguiu dizer depois de um tempo, e se virou para ela, encostando-a na parede para poder lhe arrancar o casaco.

— Se não rolarmos da escada e acabarmos mortos, venceremos a maldição. Este terno é de boa qualidade, não é?

— Tenho outros.

Ela riu, puxou-o pelo paletó e lhe mordeu o pescoço. Ele soltou o fecho do coldre e a correia com tanta violência que a arma e o estojo despencaram escada abaixo.

---

* Ver *Retrato Mortal*. (N. T.)

Tudo mais que eles usavam teve o mesmo destino: as algemas, os *tele-links* de bolso, uma gravata de seda pura, uma bota. Roarke a prendeu na parede quase completamente nua e a fez ter um orgasmo inesperado. Eve cravou as unhas nas costas dele e depois deslizou as mãos para baixo, apertando-lhe as nádegas com força.

— Acho que está dando certo — ofegou ele.

Soltando uma risada, quase sem fôlego, colocou-a sobre os degraus. Acabaram se atrapalhando por um momento e rolando dois degraus. Caíram, mas tornaram a se levantar. Em um ato de autodefesa, ela soltou uma das mãos para se ancorar a uma das grades do corrimão e apertou as pernas em torno dos quadris dele com a força de um torno, o que os impediu de rolar como uma bola até a base da escada.

Roarke se concentrou nos seios enquanto os quadris dela corcoveavam e o levavam ao delírio. Quando Eve estremeceu e disse o nome dele num gemido abafado, ele enfiou a mão entre as pernas dela e a sentiu se encrespar mais uma vez.

Roarke desejara muitas coisas em sua vida, mas nada de forma tão intensa como ela. Com Eve, quanto mais obtinha, mais ansiava, num ciclo infinito de amor, desejo e saudade. Podia suportar o que passara antes e aguentar qualquer coisa que viesse depois, desde que a tivesse a seu lado.

— Agarre-se em mim! — Ele ergueu os quadris de Eve com as mãos. — Segure-se bem! — E se lançou com força dentro dela.

Houve um momento de prazer cego e explosivo, e os dedos dela tremeram na madeira da escada. As necessidades que tinham um do outro se colidiram e o coração de Eve quase parou. Zonza, abriu os olhos e fitou os dele. Viu-o se perder, tão ligado a ela, naquele momento, como se tivessem se fundido com aço.

Então se enrolou em Roarke com força e não o soltou até ele gozar.

Ficaram estendidos na escada com as pernas abertas, como dois sobreviventes de um terremoto. Eve teve a impressão de que o solo ainda tremia.

Tinha apenas um dos pés calçados, e sua calça estava do avesso, ainda presa ao tornozelo. Não havia duvida de que aquilo parecia ridículo, mas não lhe sobrara energia para se importar.

— Acho que esta escada vai ser um lugar seguro agora — disse ela.

— Deus queira, porque não aguento repetir a dose na escada nesse momento — rebateu ele.

— É, mas fui eu que fiquei com as costas marcadas pelas quinas dos degraus.

— Pois é. Desculpe. — Saiu de cima dela, sentou-se e puxou os cabelos para trás. — Isso foi... Nem sei descrever. Memorável. Eu diria memorável.

Eve também não esqueceria aquele momento tão cedo.

— Nossas coisas rolaram todas lá para baixo.

Olharam para a base da escada ao mesmo tempo. Por alguns instantes, enquanto eles pensavam, só dava para ouvir as suas respirações entrecortadas.

— Por isso é que é bom ter uma pessoa para recolher as coisas depois de uma farra dessas.

— Se essa pessoa, cujo nome eu não pretendo mencionar pelas próximas três semanas, estivesse na casa, você não teria gozado aqui, nu em pelo, no meio da escada.

— Tem razão. Acho que vou lá embaixo pegar tudo. Uma das suas botas ainda está no pé — avisou ele.

Ela pensou um pouco e decidiu que descalçar a bota seria mais simples do que vestir novamente a calça. Depois disso, pegou o que estava ao seu alcance.

Ficou sentada onde estava com o queixo apoiado num punho, vendo-o arrumar a confusão. Não era exatamente um tormento apreciar Roarke pelado.

— Tenho de tirar essa roupa e vestir algo melhor — anunciou ela.

— Por que não vamos comer alguma coisa e você me conta em que mais eu posso ser útil?

— Combinado.

Relíquia Mortal

Como tinham resolvido comer no escritório doméstico dela para facilitar as coisas, Eve o deixou escolher a refeição e foi programar no AutoChef, ela mesma, a salada de lagosta que Roarke tanto apreciava.

Decidiu que o sexo queimaria o álcool do seu organismo e se permitiu uma segunda taça de vinho enquanto comiam.

— Vamos lá... A proprietária de uma residência sofisticada no Upper East Side viajou por duas semanas. Sua amiga ficou cuidando da casa. Então ela voltou hoje, no fim da tarde, e encontrou a sala totalmente em desordem. No depoimento, garantiu que as portas estavam trancadas e o alarme ligado. Subiu a escada para o segundo andar e sentiu um cheiro forte que a deixou tão incomodada quanto a bagunça na sala. Entrou no quarto e encontrou a amiga morta. Já estava morta há uns cinco dias, pela minha avaliação inicial. Foi degolada. Não há outras lesões visíveis. Tudo indica que o ataque foi por trás. A câmera de segurança na porta foi desativada e os discos foram levados. Não há sinal de arrombamento. A vítima usava um monte de badulaques. É possível, até provável, que fosse tudo bijuteria, mas o relógio era de uma marca boa e cara.

— Agressão sexual?

— Minha avaliação preliminar diz que não. Vou esperar para ver o que o legista tem a dizer. Ainda estava vestida, com roupas de festa. Quando a dona da casa se acalmar, vamos pedir para ela verificar se lhe roubaram alguma coisa. Vi o que me pareceram ser antiguidades, obras de arte originais e eletrônicos top de linha. Minha busca inicial revelou joias numa gaveta do quarto. Pareciam boas, mas não sei avaliar. É possível que tenha sido um assalto que deu errado, mas algo me diz...

— A partir desse ponto você já está fazendo uma avaliação pessoal.

— Pois é... Não me parece um ataque de cunho sexual. O que me parece, e o que tudo indica, é que alguém invadiu a casa em busca de uma pessoa ou de algo específico. E, pelo visto, a vítima chegou antes desse alguém ter encerrado a busca.

— Voltou no momento errado, então.

— Certamente. Todos sabiam que a dona da casa estava viajando. Pode ser que não esperassem encontrar alguém lá. A vítima entrou no quarto, ele pulou nela por trás, cortou-lhe a garganta de orelha a orelha e continuou a busca. Ou foi embora.

— Não, realmente isso não foi um simples assalto. Os ladrões desse tipo entram e saem rapidamente, sem confusão nem bagunça. Sem armas. A pena é muito maior quando um ladrão desses é preso portando uma arma.

— Disso você entende.

Ele se limitou a sorrir.

— Como nunca fui preso, muito menos condenado, acho esse sarcasmo inadequado. Ele não assaltou como é habitual — continuou Roarke —, simplesmente porque um roubo tradicional não era o seu objetivo.

— É o que eu também acho. Investigaremos Samantha Gannon e Andrea Jacobs, a dona da casa e a vítima. Vamos ver se aparece alguém que as queria ver mortas.

— Ex-maridos, amantes?

— Segundo as testemunhas, Andrea Jacobs gostava de se divertir. Não tinha parceiro fixo. Samantha Gannon tem um ex-namorado. Diz que se separaram numa boa, sem ressentimentos, há pouco mais de um mês. Mas ex-namorados podem ser muito idiotas às vezes. Guardam rancores ou tensões durante anos.

— Disso você entende.

Ela ficou sem reação por um instante, mas logo lhe veio a visão de Roarke surrando um colega policial com quem Eve passara uma única noite fazia vários anos.

— Webster não era meu namorado. Um homem tem de estar nu ao lado de alguém por mais de duas horas para se qualificar como namorado. Isso é uma lei.

— Tudo bem, reconheço meu equívoco.

— E pode tirar esse ar convencido da cara. Vou investigar o ex-namorado, Chad Dix. Mora no Upper East Side. — Não era pizza, pensou Eve enquanto comia, mas a salada de lagosta até que não estava nada má. Serviu-se de mais uma porção enquanto revia mentalmente as informações. — A vítima era agente de viagens, trabalhava na Trabalho ou Lazer Viagens, no centro da cidade. Você conhece?

— Nunca ouvi falar. Não uso esses serviços.

— Há quem viaje por razões diferentes. Contrabando, por exemplo.

Ele ergueu a taça e olhou para o vinho.

— Analisando por certos ângulos, contrabando pode ser considerado trabalho ou lazer.

— O papo vai ficar chato se eu disser "disso você entende". Vamos ver a agência de viagens, mas não creio que Jacobs fosse o alvo. O alvo era a casa de Gannon, as coisas de Gannon. Ela estava fora da cidade e todos sabiam disso.

— A trabalho ou a lazer?

— Trabalho. Estava numa turnê para promover um livro. Aliás, é um livro que me interessa.

— Sério? — espantou-se Roarke. — Agora você conseguiu chamar minha atenção.

— Corta essa! Eu leio, sabia? — Serviu-se de mais lagosta. — Leio um monte de coisas.

— Processos e relatórios não contam como leitura. — Ele fez um gesto com o garfo. — Mas vá em frente: o que há de tão interessante no livro?

— Contam, sim! — retorquiu ela. — É uma história de família, mas o gancho principal é um roubo de diamantes que aconteceu no início do século aqui em Nova York.

— O roubo na Rua 47. *Pedras Quentes*. Conheço o livro.

— Você já o leu?

— Li, sim. Os direitos para publicação foram negociados no ano passado. Quem ganhou foi a Starline.

— Starline? A editora? Ela é sua.

— Sim. Aceitei a dica do meu avaliador de originais, em um dos seus relatórios. Todo mundo, ou todo mundo com interesse pela área, conhece o golpe da Rua 47.

— E você tem interesse pela área, é claro.

— Como tenho! Quase trinta milhões de dólares em diamantes saem do mercado da noite para o dia. Três quartos deles são recuperados, mas ainda sobram muitos brilhantes por aí. A autora se chama... Sylvia... Susan... Não, Samantha Gannon, claro.

Sim, Roarke realmente era um auxiliar perfeito.

— Muito bem, então você conhece o caso. O avô dela recuperou ou ajudou a recuperar as pedras.

— Sim. E o bisavô materno fazia parte da quadrilha que os roubou.

— Sério?! — Eve se recostou na cadeira, refletindo sobre aquilo. — Não chegamos a conversar sobre esse detalhe.

— Está no livro. A autora não esconde a ligação. Aliás, essas ligações e referências internas e externas dão boas vendagens.

— Faça-me um resumo do livro.

— Foram quatro os elementos envolvidos no golpe. Um trabalhava na empresa que os detinha e cuidou da troca por pedras falsas. Os outros se fingiram de clientes ou de investigadores, depois que o roubo foi descoberto. Cada um marcou uma reunião com um designer da empresa ou com um vendedor. E levou, na saída, uma das quatro bugigangas que o infiltrado tinha colocado lá dentro. Um cão de louça, uma boneca de pano etc.

— Como assim, uma boneca de pano?

— O segredo desse tipo de golpe é deixar o roubo à vista de todo mundo — explicou Roarke. — Escondido em objetos banais. Dentro de cada um dos quatro objetos havia vinte e cinco por cento do roubo. Os ladrões entraram e saíram de lá em plena luz do dia. Reza a lenda, e Samantha Gannon confirma no livro, que dois deles almoçaram calmamente a um quarteirão do local do roubo com sua parte guardada no bolso da calça.

— Simplesmente saíram, na maior cara de pau?

— Um plano genial em sua simplicidade. Existe uma joalheria no térreo do prédio, uma espécie de bazar. Naquela época e ainda hoje em dia, às vezes, alguns joalheiros andam de loja em loja com uma fortuna em pedras escondidas em pequenos copos de papel dobráveis chamados *briefkes*. Com bastante coragem, informações privilegiadas e ajuda interna, é fácil sair de um lugar desses com diamantes à luz do dia. Muito mais fácil do que um arrombamento depois do expediente. Você quer café?

— Você vai fazer?

Relíquia Mortal

— Vou. — Levantou-se para ir à cozinha. — Eles nunca conseguiriam escapar — continuou, em voz alta. — Os registros de pedras preciosas desse tipo são rigorosos. Precisaria haver paciência, força de vontade e muito tempo de espera para a poeira baixar e elas poderem ser vendidas. Sem falar na pesquisa cuidadosa e no julgamento refinado para escolher o receptador certo para um material desses. E, como os homens são falhos, eles certamente seriam presos.

— Mas conseguiram ficar com boa parte do roubo.

— Não exatamente. — Voltou com um bule e duas canecas. — A coisa deu errado logo de cara, por conta da desonra entre ladrões, como sempre acontece. Um dos participantes do grupo, que se chamava Crew, decidiu que queria ficar com tudo, em vez de se contentar com sua quarta parte. Era um tipo de homem diferente de O'Hara, o bisavô da autora, e dos outros dois. Eles não deviam ter se envolvido com um sujeito como aquele. Crew atraiu o infiltrado e deve ter lhe prometido uma porção maior do roubo, mas, em vez disso, deu dois tiros na cabeça dele. Naquele tempo as pessoas usavam balas com uma regularidade alarmante. O assassino ficou com a parte do morto e chegou a ter metade de tudo.

— E foi atrás dos outros.

— Isso mesmo. A notícia se espalhou e os outros dois fugiram. Foi assim que envolveram a filha de O'Hara na confusão. A coisa se complicou, como você verá ao ler o livro. Morreu mais um. Tanto Crew como o detetive da seguradora farejaram o rastro. Então o detetive e a filha do ladrão se apaixonaram, para felicidade de ambos, e ela o ajudou a recuperar a metade a que O'Hara tinha acesso. Também prenderam Crew, num episódio dramático e heroico, mas ele foi morto na prisão menos de três anos depois. A parte dele no roubo foi encontrada num cofre aqui em Nova York, graças a uma chave que estava com ele quando foi preso. Mas Crew nunca revelou onde estava a última parte dos diamantes.

— E já faz mais de cinquenta anos. Podem ter desaparecido, a essa altura. Talvez estejam num estojo de joalheria sob a forma de anéis, braceletes, sei lá.

— É uma possibilidade. Mas é mais divertido imaginá-los escondidos num gato de louça, pegando poeira na prateleira de um brechó, não é?

Eve não entendeu qual era a graça daquilo, mas descobriu um possível motivo para o crime.

— A autora contou, no livro, sobre a ligação da família com o roubo e sobre os diamantes que faltam, certo? Isso é instigante. Alguém pode achar que ela está com eles ou que sabe onde estão.

— Samantha nega isso no livro, é claro, mas há quem pense que ela ou alguém da família está com as pedras. Se esses diamantes ainda andarem por aí, certamente valerão mais hoje em dia do que no princípio do século. Só a lenda sobre eles já faz com que seu valor aumente.

— Em quanto?

— Calculando por baixo, devem valer quinze milhões de dólares.

— Quinze milhões não é nada "baixo". É um valor capaz de incentivar muita gente a montar uma caça ao tesouro. Se seguirmos essa linha de raciocínio, teremos então, deixe-me ver... Uns dois milhões de suspeitos?

— Até mais, já que ela anda promovendo o livro. Até quem não o leu deve ter sabido da história numa das entrevistas que Samantha deu.

— Bem, qual é a graça da vida sem um desafio? Você chegou a procurar por eles? Pelos famosos diamantes da Rua 47?

— Não. Mas sempre foi divertido especular sobre eles com amigos, tomando chope. Quando eu era adolescente, percebia um certo orgulho por Jack O'Hara, o único dos quatro que escapou, ser irlandês. Muitos imaginavam que ele tinha ficado com o resto do saque e que passou o resto da vida em alto estilo.

— Mas você não pensa assim.

— Não sei. Se tivesse conseguido, Crew o teria esmagado como um cão esmaga uma pulga que lhe morde as costas. Era Crew quem tinha a última parte, e ele levou o segredo do lugar onde a ocultara para a cova. Por despeito, talvez, mas especialmente porque era uma posse sua e ele pretendia fazer com que continuasse assim.

— Era obcecado, então?

— Pelo menos é descrito assim no livro. Pelo que eu percebi, Samantha Gannon fez questão de descrevê-lo de forma tão real a apurada quanto possível.

Relíquia Mortal 303

— Muito bem. Vamos dar uma olhada no nosso elenco. — Eve passou para o computador em cima da mesa. — Não vou receber os resultados do legista nem dos peritos do local pelo menos até amanhã. Mas Gannon me garantiu que o lugar estava bem trancado e a segurança estava ativada quando voltou para casa. Eu examinei e vi que a fechadura da porta não foi arrombada. O assassino entrou com Andrea Jacobs ou sozinho, mas estou inclinada a acreditar na segunda hipótese, o que exigiria alguém com experiência em segurança ou que conhecesse as senhas.

— O ex-namorado?

— Gannon garante que trocou todas as senhas depois do fim do namoro. Mas isso não significa que ele as tenha descoberto. Enquanto eu o investigo a fundo, você poderia me conseguir tudo o que existe sobre os diamantes e as pessoas envolvidas.

— Isso é muito mais divertido — concordou ele, completando o café e o levando ao seu escritório, no cômodo contíguo.

Eve ordenou ao sistema uma pesquisa completa sobre Chad Dix e ficou matutando com o café na mão enquanto o computador fazia o levantamento dos dados. Uma morte fria, inútil, sem propósito. Era essa a sua imagem do assassinato de Andrea Jacobs. Não fora um ato de pânico. O ferimento era certeiro, o método usado era deliberado demais para denunciar pânico. Se houve chance de ele se colocar atrás dela, teria sido mais fácil e igualmente eficaz deixá-la inconsciente. Sua morte não acrescentava nada.

Descartou a possibilidade de trabalho profissional. O estado em que a casa ficara a levou a essa conclusão. Um assalto malsucedido poderia ser uma boa cobertura para um assassinato, mas nenhum profissional decente estragaria o disfarce deixando tanta coisa valiosa para trás.

O computador informou:

Chad Dix. Reside na Rua 71 Leste, número 41, Nova York. Data de nascimento: 28 de março de 2027. Filiação: Mitchell Dix e Gracia Long Dix Unger, divorciados. Um irmão, Wheaton. Uma meia-irmã, Maylee Unger Brooks.

Eve passou por cima dos endereços e se concentrou na experiência profissional. Consultor de finanças na Tarbo, Chassie & Dix. Um analista financeiro, então. Pela sua experiência, caras que mexiam com o dinheiro dos outros também gostavam de ter muita grana.

Analisou a foto da identidade. Maxilar quadrado, sobrancelhas altas, barba bem-feita. Bonito e cuidadosamente produzido, achou Eve. Cabelos castanhos curtos e olhos também castanhos e intensos.

— Computador, informar se o suspeito tem ficha na polícia. Incluir qualquer prisão e também acusações descartadas ou suspensas.

Processando... Autuado por embriaguez e indisciplina em 12 de novembro de 2049; fiança paga. Posse de substâncias ilegais em 3 de abril de 2050; fiança paga. Destruição de propriedade privada e embriaguez, em 4 de julho de 2050; proprietário indenizado; fiança paga. Embriaguez e desacato à autoridade em 15 de junho de 2053; fiança paga.

— Temos um nítido padrão aqui, certo, Chad? Computador, informar registros de reabilitação de álcool e/ou drogas químicas.

Processando... Programa de desintoxicação voluntária na clínica Stokley, em Chicago, Illinois. Foi cumprido um programa de quatro semanas entre 13 de julho e 19 de agosto de 2050. Programa de desintoxicação voluntária na clínica Stokley, em Chicago, Illinois. Foi cumprido um programa de duas semanas entre 16 e 30 de junho de 2053.

— Você continua limpo e sóbrio, Chad? — perguntou ela. Apesar dos dados, os registros não mostravam inclinação a atos violentos.

Iria interrogá-lo no dia seguinte e cavar mais, se necessário. Por ora, analisaria os dados da vítima.

Andrea Jacobs tinha vinte e nove anos. Nascera no Brooklyn, filha única, pais vivos, ainda casados. Moravam atualmente na Flórida. Eve destroçara suas vidas poucas horas antes, ao lhes comunicar que sua única filha estava morta.

A foto da identidade de Andrea mostrava uma loura atraente com um sorriso largo e brilhante. Não tinha ficha criminal. Trabalhava para a mesma empresa havia oito anos e morara no mesmo apartamento em Manhattan durante todo esse tempo.

Tinha saído do Brooklyn, reparou Eve. Conseguira um emprego e um lugarzinho para chamar de seu. Uma típica jovem nova-iorquina, dos pés

Relíquia Mortal

à cabeça. Como Eve tinha obtido autorização da família para ver a situação financeira da vítima, inseriu o código e pediu os dados.

Seu orçamento era apertado, notou Eve, para qualquer mulher solteira e jovem que gostasse de sapatos caros e boates da moda. O aluguel estava em dia. A conta da Saks estava em atraso, bem como a de uma loja chamada Clones. Eve pesquisou e descobriu que Clones era uma loja de vestuário especializada em imitações de roupas de estilistas famosos. Ficava no centro da cidade.

Ainda com os dados diante de si, passou às anotações e começou a organizá-las sob a forma de relatório. Era preciso reunir os fatos, observações, depoimentos e então costurar tudo.

Ergueu os olhos quando Roarke apareceu na porta.

— Levantei uma boa quantidade de informações sobre os diamantes, incluindo descrições detalhadas e fotos. Há muito mais sobre os homens presumivelmente responsáveis pelo furto. Ainda estou compilando os dados e mandei que o sistema enviasse tudo para você no final.

— Obrigada. Você precisa ficar de babá do computador?

— Na verdade, não.

— Quer dar uma voltinha?

— Com você, tenente? Sempre!

Capítulo Dezenove

Eve voltou à cena do crime. Estava escuro, pensou ela. Não era tão tarde quanto na noite do assassinato, mas quase. Digitou uma senha para abrir o lacre da polícia.

— Quanto tempo levaria para uma pessoa desativar as fechaduras? Em média?

— Mas, querida, eu não estou exatamente na média quando se trata dessas coisas.

Ela revirou os olhos, impaciente.

— O sistema é bom? É preciso experiência para violá-lo ou basta ter as ferramentas certas?

— Em primeiro lugar, o bairro é bom. Seguro e seleto. Há muito movimento de gente a pé e de carro. O invasor não iria querer levantar suspeitas do tipo "o que aquele cara está fazendo ali?", mesmo que fosse no meio da noite. Por falar nisso, a que horas aconteceu o crime?

— A hora da morte foi estimada pelo estado do corpo, entre a meia-noite e uma da manhã.

— Não foi assim tão tarde, ainda mais se considerarmos que ele já devia estar lá dentro. Deve ter entrado aqui no princípio da noite, na verdade. E certamente fez de tudo para invadir sem perda de tempo. Se fosse eu, o que não é o caso há muitos anos, teria estudado o sistema com antecedência. Teria dado uma boa olhada, investigado e pesquisado que tipo de instalação era esta, teria visitado o fornecedor ou analisado o produto on-line. Saberia o que fazer antes de chegar até aqui.

Relíquia Mortal

Sensato, pensou ela. Um ladrão sensato.

— E depois de fazer tudo isso?

Ele fez um ruído baixo, pensativo, e estudou as fechaduras.

— Se for experiente, pode ter conseguido desativar o alarme e abrir os trincos em quatro minutos. Até em três, se tiver mãos boas.

— Entre três e quatro minutos — repetiu ela.

— Mais tempo do que parece quando alguém está num lugar onde não devia e fazendo algo errado.

— Sim, já entendi.

— Para um amador levaria muito mais tempo. Quanto ao alarme, veja isto: nossa proprietária teve a cortesia de mandar colocar esta plaquinha de aviso para indicar aos interessados que a casa está protegida pelo First Alarm Group.

Eve sibilou de raiva.

— Olá, sr. Ladrão, deixe-me ajudá-lo a invadir minha residência. O avô dela foi policial antes de virar detetive particular — acrescentou Eve. — Será que não explicou à neta que é uma burrice divulgar o nome da empresa que montou seu sistema de segurança?

— Provavelmente. Mas pode ser um aviso falso. Para não complicar, vamos imaginar que nosso assassino aceitou que ela estava informando a verdade. No pacote residencial mais comum dessa empresa, o alarme vem ligado à própria fechadura. É preciso desligá-lo ao mesmo tempo em que se desmonta o trinco, e é necessário ter mão firme para isso. Em seguida, é fundamental substituir os ajustes do painel existente no lado de dentro, junto da porta. Isso iria levar mais um ou dois minutos, supondo que o invasor soubesse o que fazer. O ideal seria que ele tivesse treinado antes em um sistema igual. Eu estou aqui para você me ver tentando invadir?

— Sim, estou louca para ver se você... — Parou de falar quando um sujeito acenou para eles da calçada.

— O que estão fazendo? — quis saber o homem.

Trinta e poucos anos e o ar saudável de alguém que malhava muito na academia. Músculos sólidos num corpo magro. Atrás dele, do outro lado da rua, havia uma mulher sob a luz que se derramava pela porta da casa aberta. Tinha um *tele-link* na mão.

— Algum problema? — perguntou Eve.

— Eu é que pergunto. — O homem girou os ombros e se balançou sobre os calcanhares. Posição de combate. — Não há ninguém em casa. Se forem amigos da pessoa que mora aí, certamente sabem disso.

— Você é amigo dela?

— Moro ali em frente. — Apontou com o polegar. — Aqui nós tomamos conta uns dos outros.

— Que bom! — Eve sacou o distintivo. — Sabe o que aconteceu aqui?

— Sei. Espere um instante. — Ergueu a mão, virou-se e chamou a mulher. — Está tudo bem, amor, eles são tiras. Imaginei que fossem — acrescentou, virando-se novamente para Eve e Roarke —, mas precisava confirmar. Dois policiais já conversaram conosco. Desculpe tê-los questionado, mas é que estamos todos um pouco nervosos por aqui.

— Não faz mal. Vocês estavam por perto na noite da última quinta-feira?

— Estávamos em casa. Bem ali, do outro lado da rua, quando... — Olhou longamente para a residência de Samantha. — Nossa, é duro pensar nisso. Também conhecíamos Andrea. Já fomos convidados para festas na casa de Sam. Ela e minha mulher saíram juntas algumas vezes com outras amigas. E estávamos do outro lado da rua quando tudo aconteceu.

— Você sabia que Andrea Jacobs estava aqui enquanto a srta. Gannon viajava?

— Minha mulher esteve aqui na véspera de Sam sair em turnê. Veio se despedir, desejar sucesso e perguntar se ela queria que colocássemos comida para os peixes ou algo assim. Foi quando Sam lhe contou que Andrea ficaria aqui cuidando de tudo.

— Você viu ou falou com Andrea enquanto Samantha Gannon esteve fora?

— Não a vi mais que uma ou duas vezes. Acho que acenamos um para o outro na rua. Eu saio de casa às seis e meia da manhã quase todos os dias. Sempre malho um pouco na academia antes de ir trabalhar. Minha mulher sai por volta das oito. Andrea tinha horários diferentes, e por isso eu não esperava vê-la muito. E não estranhei quando não a vi.

— Mas reparou que estávamos parados aqui na porta, hoje. É por causa do que aconteceu ou está sempre alerta?

Relíquia Mortal

— Costumo estar. Não é para bisbilhotar — explicou, com um leve sorriso. — Só para não facilitar, entende? E vocês estavam com um ar suspeito, rodeando o lugar.

— Sim, eu sei. — Certamente pareciam prestes a desativar os alarmes e invadir uma propriedade particular, reconheceu Eve. — Você reparou em alguém que lhe parecesse estranho aqui na área? Viu alguém parado diante da porta desta casa ou circulando por aqui nas últimas duas semanas?

— Os policiais também me perguntaram isso. Pensei muito a respeito. Não vi nada. Minha mulher também não, e temos conversado bastante sobre o assunto desde que soubemos o que aconteceu. Aliás, quase não falamos de outra coisa.

Respirou fundo e continuou:

— Na quinta-feira passada, fomos nos deitar às dez da noite. Assistimos ao telão deitados na cama. Tranquei tudo antes de subirmos para o quarto. Olhei para a rua. Olho sempre, por hábito, mas não vi nada nem ninguém. Isso é terrível. É estranho quando uma tragédia dessas acontece com alguém que conhecemos — refletiu, olhando para a casa. Geralmente as vítimas são conhecidas de outras pessoas.

Eve conhecia gente atingida por tragédias, refletiu, ao caminhar de volta até onde Roarke estava. Conhecia muitos mortos.

— Vamos ver quanto tempo você leva — disse para Roarke, e fez sinal para a porta.

— Muito bem. — Ele tirou um estojinho de couro do bolso e pegou uma ferramenta minúscula. — Leve em consideração que eu não pesquisei nem treinei antes de desarmar um sistema desses. — Agachou-se.

— Tudo bem, vou levar em conta essa desvantagem. Só quero reconstruir um cenário possível. Não me parece que alguém vigiando a casa teria escapado ao Zé Malhação da casa em frente. Não se passou algum tempo nas redondezas.

— E enquanto você conversava com ele apareceram várias pessoas nas janelas ou nas portas observando a ação.

— Eu reparei.

— Mas, se a ideia é só vigiar o local, você pode passar pela rua tirando fotos discretas. — Tornou a erguer-se e abriu a porta. — Ou pode usar um clone por controle remoto ou androide se tiver dinheiro para comprar um. — Enquanto falava, abriu o painel de segurança ao lado da porta, inseriu uma unidade de bolso nele e digitou um comando. — Talvez tenha se vestido de forma comum, como quem estivesse apenas caminhando pelo quarteirão. Basta ter um pouco de paciência. Pronto, consegui.

— Você disse entre três e quatro minutos. Levou menos de dois.

— Falava de alguém com habilidade. Eu sou melhor que isso. Este é um sistema decente, mas as Indústrias Roarke fabricam coisas de qualidade superior.

— Vou fazer propaganda para a dona da casa na próxima vez que a encontrar. Ele subiu direto para o andar de cima.

— Como é que você sabe?

— Não esperava que alguém fosse chegar de surpresa e teria deixado as luzes acesas depois de acionar as telas de privacidade da sala. A vítima, por sua vez, teria reparado nas luzes e na confusão da sala assim que entrou. Mas não foi o que aconteceu. Partindo do princípio de que ela não era burra, se encontrasse a casa toda revirada e as luzes acesas, teria chamado a polícia na mesma hora. Em vez disso, subiu.

Abriu a porta da frente e a fechou novamente, pensou Eve.

— Ele a ouviu chegar — continuou. — Ela verificou as fechaduras e os alarmes. Talvez tenha conferido o *tele-link* do saguão para ver se havia alguma mensagem. — Eve caminhou pela sala, rodeando o caos e ignorando o cheiro de produtos químicos deixado pelos técnicos e peritos. — Devia estar vindo de alguma boate, provavelmente bebeu umas e outras. Não demorou muito aqui embaixo. Certamente seus pés doíam, depois de passar a noite com sapatos de salto altíssimo. Mesmo assim, só os tirou no quarto. Não entendo por que não fez isso aqui, já que não havia ninguém em casa para admirar suas pernas. Então subiu.

Eve seguiu na direção da escada.

— Aposto que gostava da casa. Morava num apartamento há quase dez anos. Certamente curtia ter todo esse espaço. Ela entrou no quarto e só então chutou os sapatos para longe.

— E como é que você sabe que ela não se descalçou lá embaixo e subiu a escada com os sapatos na mão?

— Humm... Pela posição deles e pela posição dela. Se tivesse trazido os sapatos nas mãos, ela os teria colocado no closet ou junto da porta. E, se os estivesse segurando quando a degolaram, eles teriam caído mais perto do corpo. A mim, parece... Você está vendo o lugar onde eu estou?

Roarke via onde ela estava e também as manchas e respingos de sangue na cama, no chão, no abajur, na parede. Os produtos químicos mal conseguiam disfarçar o fedor. Perguntou a si mesmo como, em nome de Deus, a dona da casa conseguiria voltar a dormir naquele quarto, revivendo o pesadelo do que acontecera ali.

Só então olhou para sua mulher, parada à espera de uma resposta. Viu que seus olhos de tira estavam frios e inexpressivos. Ela convivia com pesadelos, tanto acordada quanto dormindo.

— Sim, estou vendo onde você está.

— As portas do closet estão abertas. Aposto que era onde estava. Mas ele não começou por aqui. Acho que deu início à busca pelo escritório que fica no fundo do corredor. Essa foi sua primeira parada, mas ele não levou muito tempo ali.

— Por que diz isso?

— Se ele tivesse começado a revista por este quarto, a vítima teria reparado na confusão assim que abriu a porta. Não há feridas defensivas, nem sinal de que tenha tentado fugir ou lutar. Além do mais, há um computador no escritório, aparentemente intocado. Acho que aquele foi o ponto de partida. Ele planejava ser cuidadoso e limpo, mas a vítima chegou e estragou tudo.

— E o plano B era assassinar.

— Isso mesmo. Ele certamente não descartou o computador e deve tê-lo invadido, mas não revirou nada. Bagunçou a casa toda depois, para simular um roubo comum, mas já tinha *hackeado* o computador. Portanto, para que voltar e destruí-lo?

Roarke olhou para o horror de sangue e fluidos que manchava paredes e chão.

— Degolar uma mulher é mais rápido.

— Isso pode ter sido um fator importante. Acho que ele a ouviu entrar. E, em vez de esperar que ela fosse dormir para sair da casa ou deixá-la desacordada, ele veio para o quarto, escondeu-se no closet e a viu entrar e descalçar os sapatos. Tire essas tralhas do caminho — pediu a Roarke. — Já examinamos e gravamos toda a cena do crime. Vá para dentro do closet.

— Quanta roupa! — Ele afastou as pilhas de roupa, colocou os almofadões de lado e entrou no closet aberto.

— Está vendo o ângulo? Foi desse jeito que ela caiu. Estava em pé bem aqui, virada para o outro lado. Ele veio por trás e a puxou pelos cabelos; dá para saber pelo ângulo do corte. A vítima tinha cabelos compridos, só pode ter sido assim. Cortou a garganta dela de cima para baixo e da esquerda para a direita. Repita o movimento. Mas finja que eu tenho cabelos longos.

Ele a agarrou em dois movimentos rápidos, deu um puxão nos cabelos curtos dela e simulou o corte da faca.

Eve se imaginou estremecendo uma única vez. Intuiu o choque que seu organismo sofreria, o alarme soando no cérebro enquanto a vida se esvaía. Olhou para o chão e reviu, mentalmente, a posição do cadáver.

— Foi assim. Só pode ter sido. Ele não teve chance de hesitar sequer por um segundo. Bastava esse tempo para ela se virar, e então o ângulo seria diferente. Tudo foi rápido e eficaz. Veja só, ela bateu na borda da cama ao cair. Os respingos indicam isso. Bateu na borda da cama, quicou, rolou de lado e aterrissou. Depois, ele voltou ao trabalho. Deve ter armado a bagunça toda depois de tê-la matado. Provavelmente passou mais uma hora, talvez duas, em companhia da morta. E boa parte do tempo aqui neste cômodo, com ela se esvaindo em sangue. Tem mãos firmes e sangue-frio.

— Samantha Gannon está sendo vigiada?

— Claro! E vai ficar assim até que eu o prenda. Vamos embora daqui.

Ele esperou que estivessem na rua outra vez, no ar quente do verão. Esperou que ela voltasse a lacrar a porta. Então, passou-lhe as mãos pelos braços e a beijou de leve.

— Por que o beijo? — perguntou ela.

— Precisávamos disso.

— Acho que tem razão. — Ela o pegou pela mão e desceram a pequena escada externa. — Precisávamos mesmo.

Relíquia Mortal

A mídia já farejara o crime. O *tele-link* de Eve na Central de Polícia estava lotado de pedidos, apelos e exigências de informação. Descartou todos com prazer e passou as ligações para o serviço de relações públicas. Os jornalistas podiam cheirar o sangue à vontade, mas não conseguiriam nada dela enquanto não estivesse pronta.

Eve esperava uma visita pessoal de Nadine Furst, mas pensaria nisso depois. O fato é que talvez houvesse um jeito de usar a popular repórter e apresentadora do Canal 75.

Programou o café e decidiu que nunca era cedo demais para incomodar o médico-legista ou o laboratório.

Discutia o assunto com o profissional apontado para o caso, depois de se irritar ao saber que Morris, chefe dos legistas, estava de licença. Foi quando ouviu assobios e muito entusiasmo do lado de fora, na sala de registro de ocorrências.

— Não quero saber se é alta temporada de mortes — reclamou Eve, ao *tele-link*. — Mandar cadáveres para o necrotério não é meu hobby, sabia? Preciso de resultados, não de desculpas esfarrapadas.

Desligou na cara do legista e decidiu que a primeira esculhambação do dia a deixara com boa disposição para atacar o laboratório logo em seguida. Franziu o cenho ao ouvir o clic-clic de saltos finos vindo pelo corredor.

— Bom dia, Dallas.

A robusta Peabody, recém-promovida a detetive, não vestia mais a farda sempre impecável. Eve percebeu que lamentava esse fato. O corpo forte exibia mais curvas sem a farda azul, e agora estava coberto por uma calça cor de alfazema, um top violeta justo e um casaco solto, listrado nos dois tons. Em vez dos calçados grossos de tira, perfeitamente respeitáveis, ela usava sapatos também roxos e com saltos finos, ainda que baixos.

Isso explicava o clic-clic.

— Que diabo é isso que você está vestindo?

— Roupa. *Minha* roupa. Vou experimentar alguns estilos antes de eleger o melhor. Também ando pensando em mexer nos cabelos.

— Por que você precisa mexer nos cabelos? — Droga! Eve estava acostumada aos cabelos de Peabody, cortados em forma de tigela. — Por que as pessoas precisam de penteados novos? Se você não gostava do antigo corte, porque o usou todo esse tempo, para começo de conversa? Depois vai odiar o penteado novo e terá de escolher outro. Isso me deixa revoltada.

— Muita coisa deixa você revoltada.

— E que diabo é isso? — Apontou para os sapatos.

— Não são o máximo? — Girou o tornozelo para exibi-los melhor. — Muito confortáveis, também.

— Mas são sapatos para garotas!

— Dallas, não sei como lhe dar essa notícia, mas eu *sou uma garota*.

— Minha parceira não pode ser garota. Não ando com garotas, ando com tiras. Minha parceira deve ser tira, e esses não são sapatos de tira. Todo mundo repara que você está chegando.

— Obrigada pelo elogio, tenente. — Peabody sorriu para si mesma. — Eu também achei que tudo combinou lindamente.

— Não foi um elogio, meu Jesus Cristo em malha colante! Você faz barulho quando anda!

— Pois é, eles realmente precisam ser amaciados. — Ia armar um bico de ofendida, mas viu o arquivo sobre a mesa com as fotos da cena do crime. — O que está fazendo? Resolveu reabrir algum caso arquivado?

— Esse é novo. Fui chamada ontem, pouco antes de encerrar o turno.

— Você pegou um caso novo e não me chamou?

— Não reclame. Poupei você porque ontem foi sua Grande Noite. Lembra-se de como você alardeava o evento como se fosse o título de um filme? Sei como lidar com a cena de um crime, Peabody. Não havia motivo para estragar seus planos.

— Apesar da sua opinião sobre os meus sapatos, sou uma tira. Por definição, sempre espero que algo estrague meus planos.

— Dessa vez, não. Merda, eu quis que você curtisse uma noite tranquila. Se vai armar um barraco por causa disso, eu vou ficar puta.

Peabody mordeu os lábios. Mudou de posição, pois os sapatos não eram tão confortáveis quanto apregoara. Depois sorriu.

— Não vou armar barraco nenhum. Muito obrigada, Dallas. Foi uma noite importante para mim. McNab fez um grande esforço para planejar tudo. Puxa, nos divertimos muito. Bebi mais do que devia e ainda estou meio tonta. Mas uma dose de café de verdade deve ajudar.

Olhou com esperança para o AutoChef de Eve, onde o café era real e de alta qualidade, ao contrário da lama preta que se bebia na sala de ocorrências.

— Vá em frente, sirva-se à vontade — ofereceu Eve. — Depois, sente-se aí que eu vou colocar você a par de tudo.

— Diamantes desaparecidos? É uma caça ao tesouro! — sentenciou Peabody. — Foi como repartir uma pilhagem. Vai ser divertido investigar.

Sem dizer nada, Eve lhe mostrou uma das fotos do corpo de Andrea Jacobs. Peabody soltou um silvo entre dentes.

— Puxa, não tão divertido. Houve sinal de arrombamento? Agressão sexual?

— Nada aparente na avaliação feita na cena do crime.

— A vítima pode ter levado alguém para casa com ela. Escolha errada. As pessoas fazem isso.

— Veremos. Já chequei o cartão de crédito. A última transação, que parece ter sido pagar a conta da balada, foi na boate Six-Oh, Rua 60 esquina com a Segunda Avenida. Eram onze e quarenta e cinco da noite de quinta-feira. A hora da morte foi calculada entre meia-noite e uma da manhã.

— Então deve ter ido direto da boate para a casa de Samantha Gannon. Se tinha companhia, encontrou a pessoa na boate.

— Estamos investigando isso — disse Eve, arrumando a pasta. — Vamos falar com o ex-namorado de Samantha Gannon, o patrão e as colegas de Andrea Jacobs. Depois vamos à boate, e ainda vai sobrar tempo para passarmos pelo necrotério e apressar o legista.

— Adoro essa parte. Poderei exibir meu distintivo novo — acrescentou Peabody quando saíram. Abriu o casaco para mostrar o distintivo de detetive preso no cinto.

— Muito bonito.

— É meu novo acessório favorito.

Os executivos da Tarbo, Chassie & Dix obviamente seguiam a teoria de que a ostentação descarada atraía clientes que precisassem de consultoria em finanças. Os escritórios no centro da cidade ocupavam quatro andares e tinham uma central de informações no saguão principal que era quase do tamanho do campo dos Yankees. Oito jovens, homens e mulheres, certamente contratados tanto pela boa aparência quanto pelo talento em comunicação, comandavam uma ilha pintada em vermelho-sirene, tão grande que abrigaria um pequeno bairro. Os funcionários usavam headset e trabalhavam com tablets e centros de comunicação.

Eles obviamente tinham hábitos de higiene dental de primeira linha, a avaliar pelos sorrisos idênticos, muito brancos e cintilantes.

Ao redor deles havia balcões menores com mais homens e mulheres atraentes e cheios de sorriso, todos vestindo roupas estilosas. Mais além, três salas de espera com poltronas que pareciam confortáveis, equipadas com telões, revistas e vídeos diversos, para passar o tempo junto de um jardim tratado com muito bom gosto, montado em torno de um pequeno lago azul.

Música animada e repetitiva enchia o ar, num volume discreto.

Eve decidiu que seria presa numa sala acolchoada, própria para policiais enlouquecidos, caso viesse a trabalhar mais de uma semana sob aquelas condições.

Seguiu até o balcão principal pisando num tapete macio de cor prata.

— Chad Dix.

— O sr. Dix trabalha no quadragésimo segundo andar. — A morena sorridente tocou na tela. — Vou pedir a uma das assistentes dele que as acompanhe. Podem me informar os seus nomes e para que horas estão marcadas?

Eve colocou o distintivo em cima do balcão lustroso.

— Tenente Dallas, Polícia de Nova York. Estou marcada para *agora*. Podemos chegar à sala dele sozinhas, mas é melhor avisar o sr. Dix de que estamos subindo.

— Mas é preciso autorização para liberar o elevador.

Eve pegou o distintivo e o balançou de leve.

— Então é melhor tratar disso. — Enfiou-o no bolso e foi para o corredor dos elevadores com Peabody.

Relíquia Mortal

— Posso ser a tira megera da próxima vez? — sussurrou Peabody enquanto esperavam que as portas se abrissem. — Preciso treinar.

— Se você precisa de treino para isso, ser tira não é sua vocação, mas vou permitir que você tente. — Entrou no elevador e ordenou: — Quarenta e dois. — Encostou-se à parede da cabine enquanto subiam a toda velocidade e disse: — Pode enfrentar a próxima assistente que aparecer na nossa frente.

— Beleza! — Peabody esfregou as mãos de contentamento e girou os ombros e a cabeça, preparando-se para o embate.

— Definitivamente, essa talvez não seja sua vocação — resmungou Eve, mas deixou Peabody tomar a iniciativa quando as portas se abriram no andar almejado.

O piso era tão opulento quanto o outro, mas o esquema cromático era em azul e prata em vez de vermelho. As salas de espera eram maiores, com telões transmitindo programas sobre o mercado financeiro. O balcão de informações tinha tamanho e formato de uma pequena piscina, mas elas não precisaram ir até lá, pois a assistente se apressou a passar pelas portas de vidro duplas que se abriram silenciosamente à passagem dela.

Era loura, com os cabelos ensolarados arrumados numa massa compacta de cachos em torno da cabeça, como uma auréola. Tinha lábios e face cor-de-rosa e um corpo cheio de curvas enfiado numa saia justa, tudo coberto por um paletó cor de algodão-doce.

Sem querer perder a chance, Peabody avançou e abriu o casaco.

— Sou a detetive Peabody, da Polícia de Nova York. Esta é minha parceira, a tenente Dallas. Viemos falar com Chad Dix a respeito de uma investigação.

— O sr. Dix está em reunião com um cliente, mas ficarei feliz em verificar a agenda e encaixar vocês para mais tarde, ainda hoje. Por favor, qual é a natureza do assunto e de quanto tempo necessitam?

— A natureza do nosso assunto é homicídio, e o tempo necessário depende inteiramente do sr. Dix. — Peabody inclinou a cabeça e adotou o ar severo que gostava de praticar diante do espelho do banheiro. — Se ele não puder nos receber aqui e agora, ficaremos felizes em rebocá-lo até a Central de Polícia e interrogá-lo lá. Você poderá vir também.

— Bem, eu... Se me derem um momento...

Quando saiu dali quase correndo, Peabody deu uma cotovelada leve em Eve.

— "A natureza do nosso assunto é homicídio." Acho que essa foi boa.

— Não foi ruim — assentiu Eve quando a loura voltou aos pulinhos. — Vamos ver os resultados.

— Queiram me acompanhar. O sr. Dix vai recebê-las agora.

— Imaginei que ele faria isso — disse Peabody, seguindo a assistente com um andar confiante.

— Não abuse — resmungou Eve. — Isso é cafona.

— Entendido, senhora.

Passaram por um salão grande em forma de leque e entraram por outro conjunto de portas duplas. Essas eram opacas e se abriram quando a assistente as tocou.

— Detetive Peabody e tenente Dallas, sr. Dix.

— Obrigado, Juna.

Ele estava numa estação de trabalho em forma de U, diante da habitual parede formada por janelas do teto ao chão. O gabinete tinha uma área de espera luxuriante com várias poltronas largas e prateleiras com jogos e brinquedos antigos.

Dix trajava um terno cinza-escuro em risca de giz e usava uma corrente de prata trançada debaixo do colarinho da camisa imaculadamente branca.

— Policiais — saudou-as, com expressão sóbria, e apontou para as poltronas. — Presumo que essa visita tenha a ver com a tragédia que aconteceu na casa de Samantha Gannon. Soube ontem à noite pelo noticiário. Ainda não consegui entrar em contato com Sam. Vocês poderiam me dizer se ela está bem?

— Tão bem quanto se pode esperar — respondeu Eve. — O senhor também conhecia Andrea Jacobs?

— Sim. — Balançou a cabeça e se sentou atrás da mesa. — Mal posso acreditar que isso tenha acontecido. Eu a conheci por intermédio de Samantha. Costumávamos nos ver socialmente no tempo em que Samantha e eu saíamos juntos. Ela era... Isso vai lhes parecer um clichê, mas Andrea era uma dessas pessoas que costumamos descrever como "cheia de vida". As notícias foram vagas, mesmo as desta manhã. Foi um assalto?

— É isso que estamos investigando. O senhor e a srta. Gannon não têm mais se visto?

— Não, somos apenas amigos, agora.

— Por quê?

— A coisa não estava mais funcionando.

— Para quem?

— Para nenhum dos dois. Sam é uma mulher linda e interessante, mas já não nos divertíamos juntos e decidimos nos separar.

— O senhor sabia as senhas de acesso à casa dela?

— Eu... — Ele raciocinou por um segundo e pigarreou baixinho. — Sabia. E ela sabia as minhas. Deve tê-las trocado quando nos separamos, da mesma forma que eu.

— Pode nos dizer onde o senhor estava na noite em questão?

— Claro. Fiquei aqui no escritório até as sete. Depois jantei com um cliente no Bistro, na Rua 51. Juna pode lhes informar os dados do cliente se for preciso. Saí do restaurante cerca de dez e meia e fui para casa. Trabalhei em papelada durante uma hora e assisti ao noticiário, como faço todas as noites antes de me deitar. Devia ser quase meia-noite quando fui para a cama.

— Há alguém que possa confirmar isso?

— Não. Depois que eu saí do restaurante, ninguém me viu. Peguei um táxi, mas não sei dizer o código do carro, nem a companhia. Não tinha motivos para invadir a casa de Sam e roubar alguma coisa, nem para matar Andrea, pelo amor de Deus.

— Sabemos que tem tido problemas de dependência ao longo dos anos, sr. Dix.

Um músculo do seu maxilar se repuxou de leve.

— Estou limpo há vários anos. Participei de alguns programas de rea- bilitação e desintoxicação; continuo indo às reuniões. Se necessário, eu me submeterei a análises, mas antes preciso consultar meu advogado.

— Avisaremos se for o caso. Quando foi a última vez que o senhor teve contato com Andrea Jacobs?

— Há uns dois meses. Seis semanas, no mínimo. Fomos a um clube de jazz no centro, no início do verão. Eu com Sam, Andrea com alguém que ela namorava na época e mais duas outras pessoas. Isso aconteceu poucas semanas antes de Sam e eu terminarmos.

— O senhor e a srta. Jacobs se encontraram alguma vez a sós?

— Não. — Assumiu um tom mais ríspido. — Eu não enganava Sam, muito menos com uma das amigas dela. E Andrea, por mais que gostasse de homens, jamais aceitaria tal proposta. Isso é um insulto em todos os níveis, tenente.

— Em minha atividade eu insulto muita gente — rebateu Eve. — Assassinatos não combinam muito bem com boas maneiras. Obrigada pela colaboração, sr. Dix. — Ela se levantou. — Entraremos em contato se surgir mais alguma dúvida.

Começou a dirigir-se à porta, mas antes de chegar lá se virou para trás.

— A propósito, o senhor leu o livro da srta. Gannon?

— Claro. Ela me deu um exemplar algumas semanas antes do lançamento. E comprei outro quando saiu.

— Tem alguma teoria sobre o destino dos diamantes?

— Um caso fascinante, não? Acho que a ex-mulher de Crew fugiu com eles e levou uma bela vida em algum lugar.

— Pode ser. Obrigada.

Eve esperou que descessem até a rua.

— Impressões, detetive?

— Adoro quando você me chama assim. Ele é esperto, escorregadio e não estava em reunião nenhuma. Mandou a assistente dizer isso só para nos evitar.

— Exato. Ninguém gosta de conversar com a polícia. Por que será? Ele estava preparado — acrescentou, quando seguiram atravessando o saguão. — Tinha as atividades daquela noite de cor na cabeça, nem precisamos lhe informar a data. O crime aconteceu há seis dias e ele nem teve que pensar com calma. Recitou tudo como um aluno que decorou a lição.

— E não tem álibi para a hora da morte.

Relíquia Mortal

— Nenhum. Deve ter sido por isso que tentou nos evitar. Vamos agora à agência de viagens.

Eve presumiu que a agência Trabalho ou Lazer normalmente era um local alegre. As paredes estavam cheias de telões que mostravam pessoas incrivelmente bonitas se divertindo em locais exóticos. Isso devia ajudar a convencer os potenciais turistas de que eles também teriam aquele visual ao passear, semidespidos, em alguma praia tropical.

Havia meia dúzia de funcionárias em estações de trabalho em vez de cubículos, cada qual decorada com artigos pessoais: fotografias, bonequinhas, divertidos pesos de papéis e pôsteres.

Todas eram mulheres; o escritório tinha um cheiro feminino, uma espécie de sexo confeitado com açúcar, na imaginação de Eve. Todas vestiam roupas casuais, mas estilosas — pelo menos foi o que lhe pareceu —, até mesmo a que estava tão grávida que parecia carregar três saudáveis bebês na barriga.

Só de ver aquilo, Eve ficou nervosa.

Mas o pior de tudo eram os seis pares de olhos inchados de tanto chorar e os soluços e fungadas ocasionais.

O lugar pulsava estrogênio e emoções exacerbadas.

— É horrível, a coisa mais horrível que eu já vi. — A grávida conseguiu, de algum modo, içar-se da cadeira em que trabalhava. Tinha os cabelos castanhos com luzes puxados para trás e a cara redonda como uma lua cheia cor de chocolate ao leite. Colocou a mão no ombro de uma das outras e recomeçou a chorar.

— Talvez seja melhor irmos para a minha sala. Este aqui é o posto de trabalho de Andrea. Estive nele esta manhã. Meu nome é Cecily Newberry. Sou a chefe daqui.

Abriu caminho até o minúsculo escritório ao lado e fechou a porta.

— As meninas estão se sentindo péssimas. É uma desgraça completa. Para ser sincera, eu não acreditei quando Nara me ligou hoje de manhã, chorando e balbuciando algo sobre Andrea. Mas depois vi a notícia no noticiário. Desculpem. — Colocou uma das mãos na base das costas e se jogou na cadeira. — Preciso me sentar. Parece que tenho um maxiônibus estacionado na bexiga.

— Para quando é, sra. Newberry? — perguntou Peabody.

— Ainda faltam dez dias. — Tocou na barriga. — É meu segundo filho. Não sei onde estava com a cabeça para calcular tão mal e chegar ao fim da gestação no meio do verão. Nem vinha trabalhar hoje. Pretendia tirar as próximas semanas de folga, mas vim porque não sabia mais o que fazer, nem o que deveria ser providenciado. Andrea trabalhava aqui desde que abri a empresa, praticamente administra tudo comigo e ia ficar à frente da agência durante minha licença-maternidade.

— Andrea não apareceu para trabalhar durante vários dias. Você não estava preocupada? — quis saber Peabody.

— Ela estava de licença. Deveria ter voltado hoje, quando eu pretendia sair. Oh, Deus. — Esfregou o rosto. — Geralmente ela aproveitava as mordomias do nosso trabalho e viajava para lugares interessantes por alguns dias, mas dessa vez decidiu tomar conta da casa da amiga, mandar pintar seu apartamento e fazer algumas compras, segundo me contou. Também ia a spas e salões de beleza da cidade. Eu esperava ter notícias dela ontem ou anteontem para confirmar sua volta antes de sair de licença. Para ser sincera, não estranhei quando ela não ligou. Não pensei em nada, confesso. Com este bebê chegando, minha menininha para cuidar, a agência e a mãe do meu marido, que achou que esse era um momento excelente para vir ficar conosco, acabei me distraindo.

— Quando falou com ela pela última vez?

— Faz duas semanas. Gosto... Gostava muito de Andrea, uma pessoa ótima para se trabalhar. Mas tínhamos estilos de vida bastante diferentes. Ela era solteira e adorava sair. Eu estou casada, tenho uma filha de três anos, outro bebê a caminho e preciso cuidar desta empresa. É por isso que não tínhamos muito contato fora daqui e quase não conversávamos sobre assuntos que não se relacionassem ao trabalho.

Relíquia Mortal

— Alguém apareceu aqui perguntando por ela, especificamente?

— Bem, Andrea tinha uma boa base de clientes. A maioria das meninas daqui tem. São pessoas que ligam e perguntam por elas ao planejarem sua viagem.

— Você deve ter uma lista, certo?

— Claro que sim. Creio que há algum indício de ordem jurídica que eu deveria respeitar antes de liberar a lista para a polícia, mas não pretendo perder meu tempo, nem tomar o de vocês. Tenho as senhas de todas as funcionárias. Vou lhes dar a de Andrea. Copiem o que acharem que pode ser útil diretamente do computador dela.

— Agradeço sua colaboração.

— Andrea era uma mulher encantadora. Era muito divertida e fazia um bom trabalho. Nunca escutei que tivesse magoado alguém. Farei o que puder para ajudá-las a descobrir quem a matou. Era uma das minhas funcionárias, entendem? Uma das minhas meninas.

Levaram mais uma hora copiando arquivos, pesquisando os documentos e o conteúdo da estação de trabalho, além de conversando com as outras funcionárias.

Todas as colegas de Andrea já tinham ido com ela a clubes, boates, festas e bares, com ou sem homens. Houve muita choradeira, mas pouca coisa para registrar.

Eve já não aguentava mais o cheiro de luto e tintura labial.

— Comece a investigar os nomes da carteira de clientes dela. Vou ver Samantha Gannon e pressionar o médico-legista.

— Morris?

— Não. Morris está bronzeando seu traseiro em alguma praia tropical. Vamos trabalhar com uma legista chamada Duluc. Ela é mais lenta que uma lesma capenga. Vou insistir e, se sobrar tempo, vou pentelhar Dick Cabeção — acrescentou, referindo-se ao chefe do laboratório.

— Com isso poderemos dar a manhã por encerrada. Depois nós podíamos almoçar.

— Vamos lidar com o serviço de limpeza da casa antes de ir ao necrotério e ao laboratório. Você não tomou café da manhã hoje?

— Tomei, mas, se começar a chatear você desde cedo cobrando a hora do almoço, você vai acabar cedendo antes que eu desmaie de fome.

— Os detetives comem muito menos do que os auxiliares, sabia?

— Nunca ouvi falar de algo assim. Você está me dizendo essas coisas só para me assustar. — Trotou de leve nos sapatos novos, que se tornavam mais incômodos a cada minuto. — Não é?

Capítulo Vinte

aid in New York funcionava em um local modesto, porque priorizava a qualidade dos serviços oferecidos, não o luxo desnecessário. Foi isso que a gerente explicou a Eve, com alguma rispidez, do seu trono instalado num espaço ainda menor que a sala de Eve na Central de Polícia.

— Mantemos as despesas no mínimo — explicou a sra. Maly do alto do seu coque antigo e sapatos discretos. — Nossa clientela não está interessada nos escritórios que ocupamos e que, por sinal, nem conhece. Mas se preocupa muito com seus próprios escritórios e residências.

— Entendo o porquê disso — observou Eve, e as narinas de Maly se apertaram com força. Foi um evento interessante de observar.

— Nossos empregados são o nosso produto, tenente. Todos são rigorosa e exaustivamente entrevistados, testados, investigados, treinados, e devem cumprir os mais altos padrões de aparência, conduta e aptidão. Nossos clientes também são investigados para garantir a segurança dos funcionários.

— Aposto que sim.

— Prestamos serviços domésticos residenciais e empresariais. Trabalhamos usando equipes, duplas ou indivíduos. Utilizamos material humano e também androides. Servimos a Grande Nova York e Nova Jersey e podemos, a pedido do cliente, providenciar para que as criadas viajem para prestar serviços fora da cidade, do país e até do planeta.

— Certo. — Eve pensou em quantas das criadas também seriam acompanhantes licenciadas, mas aquilo não tinha relação com o caso. — Estou interessada apenas na funcionária ou funcionários responsáveis pela limpeza da residência de Samantha Gannon.

— Compreendo. A senhora trouxe um mandado judicial? Considero confidenciais os nossos arquivos com dados sobre os funcionários e a clientela.

— Aposto que sim. Eu poderia conseguir um mandado, mas isso vai dar algum trabalho e tomar meu tempo. A senhora estará atrasando a investigação de um homicídio... um homicídio tão repugnante que será preciso um batalhão das suas criadas para limpar o local do crime. Então eu vou começar a me questionar sobre o motivo de a senhora ter dificultado meu trabalho. Vou pensar... "Será que a sra. Mala..."

— *Maly!*

— Que seja. Será que ela tem algo a esconder? Sou muito desconfiada; por isso cheguei ao posto de tenente. E quando conseguir o mandado e resolver me aprofundar no assunto vou escavar mais... e continuar escavando até meus dedinhos desconfiados desenterrarem algo que vai manchar todos os seus arquivos impecáveis. Teremos de chamar o Serviço de Imigração. Eles virão até aqui e farão uma tremenda confusão, até terem certeza de que a senhora não está empregando nenhuma funcionária que esteja no país de forma ilegal ou esteja fazendo coisas proibidas, apesar de tantos testes e investigações.

As narinas se apertaram com mais força daquela vez, mesmo quando ela inspirou de leve.

— Sua insinuação é um insulto.

— Ouço essa frase o tempo todo. Confesso que sou desconfiada e insultante por natureza. Isso significa que farei ainda mais estragos do que aqueles bundas-moles da Imigração. Não é verdade, detetive Peabody?

— Eu já limpei a bagunça que a senhora deixou para trás, tenente, e posso confirmar que vai armar mais confusão do que qualquer outra pessoa. E vai encontrar algo podre, porque sempre encontra. Isso certamente incomodará a sra. Maly e seu patrão.

Relíquia Mortal

— Como se chama isso, detetive? Olho por olho, dente por dente?

Ao longo do discurso de Eve, o rosto da sra. Maly tinha assumido vários tons interessantes. Por fim, acomodou-se no fúcsia.

— Vocês não podem me ameaçar!

— Ameaçar? Por Deus! Peabody, eu a insultei, reconheço, mas ameaçar? Eu ameacei alguém aqui, detetive?

— Não, tenente. Está apenas conversando, do seu jeito peculiar.

— Foi o que pensei. Apenas batendo papo. Portanto, vamos cuidar do mandado, sim? E já que estaremos com o juiz, pediremos também um inspetor das Finanças. Ah, e a promotoria de processos civis e criminais para analisar a firma e também os arquivos de todo o pessoal.

— Considero a senhora uma pessoa muito desagradável, tenente.

— Olha que interessante! A recíproca é verdadeira.

Maly girou a cadeira para a mesa e digitou uma senha.

— A residência da srta. Gannon tem um horário quinzenal, um pacote de serviços pagos por trimestre, com prioridade para chamadas de urgência e pedidos especiais para festas e eventos. A funcionária desta casa estava marcada para ir lá ontem.

Inúmeras rugas de estranhamento surgiram na testa de Maly, e ela completou:

— A criada responsável não confirmou seu comparecimento à casa após a limpeza. Isso é simplesmente inaceitável!

— Quem é a criada?

— Tina Cobb. Ela é responsável pela limpeza da residência da srta. Gannon há oito meses.

— Poderia ver se ela deixou de atender outros clientes recentemente?

— Um momento. — Abriu outro programa. — Todos os trabalhos de Tina Cobb foram concluídos e confirmados até o último sábado. Teve folga no domingo. Não há confirmação de sua presença na residência da srta. Gannon ontem. Há um sinalizador com o nome dela hoje. Isso significa que alguém nos avisou que ela não apareceu. As funcionárias de plantão tiveram de substituí-la.

A sra. Maly fez o que Eve imaginava que alguém como ela faria: um som de desaprovação.

— Informe o endereço dela — ordenou Eve.

Tina Cobb morava num dos prédios construídos nas imediações da Bowery Street após as Guerras Urbanas. Eram edifícios provisórios, erguidos depois que os prédios originais tinham sido incendiados ou bombardeados. Mas as tais construções "temporárias" já estavam lá havia mais de uma geração. Grafites grosseiros, alguns deles criativos e outros com muitos erros de gramática, decoravam os muros de concreto constantemente rachados e reformados. Havia grade nas janelas, e os vagabundos sentados nos degraus ou encostados nos portais pareciam empolgados com a ideia de queimar ou bombardear o local novamente, só para quebrar a monotonia.

Eve saiu do carro, observou os rostos, ignorou o cheiro inconfundível de Zoner, uma droga barata. Pegou o distintivo e o ergueu no ar.

— Provavelmente vocês já perceberam que esta viatura pertence a mim — anunciou ela, apontando para o carro. — O que talvez vocês não saibam é que caçarei e arrancarei com meus polegares os olhos de quem encostar nela.

— Ei! — Um sujeito de camiseta justa e um brinquinho de brilhante ergueu o dedo médio. — Vá se foder!

— Não, mas obrigada pela sugestão educada. Procuro Tina Cobb.

Ouviram-se assobios, impropérios e beijos ruidosos.

— A bunda dela é uma delícia — gritou alguém.

— Puxa, ela vai ficar feliz por você achar isso — retorquiu Eve. — Tina está na área?

Camiseta Justa se levantou de onde estava. Estufou o peito e estendeu um dedo na direção de Eve. Felizmente, para ele, não a tocou.

— Para que você quer pentelhar Tina? Ela não fez nada. Trabalha duro e não se mete com ninguém.

— Quem disse que eu quero pentelhar? Talvez esteja em apuros. Se você é amigo dela, deveria ajudá-la.

Relíquia Mortal

— Eu não disse que era amigo dela. Apenas comentei que ela só cuida da própria vida. Assim como eu. Por que não faz o mesmo?

— Porque sou paga para me meter na vida das pessoas, e estou começando a ficar intrigada. Por que você não consegue responder a uma simples pergunta? Daqui a pouco vou passar a me meter na sua vida em vez de investigar Tina Cobb.

— Os tiras são todos uns merdas.

— Você quer colocar essa teoria em prova? — desafiou Eve, mostrando os dentes.

Ele bufou de raiva e lançou um olhar por sobre o ombro na direção dos seus camaradinhas para mostrar que não estava intimidado.

— Está quente demais para aporrinhações — disse ele, e encolheu os ombros magros. — Não vejo Tina há alguns dias. Não fico monitorando a vida dela. A irmã trabalha num botequim ali em frente. Por que não vai perguntar a ela?

— É o que vou fazer. Mantenham os dedinhos longe do meu carro, rapazes. Apesar de ser medonho, pertence a mim.

Atravessaram a rua. Eve deduziu que os assobios, beijinhos e convites para aventuras sexuais agora se destinavam a ela e a Peabody, mas deixou passar. O magrelo babaca tinha razão numa coisa: estava quente demais para aporrinhações.

Dentro do botequim, Eve viu uma jovem junto ao balcão. Era baixa, magra e de pele morena. Usava um penteado estranho, com franja violeta por cima dos cabelos completamente pretos.

— Eu posso pedir alguma coisa — ofereceu Peabody. — Algo que tenha a ver com comida.

— Vá em frente — concordou Eve, seguindo até o balcão. Esperou que o cliente antes dela pagasse por uma lata de leite em pó e uma caixinha minúscula de substituto de açúcar.

— Deseja alguma coisa? — perguntou a mulher, sem demonstrar muito interesse.

— Procuro Tina Cobb. Você é irmã dela?

— O que vocês querem com Tina? — quis saber, arregalando os olhos escuros.

— Falar com ela. — Eve exibiu o distintivo.

— Não sei onde ela está, ok? Se resolveu tirar uns dias de folga, isso não é da conta de ninguém, certo?

— Concordo, não deveria ser. — Eve investigara Tina Cobb no carro e descobrira o nome da sua irmã. — Essie, porque não faz uma pausa do trabalho por alguns minutos?

— Não posso, tá ligada? Estou sozinha aqui hoje.

— Mas não há cliente algum na loja. Tina disse para onde ia?

— Não. Merda. — Essie se sentou num banco alto. — Merda! Ela nunca se meteu em nenhum tipo de fria. Passa o tempo todo limpando as merdas das casas dos ricos. De repente, do nada, decidiu tirar uns dias de folga. — Havia medo agora, por trás dos olhos escuros. — Vai ver, ela viajou.

— Ela planejava viajar?

— Está sempre planejando alguma coisa. Quando tiver economizado o bastante, vai fazer isso, aquilo, aquilo outro e mais seis milhões de coisas. Só que nunca poupou nada. Não sei onde ela está. E não sei mais o que fazer.

— Há quanto tempo ela sumiu?

— Desde sábado. No sábado à noite ela saiu e não apareceu mais. Às vezes, ela não volta para casa. Às vezes, sou eu que não volto. Se uma de nós arruma um cara e quer passar a noite fora, simplesmente passa, tá ligada?

— Tô ligada. Quer dizer que ela não aparece desde sábado?

— Isso mesmo. Tem os domingos de folga, de modo que... Puxa vida! Tina nunca sumiu por tanto tempo sem dar notícias. Liguei para o trabalho dela hoje, mas disseram que ela também não apareceu por lá. Acho que eu a coloquei em apuros, não devia ter ligado.

— Não reportou seu desaparecimento?

— Que merda! Não se dá uma pessoa como desaparecida só porque ela não volta para casa há duas noites. Ninguém procura a polícia para resolver qualquer pepino que apareça. Para ser franca, aqui ninguém procura a polícia para nada.

— Ela levou alguma coisa?

— Sei lá! O uniforme de trabalho dela ainda está em casa, mas a blusa vermelha e o jeans sumiram. E as sandálias novas com amortecimento a ar também.

Relíquia Mortal

— Quero ir ao apartamento de vocês para dar uma olhada.

— Ela vai ficar revoltada comigo. — Essie checou os tacos e as Pepsis que Peabody colocara sobre o balcão e aceitou o pagamento. — Mas que inferno! Tina não devia ter sumido sem me avisar. Eu não faria uma coisa dessas com ela. Tenho de fechar a loja para ir lá em casa, mas não posso ficar mais do que quinze minutos fora, senão quem vai entrar em apuros sou eu.

— Quinze minutos serão suficientes.

O apartamento consistia em dois aposentos minúsculos e um recuo na sala que servia de cozinha. A pia tinha apenas um palmo de largura. Em vez das telas de privacidade, mais caras, havia persianas nas janelas, que não cortavam em nada o barulho que vinha da rua ou do céu.

Eve achou que era como morar numa parada de ônibus.

Havia um sofá de dois lugares que Eve imaginou que se convertia em cama em frente a um telão antigo e grande. E uma luminária no formato de um famoso camundongo de desenho animado, que ela desconfiou ser uma lembrança da infância de uma delas.

Apesar do tamanho e da aparente pobreza, tudo estava limpíssimo. E, para surpresa de Eve, tinha o mesmo cheiro feminino de maquiagem que ela sentira na agência de viagens.

— O quarto fica ali. — Essie apontou para uma porta. — Tina ganhou no cara ou coroa quando nos mudamos; por isso fica no quarto e eu fico na sala. Mas é tudo muito pequeno, sabe? Então, quando estamos com algum namorado, costumamos ir à casa dele.

— Ela tem namorado? — quis saber Eve, quando Peabody seguiu para o quarto.

— Tem. Anda saindo com um cara faz duas semanas. O nome dele é Bobby.

— E o Bobby tem sobrenome?

— Deve ter — disse Essie, encolhendo os ombros. — Não sei qual é, na verdade. Tina deve estar com ele. É muito romântica e, quando se apaixona, fica de cabeça virada.

Eve analisou o quarto. Uma cama estreita, bem-feita, ao lado de uma cômoda que parecia de criança, provavelmente trazida da casa dos pais. Tinha uma caixinha de joias bonita em cima e uma jarra barata cheia de rosas de plástico. Eve abriu a tampa da caixa, ouviu uma melodia e viu bijuteria lá dentro.

— Dividimos o guarda-roupa — explicou Essie, e Peabody enfiou a cabeça no armário minúsculo.

— Onde ela conheceu esse tal Bobby? — quis saber Peabody, e passou do guarda-roupa para o banheiro.

— Não sei. Moramos neste cubículo juntas, mas tentamos não monitorar a vida uma da outra, entende? Ela me contou que tinha conhecido um cara muito legal, lindo, doce e inteligente. Comentou que ele sabia tudo sobre livros, arte e outras merdas. Ela curte essas coisas. Uma noite foi se encontrar com ele numa galeria de arte ou coisa assim.

— Você o conheceu? — perguntou Eve.

— Não. Ela se encontrava com ele sempre longe daqui. Não trazemos namorados para casa. Puxa, veja o buraco em que vivemos. — Olhou em torno com a expressão de abandono e resignação de quem sabia que aquilo era o máximo que conseguiria na vida. — Ela ia sair com ele no sábado à noite, depois do trabalho. Iam ao teatro ou algo do tipo. Como ela não voltou para casa, achei que tinha ficado no apartamento dele. Nada de mais, é claro, mas Tina nunca falta ao trabalho e nunca ficou sem dizer onde estava por tanto tempo. Estou começando a me preocupar, entende?

— Por que não abrimos uma ocorrência? — quis saber Peabody, saindo do banheiro. — É um caso de desaparecimento.

— Puxa, vocês acham mesmo? — Essie passou as mãos pelos cabelos coloridos. — Se ela voltar e descobrir que eu fui à polícia, vai querer me dar porrada por um mês. Não precisamos contar nada disso aos meus pais, não é? Ficam desesperados por qualquer coisinha e vão acabar baixando aqui, histéricos.

— Você já entrou em contato com eles? Talvez ela tenha ido passar alguns dias em casa.

— Não. Quer dizer, eu liguei para eles, falei com minha mãe e perguntei como estavam as coisas, como de hábito. Ela pediu que dissesse a Tina para ligar também, porque gosta de saber das filhas. É por isso que eu sei que minha irmã não apareceu por lá. Minha mãe ia ter um chilique se soubesse que Tina dorme com algum cara.

— Tudo bem, vamos cuidar disso. Por que não passa todas as informações à detetive Peabody? — sugeriu Eve, olhando mais uma vez para a cama muito bem-feita.

— Ela não está curtindo um fim de semana prolongado com o namorado. — sentenciou Eve quando elas voltaram para o carro. — Mulheres como ela não saem sem uma muda de roupa, brincos e escova de dentes. Não faltou um único dia ao trabalho, em oito meses, e desaparece bem no dia em que iria à casa de Gannon?

— Acha que ela pode estar envolvida?

Eve pensou no apartamento minúsculo e limpo. Também na caixinha de música.

— Deliberadamente, não. Mas duvido que possamos dizer o mesmo do tal Bobby.

— Vai ser difícil encontrar um sujeito chamado Bobby. Sem nome completo, sem descrição.

— Mas deixou pegadas em algum lugar. Verifique as ocorrências de corpos femininos não identificados que tenham sido encontrados desde sábado à noite. De qualquer modo, já íamos ao necrotério. Tomara que ela não esteja lá à nossa espera.

— Você vai comer o seu taco?

Eve desembrulhou o lanche no colo, mas decidiu que comer aquilo dirigindo era o mesmo que pedir para passar o dia com manchas de molho na roupa. Acionou o piloto automático da viatura, recostou-se no banco e começou a comer.

Quando o *tele-link* tocou, balançou a cabeça.

— Veja quem é — ordenou, com a boca cheia de misteriosos derivados de carne e um molho forte a ponto de provocar sinusite.

— Nadine Furst — anunciou Peabody.

— Uma pena eu estar na pausa do almoço. — Bebeu um pouco de Pepsi e ignorou a ligação. — Vamos lá... A funcionária de uma agência de limpeza conhece um sujeito chamado Bobby que a leva a galerias de arte e teatros, mas que nunca foi à casa dela, nem para conhecer sua irmã. Ela não deu mais notícias, faltou ao trabalho, está sumida há três dias... mas o novo namorado não liga, não deixa mensagens e também não aparece para saber o que aconteceu.

— Ele não faria isso se ela estivesse com ele.

— Bem lembrado. Mas quando uma garota que faz a própria cama como uma bandeirante não avisa no trabalho que vai faltar, não conta à irmã que está curtindo uma lua de mel, sai sem roupas extras e sem os apetrechos que as mulheres levam quando vão se aventurar em safáris sexuais, então algo estranho está acontecendo. Ela arrisca o emprego, ignora a família e anda três dias com a mesma roupa? Isso é difícil de engolir.

— Você acha que ela está morta?

— Acho que conhecia as senhas para entrar na casa de Samantha Gannon, e alguém queria essas senhas. Se ela estivesse viva e bem, teria visto ou ouvido os noticiários. Eles não falam de outra coisa a não ser da invasão da casa de Samantha Gannon, autora do *best-seller* do momento. Além do mais, ela teria, no mínimo, se comunicado com a irmã.

— Há três corpos não identificados que apareceram nas últimas setenta e duas horas — informou Peabody. — Dois são de indigentes idosos, sem documentos. O terceiro é de uma mulher. Foi carbonizada, e o caso ainda está em aberto.

— Onde foi que a encontraram?

— Num terreno baldio — leu Peabody no tablet. — Foi encontrada em Alphabet City às três da manhã de domingo. Alguém a regou com gasolina e acendeu o fósforo. Nossa, isso é que é vontade de sumir com um corpo! Quando o alerta foi feito, ela já estava carbonizada. Isso é tudo.

— Quem é o investigador do caso?

— Deixe ver... Ahá! É nosso bom amigo Baxter, habilmente auxiliado pelo lindo policial Trueheart.

Relíquia Mortal

— Isso facilita as coisas. Ligue para Baxter. Veja se ele e o auxiliar podem nos encontrar no necrotério.

Eve teve de esperar pacientemente no corredor de azulejos brancos, fora da sala de exames onde Duluc concluía uma autópsia. Morris nunca a fazia esperar, pensou. E ela não estaria ali plantada se Duluc não tivesse trancado as portas da sala de exames.

Quando o interfone tocou, indicando que tinha autorização para entrar, Eve escancarou as portas e irrompeu na sala com certa violência. O fedor que o desinfetante não disfarçava por completo lhe irritou os olhos, mas ela reprimiu o impulso de vomitar e fitou Duluc com ar furioso.

Ao contrário de Morris, que tinha humor e estilo, Duluc era uma mulher severa e travada. Usava a roupa protetora por cima do jaleco impecavelmente branco, e seus sapatos estavam cobertos com protetores verde-pálidos. Tinha os cabelos completamente escondidos pela touca e os micro-óculos pendurados no pescoço.

Sua altura não passava de um metro e meio, e era gorducha, com rosto largo. Sua pele era da cor de castanhas assadas, e a única coisa atraente nela — na opinião de Eve — eram as mãos. Pareciam as de um pianista e tinham, de fato, muita mestria para abrir cadáveres.

Eve ergueu o queixo para apontar a forma embrulhada sobre a mesa de exame.

— Essa é a minha?

— Se quer saber se esses são os restos da vítima da sua atual investigação, a resposta é sim.

Para Eve, a voz de Duluc sempre soava como se existisse um líquido espesso em sua garganta. Enquanto falava, lavou as mãos na pia da sala de exames.

— Eu avisei que lhe enviaria o laudo o mais cedo possível. Não gosto que me apressem, tenente.

— Já fez o exame toxicológico?

— Você tem problemas para compreender o que eu falo? — perguntou Duluc, olhando para Eve.

— Não. Eu a compreendo perfeitamente. Você está me atrasando porque ficou irritada com minha cobrança. Trate de superar isso, porque a vítima não se importa com nossas picuinhas. — Aproximou-se de Andrea. — Ela deseja apenas que nos entendamos, e vamos nos entender.

— Sua avaliação do local do crime foi precisa quanto à *causa mortis*. Ferimento único no pescoço. Lâmina afiada de gume liso. Talvez um estilete. Não há feridas defensivas nem outros indícios de violência. Não houve agressão nem atividade sexual recente. A taxa de álcool no sangue dela estava um pouco alta. Eu diria que ela bebeu quatro vodcas martínis com azeitonas. Não encontrei substâncias ilegais na análise. A última refeição de sua vida foi uma salada de folhas verdes com molho de limão, cerca de cinco horas antes da morte.

— Concorda que o atacante estava atrás dela?

— Pelo ângulo da ferida, concordo. Dada a altura da vítima, diria que seu agressor ou agressora tem cerca de um metro e oitenta. Comum para um homem, mas um número alto para uma mulher. Tudo isto constará do meu relatório oficial, que lhe será entregue pelas vias normais. Não se trata de um caso prioritário, tenente, e estamos ocupadíssimos.

— Todas as vítimas são prioritárias. Também chegou um corpo não identificado. A mulher carbonizada em Alphabet City.

Duluc soltou um grande suspiro e avisou:

— Não tenho ninguém carbonizado na minha agenda.

— Está na de algum legista. Preciso ver o corpo e os dados.

— Então informe o número do seu caso a um dos atendentes. Eu tenho muito trabalho.

— O caso não é meu.

— Então não há necessidade de ver o corpo nem os dados.

Começou a se afastar, mas Eve a agarrou pelo braço.

— Talvez você não saiba como a banda toca por aqui, Duluc, mas sou tenente da Divisão de Homicídios e posso ver o corpo que bem entender, na hora que me der na telha. Por acaso, o detetive Baxter, investigador principal da ocorrência, vem se encontrar comigo aqui, já que nossos casos talvez estejam relacionados. Continue a me irritar e você vai se atolar, e não será apenas em trabalho.

Relíquia Mortal

— Não gosto da sua atitude.

— Uau, avisem a mídia! Eu preciso ver a mulher carbonizada não identificada.

Duluc se desvencilhou de Eve e foi até uma estação de trabalho. Inseriu algumas senhas e deu ordens ao sistema.

— A vítima carbonizada e não identificada está na Seção C, sala três, a cargo de Foster. Ainda não foi examinada. Está na lista de espera.

— E você vai me autorizar a vê-la ou não?

— Acabei de fazer isso. Agora, se me der licença...

— Tem toda! — Abriu as portas e saiu. Como é que esse povo consegue trabalhar com cabos de vassoura espetados na bunda?, perguntou Eve a si mesma.

Virou a esquina e entrou no corredor da Seção C. Empurrou a porta da sala três, mas ela estava trancada.

— Merda! — Girou nos calcanhares e apontou para o atendente que estava sentado numa das cadeiras de plástico do corredor, quase cochilando. — Você! Tenho autorização para entrar nesta sala. Por que ela está trancada?

— Ordens de Duluc. Ela tranca *todas* as portas. É de admirar que as máquinas de venda automática não tenham dinamite em volta. — Bocejou e se espreguiçou sem cerimônia. — Dallas, certo?

— Isso mesmo.

— Pode entrar. Eu estava no meu intervalo. Vou trabalhar dois turnos hoje. Quem deseja ver?

— A mulher não identificada.

— A baixinha? Ela está comigo.

— Você é Foster?

— Exato. Terminei de abrir um corpo. Morte natural. O carinha chegou aos cento e seis anos, mas o coração parou durante o sono. É uma boa maneira de ir quando chega a hora.

Destrancou a porta e entraram.

— Essa maneira aqui não é nada boa — complementou ele, apontando para os ossos carbonizados sobre a mesa. — Pensei que esta ocorrência estivesse sendo investigada por Bax.

— E está mesmo. Nossos casos podem ter ligação. Ele está vindo aí.

— Por mim, tudo bem. Ainda não comecei.

Foi buscar a pasta e leu as informações enquanto vestia a roupa de proteção.

— Ela chegou anteontem, eu estava de folga. Um domingo de folga é raríssimo para mim. Vocês têm domingos livres?

— De vez em quando.

— É muito bom dormir até cansar numa manhã de domingo ou compensar a noite de sábado fazendo uma sesta no domingo à tarde. Pena que a segunda-feira chega tão depressa. — Colocou a touca. — Ando muito ocupado desde que entrei aqui, na segunda pela manhã. Baxter não incluiu nada no formulário sobre ela ser uma pessoa desaparecida. Ainda não foi identificada — disse ele, e olhou para o corpo em cima da mesa. — Não dá para tirar impressões digitais dela, obviamente. Vamos ver a arcada dentária.

— O que sabemos até agora?

Ele puxou mais dados e os exibiu no monitor.

— Mulher, tem entre vinte e três a vinte e cinco anos de idade. Um metro e sessenta e um, cinquenta e quatro quilos. Cálculo aproximado, baseado em reconstituição virtual. Não temos mais nada, esses são apenas os dados preliminares da sua entrada.

— Tem tempo para examiná-la agora?

— Sim, claro. Preciso só acabar de me aprontar.

— Quer café?

Ele a olhou com um ar de adoração.

— Nossa mãe, claro que sim!

Eve gostou dele, acenou para Peabody se afastar e foi, sozinha, até as máquinas de venda automática.

Pediu três cafés puros.

— Amor da minha vida, não podemos continuar a nos encontrar desse jeito.

Eve nem se virou ao retrucar:

— Larga do meu pé, Baxter.

— Você nunca diz isso nos meus sonhos. Quero um desses — avisou.

Relíquia Mortal

Eve se lembrou de que ele estava ali a pedido dela e programou um quarto café. Só então olhou para trás.

— E você, Trueheart?

— Aceito um refri de limão se não se importar, tenente. Obrigado.

Ele realmente parecia o tipo de pessoa que bebe refrigerante de limão, com aquele rosto barbeado e o jeito de garoto. Lindo, era a opinião de Peabody, e isso era inegável. O típico bom-moço americano, certinho até a ponta dos cabelos bem-cortados, impecável em sua farda azul de verão.

Ao lado dele, Baxter tinha um ar astuto, escorregadio e malandro. Igualmente bonito, mas com um jeito mais perigoso. Gostava de ternos bem-cortados e mulheres curvilíneas.

Bons polícias, os dois, refletiu Eve. Juntar o sério Trueheart ao espertalhão Baxter tinha sido uma de suas melhores ideias.

— Brindemos aos mortos — disse Baxter, tocando de leve o copo de café no de Eve. — O que você quer com nossa desconhecida?

— Pode estar ligada a um caso meu. Foster vai começar a examiná-la.

— Eu a ajudo, tenente. — Trueheart pegou o refrigerante e um dos cafés.

Eve contou tudo a eles enquanto voltavam para a sala de dissecção.

— Quer seja a sua funcionária da limpeza ou não, alguém quis garantir que ela não sobreviveria — comentou Baxter. — Fratura de crânio, ossos rachados. Provavelmente já estava morta, ou pelo menos inconsciente, quando lhe atearam fogo. O assassino não a matou no mesmo local em que a incendiou. Desovou-a no terreno baldio e depois tacou fogo. Entramos em contato com o departamento de pessoas desaparecidas, mas não tivemos êxito. Examinamos a área o dia todo. Ninguém viu nada, ninguém sabe de nada. O sujeito que ligou para a Emergência viu o fogo da janela de casa, mas não sabia a origem. No depoimento, ele declarou que estava com calor, não conseguia dormir e saiu para tomar um ar na escada de incêndio. Viu as labaredas e deu o aviso. Isso foi às três e dezesseis da manhã. Os bombeiros chegaram logo depois, às três e vinte. Ela ainda estava em chamas.

— Ele deve ter colocado fogo nela pouco antes.

Foster ergueu os olhos quando eles entraram.

— Obrigado, tenente. Pode colocar ali, por favor. E aí, Bax! Tudo em cima, irmão?

— Tudo sempre em cima.

Foster riu e continuou a passar o *scanner* pelo cadáver.

— Dedo indicador direito quebrado. Fratura antiga, da primeira infância. Entre os cinco e os sete anos. Já examinei a arcada dentária. Coloquei-a na base de dados do governo para ver se batem com algum registro. Está vendo este ferimento aqui, no crânio?

Eve fez que sim com a cabeça e se aproximou.

— Muito grave. Foi feito com instrumento rombudo. Um bastão ou barra de ferro. Ela tem três costelas quebradas e uma das tíbias fraturadas, assim como o maxilar. Alguém estava determinado a acabar com essa garota. Ela morreu antes de ser incendiada, o que foi uma bênção.

— Ela foi morta em outro local, e depois levada até lá — completou Baxter. — Encontramos um rastro de sangue na rua. Não muito. Ela deve ter sangrado muito mais quando ele a espancou.

— Pelo ângulo das fraturas... Está vendo aqui na tela? — Foster apontou com a cabeça e aumentou os tons de azul e vermelho das imagens. — Parece que bateu na perna primeiro. Ela estava em pé. Quando caiu, ele acabou com suas costelas e com seu rosto. O crânio foi o golpe de misericórdia. Provavelmente ela já estava inconsciente quando ele chegou à cabeça.

Teria tentado rastejar?, pensou Eve. Teria gritado com o choque, a dor, e tentado se afastar dele?

— Isso foi para impedi-la de fugir — murmurou Eve. — Quebre a perna logo de cara, e a vítima não consegue mais escapar. Ele não se importou com o barulho. Caso contrário, teria começado pela cabeça. Foi tudo calculado para parecer um ataque de fúria. Mas não foi. Foi a sangue-frio. Ele deve ter um local onde não importava que ela gritasse. Um lugar à prova de som, privado. Deve ter usado transporte próprio para levá-la até o terreno baldio.

O centro de dados apitou e todos se viraram ao mesmo tempo.

— Os dados batem — murmurou Baxter, e foi olhar a tela com as informações. — É essa pessoa que você procura?

— É. — Eve pousou o café e olhou para o rosto sorridente de Tina Cobb.

Capítulo Vinte e Um

Reserve uma sala de conferências para nós. Quero coordenar as ações com Baxter e Trueheart depois que eles voltarem da casa de Essie Cobb — ordenou Eve, assim que elas entraram no elevador do subsolo da Central.

— Com certeza é o mesmo assassino — disse Peabody.

— Não podemos ter certeza de nada. Vamos analisar o programa de probabilidades, reunir os dados que temos num relatório e pedir a Mira que monte um perfil do assassino.

— Você quer uma reunião com ela?

Quando as portas do elevador se abriram, Eve se encostou no canto e deixou entrar policiais e civis. A dra. Charlotte Mira era a psiquiatra que montava os melhores perfis de criminosos da cidade, possivelmente de toda a Costa Leste, mas era cedo para uma consulta.

— Ainda não.

O elevador tornou a parar, mas, agora, em vez de aturar a espremeção dos corpos e a mistura de perfumes, Eve saiu dando cotoveladas para apanhar a passarela aérea.

— Antes, precisamos juntar o que temos e padronizar tudo durante a reunião com Baxter e Trueheart. Também vamos conversar novamente com Samantha Gannon e dar uma passada na boate.

— Muito trabalho burocrático. — Peabody se sentiu grata. Seus sapatos novos a estavam matando.

J. D. ROBB

— Reserve a sala — disse Eve quando saiu da passarela, mas se calou ao ver Samantha Gannon sentada num banco à porta da Divisão de Homicídios. Ao lado dela, preparada para a câmera e falando sem parar, estava Nadine Furst.

Eve disse "*merda*" em voz baixa, mas sem muita revolta.

Nadine ajeitou os cabelos louros com luzes ainda mais claras e lançou um dos seus sorrisos felinos na direção de Eve.

— Dallas! Olá, Peabody, gostei do visual. Os sapatos são mag!

— Obrigada. — Ia queimá-los assim que chegasse em casa.

— Você não devia estar diante de uma câmera, em algum lugar? — perguntou Eve.

— Meu trabalho não é só exibir minha beleza nas telas. Acabei de conversar com Samantha. Alguns comentários da investigadora principal do caso dariam um belo toque à matéria.

— Desligue a câmera, Nadine.

Só para manter a tradição, Nadine suspirou antes de desativar a filmadora de lapela que usava.

— Ela é muito durona — disse, olhando para Samantha. — A propósito, agradeço por sua atenção comigo e lamento muitíssimo a perda da sua amiga.

— Obrigada.

— Dallas, você não poderia dar uma declaração curta?

— Peabody, leve a srta. Gannon para a lanchonete. Encontro com vocês em alguns minutos.

Eve esperou que elas se afastassem e lançou um olhar gélido para Nadine.

— Estou só fazendo meu trabalho! — defendeu-se Nadine, erguendo as mãos em sinal de paz.

— Eu também.

— Essa história é quente, Dallas. O livro dela foi o escolhido pelo meu clube de leitura para este mês. Todo mundo está brincando de "onde estão os diamantes". Com homicídio acrescentado à mistura, o livro vai vender mais que banana em fim de feira. Eu ia sair de férias. Planejei tirar três dias em Vineyard a partir de amanhã. Cancelei tudo.

— Vineyard, um vinhedo? Você ia fabricar vinho?

Relíquia Mortal

— Não, Dallas, embora planejasse beber muito. Estou falando de Martha's Vineyard, o balneário! Quero sair um pouco da cidade, fugir desse calor. Quero uma praia, uma bebida gelada e um desfile de homens bronzeados e sarados. Espero que você me diga que pretende encerrar o caso bem depressa.

— Não tenho nada a acrescentar além do que você conseguiria saber pelo serviço de relações públicas da polícia. Seguimos todas as pistas, blá-blá-blá. É só isso, Nadine.

— Era isso que eu receava. Bem, posso recorrer à holografia. Vou programar o aparelho para Vineyard e passar uma hora na terra da fantasia. Você terá notícias minhas — acrescentou, ao se afastar.

Ela desistiu depressa demais, reparou Eve, intrigada.

Pensava naquilo enquanto se dirigia à lanchonete da Central, preparada para oferecer pausas curtas no trabalho e reuniões informais. Havia algumas mesas e até um sofá pequeno e velho, além de muitas máquinas de venda automática.

Inseriu algumas fichas de crédito em uma das ranhuras e pediu uma garrafa de água.

Você selecionou Aquafree, a bebida refrescante natural em garrafa de 350 ml. Aquafree é destilada e engarrafada nas montanhas tranquilas e cristalinas de...

— Chega de papo, libere o produto! — Irritada, Eve bateu com o punho fechado na lateral da máquina.

Você está infringindo o Código Municipal, cláusula 20613-A. A manipulação e/ou vandalismo desta unidade de venda automática poderá resultar em multa e/ou prisão.

Quando Eve se preparava para dar um pontapé no equipamento, Peabody a impediu.

— Dallas, não! Pode deixar que eu pego a água. Vá se sentar ali, bem bonitinha.

J. D. ROBB

— Uma pessoa deveria poder beber um pouco de água sem precisar ouvir uma preleção. — Largou-se na cadeira ao lado de Samantha. — Desculpe.

— Não faz mal. É um saco ter de ouvir a lista de ingredientes, os produtos derivados, o número de calorias, e mais sei-lá-o-quê. Especialmente quando é um chocolate ou um cupcake.

— *Isso mesmo!* — Finalmente, pensou Eve, alguém a compreendia.

— Ela já criou problemas com máquinas de venda por toda a cidade — comentou Peabody. — Sua água, tenente.

— E você paparica esses monstros. — Eve abriu a garrafa e bebeu um grande gole. — Agradeço que tenha vindo, srta. Gannon. Íamos justamente entrar em contato para combinar um encontro. Vindo aqui, você nos poupou tempo.

— Por favor, me chame de Samantha. Ou Sam, se não se importa. Esperava que a senhora tivesse algo de novo para me contar. Fiz mal em conversar com a jornalista?

— Este é um país livre. E há liberdade de imprensa. — Eve encolheu os ombros. — Ela é uma pessoa boa. Você pretende ficar no hotel, por enquanto?

— Acho que sim. Pretendo mandar limpar a casa assim que a senhora permitir. Soube que há especialistas nisso, que limpam essas... cenas de crimes. Não quero voltar antes disso. Sou covarde.

— Não está sendo covarde, apenas sensata. — E era exatamente o que parecia naquele momento, pensou Eve. Uma mulher muito cansada e sensata. — Eu posso lhe garantir proteção policial por alguns dias, mas seria uma boa ideia você contratar seguranças particulares.

— A senhora não acha que foi apenas um assalto, certo? Receia que quem matou Andrea venha atrás de mim.

— Não vale a pena correr riscos. Além disso, há jornalistas menos educados do que Nadine, que certamente vão farejar a história e aparecerão para importuná-la.

— Creio que tem razão. Muito bem, vou tratar disso. Meus avós estão muito alterados com tudo o que aconteceu. Eu disfarcei o máximo que consegui, mas... Puxa vida, é difícil enrolá-los. Se eu puder lhes contar que

Relíquia Mortal

contratei um guarda-costas e a polícia também está me protegendo, certamente vão ficar menos preocupados. Até agora eu os deixei pensar que o motivo do crime era Andrea.

Seus olhos, muito brilhantes e muito azuis, pousaram firmemente nos de Eve.

— Mas tive tempo para analisar o que aconteceu — continuou. — Passei uma longa noite refletindo sobre isso e não creio que Andrea seja a chave para a história. A senhora também pensa assim.

— Exato. Srta. Gannon... Samantha... A mulher contratada para fazer a limpeza da sua casa também foi assassinada.

— Como assim? Eu ainda não contratei ninguém.

— Estou falando do serviço de limpeza habitual. *Maid in New York* designou Tina Cobb para trabalhar na sua casa, nos últimos meses.

— Ela morreu? Assassinada? Como Andrea?

— Você a conhecia pessoalmente?

Por impulso, Samantha pegou a garrafa de água de Eve e tomou vários goles.

— Não sei o que pensar. Há menos de dez minutos falei sobre ela com Nadine, a repórter.

— Você contou a Nadine sobre Tina Cobb?

— Só comentei, sem mencionar nomes. Contei-lhe do serviço de limpeza e lembrei, enquanto falávamos, que não havia cancelado o serviço para esta semana.

Não era de espantar que Nadine tivesse largado o osso com tanta rapidez, notou Eve. Tinha conseguido uma nova pista.

— Você conhecia Tina Cobb?

— Não exatamente. Minha Nossa, me desculpe — disse, olhando para a garrafa de água em sua mão. Devolveu-a a Eve.

— Tudo bem, não se preocupe. Você não conhecia Tina Cobb, afinal?

— Eu a conheci. Quer dizer, ela estava sempre em minha casa, *limpando* tudo — acrescentou, esfregando a testa. — A senhora pode me dar um minutinho?

— Claro.

Samantha se levantou e começou a andar de um lado para o outro do ambiente.

— Está se recompondo — murmurou Peabody. — Tentando se acalmar.

— Isso mesmo. Ela tem muita fibra. Isso torna as coisas mais fáceis para nós.

Depois da segunda volta, Samantha pediu água e esperou pacientemente que a máquina recitasse os ingredientes, até que a garrafa finalmente caiu no receptáculo.

Voltou abrindo a garrafa enquanto caminhava e se sentou. Depois de alguns goles longos, virou-se para Eve.

— Vamos lá. Eu precisava me acalmar.

— Se precisar de mais tempo, não há problema.

— Podemos conversar, estou bem. Tina me pareceu sempre tão frágil. Jovem e miúda, embora não fosse muito mais nova nem mais baixa do que eu. Sempre admirei a forma como ela dava conta da limpeza pesada. Eu geralmente ficava no escritório de casa enquanto ela trabalhava. Às vezes marcava reuniões fora ou saía para resolver outras coisas.

Parou de falar e pigarreou.

— Minha família tem recursos. Não temos pilhas de dinheiro, mas vivemos bem. Sempre tivemos empregados. Essa casa aqui na cidade, porém, é o primeiro lar só meu, e era estranho ver alguém circulando por lá, mesmo que apenas algumas vezes por mês, para limpar o que eu sujava.

Passou as mãos pelos cabelos e completou:

— Mas isso não tem nada a ver com a situação.

— Pode ter, sim. — Peabody empurrou a garrafa de água para Samantha porque ela parecia ter se esquecido dela. — Isso nos ajudará a formar uma ideia da dinâmica e da interação que existiam entre vocês.

— Não havia muita interação. — Tornou a beber. — Eu me limitava a não atrapalhar o serviço dela. Era simpática e eficiente. Podemos ter conversado sobre algo genérico, mas geralmente nos mantínhamos ocupadas com o trabalho. Isso aconteceu por ela estar na minha casa? Tina morreu porque limpava a minha casa?

Relíquia Mortal

— Estamos investigando isso — respondeu Eve. — Você nos disse, no depoimento anterior, que o serviço de limpeza conhecia as senhas de acesso à segurança e ao alarme da casa, certo?

— Isso mesmo, são serviços vinculados. A firma de limpeza tem excelente reputação no mercado. Seus funcionários são exaustivamente investigados. Aliás, isso até me dá medo, eu não gostaria de passar por uma seleção tão invasiva. No entanto, como nem sempre estou em casa, esse arranjo era o ideal. Ela sabia como entrar — afirmou Samantha. — E provavelmente essa foi a razão da sua morte.

— Sim, acho que sim. Alguma vez ela mencionou ter amigos? Um namorado, talvez?

— Não. Nunca conversamos sobre isso. Éramos educadas e cordiais, mas nunca falamos sobre coisas pessoais.

— Alguma vez ela levou alguém com ela? Para ajudá-la?

— Não. Tenho uma equipe que aparece a cada três meses para cuidar de serviços mais pesados. É a empresa que trata de tudo. Normalmente era só a faxineira, duas vezes por semana. Moro sozinha e tenho o que minha mãe diz que herdei da minha avó: obsessão por ordem e método. Não preciso de mais ajuda em termos domésticos.

— Nunca reparou se alguém a levava de carona ou a pegava na saída?

— Não. Acho que ia de ônibus. Uma vez ela se atrasou, pediu desculpas e contou que o ônibus tinha ficado preso num engarrafamento. Vocês não me contaram como aconteceu. Ela foi morta do mesmo modo que Andrea?

— Não.

— Mas a senhora acha que existe uma ligação entre os crimes, certo? É muita coincidência!

— Sem dúvida, estamos avaliando com bastante cuidado essa possível ligação.

— Eu sempre quis escrever esse livro sobre os diamantes. *Sempre!* Pedia aos meus avós que me contassem a história mil vezes, até sabê-la de cor e salteado. Adoro imaginar como os meus avós se conheceram. Gosto de visualizar a cena dos dois sentados à mesa da cozinha com os diamantes espalhados sobre o tampo. E como eles venceram aquele desafio. Sempre foi reconfortante saber que eles superaram as dificuldades, viraram o jogo e levaram a vida que sonharam. É uma grande vitória um casal viver como sempre sonhou, não acha?

— Acho, sim. — Eve pensou no seu distintivo, no império de Roarke e confirmou: — É uma grande vitória.

— Alex Crew, o vilão da história... Acho que podemos chamá-lo assim... Ele era um assassino. Matou pelos diamantes e, me parece, porque podia fazer isso. Talvez se sentir poderoso fosse tão importante para ele quanto as pedras. Por pouco não matou minha avó, mas ela foi forte e esperta o bastante para levar a melhor. Isso sempre foi motivo de muito orgulho para mim, e eu quis contar a história completa. Agora, por causa disso, duas pessoas morreram.

— Você não foi responsável pelo que aconteceu.

— É o que eu digo a mim mesma. Raciocinando de forma objetiva, sei disso. Mesmo assim, há uma parte de mim que se afasta e observa tudo de fora. Essa parte quer muito contar *esta* nova história, a que está acontecendo agora. Nossa, no que isso me transforma?

— Numa escritora, eu diria — respondeu Peabody.

— Acho que sim. — Samantha exibiu um sorriso fraco. — Fiz uma lista de todas as pessoas das quais me lembrei. Gente com quem comentei sobre o livro. Tive conversas estranhas com leitores que nem conheço e com pessoas que afirmavam ter conhecido meu bisavô. — Pegou um disco na bolsa. A mesma bolsa enorme em que Eve reparara no dia anterior. — Não sei se isso vai ajudar.

— Tudo ajuda. Tina Cobb sabia que você ia viajar?

— Informei a agência. Aliás, lembro que comentei com Tina que estaria fora e lhe pedi para regar as plantas e dar comida aos peixes. Não tinha certeza de que Andrea ficaria lá, só soube uns dias antes de partir.

— Contou à agência que haveria alguém em sua casa?

— Não, isso nem me ocorreu. Os últimos dias aqui em Nova York, antes da turnê, foram uma correria. Participei de matérias na mídia, apareci em programas de TV, fiz as malas e ainda dei entrevistas holográficas. Nem me lembrei de avisar a agência. Acho que isso não me pareceu importante.

Eve se levantou e estendeu a mão.

Relíquia Mortal

— Obrigada por ter vindo, Samantha. A detetive Peabody vai cuidar para que a levem de volta ao hotel.

— Tenente, a senhora não me contou como Tina Cobb morreu.

— Eu sei, não contei. Mas manteremos contato.

Samantha viu quando Eve se afastou da lanchonete e respirou fundo.

— Aposto que ela ganha quase todas, não? É uma vencedora.

— Ela nunca desiste — afirmou Peabody. — No fundo, é a mesma coisa.

E ve se sentou diante da mesa, reuniu os dados do caso Cobb em um arquivo e atualizou as pastas sobre o homicídio Jacobs.

— Computador, analisar os dados das duas pastas e rodar programa específico. Qual é a probabilidade de Andrea Jacobs e Tina Cobb terem sido mortas pela mesma pessoa?

Dando início à análise...

Eve se afastou da mesa enquanto o computador trabalhava e foi até a estreita janela de sua sala. O trânsito aéreo estava relativamente tranquilo. Os turistas queriam lugares mais frescos do que Manhattan naquela época do ano, imaginou, e os burocratas estavam em seus escritórios refrigerados. Viu um dirigível passar com mais da metade dos lugares vazios.

Tina Cobb andava de ônibus. O dirigível seria mais rápido, mas esse conforto saía caro. Tina era cuidadosa com o dinheiro. Poupava para uma vida que nunca gozaria.

Análise e execução do programa concluído. A probabilidade de Andrea Jacobs e Tina Cobb terem sido mortas pela mesma pessoa é de setenta e oito vírgula oito por cento.

Número elevado, pensou Eve, considerando as limitações do computador. Tinha de levar em consideração as diferenças entre as vítimas, a metodologia e a localização geográfica dos homicídios.

Um computador não via o que ela via, nem sentia o que ela sentia.

Virou-se quando um bipe assinalou uma ligação que acabara de chegar. A equipe dos peritos no local do crime tinha sido rápida, e ela se sentou para ler o relatório.

As impressões digitais eram de Gannon, Jacobs e Cobb. Não havia mais nenhuma na casa. As amostras de cabelo eram de Gannon e da vítima. Eve achou que encontrariam algumas de Cobb.

O assassino selara o corpo todo, e isso não era surpresa. Tinha selado suas mãos, seus cabelos. Quer pretendesse matar ou não, programara-se para não deixar rastros.

Se Andrea Jacobs não tivesse chegado, ele talvez circulasse pela casa toda sem deixar nada fora do lugar. Samantha nem perceberia.

Contatou a *Maid in New York* para conferir alguns detalhes e estava acrescentando-os às suas anotações quando Peabody entrou.

— A casa de Samantha Gannon passou por uma limpeza trimestral há quatro semanas — disse Eve. — Você sabia que a agência exige que a equipe de limpeza trimestral use luvas e protetores nos cabelos? Além dos micro óculos, do uniforme de proteção completamente vedado e todo o resto? É como se fossem da polícia, peritos analisando uma cena de crime. Só falta esterilizar a casa de cima a baixo.

— Puxa, um serviço desses seria uma boa para mim e McNab. Assim que formos morar juntos, vamos precisar de alguém para esterilizar a casa três ou quatro vezes por ano. Somos muito desleixados quando trabalhamos em casa ou quando transamos loucamente.

— Cale a boca! Por favor, feche esse bico. Quer que minha pálpebra comece a tremer?

— Não falei diretamente de sexo nem de McNab o dia todo. Já estava na hora.

— O que eu dizia, antes que enfiasse na minha cabeça a imagem de vocês dois transando, é que a casa de Samantha Gannon ficou imaculada há umas semanas e se manteve assim. Não há impressões digitais além das dela, da faxineira e de Andrea Jacobs. O assassino selou o corpo todo antes de entrar. É cuidadoso a ponto de ser meticuloso em excesso. No entanto, a menos que planejasse atacar apenas Andrea Jacobs, o que não creio, ele não sabia que havia alguém tomando conta da casa. O que isso lhe diz, detetive?

— Ele nunca viu a vítima nem Gannon, pelo menos pessoalmente. Não conhece detalhes de suas vidas pessoais. Sabia apenas que Samantha Gannon iria viajar. Pode ter descoberto isso com a faxineira ou acompanhou a agenda da promoção do livro. Mas não foi informado de que haveria alguém em casa, nem pela faxineira e nem pela agência, porque elas não sabiam disso.

— Portanto, não é íntimo de Gannon. Vamos começar pelas pessoas não tão próximas a ela. E vamos pesquisar por onde mais Andrea Jacobs e Tina Cobb podem estar ligadas.

— Baxter e Trueheart já voltaram. Reservei a sala número três.

— Então, vamos nos reunir.

Eve montou um quadro na sala de conferências, afixou fotografias do local do crime, da vítima, cópias dos relatórios e a cronologia do homicídio de Jacobs, que ela mesma preparara.

Esperou enquanto Baxter fazia o mesmo com o caso dele e pensou, enquanto programava uma caneca do péssimo café da Central de Polícia, em como conduzir a reunião.

O tato não era uma das qualidades de Eve, mas ela não gostava de atropelar os colegas, nem de pisar nos seus calos. Tina Cobb era um trabalho investigativo de Baxter. O fato de Eve ter uma patente mais alta que a dele não lhe dava o direito de roubar seu caso.

Encostou o quadril à mesa para não ficar em pé, liderando a reunião, nem sentada, numa posição passiva.

— Você conseguiu mais alguma coisa com a irmã da vítima?

Baxter balançou a cabeça.

— Levei algum tempo para dissuadi-la de ver a irmã no necrotério. Não nos adiantaria de nada ela ver aquilo. Não iria acrescentar coisa alguma ao que ela contou. Foi para a casa dos pais. Trueheart e eu nos oferecemos para dar a notícia a eles, ou pelo menos acompanhá-la até lá, mas não adiantou. Disse que queria fazer isso sozinha, pois seria mais fácil para eles. Nunca viu esse tal Bobby. Nenhum dos malandros e vagabundos do bairro se lembra de ter visto a vítima com um namorado. Elas têm uma unidade de dados e comunicações barata. Trueheart verificou todas as transmissões.

— Tina Cobb, a vítima — começou Trueheart —, se comunicava com uma conta registrada em nome de Bobby Smith. A conta foi aberta há cinco semanas e fechada há dois dias. O endereço informado é falso. A unidade só grava as conversas ocorridas nas últimas vinte e quatro horas. Se houve contatos entre eles pelo *tele-link*, vamos precisar da DDE para descobrir.

— Oba! — exclamou Peabody, baixinho, e Eve lhe lançou um olhar gélido.

— Você vai convocar a DDE para o caso? — perguntou Eve a Baxter.

— Acho que vale a pena. É provável que ela tenha usado *tele-links* públicos. Porém, se os detetives eletrônicos conseguirem uma ou duas ligações, já poderemos ter uma ideia da área em que ocorreram. Talvez um registro de voz ou uma noção de como ele é.

— Concordo — sentenciou Eve.

— Vamos conversar com as colegas dela para ver se a vítima falava nele. Pelo que a irmã contou, porém, acho que estava mantendo-o em segredo. Só tinha vinte e dois anos e cadastro limpo. Nem uma mancha sequer.

— Ela queria se casar e ser mãe profissional. — Trueheart enrubesceu quando todos olharam para ele. — Conversei com a irmã dela. Acho... Acho que se pode aprender mais sobre o assassino conhecendo melhor a vítima.

— Esse é meu garoto! Meu orgulho e alegria — elogiou Baxter, com um grande sorriso.

Eve lembrou que Trueheart era pouco mais velho que a vítima de que falavam e de que ele mesmo quase se tornara uma vítima mortal havia muito pouco tempo.*

O olhar que trocou com Baxter lhe indicou que ele pensara a mesma coisa, mas nenhum dos dois fez comentários.

---

* Ver *Retrato Mortal*. (N. T.)

Relíquia Mortal

— Minha teoria é que o assassino usou o romance como forma de manipulação — declarou Eve, e esperou que Baxter confirmasse com um aceno. — O seu caso e o nosso se unem por meio de Tina Cobb. Ela era faxineira de Samantha Gannon, conhecia as senhas para desativar as fechaduras e o sistema de segurança da casa. Também conhecia muito bem o conteúdo e a planta da residência. Sabia que a dona estaria fora da cidade durante duas semanas, mas desconhecia o fato de que alguém iria tomar conta do local. Isso foi combinado de última hora e, até onde sabemos, foi um acerto entre as amigas Jacobs e Gannon.

— Tenente. — Trueheart levantou a mão como um aluno numa sala de aula. — Não consigo imaginar alguém como Tina Cobb traindo a segurança da patroa. Ela trabalhava duro, seu histórico no emprego era tão impecável quanto o resto de sua vida. Nunca teve reclamação de cliente algum. Não me parece o tipo de pessoa que revelaria senhas e códigos de acesso.

— Concordo com o garoto — confirmou Baxter. — Não a vejo entregando o ouro deliberadamente.

— Você nunca foi uma mulher apaixonada — explicou Peabody a Baxter. — Garotas apaixonadas podem perder o juízo. Se você analisar a ordem dos fatos, a invasão da casa e o assassinato de Andrea Jacobs aconteceram antes da morte de Tina Cobb. E o intervalo entre a última vez que a viram com vida e a hora da morte não é muito grande. Ele estava trabalhando a cabeça dela há várias semanas, certo? Amaciando-a, por assim dizer. Acho que ele sabia que a melhor maneira de conseguir as dicas certas seria num papo pós-transa. Muito mais eficaz do que tentar arrancar tudo à força.

— Essa é minha garota! Meu orgulho e alegria — disse Eve a Baxter, e ele retribuiu o comentário com uma risada. — Se ele a ameaçasse, espancasse ou torturasse, ela poderia mentir ou ficar confusa. Ele usou a lábia, método muito mais tranquilo e seguro. Só que...

Parou de falar ao ver seu orgulho e alegria denotar uma expressão de estranheza.

— Seduzi-la pode fazê-la falar... mas e se depois ela se sentir culpada e relatar o fato aos seus superiores na empresa? É um risco. Seja como for, se tivermos razão quanto a essa conexão, ele soube através de Tina. E depois de ter assaltado a casa e matado Jacobs, tinha de eliminar os rastros. Então matou Cobb e se livrou do cadáver. Fez isso de um jeito radical para atrasar a identificação e a investigação por um tempo longo o bastante para ele apagar qualquer ligação com ela.

— O que Gannon tem que ele queria tanto? — quis saber Baxter.

— O assassino *achou* que ela poderia estar escondendo, conhecer alguma pista ou ter acesso a um tesouro: vários milhões de dólares em diamantes roubados.

Eve lhes contou tudo e entregou a cada componente da equipe uma cópia da pasta do caso. Sem se dar conta, tinha endireitado o corpo e estava em pé.

— Quanto mais soubermos sobre esse caso antigo e sobre as pedras roubadas, mais entenderemos os casos atuais. E descobriremos tudo mais depressa se coordenarmos tempo e esforço.

— Por mim, tudo bem — concordou Baxter, balançando a cabeça. — Vamos enviar para vocês duas as cópias de nossas anotações sobre Tina Cobb. Que ângulo você quer que investiguemos?

— Rastreiem Bobby. Ele não deixou pista alguma, mas sempre dá para achar rastros inesperados. Vamos ver o que a DDE consegue recuperar dos *tele-links* das vítimas.

— Alguém deveria examinar os itens pessoais de Cobb — acrescentou Peabody. — Ela pode ter guardado recordações do novo namorado. Garotas apaixonadas fazem isso. Talvez algo de um restaurante onde eles tenham comido...

— Bem pensado. — Baxter piscou o olho para ela. — A irmã nos contou que ele levou Tina a uma galeria de arte e a um teatro. Vamos trabalhar nisso. Afinal, quantas galerias de arte e teatros existem em Nova York? — Deu uma palmada no ombro de Trueheart. — Meu fiel ajudante vai levar só umas duzentas horas de trabalho para descobrir.

— Alguém os viu juntos em algum lugar — concordou Eve. — Peabody e eu vamos continuar a investigar Andrea Jacobs. Depois trocaremos informações. Como dever de casa, leiam o livro de Samantha Gannon. Precisamos descobrir tudo o que conseguirmos sobre os diamantes e quem os roubou. Por ora, estão dispensados. Peabody, me encontre daqui a dez minutos. Baxter, você tem um tempinho para mim?

Relíquia Mortal

— Viu só? Sou o preferido da professora — disse Baxter, batendo no peito na altura do coração e piscando o olho para Trueheart.

Para ganhar algum tempo até ficarem sozinhos, Eve foi até o quadro e estudou as fotos.

— Você está dando trabalho burocrático para Trueheart só para o manter aqui na Central, certo? — quis saber Eve.

— Na medida do possível, sim — confessou Baxter. — Puxa, ele já voltou da licença! Como é bom ser tão jovem. Só que ainda não está cem por cento. Vou mantê-lo ocupado com tarefas leves, na medida do possível.

— Ótimo. Algum problema em combinar as duas investigações sob as minhas ordens?

— Olhe só para este rosto. — Baxter esticou o queixo na direção da foto de Tina Cobb. Até a imagem comum da identidade irradiava juventude e inocência.

— Pois é.

— Eu trabalho bem em equipe, Dallas. E, mais que tudo, quero saber quem transformou este rostinho naquilo. — Bateu com um dedo na foto de Tina Cobb tirada na cena do crime. — É por isso que não há problema algum.

— Tudo bem para você se Peabody e eu formos revistar os pertences da sua vítima? Ela tem um olho muito bom para essas coisas.

— Por mim, está ótimo.

— Você tem interesse em ficar com a boate onde minha vítima foi vista pela última vez?

— Pode ser.

— Então faremos uma nova reunião pela manhã, às nove horas.

— Por favor, me diga que o local da reunião será o escritório da sua casa, onde o AutoChef tem carne de porco de verdade e ovos de galinhas que cacarejam.

— A reunião vai ser aqui na Central. Se eu mudar de ideia, pode deixar que aviso a você.

— Sua desmancha-prazeres!

J. D. ROBB

Eve voltou à parte central da cidade em meio a um trânsito irritante. Um carro enguiçado na Oitava Avenida fez o tráfego parar por vários quarteirões e levou metade de Nova York a infringir as leis contra poluição sonora ao tocar suas buzinas em protestos mesquinhos e inúteis.

Sua própria solução foi um pouco mais direta. Ligou a sirene, subiu bruscamente com o carro na vertical e virou a esquina para alcançar a Décima Avenida.

Estavam a quinze quarteirões de casa quando o termostato do painel engasgou e morreu.

— Odeio tecnologia. Odeio o pessoal da Manutenção. Odeio o orçamento ridículo da Polícia de Nova York, que só me dá essas viaturas de merda.

— Pronto, pronto, tenente — disse Peabody, tentando acalmá-la enquanto se inclinava para mexer no painel. — Pronto, pronto.

Quando o suor já lhe escorria para os olhos, Peabody desistiu.

— Sabe de uma coisa? Eu podia ligar para o pessoal da Manutenção, mas nós duas odiamos aqueles caras como se fossem veneno. Como se fossem veneno de rato sobre um biscoito — completou depressa, só para reforçar. — Foi por isso que pensei: por que não pedir a McNab que tente consertar? Ele é bom nessas coisas.

— Ótimo, perfeito, excelente! — Eve abaixou os vidros antes que elas sufocassem. O ar exterior, fedorento e denso, não ajudava muito. — Depois que terminarmos na casa de Tina Cobb, deixe-me em casa e leve esse desastre com rodas. De manhã você me busca.

Quando chegou ao prédio residencial, pensou seriamente em oferecer aos malandros da área vinte paus para eles sumirem com o carro. Em vez disso, porém, limitou-se a torcer para que alguém o furtasse enquanto elas estivessem no apartamento.

Começaram a andar e ouviu Peabody gemendo baixinho.

— Que foi?

— Nada, eu não disse nada.

— São os sapatos, não são? Você está mancando. Droga, e se tivermos de perseguir algum meliante a pé?

Relíquia Mortal

— Talvez eles não tenham sido a melhor escolha, mas ainda estou à procura do meu novo estilo. Posso cometer erros nesse processo.

— É bom que você apareça amanhã com sapatos de gente normal. Algo que você possa usar para andar.

— Tá legal, já entendi. — Peabody encolheu os ombros sob o olhar de Eve. — Não preciso mais dizer "senhora" o tempo todo porque agora eu virei *detetive*, lembra? Somos parceiras e tudo o mais.

— Não com esses sapatos.

— Pretendia queimá-los ao chegar em casa, mas mudei de ideia: vou usar uma machadinha para transformá-los em migalhas.

Eve bateu à porta do apartamento. Essie abriu. Tinha os olhos vermelhos e inchados, o rosto manchado pelas lágrimas. Olhou para Eve sem dizer nada.

— Agradecemos que tenha voltado da casa dos seus pais para nos deixar ver as coisas da sua irmã — começou Eve. — Nossos sentimentos e desculpas por termos de incomodá-la num momento como esse.

— Voltarei para lá mais tarde para passar a noite. Tinha de vir aqui pegar algumas coisas, mesmo. Não quero passar a noite aqui. Nem sei se conseguirei voltar para cá. Eu devia ter chamado a polícia logo que minha irmã sumiu. Assim que notei que ela não tinha voltado para casa, eu devia ter ligado para alguém.

— Não teria feito diferença.

— Os outros policiais que vieram conversar comigo me aconselharam a não ver o corpo dela.

— Fizeram bem.

— Por que não se senta, Essie? — Peabody deu um passo, pegou-a pelo braço e a levou até uma cadeira.

— Você sabe por que precisamos revistar os pertences dela?

— Para encontrarem alguma pista sobre o assassino. Não me importa o que vocês tiverem de fazer, desde que descubram quem fez isso. Ela nunca fez mal a ninguém em toda a sua vida. Às vezes implicava comigo e me deixava irritada, mas é isso que as irmãs fazem, certo?

Peabody deixou a mão no ombro de Essie por mais um instante e confirmou:

— A minha é exatamente assim.

— Ela nunca fez mal a ninguém!

— Quer ficar aqui enquanto olhamos as coisas dela? Ou prefere ir para a casa de alguma vizinha? Pode esperar lá até terminarmos.

— Não quero falar com ninguém. Façam o que têm de fazer. Vou ficar aqui, sem atrapalhar.

Eve foi ver o guarda-roupa, e Peabody, a cômoda. Em sua busca, Eve encontrou um frasco com purificante para o hálito, uma amostra de tintura labial e uma pequena agenda de bolso que depois soube que pertencia a Essie.

— Achei uma coisa — anunciou Peabody.

— O quê?

— Eles dão esses *buttons* aos visitantes do Met. — Peabody mostrou um objeto vermelho. — É uma tradição. A pessoa o prende na gola para mostrar que pagou para entrar. Ele deve tê-la levado lá. É o tipo de coisa que uma garota guarda depois de um encontro romântico.

— Há pouquíssimas chances de alguém se recordar dela num museu imenso como o Metropolitan, mas já é um começo.

— Encontrei uma caixinha de recordações. Bilhete de ônibus, uma vela decorativa.

— Recolha a vela. Vamos ver se encontramos digitais nela. Pode ser da casa dele.

— Aqui tem um guia de bolso do museu Guggenheim e uma lista de teatros. Parece que ela a imprimiu. E fez um coração em torno do nome do Teatro Chelsea. É do mês passado — disse, virando-se para Eve. — Uma curta exibição da peça *Os Dados Estão Lançados*, baseada na obra de Sartre. Ele a levou lá, Dallas. Esta é sua caixinha do tipo "Amo Bobby".

— Recolha-a. Recolha tudo. — Foi até a mesinha de cabeceira feita de metal trabalhado e abriu a única gaveta, onde havia um pacote de chicletes, uma lanterna de emergência, amostras de cremes para as mãos, loções, perfumes, tudo numa caixa. Protegido por um plástico, estava um guardanapo cuidadosamente dobrado. No material reciclado, escrito numa caligrafia floreada em vermelho sentimental, lia-se:

Relíquia Mortal

Bobby
Primeiro encontro
26 de julho de 2059
Ciprioni's

Peabody se aproximou de Eve e leu as palavras por sobre o ombro da parceira.

— Ela deve ter guardado isso com cuidado para poder apreciá-lo todas as noites — murmurou. — Lacrou de forma meticulosa para ele não ficar sujo nem se rasgar.

— Faça uma busca por esse nome: Ciprioni's.

— Não é preciso. É um restaurante italiano em Little Italy. Comida boa e barata. Lugar barulhento, geralmente superlotado, serviço lento, mas as massas são fantásticas.

— Ele não sabia que ela guardava coisas como esta, não a compreendia. Achou que estava seguro. Nenhum destes locais fica aqui perto. Ele a levava para longe para evitar que pessoas conhecidas pudessem vê-la. E reconhecê-lo, depois. Escolhia lugares cheios de gente. Quem iria reparar neles? Só que Tina guardou todos os suvenires para marcar cada encontro. E nos deixou belas pistas, Peabody.

Capítulo Vinte e Dois

Depois de deixar a tenente em casa, Peabody seguiu dirigindo a sauna sobre rodas. E Eve se deixou envolver pela frescura abençoada da casa. O gato veio descendo a escada e a cumprimentou com uma série de grunhidos felinos irritados.

— Que novidade é essa? Você virou o substituto de Summerset, agora? Sempre reclamando, pentelhando, enchendo meu saco? — Mas se agachou para lhe fazer carinho. — O que será que vocês dois fazem sozinhos o dia todo? Deixa pra lá, não quero saber.

Perguntou ao sistema de busca interno e ouviu que Roarke não estava em casa.

— Puxa. — Olhou para o gato, que fazia de tudo para lhe subir pelas pernas. — Isso é meio esquisito. Não tem ninguém em casa a não ser nós dois. Bem... Tenho muito o que fazer. Venha comigo. — Apanhou-o no colo e o levou escada acima.

Não que Eve se importasse de estar sozinha, só que não estava habituada a isso. E a casa era bastante silenciosa e sossegada quando se prestava atenção.

Ela daria um jeito naquilo. Tinha baixado o audiolivro do lançamento de Samantha Gannon. Poderia malhar um pouco enquanto o ouvia. Nadar, relaxar. Tomaria uma bela ducha e cuidaria de alguns detalhes.

— Dá para fazer muita coisa quando não há ninguém por perto para nos distrair — disse para Galahad. — Passei a vida quase toda sem companhia mesmo, sabe como é? Fico numa boa.

Relíquia Mortal

Sem problemas, pensou. Antes de Roarke entrar em sua vida, voltava para uma casa vazia todas as noites. Às vezes, ligava para Mavis, mas, mesmo que tivesse tempo para relaxar depois do trabalho com a amiga festeira, ainda assim ia para casa sozinha.

Antes ela *gostava* de ficar sozinha.

Quando isso havia mudado?

Nossa, aquilo era irritante.

Pousou o gato sobre a mesa, mas ele se queixou e deu uma cabeçada de leve em seu braço.

— Tudo bem, tudo bem, me dê um minutinho, pode ser? — Afastou-o e pegou a agenda de recados.

— Olá, tenente. — Ela escutou a voz de Roarke. — Imaginei que essa seria sua primeira parada. Baixei em áudio o livro de Gannon, pois não consigo imaginar você aconchegada, lendo a obra na versão em papel. Até logo. Acho que há pêssegos frescos no AutoChef. Por que não come um, em vez do chocolate que está planejando atacar?

— Você pensa que me conhece até pelo avesso, não é, espertinho? Ele acha que me conhece de trás pra frente — comentou com o gato. — O pior é que isso é verdade. — Pousou a agenda de recados e pegou os fones de ouvido. Quando os colocava, reparou na mensagem que piscava no *telelink* da mesa.

Tornou a afastar o gato.

— Dá um tempo, pelo amor de Deus! — Deu ordem para a mensagem abrir e ouviu novamente a voz de Roarke.

— Eve, vou me atrasar um pouco. Apareceram alguns problemas que preciso resolver.

Ela inclinou a cabeça e estudou o rosto dele na tela. Estava um pouco aborrecido, notou. E muito apressado. Ele não era o único a conhecer seu cônjuge.

— Caso eu resolva tudo depressa, é bem capaz de chegar em casa antes de você ler esta mensagem. Se isso não acontecer, volto assim que for possível. Pode ligar para mim, caso precise. Não trabalhe demais.

Ela tocou na tela quando a imagem dele sumiu.

— Você também.

Colocou os fones, ligou-os e, para alívio do gato, foi até a cozinha. No minuto em que encheu uma tigela de atum e a colocou no chão, ele a atacou.

Enquanto ouvia o relato do golpe dos diamantes, pegou uma garrafa de água e um pêssego, com ar absorto; atravessou a casa vazia e silenciosa até a academia que havia na residência.

Despiu-se, pendurou o coldre num gancho e vestiu uma roupa de malhação justa e curta.

Começou com alongamentos, concentrando-se no áudio enquanto se preparava para os exercícios. Depois foi para o aparelho e programou um circuito de obstáculos que a obrigaria a correr, subir, remar e pedalar em vários terrenos e superfícies.

Quando chegou aos pesos, já conhecia os principais personagens do livro e fazia uma ideia de como era Nova York e uma cidade pequena dos Estados Unidos no princípio do século XXI.

Mexericos, crimes, mocinhos, bandidos, sexo e assassinato.

Quanto mais as coisas mudavam, pensou, mais elas permaneciam as mesmas.

Ativou um androide de luta para dez minutos de combate e se sentiu mais leve e energizada depois que conseguiu derrotá-lo.

Pegou outra garrafa de água no frigobar e, para ter mais tempo com o livro, passou a uma sessão para trabalhar a flexibilidade muscular e o equilíbrio.

Depois, despiu a roupa suada, jogou-a no tubo que dava na lavanderia e seguiu nua até a piscina. Com os fones ainda presos ao ouvido, mergulhou na água refrescante e azul. Após umas voltas lentas e preguiçosas, seguiu boiando até o canto e mandou ligar os jatos de hidromassagem.

Emitiu um suspiro de felicidade tão alto que ecoou no teto.

Ficar sozinha em casa podia ser ruim. Mas também podia ser muito bom.

Quando seus olhos começaram a querer se fechar, quando estava totalmente relaxada, saiu da piscina. Vestiu um roupão, recolheu a arma e a roupa que usara o dia todo e subiu pelo elevador até o quarto, antes de perceber que tinha perdido uma boa oportunidade.

Relíquia Mortal

Poderia ter corrido completamente nua. Poderia ter *dançado* nua pela casa.

Tudo bem, guardaria aquela ideia para outra oportunidade.

Depois de uma ducha forte e de roupa limpa, voltou ao escritório. Ligou o áudio para conferir mais alguns detalhes e fazer anotações.

No topo da lista estavam Jack O'Hara, Alex Crew, William Young e Jerome Myers. Young e Myers haviam morrido há mais de meio século, antes mesmo de o primeiro ato da narrativa chegar ao fim.

Crew morrera na prisão; O'Hara tinha aparecido e desaparecido de cena até morrer, quinze anos antes. Os quatro ladrões de diamantes estavam mortos, mas as pessoas raramente passam a vida toda sem relacionamentos, família, sócios, inimigos.

Alguém ligado a um deles poderia achar que tinha direito ao saque. Uma espécie de recompensa, de herança, de reembolso. E alguém ligado a um ladrão desse tipo talvez soubesse entrar em uma residência protegida.

O sangue fala mais alto, pensou. Pelo menos, era o que diziam. Eve tinha fortes esperanças de que isso nem sempre fosse verdade. Do contrário, o que seria ela, filha de um monstro e de uma prostituta viciada? Se *tudo* o que alguém era estivesse determinado nos genes, no DNA, nas características herdadas, que chance teria uma criança criada por duas pessoas que só queriam usá-la em proveito próprio? Que planejavam transformá-la numa prostituta de luxo, criando-a como se fosse um animal? Pior que um animal?

Duas pessoas que a trancavam no escuro. Sozinha, ignorada. Que a espancavam. Que a estupravam. Que a corromperam a tal ponto que, aos oito anos, ela precisou matar para conseguir escapar.

Sangue em suas mãos. Havia tanto sangue em suas mãos!

— Maldição, mil vezes maldição! — Eve fechou os olhos com força e afastou as imagens antes que os fantasmas do passado se solidificassem em mais um pesadelo, mesmo ela estando acordada.

O sangue não falava mais alto, isso era mentira. Não é o DNA que nos constrói. Nós o fazemos. Se tivermos garra e foco, nós nos construímos.

Tirou o distintivo do bolso e o apertou com força, como se fosse um talismã, uma âncora. Nós nos construímos, pensou novamente. Mais nada.

Pousou o distintivo na mesa, onde poderia vê-lo, se precisasse. Voltou a ligar o áudio enquanto ordenava a investigação dos quatro ladrões.

Pensando em café, levantou-se para ir à cozinha. Planejava programar um bule inteiro, mas reduziu o pedido para uma caneca. Um dos chocolates que tinha escondido começou a chamá-la. Bem, ela havia comido a porcaria do pêssego, certo?

Arrancou a barra escondida na prateleira de baixo do congelador. Café numa mão e chocolate congelado na outra, voltou ao escritório. E deu de cara com Roarke.

Ele a olhou e ergueu uma sobrancelha.

— Isso é jantar?

— Não exatamente. — Ele a fazia se sentir como uma criança roubando doces. Logo ela, que *nunca tinha* sido uma criança com doces para roubar. — Eu estava só... Merda. — Tirou os fones do ouvido. — Trabalhando. Fazendo uma pausa. O que você tem a ver com isso?

Ele riu alto e a puxou para um beijo.

— Olá, tenente.

— Olá para você também. Ignore-o — disse, ao ver Galahad chegar miando e implorado alguma coisa. — Já lhe dei comida.

— Uma refeição melhor que a sua, aposto.

— Você já comeu?

— Ainda não. — Colocou a mão no pescoço dela e a acariciou de leve. — Quero metade desse chocolate.

— Está congelado, você vai ter de esperar.

— Então eu quero isso. — Tirou-lhe o café da mão e sorriu quando ela fez uma careta. — Esse cheirinho está... humm... delicioso.

Quando a mão passou do pescoço para a nuca, Eve percebeu que ele elogiava o cheiro *dela*, não o do café.

— Ei, sai pra lá, meu chapa. — Espetou-lhe um dedo no peito. — Tenho mais o que fazer. Já que você ainda não jantou, que tal experimentarmos um restaurante italiano de que ouvi falar, no centro da cidade?

Como ele não deu uma palavra e continuou a tomar o café, estudando-a por sobre a borda da caneca, ela franziu o cenho.

— Que foi?

Relíquia Mortal 365

— Nada. Só estou tentando me certificar de que é minha mulher quem está na minha frente. Você quer jantar fora? Quer sentar em um restaurante junto de outras pessoas?

— Ué... Já fomos jantar fora milhões de vezes. Qual é o problema?

— Humm... O que um restaurante italiano no centro da cidade tem a ver com o seu novo caso?

— Espertinho. Talvez eu simplesmente tenha ouvido por aí que a lasanha deles é excelente. O resto eu conto pelo caminho, porque já fiz até reserva. Liguei antes de saber que você chegaria tão tarde e talvez não quisesse mais sair. Ou eu posso ir lá amanhã.

— Tenho tempo para tomar uma ducha e tirar esta roupa maldita? Parece que nasci com ela.

— Claro. Mas posso cancelar tudo se você preferir ficar por aqui.

— Uma lasanha até que cairia bem, desde que venha acompanhada por muito vinho.

— Foi um dia longo?

— Mais chato que longo — respondeu ele, a caminho do quarto. — Alguns problemas estruturais. Um em Baltimore, outro em Chicago, os dois exigindo a minha presença.

Ela franziu os lábios quando ele se despiu para entrar debaixo do chuveiro.

— Você esteve em Baltimore e em Chicago hoje?

— E passei pela Filadélfia para aproveitar a viagem.

— Comeu um bife com queijo por lá?

— Não. Na verdade, não houve tempo para tais indulgências. Jatos no máximo — ordenou, ao entrar debaixo do chuveiro. — Vinte e dois graus.

Só a ideia de uma ducha àquela temperatura provocou arrepios em Eve. Mesmo assim, conseguiu apreciá-lo enquanto se encharcava debaixo dos fortes jatos.

— Conseguiu resolver todos os seus problemas estruturais? — quis saber ela.

— Pode apostar sua bundinha linda. Um engenheiro, um gerente e dois vice-presidentes já estão na fila do desemprego. Um administrador sobrecarregado de trabalho acabou de ganhar uma grande sala e um novo cargo, além de um aumento substancial de salário, enquanto um rapaz do setor de pesquisa e desenvolvimento deve estar comemorando a promoção a chefe de projeto.

— Uau, você andou muito atarefado o dia todo, transformando vidas.

Ele lançou para trás os fartos cabelos pretos.

— Descobri um superfaturamento nas despesas. Isso é até comum no mundo dos negócios. Não me importo. Mas não se pode ficar ganancioso, nem desleixado ou arrogante demais. Quem entra nessa, acaba tentando bancar um novo apartamento no Maui e uma amante que gosta de bugigangas que vêm em caixinhas azuis da Tiffany's.

— Espere um instante. — Ela se afastou quando ele saiu do boxe. — Desfalque? Você está falando de desfalque?

— Isso foi em Chicago. Em Baltimore foi só incompetência, o que chega a ser mais irritante.

— Você mandou prender os pilantras de Chicago?

Ele pegou uma toalha e começou a secar o corpo.

— Tratei de tudo. Do meu jeito, tenente — acrescentou, antes que ela tivesse chance de falar. — Não chamo a polícia para resolver cada pepino que aparece.

— Ando ouvindo muito isso, ultimamente. Peculato é crime, Roarke.

— Sério? Que legal, então. — Com a toalha presa nos quadris, passou por ela e entrou no closet. — Eles vão pagar por isso, pode ter certeza. Nesse momento, devem estar se embebedando até cair e chorando lágrimas amargas pelo suicídio profissional que cometeram. Será uma sorte se conseguirem um emprego limpando mesas de trabalho, porque sentar atrás de uma delas nunca mais. Cambada de safados.

Ela refletiu sobre o que ouviu.

— A polícia teria sido menos cruel com eles.

Roarke olhou para ela com um sorriso frio e feroz.

— Sem dúvida.

— Eu já disse isso, mas ainda assim vou repetir. Você é um homem assustador.

— E então... — Ele vestiu uma camisa e começou a abotoá-la. — Como foi o seu dia, querida Eve?

— Eu lhe conto no caminho.

Eve relatou tudo com detalhes. Quando chegaram ao restaurante, ele já estava muito bem-informado.

Peabody lhe fizera uma descrição exata do lugar, avaliou Eve. Estava cheio e era barulhento, mas o ar cheirava maravilhosamente bem. Os atendentes, com aventais brancos por cima da própria roupa, andavam a passo de lesma com bandejas cheias de comida ou recolhiam pratos e copos das mesas.

Eve aprendera que, quando os garçons não precisavam correr para mostrar serviço e conseguir uma bela gorjeta, a razão era a comida ser muito boa ou o local ser esnobe. Pelo que via ali e pela simplicidade da decoração, presumiu que a primeira opção fazia mais sentido.

Alguém cantava baixinho pelo sistema de som, num idioma que ela imaginou ser o italiano, do mesmo modo que supôs que as paredes decoradas com quadros quase infantis eram de cidades da Itália.

Reparou nas velas em cima de cada mesa, iguais à que Tina Cobb tinha na caixinha de recordações.

— Fiz a reserva em seu nome. — Teve de erguer a voz e falar ao ouvido de Roarke por causa do barulho.

— Ah, foi?

— Eles estavam lotados. O nome "Roarke" consegue uma mesa muito mais depressa do que "Dallas".

— Ah, é?

— Ah, foi... Ah, é... Blá-blá-blá.

Ele riu, deu-lhe um beliscão e se virou para o aparentemente desinteressado *maître*.

— Mesa para dois. Reserva em nome de Roarke.

O sujeito era atarracado e vestia um *smoking* com corte antiquado que o deixava parecido com uma salsicha de soja apertada na embalagem. Seus olhos entediados se arregalaram e se levantou do banquinho com um pulo. Quando fez uma mesura educada, Eve pensou que ele fosse explodir dentro da roupa.

— Sim, sim! Sr. Roarke! Sua mesa está pronta. É a melhor da casa. — O sotaque italiano tinha um jeitão nova-iorquino. Roma com uma pitada do Bronx. — Queiram me acompanhar, por favor. Xô, xô! — Afastou e empurrou garçons e clientes para abrir caminho. — Meu nome é Gino. Não hesite em me chamar, caso precise de alguma coisa. Qualquer coisa! A massa de hoje é espaguete com polpetone, e o especial do dia é *rollatini di pollo*. Vai beber vinho, certo? Ofereço-lhe uma garrafa de cortesia do nosso Barolo. É muito bom. Um vinho elegante e ousado, sem ser forte demais.

— Parece perfeito. Muito obrigado.

— Não tem de quê. Não foi nada. — Estalou os dedos para um garçom que já se colocara em posição de alerta. Em pouco tempo o vinho apareceu, foi aberto, servido e provado. Os cardápios surgiram no ar com um floreio e os atendentes se afastaram, mas ficaram pairando em torno deles, ignorando solenemente clientes que tiveram de se contentar com a esperança de serem servidos em algum momento da próxima década.

— Você nunca fica cansado dessa babação de ovo ostensiva? — quis saber Eve.

— Humm... Deixe-me pensar... — Roarke tomou um gole de vinho, recostou-se na cadeira e sorriu. — Não.

— Eu já desconfiava. — Olhou para o cardápio. — O que é esse tal espaguete com polepote que ele ofereceu?

— Polpetone. Espaguete com almôndegas.

— Sério? — Ela se animou toda. — Então tá bom, eu quero isso. — Pousou o cardápio sobre a mesa. — E você?

— Acho que vou experimentar a lasanha com dois molhos. Isso ficou na minha cabeça desde que você falou. E vamos pedir o couvert, senão nossos amigos ficarão desapontados.

— É melhor mantê-los felizes.

No instante em que Roarke pousou o cardápio, tanto o *maître* quanto o garçom se materializaram ao lado da mesa. Eve deixou Roarke pedir e pegou a foto de Tina Cobb na bolsa.

— Reconhece esta mulher? — perguntou a Gino.

— Desculpe, senhora, não entendi.

— Ela esteve aqui em julho com um sujeito. Você se lembra de tê-la visto?

Relíquia Mortal

— Desculpe — repetiu ele. Parecia pesaroso e depois aflito quando olhou para Roarke. — Temos tantos clientes! — Em sua testa surgiu uma fileira perolada de suor frio, e ele torceu as mãos de desespero, como um estudante nervoso que percebe que vai ser reprovado num teste vital.

— Observe com atenção. Talvez se lembre de tê-la visto entrar. Jovem, devia estar muito bem-arrumada, com roupa de sair. Cerca de um metro e cinquenta e cinco, cinquenta quilos. Um brilho de primeiro encontro no olhar.

— Ah...

— Você poderia me fazer um favor — acrescentou Eve, antes que o homem se desfizesse numa poça de nervos aos seus pés. — Você poderia mostrar a foto aos empregados da casa para ver se alguém se lembra de alguma coisa.

— Com muito prazer. E *honra*, é claro. Imediatamente.

— Gosto mais quando eles ficam irritados ou simplesmente putos — decidiu Eve, vendo-o sair a toda velocidade. — De qualquer modo, a possibilidade de ela ter sido vista é bastante remota.

— Pelo menos nós vamos comer muito bem. Além do mais — pegou a mão de Eve e lhe beijou os nós dos dedos — consegui um belo encontro com minha esposa.

— O restaurante está bombando. Como é que pode você não ser o dono do lugar?

Ele não largou a mão dela enquanto bebia o vinho. Já não havia sinal do homem que passara o dia todo de cidade em cidade, despedindo ladrões e incompetentes.

— Você quer que eu seja o dono?

Ela simplesmente balançou a cabeça para os lados.

— Duas mortas. Uma foi só um meio para atingir um fim, a outra estava no lugar certo, mas na hora errada. Ele não mata porque planejou. Mata porque é mais conveniente. Quer atingir um objetivo. Para isso, tem de usar ferramentas e se livrar de obstáculos. Mais ou menos o que você fez hoje, só que com sangue de verdade.

— Humm... — Foi o comentário de Roarke.

— O que quero dizer é que se você for do ponto A ao ponto B, mas tiver que fazer um desvio antes de atropelar alguém, faz isso numa boa. Ele é mais direto.

— Entendo.

— Se Jacobs não estivesse lá, ele não precisaria tê-la matado. E, se não tivesse matado Jacobs, provavelmente não teria acabado com Tina. Pelo menos não imediatamente, embora eu aposte que ele pensou em como e quando fazer isso. Se tivesse encontrado os diamantes, embora a chance fosse pequena, ou qualquer coisa que o levasse a eles, teria seguido a pista.

Pegou um *grissini*, partiu-o ao meio e o comeu.

— Não hesita perante um assassinato. Como planeja com antecedência, deve ter considerado a possibilidade de descartar Samantha Gannon assim que tivesse o prêmio na mão. Mas não foi à casa dela pensando em matar alguém.

— Ele se adapta. Compreende a vantagem de ser flexível e de manter os olhos no alvo, por assim dizer. O que você tem até agora não mostra um homem que entra em pânico quando lhe alteram o plano. Ele se adapta e segue adiante.

— Essa é uma descrição muito lisonjeira para um assassino.

— Nem um pouco. — Roarke discordou. — A flexibilidade dele e seu foco único são completamente amorais e interesseiros. Como você ressaltou, eu já tive, e tenho, um jeito próprio de lidar com as coisas e sei muito bem como as pedras preciosas são atraentes. O dinheiro, por mais sensual que seja, não seduz da mesma forma. A luz dessas gemas, sua cintilação, sua forma e cor são magnéticas. Existe algo primitivo e visceral nessa atração. Mas, apesar de entender isso, matar alguém por causa de um punhado de brilhantes empobrece tudo. Pelo menos para mim.

— Mas roubá-los, tudo bem.

Ele sorriu e pegou a outra metade do *grissini* dela.

— Se a ação for bem-feita, sim. Uma vez... numa outra vida, é claro... eu aliviei uma exuberante ave londrina de várias de suas penas cintilantes. Ela as mantinha num cofre às escuras, uma pena. Qual o propósito de trancar maravilhas como aquelas quando tudo que elas esperam é ter

Relíquia Mortal

a chance de brilhar para o mundo mais uma vez? A ave idosa tinha uma casa em Mayfair, tão protegida quanto o Palácio de Buckingham. Fiz tudo sozinho, só para ver se conseguia.

Eve sabia que não devia achar aquilo divertido, mas não podia evitar.

— Aposto que conseguiu.

— Acertou. Por Deus, que sensação fantástica! Acho que tinha só vinte anos e ainda me lembro exatamente do que senti ao tirar aquelas pedras da escuridão e vê-las adquirir vida. Elas precisam de luz para ganhar vida, sabe como é?

— O que você fez com elas?

— Bem, essa é outra história, tenente. — Encheu as taças de ambos. — Completamente diferente.

O garçom trouxe o couvert. Nos calcanhares dele voltou o *maître* com uma garçonete pelo braço.

— Diga à *signora* — ordenou ele.

— Certo. *Acho* que fui eu quem serviu a mesa deles.

— *Talvez* tenha sido ela — reforçou Gino. Quase cantava.

— Ela estava com um homem?

— Estava. Olhe, eu não tenho certeza.

— Ela pode se sentar conosco aqui um minuto? — perguntou Eve, olhando para Gino.

— Como preferir. Tudo o que quiser. O couvert está bom?

— Ótimo.

— E o vinho?

Ao reparar que a pálpebra de Eve começara a tremer, Roarke respondeu por ela.

— Está muito bom, belíssima escolha. Poderia nos arranjar uma cadeira para...

— Meu nome é Carmen — respondeu a garçonete.

Felizmente havia uma cadeira livre, pois Eve não tinha dúvidas de que Gino teria jogado um cliente para escanteio só para lhe roubar a cadeira e atender Roarke.

Embora ele continuasse pairando em volta deles, Eve o ignorou e se virou para Carmen.

— De que você se lembra?

— Bem... — Carmen olhou mais uma vez, com atenção, para a fotografia que devolvera a Eve. — Gino me disse que essa devia ser a primeira vez em que saíam juntos. Acho que me lembro de tê-los servido. Ela estava nervosa e alegre, como se não saísse muito, e parecia tão nova que eu tive de lhe pedir a identidade. Odiei fazer isso porque ela ficou bastante envergonhada, mas era maior de idade. Foi por isso que eu me lembrei da cena.

— E ele? Do que você se lembra dele?

— Hum... Não era tão novo quanto ela e parecia muito mais confiante e relaxado. Como se tivesse experiência. Pediu em italiano com a maior naturalidade. Há homens que fazem isso para se exibir, mas em outros a coisa acontece de forma tranquila. Foi o caso dele. E não economizou na gorjeta.

— Como ele pagou a conta?

— Em dinheiro. Lembro-me sempre de quando pagam em dinheiro, especialmente se são simpáticos.

— Consegue descrevê-lo?

— Não sei ao certo. Não prestei muita atenção. Acho que tinha cabelos escuros. Não muito escuros, quer dizer, acho que... — Fixou a atenção em Roarke. Os olhos passaram pelos cabelos dele e ela teria suspirado, caso pudesse. — Não eram pretos.

— Entendo, Carmen. — Eve tocou na mão dela, para atrair sua atenção de volta. — E a cor da pele?

— Ele era branco, porém estava bronzeado. Lembro-me agora. Era como se tivesse saído de uma sessão de bronzeamento ou voltado de férias. Não... Pensando melhor, tinha cabelos claros! Isso mesmo. Tinha cabelos alourados, porque contrastavam muito com o bronzeado. Eu acho. Só sei que ele dava bastante atenção a ela. Na maioria das vezes em que fui até a mesa, ele a estava ouvindo atentamente ou fazendo perguntas a ela. Muitos homens... Nossa, a maioria... não sabe ouvir.

— Você disse que ele era mais velho do que ela. Muito mais?

— Puxa, é difícil ter certeza. Ou lembrar. Não era tão velho a ponto de parecer pai dela.

Relíquia Mortal

— E a compleição dele?

— Não sei afirmar com certeza. Ele estava sentado, entende? Mas não era gordo. Era normal.

— *Piercings*, tatuagens?

— Oh, uau! Que eu me lembre, não. Usava um belíssimo relógio de pulso, nisso eu reparei. Ela tinha ido ao toalete quando eu lhes trouxe o café, e ele viu que horas eram. O relógio era de grife, fino, com o mostrador cor de pérola. Como é mesmo que se chama o material?

— Madrepérola? — sugeriu Roarke.

— Isso mesmo, madrepérola. É uma peça muito bonita. E devia ser cara.

— Você se importaria de trabalhar com um artista da polícia e tentar fazer um retrato falado dele?

— Vocês são da polícia? Nossa! O que foi que eles fizeram?

— É só nele que eu estou interessada. Gostaria que você fosse à Central amanhã. Posso arranjar transporte.

— Tudo bem. Sim, claro. Vai ser interessante.

— Se me der seus dados, eles entrarão em contato com você.

Eve pegou uma azeitona da travessa quando Carmen se levantou.

— Adoro quando as possibilidades remotas se revelam úteis. — Viu os pratos de massa vindo na direção deles e tentou não babar. — Espere só um minuto para eu agendar isso.

Pegou o *tele-link*, ligou para a Central e marcou uma hora com o artista. Enquanto ouvia o sargento de serviço e fazia algumas perguntas simples, enrolou a massa com o garfo.

Terminou a chamada, enfiou a massa na boca e falou:

— Nadine divulgou a conexão entre as duas mortes

— Não entendi nada.

— Desculpe. — Engoliu e repetiu a frase. — Imaginei que ela fosse fazer isso depois de conversar com Samantha Gannon e sabia que a bomba ia estourar.

— Isso é um problema?

— Não exatamente. Se fosse perigoso, eu a teria impedido. E, para seu mérito, ela teria me obedecido. Não é problema, não. Ele verá a notícia e saberá que temos novos rastros para seguir. Isso o fará pensar.

Espetou uma almôndega, separou-a e enrolou massa em volta dela.

— Bobby Smith, seja ele quem for, terá muitas coisas em que pensar esta noite.

E tinha. Voltara para casa cedo, vindo de uma festa que o fizera quase desmaiar de tédio. As mesmas pessoas, as mesmas conversas, o enfado de sempre. Nunca havia nada de novo.

É claro que ele tinha muita coisa nova de que falar, mas não lhe parecia que suas atividades recentes fossem assunto apropriado para um coquetel.

Ligou o telão. Antes de sair, programara a unidade de entretenimento para gravar qualquer noticiário onde fosse citada alguma das seguintes palavras: Gannon, Jacobs e — já que era esse o sobrenome dela — Cobb. A doce Tina, de corpo miúdo. Dito e feito: havia uma matéria longa apresentada pela deliciosa Nadine Furst, do Canal 75. Ela usara as três palavras-chave.

Por conseguinte, os tiras já tinham ligado os pontinhos e feito a conexão entre as duas mortes. Ele não esperava que a polícia conseguisse fazê-lo tão depressa. Não que isso importasse, é claro.

Mudou de roupa, vestiu uma calça larga e um robe de seda. Serviu-se de conhaque e preparou um prato de fruta e queijos para estar mais confortável quando assistisse à matéria pela segunda vez.

Instalou-se no sofá da sala de projeção, no apartamento duplex na Park Avenue, e mordiscou o brie e uvas verdes enquanto Nadine relatava tudo mais uma vez.

Não havia nada que o ligasse à faxineira ingênua, concluiu. Tinha tomado muito cuidado. Fizera algumas ligações para ela, é verdade, mas todas a partir de uma conta criada unicamente para esse propósito e enviadas ou recebidas de uma unidade pública. Sempre a levara a lugares onde eles

Relíquia Mortal

seriam absorvidos ou se misturariam à multidão. E quando decidiu que precisava matá-la a levou para o prédio na Avenida B.

A empresa do pai estava reformando o local. O prédio todo estava sem inquilinos e, embora ele tivesse derramado sangue — bastante, aliás —, limpara tudo depois. Mesmo que ainda restassem uma ou duas manchas, as equipes de carpinteiros e bombeiros não iriam reparar algumas manchas novas no meio das antigas.

Não, não havia nada que servisse de ligação entre a faxineira, pobre idiota moradora de um conjunto habitacional, e um homem como ele, com educação primorosa, frequentador das altas rodas sociais, muito culto, filho de um dos mais importantes homens de negócios de Nova York.

Não havia nada que o ligasse ao honesto e esforçado artista Bobby Smith.

O disfarce do artista fora genial — obviamente. Ele até que sabia desenhar bem e encantara a tola e ingênua Tina com um esboço do seu rosto.

Claro que tivera de andar de *ônibus* para criar o encontro "acidental". Um martírio! Não fazia ideia de como as pessoas toleravam tais experiências urbanas, mas imaginava que quem aturava aquilo era porque não merecia nada melhor.

Depois disso, tudo fora muito simples. Ela se apaixonara e ele nem precisou se esforçar. Alguns passeios baratos, algumas trocas de beijos e olhares profundos e ele ganhara acesso à casa de Samantha Gannon.

Só tivera de se manter colado nela com ar de apaixonado e acompanhá-la até o local de trabalho certa manhã, jurando, depois de encontrá-la no ponto de ônibus, que não conseguia dormir de tanto pensar nela.

Nossa, como ela enrubescera, agitara-se e quase pulara pela rua enquanto caminhava com ele até a porta de Gannon.

Ele a viu digitar a senha e decorara a sequência de números. Ignorando seus protestos sussurrados, ficara bem atrás dela para lhe roubar mais um beijo.

Oh, Bobby, você não pode *fazer isso. Se a srta. Gannon descer, posso me meter em apuros e até ser despedida. Você precisa ir embora.*

Mas ele riu, como se fossem duas crianças fazendo uma travessura, enquanto ela o afastava com o ombro.

Foi tão simples vê-la digitar a segunda senha do alarme. Absurdamente simples!

Não tão simples, admitia agora, quanto foi se afastar dali com ar de apaixonado e vê-la acenar, embevecida. Por um rápido segundo, pensara em matá-la ali mesmo; esmagar aquela cara sorridente e comum, acabar com aquilo. Imaginou-se subindo a escada da casa e pegando Gannon para lhe extrair, à força, a localização secreta dos diamantes.

Teria de espancá-la até ela contar tudo, *absolutamente tudo* que não relatara naquele livro ridículo.

Mas não era esse o seu plano muito bem-elaborado.

Independentemente disso, pensou, encolhendo os ombros, os planos também podem ser modificados. Foi assim que ele escapara impune depois de cometer assassinato. Duas vezes.

Fazendo um brinde a si mesmo, tomou o conhaque lentamente.

A polícia poderia especular à vontade, mas nunca ligariam um homem como ele a alguém tão comum como Tina Cobb. Com relação a Bobby Smith, ele não existia. Era um produto da sua imaginação, um fantasma, um sopro de fumaça.

Não estava mais perto dos diamantes, mas logo estaria. Ah, se estaria! Pelo menos ele não se sentia *entediado*, graças aos céus.

Samantha Gannon era a chave de tudo. Relera o livro inúmeras vezes depois de encontrar, na primeira leitura, tantos dos seus segredos de família espalhados pelas páginas. Isso o espantara, confundira e enfurecera.

Por que não lhe tinham contado que havia milhões de dólares — *milhões!* — escondidos em algum lugar? Diamantes que pertenciam, por direito, a ele?

Seu querido papaizinho havia deixado de fora esse detalhe.

Agora ele queria os diamantes. E conseguiria pegá-los. Simples assim.

Quando estivesse de posse deles, poderia e iria se afastar do pai e da sua tediosa ética do trabalho. Iria para longe do enfado e da mesmice do seu círculo de amigos.

Relíquia Mortal

Seria único, como seu avô fora.

Espreguiçou-se e colocou para reproduzir outro programa gravado, uma das várias entrevistas dadas por Samantha Gannon. Em cada uma delas, Samantha parecia articulada, brilhante e muito atraente. Foi por isso que ele não tentara entrar em contato diretamente com ela.

Nem pensar! A idiota e romântica Tina fora uma aposta bem mais segura e inteligente.

Ainda assim, estava louco para conhecer Samantha melhor. De uma forma, digamos, mais íntima.

Capítulo Vinte e Três

Eve acordou e, como de hábito, viu que Roarke já tinha se levantado, se vestido e se instalado na saleta da suíte acompanhado por um bule de café, o gato e as cotações da Bolsa de Valores no telão.

Degustava, conforme ela notou com os olhos ainda sonolentos, o que parecia ser um melão fresco enquanto digitava códigos, números ou segredos de Estado num *tele-link*.

Resmungou um bom-dia em forma de grunhido e tropeçou até o banheiro. Quando fechou a porta, ouviu Roarke falar para o gato:

— Ela nunca está no seu melhor momento antes do café, você não acha?

Quando saiu, ele já passara para as notícias, aumentara o volume e comia uma rosquinha. Ela lhe roubou a rosquinha e o café, e os levou para o closet.

— Você é tão ladra quanto o gato — queixou-se ele.

— E mais rápida. Tenho reunião. Como vai estar o tempo hoje?

— Quente.

— Mais quente que o inferno ou apenas quente?

— É setembro em Nova York, Eve. Adivinhe.

Resignada, ela escolheu a roupa menos propensa a grudar no corpo cinco minutos depois de vestida.

— Ah, e tenho informações a respeito dos diamantes. Andei fazendo algumas pesquisas, ontem.

Relíquia Mortal

— Sério? — Olhou em torno, quase esperando que ele lhe dissesse que a blusa não combinava com a calça, ou o casaco com a blusa. Daquela vez, porém, parece que tivera sorte e escolhera uma roupa que se adequava aos padrões dele. — Não imaginei que você tivera tempo para torturar mais gente.

— Não brinque, os problemas de ontem consumiram muito do meu tempo e esforço. Mas arranjei algumas folgas entre um banho de sangue e outro. Juntei tudo agora de manhã, enquanto você curtia um pouco mais o seu sono de beleza.

— Você deve estar querendo alguma coisa de mim.

— Querida, chamar você de linda é querer alguma coisa?

A resposta dela foi mais um grunhido, enquanto afivelava o coldre.

— Esse casaco ficou muito bem em você.

Ela o olhou com cautela, ajeitando a alça do coldre debaixo do braço.

— Ficou bem, mas...

— Sem "mas".

O casaco era bege, embora Eve soubesse que muita gente batizaria aquela cor com outro nome. Talvez "cor de pão integral de centeio". Eve nunca entendera o porquê de as pessoas darem nomes estranhos a cores comuns.

— Você é a minha linda guerreira urbana.

— Corta essa! O que foi que você desencavou?

— Muito pouco, para ser franco. — Tocou no disco que estava sobre a mesa. — A seguradora pagou pelos vinte e cinco por cento das pedras que ficaram faltando, mais a comissão do detetive, que era cinco por cento sobre o montante recuperado. Foi um grande prejuízo. Podia ter sido ainda pior, mas as seguradoras não criam caso quando precisam pagar vários milhões de dólares.

— Nem devem. Esse é o jogo delas — disse Eve, encolhendo os ombros. — Se não quiserem pagar, é melhor ficar fora do jogo.

— Muito bem-observado. Investigaram a filha de Jack O'Hara, mas não conseguiram nada. Além do mais, foi ela quem ajudou o detetive a encontrar o que foi possível recuperar, e foi uma peça essencial na captura de Alex Crew.

— Sim, já cheguei nesse ponto. Agora me conte algo que eu não sei.

— Forçaram a barra junto à família do comparsa que trabalhava dentro da empresa, seus sócios e colegas. Não descobriram nada, mas continuaram vigiando por anos. Se qualquer um deles tivesse melhorado o estilo de vida sem ganhar na loteria ou algo assim, teria sido preso. A ex-mulher e o filho de Crew, porém, nunca foram encontrados.

— Ele tinha um filho? — Eve se puniu mentalmente por não ter verificado melhor as pesquisas quando voltara para casa na véspera.

— Pelo que eu soube, teve. Mas isso não apareceu no livro. Crew já estava divorciado quando o roubo ocorreu, mas tinha um filho que devia ter sete anos na época. Não encontrei nada sobre eles a partir de seis meses depois do divórcio.

Com o interesse aguçado, Eve voltou à saleta.

— A ex-mulher entrou na clandestinidade?

— Sim, e ficou por lá, ao que parece.

Ele pegara outra rosquinha e mais café. Sentou-se novamente.

— Posso tentar pegar o rastro deles, se você quiser. Vai ser preciso mais que uma busca comum, e levarei algum tempo, já que terei de voltar meio século. Eu não me importaria, é claro. É o tipo da coisa que eu acho fascinante.

— Por que nada disso está no livro?

— Suponho que você vai perguntar isso a Samantha.

— E vou mesmo. É uma ponta solta — ponderou, enquanto espalhava seu equipamento de trabalho por vários bolsos: comunicador, agenda eletrônica, *tele-link*, algemas. — Se você tiver tempo para pesquisar isso, ótimo. Vou passar tudo para Feeney. A DDE deve conseguir farejar uma mulher com um filho. Afinal, temos equipamentos muito mais modernos que os de cinquenta anos atrás.

Pensou no capitão da DDE, seu antigo parceiro.

— Aposto que é o tipo de trabalho que também deixará Feeney empolgado. Peabody vem me pegar aqui em casa. — Olhou para o relógio de pulso. — Já deve estar chegando. Vou ligar para Feeney e perguntar se ele tem tempo para isso.

Pegou o disco e perguntou:

— Os dados da ex-senhora Crew estão aqui?

Relíquia Mortal

— Claro. — Ele ouviu o sinal emitido pelo portão da propriedade e, depois de ver quem era, deixou Peabody entrar. — Vou acompanhar você até a porta.

— Você vai ficar aqui na cidade hoje?

— É o que pretendo. — Roarke passou a mão pelos cabelos de Eve quando começaram a descer a escada, mas parou quando ela virou a cabeça e sorriu para ele. — Está rindo de quê, querida?

— Nada, estou só admirando a sua beleza. Ou pensando nos usos diversos que uma escada pode ter. Ou simplesmente estou feliz por saber que não encontrarei um sujeito magrelo, com cérebro de androide e cara de bunda, me esperando lá embaixo e torcendo o nariz ao me ver sair.

— Você está com saudades dele.

O som que ela emitiu mostrou escárnio.

— Era só o que faltava! Você deve estar doente.

— Isso é saudade, sim — repetiu. — Você sente falta da pequena rotina de vocês, da dança ensaiada durante as trocas de desaforo.

— Ai, que nojo! Agora você colocou na minha cabeça a imagem de Summerset dançando. Que coisa horrível! O pior é que ele está usando uma daquelas sainhas de bailarinas. Como é mesmo o nome? — Tremulou os dedos à altura dos quadris.

— Tutus?

— Isso mesmo!

— Muito obrigado por colocar essa imagem na *minha* cabeça — rebateu Roarke.

— Adoro compartilhar bons momentos. Agora, falando sério... Você é um cara legal. — Parou na base da escada, agarrou os cabelos dele com as duas mãos e lhe puxou a cabeça para um beijo longo e ardente.

— Ora, isso me coloca outras imagens na cabeça — conseguiu dizer Roarke quando ela o largou.

— Na minha também. Bom para nós. — Satisfeita, foi para a porta em passos largos e a abriu.

Franziu o cenho quando viu Peabody acompanhada por McNab, o jovem gênio da DDE. Cada um saiu por uma das portas da viatura verde-ervilha. Pareciam... Eve não sabia explicar direito o que pareciam.

Estava habituada a ver McNab, o tira mais estiloso da Central, sempre com roupas estranhas e de cores berrantes. Naquele dia ele vestia uma calça cor de pimenta malagueta cheia de bolsos, acompanhada por uma camiseta regata azul néon com estampas de... rá-rá... mais pimentas malaguetas, quanta imaginação! Mas não foi a roupa do detetive que atraiu a atenção de Eve; nem o colete vermelho-vivo que lhe descia até o quadril; nem as botas azuis com amortecimento a ar que lhe subiam quase até os joelhos ossudos.

McNab era assim mesmo, com seus cabelos compridos e dourados presos num rabo de cavalo, o rosto estreito e estranhamente bonito coberto por óculos escuros vermelhos, lentes espelhadas azuis e mais de uma dezena de *piercings* nas orelhas que mais pareciam agulhas.

Foi a auxiliar de Eve que a deixou boquiaberta. Auxiliar não, agora ela era parceira, não podia se esquecer disso. Trajava calças justas que paravam subitamente no meio das canelas e tinham cor de... mofo, decidiu Eve. O mesmo tom do bolor de queijo velho e esquecido no fundo da geladeira. Usava uma espécie de blusa drapeada da mesma cor e que parecia ter lhe servido de pijama durante várias semanas; sem mencionar o casaco cor de cocô que lhe descia até os joelhos. Em vez dos sapatos modernos da véspera que a tinham feito sofrer tanto, Peabody optara por uma espécie de sandália que parecia feita de cordas rústicas em nós elaborados criados por algum escoteiro enlouquecido. Também usava várias correntes, pingentes e pedras de cores estranhas penduradas no pescoço e nas orelhas.

— Vocês estão fantasiados de quê? Mendiga chique do Terceiro Mundo acompanhada de seu miquinho colorido?

— Escolhi essa roupa como referência a ter sido criada por partidários da Família Livre. É muito confortável, toda feita com fibras naturais — anunciou Peabody, ajeitando os óculos de sol de lentes pequeninas e redondas. — Isto é, *quase toda* feita com fibras naturais.

— Acho que ela está um tesão — elogiou McNab, apertando Peabody. — Escolheu um estilo meio medieval.

— Você acha até as cascas das árvores um tesão — retorquiu Eve.

— E como! Cascas de árvore me fazem pensar numa floresta. E imagino She-body correndo nua pela mata.

Relíquia Mortal

Peabody deu uma cotovelada nele, mas riu.

— Continuo à procura de um estilo marcante para minha nova carreira de detetive — explicou a Roarke. — É uma obra em andamento.

— Acho que você está encantadora.

— Ah, *cale a boca!* — disse Eve quando as faces de Peabody enrubesceram de prazer. — Você consertou esse monte de merda? — perguntou a McNab, apontando para a viatura.

— Tenho uma boa e uma má notícia. A má é que essa viatura é realmente um monte de merda com um sistema eletrônico defeituoso, o que a torna igual a todos os veículos da polícia que andam pelas ruas. A boa notícia é que eu sou um tremendo gênio e consertei o ar-condicionado com algumas peças avulsas que sempre tenho em casa. O carro vai aguentar até você ter a sorte de bater de frente e isso resultar em perda total, Dallas. Ou, quem sabe, até que um babaca que não manje nada de carros decida roubá-lo.

— Obrigada. Banco de trás — ordenou. — Sente-se atrás do banco do motorista, por favor. Receio que se eu tiver de olhar direto para você pelo retrovisor vou acabar cega. — Virou-se para Roarke. — A gente se vê mais tarde.

— Mal posso esperar. — Pegou-lhe o queixo antes de ela ter chance de se afastar e roçou os lábios nos dela. — Tome cuidado com a minha tira.

Peabody suspirou ao entrar no carro.

— Adoro quando ele diz isso: "Minha tira." — Virou-se e olhou para McNab. — Você nunca me trata assim.

— Não funciona quando os dois são tiras.

— É verdade. De qualquer modo, você não tem sotaque irlandês. Mas até que é bonitinho. — Fez um biquinho de beijo.

— E você é a minha especial e toda feminina She-body.

— Parem com isso! Meus neurônios estão explodindo. — Eve afivelou o cinto de segurança. — Nada de papos melosos nesta viatura. Aliás, estão proibidos *todos* os papos melosos a menos de dez metros da minha pessoa. Essa é a determinação de uma oficial graduada da polícia, e quem a violar será espancado com um cano de chumbo.

— Mas você não tem um cano de chumbo — ressaltou Peabody.

— Arranjo um. —- Olhou para a parceira meio de lado quando chegaram ao portão. — Por que você está vestindo uma roupa toda enrugada?

— Essa é a forma normal dos tecidos naturais. Foi minha irmã quem trabalhou este material.

— Mas por que ela não passou tudo a ferro depois de tecer? Ah, deixa pra lá! Não acredito no tempo que eu tenho perdido ultimamente discutindo suas escolhas de roupa.

— Pois é, eu também reparei. E estou gostando. — Seu sorriso desapareceu e sua testa formou um vinco quando olhou para as próprias pernas. — Você acha que essas calças fazem com que minhas panturrilhas pareçam mais gordas?

— Não consigo ouvir você porque acho que estourou algum vaso no meu cérebro e meus ouvidos estão cheios de sangue.

— Nesse caso, eu e McNab podemos voltar ao papo meloso que você interrompeu tão bruscamente. — Deu um grito quando Eve estendeu a mão e lhe torceu a orelha. — Puxa, eu estava só brincando!

Eve considerou uma prova do seu extraordinário autodomínio o fato de não ter matado nenhum dos dois a caminho da Central. Para continuar sem ficha na polícia, afastou-se deles na garagem e pegou o elevador sozinha. O casal certamente ainda iria trocar palavras doces, beijos e carícias antes de se separar e ir cada um para a sua Divisão.

A julgar pelo ar lânguido, sonhador e satisfeito de Peabody quando entrou, Eve deduziu que também tinha havido bastante roça-roça entre os beijos melosos.

Não aguentava nem pensar no assunto.

— Reunião em quinze minutos — avisou, num tom ríspido. — Tenho novos dados e preciso revê-los. Quero colocar Feeney na equipe, se ele puder participar, pois teremos de rastrear uma pessoa numa busca que remonta ao início do século, mais de cinquenta anos atrás.

Peabody ficou séria.

— Os diamantes, certo? Vamos procurar por um dos ladrões? Mas eles não estão todos mortos?

Relíquia Mortal

— É o que indica a nossa base de dados. Vamos procurar pela ex-esposa e pelo filho de Alex Crew. Eles sumiram do mapa logo depois do divórcio e não aparecem no livro de Samantha Gannon. Quero saber o porquê disso.

— Você quer que eu entre em contato com Feeney?

— Não, eu farei isso. Procure Gannon e marque um encontro com ela.

— Sim, senhora.

Depois de carregar o disco que Roarke lhe dera e de ir buscar café, Eve ligou para o gabinete de Feeney na DDE.

A cara abatida e familiar surgiu na tela do monitor.

— Faltam setenta e duas horas — anunciou ele, antes de ela ter chance de falar — para eu cair fora daqui.

Eve se esquecera de que ele estava com férias marcadas e ponderou o fator tempo com os outros dados de que dispunha.

— Você tem tempo para procurar alguém antes de bater o ponto e ir embora com o bronzeador e o chapéu de praia?

— Ora, mas eu não disse que ia ficar de folga até lá. Se for uma busca simples, posso até lhe ceder um dos meus rapazes. — Para Feeney, todos os funcionários da sua Divisão eram rapazes, independentemente dos seus cromossomos.

— Preciso de alguém brilhante; por isso, eu gostaria que você assumisse pessoalmente a pesquisa.

— Qual o argumento imperdível que você tem na manga para me convencer? Tenho muito a fazer por aqui antes de sair de férias.

— É um caso que envolve vários homicídios, uma porrada de diamantes e um desaparecimento que ocorreu meio século atrás. Mas, se você está ocupado embalando a sua saia havaiana, posso procurar outros dois rapazes.

— A saia havaiana é para minha mulher — reclamou ele, e respirou fundo. — Cinquenta anos?

— Mais, até. Vamos ter uma reunião aqui embaixo daqui a uns dez minutos.

— Você já convocou McNab para essa festa?

— Já.

Ele puxou os lábios com as pontas dos dedos, coçou seu queixo e sentenciou:

— Estarei lá.

— Obrigada. — Desligou e abriu os arquivos que Roarke montara para se familiarizar com os dados. Enquanto o programa rodava, ela fez cópias, acrescentou novas informações aos dados já compilados que iria apresentar à equipe e fez uma cópia a mais para Feeney.

Recordou com carinho os dias em que Peabody fazia todo o trabalho burocrático.

Por causa disso, foi a última a entrar na sala de conferências.

— Detetive Peabody, ponha o capitão Feeney a par da investigação.

Peabody piscou.

— Hã?

— As bugigangas que estavam penduradas em suas orelhas entupiram seus ouvidos? Resuma o caso, detetive. Relate ao capitão Feeney nossas suspeitas e seus possíveis desdobramentos.

— Sim, senhora.

Sua voz estava um pouco aguda no início, e Peabody tropeçou nos dados iniciais, mas Eve ficou feliz ao ver que ela logo encontrou seu ritmo. Ainda levaria algum tempo para ter a fibra e o peito necessários para liderar uma equipe, mas tinha uma mente boa, ágil e, depois de superado o nervosismo inicial, um método direto e coerente de apresentar dados.

— Obrigada, detetive. — Eve esperou que Feeney terminasse de fazer suas anotações. — Baxter, conseguiu algo novo na boate onde Andrea Jacobs esteve?

— Não há pistas. Era cliente habitual. Ia sozinha, com um homem ou, ainda, em grupo. Naquela noite, chegou e saiu sozinha. Dançou, bebeu e conversou com alguns amigos. O *barman* sabe que ela não deixou o local acompanhada porque conversaram durante o último drinque. Ela comentou que andava numa fase de maré baixa romântica, pois ninguém que conhecera ultimamente a tinha atraído. Conseguimos alguns nomes e vamos interrogá-los, mas não deve dar em nada.

Relíquia Mortal

— Tudo bem, mas não deixe pontas soltas. Depois que recolhemos as informações sobre Cobb, mostrei a foto dela no restaurante Ciprioni's, onde acreditamos que ela tenha se encontrado com um homem conhecido como Bobby Smith.

— Você foi ao Ciprioni's? — perguntou Peabody.

— Precisava jantar e tinha de seguir a pista. Matei dois coelhos com uma cajadada.

— Tem mais gente aqui que aprecia comida italiana — queixou-se a detetive.

Eve a ignorou.

— Descobri a garçonete que os serviu em julho. Ela se lembrou de Cobb. Marquei hora para ela com um artista da polícia para tentarmos montar um retrato falado. Talvez ele a ajude a recordar mais detalhes do acompanhante da nossa vítima. Também vamos investigar museus, galerias de arte e teatros que acreditamos que tenham visitado. Pode ser que alguém se lembre deles.

— Deixe isso conosco — ofereceu Baxter. — Já eliminamos alguns.

— Ótimo. Agora que o serviço de relações públicas da polícia anunciou a possível ligação entre os dois homicídios, nossa presa está ciente e quase certamente em estado de alerta. Sabe que ligamos os pontinhos e estamos investigando em paralelo. Isso não me parece necessariamente danoso para o caso.

Fez uma pausa curta e continuou:

— Nos pacotes que vocês receberam há dados sobre Alex Crew, um dos ladrões dos diamantes no início do século e o único dos quatro que demonstrava comportamento violento. Minha fonte me disse que Crew tinha ex-mulher e um filho. Ambos desapareceram entre o divórcio e o golpe. Quero encontrá-los.

— Crew pode tê-los matado — avaliou Peabody.

— Sim, já pensei nisso. Não teve problema algum em matar um dos sócios nem em tentar matar a filha de outro. Já tinha cumprido pena e era suspeito de outros crimes. Era um contraventor de carteirinha. Assassinar a ex-mulher não seria um problema para ele. Nem teria consciência pesada por matar uma criança, mesmo que fosse seu filho.

Os pais faziam isso, pensou ela. Pais podiam ser tão monstros quanto qualquer pessoa.

— Mortos ou vivos, quero encontrá-los. Temos os nomes de batismo e seus endereços anteriores ao desaparecimento. Peabody e eu vamos conversar mais uma vez com Samantha Gannon esta manhã.

— Ela marcou às onze da manhã no Hotel Rembrandt.

— Pode ser que tenha mais informações sobre eles, recolhidas por sua família ou obtidas durante a pesquisa para o livro. Também quero entender os motivos para tê-los deixado à margem da história, quando outros foram incluídos. Feeney, você está dentro?

— Claro!

— Ahn... Roarke se ofereceu para nos ajudar, se necessário, como consultor civil. Como foi ele que reuniu os dados iniciais para mim, tem interesse em dar seguimento à pesquisa.

— Para mim, nunca é problema usar os serviços do seu rapaz. Vou ligar para ele — ofereceu Feeney.

— McNab, quero tudo o que você possa me conseguir sobre as mensagens emitidas e recebidas pelo sistema de comunicações e dados de Cobb, e também os registros dos *tele-links*. Os equipamentos de Gannon e de Jacobs já foram recolhidos. Ligue para o policial encarregado da investigação dessas unidades.

— Entendido.

— Sugeri a Samantha Gannon que contratasse um segurança particular, e ela parece ter feito isso. Mesmo assim vamos manter alguém daqui acompanhando-a enquanto nosso orçamento permitir. Este criminoso é muito específico nos seus alvos. Ambas as vítimas estão relacionadas com Gannon. Se ele achar que ela está no caminho dele ou tem as informações que busca, não hesitará em atacá-la. A essa altura não temos nada sobre ele, exceto um crime que aconteceu cinquenta anos atrás. Precisamos conseguir mais.

De volta à Divisão de Homicídios, Eve observou dois policiais à paisana tentando dominar uma mulher algemada que devia pesar uns cento e trinta quilos e espalhava múltiplas e criativas obscenidades para todos os lados. Como os dois tiras tinham arranhões e marcas roxas pelo rosto, Eve percebeu que a prisioneira espalhara mais que palavrões antes de ser dominada.

Nossa, como ela curtia aquele trabalho!

— Peabody, venha à minha sala.

Abriu a porta, tornou a fechá-la e viu o ar confuso de Peabody. Depois de alguns instantes, programou dois cafés e apontou para uma cadeira.

— Estou em apuros? — quis saber a detetive.

— Não.

— Sei que não me saí muito bem na apresentação. Fiquei atrapalhada, mas só no início. Eu...

— Você se saiu muito bem. Deve se concentrar sempre nos dados, não em si mesma. Tiras preocupados consigo mesmos diante de uma plateia não lideram equipes. Nem aqueles que duvidam da própria capacidade. Você conquistou o distintivo, Peabody, agora tem de usá-lo. Mas não foi para isso que eu chamei você aqui.

— Minha roupa está... — Calou-se diante do olhar duro de Eve. — Estou novamente pensando em mim mesma, não é? Chega, já entendi. Do que se trata?

— Eu trabalho muito fora do expediente. Quase sempre. Volto ao local do crime para tentar pescar uma nova pista, monto vários cenários e faço pesquisas pelo *tele-link* e pelo computador em meu escritório doméstico. Discuto o caso com Roarke. É assim que trabalho. Vamos ter problemas se eu não colocar você na jogada cada vez que fizer algo?

— Bem, não. Isto é... Acho que ainda estou tentando encontrar o tom certo para uma parceria de verdade. Talvez você também esteja.

— Pode ser. O fato é que não estou tentando deixar você de fora em nada do que faço. Quero que isso fique bem claro. Eu vivo o meu trabalho o tempo todo, Peabody. Respiro, como e durmo com ele. Não recomendo isso para ninguém.

— Mas dá certo, no seu caso.

— Sim, para mim funciona bem. Existem razões para isso. Razões minhas. Não suas.

Olhou para o café e pensou na longa fila de vítimas que se relacionavam com ela mesma, uma criança sangrando e destroçada num quarto de hotel congelante em Dallas.

— Não consigo trabalhar de outro modo. Nem quero. Nem farei. Preciso do que o trabalho me traz. Você não precisa das mesmas coisas, mas não terá menos valor como policial por ser assim. E quando eu ajo sozinha em algum momento, não estou menosprezando sua ajuda.

— Eu também nem sempre consigo me distanciar do trabalho.

— Ninguém consegue. E quem não é capaz de lidar com esse excesso se torna desprezível, bebe demais ou acaba com a própria vida. Você tem maneiras de suportar os problemas. Tem família, tem outros interesses e... Merda, vou dizer somente uma vez: você tem McNab.

Peabody curvou os lábios num sorriso.

— Deve ter sido muito difícil você reconhecer isso.

— E foi mesmo.

— Sou louca por ele. É uma sensação esquisita, mas confesso que o amo.

Eve fitou a parceira, num reconhecimento breve, mas firme.

— Sim, dá para perceber.

— Isso faz muita diferença. Entendo o que você quer dizer. Eu nem sempre consigo me afastar do trabalho, mas às vezes tenho de fazer isso. E faço. Provavelmente nunca conseguirei analisar e sacar as coisas com tanta precisão quanto você, mas tudo bem. E provavelmente ainda vou reclamar algumas vezes quando souber que você saiu para investigar algo sem mim.

— Entendido. Estamos numa boa, então?

— Sim, tudo beleza.

— Então, caia fora da minha sala porque tenho muita coisa para fazer antes de conversar com Samantha Gannon.

Eve lutou para marcar uma consulta com Mira. Depois de irritantes negociações com a assistente da médica, conseguiu trinta minutos no intervalo do almoço, no terrível refeitório da Central. Eve não entendia

Relíquia Mortal

como é que alguém com a classe de Mira podia se sujeitar à indignidade daquele refeitório, mas não discutiu.

Conseguiu também, com esforço considerável, atrasar o relatório para o Comandante Whitney até o fim da tarde.

Outra ligação — que incluiu terríveis ameaças contra a anatomia de alguns atendentes e uma promessa de ingressos de camarote em um jogo dos Mets — rendeu a ela a promessa, por parte do chefe do laboratório, de um relatório completo sobre as duas vítimas antes das duas da tarde.

Considerando excelentes os resultados que obtivera pelo *tele-link*, Eve copiou os arquivos, chamou Peabody e saiu em trabalho de campo.

Peabody colocou as mãos nos quadris.

— Isto se chama voltar ao local do crime muito, muito depois do fato.

— Não cometemos crime nenhum. Portanto, tecnicamente, não estamos voltando. — Eve ignorou as pessoas que se aglomeravam e se acotovelavam em torno dela na esquina da Quinta Avenida com a Rua 47. — Quero só dar mais uma olhada no lugar.

— Essa região foi bastante atingida durante as Guerras Urbanas — comentou Peabody. — Era um alvo fácil, pelo visto. Ostentação escancarada, uns com muito, outros sem nada. Tantas joias em exibição enquanto a economia mergulhava de cabeça na recessão; drogas ilegais eram vendidas nas ruas como se fossem cachorros-quentes de soja e as pessoas usavam armas como se não passassem de acessórios de moda.

Aproximou-se de uma das vitrines e elogiou:

— Cintilante.

— Foi aqui que os três sujeitos entraram, trocaram os diamantes com ajuda do quarto elemento e saíram com os bolsos cheios. Ninguém esperava algo desse tipo porque o infiltrado era um funcionário exemplar, de confiança, acima de qualquer suspeita.

Eve observou as vitrines de joias e as pessoas que se juntavam para olhá-las e sonhar com elas. Ouro e prata; rubis, esmeraldas e diamantes resplandecentes — pedras preciosíssimas. Como não serviam de combustível e não aqueciam ninguém no inverno, era difícil para Eve se identificar com o roubo ou perceber o porquê de tanta atração.

Por outro lado, usava uma aliança de ouro e um diamante grande e luminoso preso numa corrente sob a blusa. Símbolos, pensou. Apenas símbolos. Mas ela seria capaz de lutar pelo que representavam, certo?

— O infiltrado também teve de sair — continuou ela. — Foi para a rua praticamente logo atrás dos outros e desapareceu em seguida. Seria acusado e sabia disso, mas quis participar do golpe e mandou o resto para o espaço. Só que foi eliminado antes mesmo de comemorar. Alex Crew o matou; certamente sabia como encontrá-lo. Não apenas o local, como também a forma de atraí-lo.

Olhou para cima, como qualquer turista. Não havia passarelas aéreas em edifícios como aquele. Elas também não existiam no início do século, refletiu. Tudo fora reconstruído e renovado depois das Guerras Urbanas. A imagem, porém, era essencialmente igual à da foto antiga que analisara.

A partir da esquina havia lojas e mais lojas, vitrines e mais vitrines de enfeites para o corpo. Aquele quarteirão certamente guardava muitos milhões em produtos e joias caras. Era um espanto não haver mais roubos na região.

— Eles nem se preocuparam em desativar as câmeras de segurança — comentou Eve. — Entraram e saíram numa boa, na maior cara de pau. Mas a polícia acabou os identificando. Todos tinham ficha na polícia, mas o funcionário interno era viciado em jogo e isso foi a maior bandeira. No entanto, o plano era permanecer na clandestinidade, esconder as pedras e esperar que a coisa esfriasse. Depois, puff! Você sabe por que o plano poderia ter dado certo?

— Porque a investigação teria se concentrado, pelo menos a princípio, no funcionário da empresa. Achariam que ele tinha pirado, planejado o roubo, executado tudo sozinho e fugido. Ele sumiu, os diamantes também sumiram. A polícia certamente iria atrás dele.

— Enquanto isso, o resto da quadrilha se espalharia e aguardaria na surdina. Crew foi esperto ao eliminá-lo, mas falhou por não se livrar do corpo. Teria sido mais inteligente jogar o cúmplice no rio e deixar que

Relíquia Mortal

a polícia gastasse tempo e recursos procurando por um homem que já estava morto. Não raciocinou direito porque era ganancioso. E, quando pegou o que queria, quis ficar com o resto. Foi por isso que acabou na prisão e morreu lá. O assassino dos crimes que estamos investigando agora é um pouco mais esperto.

Eve analisou um grupo de três mulheres paradas diante de uma vitrine, dando gritinhos histéricos. Realmente as joias eram tão brilhantes que quase ofuscavam. Ela não entendia muito bem o motivo de tanta gente querer brilhar, mas as pessoas eram assim desde a alvorada da humanidade.

— O assassino de agora é tão obsessivo quanto o do passado — comentou Peabody. — Crew estava obcecado com os diamantes, pelo que eu percebi no livro. Queria ficar com todos. Não lhe bastava a parte dele e não importava o custo. Acho que o homem de agora é igual, nesse ponto: obcecado, diria que até mesmo possuído. É como se os diamantes fossem amaldiçoados.

— São pedras construídas por átomos de carbono, Peabody. Objetos inanimados. — Inconscientemente, passou um dedo pelo diamante em forma de lágrima que tinha na corrente sob a blusa. — Não fazem nada, simplesmente ficam parados onde estão.

Peabody voltou a olhar para a vitrine.

— Mas cintilam muito — afirmou, com os olhos distantes e a boca aberta.

Mesmo tentando se segurar, Eve riu.

— Vamos sair desse calor. Precisamos conversar com Samantha Gannon.

Capítulo Vinte e Quatro

O Rembrandt, conforme Eve descobriu, era um daqueles hotéis pequenos, exclusivos, de estilo europeu, escondidos em Nova York quase como um segredo. Não era um arranha-céu com saguões gigantescos e portas folheadas a ouro. Em vez disso, apresentava-se como um edifício antigo que ela deduziu ter sido residência de alguém abastado, construído num estilo que murmurava discrição elegante.

Acostumada a travar verdadeiros combates com porteiros, Eve foi surpreendida por um homem com uniforme azul-marinho que se aproximou e a cumprimentou com um aceno de cabeça respeitoso.

— Bem-vinda ao Rembrandt. Vai se hospedar aqui, minha senhora?

— Não. — Mostrou-lhe o distintivo com um gesto brusco, porém, as maneiras educadas dele roubaram metade da graça. — Vim ver uma hóspede.

— Devo providenciar estacionamento para a sua viatura durante a visita?

— Não. Deixe meu carro exatamente onde o coloquei.

— Claro — concordou ele, sem caretas nem murmúrios, e isso fez murchar a disposição de Eve para os embates verbais. — Boa visita ao Rembrandt, tenente. Meu nome é Malcolm. Caso precise de alguma coisa, basta me chamar.

— Está bem. Ahn... Obrigada. — As boas maneiras dele deixaram Eve tão desprevenida que ela quebrou as próprias regras. Pegou algumas fichas de crédito e lhe ofereceu como gorjeta.

Relíquia Mortal

— Muito obrigado, senhora. — Chegou à porta antes dela e a abriu.

O saguão era pequeno e mobiliado com bom gosto, como se fosse uma sala de estar. Havia poltronas com estofamento convidativo, muita madeira lustrosa, mármore brilhante e quadros de verdade, em vez de reproduções. Também havia flores, mas, em vez dos arranjos com seis metros de altura que ela considerava medonhos e arrepiantes, Eve apreciou os ramalhetes discretos e bonitos, espalhados por várias mesas.

Em vez da bancada pilotada por um pelotão de pessoas sorridentes e uniformizadas, havia apenas uma mulher sentada atrás de uma mesa antiga.

Com a segurança em mente, os olhos de Eve varreram a área e repararam em quatro câmeras instaladas em locais discretos. Já era alguma coisa.

— Bem-vinda ao Rembrandt. — A mulher esguia, vestida em tons de pêssego claro e com cabelos curtos, onde se viam mechas louras e pretas, se levantou. — Em que posso ajudá-la?

— Vim ver Samantha Gannon. Em que quarto ela está?

— Um momento, por favor. — Voltou a se sentar e analisou a tela do computador. Ergueu a cabeça e exibiu um sorriso de desculpas. — Sinto muito. Não temos ninguém com esse nome hospedado aqui.

Mal as palavras lhe saíram da boca e dois homens surgiram numa porta lateral. Eve viu que eram seguranças e, por sua postura, percebeu que estavam armados.

— Ótimo. Estou de serviço. — Disse isso aos homens e levantou a mão direita. — Sou a tenente Dallas, da Divisão de Homicídios. Esta é minha parceira, detetive Peabody. Aqui estão nossas identificações.

Pegou o distintivo com dois dedos e manteve o olhar na dupla de seguranças.

— Seu sistema de segurança é melhor do que parece à primeira vista — elogiou Eve.

— Gostamos de proteger nossos hóspedes — retrucou a mulher, pegando o distintivo de Eve para analisá-lo e, depois, o de Peabody. — Está tudo em ordem — disse, e assentiu para os dois homens. — A srta. Gannon está à sua espera. Vou ligar para o quarto e avisar que já chegaram.

— Obrigada. Que armas vocês estão usando? — quis saber Eve, esticando a cabeça para os seguranças. Um deles afastou o casaco para exibir uma arma de atordoar num coldre lateral de fácil acesso. — Muito bem. Isso deve bastar.

— A srta. Gannon está à espera em seus aposentos, tenente. No quarto andar. Seu guarda está no recesso do corredor, ao lado do elevador. Ele as levará até o quarto.

— Obrigada. — Seguiu para os dois elevadores com Peabody e comentou: — Ela demonstrou bom senso ao escolher um lugar como este. A segurança é confiável e, quanto ao serviço, parece ser do tipo que nos traz qualquer coisa cinco minutos antes de sabermos que precisávamos.

Entraram no elevador e Peabody ordenou o quarto andar.

— Quanto será que custa a diária aqui?

— Não faço a mínima ideia. Não sei por que as pessoas não ficam em suas próprias casas, para início de conversa. Por mais sofisticado que seja o lugar, há sempre um desconhecido na porta ao lado quando você se hospeda num hotel. Provavelmente mais um sobre sua cabeça no andar de cima e outro no andar de baixo. Sem falar no serviço de quarto, as camareiras e um monte de gente que entra e sai o tempo todo.

— Puxa, você sabe mesmo como tirar o romantismo das coisas.

O guarda estava no corredor quando as portas do elevador se abriram.

— Tenente — hesitou, com ar constrangido.

— Está preocupado por ter de pedir para eu me identificar, policial? Como é que você pode adivinhar que eu não entrei pelo segundo andar, meti uma bala entre os olhos de Dallas e de Peabody, me livrei dos corpos e completei o caminho com a ideia de matar você para alcançar o alvo, dentro do quarto?

— Sim, senhora. — Pegou os distintivos delas e usou o scanner portátil. — Ela está no quarto 404, tenente.

— Alguém tentou entrar desde que você chegou?

— Só o pessoal do serviço de quarto e da limpeza, a pedido da hóspede. Todos foram checados antes de conseguir acesso. Além de Roarke, que foi autorizado lá embaixo pela hóspede e também por mim.

— Roarke?

— Sim, senhora. Ele está com a hóspede há quinze minutos.

— Humm... Faça uma pausa, policial.

— Sim, tenente. Obrigado.

— Você vai ficar chateada com ele? — quis saber Peabody. — Com Roarke?

— Ainda não decidi. — Eve tocou a campainha e ficou satisfeita com a espera, que lhe mostrou que Samantha vigiava quem chegava pelo olho mágico.

Tinha olheiras profundas e uma palidez mórbida que indicavam noites insones, mas parecia ter tido cuidado ao se vestir. Calça escura e uma blusa branca muito bem-cortada. Trazia pequenas argolas nas orelhas e um bracelete fino no pulso, combinando.

— Olá, tenente... Detetive... Acho que já se conhecem — acrescentou, apontando para onde Roarke estava sentado, bebericando o que parecia ser café de excelente qualidade. — Eu não liguei vocês, a princípio... A senhora, tenente, e o dono da minha editora. Sabia da relação, é claro, mas com tudo que aconteceu nos últimos dias, eu... Bem, a ficha não caiu.

— Você circula muito por aí — disse Eve, olhando para Roarke.

— Tanto quanto possível. Quis visitar uma das nossas melhores autoras para convencê-la a contratar a segurança que a polícia sugeriu. Acho que a tenente recomendou uma empresa privada, neste caso.

— Isso mesmo — confirmou Eve. — É uma boa ideia. E, se Roarke estiver fornecendo o serviço, você certamente terá o melhor disponível — disse para Samantha.

— Nem foi preciso me convencer. Quero ter uma vida longa, feliz, e aceito qualquer ajuda que garanta isso. Aceita café? Ou qualquer coisa?

— É café de verdade?

— Esse é o ponto fraco da tenente — explicou Roarke, sorrindo. — Ela se casou comigo só por causa do café.

Um pouco de cor voltou ao rosto de Samantha.

— Puxa, eu poderia escrever um belo livro sobre vocês dois. Glamour, sexo, assassinatos; a tira e o multimilionário.

— Não! — exclamaram, em uníssono, e Roarke riu.

— Nem pensar — reforçou ele. — Pode deixar que eu cuido do café, Samantha. Sente-se um pouco. Você me parece muito cansada.

— Provavelmente dá para notar. — Samantha se sentou, suspirou e deixou que Roarke fosse à cozinha buscar mais café e canecas. — Não consigo dormir. Só consigo trabalhar. Sou capaz de voltar a cabeça para o trabalho, mas, quando paro, eu não durmo. Quero ir para casa e, ao mesmo tempo, não posso sequer imaginar como seria estar lá. Estou farta de mim mesma. Estou viva, estou bem e inteira; as outras vítimas não estão e eu fico aqui me deixando envolver em autopiedade.

— Não deve ser tão dura consigo mesma.

— Dallas tem razão — disse Peabody. — Você passou duas semanas numa correria louca, voltou para casa e viu coisas que deixariam qualquer um deprimido. Um pouco de autopiedade não faz mal a ninguém. Você devia tomar um calmante e apagar durante oito ou dez horas.

— Detesto calmantes.

— Você é como a tenente, nesse ponto — disse Roarke, entrando com uma bandeja. — Ela também não toma tranquilizantes de forma voluntária. — Pousou o café. — Quer que eu saia do seu caminho? — perguntou a Eve.

Ela o analisou longamente.

— Você não está atrapalhando. Pode deixar que eu aviso se isso acontecer.

— Como sempre, querida.

— Samantha, por que você deixou fora do livro as ligações da família de Alex Crew com essa história?

— Ligações? — Samantha se inclinou para pegar o café. Eve reparou que ela não manteve o olhar no dela.

— A ex-mulher e o filho de Crew, mais especificamente. Você oferece vários pormenores sobre a família de Myers e tudo que enfrentaram depois da morte dele, fala bastante de William Young e até da sua própria família. Mas, embora mostre Crew muito bem, não há nenhuma menção à sua mulher. Nem ao filho.

Relíquia Mortal

— Como sabem que ele tinha mulher e filho?

— Sou eu quem faz as perguntas. Você certamente não deixou passar esses detalhes em sua pesquisa. Por que eles não aparecem no livro?

— A senhora está me colocando numa posição difícil. — Samantha tinha o café na mão, mexeu-o e tornou a mexer muito depois do torrão de açúcar ter se dissolvido por completo. — Fiz uma promessa. Não conseguiria ter escrito o livro sem a aprovação da minha família. Mais especificamente, sem a autorização dos meus avós. E prometi a eles que deixaria o filho de Crew fora da história.

Como se percebesse naquele momento o que fazia com a mão, bateu com a colher na borda da caneca e a pousou.

— Ele ainda era menino quando tudo aconteceu. Minha avó sentiu, e ainda sente, que a mãe dele tentava protegê-lo de Crew. Escondê-lo do pai.

— Por que ela achava isso?

Depois de pousar sobre a mesa o café que ainda não provara, Samantha passou os dedos pelos cabelos.

— Não me sinto à vontade para falar sobre isso. Jurei que não escreveria sobre o assunto nem divulgaria nada em entrevistas. Sei o que a senhora vai dizer. — Ergueu a mão antes de Eve ter chance de retrucar. — Tem toda a razão. Essas não são circunstâncias normais. Trata-se de um assassinato.

— Então responda.

— Preciso fazer uma ligação, antes. Devo falar com minha avó, e sei que ela vai fazer novas perguntas, discutir e se preocupar ainda mais. Meu avô também. Esse é outro dos motivos de eu não estar dormindo bem.

Apertou os olhos com os dedos antes de fitar o colo.

— Meus avós querem que eu vá ficar com eles em Maryland, e até "ameaçaram" vir para cá se eu não for. Vai ser difícil impedi-los de ligar para meus pais e meus irmãos. Estou tentando ganhar tempo e fiquei grata pela oferta de segurança que Roarke estendeu também para eles, até tudo se resolver. Mas pretendo ficar aqui até o fim. Quero ver o desfecho dessa história, e quero lidar com essa situação do meu jeito, tal como eles fizeram no passado.

— Lidar com essa situação envolve fornecer aos investigadores todos os dados importantes sobre o caso.

— Sim, tem razão novamente. Por favor, deixe-me fazer a ligação e falar com eles. Não costumamos descumprir promessas na minha família. Isso é como uma religião para a minha avó. Vou ao meu quarto e faço a ligação, se a senhora não se importar de esperar alguns minutos.

— Vá em frente.

— Isso é admirável — disse Roarke, quando ela saiu. — Dar tanto valor à própria palavra, especialmente com a família. Por algum motivo, quanto mais intimidade se tem, mais fácil é descumprir as promessas. Ou deixar-se inclinar conforme as circunstâncias.

— O bisavô dela cansou de fazer isso — refletiu Eve. — Jack O'Hara deixou de cumprir muitas das promessas que fez a Laine e à sua mãe. Foi por isso que a avó de Samantha quis colocar um ponto final nesse ciclo. Se não pretende cumprir suas promessas, então não as faça. Temos de respeitar isso.

Olhou para o quarto e de volta para ele.

— Você se ofereceu para cuidar da segurança dela e dos Gannon, em Maryland. Isso é muito gentil, mas você poderia ter mandado um lacaio para tratar desse assunto.

— Queria conhecê-la pessoalmente. Ela comoveu você de algum modo, e eu quis descobrir por quê. Já descobri.

Quando Samantha saiu do quarto, minutos depois, tinha lágrimas nos olhos.

— Desculpem. Detesto deixá-los preocupados. Preciso ir a Maryland assim que possível para tranquilizá-los.

Ela se sentou, bebeu um gole de café e começou a falar.

— Judith e Westley Crew. — Forneceu a Eve os dados básicos e, num determinado ponto, foi buscar suas anotações para refrescar a memória. — Como veem, quando meu avô encontrou Judith e soube que Crew estivera na cidade, achou que ele poderia ter deixado com a criança algum objeto que contivesse os diamantes ou parte deles. Aquele seria um lugar seguro para guardá-los, enquanto ele terminava o que planejara.

— Nesse caso ele estaria com metade ou tinha acesso à outra quarta parte dos diamantes, certo? — Eve anotava tudo.

Relíquia Mortal

— Exato. Porém, mesmo com o que foi recuperado no cofre, ainda ficou faltando um quarto dos diamantes. A ex-mulher e o filho de Crew tinham desaparecido. Tudo indicava, pelo menos para minha avó, que ela resolvera se esconder de Crew. A mudança de nome, o emprego discreto e o bairro de classe média confirmavam isso. Sem mencionar a forma como ela fez as malas e sumiu de repente. Vendeu tudo o que pôde, deu o restante e desapareceu no mundo. Parecia estar fugindo novamente porque ele a tinha reencontrado ou, na ideia da minha avó, encontrado o filho. Ele era só um menino e a mãe tentava protegê-lo de um homem que se tornara perigoso e obsessivo. Se analisarmos o histórico, a ficha criminal e o padrão de comportamento de Crew, havia muita razão para ela ter medo.

— Ou ela desapareceu porque tinha alguns milhões de diamantes em sua posse — ressaltou Eve.

— Sim, mas os meus avós não acreditavam, e eu também não, que um homem como Crew tivesse dado as pedras a ela ou contado onde estavam. É possível que a tenha usado, sim, e também ao menino, mas dificilmente daria a ela tal poder. Crew era o *único* que podia ter poder e controle. Pretendia tornar a encontrá-los quando bem quisesse. Mas não duvido que a tenha ameaçado. Talvez até se livrasse dela se o filho fosse mais velho e tivesse alguma utilidade para Crew. Meu avô abandonou a investigação e deixou de lado o resto dos diamantes, sem encontrá-los. Fez isso a pedido de minha avó.

— Laine também tivera uma infância assim — completou Roarke. — Sem raízes, sempre em movimento, nunca assentada em lugar algum. Sem nunca ter uma casa fixa e a segurança que isso traz. Do mesmo modo que a ex-mulher de Crew, sua mãe fez uma escolha: separar-se do marido para proteger a filha.

— Sim, isso mesmo — confirmou Samantha. — A maior parte dos diamantes estava de volta onde deveria estar. Eram objetos, como minha avó gosta de dizer. Apenas objetos. E o menino e a mãe estavam finalmente em segurança. Se eles tivessem seguido a pista, não duvido de que meu avô conseguisse encontrá-los, mas todos teriam sido arrastados para o foco da confusão. O menino ficaria sabendo de tudo que o pai fora capaz de fazer e teria acabado nas manchetes de todo o país. Sua vida poderia ter sido destruída ou gravemente modificada por causa desse evento. Foi por isso que eles não contaram nada a ninguém.

Ela se inclinou para a frente e continuou:

— Tenente, eles esconderam informações importantes. Provavelmente foi ilegal fazer isso, mas foi com a melhor das intenções. Teriam ganhado mais cinco por cento de comissão pela recuperação dos últimos sete milhões se tivessem ido em frente. Não o fizeram e o mundo continuou a avançar sem esses diamantes tão "especiais".

Samantha não estava só defendendo a si mesma e aos avós, e Eve percebeu isso. Defendia uma mulher e uma criança que nunca vira.

— Não me interessa arrastar os seus avós para o meu caso. Quero apenas encontrar Judith e Westley Crew. Os diamantes não me dizem respeito, Samantha. Não trabalho para a Divisão de Roubos, investigo assassinatos. Duas mulheres estão mortas e você pode muito bem ser um alvo. O motivo dos crimes são os diamantes, e vem daí o meu interesse por eles. Outra pessoa pode investigar o passado e descobrir que Crew teve uma mulher e um filho. Isso também os transformaria em alvos.

— Meu Deus! — Quando se apercebeu desse fato, Samantha fechou os olhos com força. — Nunca analisei por esse ângulo. Isso nunca me ocorreu.

— Talvez a pessoa que matou Andrea Jacobs e Tina Cobb tenha alguma relação com Crew. Pode até ser o filho que decidiu recuperar o que julga ter sido do pai.

— Nós sempre achamos que... Tudo que meus avós descobriram sobre Judith mostrava, claramente, que ela fazia o que podia para dar ao filho uma vida normal. Julgávamos que tivesse conseguido. Só porque o pai do menino era assassino, ladrão, um canalha, isso não quer dizer que o filho tenha seguido os passos do pai. Não creio que sejamos assim, tenente. Não acredito que estejamos condenados pelos genes. A senhora acha?

— Não. — Olhou para Roarke. — Realmente *não creio* nisso. Mas suspeito que, independentemente dos pais que elas têm, algumas pessoas simplesmente nascem más.

— Que ideia animadora! — murmurou Roarke.

Relíquia Mortal

— Ainda não terminei. Seja como for a forma como nascemos, acabamos por fazer escolhas. Algumas certas, outras erradas. Preciso encontrar Westley Crew para saber que escolhas ele fez. Isto tem de acabar aqui, Samantha. Precisa ter um fim.

— Eles nunca vão se perdoar. Se de algum modo isto formar um círculo completo e vier a me atingir, meus avós nunca vão se perdoar por terem tomado aquela decisão há tantos anos.

— Espero que sejam espertos e não caiam nessa — disse Roarke. — Fizeram isso por causa de uma criança que nem conheciam. Se essa criança fez escolhas erradas quando se tornou homem, a culpa não é deles. O que fazemos das nossas vidas é sempre responsabilidade nossa.

Saíram juntos, com Eve analisando as novas informações até formar padrões.

— Preciso que você os encontre — disse a Roarke.

— Entendido.

— Coincidências acontecem, mas na maior parte das vezes isso é papo-furado. Não acredito que um sujeito qualquer tenha lido o livro de Samantha Gannon e tenha desenvolvido um interesse incontrolável pelos diamantes desaparecidos a ponto de decidir matar duas mulheres a fim de encontrá-los. Ele os vê como um investimento perdido, tem uma ligação com as pedras. O livro desencadeou tudo, mas a ligação vem de muitos anos atrás. Há quanto tempo começou a divulgação antes de o livro ser lançado?

— Vou descobrir. Também teremos de averiguar um monte de pessoas: revisores, preparadores, divulgadores. Eles receberam exemplares antes do lançamento. Receio que teremos de considerar ainda o trabalho de boca a boca entre as pessoas que leram a obra. E as pessoas com quem a equipe editorial e o setor de publicidade podem ter conversado.

— Temos um grande livro prestes a ser lançado — descreveu Peabody. — É sobre um grande roubo de diamantes que aconteceu aqui mesmo, em Nova York.

— Exato — concordou Roarke. — O homem que você busca pode ter ouvido o papo na mesa ao lado enquanto tomava um drinque em algum lugar. Pode ter conhecidos, ou foi a uma festa em que um dos editores, um revisor, alguém do departamento comercial comentou algo.

— Puxa, vai ser divertido peneirar esse povo todo! Consiga-me uma lista — pediu ela mais uma vez quando saíram no saguão. — E me avise quem você designou para fazer a segurança de Samantha Gannon. Quero que meus homens conheçam os seus homens. Ah, e preciso de dois lugares num camarote para o jogo dos Mets.

— Para uso pessoal ou suborno?

— Suborno, claro. Qual é, Roarke, você sabe que eu torço pelos Yankees.

— Sim, onde eu estava com a cabeça? Como você os quer?

— Mande o brinde para o Cabeção. Dick Berenski, chefe do laboratório. Obrigada. Agora, tenho de ir.

— Quero um beijo de despedida.

— Já lhe dei um beijo hoje de manhã. Dois, aliás.

— Então eu quero o terceiro para dar sorte. — Plantou os lábios com firmeza sobre os dela. — Pode deixar que eu entrarei em contato com você mais tarde, tenente. — Saiu. Antes mesmo de chegar ao meio-fio, um carro preto encostou e um motorista saltou para lhe abrir a porta.

Como se fosse mágica, pensou Eve.

— Eu gostaria de entrar em contato com ele a qualquer hora, em qualquer lugar, de qualquer modo.

Eve virou a cabeça lentamente.

— Você disse alguma coisa, Peabody?

— Quem, senhora? Eu? Não disse nada não... Nadica de nada.

— Ótimo.

Eve se encontrou com Mira logo em seguida, enquanto Peabody almoçava em sua mesa e atualizava os arquivos. Em se tratando de comida, Eve refletiu que Peabody tinha se dado melhor que ela.

O refeitório estava sempre apinhado e era barulhento a qualquer hora do dia. Fazia Eve se lembrar de uma cantina de escola pública, só que a comida era ainda pior e a maioria das pessoas andava armada.

Mira já estava lá, instalada numa das cabines junto à parede. Ou tivera muita sorte, pensou Eve, ou usara sua influência para reservar o local e pedir a comida antes. De um jeito ou de outro, uma cabine isolada era bem melhor do que uma das mesas para quatro, onde as pessoas davam cotoveladas umas nas outras para conseguir comer; ou o balcão, onde os tiras acomodavam os traseiros em bancos altos com assentos minúsculos.

Mira não era, tecnicamente, da polícia. Nem parecia ser. Na cabeça de Eve, ela também não parecia ser criminologista, médica ou psiquiatra. Embora fosse tudo isso.

Parecia apenas ser uma mulher bonita e bem-vestida, dessas que costumam ser vistas olhando vitrines de grifes famosas na Madison Avenue.

Talvez tivesse comprado o terninho que vestia numa delas. Decerto que só mulheres corajosas ou cheias de estilo usariam aquele tom de espuma de limão numa cidade como Nova York, onde a sujeira simplesmente irrompe do asfalto e se agarra a qualquer superfície como uma sanguessuga.

Mas a roupa estava impecável e parecia ser nova. Fazia sobressair as luzes dos cabelos castanhos de Mira e tornava seus olhos ainda mais azuis. Ela usava um trio de correntes de ouro finas e compridas com pedras amarelas que cintilavam como o Sol.

Tomava um drinque num copo alto. A bebida parecia tão refrescante quanto a roupa, e ela sorriu por sobre a borda do copo para Eve quando esta se sentou à sua frente.

— Você me parece com calor e com pressa. Precisa experimentar um desses.

— Que é isso?

— Algo delicioso. — Antes que Eve concordasse, Mira pediu mais uma bebida no cardápio computadorizado que havia na lateral da cabine. — E, de resto, como vão as coisas?

— Bem. — Eve sempre demorava um pouco a se entrosar quando se tratava de conversa fiada. Se bem que, no caso de Mira, não era exatamente conversa fiada. As pessoas usavam esse recurso quando não davam a mínima umas para as outras e queriam, basicamente, ouvir a própria voz. Mira se preocupava com Eve. — Estou ótima. Summerset está de férias, longe, muito longe daqui. Só isso já levanta meu astral.

— Então ele se recuperou depressa das lesões?

— Ainda mancava de uma perna, mas no geral estava bem.

— E nossa mais nova detetive?

— Gosta de exibir o distintivo em todas as oportunidades que aparecem. Exibe os dentes todos ao olhar para ele. Ah, e encaixa a palavra "detetive" em várias frases ao longo do dia. O pior é que anda se vestindo de um jeito muito esquisito, o que me tira do sério. Tirando isso tudo, estamos nos acertando.

Eve olhou para a bebida que saíra de uma ranhura na parede. Até que tinha um bom aspecto. Tomou o primeiro gole, cautelosa.

— Isso parece a sua roupa. Gelado, com cara de verão e um pouco ácido. — Refletiu sobre o que tinha dito. — Puxa, acho que não me expressei muito bem.

— Não diga isso. — Mira riu e se recostou no banco. — Muito obrigada. Esta cor não é nem um pouco prática, e foi por isso que eu não consegui resistir. Estava admirando sua jaqueta de couro e como esse lindo tom de torrada fica bem em você. Eu ficaria apagada com uma roupa dessas. Sem falar que não consigo usar peças soltas com a mesma naturalidade que você.

— Peças soltas?

Mira levou alguns instantes para perceber que um termo tão básico da moda deixava atônita a sua tira preferida.

— Jaquetas, calças, seja o que for, vendido individualmente e não num conjunto, por exemplo.

— Ah, claro, peças soltas. Quem diria! Eu sempre achei que fossem apenas jaquetas, calças e roupas em geral.

— Meu Deus, eu *adoraria* fazer compras com você. — Desta vez o riso de Mira se sobrepôs aos barulhos irritantes do refeitório. — E sua cara foi ótima ao me ouvir dizer isso! Até parece que eu espetei você com o garfo por baixo da mesa. Um dia desses vou arrastar você para uma bela tarde de compras. Por enquanto, para não estragar seu apetite, prefiro lhe perguntar como está Mavis.

— Ela vai bem. — Eve não tinha certeza do que era pior para o apetite: falar de gravidez ou de compras. — Se ela não espalhasse para Deus

Relíquia Mortal

e o mundo, ninguém diria que ela está, ahn... Que tem uma criança ali no forno. Leonardo já lhe desenhou uma coleção completa para gestantes, mas eu ainda não vi diferença no tamanho da barriga.

— Dê lembranças minhas à futura mamãe. Sei que você quer falar sobre o caso, mas vamos pedir a comida antes? Escolhi a salada grega. A daqui é bem confiável.

— Parece ótimo.

Mira pediu duas e comentou:

— Você sabe que eu ainda me lembro de uma ou outra coisa sobre o assalto à joalheria Exchange? Foi uma notícia importante naquela época.

— Lembra? Como assim? A senhora ainda devia ser bebê.

— Puxa, *ganhei o dia* com esse elogio. Acho que eu tinha... Nossa, como é deprimente enfrentar a passagem do tempo... Eu devia ter uns quatro anos, mas meu tio namorava uma mulher que trabalhava na Exchange. Era estilista de joias e estava lá, no térreo, quando ocorreu o roubo. Lembro-me de ouvir meus pais comentando o assunto e, quando era um pouco mais velha, me interessei tanto pela história que até pesquisei mais detalhes. A ligação familiar, apesar de distante, aumentou minha empolgação.

— Ela ainda está viva? Essa estilista?

— Não faço ideia. O namoro entre ela e meu tio não deu certo. Só sei que ela não soube nem viu nada até os seguranças isolarem o prédio. Também não conhecia o funcionário infiltrado. Pelo menos foi o que soube pelo meu tio quando lhe perguntei, anos depois. Posso descobrir o nome dela, caso você queira interrogá-la.

— Talvez eu faça isso, mas a direção não é essa, pelo menos no momento. Conte-me o que acha do assassino, doutora.

— Vamos lá... As mortes em si não são prioritárias para ele. São danos colaterais. As vítimas e os métodos são diferentes, mudam conforme suas necessidades no momento. Porque é com isso que ele está preocupado: as próprias necessidades. O fato de ambas serem mulheres, e atraentes, não quer dizer nada. Duvido que tenha esposa ou algum relacionamento sério, já que isso iria desviar um pouco o foco dele mesmo. A motivação não era sexual, apesar do romance com Tina Cobb. O envolvimento com ela foi apenas um meio para ele atingir um fim e nas condições dele.

— Os locais em que a levava eram escolha *dele* para se mostrar superior a ela em intelecto e bom gosto.

— Exato. Não houve nada de pessoal nos crimes. Ele via a imagem global através do seu foco limitado. Tina Cobb podia ser usada e explorada, como realmente foi. Ele é um homem que planeja tudo e leva em conta os detalhes. Sabia que poderia matá-la quando ela deixasse de lhe ser útil. Conhecia a vítima, mas foi capaz de fazer isso. Conhecia o rosto dela, o toque da sua mão, o som da sua voz, talvez até a conhecesse intimamente, se achou que isso o ajudaria a alcançar o objetivo. Para o assassino, porém, não se tratava de uma ligação pessoal.

— Ele destruiu o rosto dela.

— Sim, mas não por raiva nem por emoção, só por instinto de sobrevivência. Ambos os crimes resultaram da necessidade que tinha de se proteger. Ele será capaz de remover, destruir e eliminar qualquer coisa ou pessoa que se torne um obstáculo para sua meta ou um perigo para sua segurança pessoal.

— Houve violência na morte de Tina Cobb.

— Sim, eu sei.

— Ele a feriu para conseguir informações?

— Possivelmente. O mais provável é que tenha feito isso para tentar enganar a polícia e dar a impressão de ter sido um crime passional, mas as duas hipóteses são válidas. Ele certamente pensou sobre o assunto. Teve tempo para isso. Levou Tina Cobb a lugares lotados, longe do ambiente dela, mas as escolhas refletem um certo estilo. Arte, teatro, um restaurante da moda.

— E isso reflete o ambiente dele.

— Queria se sentir à vontade, com certeza. — O primeiro prato de salada saiu pela ranhura, e Mira o colocou diante de Eve. — Entrou na casa de Gannon quando sabia que ela não estava lá. Teve o cuidado de desativar a segurança e levar os discos. Para se proteger. Levou uma arma, mesmo acreditando que a casa estava vazia. É um homem que tenta se preparar para imprevistos e se desvia da meta, caso necessário. Mas não tentou simular um assalto que deu errado enquanto ele tentava roubar coisas valiosas.

Relíquia Mortal

— Por que isso já tinha sido feito no passado, certo? Por que Alex Crew usou esse método com Laine Tavish?

Mira pegou o segundo prato e sorriu.

— Isso indica um ego poderoso, não é? "Não vou copiar, vou criar." Também mostra respeito pela arte e pelas antiguidades. Ele não vandalizou nada, não destruiu obras de arte nem mobílias caras. Não se rebaixaria a isso. Conhece tais coisas e provavelmente tem objetos desse tipo em casa. Ou pelo menos pretende ter. Mas se fosse só pela vontade teria carregado algo que apelasse ao seu senso estético ou sua cobiça. É muito focado.

— É um homem com bom nível de educação? Culto, talvez?

— Galerias de arte, museus, teatro no West Village? — Mira encolheu os ombros. — Ele poderia ter levado a jovem a Coney Island, a Times Square, a outros lugares onde um homem com o mesmo nível social da vítima levaria a namorada. Mas não levou.

— Porque, assim como roubar obras de arte ou eletrônicos, ele consideraria uma pobreza comer um cachorro-quente de soja num quiosque em Coney Island.

— Humm... — Mira provou a salada. — Não quer glória, fama nem atenção. Não quer sexo, nem riqueza no sentido tradicional. Está em busca de algo muito específico.

— Alex Crew tinha um filho.

Mira ergueu as sobrancelhas, de espanto.

— Tinha?

— Ele ainda era menino quando tudo aconteceu.

Eve contou tudo a Mira e deixou que ela assimilasse as novas informações enquanto comiam.

— Estou vendo aonde quer chegar, Eve. O filho ouve falar do livro, lê a obra e descobre que a descendente de um antigo comparsa do pai mora em Nova York. Supõe que, se ela levantou informações suficientes para escrever um livro, certamente sabe mais do que relatou e pode muito bem ter acesso aos diamantes. Mas por que, considerando que ele sabia da história o tempo todo, não tentou encontrar os Gannon antes de tudo isso acontecer?

— Talvez não conhecesse toda a história até surgir o livro. Pode ser que não soubesse da ligação. — Eve balançou o garfo. — Seja como for, tenho que descobrir e quero sua opinião. Existe um padrão ou perfil que indique que o assassino que procuro pode ser o filho de Crew?

— Isso lhe daria o que ele acha serem direitos adquiridos sobre as pedras. Elas eram propriedade do pai, por assim dizer. Mas se o pai levou os diamantes para o filho quando ele era pequeno...

— Isso não foi descrito no livro — lembrou Eve. — E não podemos saber o que Crew disse ou não disse, fez ou não fez quando o visitou pela última vez.

— Muito bem. Pelo que sabemos de Crew, ele achava que tinha direito ao montante do roubo e matou por isso. Era uma obsessão, um objetivo que ele perseguiu, embora já tivesse o bastante para viver com muito conforto o resto da vida. É possível que o filho compartilhe essa mesma obsessão e tenha a mesma visão da história.

— O instinto me diz que isto vem de Crew.

— Seu instinto geralmente está certo. Seguir essa linha de raciocínio incomoda você, Eve? Trabalhar com a velha ideia dos "pecados do pai"?

— Incomoda. — Para Mira ela podia confessar. — Isso me incomoda um pouco.

— A hereditariedade pode exercer uma grande força. A hereditariedade e o ambiente da infância podem, juntos, exercer um efeito quase irresistível. Quem vai contra isso e traça o próprio caminho apesar das influências, é muito forte.

— Talvez. — Eve se debruçou. Ninguém as ouviria, mas baixou o tom de voz. — Sabe de uma coisa, doutora? A pessoa pode simplesmente deixar-se afundar e dizer que a culpa por ela estar na pior, na sarjeta do mundo, é de outro. No fundo, porém, isso é só uma desculpa. Os advogados, os psiquiatras, os médicos e os assistentes sociais podem dizer: "Ah, mas isso não é culpa dela, a pobrezinha não é responsável, vejam só de onde veio. Vejam o que tal pessoa fez a ela. Está traumatizada. Está marcada."

Mira pôs uma das mãos sobre a de Eve. Sabia que ela falava de si mesma, da criança que foi e da mulher que poderia ter sido.

— Mas...?

Relíquia Mortal

— Os tiras, a polícia... *nós sabemos* que as vítimas, as pessoas que são destroçadas ou mortas, *precisam* de alguém que as defenda e diga: "Porra nenhuma, a culpa é *sua*. *Você* fez isso e tem de pagar pelos seus atos, por mais que sua mãe ou seu pai tenha espancado você. Independentemente do que houve no passado, você não tem o direito de fazer mal ao próximo".

Mira apertou a mão de Eve com mais força e disse:

— É por pensar assim que você é uma tira.

— Sim. É por isso que sou quem eu sou.

Capítulo Vinte e Cinco

Eve encarava uma sessão no laboratório com Dick Cabeção com a mesma empolgação que tinha num check-up dental de rotina. Era algo que precisava ser feito e, com um pouco de sorte, não seria tão mau quanto ela esperava. O problema é que geralmente era pior.

Tal como os dentistas que Eve conhecia, Dick Cabeção exibia um ar de satisfação bajuladora e hipócrita quando a situação piorava.

Ela entrou no laboratório ao lado de Peabody e fingiu não reparar nos vários técnicos que olharam na direção delas e correram, como se estivessem muito ocupados.

Como não viu sinal de Cabeção, encurralou o técnico que não conseguira escapar a tempo.

— Onde está Cabeção?

— Ahn... Na sala dele, talvez?

Eve não achou que merecesse aquela voz esganiçada e o riso forçado. Afinal, já fazia vários meses desde a última vez em que ameaçara um técnico de laboratório. Além do mais, eles deviam saber que ela não conseguiria exibir os órgãos internos de uma pessoa ao virá-la pelo avesso.

Atravessou o laboratório principal, o chão branco, os postos de trabalho brancos com gente de jaleco branco. Ali só havia cor nas máquinas, frascos e tubos contendo substâncias que ela preferia desconhecer.

Analisando o ambiente, Eve chegou à conclusão de que o necrotério era um lugar melhor para se trabalhar.

Relíquia Mortal

Entrou no gabinete de Cabeção sem bater. Ele estava recostado na cadeira de trabalho com os pés para cima, tomando um refrigerante de uva.

— Trouxe os ingressos de camarote para o jogo? — quis saber ele.

— Só quando você me apresentar bons resultados.

— Consegui algo para você. — Afastou-se da mesa, levantou-se e parou para observar a parceira de Eve. — É você aí dentro dessa roupa estranha, Peabody? Cadê sua farda?

Encantada com a oportunidade, sacou o distintivo.

— Agora eu sou detetive.

— Sério mesmo? Muito bom. Mas eu gostava de como você ficava usando uma farda.

Sentou-se num banco alto e começou a deslizar pelo longo balcão branco abrindo arquivos e digitando senhas com seus dedos rápidos como aranhas.

— Parte disso você já descobriu, Dallas. Não encontrei substâncias ilegais em nenhuma das duas vítimas. A primeira, Jacobs, tinha alcoolemia de 0,08. Estava bem alegre. Saboreou uma última refeição. Não trepou com ninguém naquela noite. As fibras nos sapatos combinam com as do tapete da cena do crime. Há outras fibras que deve ter apanhado no táxi que a levou para casa.

Seus dedos dançavam e as telas pareciam girar com cores e formas.

— Tenho amostras de cabelo, mas a ficha diz que a vítima foi a uma boate antes de morrer. Pode ter trazido na roupa os cabelos de alguém de lá. Se algum fio pertencer ao assassino, poderemos confirmar quando o apanharem. Conseguimos reconstruir o ferimento associando a foto da vítima às fotos da cena do crime e criamos uma imagem do seu rosto na hora da morte.

Abriu a imagem, e Eve olhou para Andrea Jacobs como ela era, no monitor. Uma mulher bonita vestindo uma roupa linda com um corte na garganta.

— Com a nossa magia tecnológica, podemos determinar com precisão o tamanho e o formato da arma que foi usada.

Eve estudou a imagem dividida na tela: uma lâmina comprida e lisa ao lado das especificações de largura e comprimento.

— Ótimo. Muito bem, Dick.

— Você está trabalhando com o melhor. Concordamos com a investigadora principal e com o legista quanto à posição da vítima no momento do ataque. Foi atacada por trás e puxada pelos cabelos. Temos evidências no local do crime que comprovam isso. A não ser que um dos fios encontrados seja do assassino... Mas não apostaria nisso, pois não temos nada dele, nadica de nada. Estava bem selado.

"Agora, quanto à vítima número dois, Cobb, a coisa é muito diferente. Você tem certeza de que o agressor foi o mesmo?"

— Tenho.

— Então tá... Ele a espancou com vontade. Cano de chumbo, taco de beisebol de metal ou madeira. Não dá para saber ao certo porque só conseguimos a forma do objeto marcada nos ossos. Procure por algo comprido, liso, com cerca de cinco centímetros de diâmetro. Provavelmente pesado. O golpe na perna a derrubou logo de cara, e o das costelas a manteve no chão. Depois, a coisa ficou mais interessante.

Ele passou para outra tela e abriu a imagem do crânio carbonizado de Tina Cobb.

— Está vendo aqui? Maxilar quebrado e... — Rodou a imagem. — Um típico crânio esmagado. Ao colocar fogo nela, o assassino conseguiu apagar a maioria dos vestígios, mas alguns deles aderiram a fragmentos de osso do rosto e da cabeça.

— Que tipo de vestígios?

— Um selante. — Dividiu a tela e apontou. Apareceu uma série de formas dentadas em tons de azul. — Isso é substância retardante de incêndio. O espertinho falhou aqui. O produto é profissional, da marca Vigia das Chamas. Qualquer faz-tudo consegue comprar, mas é coisa de construção civil. Serve para selar bases de pisos e de paredes.

— Selar pisos? Como assim? Antes de assentarem o revestimento definitivo?

— Isso mesmo. A vítima apresentava vestígios dessa substância nas feridas do rosto e da cabeça. O assassino ateou fogo nela, mas o troço não

Relíquia Mortal

queimou. A propaganda do produto não é enganosa, afinal de contas. Mas seus ossos não estavam selados. Então podemos concluir que o chão não estava coberto pelo produto quando ela caiu. Um pouco pegajoso aqui e ali, mas não molhado.

Eve se debruçou e sentiu o aroma de uva que vinha do refrigerante de Cabeção.

— Quer dizer que ela ficou com vestígios desse selante quando as maçãs do rosto bateram contra o chão ou a parede. É isso? Depois, novos traços de quando ela caiu de cabeça. Não havia vestígios nas feridas da perna nem das costelas por causa da roupa, mas devia haver sangue onde ela caiu e provavelmente rastejou. Isso pode ter ajudado a manter os traços. E também pequenas lascas de madeira das tábuas onde ela bateu; lascas aderem a ossos quebrados.

— A investigadora aqui é você. Mas uma jovem desse tamanho, espancada dessa maneira, certamente deixou vestígios. Então pode ser, sim. Temos traços, e isso prova que foi o que aconteceu. Sem falar na bagunça e na sujeira que deve ter ficado.

— Sim. — Esse era um fator importante. — Mande tudo para a minha sala. Nada mau, Dick.

— Ei! — reclamou ele, quando Eve já se afastava em direção à porta. —Você não ia me levar ao jogo?

— Os ingressos estão chegando. Peabody! — Afastou os cabelos dos olhos enquanto refletia sobre os novos dados. — Precisamos investigar o selante. Vamos ver o que mais conseguimos descobrir. Ele pode ter usado a própria casa para fazer a lambança, mas não me parece o tipo de sujeito que suja o próprio ninho. Produto profissional — murmurou. — Talvez possua algum imóvel em obras. Ou tenha acesso a um prédio em construção ou sendo reformado. Vamos começar pelos prédios em construção perto do local da desova. Ele não escolheu aquele terreno baldio por acaso. Não faz nada por acaso.

Seguindo aquela linha de raciocínio, ligou para Roarke. Quando ele atendeu, ela já estava no carro a caminho da Central.

— Olá, tenente. Vejo um brilho de alegria em seus olhos.

— Acho que apareceu uma pista. Você tem algum prédio em construção ou sendo reformado em Alphabet City?

— Estou reformando um prédio de apartamentos. E sei de alguns locais por ali que estão passando por remodelação. Vou investigar e em breve lhe trago dados específicos.

— Ótimo. Mande tudo para mim. Conhece mais alguém que trabalhe com construção nessa área? Um concorrente, um sócio, sei lá?

— Vou verificar.

— Obrigada.

— Espere, espere! — Ele ergueu uma das mãos antes que ela desligasse na sua cara. — Fizemos alguns progressos na pesquisa. Ainda não dá para comemorar, e eu e Feeney temos muito o que fazer até o fim do dia. Combinamos de dedicar algum tempo extra para isso logo mais à noite, em nossa casa.

— Tudo bem. — Entrou na garagem subterrânea da Central. — A gente se vê depois.

— Preciso perguntar uma coisa — anunciou Peabody, preparando-se para o choque quando Eve estacionou em uma vaga estreita demais, mas logo se descontraiu quando o impacto não aconteceu. — Quando você vê o rosto dele na tela, todo sexy e lindo, com aquela *boca* tesuda, não sente vontade de colocar a língua para fora e ofegar como um cão?

— Que doença, Peabody!

— Só para saber.

— Desligue esses hormônios e concentre-se no caso. Preciso ver Whitney às... — Olhou para o relógio — Merda, estou em cima da hora. Queria ver se conseguia algo do artista de retratos falados.

— Deixe que eu cuido disso. Se pintar alguma pista nova, eu a levo até você.

— Muito bem, então.

— Viu como é bom você ter uma parceira que também é detetive?

— Eu *sabia* que você ia conseguir encaixar essa informação no papo.

Elas se separaram, e Eve subiu no elevador apinhado por mais três andares, antes de sair e pegar a passarela aérea até o gabinete do comandante.

Relíquia Mortal

Whitney combinava com a patente que tinha. Era imponente, com compleição poderosa e mente de aço. As rugas nos cantos dos olhos e da boca ajudavam a compor sua imagem de liderança. Eram marcas deixadas pelo trabalho.

Tinha pele escura e cabelos grisalhos. Estava sentado à mesa, rodeado por unidades de comunicações, centros de dados, arquivos em disco e hologramas emoldurados da mulher e da família.

Eve respeitava o homem, sua patente e tudo que ele conquistara. E se espantava, secretamente, por ele conseguir manter a sanidade mental entre o trabalho estressante e uma esposa que adorava festas e eventos sociais.

— Comandante, desculpe o atraso. Fiquei mais tempo do que esperava no laboratório.

Como quem espanta uma mosca, ele descartou o atraso com sua mão enorme.

— Houve algum progresso?

— O meu caso e o do detetive Baxter estão ligados a uma pessoa: Samantha Gannon.

— Sim, foi o que eu percebi ao ler os relatórios.

— Surgiram novas informações após a conversa que tive esta manhã com Gannon. Estamos considerando a possibilidade de o filho de Alex Crew ou alguém relacionado a Crew ter envolvimento nos casos atuais.

Eve se sentou só depois que o comandante apontou para uma cadeira. Preferia ficar de pé ao apresentar relatórios orais. Informou todos os detalhes do interrogatório matinal.

— Capitão Feeney está cuidando da busca pessoalmente — continuou ela. — Ainda não nos falamos agora de tarde, mas já soube que há progressos nessa área.

— O filho de Alex Crew deve estar na casa dos sessenta anos. É velho demais para despertar o interesse de uma jovem como Tina Cobb.

— Há mulheres que se sentem atraídas por homens mais velhos devido à sua experiência e estabilidade, senhor. E ele pode aparentar menos idade. — Eve duvidava disso, mas precisava considerar a hipótese. — O mais provável é que tenha um cúmplice que usou para chegar a Tina Cobb. Se esta suposição se sustentar, comandante, as possibilidades são inúmeras. Judith

Crew pode ter casado novamente e tido mais filhos. Um dos filhos talvez conheça a história dos diamantes e de Samantha Gannon. Westley Crew também pode ter tido filhos e transmitido a história do pai, do mesmo modo que Gannon passa adiante a lenda da família. De um jeito ou de outro, creio que é alguém com interesse específico na posse dos diamantes. Estou quase certa disso, e o perfil da dra. Mira confirma essa ideia. Espero ter o retrato falado do assassino a qualquer momento.

"Tivemos sorte no laboratório. Havia vestígios de um retardante de incêndio em Tina Cobb. Um selante profissional. Vamos investigar e nos concentrar em prédios próximos ao local onde encontraram o corpo. O assassino tem tomado muito cuidado até agora, comandante, mas este foi um erro grosseiro. Não acredito que ele tenha se dado conta disso, já que foi ele mesmo quem aplicou o selante. Por que razão iria matá-la perto de material retardante de incêndio quando pretendia atear fogo à vítima depois? Esse pode ter sido um erro ótimo para nós, embora não combine com o perfil dele. De qualquer modo, quando descobrirmos o local do crime, estaremos mais próximos de agarrá-lo."

— Encontrem-no, então. — Virou-se de lado quando o *tele-link* de sua mesa piscou. — Whitney falando.

— Comandante, os detetives Peabody e Yancy estão aqui.

— Mande-os entrar.

— Boa tarde, comandante. Olá, tenente. — Peabody se afastou um pouco de lado para que Yancy, o artista que produzia retratos falados, pudesse entrar na sala. — Achamos que seria melhor se o detetive Yancy apresentasse seu relatório a ambos de uma vez.

— Gostaria de ter mais informações. — Yancy distribuiu imagens impressas e um disco. — Trabalhei com a testemunha durante três horas. Acho que cheguei perto, mas não temos motivos para comemorar. Não dá para pressionar muito — explicou, estudando a imagem nas mãos de Eve. — Conseguimos perceber quando a testemunha começa a inventar coisas, misturar impressões, ou quando quer se livrar logo do problema para ir embora.

Eve olhou para a imagem e buscou semelhanças com Alex Crew. Talvez um pouco, ao redor dos olhos. Ou ela simplesmente torcia por isso.

Só que aquele não era um homem de sessenta anos.

Relíquia Mortal

— Ela tentou — continuou Yancy. — Fez o melhor que podia. Se a tivéssemos encontrado na época em que viu o assassino, conseguiríamos pegar mais detalhes. Mas passou muito tempo, ela serve dezenas de homens nas mesas todos os dias. Quando atingimos determinado ponto, ela começou a descrever traços de forma aleatória.

— Uma sessão de hipnose poderia lhe avivar a memória.

— Tentei isso — disse Yancy. — Toquei no assunto, mas ela se assustou. Não quer sequer pensar nessa possibilidade. Para piorar as coisas, viu uma matéria no noticiário sobre o crime e ficou apavorada. Isso foi o melhor que conseguimos.

— Mas será que é ele? — perguntou Eve.

Yancy encheu as bochechas e soltou o ar.

— Eu diria que acertamos no tom da pele, nos cabelos, no formato do rosto. Acredito que os olhos estejam bem parecidos, mas não garanto a cor. Em relação à idade, a testemunha afirmou que ele tinha trinta e poucos, vinte e tantos, mas então admitiu que se baseou na idade da jovem. Voltou aos trinta, depois aos vinte e tantos; talvez mais velho, mais novo. Acha que é rico porque usava um relógio de pulso caro, pagou em dinheiro e lhe deixou uma bela gorjeta. Isso tudo influenciou a descrição dela. — Ergueu um dos ombros. Um sujeito simpático, um homem muito educado.

— Esta imagem é precisa o suficiente para que a divulguemos e aguardemos retorno?

— Fere meu orgulho dizer isso, mas eu não o faria. A decisão é sua, tenente, mas acho que estamos longe. Alguém da polícia ou um observador treinado poderia reconhecê-lo a partir de um esboço desses, mas um civil, não. Lamento muito não ter conseguido um resultado melhor.

— Não faz mal. Você provavelmente nos levou mais perto do que outro artista faria. Vamos passar isto por um programa de identificação e ver se bate com os registros de alguém.

— Ajuste o programa para trinta por cento de correspondência. — Yancy balançou a cabeça, olhando para o seu trabalho. — Mesmo assim aparecerão alguns milhares de possibilidades só nesta cidade.

— Já é um começo. Obrigada, Yancy. Comandante, eu gostaria de seguir esta linha de investigação.

— Vá em frente e mantenha-me informado.

J. D. ROBB

De volta à sua sala, Eve prendeu uma cópia do retrato falado em seu quadro de trabalho. Foi para a mesa, juntou as informações recentes para preparar um novo relatório e o leu com atenção para analisar as fases e etapas do processo.

Deixaria a busca de pessoas com Feeney e a pesquisa de dados eletrônicos com McNab. Enviou um memorando a Baxter com pormenores sobre as novas informações e incluiu uma cópia do esboço de Yancy.

Enquanto Peabody tentava descobrir o nome do produto selante, Eve buscava por prédios em construção. O *tele-link* avisou que um arquivo com novos dados tinha acabado de chegar, e ela abriu uma lista de todas as propriedades com licenças de construção ou reforma num raio de dez quarteirões do local da desova.

Roarke não era somente rápido, pensou ela, como também captava as rotinas policiais sem que fosse preciso lhe explicar tudo passo a passo.

Ele tinha separado as propriedades em ocupadas e desocupadas.

Eve se focou nas vazias. Privacidade, pensou. Afinal, ele não havia esperado o momento em que julgou que a casa de Gannon estaria vazia? O padrão não era bem claro, mas ela precisava começar por algum lugar.

Primeiro, os prédios vazios.

Juntou-os e os separou em dois grupos: edifícios em construção e em reforma.

Ele precisou atraí-la para o local. Era mais fácil convencê-la do que obrigá-la a ir ou drogá-la. Era jovem e tola, mas também muito feminina e esperta. Será que aceitaria entrar num prédio em obras só para agradar o namorado?

Levantou-se e começou a andar de um lado para o outro. Talvez ela tivesse aceitado, afinal. O que Eve entendia desse tipo de coisa? Jovens apaixonadas ou que acreditavam ter encontrado o príncipe encantado provavelmente faziam muitas coisas contra a sua natureza.

Ela nunca fora uma jovem apaixonada. Experimentara momentos de desejo por alguém ao longo dos anos, o que era completamente diferente. Ela sabia disso com certeza, pois o amor verdadeiro a pegara com a força de um soco no estômago e a jogara no colo de Roarke. Agora, ela até se

Relíquia Mortal

arrumava de vez em quando; colocava maquiagem, fazia o cabelo e vestia roupas sofisticadas. Tudo isso só porque ele gostava.

Portanto, era verdade: o amor levava as pessoas a fazerem coisas impensáveis.

E quanto ao assassino? Não havia razão para ele ir contra a própria natureza. Não estava apaixonado. Também não era um caso de atração física. E certamente era do tipo que gostava de impressionar, de se exibir. Gostava de estar à vontade e sempre no comando. Planejava tudo com um olho voltado para os próprios objetivos, para o próprio ego e visando à autopreservação.

Talvez um local em obras mas que tivesse algum estilo; um lugar onde ele sabia que não seria incomodado; onde ninguém o questionaria, caso fosse visto; onde poderia, mais uma vez, contornar as possíveis barreiras de segurança.

Enviou os dados para o computador de casa, imprimiu as listas e saiu da sala para procurar Peabody.

— Venha comigo — ordenou, ao vê-la.

— Estou pesquisando o selante.

— Faça isso dentro da viatura.

— Aonde vamos? — quis saber Peabody, enquanto recolhia os discos de trabalho, as pastas e a jaqueta.

— Investigar locais em construção e conversar com sujeitos que têm ferramentas poderosas.

— Oba, demorou!

A primeira parada foi um pequeno teatro originalmente erguido no início do século XX. O distintivo as levou ao mestre de obras. Embora ele se queixasse da carga de trabalho e do horário, ofereceu-lhes um tour guiado. O piso da recepção ainda exibia o mármore original e, pelo visto, era o orgulho do homem. O interior do teatro estava cheio de andaimes, pranchas e placas em aglomerado de madeira, ainda sem selante. As paredes eram de argamassa branca antiga.

Mesmo assim, Eve fez questão de visitar o local todo em busca de algum vestígio de sangue.

Tiveram de aguentar o trânsito do fim da tarde a caminho da parada seguinte.

— Esse selante profissional pode ser adquirido por atacado ou a varejo, em embalagens de vinte, quarenta e cem litros. — Peabody continuou a ler os dados no tablet. — Com licença de construtor, também é possível comprá-lo em pó e depois preparar a mistura. O produto para uso residencial vem em embalagens de cinco ou vinte litros, e não está disponível na versão em pó. Tenho aqui os fornecedores.

— Você terá de investigá-los. Queremos uma lista de todos os indivíduos e empresas que compraram o selante para podermos cruzar os dados com os das equipes de construção dessas obras.

— Isso vai levar tempo.

— Eu sei, mas ele não vai sumir. Está por perto. — Olhou para a rua. — Deve estar planejando o próximo passo.

Ele entrou em casa e ordenou ao androide doméstico que lhe preparasse um gim-tônica imediatamente. Era irritante passar metade do dia num escritório fechado sem fazer absolutamente nada que lhe despertasse interesse.

Mas o velho não abria a mão e exigia que ele demonstrasse mais interesse na empresa.

Essa é a sua herança, filho. Que papo furado! A herança dele eram vários milhões em brilhantes russos.

Ele estava se lixando para a empresa. Assim que tivesse chance, assim que recuperasse o que lhe pertencia por direito, mandaria o velho se foder.

Esse seria um dia especial.

Enquanto isso precisava amansá-lo, paparicá-lo e bancar o bom filho.

Despiu-se por completo, deixou a roupa no chão onde ela caiu e entrou na piscina individual instalada no terraço da cobertura.

O fato de a empresa que desprezava e deplorava pagar pela cobertura, as roupas e o androide nunca arranhara a superfície do seu ego.

Relíquia Mortal

Estendeu a mão para pegar o gim-tônica e depois se esticou dentro da água refrescante.

Tinha de abordar Samantha Gannon. Chegara a considerar a ideia de ir a Maryland para arrancar à força as informações de que precisava de um casal de velhos, mas desistira. Esse movimento poderia respingar nele de muitas formas diferentes.

Do jeito que as coisas estavam no momento, a polícia não tinha pista alguma. Ele poderia ser um fã obcecado ou um amante da empregada que planejara, com ela, assaltar a residência Gannon. Poderia ser qualquer pessoa.

No entanto, se fosse até Maryland, talvez acabasse sendo visto ou rastreado. Dificilmente passaria despercebido numa cidade de interior. E, se matasse os avós de Samantha Gannon, até o policial mais tapado seria capaz de fazer a ligação entre ele e os diamantes como a causa do crime.

Se ao menos conseguisse chegar até Samantha... Era muito *frustrante* descobrir que ela desaparecera. Nem os espiões que ele enviara tinham trazido alguma pista sobre o paradeiro dela.

Mas ela teria de aparecer em algum momento. Teria de voltar para casa mais cedo ou mais tarde.

Se ele tivesse todo o tempo do mundo, poderia esperar por ela. O problema é que não aguentaria se arrastar todos os dias para trabalhar naquele escritório por muito mais tempo, lidando com operários burros ou bajulando seus patéticos pais. Especialmente sabendo que tudo o que queria e merecia receber estava ao alcance de sua mão.

Provou o gim com um dos braços na borda da piscina para se segurar.

— Ligar telão — ordenou, com ar preguiçoso, e zapeou os canais de notícias para ver as atualizações sobre o caso.

Nada de novo, concluiu com satisfação. Não conseguia entender a mentalidade de quem se alimentava da fama, da mídia e daquilo que consideravam ser a glória suprema. Um verdadeiro criminoso alcançava toda a satisfação necessária por meio de um trabalho bem-feito e mantido em segredo.

Apreciava ser um verdadeiro criminoso e gostava — ainda mais — de subir o nível das próprias proezas.

Sorriu enquanto olhava para as prateleiras e vitrines cheias de brinquedos e jogos antigos. Os carros, os caminhões, as figuras em miniatura. Surrupiava alguns apenas pela adrenalina. Do mesmo modo que, às vezes, roubava uma gravata ou uma camisa.

Só para saber se conseguia escapar impunemente.

Furtava seus amigos e parentes pela mesma razão. Muito antes de se dar conta daquilo, o roubo tinha se transformado num hábito arraigado. Roubar estava no seu sangue. Quem poderia imaginar isso, olhando para seus pais?

Foi então que ele se interessara pela coleção de brinquedos que pertencia ao seu pai, e isso lhe fora muito útil. Se o amigo e também colecionador Chad Dix não tivesse se queixado da namorada e do livro que ela estava escrevendo, que roubava o tempo e a atenção que deveriam ir para ele, não teria descoberto com tanta antecedência a respeito dos diamantes e da relação com sua própria família.

Poderia muito bem nunca ter lido o livro. Ler não era algo que costumava fazer, normalmente. No entanto, tinha sido fácil arrancar mais detalhes de Dix a respeito da trama, e ele conseguira até mesmo ler o livro antes do lançamento.

Terminou a bebida e, embora quisesse outra, se controlou. Era importante manter a cabeça fresca.

Pousou o copo e deu algumas braçadas. Quando saiu da piscina, o copo vazio já desaparecera e havia uma toalha e um roupão à sua espera. Tinha de ir a uma festa naquela noite. Tinha de ir a festas quase todas as noites, na verdade. Achava irônico o fato de já ter encontrado com Samantha Gannon em várias ocasiões e eventos. Era estranho que não tivesse se interessado por ela e que tivesse imaginado que nada tinham em comum.

Aliás, nunca tivera muita coisa em comum com mulheres.

Poderia ter se dado ao trabalho de cortejá-la, o que certamente seria menos *humilhante* do que a curta relação com Tina Cobb. Se bem que, definitivamente, Samantha Gannon também não fazia o seu tipo, pelo que conseguira perceber.

Ela se achava a última bolacha do pacote, refletiu, enquanto se vestia. Era atraente, sem dúvida, mas parecia ser uma daquelas mulheres que gostavam de papo cabeça e eram muito determinadas, características que o irritavam ou entediavam com facilidade.

Pelo que Chad lhe contara sobre ela, era muito boa de cama, mas voltada demais para o próprio umbigo quando estava fora dos lençóis.

De qualquer modo, a menos que descobrisse um modo mais direto e eficiente de chegar aos diamantes, teria de passar algum tempo com a bisneta de Jack O'Hara.

Nesse meio-tempo, pensou, enquanto fazia girar com o dedo um lindo modelo em escala de uma retroescavadeira, precisaria ter uma pequena conversa com o papaizinho querido.

Capítulo Vinte e Seis

Eve sentiu uma leve dor de cabeça lhe surgindo por trás dos olhos quando colocou os pés em casa. Tivera tempo de visitar somente três canteiros de obras — descobrira que os operários da construção civil terminavam o expediente muito mais cedo que os policiais. Não conseguira quase nada com aqueles com quem conversara, a não ser a desagradável dor de cabeça provocada pelo barulho das ferramentas, pela música alta e pelos berros dos trabalhadores ecoando por prédios vazios ou quase vazios.

Além disso, havia a chatice de bajular, persuadir, tentar convencer, ameaçar e implorar aos fornecedores por sua lista de clientes. Se nunca mais na vida ela precisasse entrar numa obra ou loja de materiais de construção, morreria feliz.

Queria curtir uma bela ducha, tirar um cochilo de dez minutos e tomar um litro de água gelada.

Como estacionou atrás do carro de Feeney, nem se deu ao trabalho de consultar o localizador de pessoas. Roarke certamente estaria lá em cima com ele, no escritório ou nos computadores, brincando de nerd. Como o gato também não apareceu para saudá-la, deduziu que estaria com eles.

Considerou a ideia de se recostar por dez minutos, mas é claro que não conseguiria se deitar sabendo que havia outro policial na casa, especialmente com o prazo apertado com que trabalhavam. Seria embaraçoso

Relíquia Mortal

demais se ela fosse pega no flagra. Contentou-se com dez minutos extras debaixo da ducha e se sentiu inocentada do delito ao perceber que a dor de cabeça melhorou.

Trocou as peças soltas que vestira durante o dia — precisava se lembrar dessa expressão — por uma camiseta e um jeans. Pensou em ir descalça, mas havia o fator "outro tira na casa", e pés descalços sempre a faziam se sentir semidespida.

Calçou tênis.

Como se sentia quase humana novamente, passou pela sala dos computadores antes de ir para o seu escritório.

Roarke e Feeney estavam sentados, manejando estações de trabalho independentes. Roarke tinha as mangas arregaçadas e os cabelos presos, como era seu hábito quando se dedicava a trabalhos importantes. A camisa de mangas curtas que Feeney vestia parecia ter sido enfiada dentro de uma garrafa e depois embolada na mão, antes de ser vestida. Seus cotovelos magros estavam de fora. Eve se perguntou o motivo de achar aquela imagem tão terna.

Devia estar muito cansada.

Havia monitores ligados com dados que passavam depressa demais para que os olhos dela acompanhassem. Os homens faziam perguntas ou comentários um para o outro, na língua dos nerds que ela nunca conseguia decifrar.

— Vocês têm algo para me relatar em um idioma que eu entenda?

Ambos olharam por sobre o ombro na direção dela, e Eve ficou abismada ao perceber que tinha, diante de si, dois homens que não poderiam ser mais diferentes na aparência e, no entanto, exibiam o mesmo olhar.

E um ar distraído típico de nerds.

— Estamos avançando. — Feeney enfiou a mão no pacotinho de amêndoas açucaradas sobre a sua mesa. — E também retrocedendo.

— Você me parece... refrescada, tenente — comentou Roarke.

— Não parecia, alguns minutos atrás. Tomei uma ducha. — Eve caminhou pelo aposento e analisou os telões. — O que está rolando aqui?

O sorriso de Roarke se abriu lentamente.

— Se tentássemos explicar, você ficaria com o olhar vidrado de tédio. Mostrar isso aqui pode ser mais fácil. — Fez um sinal para ela se aproximar de um dos monitores dividido ao meio, com uma foto de Judith Crew de um lado e um borrão de imagens no outro.

— Está tentando comparar rostos?

— Isso mesmo. Conseguimos a carteira de motorista que ela usava antes do divórcio — explicou Feeney. — Temos outra busca usando a foto do documento que ela portava quando o agente da seguradora a localizou. Estava com outro nome, trocara o penteado e perdera alguns quilos. O sistema está nos mostrando compatibilidades possíveis. A partir disso, vamos avançar.

— O plano é usar um programa de morfologia em outro computador — continuou Roarke. — Com base no que o computador acha que pode ser o rosto dela atualmente.

— O civil acha que, se o retrato falado fosse mais exato, a essa altura já teríamos uma foto dela — disse Feeney.

— Acho mesmo — confirmou Roarke.

Feeney encolheu os ombros, comeu mais amêndoas e disse:

— Tem muita gente no mundo. Milhões de mulheres nessa faixa etária. E ela pode estar morando fora do planeta.

— Ou talvez esteja morta — acrescentou Eve. — Ou pode ter burlado os sistemas tradicionais de identificação. Pode estar num chalé rústico numa ilha distante, tecendo tapetes.

— Quem sabe ela fez reconstrução facial.

— Sim, essas mulheres de hoje! — Feeney quase bufou, expirando com exagero. — Não levam fé na própria beleza.

— E quanto ao filho?

— Também estamos rodando um programa de morfologia na foto dele. Já encontramos possíveis identidades. Vamos fazer uma busca avançada com esses nomes. Nosso rapaz aqui está atrás da grana — completou, apontando para Roarke.

— Que grana?

— Ela vendeu a casa em Ohio — lembrou Roarke. — O pagamento leva algum tempo para chegar. O banco ou a imobiliária teria de lhe mandar

Relíquia Mortal

o cheque ou fazer uma transferência bancária, segundo instruções. Para isso, a ex-senhora Crew precisaria informar seu novo nome ou autorizar o pagamento para outra pessoa.

— E você consegue descobrir uma coisa dessas, de tanto tempo atrás?

— Com persistência, sim. Ela era uma mulher cuidadosa. Autorizou que o pagamento fosse feito por meios eletrônicos ao seu advogado no processo, que depois enviou o dinheiro para outra firma de advocacia em Tucson.

— Tucson?

— Fica no Arizona, querida.

— Eu sei onde fica Tucson. — Mais ou menos. — Como foi que você descobriu tudo isso?

— Tenho meus truques.

Ela estreitou os olhos quando Feeney olhou para o teto.

— Você mentiu, subornou um monte de gente e infringiu várias leis de privacidade, certo?

— E essa é a gratidão que recebo. Ela morou em Tucson, pelo que eu descobri, durante um mês no início de 2004. Tempo suficiente para receber o pagamento e depositá-lo num banco local. Meu palpite é que ela usou esse dinheiro para trocar de identidade mais uma vez e mudar novamente de cidade.

— Estamos chegando lá. Quando a comparação de imagens nos trouxer alguma informação sólida, vamos analisá-la. — Feeney esfregou as têmporas. — Preciso de uma pausa.

— Por que você não desce, dá uns mergulhos na piscina e toma uma cerveja? — sugeriu Roarke. — Podemos nos reencontrar aqui em, digamos, meia hora.

— Boa ideia. Você nos conseguiu algo novo, garota?

Ninguém no mundo chamava Eve de "garota", exceto Feeney.

— Só conto as novidades depois da sua pausa de trinta minutos — disse Eve. — Preciso atualizar alguns dados no meu escritório.

— Então a gente se encontra lá.

— Eu bem que aceitaria uma cerveja — comentou Eve quando Feeney saiu.

— É hora do recreio. — Roarke acariciou as costas da mão de Eve e se aproximou para mordiscar seus dedos.

Ela conhecia aquele movimento.

— Nem se dê ao trabalho de começar a farejar.

— Tarde demais. Que cheiro é esse na sua pele?

— Sei lá. — Cautelosa, ergueu o ombro e cheirou a si mesma. Aquilo parecia sabonete. — Usei o que havia no boxe. — Puxou a mão, mas cometeu o erro de olhar em volta, para o caso de Feeney ainda estar por perto. O instante de distração ofereceu a Roarke a chance de enfiar um dos pés sob os dela, o que a fez se desequilibrar e cair no colo dele.

— Caraca, *corta essa*! — A voz dela era um sussurro feroz e assustado. Na sua escala de micos, ser pega aninhada no colo de Roarke valia três pontos, muito acima de ser flagrada dormindo ou descalça por outro tira. — Estamos com prazo apertado, e Feeney está aqui.

— Não vejo Feeney nenhum ao nosso redor. — Roarke já encaixara a cabeça na curva do pescoço dela e avançava para a orelha. — Na condição de especialista e consultor civil da polícia, tenho direito a uma pausa recreativa. Decidi que prefiro atividades adultas a bebidas adultas.

Pequenos demônios de desejo começaram a dançar sobre a pele dela.

— Você não está achando que eu vou ficar de sacanagem aqui na sala dos computadores, certo? Feeney pode voltar a qualquer momento.

— Isso me deixa ainda mais excitado. Sim, sim — ele riu ao atingir um ponto especial sob o maxilar dela, um de seus locais favoritos —, sou doente e pervertido. Mas, embora eu aposte que Feeney desconfia que fazemos sexo ocasional, vamos curtir nosso recreio em outro lugar.

— Tenho muito trabalho a fazer, Roarke, e... Ei! Segure essas mãos bobas!

— Sim, acertou em cheio, essas são minhas mãos. — Rindo, colocou-as sob o traseiro de Eve e a levantou da cadeira. — Quero meus trinta minutos de diversão — exigiu, carregando-a na direção do elevador.

— Pelo andar da carruagem, tudo vai acabar em menos de cinco.

— Pode apostar.

Ela tentou reprimir o próprio riso e fingiu se debater, fincando a mão no portal do elevador.

Relíquia Mortal

— Não posso simplesmente ficar pelada ou ter um orgasmo com Feeney aqui em casa. Isso é muito esquisito. E se ele voltar e...?

— Quer saber de uma coisa? Desconfio que Feeney também fique pelado em companhia da sra. Feeney. Deve ter sido assim que fizeram os pequenos Feeneys.

— Oh, Deus! — A mão de Eve estremeceu e seu rosto ficou pálido. — Que coisa desprezível! É muita sacanagem sua enfiar essa imagem na minha cabeça.

Como queria mantê-la desequilibrada, estendeu a mão por detrás dela e abriu o quarto manualmente em vez de usar o comando de voz.

— Uso o que estiver ao meu alcance para deixar você desnorteada. E funcionou. Agora você está fraca demais para se afastar de mim.

— Não aposte nisso.

— Você se lembra da primeira vez que fizemos amor? — Levou os lábios aos dela quando perguntou, mudando de tática e, acariciando com os lábios.

— Vagamente.

— Subimos no elevador exatamente assim e não conseguíamos tirar as mãos um do outro, nem controlar o tesão. Eu estava louco por você. Queria ter você mais do que precisava respirar. Ainda quero. — Beijou-a mais profundamente quando as portas do elevador se abriram. — Isso nunca vai mudar.

— Nem eu quero que mude. — Ela deslizou as mãos pelos cabelos dele e tirou o elástico que prendia os fios, deixando que a massa sedosa e preta lhe escorresse pelos dedos. — Você é muito bom nisso. — Beijou-lhe o pescoço com força. — Mas não bom a ponto de eu topar transar com a porta aberta. Feeney pode decidir passear pela casa e não vou conseguir me concentrar.

— Podemos resolver isso. — Com as pernas de Eve em torno da cintura, os braços envolvendo seu pescoço, e os lábios dela dando beijos quentes em sua pele, Roarke foi até a porta, fechou-a e passou o trinco.

— Está melhor assim?

— Não sei ao certo. Você poderia descrever com mais detalhes como fizemos isso da primeira vez?

— Se lembro bem, foi mais ou menos assim... — Ele a girou e a prendeu entre a parede e o corpo dele. Sua boca atacou a dela com ferocidade e calor.

Uma necessidade urgente e primitiva a invadiu. Era como se ver dividida em duas: a mulher que fora antes dele e a que descobrira ser com ele.

Eve podia ser exatamente do jeito que era, pois Roarke a compreendia. Podia continuar sendo a mulher em que se transformara, pois ele a adorava. E o desejo que um sentia pelo outro, ao longo de todas essas mudanças, nunca diminuía.

Permitiu que ele a dominasse e sentiu poder nessa rendição. Aquilo parecia enchê-la e acendê-la por dentro, e ela começou a deslizar lentamente pelo corpo dele. As mãos de Eve estavam tão frenéticas quanto as de Roarke, e sua boca parecia ainda mais impaciente quando ambos se arrastaram na direção da cama.

Tropeçaram na plataforma, ela se recordou disso e riu.

— Também estávamos com muita pressa naquela primeira vez.

Caíram na cama num emaranhado de pernas e braços; com pressa para arrancar as roupas, tomar e devorar. Antes, naquela primeira vez, tudo tinha acontecido com as luzes apagadas; eles haviam se apalpado e agarrado no escuro. Agora tinham a luz que se derramava pela janela e a que entrava pela claraboia sobre a cama, mas o desespero era o mesmo.

Aquilo parecia doer em Eve como uma ferida que nunca iria sarar por completo.

Ele se recordou que ela fora exigente na primeira noite. Quente e em movimento, levando-o a um frenesi que o fez arder de vontade de penetrá-la até levar ambos à liberação do prazer.

Mas ele desejava ainda mais do que aquilo. Mesmo naquela primeira vez, quis mais dela. E para ela. Agarrou suas mãos com força, erguendo-lhe os braços e os colocando sobre a cabeça enquanto ela arqueava o corpo e o colava nele, sentindo sua ereção a pressionando, vibrando como um tambor selvagem.

— Dentro de mim. — Os olhos dela pareciam enevoados e escuros. — Quero você dentro de mim. Com força e depressa!

Relíquia Mortal

— Espere um pouco. — Ele sabia que, se tomassem um ao outro naquele momento, seu pouco controle seria como um fio frágil. Agarrou-lhe os pulsos com uma das mãos e a segurou com força. Se ela o tocasse agora, certamente esse fio se rebentaria.

Mas podia tocá-la. Por Deus, precisava fazer isso, vê-la tremer e sentir-lhe o corpo estremecer e vibrar, tomado de assalto pelo prazer. Tinha a pele úmida quando ele passou a mão livre sobre ela. O gemido lhe vibrou nos lábios e saiu num grito rouco quando ele usou os dedos hábeis nela.

Viu os olhos enevoados se fechando, sentiu o acelerar da sua pulsação e a ouviu soluçar antes de ceder e amolecer. Como cera que se derretia sob o calor.

Mais, era só o que ele pensava quando esmagou a boca contra a dela, com ferocidade e desespero. Mais, mais e mais.

Quando Roarke lhe libertou os braços, Eve deu um pulo e se enlaçou novamente nos quadris dele. De repente, estava dentro dela, como exigido. Com força e depressa.

Ela sabia, com a parte do cérebro que ainda raciocinava, que ele fora mais além e já passara para onde tantas vezes a levava. Algum lugar além da civilização e da sensatez, onde existiam unicamente sensações alimentadas por necessidades. Queria-o lá com ela, onde o controle era impossível e o prazer saturava o corpo e a mente.

Quando ela mesma vibrou e deu esse último salto, ouviu-o prender a respiração, como se sofresse. Enrolou-se com mais força em torno de Roarke e se entregou por completo.

— Agora! — comandou ela, puxando-o com brutalidade para o salto final.

Ela se espreguiçou debaixo dele, encolheu e esticou os dedos dos pés. Descobriu que se sentia maravilhosamente bem.

— Pronto, já chega. — Deu um tapa estalado na bunda de Roarke. — O recreio acabou.

— Caraca, dá um tempo!

— Vamos lá, você já teve seus trinta minutos.

— Tenho quase certeza de que você calculou errado. Devo ter ainda cinco ou seis minutos. Se não tiver, quero-os do mesmo jeito.

— Cai fora! — Deu-lhe mais uma palmada e um beliscão na bunda. Como nada disso adiantou, ergueu um dos joelhos.

— Filha da mãe! — Só então ele se mexeu. — Tenha cuidado com a mercadoria!

— Tenha cuidado você. Eu já a usei. — Esperta, rolou de lado antes que ele a impedisse. Colocou-se em pé e disse: — Puxa, estou revigorada.

Roarke ficou onde estava, nu, deitado de costas, olhando-a com carinho. Alta, esguia, também nua, com a pele brilhando depois da pausa revigorante.

— Você realmente parece energizada. — Sorriu com ar maroto. — Será que Feeney já terminou de nadar?

A cor desapareceu do rosto dela.

— Caraca, *que merda!* — Agachou-se e recolheu as roupas. — Ele vai perceber. Vai sacar tudo e teremos de evitar olhar um para o outro, fingindo que ele não notou nada. Droga!

Roarke ainda ria quando ela correu levando o monte de roupa para o banheiro.

Feeney chegou antes dela ao escritório. Eve fez uma careta, mas entrou depressa e se sentou na cadeira diante da mesa.

— Onde você estava? — quis saber Feeney.

— Fui só, ahn... Resolver umas coisas.

— Achei que vocês iam... — Calou-se com um ruído que ela reconheceu ser vergonha maldisfarçada. Sentiu a pele corar e manteve os olhos fixos no monitor, como se ele pudesse saltar da mesa a qualquer momento e agarrá-la pelo pescoço.

— Acho que vou... ahn... — A voz dele estremeceu de leve. Eve não se virou, mas podia senti-lo olhando com ar *frenético* em torno do aposento. — Vou buscar um café para você.

Relíquia Mortal

— Isso! Café é uma boa. Excelente ideia, Feeney!

Quando o ouviu sair para a cozinha, esfregou o rosto com as mãos.

— Só faltou eu pregar um cartaz na testa — murmurou. — "Acabei de trepar".

Preparou os arquivos, o quadro e lançou para Roarke um olhar malévolo quando ele entrou.

— Não quero ver você com essa cara — reclamou ela.

— Que cara?

— Você sabe muito bem que cara. Pode parar!

Divertindo-se com a situação, ele se sentou na quina da mesa. Quando Feeney voltou, conseguiu ver um resto de rubor no rosto dele. O capitão pigarreou com força e colocou uma segunda caneca de café sobre a mesa.

— Olá. Não preparei uma caneca para você — avisou a Roarke.

— Não faz mal, está tudo bem. Como foi seu mergulho na piscina?

— Bom. Ótimo! — Passou uma das mãos pelos fios de cabelos ruivos e grisalhos, ainda molhados. Muito bom mesmo.

Virou-se para observar o quadro com atenção.

Eram umas figuraças, refletiu Roarke. Dois tiras veteranos acostumados a enfrentar sangue e perigo, mas que ficavam nervosos como virgens em uma orgia quando o assunto era sexo.

— Vou colocar vocês dois a par de tudo — começou Eve. — Depois analiso os novos ângulos e vocês fazem o mesmo. Estão vendo o retrato falado no quadro e na parede?

Pegou uma caneta a laser e apontou para o telão antes de continuar.

— O artista foi o detetive Yancy, excelente profissional de retratos falados, mas ele não está confiante a ponto de liberar a imagem para a mídia. De qualquer modo, isso nos dá uma base sobre a qual trabalhar. Sabemos que a cor e a estrutura facial básica são essas.

— Esse homem parece ter que idade? — perguntou Feeney. — Está na casa dos trinta?

— Mais ou menos. Mesmo que o filho de Crew tenha gastado uma fortuna em reconstrução facial, não creio que um sujeito que passou dos sessenta anos possa parecer tão jovem. A testemunha nunca lhe deu mais de quarenta. Devemos procurar um parente dele, um amigo jovem ou um protegido. Temos de seguir a ligação. Esse é o caminho mais lógico, considerando o padrão e o perfil.

— Pois é, mas isso abre o leque de possibilidades em vez de fechar — comentou Feeney.

— Mas temos um dado novo.

Eve contou sobre os traços de selante e o trabalho de campo que fizera, tentando descobrir o local do assassinato de Tina Cobb.

— Essa foi a primeira pista que ele deixou. Quando chegarmos à origem do selante, estaremos mais perto de identificar o assassino. Ele escolheu o local do crime. Portanto, deve conhecê-lo. Sabia que conseguiria entrar no prédio, fazer o que quisesse com privacidade, limpar tudo com calma e partir sem rastros.

— Isso mesmo — assentiu Feeney. — Certamente derramou muito sangue. E limpou tudo depois, ou isso despertaria suspeitas. Uma equipe de operários não aceitaria trabalhar num lugar sujo, nem com ferramentas manchadas de sangue.

— Isso significa que ele gastou algum tempo limpando o local. Mais uma vez, na encolha. Tinha de ter transporte próprio e com certeza sabia da existência de um lugar apropriado para a desova, além de ter acesso a alguma substância inflamável.

— Não deve ter selado as mãos para fazer tudo — comentou Feeney. — Por que o faria?

— É verdade. Isso não seria eficiente em termos de tempo — concordou Eve. — Se pretendia queimar o corpo e destruir qualquer vestígio que o relacionasse ao fato, para que se dar ao trabalho de selar seu corpo? Em especial se tivesse razões legítimas para estar lá?

— Pode ser dono do lugar, trabalhar ou morar ali.

— Ou pode ser inspetor ou fiscal de obras — emendou Roarke. — Se for esse o caso, não foi nem um pouco esperto ao esquecer o selante contra incêndio.

Relíquia Mortal

— Você levantou os dados que eu pedi, as propriedades em construção ou em reforma na região? Mandou tudo para o meu computador?

— Mandei, sim, mas a lista não inclui as obras clandestinas. Trabalhos pequenos — explicou. — Uma casa particular ou apartamento onde o dono decidiu fazer melhorias e contratou um empreiteiro disposto a abrir mão de licenças para obras, impostos e trabalhar sem nota fiscal.

Eve visualizou o mapa da sua investigação, subitamente cheio de becos sem saída e desvios.

— Não vou me preocupar com negócios escusos enquanto não esgotarmos os legítimos. Por falar nisso, não se usa gás em canteiros de obras?

— Sim, para alguns veículos e máquinas — confirmou Roarke. — Como não é conveniente transportá-lo de uma estação fora da cidade, costuma-se utilizar um depósito na obra ou perto dela. Isso é pago e pode ser rastreado.

— Então vamos investigar isso também.

— Os burocratas nas seções de licenças e permissões para obras vão lhe dar muito trabalho — avisou Feeney, olhando para Eve.

— Eu cuido disso.

— Você vai ter de forçar a barra com eles, solicitar mandados, preencher um monte de formulários, entre outras burocracias. Se tivermos sorte com as pesquisas de rosto, vamos pular algumas etapas. — Feeney considerou o prazo e mexeu no nariz. — De um jeito ou de outro, vai dar um trabalhão. Posso adiar minhas férias até o encerramento do caso.

— Férias? — Ela franziu o cenho até se lembrar do que já sabia. — Bosta! Eu me esqueci completamente disso. Quando é que você vai viajar?

— Trabalho mais dois dias, mas posso adiar meus planos.

Eve se sentiu tentada a aceitar a oferta, mas caminhou de um lado para o outro no escritório e respirou fundo.

— Faça isso, e sua mulher comerá nossos fígados no café da manhã.

— Ela é mulher de tira, sabe como são essas coisas — disse ele, sem transmitir muita convicção.

— Aposto que ela até já fez as malas.

Feeney exibiu um sorriso de derrota.

— Fez mesmo, há quase uma semana.

— Bem, eu não estou disposta a enfrentar a ira da sra. Feeney. Além do mais, você já atrapalhou muito a sua vida para me ajudar. Podemos cuidar de tudo a partir daqui.

Ele olhou para o quadro e ela também.

— Não gosto de abandonar um caso pela metade.

— Tenho o McNab e este cara aqui. — Virou o polegar na direção de Roarke. — Se não encerrarmos o caso antes da sua viagem, manteremos você informado. Você pode nos ajudar por algumas horas?

— Claro, numa boa. Vou voltar ao trabalho na sala dos computadores. Quem sabe a minha magia funcione?

— OK, então. Vou ver se consigo alguns mandados de busca e apreensão. Tudo bem se você voltar para a reunião de atualização aqui em casa, às oito da matina?

— Só se houver café da manhã.

— Já encontro você lá — avisou Roarke a Feeney, e esperou até ficar sozinho com Eve. — Posso ajudar você a escapar da burocracia. Basta trabalhar um pouco no equipamento clandestino e em pouco tempo arrumo uma lista com todas as autorizações e permissões de obras.

Ela enfiou as mãos nos bolsos, estudou o quadro dos crimes, olhou para os rostos das jovens mortas. O equipamento clandestino de Roarke conseguia enganar o olho poderoso do CompuGuard, o sistema do governo. Ninguém saberia que ele entrara em áreas protegidas para recolher dados importantes com suas hábeis mãozinhas.

— Não tenho justificativa para fazer isso. É inaceitável tomar atalhos só para ganhar tempo e escapar de aborrecimentos. Samantha Gannon está segura. Que eu saiba, ela é a única que pode estar em perigo. Vou seguir as normas.

Ele se aproximou dela por trás e lhe massageou os ombros, enquanto olhavam para as imagens de Jacobs e Cobb. Antes e depois.

— Quando você não segue as normas e toma um atalho, é sempre por elas, Eve, nunca por você.

Relíquia Mortal

— Nem deveria ser por mim. Ou para mim.

— Querida, se não fosse por você ou para você, de algum modo, seria impossível que continuasse enfrentando esse trabalho semana após semana e se importando diariamente. E, se não fizesse isso, quem iria pegar a bandeira de vítimas como Andrea Jacobs e Tina Cobb e levá-la para a frente de batalha?

— Outro tira qualquer — respondeu ela.

— Não existe ninguém como você. — Beijou-lhe o topo da cabeça. — Não há ninguém que compreenda as vítimas e os criminosos. Pelo menos, não tão bem quanto você. Testemunhar isso e acompanhar sua luta já me transformou num homem honesto, não foi?

Ela se virou e olhou fixamente para ele.

— Quem fez isso foi você.

Eve sabia que Roarke pensava na própria mãe naquele momento. Certamente ele refletia sobre o que descobrira havia muito pouco tempo, e Eve percebeu que sofria. Não podia defender os mortos de Roarke como fazia com as vítimas que não conhecia. Não podia ajudá-lo a encontrar justiça para a mulher que ele nunca soubera ter existido. A mulher que o amara e que morrera de forma violenta nas mãos do pai dele.*

— Se eu pudesse voltar atrás — disse ela, lentamente. — Se houvesse um jeito de eu voltar no tempo, faria todo o possível para agarrá-lo e prendê-lo pelo que fez. Quem me dera poder levantar essa bandeira por ela e por você.

— Não podemos mudar a história, certo? Nem pela minha mãe, nem por nós mesmos. Mas, se pudéssemos fazer isso, você seria a única pessoa no mundo em quem eu confiaria. A única que conseguiria me fazer recuar e deixar a lei agir. — Colocou o dedo na covinha do queixo dela. — Portanto, tenente, quando tomar um desses atalhos, lembre-se de que existem muitos de nós que dependem de você e estão se lixando para as normas.

---

* Ver *Retrato Mortal*. (N. T.)

— Talvez sim. Mas eu não sou uma dessas pessoas. Vá ajudar Feeney. Consigam-me qualquer coisa que eu possa usar para que ele pague caro pelo mal que fez a essas jovens.

Sentou-se sozinha depois que ele saiu, o café esquecido e o olhar no quadro dos crimes. Via a si mesma em cada uma das vítimas. Em Andrea Jacobs, morta e abandonada. Em Tina Cobb, privada da própria identidade e descartada.

Mas ela conseguira escapar daquele destino. Recriara a si mesma a partir de tudo o que tinha sofrido. Não, não se podia mudar a história, pensou Eve. No entanto, podia-se muito bem usá-la.

Capítulo Vinte e Sete

Eve perdia a noção do tempo quando trabalhava sozinha. Na verdade, se analisasse a questão friamente, teria de reconhecer que também perdia a noção do tempo quando trabalhava em equipe.

Porém, havia algo de tranquilizador em se sentar ou em andar de um lado para o outro no escritório sozinha, deixando dados e especulações darem voltas em sua cabeça, tendo apenas a voz neutra do computador como companhia.

Quando o *tele-link* tocou, Eve saiu daquele meio transe e percebeu que a única luz do escritório era a que vinha dos muitos monitores.

— Dallas falando. O que foi?

— Olá, tenente. — O rosto jovem e bonito de McNab apareceu na tela. Via-se a fatia de pizza que segurava. Caraca, Eve chegou a sentir o cheiro do pepperoni e só então percebeu que tinha perdido a hora do jantar. — Você estava dormindo ou algo assim?

Sentiu vergonha por ter sido pega por outro policial quando estava distraída e com a cabeça longe.

— Não, não estava dormindo. Estou trabalhando.

— No escuro?

— O que você quer, McNab? — Sabia exatamente o que ela própria queria. Queria a pizza que ele estava comendo.

— Fiz algumas horas extras para analisar as transmissões feitas e recebidas pelo *tele-link* e pelo sistema de dados e comunicações. — Deu uma mordida generosa na pizza. Eve teve de engolir em seco. — Vou te contar, viu? Essas unidades lentas como carroças dão mais trabalho que as mais caras. A memória é uma porcaria, e a banda larga...

— Não quero saber nada disso, McNab. Vá direto ao assunto.

— Claro. Desculpe.

Naquele momento o filho da mãe lambeu — literalmente lambeu! — o molho que ficara grudado em seu polegar.

— Consegui a localização de duas das transmissões que imaginamos que tenham sido enviadas a Tina Cobb pelo assassino. Uma delas bate com uma ligação cancelada para a casa de Samantha Gannon, pega pelo serviço de mensagens na noite da morte de Andrea Jacobs.

— Foi feita de onde?

— A origem de ambas é um *tele-link* público que fica na estação Grand Central. A outra transmissão veio de uma cyberboate no centro da cidade. Ah, tem uma segunda ligação também cancelada, feita para a casa de Gannon dez minutos depois da primeira, de outro *tele-link* público a três quarteirões da casa.

Lugares públicos, acessos públicos, contas falsas. Ele era cuidadoso, muito cuidadoso.

— Você está com Peabody aí?

— Estou, sim. Ela está na outra sala.

— Por que vocês não dão um pulinho nessa cyberboate para ver se conseguem localizar o *tele-link* de onde foi feita a chamada? Talvez até consigam uma descrição melhor dele.

— Tudo bem.

— Vamos nos reunir no escritório da minha casa às oito da manhã.

McNab estava com a boca cheia, mas Eve reconheceu o resmungo de frustração que ele emitiu, pela tarefa recebida. Era bem feito por ele estar comendo ali na frente dela, que estava com o estômago vazio.

— Se vocês conseguirem alguma coisa, quero saber no mesmo instante, não importa a hora. Belo trabalho com os *tele-links*.

— Sou um gênio. Vocês têm bacon de verdade aí?

Ela desligou na cara dele. Sentada naquela escuridão em tons esmaecidos de azul, pensou em diamantes, em pizza e em assassinatos.

Relíquia Mortal **443**

— Tenente.

— Humm?

— Acender luzes a vinte e cinco por cento. — Mesmo na penumbra, Roarke a viu piscando depressa como uma coruja. — Você precisa comer.

— McNab estava comendo pizza e eu perdi a concentração. — Esfregou os olhos cansados. — Onde está Feeney?

— Mandei-o para casa, e foi uma luta convencê-lo a ir. A mulher dele ligou. Acho que ela vai entrar num estado de moderado pânico diante da possibilidade de ele fazer o que você sugeriu e adiar a viagem da família.

— Não vou permitir que ele estrague suas férias. Vocês conseguiram alguma coisa para mim?

— A primeira fase da pesquisa infográfica com Judith Crew foi encerrada e a outra, com o assassino, está quase pronta. Assim que o sistema acabar a varredura, nós pretendemos... — Lembrou-se de com quem estava falando e cortou o jargão técnico. — Basicamente nós vamos cruzar os dados e analisar os dois conjuntos de imagem. Se Judith manteve o filho junto dela até que ele se tornasse maior de idade, como parece ter acontecido, poderemos localizar as analogias ou semelhanças.

Inclinou a cabeça, olhou para Eve e perguntou:

— Você vai querer pizza, então?

— Eu seria capaz de lhe dar quinhentas fichas de crédito por uma fatia de pizza de pepperoni.

Ele fez uma careta.

— Por favor, tenente, eu não sou subornável.

— Então eu lhe ofereço um agrado sexual na primeira oportunidade.

— Combinado.

— Foi um suborno barato.

— Você não sabe qual agrado sexual estou planejando. Já conseguiu os mandados? — perguntou, com a voz mais alta, enquanto se dirigia à cozinha.

— Consegui. Puxa vida, tive de me esforçar, mas a coisa está avançando. McNab localizou as origens das ligações pelo *tele-link*. Ele e Peabody vão a uma cyberboate hoje à noite, de onde foi feita uma ligação para Tina Cobb.

— Vão lá ainda hoje?

— São jovens, competentes e têm medo de mim.

— Eu também tenho. — Ele voltou com uma bandeja de pizza fumegante e uma taça grande de vinho tinto.

— E para você? — quis saber Eve.

— Comi alguma coisa com Feeney na outra sala e, tolamente, supus que você também tivesse se alimentado.

— Você já comeu e mesmo assim me preparou o jantar? — Pegou a pizza e queimou as pontas dos dedos. — Uau, você é praticamente meu escravo sexual.

— Esses papéis poderão ser invertidos quando eu cobrar o meu agrado. Estou pensando em máscaras ou fantasias, talvez.

— Ah, cai fora! — Ela riu, quase bufando, mordeu a pizza e queimou a língua. Estava deliciosa.

— Ele ligou para Tina Cobb e para Samantha Gannon de um *tele-link* público localizado na Grand Central. E também ligou para a casa de Gannon na noite em que matou Jacobs. Fez isso duas vezes, de dois locais diferentes. Estava agindo com cautela, aparentemente. Ouviu a gravação da caixa postal em ambas as vezes, para confirmar que o caminho estava livre. Depois, foi para lá.

Eve engoliu a pizza com um belo gole de vinho e sentiu que estava no paraíso.

— Pode ter ido a pé até lá, isso é o que eu faria. É melhor que um táxi e também mais seguro.

— Desse modo ele poderia controlar a vizinhança — acrescentou Roarke.

— Foi só chegar ao local e entrar. Talvez tenha sido esperto o bastante para verificar cada cômodo da casa antes de agir. Cautela nunca é demais. Em seguida, subiu para dar início à busca, mas, quando menos esperava, alguém chegou. Tantos cuidados e tanto trabalho para quê?

— Isso o deixou furioso.

Eve assentiu, bebeu mais um gole de vinho, olhou para a segunda fatia de pizza e se permitiu comê-la. Afinal, por que não?

Relíquia Mortal

— Acho que ele ficou puto, sim. Afinal, poderia ter ido embora ou tê-la deixado desacordada ou presa. Mas ela arruinou os planos dele. Foi a mosca que caiu na sua sopa. Então ele a matou, embora não tenha sentido raiva ao fazer isso. Estava controlado e foi cuidadoso, mas menos esperto do que imaginava. E se ela soubesse de alguma coisa? Ele não pensou nessa possibilidade.

— Atacou-a a sangue-frio. No entanto, não deu tempo a si mesmo para se acalmar por completo. — Roarke assentiu com a cabeça. — Teve de improvisar. Podemos deduzir que não estava no seu melhor momento, já que não conseguiu concluir o roteiro que tinha planejado, nem aproveitou as oportunidades.

— Isso mesmo. Eu posso enxergar a cabeça dele, mas isso não ajuda. — Pousou a fatia de pizza e olhou para o retrato falado que estava no telão. — Se eu montei essa investigação de forma correta, sei *exatamente* o que ele quer. E sei o que fará para conseguir. Sei até mesmo, se acompanharmos a lógica, que o passo seguinte será perseguir Samantha Gannon ou alguém da sua família. Ele vai bancar o amigo, caso julgue que isso vale o tempo e o esforço. Do contrário, vai ameaçar, torturar e matar. Fará tudo o que for preciso para conseguir os diamantes ou as informações que poderão levá-lo a eles.

— Mas não conseguirá chegar a ela, nem aos seus familiares.

— Não, eles estão bem protegidos. Talvez isso seja parte do problema. O impasse.

— Se você a usar como isca, poderá atraí-lo.

Com a taça na mão, Eve se recostou e fechou os olhos.

— Ela aceitaria se prestar a esse papel. Posso ver isso nela. E certamente o fará porque é o meio para atingir um fim, porque dará uma boa história e porque é corajosa. Não é burra, mas tem peito para levar a cabo o plano. Tal como a sua avó.

— Tem coragem porque confia em você para protegê-la.

Eve encolheu os ombros.

— Não gosto de usar civis como isca. Poderia colocar uma agente em seu lugar. Posso arrumar uma policial que se faça passar por ela.

— Só que ele já a estudou com cuidado e poderá perceber o engodo.

— Exato. Puxa, pode ser até que ele a conheça pessoalmente. De um modo ou de outro, sou alta demais para o papel e Peabody não tem o mesmo físico de Samantha.

— Poderíamos arrumar um androide.

— Os androides só fazem aquilo para que estão programados. — Eve não confiava por completo em nenhuma máquina. — As iscas, em casos como esse, devem ser capazes de raciocinar. Há mais uma pessoa que ele poderá perseguir.

— Judith Crew.

— Ela mesma, se estiver viva. Ou o filho. Se nenhum deles estiver envolvido nos assassinatos, então poderão se tornar alvos. Não há mais ninguém daquela época com conhecimento direto do que aconteceu. Ele nem tem a certeza de que eles ainda estão vivos, na verdade.

— Coma — ordenou Roarke.

Distraída, ela olhou para a pizza. Como estava ali, pegou mais uma fatia e deu uma dentada.

— Isso é uma espécie de fantasia. Agora que sei que ele é mais novo do que pensei, tudo faz mais sentido. É uma caça ao tesouro. Ele quer os diamantes porque acha que tem direito a eles e porque são valiosos, mas também porque são lindos e brilhantes — acrescentou, lembrando-se de Peabody namorando as vitrines na esquina da Quinta Avenida com a Rua 47. — Você me convenceu a contornar aquele recife ao largo da ilha, lembra? — continuou Eve. — Disse que eu não deveria usar meu pingente de diamante naquele lugar. Claro, porque diamantes gigantes podem ser perdidos no mar, certo? Mas o motivo não foi só esse. Eu não deveria usar nada brilhante ali porque as barracudas ficam empolgadas quando enxergam alguma coisa cintilante na água e podem atacar as pessoas a dentadas.

— Então é isso. Você está lidando com uma barracuda em plena caça ao tesouro.

Eve gostava muito de debater os casos com Roarke. Não era preciso lhe explicar as coisas duas vezes. Quase sempre ele não precisava nem da primeira explicação.

Relíquia Mortal

— Não sei aonde vou chegar com isso, mas vamos continuar. Ele quer os diamantes porque acha que tem direito a eles, sabe que são valiosos e também os acha lindos. Portanto, ele é mimado, ganancioso, infantil. E cruel. Como um menino que pratica *bullying* com os coleguinhas da escola. Ele não matou apenas porque era conveniente, mas porque podia. As vítimas eram mais fracas e ele tinha vantagem sobre elas. Feriu Tina Cobb porque teve tempo para isso e porque ela devia entediá-lo. É assim que eu o vejo. Não sei onde isso me leva.

— Você consegue reconhecer o criminoso. Vá em frente.

— Acho que ele está habituado a ter tudo o que quer. E a tirar quando as coisas não lhe são dadas. Talvez já tenha roubado. Deve haver uma maneira mais segura de conseguir informações, mas ele escolheu essa. É mais empolgante tirar algo que não lhe pertence às escuras do que tentar consegui-lo à luz do dia.

— Eu certamente pensava assim.

— Mas acabou amadurecendo.

— Sim, ao meu modo. Existe emoção nas trevas, Eve. Quando se experimenta uma vez, é difícil resistir.

— E por que você resistiu?

— Queria outra coisa. Queria algo além. — Pegou a taça dela e bebeu um gole. — Construí meu próprio caminho, com desvios ocasionais e recreativos. Depois, quis ter você. Não há nada nas trevas que eu possa desejar tanto quanto desejo você.

— Ele não tem ninguém. Ele não ama. E não quer ninguém. Simplesmente cobiça objetos. Coisas bonitas que brilham no escuro. E são ainda mais brilhantes, Roarke, porque têm sangue nelas. E sinto... Aliás, tenho quase certeza de que parte desse sangue corre nas veias dele. Os diamantes são ainda mais valiosos para ele e muito mais importantes por causa do sangue.

Girou os ombros e completou:

— Sim, eu saberei reconhecê-lo. Saberei quando o vir. Mas nada disso me leva mais perto de onde ele está.

— Por que não tenta descansar um pouco?

Ela balançou a cabeça.

— Quero ver as análises das fotos.

Steven Whittier provou mais um pouco do chá Earl Grey, tomado em uma das suas canecas vermelhas favoritas. Costumava dizer que isso dava mais sabor à bebida, coisa que aborrecia sua mulher, que preferia tomar chá em porcelana Meissen antiga. Não obstante, ela gostava do marido tanto pela sua normalidade quanto pela sua força, confiabilidade e senso de humor.

O casamento dos dois — o operário e a princesa da sociedade — inicialmente espantara e desgostara a família da noiva. Patrícia era vinho de boa safra e caviar, enquanto Steve era cerveja e cachorros-quentes de soja. Porém, ela batera o pé com seu sapato de grife e ignorara as previsões catastróficas da família. Trinta e dois anos mais tarde, todo mundo já se esquecera de tais previsões, exceto Steve e Pat.

A cada ano, no aniversário de casamento, erguiam um brinde repetindo a frase "Isso não vai durar". Depois disso, riam como crianças ao pregar peças nos adultos.

Haviam construído uma vida boa, e até os detratores iniciais foram obrigados a admitir que Steven Whittier era dono de um cérebro, tinha muita ambição e conseguira usar os dois para oferecer a Pat um estilo de vida que consideravam aceitável.

Desde criança ele soubera o que queria fazer. Criar ou recriar prédios. Gostaria de escavar as suas raízes, como nunca pudera fazer quando menino, e fornecer lugares onde os outros pudessem fazer o mesmo.

Estruturara a Construtora Whittier desde a base, com o próprio suor e uma vontade de ferro, além da fé inabalável que a mãe depositava nele e que, mais tarde, teve continuidade com Pat. Nos trinta e três anos desde que ele abrira a empresa com uma equipe de três homens e um escritório móvel dentro do seu próprio caminhão, cimentara os alicerces e acrescentara piso sobre piso ao prédio dos seus sonhos.

Agora, embora tivesse gerentes, mestres de obras e projetistas sob suas ordens, ainda mantinha o hábito de arregaçar as mangas em cada canteiro

Relíquia Mortal

de obras. Passava o dia pulando de um para o outro e manejava as ferramentas como qualquer operário.

Pouca coisa o fazia mais feliz do que o ruído e a agitação de um prédio em construção ou reforma.

Sua única desilusão era a Whittier ainda não ser Whittier & Filho. Mas mantinha a esperança de que isso viesse a acontecer, embora Trevor não demonstrasse interesse nem talento para colocar as mãos na massa da construção civil.

Queria acreditar — *precisava* acreditar — que Trevor iria assentar a cabeça dentro em breve e acabaria por enxergar o valor do trabalho honesto. Steve se preocupava muito com o filho.

Não o tinham criado para ser superficial e preguiçoso, nem para esperar que o mundo lhe fosse servido de bandeja. Trevor era obrigado a aparecer na sede da empresa quatro dias por semana e passar pelo menos um dia inteiro de trabalho em sua mesa.

Bem... na verdade só meio dia, corrigiu Steve para si mesmo. De algum modo, o trabalho do filho nunca se alongava por mais de meio expediente.

Não que ele produzisse alguma coisa nesse período, refletiu Steve enquanto soprava o chá fumegante. Eles precisariam ter mais uma conversinha a respeito disso em breve. Trevor tinha um bom salário e era de esperar que completasse um belo dia de trabalho por semana, no mínimo. O problema, claro, ou parte dele, eram os fundos fiduciários e o dinheiro do lado materno da família. O filho sempre tomava o caminho mais fácil, por mais que os pais lutassem para tentar reorientá-lo.

Recebera coisas demais com muita facilidade, pensou Steve, olhando para o seu confortável escritório. Parte da culpa era dele mesmo, admitia. Esperara muito e depositara esperanças demais no filho. Quem melhor do que ele sabia o quão aterrorizante, constrangedor e debilitante podia ser, para um homem jovem, ter a sombra do pai à espreita por todo lado?

Pat tinha razão, concluiu. Deviam recuar um pouco e dar mais espaço a Trevor. Talvez fosse necessário cortar o cordão umbilical e deixá-lo cuidar da própria vida. Era difícil fazer isso, empurrar Trevor para fora do ninho e vê-lo se debater para andar na corda bamba da vida adulta sem a rede de proteção paterna que sempre tivera. Mas se ele próprio não queria gerenciar a empresa devia ser demitido dela. Não poderia continuar simplesmente batendo ponto lá e ganhando um belo salário.

Mesmo assim, Steve hesitava. Não apenas por amor, e Deus sabia o quanto amava o filho, mas também por medo de que o rapaz se virasse para os avós maternos e vivesse feliz da vida debaixo da proteção e da indulgência deles.

Bebeu o chá e observou o escritório que a mulher chamava alegremente de Gruta de Steve. Tinha uma mesa de trabalho ali, e na maior parte das vezes preferia se esconder naquele lugar em vez de usar sua grande e arejada sala na sede da empresa, no centro da cidade. Gostava das cores ricas daquele cômodo e das prateleiras cheias de brinquedos de infância — os caminhões, as máquinas e as ferramentas que pedia sempre de presente nos aniversários e no Natal.

Também gostava das fotos, não só as de Pat e de Trevor, mas também as de sua mãe, as dele com suas equipes nas obras, as dos caminhões, das máquinas e das ferramentas que passara a manejar depois que se tornou adulto.

E curtia o sossego. Quando as telas de privacidade estavam ligadas, as janelas e portas fechadas, aquele espaço de fato se parecia mais com uma caverna do que com uma casa de três andares.

Olhou para o teto, sabendo que, se não subisse logo, a mulher iria se remexer na cama, perceberia a falta dele e se levantaria para procurá-lo.

Era melhor ir para o quarto e poupá-la desse trabalho. Mesmo assim, serviu-se de mais uma caneca de chá e se deixou ficar sob aquela luz suave e tranquila. Quase cochilou.

O som estridente do sistema de segurança o assustou. A primeira reação foi de irritação, mas, quando piscou e olhou para a tela, a imagem do filho lhe trouxe uma sensação imediata de prazer.

Levantou-se da enorme cadeira de couro. Era um homem com altura um pouco inferior à média e uma pequena barriga de chope, mas tinha pernas e braços musculosos, duros como tijolos. Seus olhos eram de um azul suave, e uma rede de pequenas rugas se espalhava a partir deles. Embora fossem grisalhos, seus cabelos eram fartos.

Relíquia Mortal

Aparentava a idade que tinha e dispensava ideias de embelezamento de rosto ou de corpo. Gostava de dizer que ganhara as rugas e os cabelos brancos honestamente. Sabia, porém, que essa frase provocava caretas de desagrado no filho jovem e estiloso.

Steve achava que, se tivesse sido tão bonito quanto Trevor, talvez fosse mais vaidoso. O rapaz era um deus grego. Alto e esguio, bem bronzeado e louro.

E trabalhava para manter a boa aparência, pensou Steve com um arrepio. Gastava uma fortuna em roupas, salões de beleza, spas e consultores de estilo.

Livrou-se desses pensamentos quando chegou à porta. Não valia a pena irritar o filho à toa. Como Trevor raramente o visitava, não queria estragar o momento.

Abriu a porta e sorriu.

— Ora, mas que surpresa. Vamos entrando! — Deu três tapinhas nas costas de Trevor quando este passou por ele no saguão de entrada. — O que você faz na rua a essa hora da noite?

Deliberadamente, Trevor ergueu o pulso para ver que horas eram no seu relógio de marca com mostrador em madrepérola brilhante.

— Ainda são onze da noite — rebateu.

— É mesmo? Estava cochilando no meu escritório. — Steve balançou a cabeça. — Sua mãe já foi se deitar. Vou chamá-la.

— Não, não é preciso. — Trevor gesticulou de leve. — Você tornou a mudar a senha da entrada?

— Troco uma vez por mês. É melhor prevenir do que remediar. Vou lhe dar a nova senha. — Steve pensou em sugerir que fossem para seu escritório e dividissem uma caneca de chá, mas Trevor seguiu pela sala de estar e foi direto para o bar. — É bom ver você. O que faz assim, todo bem-vestido?

O paletó casual, independentemente da etiqueta e do preço, não se enquadrava exatamente no que Trevor chamaria de *bem-vestido*. De qualquer modo, era muito melhor que as roupas do pai, que geralmente se resumiam a uma camiseta dos Mets e um bermudão.

— Acabo de vir de uma festa. Um porre, por sinal. — Trevor serviu uma taça de conhaque para si mesmo. Pelo menos o velho tinha bebidas decentes em casa, pensou, girando o cálice enquanto se sentava numa poltrona. — O primo Marcus estava lá com sua mulherzinha irritante. Passaram o tempo todo falando sem parar do bebê, que acabou de nascer. Como se fossem os primeiros seres humanos a procriar.

— Pais recentes costumam ficar empolgados. — Embora preferisse chá, Steve também se serviu de conhaque para fazer companhia ao filho. — Eu e sua mãe entupimos os ouvidos de todos que não conseguiram fugir a tempo com histórias sobre você. Fizemos isso durante vários meses depois do seu nascimento. Você vai entender quando chegar a sua vez.

— Ah, desse susto eu não morro, já que não tenho a menor intenção de fabricar um troço que baba, fede e suga cada minuto do seu tempo.

Steve manteve o sorriso, embora o tom e o sentimento do filho o tivessem incomodado.

— Assim que você conhecer a mulher certa é provável que mude de ideia.

— Não existe mulher *certa*, embora haja algumas toleráveis.

— Puxa, não gosto de ouvir você falar coisas tão sarcásticas e duras.

— Sou sincero — corrigiu Trevor. — Vivo no mundo como ele é.

Steve suspirou longamente.

— Talvez você tenha de começar a viver, mesmo. Foi apropriada sua visita desta noite. Eu estava pensando em você antes de sua chegada. Refletia sobre o rumo que está dando à sua vida e o porquê disso.

Trevor encolheu os ombros.

— Você nunca compreendeu nem aprovou a vida que levo porque não é como a sua foi. Steve Whittier, homem do povo, que se inventou a partir do nada. Literalmente. Sabe de uma coisa? Você deveria vender os direitos da sua história. Viu só como aquela mulher, Samantha Gannon, enriqueceu contando as memórias da família?

Steve pousou o cálice e, pela primeira vez desde que Trevor entrara, não reprimiu o tom de censura em sua voz.

— Ninguém deve saber coisa alguma sobre esse assunto. Já deixei isso bem claro, Trevor. Só lhe contei tudo porque achei que você tinha o direito

Relíquia Mortal

de saber e porque, caso alguém faça a ligação entre sua avó, o filho e o neto dela, quero que esteja preparado. Esse episódio é uma vergonha na história da nossa família e muito doloroso para sua avó e para mim.

— Isso não afeta em nada a vida da vovó. Ela está fora do ar noventa por cento do tempo. — Trevor girou o dedo junto do ouvido.

Uma raiva genuína fez Steve enrubescer.

— Não quero nunca mais ver você fazendo pouco do estado da sua avó. Muito menos vê-lo desdenhar de tudo que ela fez para me manter a salvo. Você não estaria aqui mamando conhaque e debochando dessa história se não fosse por ela.

— Ou por ele. — Trevor inclinou a cabeça. — Meu avô também tem parte na sua fabricação, afinal de contas.

— Não é a biologia que faz um pai. Eu já lhe expliquei o que ele era. Um ladrão e um assassino.

— Muito bem-sucedido, por sinal, até esbarrar com os Gannon. Ah, qual é? — Trevor se inclinou para a frente e segurou o cálice de conhaque entre os joelhos. — Você não o considera uma figura fascinante? Era um homem que fazia as próprias regras, vivia a vida nas condições que desejava e pegava o que queria.

— Sim, pegava o que queria, não importava o que isso custasse aos outros. Aterrorizou minha mãe, que passou anos fugindo dele. Mesmo depois que ele morreu na prisão, ela não deixou de olhar para trás por sobre o ombro. No fundo *eu sei*, por mais que os médicos neguem, que foram todos aqueles anos de medo e preocupação que a puseram doente.

— Admita, papai, é um problema mental, muito provavelmente genético. Você ou eu poderemos ser os próximos. É melhor aproveitar a vida antes de acabarmos nossos dias babando num asilo caro.

— Ela é sua avó, e você *vai* mostrar respeito por ela.

— Mas não por ele? Família é família, certo? Conte-me um pouco sobre ele. — Tornou a se recostar.

— Já lhe contei tudo o que é importante saber.

— Sei que vocês se mudavam sempre de um lugar para outro. Alguns meses se passavam, às vezes até um ano, e vocês tornavam a fazer as malas.

Ele deve ter entrado em contato com ela ou com você. Deve ter ido visitá-los. Se não fosse assim, por que ela estaria sempre em fuga?

— Ele nos encontrava. Até ser preso, sempre conseguiu nos achar. Eu não sabia que tinha sido preso, soube meses depois. E só descobri que havia morrido mais de um ano depois. Ela tentou me proteger, mas eu era muito curioso. As crianças curiosas sempre arrumam um jeito de saber.

Arrumam mesmo, refletiu Trevor.

— Você deve ter matutado muito sobre os diamantes.

— Por que deveria?

— Por ter sido a última grande façanha dele, ora! Você deve ter pensado nisso e, sendo uma criança curiosa...

— Eu não matutava sobre os diamantes em momento algum. Pensava apenas no efeito nefasto do meu pai sobre a minha mãe. E em mim, na última vez em que o vi.

— Quando foi isso?

— Ele esteve na nossa casa em Columbus. Tínhamos uma bela casa, num bairro bonito. Eu era feliz ali. Até que ele apareceu uma noite, bem tarde. Quando ouvi a voz da minha mãe e a dele, soube que teríamos de ir embora dali em breve. Eu tinha um amigo que morava ao lado. Nossa, nem me lembro do seu nome. Pensei, na hora, que aquele era o melhor amigo que eu poderia ter e que nunca mais voltaria a vê-lo. E não voltei mesmo.

Buá!, pensou Trevor, com repulsa, porém manteve o tom leve e amistoso.

— Não foi fácil para você, pai, nem para a vovó. Que idade você tinha?

— Sete, eu acho. Devia ter uns sete anos. É difícil ter certeza. Uma das coisas que minha mãe fazia para nos esconder era trocar minha data de nascimento. Nomes diferentes, um ano ou dois a mais ou a menos nas certidões. Eu já estava com quase dezoito quando ela se fixou no sobrenome Whittier. Meu pai havia morrido anos antes e eu lhe disse que precisava ser a mesma pessoa dali para a frente. Tinha de começar minha vida. Foi por isso que mantivemos o nome, mas sei que ela vivia preocupada com isso.

Velha paranoica, pensou Trevor.

Relíquia Mortal

— Por que você acha que ele foi visitá-los em Columbus? Não foi mais ou menos na época do golpe? Do roubo dos diamantes?

— Ele queria me controlar e atormentar minha mãe. Ainda o ouço dizendo a ela que conseguiria nos encontrar quando bem quisesse, não importava para onde ela fugisse, e que poderia me levar com ele quando lhe desse na telha. Ainda ouço o choro desesperado dela.

— Mas ele apareceu exatamente nessa época — insistiu Trevor. — Não pode ter sido coincidência. Certamente queria alguma coisa. Deve ter dito algo para você ou para ela.

— E por que isso importaria?

Trevor tinha planejado tudo com cuidado. Só porque achava o pai um tolo, isso não significava que não o conhecesse.

— Pensei muito nesse assunto desde que você me contou. Não quero discutir, mas acho que fiquei perturbado ao descobrir, a essa altura da vida, o que trago no sangue.

— Ele não representa nada para você. Nem para nós.

— Não é verdade, papai. — Trevor balançou a cabeça. — Você nunca quis fechar esse círculo? Por você e por ela, sua mãe? Ainda há milhões em diamantes soltos por aí, que eram do seu pai.

— A polícia conseguiu pegar quase todos de volta.

— *Quase todos!* Nunca recuperaram um quarto do saque. Se conseguíssemos juntar as peças desse quebra-cabeça e finalmente encontrar os diamantes, poderíamos fechar o círculo e devolvê-los ao dono legítimo por meio dessa escritora, Samantha Gannon.

— Encontrar os diamantes depois de mais de cinquenta anos? — Steve teve vontade de rir daquilo, mas Trevor exibiu um ar tão sério que ele se sentiu comovido ao ver o filho tentando encerrar a história. — Não vejo como isso possa ser possível.

— Não é você mesmo que vive me dizendo que tudo é possível para quem está disposto a trabalhar pelo que deseja? Eu estou disposto a fazer isso. Mas preciso que me ajude a encaixar as peças. Você precisa se lembrar exatamente do que houve na última vez em que ele foi ver vocês em Columbus e do que aconteceu em seguida. Ele tentou entrar em contato quando esteve na prisão? Com você ou com a vovó? Trouxe alguma coisa? Disse algo especial a você ou a ela?

— Steve?

Steve se virou de repente ao ouvir a voz da mulher.

— Vamos deixar isso de lado por enquanto — disse, baixinho. — Sua mãe sabe tudo sobre essa história, mas eu não quero tocar no assunto mais uma vez. Estou aqui, Pat. Trevor veio nos visitar.

— Trevor? Oh, vou descer agora mesmo.

— Precisamos conversar sobre isso — insistiu Trevor.

— Tudo bem, eu prometo. — Steve fez um sinal com a cabeça e lançou para o filho um sorriso de aprovação. — Conversaremos outra hora. Vou tentar me lembrar de tudo que possa ajudar. Estou orgulhoso, Trevor, por você tentar arrumar um jeito de corrigir o passado. Não sei se será possível, mas saber que você quer tentar significa muito para mim. Agora eu sinto até vergonha por nunca ter pensado nisso. Nunca me ocorreu a ideia de fazer algo a respeito, exceto esquecer tudo e começar a vida do zero, em vez de consertar os erros.

Trevor escondeu a irritação por detrás de uma máscara simpática quando ouviu a mãe descer a escada e completou:

— Há várias semanas que não consigo pensar em outra coisa.

Saiu da casa dos pais uma hora depois e optou por andar naquele calor escaldante em vez de chamar um táxi. Podia contar com o pai para organizar os detalhes. Steve Whittier era bom nos detalhes. A visita, porém, já lhe indicara o passo seguinte: iria bancar o neto preocupado e visitar a avó no hospício no dia seguinte.

Mais ou menos no momento em que Trevor Whittier atravessava o parque, Eve disfarçou um bocejo. Queria mais café, mas sabia que teria de passar por Roarke, que desenvolvera a capacidade de perceber que Eve estava se arrastando antes mesmo dela.

— Três analogias potenciais na imagem da mulher, duas no filho. — Esfregou a cabeça com força para fazer o sangue circular melhor.

— Se descontarmos o restante das analogias de primeiro nível — observou Roarke.

— Já estou fazendo isso. O computador gostou dessas escolhas, foi por isso que as seguimos. Vamos passar para o menino, um homem feito agora. Quem sabe algo se encaixa?

Mandou as seis imagens para o telão e começou a ler os dados em anexo.

— Ora, ora, vejam só — animou-se ela. — Steven James Whittier, com endereço no East Side. Dono e administrador da sua própria construtora. Essa me parece uma boa sacada.

— Eu o conheço.

Ela se virou de repente.

— Você conhece esse homem?

— Vagamente, embora tenha encontrado sua esposa em vários eventos de caridade. A construtora tem reputação sólida, e ele também. Era um operário e se casou com uma socialite de sangue azul. Em termos profissionais, faz um belo trabalho.

— Confira as listas dos canteiros de obras que você já separou. Vamos ver se Whittier tem alguma obra em andamento em Alphabet City.

Roarke abriu o arquivo e se recostou na cadeira.

— Eu já devia saber que não vale a pena duvidar do seu instinto.

— Reforma na Avenida B. Um prédio de cinco andares com três blocos. — Ela apertou os lábios e fez um ruído. — Isso é mais do que suficiente para darmos uma olhada mais de perto. Veja só, ele tem um filho. Trevor, de vinte e nove anos. Vamos buscar a imagem e analisá-la.

Roarke fez a sua magia e eles observaram o rosto de Trevor Whittier.

— Não está tão parecido com o retrato falado quanto eu gostaria, mas não é completamente diferente. Vamos ver o que mais podemos encontrar sobre Trevor.

— Você não pode fazer mais nada esta noite. É quase uma da manhã. A menos que ache que pode construir um caso sólido com essas informações soltas e prendê-lo imediatamente, vai para a cama agora mesmo.

Vou programar o sistema para recolher mais dados enquanto você tira algumas horas de sono.

— Eu poderia ir até lá só para acordá-lo e incomodá-lo. — Eve considerou a hipótese. — Mas faria isso apenas pela diversão e iria lhe dar a chance de choramingar por um advogado. Isso pode esperar. — Ela se levantou. — Vamos aguardar até de manhã — decidiu. — Visitaremos o canteiro de obras para ver se há vestígios do corpo de Tina Cobb por lá. Preciso procurar Steve Whittier, encontrar a mãe dele e interrogá-la também. Podem estar envolvidos. Esse Trevor me parece a melhor possibilidade, mas o mais inteligente, agora, é esperar um pouco e planejar as coisas com calma, antes de abordá-lo.

— E enquanto o plano vai se formando em sua cabeça, você descansa.

Ela teria discutido, mas seus olhos começavam a latejar.

— Que saco, que saco! Vou ligar para a equipe e informar que resolvi antecipar a reunião aqui em casa para as sete em vez das oito da manhã.

— Pode fazer isso de manhã cedo, querida. É mais fácil e mais humano.

— Sim, mas agora é muito mais divertido. — Protestou quando ele a pegou pela mão e a puxou para fora da sala. — Ligando agora eu vou acordá-los e fazê-los passar maus bocados para tornar a pegar no sono. Do outro jeito, simplesmente vou arrancá-los da cama um pouco mais cedo.

— Você é cruel, tenente.

— Sou mesmo. E daí?

Capítulo Vinte e Oito

Enquanto dormia, tudo passou pela sua cabeça mais uma vez, como num filme. De pai para filho, crime e ganância, sangue brilhante derramado por causa de pedras cintilantes. Havia heranças das quais não havia como escapar, por mais depressa que a pessoa corresse ou por mais longe que fosse.

Viu a si mesma ainda menina, sem mãe que se desesperasse para protegê-la. Ninguém para escondê-la, nem se fazer de escudo. Viu a si mesma — conseguia se ver sempre — sozinha num quarto gelado com a luz em néon vermelho que piscava, piscava e piscava no prédio ao lado.

Podia sentir o medo quando ele entrava, aquele sabor forte e metálico. Como se já tivesse sangue na garganta. Sangue quente contra o frio.

As crianças não deviam temer seus pais. Sabia disso agora. Em alguma parte do seu cérebro inquieto, sabia disso. Mas a criança conhecia apenas o medo.

Não havia ninguém para detê-lo, ninguém para lutar por ela quando a mão dele atacava como uma cobra. Ninguém para protegê-la quando ele a maltratava e a rasgava por dentro. Não havia ninguém que a ouvisse gritar nem mandar que ele parasse.

Outra vez, não. Por favor, por favor, outra vez, não.

Ela não tivera ninguém que pudesse acudi-la quando o osso de seu braço estalara como um galho seco quebrado por um pé descuidado. Tivera apenas a si própria, e a faca.

Podia sentir o sangue correndo por suas mãos, por seu rosto, e a maneira como o corpo dele se sacudira quando ela lhe enfiou a lâmina na carne. Podia ver a si mesma suja de sangue, coberta pelo líquido vermelho que escorria, como num animal ao matar a presa. Mesmo no sonho, Eve conhecia a loucura desse animal e a completa falta de humanidade dele.

Os sons que ela fizera foram horríveis. Mesmo depois de ele estar morto, os sons foram horríveis.

Ela se debatia e o esfaqueava sem parar, sem parar.

— Acorde. Por favor, por Deus, meu amor, acorde.

Desespero e proteção. Alguém que a ouvisse e ajudasse. Através da loucura da recordação, ouviu a voz de Roarke, cheirou-o e se aninhou com força nos braços que ele usou para enlaçá-la.

— Não posso. — Não conseguia se livrar da imagem. Havia tanto sangue.

— Estamos aqui, estamos os dois aqui. Estou com você. — Beijou-lhe os cabelos, o rosto. — Deixe isso para lá, Eve, largue tudo no passado.

— Sinto frio. Sinto muito frio.

Ele passou as mãos pelas costas dela, pelos braços, com medo de deixá-la sozinha até para buscar um cobertor.

— Agarre-se em mim.

Sentou-a em seu colo e a embalou como faria com uma criança. E os arrepios que a sacudiam foram cessando aos poucos. Sua respiração se estabilizou.

— Estou bem. — Deixou a cabeça recostar no ombro dele. — Desculpe. — Como Roarke não a soltava e continuava embalando-a, Eve fechou os olhos e acabou se deixando envolver pelo conforto de que ele precisava tanto quanto ela.

Mesmo assim, Eve vira o que fora e o que fizera. Aquilo em que se transformara naquele quarto medonho em Dallas. Roarke também podia ver. Vivia tudo através dos pesadelos dela.

Aninhou-se nele, fechou os olhos novamente e perguntou a si mesma se conseguiria suportar a vergonha, caso mais alguém descobrisse a história de Eve Dallas.

Relíquia Mortal

Peabody adorava as reuniões de trabalho na casa de Eve. Por mais sérias que fossem, havia sempre um ambiente informal quando tinha comida por perto. E uma reunião ao desjejum significava que teriam não apenas ovos reais, mas também carne de animais recém-abatidos e toda espécie de doces e produtos de confeitaria açucarados e grudentos.

Além disso, ela podia justificar as calorias a mais, porque aquilo faria parte do trabalho. Em sua opinião, não havia desvantagens naquela situação.

Todos estavam lá — Feeney, McNab, Trueheart, Baxter, Dallas, até Roarke. Minha nossa! Olhar para Roarke de manhã era uma bela sacudida no organismo, tão forte quanto o café puro e preto adoçado com açúcar genuíno.

Não era de admirar que a tenente fosse tão elegante. Queimava calorias só de olhar para o marido. Pensando nisso, Peabody pegou mais algumas fatias de bacon e calculou que talvez até *perdesse* peso durante a reunião.

Era um bom negócio.

— Temos atualizações em nossos tópicos — começou Eve, e Peabody dividiu a atenção entre o prato e a parceira.

Eve se encostou na quina da mesa com o café em uma das mãos e a caneta a laser na outra.

— Feeney e o nosso civil fizeram alguns progressos ontem à noite, assim como o detetive McNab. Por favor, McNab, informe seus dados à equipe.

Ele teve de engolir depressa, de uma só vez, o bolo dinamarquês que lhe enchia a boca.

— Sim, senhora. Minha área de pesquisa trata das ligações feitas pelos *tele-links* e pelos centros de dados e comunicações de ambas as vítimas.

Ele esgotou o assunto com objetividade e informou os locais das transmissões usando o jargão típico da área técnica. Isso, acrescido às perguntas e aos comentários que Feeney lhe fez na mesma linguagem, deu a Eve o tempo necessário para terminar o café e pensar em mais uma dose.

— Você vai investigar cada um desses locais agora de manhã — disse Eve, quando todos se calaram. — E vai levar essas imagens. Primeiro telão: esse é Steven Whittier. Os dados atuais indicam que ele pode ser o filho de Alex Crew. No segundo telão temos Trevor Whittier, filho de Steven Whittier e, muito provavelmente, neto de Crew. Considerando os dados computados, ele se encaixa no perfil do assassino. Steven Whittier é fundador e atual proprietário da Construtora Whittier.

— Bela pista — elogiou Baxter.

— Uma pista ainda maior e mais forte do que tínhamos imaginado a princípio, já que a Construtora Whittier está realizando um grande trabalho de reformas na Avenida B. A empresa conseguiu autorização para utilizar quatro tanques de gasolina nas instalações. Não temos outras pistas com tantas ligações quanto esta. Os dados oficiais de Steven Whittier indicam que o pai faleceu. A mãe...

Dividiu o telão ao meio e exibiu a imagem de uma mulher conhecida como Janine Strokes Whittier.

— A mãe reside em Leisure Gardens, um lar para idosos em Long Island, onde Whittier pai tem uma segunda casa. Ela está na faixa etária certa, tem o perfil racial correto e corresponde à morfologia do programa do computador.

— Vamos chamar os Whittier para interrogatório, tenente? — quis saber Peabody.

— Ainda não. Temos apenas provas circunstanciais e suposições. São boas, mas não bastam para pedir um mandado ao promotor de justiça. Não temos indícios suficientes para prendê-los, muito menos para condená-los. Precisamos levantar mais dados.

— Eu e Trueheart podemos levar as imagens, adicionar algumas e mostrá-las à garçonete. Se ela reconhecer um desses suspeitos, teremos mais dados — propôs Baxter.

— Muito bem, façam isso. McNab, consiga-me alguém na origem das ligações dos *tele-links* que se lembre de ter visto um ou os dois homens. Feeney, quero que você pesquise coisas lá de trás. Se Janine e Steven Whittier tiveram outros nomes antes desses, quero saber quais foram.

— Vou providenciar — respondeu o capitão, servindo-se de uma boa garfada de omelete.

— Eu e Peabody vamos primeiro ao canteiro de obras para procurar vestígios e fazer uma análise completa. Se Tina Cobb foi morta lá, certamente haverá traços de sangue. Quero testemunhas e evidências físicas. Quando garantirmos isso, poderemos convocá-los para interrogatório. Roarke, conto com seu serviço de segurança para manter Samantha Gannon e sua família a salvo até encerrarmos este caso.

— Já foi providenciado.

— Tenente. — Como um aluno disciplinado, Trueheart ergueu a mão. — Eu e o detetive Baxter poderíamos ir ao hotel para mostrar essas imagens à srta. Gannon. Ela poderá reconhecer um ou os dois homens. Se isso acontecer, teremos mais uma ligação.

— Bem pensado, Trueheart. Façam esse trabalho de campo. Vamos construir um pacote sólido de evidências. — Olhou para o quadro e para as vítimas. — Mais ninguém vai morrer por causa da porra desses diamantes.

Quando a equipe começou a se dispersar, Roarke passou a ponta do dedo pelo ombro de Eve.

— Tem um segundo para mim, tenente?

— Meio segundo. — Pensando nos pontos da investigação que se interligavam, foi atrás de Roarke até seu escritório pessoal.

Ele fechou a porta, colocou as mãos debaixo dos cotovelos dela, obrigou-a a ficar na ponta dos pés e lhe deu um beijo curto e ardente.

— Caraca! — Ela voltou a pousar o calcanhar no chão com um baque. — Qual é o seu *problema*?

— Precisava fazer isso. Ver você no comando me excita muito.

— Ver a grama crescer excita muito você. — Virou-se para a porta, mas ele colocou a mão na maçaneta e a impediu de sair. — A expressão "obstrução de justiça" lhe diz alguma? — reclamou Eve.

— Muita coisa. E embora uma obstrução brusca e intensa possa ser divertida, não é o que tenho em mente. Estou com um monte de coisas para tratar agora de manhã, mas minha agenda para o resto do expediente pode ser alterada.

— Se Feeney quer sua ajuda no trabalho de pesquisa eletrônica, resolva isso diretamente com ele.

— Ele está cuidando de tudo sozinho e não deve mais precisar de mim tão cedo. Mas talvez você precise da minha ajuda quando for conversar com Steven Whittier.

— Por quê?

— Porque ele me conhece. E pelo que eu conheço dele sei que não poderia estar envolvido com o que aconteceu àquelas mulheres. Pelo menos de forma deliberada.

— As pessoas fazem muita coisa contra a própria natureza quando estão ofuscadas por pedrinhas cintilantes.

— Concordo. Mais um motivo para você querer minha companhia. Sei um pouco sobre essas coisas. — Puxou a corrente debaixo da blusa dela para que o diamante em forma de lágrima que ele lhe dera brilhasse entre eles. — Conheci gente que matou por elas. Saberei se Steven tiver feito isso. Diamantes são apenas objetos para você. Sei que usa este aqui por minha causa. É o único valor que enxerga nele.

Roarke deu um sorriso de leve quando tornou a esconder o pingente e completou:

— Se eu tivesse lhe dado uma lasca de quartzo, a importância dela, para você, seria a mesma.

— Pode ser que ele não tenha feito isso pelos diamantes diretamente, e sim para se proteger e salvaguardar a família. Samantha Gannon sabe coisas sobre ele que não estão no livro. Coisas que mais ninguém fora do grupo que se formou há meio século sabe. Quem ele é, de onde vem. As pessoas também matam por causa disso.

— Foi essa linha de pensamento que provocou o pesadelo que você teve essa noite?

— Não sei. Talvez o raciocínio é que tenha vindo do pesadelo. Na superfície, Whittier construiu uma vida boa e decente, mas costuma ser o que está abaixo da superfície que impele as pessoas. Ele tem muito a perder se tudo vier à tona, caso seja divulgado quem era seu pai, o que ele fez e também que o nome Steven Whittier é pura invenção.

— Você realmente acha isso? — Tocou-a, acariciando o rosto pálido pela noite maldormida. — Porque o nome lhe foi dado ao longo do caminho em vez de ter sido escolhido na hora do nascimento, ele deixa de ser real?

— Não é o que eu penso que importa, e sim o que ele pensa.

Ele emoldurou o rosto dela com as mãos.

— Você sabe quem é, Eve.

— A maior parte do tempo. — Ergueu uma das mãos e a pousou no pulso dele. — Você quer me acompanhar por causa do pesadelo. Já percebeu que estou fazendo correlações pessoais com ele. Não nego que tenha acontecido, mas isso não vai prejudicar meu trabalho.

— Não imaginei que fosse atrapalhar.

— Vou pensar nisso. Ligo mais tarde para dizer o que decidi. — Virou-se para a porta, mas olhou para trás. — Obrigada.

— De nada.

O edifício na Avenida B era uma beleza. Conforme lhe explicou o prestativo mestre de obras, os três prédios transformados num complexo para uso residencial e comercial eram uma verdadeira maravilha. O velho revestimento de tijolinhos vermelhos tinha sido restaurado, estava livre das pichações, da fuligem, da imundície, e recuperara o brilho do tom de rosa antigo.

Eve duvidava que as paredes externas fossem permanecer assim por muito tempo.

As linhas eram limpas e retas, com um toque de simplicidade.

— É uma vergonha a forma como este edifício estava abandonado — disse o encarregado Hinkey, que recebeu Eve na entrada do prédio do meio. — Estes eram apartamentos residenciais, e as fundações aguentaram bem. Mas, puxa vida, a senhora devia ter visto as entranhas do lugar. Encontramos tudo destruído. As madeiras estavam podres, o chão estava afundado, os canos pareciam ser da Idade do Gelo. O revestimento das paredes estava rachado e as janelas tinham sido arrebentadas. Tem gente que não demonstra o mínimo respeito pelo prédio onde mora, sabia?

— Acho que não. Você mantém o lugar fechado quando os operários não estão aqui?

— Tranco tudo muito bem. Há vândalos, saqueadores e sem-teto, gente desocupada em busca de um local para transar ou traficar drogas. — Balançou a cabeça para os lados. Usava um capacete empoeirado com o logotipo da Whittier. — Temos muitos equipamentos aqui, sem falar nos materiais. Steve, isto é, o sr. Whittier não poupa esforços com a segurança. Dirige uma empresa de classe.

Eve não entendia muito de classe, mas conhecia tudo sobre barulho e reparou que ali dentro havia bastante.

— Aqui é realmente espaçoso — comentou.

— São cinco andares em cada um dos três prédios. Cerca de mil e setecentos metros quadrados, sem contar as coberturas. O complexo vai abrigar residências e salas comerciais. Mantivemos o máximo do projeto original que conseguimos e instalamos materiais novos onde não foi possível restaurar os antigos, sempre mantendo o estilo original.

— Estou vendo. Com tanto espaço em três prédios, há muitas formas de entrar e sair daqui. Muitos lugares para a segurança vigiar.

— Temos um sistema de segurança centralizado e estações autônomas em cada prédio.

— Quem tem as senhas?

— Steve, eu, o projetista-chefe, o assistente do mestre de obras em cada prédio e a empresa de segurança.

— Você poderia informar os nomes deles à minha parceira? Gostaríamos de dar uma volta pela obra.

— Se a senhora for além do ponto em que estamos, terá de usar capacete e óculos de proteção. É a lei.

— Muito bem. — Eve pegou o capacete amarelo-canário e os óculos. — Você poderia me levar aos locais onde já foi usado selante para retardar a propagação de fogo?

— Quase toda a base dos pisos já foi selada. — Coçou o queixo. — Se quiser, podemos começar por aqui e ir andando. Mas posso garantir que nenhum estranho conseguiria entrar no prédio depois do horário do expediente.

— Meu trabalho é confirmar isso, Hinkey.

— Faça o seu trabalho, então, tenente. — Fez sinal de positivo e começou a contornar os equipamentos. — Este aqui é o espaço comercial. Provavelmente vai ser transformado num restaurante. Este piso já foi selado. Tivemos de arrancar o que sobrou do original. Ainda não colocamos o revestimento novo, só a subcapa e o selante.

Relíquia Mortal

Eve pegou o scanner no seu kit de trabalho e procurou vestígios de sangue. Calculou a área do prédio, o tempo que levaria para analisar cada seção que tivesse piso novo e esticou o corpo.

— Poderia me fazer um favor, Hinkey? Que tal arrumar alguém que acompanhe minha parceira em uma visita ao próximo prédio, enquanto eu analiso este aqui? Depois, vamos vistoriar o terceiro bloco. Isso vai nos poupar tempo e trabalho.

— Como quiser, tenente. — Pegou o rádio no cinto. — Carmine, preciso de você no térreo do bloco dois.

Eles se dividiram em duas equipes e Eve passou um pente-fino no primeiro andar. Depois de algum tempo, quase conseguiu abstrair o barulho incômodo. Zumbidos e máquinas giratórias, o sugar dos compressores e o estrondo de pistolas movidas a ar comprimido.

As vozes dos operários vinham numa variedade de sotaques. Brooklyn e Queens, hispânicos e muitas gírias de rua. Ela filtrou tudo e também a música de fundo em cada setor. Trash rock, country metálico, salsa, rap.

Como Hinkey lhe dava tempo e não a importunava, Eve se resignou a ouvir, sem prestar muita atenção, seus comentários incessantes sobre o avanço das obras e outros detalhes.

Ele falava de controle de temperatura, fiscalização, sistemas elétricos e de filtragem, paredes, acabamentos, mão de obra e canalização. Já se sentia zonza quando chegaram ao segundo andar.

Hinkey continuou com o blá-blá-blá sobre janelas e caixilhos, parou para repreender um operário e para pedir especificações a outro. Eve ficou com esperança de se livrar daquilo e foi em frente, mas ele a alcançou antes de ela chegar ao terceiro andar.

— Aqui ficarão os apartamentos, serão lugares decentes para as pessoas morarem. Por falar nisso, minha filha vai se casar na próxima primavera. Ela e o noivo já deram entrada neste apartamento aqui.

Eve olhou para Hinkey a tempo de perceber que tinha um olhar meio perplexo e, ao mesmo tempo, sentimental.

— Vai ser ótimo para eles — continuou. — Sei, com certeza, que esses materiais são excelentes, tudo muito sólido. — Bateu com a mão na parede.

— Não usamos a madeira de baixa qualidade presa com cola barata que algumas empresas de reforma utilizam para restaurar construções antigas. Steve se orgulha bastante do que fazemos.

— Você trabalha para ele há muito tempo?

— Vou completar dezessete anos aqui em outubro. E o dono não tem medo de colocar a mão na massa. Conhece os prédios e trabalha lado a lado conosco, se for preciso.

O sensor registrou algumas gotas de sangue ali, mas Eve as descartou, como já fizera em outros setores. A quantidade era pequena. Quando se coloca um grupo grande de operários trabalhando juntos e manejando ferramentas perigosas, um pouco de sangue é esperado.

— Ele passa muito tempo nos locais das obras?

— Ah, passa, sim. É o chefe mais comprometido com o trabalho que eu já vi na vida. Lutou bastante para conseguir vencer essa licitação e aparece aqui todos os dias.

O mestre de obras saiu dali com Eve e ambos seguiram por um corredor com paredes metálicas cheias de rebites.

— E o filho?

— O que tem ele?

— Também trabalha aqui?

Hinkey exibiu um riso de deboche, mas logo o reprimiu.

— Ele trabalha no escritório central.

Eve esperou alguns segundos e afirmou:

— Você não gosta muito dele.

— Não cabe a mim gostar dele ou não. — Hinkey encolheu os ombros fortes. — Só acho que não saiu ao pai.

— Quer dizer que nunca aparece por aqui?

— Veio uma ou duas vezes, no máximo. Não demonstra muito interesse. É um típico executivo de terno e gravata, entende?

— Sim, eu sei. — Passou por cima de uma pilha de madeiras. — Ele sabe as senhas?

— Não sei por que saberia.

— É filho do patrão.

Hinkey encolheu os ombros em resposta.

Relíquia Mortal

Eve estava com os ouvidos zumbindo e a cabeça latejando quando chegaram ao quarto andar. Deveria ter pedido protetores de ouvido, mas não imaginou que o barulho fosse tão incômodo. Parecia que as ferramentas estavam todas no máximo. Olhou com algum respeito para uma serra imensa e cheia de dentes, manejada por um sujeito que não parecia pesar mais que cinquenta quilos.

Passou longe dela e ligou o scanner.

Foi quando tirou a sorte grande.

— Mas que porra é essa...?! Opa, desculpe, dona.

— É uma quantidade absurda de sangue, Hinkey. — Passou o scanner pelo chão e viu um padrão azul brilhante que ia até o canto e respingava na parede. — Algum dos seus homens ficou sem alguma parte do corpo neste local?

— Não, por Deus. Tenente, não vejo como isso possa ser sangue.

Mas ela via. Assim como via a mancha pelo corredor adiante, por onde Tina Cobb tinha tentado rastejar.

Ele a acompanhara, agachando-se para apreciar melhor, e deixara algumas impressões digitais por ali. Isso não era providencial?

Cobb também deixara rastros. Impressões das mãos ensanguentadas. Tentara ficar de pé, apoiando-se na parede, colocando a mão aqui e ali.

Ele tivera todo o tempo do mundo com ela, Eve tinha certeza disso. Deixara-a rastejar, mancar, tropeçar ao longo do corredor que dava nos quartos, antes de lhe aplicar o golpe de misericórdia.

— Não pode ser sangue — insistiu Hinkey, olhando para o rastro azul e balançando a cabeça lentamente. — Teríamos percebido todas essas marcas, é impossível não ver.

— Preciso isolar toda esta área. E tenho de lhe pedir que leve o seu pessoal para fora do prédio. É a cena de um crime. — Pegou o comunicador. — Peabody? Encontrei o local. Quarto andar.

— Tenho de... Preciso ligar para o patrão, tenente.

— Faça isso, Hinkey. Diga a ele para estar disponível em sua casa daqui a uma hora. — Eve se virou para o mestre de obras e sentiu compaixão ao ver seus olhos aterrorizados. — Tire os operários deste prédio e avise Whittier. Quero falar com ele.

Em menos de uma hora, o ruído da reforma foi substituído pelo barulho da polícia. Embora Eve não tivesse muita esperança de conseguir outros vestígios, mandou uma equipe de peritos se espalhar pelos prédios. O grupo que examinava o local do crime capturou imagens das mãos e dos pés da vítima. Depois, com sua magia tecnológica, conseguiu extrair vestígios microscópicos de sangue para análises de DNA.

Ela já comparava a impressão digital do indicador de Tina Cobb na parede com a que tinha nos arquivos.

— Sei que você vai dizer que é só trabalho de polícia, Dallas, fruto de uma investigação passo a passo, mas é quase um milagre que tenhamos conseguido chegar a esse local.

Peabody estudou os padrões do sangue, em fortes tons de azul, nos scanners montados em tripés.

— Em mais algumas semanas, talvez em poucos dias, eles teriam instalado o piso e pintado as paredes. Ele encontrou um lugar muito bom para fazer o que planejou.

— Não havia ninguém que a ouvisse ou que a visse — declarou Eve. — Foi fácil para ele trazê-la para cá. Tinha dezenas de razões para estar aqui sem ser questionado. Há barras e canos que poderiam ser usados como armas. Também vejo muitos metros de lona encerada para enrolar e transportar o corpo. Ele deve ter separado a gasolina antes e a levado para o veículo de transferência. Entrou aqui e tinha acesso ao líquido inflamável. Vamos seguir a partir disso. Deve haver registros do que é adquirido e armazenado na conta da Whittier.

— Vou verificar.

— Faça isso durante a viagem. Vamos ver Whittier.

Eve não o queria na cena do crime, pelo menos naquele momento. Queria que o primeiro contato fosse feito na casa dele, onde estaria mais à vontade. E onde ele, culpado ou inocente, ficaria mais constrangido diante de um distintivo.

Não o queria rodeado de empregados e amigos.

Relíquia Mortal

Foi ele mesmo que abriu a porta, e ela viu uma noite insone em sua expressão de cansaço, misturada com aquilo que lhe pareceu choque e preocupação.

Ele lhe estendeu a mão com o jeito automático de alguém que fora criado para ser educado.

— Tenente Dallas? Sou Steve Whittier. Não sei o que pensar nem o que dizer. Não consigo assimilar o que houve. Hinkey acha que pode ter havido algum equívoco e minha tendência é pensar o mesmo. Gostaria muito de ir ao canteiro de obras para...

— Não posso autorizar isso, por enquanto. Podemos entrar?

— Como? Ah, claro. Sinto muito, desculpe. Ahn... — Ele fez um gesto vago e recuou um passo. — Podemos nos sentar aqui. — Passou a mão pelo rosto. — Ou em qualquer lugar que a senhora escolher. Minha mulher saiu, mas deve voltar logo. Não quero que ela saiba o que aconteceu. Preferia lhe contar pessoalmente e... Bem...

Conduziu Eve e Peabody até o seu escritório e apontou para as poltronas.

— Querem algo especial? Desejam beber alguma coisa? — ofereceu.

— Não. Sr. Whittier, vou gravar esta entrevista e informá-lo sobre seus direitos.

— Meus direitos? — Ele se deixou afundar numa poltrona. — Dê-me só um instante para processar tudo. Sou suspeito de algum crime? Deveria... Preciso de um advogado?

— O senhor tem direito a um advogado ou representante em qualquer momento ao longo deste processo. Preciso apenas de uma declaração sua, sr. Whittier, e farei algumas perguntas. — Eve colocou o gravador diante dele, sobre a mesa, e recitou o código atualizado sobre direitos e deveres de suspeitos.

— Compreende tudo o que acabei de lhe informar?

— Acho que sim. Mas não compreendo mais nada.

— Pode me dizer onde esteve na noite de dezesseis de setembro?

— Não sei. Provavelmente aqui em casa. Tenho de ver na agenda.

Levantou-se para ir à mesa de trabalho e pegou uma agenda pouco volumosa.

— Puxa, estava enganado. Eu e Pat jantamos fora com amigos. Agora me recordo. Encontramos com eles no Mermaid, aproximadamente às sete e meia. É um restaurante de frutos do mar na Primeira Avenida, entre a Rua 71 e a 72. Tomamos alguns drinques e fomos para a mesa reservada às oito horas. Só voltamos para casa por volta de meia-noite.

— Quais os nomes das pessoas com quem esteve?

— James e Keira Sutherland.

— E depois disso?

— Como assim?

— O que fez depois da meia-noite, sr. Whittier?

— Fomos para a cama. Minha esposa e eu fomos para a cama. — Enrubesceu ao dizer aquilo, e sua expressão fez Eve se lembrar do embaraço de Feeney quando percebera o que ela e Roarke haviam feito durante a pausa no trabalho.

Deduziu que Whittier e a mulher também tinham se divertido antes de adormecer.

— E na noite de catorze de setembro?

— Não compreendo o que está acontecendo — murmurou, mas verificou a agenda. — Não tenho nada marcado. Quinta-feira... — disse, fechando os olhos. — Acho que ficamos em casa, mas terei de confirmar isso com Pat. Ela se lembra melhor desses detalhes. Quase sempre ficamos em casa à noite durante a semana. Está fazendo muito calor para sair.

Era um cordeiro, pensou Eve. Tão inocente quanto um cordeiro, exatamente como devia ser aos sete anos. Teria apostado todo o seu dinheiro nisso.

— Conhece alguém chamado Tina Cobb?

— Não creio que... Esse nome me parece familiar, um daqueles nomes que já ouvimos em algum lugar. Sinto muito. Tenente Dallas, se me puder dizer o que se passa exatamente, eu...

Eve observou a expressão dele se modificar no instante em que o nome lhe trouxe algo à lembrança. Vendo aquilo, percebeu que não teria perdido a aposta. Aquele homem não tinha nada a ver com o derramamento de sangue daquela jovem.

— Oh, minha Nossa Senhora! Esse é o nome da menina que foi queimada num terreno baldio a poucos quarteirões dos prédios em obra. Vocês estão aqui por causa dela?

Eve colocou a mão na bolsa no instante em que a campainha da porta soou. Roarke, pensou. Fizera a escolha certa ao chamá-lo. Não para ajudar a descobrir se Whittier estava envolvido nos crimes, mas para que ele tivesse algum rosto familiar por perto quando ela lhe perguntasse pelo filho.

— Pode deixar que minha parceira atenderá a porta — disse Eve, tirando uma foto de Tina Cobb da bolsa. — Reconhece esta mulher, sr. Whittier?

— Sim, por Deus. Eu a vi nos noticiários. Soube dela pelas reportagens. Era pouco mais que uma criança. A senhora acha que alguém a matou no meu canteiro de obras? Não compreendo. Ela foi encontrada carbonizada naquele terreno baldio.

— Mas não foi morta lá.

— A senhora não espera que eu acredite que alguém da minha equipe esteja envolvido em algo tão monstruoso. — Ergueu os olhos, e seu rosto adquiriu um ar confuso ao ver quem havia chegado. — Roarke?

— Olá, Steve.

— Roarke é consultor civil nesta investigação — explicou Eve. — O senhor faz alguma objeção à presença dele aqui?

— Não. Na verdade eu não...

— Quem conhece as senhas de segurança do prédio que fica na Avenida B?

— Ahn... Oh, Senhor... — Steve levou a mão à cabeça por um momento, pensando. — Meus mestres de obras e a firma de segurança, é claro. Hinkey, ahn... não consigo pensar direito. Gainer Yule. Acho que só essas pessoas.

— Sua esposa?

— Pat? — Ele exibiu um sorriso fraco. — Não, ela não tem nada a ver com o meu trabalho.

— E o seu filho?

— Não. — Mas seus olhos ficaram sem expressão. — Não. Trevor não trabalha nos canteiros de obras.

— Mas já esteve naquele prédio, certo?

— Esteve. Não estou gostando da sua insinuação, tenente. Não estou gostando nem um pouco.

— Seu filho sabe que é neto de Alex Crew?

A cor se esvaiu por completo do rosto de Steve.

— Acho que é melhor ligar para o meu advogado.

— Como preferir. — Está se fazendo de escudo, pensou Eve. Instinto. Um pai protegendo o filho. — É mais complicado esconder certos fatos da mídia quando os advogados entram em cena, sr. Whittier. Será muito difícil manter longe do conhecimento do público a sua ligação com Alex Crew e os acontecimentos de cinquenta anos atrás. Suponho que o senhor deseja que certas particularidades do seu passado continuem ocultas, certo?

— O que tudo isso tem a ver com Alex Crew?

— O que o senhor seria capaz de fazer para manter sua árvore genealógica oculta, sr. Whittier?

— Quase qualquer coisa. *Quase.* O que aconteceu e o medo de tudo aquilo destruíram a saúde da minha mãe. Se essa história for exposta agora, isso poderá matá-la.

— O livro de Samantha Gannon já expôs bastante.

— Mas ela não divulgou nomes, nem nossas relações. Minha mãe não sabe do lançamento do livro. Posso controlar, de algum modo, o que lhe chega aos ouvidos. Ela precisa ser protegida dessas recordações, tenente. Nunca fez mal a ninguém e não merece ser exposta. Ela não está bem de saúde.

— Não tenho intenção de fazer isso. Não quero ter de conversar com ela, nem obrigá-la a falar sobre o assunto.

— A tenente quer proteger sua mãe — explicou Roarke, com muita calma. — Do mesmo modo como ela o protegeu. Mas há um preço a pagar, Steve, tal como sua mãe pagou naquela época. Você terá de falar por ela.

— Que posso lhes dizer? Por Deus, eu era uma criança na última vez que o vi. Ele morreu na prisão. Não tem nada a ver comigo, com nenhum de nós. Nós *construímos* esta vida.

— Foram os diamantes que pagaram por ela? — perguntou Eve, e a cabeça dele se virou bruscamente ao ouvir o que encarou como um insulto.

Relíquia Mortal

— Não. Mesmo que eu soubesse onde estavam, não teria tocado naquelas pedras. Não usei nada que fosse de meu pai, nunca quis nada dele.

— Seu filho sabe dos diamantes.

— Isso não faz dele um assassino! Não significa que ele poderia matar uma pobre jovem. A senhora está falando do meu *filho*, tenente.

— Ele conseguiria ter acesso às senhas de segurança?

— Eu nunca lhe dei essas senhas. A senhora está me pedindo para incriminar meu filho. Meu menino!

— Estou em busca da verdade. Estou pedindo que o senhor me ajude a fechar a porta que seu pai abriu tantos anos atrás.

— Para fechar o ciclo — murmurou Steve e enterrou a cabeça nas mãos. — Deus. Meu Deus!

— O que foi que Alex Crew levou para você naquela noite? O que ele levou até a casa onde vocês moravam, em Columbus?

— O quê? — Steve exibiu um riso leve e balançou a cabeça. — Um brinquedo. Apenas um brinquedo. — Apontou para as prateleiras onde ficavam as miniaturas antigas. — Deu-me uma retroescavadeira em escala. Eu não queria o presente. Tinha medo do meu pai, mas aceitei porque temia ainda mais a reação dele. Depois, ele mandou que eu me deitasse. Não sei o que disse à minha mãe depois disso, além das ameaças de costume. Só sei que a ouvi chorar por mais de uma hora depois que ele partiu. No dia seguinte, fizemos as malas.

— O senhor ainda tem a miniatura?

— Sim. Guardei-a para me lembrar do que ele era e de tudo que superei graças aos sacrifícios da minha mãe. É até irônico. Uma retroescavadeira. Gosto de imaginar que eu o destruí e enterrei o passado. — Olhou para as prateleiras, franziu o cenho e se levantou. — Ela deveria estar aqui. Não me lembro de tê-la trocado de lugar. Estranho...

Brinquedos antigos, pensou Eve, enquanto Whittier procurava o objeto. O ex-namorado de Gannon tinha brinquedos antigos no escritório e uma cópia da versão original do livro.

J. D. ROBB

— Seu filho também é colecionador?

— Sim. Esse é nosso único ponto em comum. Ele aprecia coisas de valor e leva as aparências mais a sério do que eu. A miniatura não está aqui.

Virou-se para Eve com o rosto branco como uma vela.

— Isso não significa nada. Devo tê-la trocado de lugar sem perceber. É apenas um brinquedo.

Capítulo Vinte e Nove

— Será que alguém a tirou do lugar? — Eve observava as prateleiras. Tinha uma vaga ideia do que era uma retroescavadeira, pois conhecia melhor as máquinas urbanas. Os maxiônibus que arrotavam vapores para cima e para baixo nas avenidas; os macacos hidráulicos que as pessoas montavam nos locais mais inconvenientes, nas horas mais inapropriadas; as monótonas unidades de limpeza automática de ruas ou ruidosos caminhões de reciclagem.

Mas também conhecia modelos de caminhonetes antigas, vans de entrega e tratores vermelhos brilhantes parecidos com os que vira recentemente na fazenda da tia de Roarke.

Nas prateleiras de Whittier havia réplicas de veículos de emergência que eram mais volumosos e mais desajeitados, aos olhos dela, do que os que andavam nas ruas e nos céus de Nova York. Outros pareciam caminhões com pás, lâminas dentadas ou enormes tubos.

Eve não entendia como ele poderia saber que faltava alguma peça e quais estavam no lugar certo. Para ela, não havia ordem nem método na coleção. Via apenas um monte de veículos com rodas, asas ou ambos, como se estivessem todos enfileirados numa rua à espera do sinal verde.

Mas Whittier era homem, e a experiência dela com Roarke lhe dizia que um homem conhecia bem os seus brinquedos.

— Eu não mudei essa peça de lugar. Se tivesse feito isso, certamente lembraria. — Steve procurava nas prateleiras, tocando em várias miniaturas e rearrumando tudo. — Minha mulher não mexe aqui, nem a faxineira.

— Há mais objetos desse tipo em algum outro lugar da casa? — perguntou Eve.

— Sim, tenho algumas peças aqui e ali, mas a coleção principal está na sede da empresa. Só que ninguém...

— Por que não dá uma olhada pela casa, primeiro? Peabody, você poderia dar uma mãozinha ao sr. Whittier?

— Claro! Meus irmãos também têm modelos em escala — informou Peabody, já levando Steve para fora do escritório. — Mas nada que se compare ao que o senhor tem aqui.

Eve esperou que as vozes diminuíssem com a distância antes de falar.

— Quanto vale uma coleção dessas? — perguntou, apontando para as prateleiras e olhando para Roarke.

— Isso está fora da minha esfera de interesses, mas coleções de miniaturas antigas têm muito valor. — Pegou num caminhão pequeno e pesado; girou as rodas do modelo. O sorriso curto que exibiu confirmou a teoria de Eve de que tais coisas realmente eram típicas de homem.

— O bom estado das peças ajuda — continuou. — Estas aqui estão todas ótimas, pelo que vejo. Você acha que levaram a miniatura daqui?

— Há uma grande possibilidade.

Roarke pousou o caminhão, mas só o largou depois de fazê-lo rodar para trás e para a frente sobre a prateleira.

— Se Trevor Whittier a roubou do pai e os diamantes estiverem escondidos lá dentro... É esse o raciocínio que você está seguindo?

— Já segui e já cheguei lá. Acho que você não devia mexer nesses brinquedos — acrescentou, quando ele tocou no trator.

Roarke fez um som que poderia ser de desapontamento ou leve embaraço e enfiou as mãos nos bolsos.

— Por que ele mataria, então? Por que invadir a casa de Samantha Gannon? Por que não gastar em Belize a bela fortuna encontrada na miniatura?

— Quem disse que ele sabe que os diamantes estão lá? — Eve riu quando Roarke ergueu uma das sobrancelhas. — Analise o perfil dele. É um oportunista preguiçoso e egocêntrico. Aposto que se Whittier verificar sua coleção vai descobrir que várias peças sumiram. O canalha do filho pode simplesmente tê-las vendido com os diamantes dentro e tudo, sem saber disso.

Eve circulou por todo o escritório observando as prateleiras e os brinquedos.

— O ex-namorado de Samantha Gannon tem uma coleção dessas.

— É mesmo? — Roarke se animou. — Que informação interessante!

— Pois é. Não é uma coleção muito grande, a julgar pelas peças que eu vi no escritório dele, mas isso explica uma possível ligação de Trevor Whittier com o ex-namorado de Gannon. — Juntou as pontas dos dedos indicadores das duas mãos. — Pontos de interesse em comum, brinquedos e jogos antigos. O ex-namorado de Samantha Gannon recebeu uma cópia antecipada do livro e pode muito bem ter comentado sobre ela.

— Interseções — anuiu Roarke. — O mundo realmente é pequeno, não é? O ex-namorado pode ter comprado peças de coleção do filho do Whittier. Ou talvez se conheçam socialmente e, por curtirem o mesmo passatempo, conversem um pouco. Ele menciona o livro da namorada, conta que a avó de Samantha Gannon era dona de uma loja de antiguidades. Acho que ainda é, aliás. Mais uma interseção, outro fio condutor que pode ter dado início a um longo papo.

— Vale a pena verificar. Quero tudo sobre Trevor Whittier. Vou investigá-lo e convocá-lo para interrogatório. E quero um maldito mandado de busca e apreensão para a casa dele. Vou ter de usar minha lábia. — Franziu o cenho e olhou para a porta. — O que você acha? Whittier vai ficar na dele ou tentará avisar Trevor de que estamos no seu encalço?

— Acho que vai tentar colaborar. Esse seria seu instinto básico, fazer a coisa certa. Não imagina nem acredita que o filho possa ser um assassino. Isso está fora do seu universo. O filho em apuros, sim, talvez precisando de ajuda, mas nunca um assassino a sangue-frio. Se ele começar a perceber que essa é a verdade, não sei o que poderá fazer.

— Então nós precisamos mantê-lo ocupado durante o máximo de tempo que conseguirmos.

J. D. ROBB

Eve chamou Baxter e Trueheart para que lidassem com Whittier. Eles iriam acompanhá-lo à sede da empresa no centro, onde havia mais peças da coleção.

— Preciso que esperem pela esposa — avisou Eve, olhando para Baxter. — E que a mantenham junto de vocês. Não quero que nenhum dos dois tenha chance de entrar em contato com o filho. Vamos mantê-lo fora disso o máximo que pudermos. Se tivermos sorte, poderemos pegá-lo antes de ele desconfiar que está sendo procurado.

— Por quanto tempo devemos ficar enrolando os pais?

— Tentem me conseguir duas horas. Preciso de um mandado para a casa de Whittier filho e quero falar com Chad Dix. Vou mandar alguns agentes para Long Island, onde vive a mãe de Whittier pai. Só por precaução.

— Vamos segurá-lo o quanto pudermos, então. Talvez ele nos deixe brincar com o carrinho de bombeiros.

— Que paixão é essa que os homens tanto têm por caminhões de brinquedo?

— Ah, qual é, Dallas? Vocês, garotas, têm bonecas e joguinhos de chá. — Um homem mais fraco teria se encolhido diante do olhar gélido que ela lançou. — Tudo bem, talvez não.

— Mantenham-no junto de vocês — mandou Eve, já saindo. — Se ele quiser sair pela tangente, quero ser informada na mesma hora.

— Tá legal. Aposto que a sirene desse caminhão funciona de verdade.

Eve ouviu o ruído agudo da sirene quando passou pela porta.

— Desculpe o idiota do meu colega, sr. Whittier. Agradecemos a sua colaboração.

— Não faz mal. Quero que tudo seja esclarecido. — Conseguiu sorrir. — Preciso apenas... — Apontou para o escritório. — Vou verificar se o detetive não...

— Fique à vontade. E você fica aqui com eles, à espera da esposa — disse para Trueheart, com a voz mais baixa. — Caso o filho apareça, segurem-no aqui e liguem para mim.

— Sim, tenente.

— Peabody, você vem comigo.

Relíquia Mortal

— Com prazer. — Peabody olhou para Roarke. — Você vem conosco?

— Não creio que a tenente precise de mim neste momento.

— Vou precisar de você mais tarde.

— A esperança é a última que morre.

Ela parou na calçada e ofereceu:

— Se você estiver livre, posso avisar quando tivermos Trevor sob custódia.

— Excelente. Enquanto isso, vou verificar com os colecionadores da área para ver se alguma peça como a que procuramos entrou no mercado nos últimos meses.

— Isso vai ajudar, obrigada. Vamos pedir ao comandante que nos consiga um mandado com rapidez. Quero bater um papo com Chad Dix. Se a relação entre eles for confirmada, teremos mais grades para reforçar a cadeia para onde o assassino vai.

Roarke ergueu o queixo de Eve, um gesto que a fez se encolher e fez Peabody se afastar discretamente.

— Você está muito determinada, tenente.

— Nada de toques sensuais durante o trabalho — resmungou, afastando a mão dele. — Além do mais, eu estou *sempre* determinada.

— Nem sempre. Há momentos em que você segue o instinto e se esgota física e emocionalmente.

— Cada caso é diferente. Este vem se desenvolvendo em estágios. A menos que Trevor já tenha percebido tudo a esta hora, não constitui ameaça para ninguém. Vamos enrolar seus pais e vou mandar que dois policiais vigiem a avó na casa de repouso. Samantha Gannon também está protegida. Esses são os alvos mais óbvios. Não preciso ficar especulando sobre quem o psicopata vai matar em seguida. Isso me dá espaço para respirar mais aliviada, entende?

— Claro. — Apesar do aviso dela, Roarke tornou a tocá-la e passou o polegar pelas olheiras de Eve. — Você está precisando de uma boa noite de sono.

— Quando encerrar o caso, eu cuido disso. — Enfiou os polegares nos bolsos da frente e suspirou pesadamente, pois sabia que isso iria diverti-lo.

— Tudo bem, vá em frente e me dê logo esse beijo. Rápido e sem língua.

Ele riu, como ela esperava, e se inclinou para lhe dar um beijo curto e muito comportado.

— Aceitável?

— Quase nem valeu a pena. — O brilho que ele exibiu nos olhos fez com que ela colocasse a mão em seu peito. — Guarde o tesão, meu chapa, e volte ao trabalho. Aproveite o tempo livre para comprar uma grande área metropolitana ou algo assim.

— Verei o que consigo arranjar.

Ao sinal de Eve, Peabody entrou na viatura.

— Puxa, deve ser ótimo ter um homem assim olhando para você desse jeito o tempo todo.

— Reconheço que não é ruim. — Entrou e bateu a porta. — Vamos prender esse canalha e talvez voltemos para casa mais cedo, só para variar.

Trevor detestava visitar a avó. Os conceitos de idade avançada e doença lhe provocavam nojo. Havia muitas formas modernas, afinal de contas, de debelar os piores sintomas do processo de envelhecimento. Reconstrução e remodelamento facial e corpóreo, tratamentos de rejuvenescimento, transplantes de órgão.

Uma pessoa parecer velha era, para ele, sinal de preguiça ou de pobreza. Nenhuma das duas coisas era aceitável.

Doenças deveriam ser evitadas a todo custo. A maioria dos problemas físicos era temporária e de fácil resolução, bastando tomar os cuidados adequados. Doença mental, por sua vez, era algo constrangedor para os parentes do doente.

Julgava a avó uma lunática comodista, mimada em demasia pelo filho. Se ele não gastasse tanto tempo e dinheiro para lhe proporcionar conforto naquele mundinho louco dela, a velha iria se curar mais depressa. E Trevor sabia muito bem que aquilo custava quantidades absurdas de dinheiro... A sua herança! Tudo para mantê-la abrigada num hospício revestido de ouro, onde havia despesas de acomodação, comida, cuidados especiais, medicamentos e assistentes.

Relíquia Mortal

Um desperdício, refletiu, ao entrar dirigindo o seu novo Jetstream 3000 de dois lugares no estacionamento subterrâneo do local. A avó maluca ainda poderia viver mais de quarenta anos babando sem parar e torrando a herança que era dele, por direito.

Aquilo era enervante.

O apego do pai à velha mãe também era. Poderiam tratar da avó de forma decente em instalações mais baratas ou até mesmo em um hospício público. Ele pagava impostos para subsidiar tais locais, não pagava? De que *adiantava* não usar esses benefícios quando já eram pagos os olhos da cara por eles?

Ela nem saberia a diferença. Quando chegasse a vez de ele gerenciar a grana, a avó seria levada para outro lugar.

Tirou do porta-malas a caixa branca que comprara num florista. Iria levar rosas para a avó e fazer as jogadas certas. Valeriam a pena o tempo e o investimento, mesmo sabendo que ela se esqueceria de quem tinha dado as flores dez minutos depois de recebê-las, pois estava totalmente sem noção das coisas. Seria um milagre se ela conseguisse se lembrar de algum detalhe importante.

Mas valia a pena tentar. Já que o velho pai não sabia de nada, talvez a avó maluca desenterrasse alguma lembrança do cérebro enevoado.

Subiu de elevador até o saguão, preparando-se para uma bela *performance*. Quando as portas se abriram, ele já exibia uma expressão agradável e preocupada, a imagem de um jovem de grande beleza em visita afetuosa à sua parente idosa e doente.

Foi até o balcão da segurança e pousou a caixa das flores para que a recepcionista pudesse ver o nome da floricultura mais cara da cidade.

— Por favor, eu gostaria de visitar minha avó, Janine Whittier. Meu nome é Trevor. Não avisei com antecedência porque vim trazido pelo impulso. Passei pelo florista e me lembrei de vovó e do quanto ela adora rosas. Quando dei por mim, já tinha comprado uma dúzia e estava vindo para cá. Não há problema em aparecer sem avisar, não é?

— Claro que não! — A mulher abriu um sorriso. — Isso é comovente. Sua avó vai adorar as flores quase tanto quanto rever o neto. Deixe-me consultar a agenda para ver se ela pode receber visitas hoje.

— Eu sei que ela tem dias bons e dias ruins. Espero que este seja um dos bons.

— Bem, vejo aqui que a levaram para o salão comunitário do segundo piso. É um bom sinal. Vou autorizá-lo. — Apontou para a placa de impressão palmar.

— Ah, claro. — Ele colocou a mão na placa e esperou que o sistema confirmasse sua identidade, algo que logo aconteceu. Precauções ridículas, pensou. Quem planejaria assaltar um asilo? Aquilo era o tipo de coisa que servia apenas para aumentar as despesas em milhares de dólares por ano.

— Pronto, sr. Whittier. Agora, preciso averiguar as flores. — Passou um *scanner* de mão pelas rosas e fez um gesto amplo. — Pode ir pela escadaria principal até o segundo andar, ou de elevador, se preferir. O salão comunitário fica no fim do corredor, à esquerda. Pode procurar um dos atendentes. Vou enviar sua autorização para lá.

— Obrigado. Este lugar é muito agradável. É reconfortante saber que vovó está sendo bem-tratada.

Foi pelas escadas. Viu outras pessoas carregando flores e presentes embrulhados em papel colorido. Os funcionários vestiam uniformes diferentes, em vários tons suaves, certamente codificados por função. Naquela área livre os doentes passeavam sozinhos ou com enfermeiros. Pelas janelas largas e ensolaradas dava para ver os extensos jardins, cheios de caminhos sinuosos por onde circulavam mais pacientes, atendentes e visitantes.

Trevor sempre se admirava com o fato de existir gente disposta a trabalhar num lugar como aquele, por maior que fosse o salário. E se espantava ainda mais com pessoas que não eram pagas para isso e frequentavam o local de forma voluntária para fazer visitas regulares.

Ele não aparecia ali fazia quase um ano e esperava, sinceramente, que aquela fosse a sua última visita.

Olhava para os rostos que passavam e percebeu, de repente, que não reconheceria a avó. Devia ter reavivado a memória antes da visita por meio de um álbum de fotos antigas ou algo assim.

Os velhos eram todos iguais. Todos pareciam condenados. Pior que isso, todos pareciam inúteis.

Relíquia Mortal

Uma mulher sendo carregada numa cadeira de rodas estendeu uma das mãos em forma de garra para pegar a fita da caixa de flores.

— Adoro flores. *Adoro* flores. — A voz de taquara rachada saía de um rosto encarquilhado que fez Trevor pensar numa maçã seca e enrugada. — Obrigada, Johnnie! Amo você, Johnnie!

— Ora, Tiffany... — A atendente, uma morena com ar alegre e jovial, se inclinou sobre a cadeira motorizada e deu tapinhas carinhosos no ombro da velhota. — Este rapaz simpático não é Johnnie. O seu Johnnie esteve aqui ontem, lembra?

— Mas eu posso ficar com as flores? — Olhou para cima com ar esperançoso, a mão ossuda como um gancho ainda agarrada à fita.

Trevor teve de reprimir um arrepio e se mexeu com rapidez para evitar que aquela mão horrorosa e manchada fizesse contato com qualquer parte de sua pele.

— São para minha avó. — Mesmo quando sentiu a bile lhe subir até a garganta, sorriu. — Ela é uma senhora muito especial. Mas... — Diante do olhar embevecido e aprovador da atendente, abriu a caixa e tirou um botão de rosa. — Ela não vai se importar se eu lhe oferecer uma.

— O senhor é muito atencioso — elogiou a atendente. — Viu que sorte a sua, Tiffany? Recebeu uma linda rosa de um belo rapaz.

— Existem muitos belos rapazes que me trazem flores. Muitos. — Acariciou as pétalas e se perdeu numa recordação desfocada qualquer.

— O senhor disse que veio ver sua avó? — perguntou a atendente.

— Isso mesmo. Janine Whittier. No saguão me informaram que ela estava no salão comunitário.

— Exato. A sra. Janine é encantadora. Vai ficar muito contente em vê-lo. Se precisar de alguma ajuda, não hesite em dizer. Voltarei daqui a pouco. Meu nome é Emma.

— Obrigado. — Como não sabia se Emma poderia lhe ser útil, fez uma mesura e se curvou para sorrir diante da velhota. — Muito prazer em conhecê-la, sra. Tiffany. Espero que nos encontremos em breve.

— Flores belas. Olhos frios. Olhos mortos. Às vezes a fruta bonita está podre por dentro. Você não é o meu Johnnie.

— Lamento — sussurrou Emma, e carregou a velha dali.

Bruxa horrorosa, pensou Trevor. Permitindo-se o arrepio que evitara antes, completou o caminho até o salão comunitário.

O lugar era arejado, alegre e espaçoso. Possuía áreas separadas para atividades específicas. Telões nas paredes exibiam vários programas. Tinha mesas armadas com jogos de tabuleiro, um espaço para receber visitas, outro para trabalhos manuais, mais uma sala também para visitas ou para passar o tempo com livros e revistas.

Havia vários atendentes, e o ruído difuso o fez pensar num grande coquetel onde as pessoas se dividiam em grupos e ignoravam as conversas ao seu redor.

Quando hesitou, outra atendente atraente se dirigiu a ele.

— Sr. Whittier?

— Eu mesmo.

— Ela está muito bem-disposta hoje. — Fez sinal para uma mesa ao lado de uma janela por onde o sol entrava. Duas mulheres e um homem jogavam cartas.

Teve um instante de pânico ao confirmar que não sabia qual das mulheres era a avó, mas logo percebeu que uma delas estava com a perna direita engessada. Certamente lhe teriam avisado diversas vezes ao longo do caminho se a avó tivesse sofrido um acidente.

— Ela parece ótima — afirmou ele. — É reconfortante saber que é bem-tratada e se sente em casa aqui. E o dia está muito bonito, menos quente do que ontem. Acha que posso levá-la para um passeio pelos jardins?

— Estou certa de que ela vai adorar. Vai tomar os medicamentos daqui a uma hora. Se vocês não estiverem de volta até lá, mandarei alguém ao seu encontro.

— Obrigado. — Mais confiante, foi até a mesa. Sorriu e se agachou. — Olá, vovó. Trouxe flores para a senhora. Rosas cor-de-rosa.

Ela não olhou para ele, nem mesmo de esguelha. Manteve-se concentrada nas cartas que tinha nas mãos ossudas.

— Tenho de terminar essa rodada — avisou.

Relíquia Mortal

— Tudo bem. — *Megera estúpida e mal-agradecida.* Empertigou-se com a caixa de flores na mão e a viu escolher com muito cuidado uma carta para jogar sobre a mesa.

— Bati! — exclamou a outra velha, numa voz surpreendentemente forte e firme. — Derrotei vocês novamente. — Espalhou as cartas que tinha sobre a mesa e sorriu quando o homem praguejou.

— Cuidado com a língua, bode velho. — A vencedora se virou na cadeira para analisar Trevor com atenção, enquanto o homem contava os pontos com bastante cuidado. — Quer dizer que você é o neto de Janine? É a primeira vez que o vejo. Já estou aqui há mais de um mês e é a primeira vez que você aparece. Vou passar só seis semanas aqui. — Deu palmadinhas no gesso. — Acidente de esqui. Minha neta vem me visitar toda semana, nunca falha. Por que nunca aparece para ver a sua avó, o que há de errado com você?

— Sou um homem muito ocupado — respondeu ele, com frieza. — Mas não creio que isso seja da sua conta.

— Fiz noventa e seis anos, e tudo o que se passa à minha volta é da minha conta. O filho e a nora de Janine vêm aqui pelo menos duas vezes por semana. É uma pena você andar tão atarefado.

— Vamos lá, vovó. — Ignorando a bisbilhoteira, Trevor colocou as mãos nas costas da cadeira de Janine.

— Eu sei andar! Sei andar muito bem. Não preciso que me empurrem.

— É só até chegarmos lá fora, no jardim. — Queria levá-la dali depressa. Por isso, colocou a caixa branca sobre o colo da avó e seguiu com a cadeira na direção da porta. — Hoje não está tanto calor e o tempo firmou. O ar fresco lhe fará bem.

Apesar da higiene impecável das instalações e dos rios de dinheiro que eram precisos para mantê-las, Trevor conseguia sentir apenas o cheiro da decadência da idade e da doença. Aquilo lhe provocava náuseas.

— Ainda não acabei de contar os pontos.

— Não faz mal, vovó. Por que não abre seu presente?

— Não tenho nenhum passeio agendado para agora — disse ela, com determinação. — Isso não está no meu programa de hoje. Não compreendo esta mudança. — Mas seus dedos ergueram a tampa da caixa quando ele a levou para o elevador. — Oh, são lindas! Rosas. Nunca tive muita sorte com elas no jardim. Sempre plantei pelo menos um pé onde quer que estivéssemos. Você lembra, meu querido? Eu precisava tentar. Minha mãe tinha um jardim de rosas belíssimo.

— Aposto que sim — disse Trevor, sem demonstrar muito interesse.

— Você o viu uma vez. — Parecia mais animada naquele momento, e um pouco da beleza de outrora surgiu em seu rosto. Trevor não viu nada disso, mas reparou nos brincos de pérola nas orelhas, nos sapatos caros de couro em tom creme. E pensou no desperdício.

Ela continuava a acariciar as pétalas cor-de-rosa. Quem os visse passar, repararia apenas no prazer de uma senhora idosa e frágil ao olhar as flores e no rapaz bonito e bem-vestido que empurrava sua cadeira de rodas.

— Quantos anos você tinha, querido? Quatro, eu acho. — Radiante, tirou uma das rosas da caixa e a cheirou. — Você não lembra, mas eu, sim. Lembro-me com toda a clareza. Por que não me recordo do que aconteceu ontem?

— Porque ontem foi um dia sem importância.

— Ganhei um novo penteado ontem. — Passou a mão pelos cabelos e balançou a cabeça para os lados, a fim de exibir os cachos castanho-avermelhados. — Gostou, querido?

— Ficou bom. — Decidiu, na hora, que nem alguns milhões em diamantes conseguiriam induzi-lo a tocar naqueles cabelos secos e decrépitos. Qual seria a idade daquele saco de ossos, afinal? Fez as contas apenas para se entreter e ficou surpreso ao perceber que ela era mais jovem do que a vaca abelhuda na mesa de jogo.

Parecia mais velha, decidiu ele. Parecia ainda mais arcaica por ser lunática.

— Voltamos naquela vez à casa de minha mãe. Voltamos, sim. — Ela balançava a cabeça para os lados com força. — Só por algumas horas. Eu sentia tanta saudade da minha mãe que o coração doía. Mas era inverno e as rosas não estavam em flor. Por isso é que você não conseguiu vê-las.

Relíquia Mortal

Encostou um botão de rosa no rosto.

— Plantei sempre um canteiro de flores onde quer que estivéssemos — continuou. — Eu precisava tentar. Nossa, está muito claro aqui fora! — resmungou com a voz trêmula quando Trevor empurrou a cadeira na direção do sol.

— Vamos para a sombra num minuto. A senhora sabe quem eu sou, vovó?

— Sempre soube quem você era. Foi difícil, muito difícil passar a vida trocando de nomes, mas eu sempre soube quem você era, querido. Cuidamos um do outro e nos mantivemos a salvo, não foi? — Estendeu a mão e deu palmadinhas carinhosas na dele.

— Claro. — Tudo bem. Se ela queria pensar que ele era o filho, em vez do neto, ótimo. Era até melhor, na verdade. Mãe e filho compartilhavam uma ligação única. — Nós sempre cuidamos um do outro, mamãe.

— Às vezes eu mal me lembro dos detalhes. As imagens vêm e vão, como num sonho. Mas vejo você sempre com clareza, Westley. Não... Matthew. Não, não... *Steven*! — Soltou um suspiro de alívio quando se fixou no último nome. — Você é Steven agora, e já faz muito tempo. Foi o nome que escolheu manter. Então é quem você é. Tenho tanto orgulho do meu menino!

— A senhora se lembra daquela última vez em que ele nos encontrou? Meu pai? Tem alguma lembrança da última vez em que o vimos?

— Não quero falar disso porque faz mal à minha cabeça. — Balançou a cabeça para os lados enquanto ele levava a cadeira de rodas para longe dos outros. — Está tudo bem aqui? Estamos em segurança?

— Perfeitamente seguros. Ele se foi. Está morto. Morreu há muito tempo.

— É o que *dizem* — sussurrou, e era evidente que ela não estava convencida por completo.

— Ele não pode mais feri-la, mamãe. Mas a senhora se lembra daquela última vez em que ele apareceu? Chegou tarde da noite na casa onde morávamos, em Ohio.

— Achávamos que estávamos seguros, mas ele sempre aparecia. Nunca deixei que fizesse mal a você. Não importa o que ele faz a mim, mesmo quando me espanca, mas em você ele não toca. Não vai conseguir ferir meu filhinho.

— Sim, sim. — *Caraca*, pensou Trevor, *supere isso.* — E naquela última vez, em Ohio? Em Columbus?

— Aquela foi a última vez que ele apareceu? Não consigo me lembrar direito. Às vezes acho que ele nos encontrou lá, mas é como um sonho, um pesadelo. Tínhamos de ir embora. Não podíamos arriscar. Disseram que ele morreu, mas como podem ter certeza? Ele me garantiu que sempre nos encontraria. É por isso que tínhamos de fugir. Está na hora de fugirmos novamente?

— Não. Mas quando estávamos em Columbus ele apareceu. Tarde da noite, não foi?

— Oh, Deus, ele estava lá. Parado diante da porta. Não houve tempo para fugir. Você estava assustado e apertou minha mão com força. — Ela estendeu o braço e apertou a mão de Trevor até seus ossos doerem. — Eu não queria deixá-lo sozinho com ele nem por um minuto. Ele roubaria você de mim, se tivesse chance. Só que não queria você naquela época. Mas um dia ele o levaria embora, e me ameaçava com isso o tempo todo. Um dia eu iria olhar em volta, você teria sumido e eu nunca mais conseguiria encontrá-lo. Eu não poderia permitir isso, querido. Nunca, nunca permitiria que ele fizesse algum mal a você.

— E ele não fez, mesmo. — Trevor rangia os dentes de impaciência. — O que aconteceu na noite em que ele foi à nossa casa em Columbus?

— Eu tinha acabado de colocar você na cama. Estava vestido com o pijaminha de Frodo, era o meu pequeno Senhor dos Anéis. Mas eu tive de acordar você. Não sei o que ele teria feito se eu tivesse me recusado a acordá-lo. Eu o levei até seu pai e ele lhe deu um presente. Você gostou do brinquedo, era apenas um garotinho. Mesmo assim, tinha medo dele. "Isso não é para brincar", foi o aviso que ele lhe deu. "É só para guardar. Um dia, talvez valha alguma coisa." Disse isso e começou a rir sem parar.

— O que era? — A empolgação subia e descia pela espinha de Trevor. — O que foi que ele me deu?

Relíquia Mortal

— Logo depois mandou você voltar para a cama. Era uma criança, jovem demais para interessá-lo. "Volte para a cama e preste atenção ao que eu disse. Guarde isso sempre com você." Ainda consigo vê-lo parado ali, exibindo aquele sorriso assustador. Talvez estivesse armado. É bem provável que estivesse, muito provável, mesmo...

— O que foi que ele me mandou guardar?

Mas ela já estava além do alcance dele. Voltara cinquenta anos no tempo e sentia medo.

— Ficamos só nós dois depois que você subiu. Fiquei sozinha com seu pai e ele me apertou a garganta.

Levou a própria mão ao pescoço e prendeu a respiração.

— Achei que tinha chegado o momento de ele me matar. Um dia ele me mataria, se eu não continuasse fugindo. Um dia, roubaria você de mim, se não nos escondêssemos. Eu devia procurar a polícia.

Cerrou um dos punhos e bateu na caixa.

— Mas tenho medo. Ele vai matar a nós dois se eu procurar ajuda. O que os policiais podem fazer para pegá-lo? Seu pai é esperto demais, ele sempre disse isso. É melhor nos escondermos novamente.

— Concentre-se naquela noite. Fale-me apenas daquela última noite.

— Aquela noite... Aquela noite. Não me esqueço dela. Posso me esquecer do que aconteceu ontem, mas daquela noite eu nunca me esqueço. Ainda ouço a voz dele na minha cabeça.

Ela tapou os ouvidos com as mãos.

— Judith. Meu nome era Judith.

O tempo estava se esgotando, pensou Trevor. Eles logo viriam trazer os remédios da velha. Preocupado com a possibilidade de alguém aparecer mais cedo se reparassem no chilique dela ou a ouvissem choramingando e reclamando, ele empurrou a cadeira de rodas um pouco mais para o fundo do jardim, parando debaixo de uma grande sombra.

Obrigou-se a tocar nela e a dar-lhe tapinhas de consolo no ombro magro.

— Calma, calma, isso não tem mais importância. Tudo o que importa é aquela última noite. A senhora vai se sentir melhor se me contar o que aconteceu. Eu também vou me sentir melhor — acrescentou, inspirado. — A senhora quer que eu me sinta melhor, não quer?

— Sim, e não quero que se aflija com nada. Oh, querido, não quero que tenha medo. Eu sempre tomarei conta de você.

— Sim, eu sei. Fale-me daquela noite em Ohio, quando ele apareceu para me dar um presente.

— Ele olhou para mim com aqueles olhos terrivelmente frios. "Vá em frente e fuja. Fuja para o mais longe que conseguir e mesmo assim eu irei encontrá-la." Depois, ameaçou: "Se o menino não estiver com o presente bem guardado quando eu aparecer da próxima vez, vou matar vocês dois." Ele disse que nunca seríamos achados e ninguém saberia da nossa morte. Avisou que, se eu quisesse permanecer viva e quisesse manter meu filho vivo, teria de fazer exatamente o que ele mandou. Foi o que eu fiz. Fugimos em seguida, mas fiz o que ele ordenou, para o caso de nos encontrar novamente. Ele voltou? Nos meus sonhos, ele vive nos encontrando.

— O que foi que meu pai me levou de presente, cacete? — Trevor balançou a cadeira com força, deu a volta e quase colou o rosto no dela. — Conte-me o que foi que ele me deu.

Os olhos dela se arregalaram e ficaram vidrados.

— A retroescavadeira, ora. A máquina amarela. Mantivemos o modelo em escala bem lacrado, na caixa em que veio, durante muitos anos. Guardamos a miniatura como se fosse um segredo. Você nunca brincou com ela. Então mais tarde, a colocou em destaque na sua prateleira. Por que você queria aquilo à vista de todos? Para provar ao seu pai que tinha feito o que ele mandara?

— A senhora tem certeza disso? — Agarrou-a pelos ombros e balançou sua estrutura frágil, constituída de ossos finos e quebradiços. — Tem certeza absoluta disso?

— Eles disseram que você tinha morrido! — Seu rosto assumiu um tom cinza-claro, muito pálido, e sua respiração ficou entrecortada. — Eles me disseram que tinha morrido, mas isso não aconteceu. Eu sabia, eu sabia que não estava morto. E aqui está você, na minha frente. Não é um pesadelo. Você voltou! Conseguiu nos achar. Está na hora de fugir. Não vou permitir que maltrate meu filhinho. É hora de fugir.

Relíquia Mortal

Ela começou a se debater na cadeira, e seu rosto passou de um cinzento pálido para um perigoso tom de vermelho. Trevor deixou que a avó o empurrasse com força e observou, sem muito interesse, quando ela se colocou em pé com dificuldade. As rosas caíram da caixa e se espalharam pelo chão. Com os olhos arregalados, ela tentou correr, mas tropeçou, caiu como uma boneca de pano sobre as flores cor-de-rosa e ficou parada imóvel no chão, sob o sol cintilante.

Capítulo Trinta

Eve encontrou a mesma recepcionista no escritório de Chad Dix, mas o processo aconteceu com muito mais rapidez. A mulher olhou para Eve assim que a tenente entrou no saguão e ficou em estado de alerta.

— Detetive Dallas? — cumprimentou ela.

— Tenente. — Eve exibiu o distintivo para reavivar a memória da atendente. — Quero autorização para subir até o andar de Chad Dix.

— Claro, imediatamente. — O olhar dela passava de Eve para Peabody, enquanto liberava a entrada de ambas. — A sala do sr. Dix fica no...

— Sei onde fica — interrompeu Eve, já seguindo a passos largos na direção do elevador.

— Será que é bom inundar de medo o coração de todo mundo? — perguntou Peabody, quase para si mesma. — Ou simplesmente parece a coisa certa a se fazer?

— As duas coisas. Um dia você vai chegar lá, Peabody. — Deu um tapinha no ombro da parceira. — Um dia você vai chegar lá.

— Essa é a maior ambição da minha vida, senhora. — Entraram no elevador. — Você não acha que Dix esteja envolvido nestes crimes, acha?

— Um cara escondeu um punhado de diamantes numa escavadeira de brinquedo, onde provavelmente ficaram por meio século. Depois disso, nada mais me surpreende, mas não acho que Dix seja o assassino. Ele não tem imaginação. Se estiver com a miniatura ou tiver conhecimento do esconderijo dos diamantes, deve ser por acaso. Se soubesse das pedras e quisesse mais informações, teria ficado com Samantha Gannon para bancar o Romeu e pressioná-la até conseguir mais dados em vez de aceitar numa boa o término do romance. Não precisaria de Tina Cobb, já que tinha acesso à residência de Gannon e poderia ter revistado a casa toda enquanto os dois ainda eram um casal.

— Ela não teria lhe contado sobre Judith e Westley Crew, mesmo que continuassem juntos.

— Não. Samantha tem integridade e mantém a palavra dada. Já Dix é um cara que reclama de tudo. O livro afastou a namorada? Ele se irrita com o livro. Ela ganha fama e vai a coquetéis. Então ele se irrita com ela. Os diamantes, para ele, não passam de uma fantasia sem propósito, inconveniente. Mas Dix é a única ligação direta entre Trevor Whittier e os Gannon. Ele é o golpe do acaso que deu origem a tudo.

Saíram do elevador e viram a atendente agitada que as esperava na porta.

— Tenente, detetive, lamento muito, mas o sr. Dix não se encontra em sua sala. Está numa reunião externa e não voltará em menos de uma hora.

— Ligue para ele e peça que venha.

— Mas...

— Nesse meio-tempo, preciso entrar na sala dele.

— Mas...

— Você quer que eu lhe traga um mandado? Em papel timbrado, com o seu nome e o dele, para ambos passarem algumas horas desse belo dia de sol na Central de Polícia?

— Não, não, claro que não. Se puder me dar uma ideia do assunto que a traz aqui, eu...

— Qual era a natureza do assunto da outra vez?

A mulher pigarreou e olhou para Peabody.

— Ela disse homicídio — disse, baixinho.

— A resposta continua valendo. — Sem esperar consentimento, Eve se dirigiu à sala de Chad Dix. A atendente a seguiu quase correndo.

— Vou permitir que entrem, mas insisto em estar presente o tempo todo. Não posso deixá-las sozinhas, uma vez que o sr. Dix lida com muitos assuntos confidenciais.

— Só vim aqui para me entreter um pouco com os brinquedinhos dele. Chame-o imediatamente.

A mulher destrancou as portas, seguiu direto para a mesa de Dix e pegou o *tele-link* para fazer a ligação.

— Ele não atende, está caindo na caixa postal. Sr. Dix, aqui é Juna. A tenente Dallas está em sua sala e insiste em falar com o senhor imediatamente. Se tiver chance, retorne a ligação assim que possível e me diga como devo proceder. Estou ligando do seu *tele-link* e... Tenente, não toque nisso!

A voz da atendente ficou mais aguda quando Eve fez menção de tocar em um dos pequenos caminhões mecanizados. Nem o olhar frio que Eve lhe lançou por cima do ombro surtiu efeito.

— Estou falando sério, tenente. A coleção do sr. Dix é muito valiosa. Ele é bastante rigoroso com isso. A senhora pode me convocar para a delegacia, Central ou sei lá como chama, mas ele pode me despedir. Eu preciso deste emprego.

Para acalmar a mulher, Eve enfiou os polegares nos bolsos de trás da calça.

— Alguma dessas miniaturas é uma retroescavadeira, Peabody?

— Essa menorzinha. — Peabody esticou o queixo a fim de indicar o modelo. — Mas é pequena demais e é vermelha. Não combina com a descrição de Whittier.

— E esta? — Eve estendeu a mão e ficou a milímetros de tocar uma das peças. A atendente prendeu a respiração e soltou um gritinho abafado.

— É um... Como se chama? Puma? Leão da montanha? Lince! — exclamou. — Quer dizer, essa é a marca do caminhão, não sei o nome técnico do veículo. Ao lado está um... Como é o nome desse troço? Sei lá, um caminhão de bombeiro. Depois temos um ônibus espacial fantástico e um dirigível. Ele separou tudo por categorias: máquinas agrícolas, transportes aéreos, transportes terrestres, equipamentos de construção, veículos 4 x 4... Observe os pedais e os painéis de comando. Oh, veja que bonitinho! Uma enfardadeira de feno minúscula! Minha irmã tem uma dessas na fazenda. E ali estão os pequenos trabalhadores rurais que a utilizam.

Tudo bem, percebeu Eve. Talvez aquilo não fosse coisa só de homens.

Relíquia Mortal

— Que beleza! Talvez fosse melhor nos sentarmos no chão para brincar com as lindas miniaturas em vez de perder tempo caçando um assassino canalha e cruel.

— Estou só apreciando — reclamou Peabody, baixinho. — E verificando se o objeto que buscamos está aqui.

Eve se virou para a assistente e perguntou:

— Isto é tudo?

— Como assim, tenente?

— Esta é a coleção completa do sr. Dix?

— Ah, não. O sr. Dix tem uma das maiores coleções do país. Isso é apenas uma amostra, as peças mais valiosas estão em sua casa. Ele até empresta as peças mais raras para museus. Algumas delas estiveram numa exposição no Metropolitan há dois anos.

— Onde ele está?

— Como já disse, está numa reunião externa. Deve voltar...

— Onde?

A atendente suspirou.

— Foi almoçar com clientes no Red Room, na Rua 33.

— Se ele ligar, diga a ele para não sair de lá.

Dix já dava por terminada a reunião de negócios e apreciava então um martíni. Gostou quando o nome de Trevor apareceu na tela do *tele-link*, quando a reunião estava praticamente encerrada. E curtiu saber que o almoço tedioso iria se transformar num divertido encontro pessoal.

Curtiu tanto que ignorou a ligação que recebera do trabalho. Ele bem que merecia uma folga depois da manhã que tivera.

— Você não poderia ter escolhido melhor momento para me ligar! — comemorou, ao falar com Trevor. — Eu estava preso com dois velhos chatos que têm mais dinheiro que imaginação. Passei uma hora e meia ouvindo um blá-blá-blá interminável a respeito de impostos, taxas de corretagem e a situação do mercado. — Comeu uma azeitona grande empapada com gim.

Tecnicamente o seu programa de reabilitação proibia o álcool. Mas, que diabos, um martíni não era um Zoner, nem um estimulante sensorial, pelo amor de Deus. Além disso, como o próprio Trevor reconhecera, ele merecia aquela indulgência.

— Estou mais que disposto a esticar a hora do almoço — avisou.

Encontraram-se pouco depois e se sentaram no bar do próprio restaurante, revestido de lambris escuros e poltronas estofadas em vermelho.

— Não tive chance de conversar com você durante a festa de ontem — começou Dix. — Você foi embora cedo.

— Problemas de família. — Trevor encolheu os ombros e tomou um gole do martíni que pedira. — Tive de visitar o meu velho.

— Ah, sei bem como são essas coisas. Você soube da confusão envolvendo o nome de Samantha? Eu não consegui falar de outra coisa a noite inteira. Todo mundo me pressionou para saber de mais detalhes.

Trevor se obrigou a exibir um ar inexpressivo e perplexo.

— Samantha?

— Minha ex. Samantha Gannon.

— Ah, sei, claro, a ruiva de cabelos compridos. Vocês terminaram?

— Sim. Ela é passado, mas a polícia apareceu no meu trabalho. Uma tira marrenta veio atrás de mim. Samantha foi viajar. Estava numa turnê, lembra? Para divulgar o livro que ela escreveu sobre o antigo golpe de diamantes e sobre a família dela?

— Sim, agora estou me lembrando. Uma história fascinante!

— Pois tem mais. Durante a ausência dela, alguém invadiu sua casa e matou sua amiga, Andrea Jacobs. Era a maior gata...

— Nossa, que mundo doentio!

— E como! Foi uma pena o que aconteceu com Andrea. Todos gostavam muito dela. A polícia está na minha cola. — O vago tom de orgulho na voz de Dix fez com que Trevor sorrisse para o fundo do copo.

— Na sua cola? Não me diga que os idiotas acham que você tem alguma coisa a ver com isso.

— Pelo visto, acham. Disseram que era uma conversa de rotina, mas eu estive a ponto de ligar para um advogado. — Ergueu a mão e juntou

Relíquia Mortal

o polegar e o indicador para mostrar o quanto estivera perto disso. — Depois, soube que a faxineira de Samantha também foi morta. Aposto que vou ter de arrumar um álibi para a noite desse crime também. Que tiras imbecis, fala sério! Eu nem conhecia a faxineira de Samantha. Além do mais, tenho cara de psicopata, por acaso? Você deve ter ouvido falar no caso, está em todos os noticiários.

— Tento não assistir a noticiários. É tudo deprimente e não tem nada a ver comigo. Quer mais um drinque?

Dix olhou para o copo vazio. Não devia, mas...

— Por que não? Mas você vai continuar uma dose atrasado.

Trevor pediu mais um drinque para Dix, sorriu ao erguer o martíni em que mal tocara e avisou:

— Daqui a pouco eu empato esse jogo. O que Samantha diz de toda essa história?

— Não consegui entrar em contato com ela. Dá para acreditar? Sumiu do mapa, ninguém sabe onde está.

— Alguém deve saber — argumentou Trevor.

— Ninguém. Aposto que a polícia a escondeu em algum canto. — Fez uma careta e empurrou o copo vazio para o lado. — Provavelmente essa história vai virar um novo livro.

— Que nada, ela vai aparecer qualquer hora dessas. Eu liguei porque queria falar com você sobre uma peça que eu lhe vendi há alguns meses. A retroescavadeira em miniatura fabricada no ano 2000.

— Ótima peça, em excelente estado. Nem sei como você teve coragem de se desfazer dela. — Sorriu e comeu os aperitivos enquanto esperava pela segunda dose. — Apesar do preço absurdamente alto que você me cobrou.

— Esse é o problema. Quando vendi a peça, eu não fazia ideia de que tinha sido um presente dado ao meu velho pelo meu avô. Quando estive com meu pai ontem à noite, ele se lembrou dela. Valor sentimental e blá-blá-blá. Ele quer aparecer lá em casa para vê-la em exibição no meio das outras. Não tive coragem de lhe contar que a vendi.

— Bem... — Dix pegou o copo que acabara de chegar. — Foi exatamente o que você fez.

— Sim, eu sei. Eu a compro de volta pelo preço que você pagou e ainda lhe dou um troco extra. Não quero ter de lidar com uma crise familiar, e é por isso que a quero de volta.

— Gostaria muito de ajudar você, Trevor, mas não quero vendê-la.

— Escute, eu lhe ofereço o dobro do que você pagou.

— O dobro? — Os olhos de Dix brilharam por sobre a borda do copo. — Puxa, você quer mesmo evitar uma crise em casa.

— Vale a pena manter o velho contente. Você conhece a coleção dele.

— E a invejo — admitiu Dix.

— Talvez eu consiga convencê-lo a se desfazer de algumas peças.

Considerando a oferta, Dix comeu uma azeitona e replicou:

— Preciso de uma máquina perfuradora de poços da série especial lançada em 1985. No artigo que saiu sobre essa peça na revista *Scale Model*, eles dizem que seu pai tem uma em perfeito estado.

— Vou consegui-la para você.

Dix fez um som de indecisão, como se estivesse se fazendo de difícil. Trevor cerrou um dos punhos e teve vontade de esmurrar aquela cara convencida até sangrar.

Já perdera tempo suficiente.

— Tudo bem, então me faça um favorzão. Empreste-me a retroescavadeira por uma semana. Ofereço mil dólares pelo empréstimo e ainda lhe arranjo a perfuradora de poços. Essa é uma oferta excelente. — Como Dix continuou calado e continuou a sorver o gim com toda a calma do mundo, Trevor sentiu que estava prestes a perder o controle. — Ah, qual é, cara? Você vai ganhar mil paus para não fazer nada!

— Não fique irritado, eu não recusei a proposta. Só estou tentando imaginar aonde você quer chegar. Sei que você nem gosta do seu pai!

— Não aguento o filho da mãe, mas ele não anda bem de saúde. Acho que lhe restam poucos meses de vida.

— Sério?

Trevor foi em frente com a ideia e se inclinou um pouco.

— Se ele descobrir que eu vendi aquele troço, vai surtar. É simples: Do jeito que as coisas estão, eu herdo a coleção. Mas, se ele souber o que fiz, é capaz de deixá-la em testamento para algum museu. Nesse caso, eu não poderei lhe vender nenhuma das melhores peças. Se eu perder, você também perde, meu amigo.

— Analisando por esse ângulo... Uma semana, Trevor, mas quero tudo por escrito, direitinho. Amigos, amigos, negócios à parte.

— Por mim, tudo bem. Termine seu drinque e podemos ir buscar a peça agora mesmo.

Dix olhou para o relógio de pulso.

— Vou me atrasar ainda mais para voltar ao trabalho.

— E vai continuar atrasado. *Em compensação*, terá mil dólares a mais no bolso.

— Bem observado. — Dix ergueu o copo e fez um brinde.

O comunicador de Eve tocou quando ela tentava estacionar na Rua 33.
— Dallas falando!

— Aqui é Baxter. Estamos com problemas aqui.

— Por que as pessoas não usam transporte público ou ficam em casa? — Irritada com o tráfego e com a rua cheia de gente, Eve acelerou, ligou o sinal de VIATURA EM SERVIÇO e ignorou as buzinas. Parada em fila dupla, fez sinal para que Peabody saísse do carro. — Que problemas?

— Acabei de receber uma ligação da casa de repouso onde está a mãe de Whittier. Ela levou um tombo ou desmaiou. Caiu de cara sobre um canteiro de flores.

— Está mal? — quis saber Eve, passando para o banco do carona para não arriscar a vida saindo pela porta do motorista.

— Bateu com a cabeça, pelo que entendi. Talvez tenha fraturado um cotovelo. Eles conseguiram estabilizá-la e a sedaram, porém, Whittier e a esposa querem ir para lá agora mesmo.

— Deixe-os ir, mas quero que sejam escoltados por dois policiais, que não devem sair da cola deles.

— Tenho outra novidade muito interessante. Na verdade, é excelente. Ela não estava passeando sozinha. O neto foi até lá para vê-la.

— Filho da mãe. Ele está lá, agora?

— Não, o canalha se mandou e a deixou caída lá, sozinha. Não contou a ninguém. Ele se identificou na entrada. Levou flores para ela e conversou com algumas atendentes. Sabia que tinha ficado um registro da sua visita e mesmo assim foi embora. Os agentes que você enviou para lá chegaram meia hora depois.

— Quero o local todo isolado e revistado.

— Já providenciei isso.

— Ele deixou a retaguarda aberta. — Entrou no restaurante a passos largos. — Já descobriu o que procurava e sabe onde achar. Não se importa em deixar rastros. Você precisa ir até a casa de repouso com os Whittier. Trate de tudo por lá. Estamos seguindo uma pista e nos falaremos em breve.

— Ele deixou a avó caída no chão? — perguntou Peabody, indignada.

— Ela teve sorte por ele não ter se dado ao trabalho de eliminá-la. Já tem o prêmio e vai correr, agora. Chad Dix — disse Eve para a recepcionista do restaurante. — Em que mesa ele está?

— Desculpe?

— Deixe para lá, estou com pressa. — Ela bateu com o distintivo no balcão. — Estou procurando Chad Dix.

— Puxa, será que a senhora não poderia ser mais discreta? — perguntou a recepcionista, empurrando o distintivo de volta para Eve.

— Posso ser mais indiscreta ainda. Quer ver?

A jovem tocou na tela para descobrir o número da mesa que tinha sido reservada.

— Ele estava na mesa catorze, mas já saiu.

— Quero falar com o garçom que o serviu. Droga! — Afastando-se um pouco, Eve pegou o *tele-link* e ligou para a secretária de Dix. — Ele já voltou?

— Não, tenente, está até atrasado. Ainda não retornou minha chamada

— Quando e se o fizer, quero ser informada imediatamente. — Desligou e se virou para um garçom jovem e bonito. — Você viu quando um cliente chamado Chad Dix, da mesa catorze, saiu?

Relíquia Mortal

— Catorze? Era uma mesa para três, mas dois deles já foram embora. O outro, o cliente que pagou a conta, recebeu uma ligação quase no fim da refeição. Pediu licença e foi atender longe da mesa. Ouvi quando falou com uma pessoa e combinou de se encontrar com ela no bar do restaurante em dez minutos. Ele parecia satisfeito.

— Foi aquele bar ali?

— Sim. Eu o vi indo para lá e pedindo uma mesa.

— Obrigada.

Eve abriu caminho por entre as mesas do restaurante, foi até o bar e analisou a área. Em seguida, pegou uma atendente pelo cotovelo.

— Escute, um sujeito acabou de sair daqui. Mais ou menos trinta anos, um metro e oitenta, cabelos pretos, compleição média, jeito de modelo. Você o viu?

— Claro! Tomou um gim martíni extrasseco com três azeitonas. A senhora se desencontrou dele por pouco.

— Estava com alguém?

— Sim, um homem maravilhoso. Cabelos louro-escuros, um terno de marca. Bebeu meio martíni enquanto o outro tomou dois. Saíram juntos há cinco ou dez minutos.

Eve girou nos calcanhares e avançou para a porta.

— Descubra o endereço de Dix.

— Já estou pesquisando — avisou Peabody. — Você quer chamar Baxter e Trueheart de volta?

— Não, eles levariam muito tempo para voltar depois de largar os Whittier. — Eve entrou no carro e recolheu as pernas longas. — Isto pode se transformar numa situação com refém num estalar de dedos.

— Não temos certeza de que estão indo para a casa de Dix.

— É nosso melhor palpite. Entre em contato com Feeney e com McNab. Chamaremos mais reforços se a coisa ficar feia. — Como estava presa no engarrafamento, colocou a viatura em modo vertical, ligou a sirene e fez uma curva em U a dois metros do chão. — Upper East Side, não é?

— Isso mesmo, tenho o endereço aqui. Este GPS está uma bosta! — praguejou Peabody, batendo com a base da mão na tela do painel.

— Você está progredindo, detetive — comentou Eve, diante do ataque de raiva.

— Aprendi com a melhor instrutora. Pegar a Sexta Avenida é a melhor opção. Caraca, cuidado com a carrocinha de lanches!

Eve passou a poucos centímetros do vendedor e ligou para Roarke pelo *tele-link*.

— O suspeito talvez esteja indo para a casa de Chad Dix, em companhia do próprio — avisou, de forma direta. — Acho que Whittier filho descobriu onde os diamantes estão. Baxter e Trueheart estão a caminho de Long Island com Whittier pai e a esposa. Feeney e McNab vão ser convocados para entrar em ação. Dependendo do que rolar, talvez eu precise de um perito em segurança, mesmo que seja civil. Você está mais perto que Feeney.

— Onde ele mora?

Peabody deu a Roarke o endereço, agarrou-se no apoio da porta e avisou:

— O tempo estimado para a nossa chegada é de cinco minutos, a não ser que viremos uma massa disforme de sangue pregada no asfalto antes disso.

— Estarei lá.

Eve entrou com o carro na Sexta Avenida, costurando os motoristas teimosos ou lerdos demais para abrir caminho para uma sirene ligada. Foi obrigada a pisar no freio com toda força para não atropelar um bando de pedestres que se lançaram sobre a passagem listrada assim que o sinal deles abriu.

As pessoas não se abalaram e continuaram seu caminho, ignorando a sirene ensurdecedora e os xingamentos de Eve, que colocara a cabeça para fora do carro. Um velhinho de cabelos brancos foi o único pedestre que reagiu e ergueu o dedo para ela, fazendo um sinal obsceno.

— Nossa, como eu adoro os nova-iorquinos! — exclamou Peabody quando seu coração parou de martelar. — Eles cagam e andam para o mundo.

— Se houvesse tempo, eu chamaria os guardas de trânsito para prender todos esses idiotas. Droga! — Ela acionou mais uma vez o modo vertical, mas o carro simplesmente sacudiu, ergueu-se alguns centímetros do solo e tornou a cair com um baque.

Relíquia Mortal

— O sinal vai abrir em alguns segundos — consolou-a Peabody.

— Ele vai levar Dix para dentro de casa. E depois que fizer isso...

Na parte norte da cidade, Trevor pagou o táxi em dinheiro. Durante o caminho com Dix, que falava coisas sem nexo, quase bêbado, ocorreu-lhe que talvez não conseguisse sair da cidade nem do país de imediato e deixara rastros demais.

A polícia já tinha interrogado e dispensado Chad, e era pouco provável que tornassem a incomodá-lo, mas não fazia sentido deixar uma trilha com o cartão de crédito até a porta da casa dele.

Desse jeito era mais inteligente. Em quinze ou vinte minutos ele sairia dali com milhões no bolso. Passaria pelo porteiro com toda a calma do mundo, desceria o quarteirão e pegaria outro táxi até o seu carro, que ficara estacionado na Rua 35.

Precisava de tempo para voltar em casa, pegar o passaporte e algumas coisas essenciais. E queria alguns minutos, só uns minutinhos, para admirar os diamantes na privacidade do seu lar. Depois disso, desapareceria de vez. Muito simples.

Já tinha tudo planejado. Sumiria exatamente como Samantha Gannon fizera nos últimos dias, só que com muito mais estilo.

Um jato particular o levaria até a Europa. Alugaria um carro com identificação falsa em Paris e iria até a Bélgica para se encontrar com um negociante de diamantes que conhecera no submundo. Tinha dinheiro mais que suficiente para essa parte da viagem. Depois de vender algumas das pedras, teria muito mais para todo o resto.

Outra transação aconteceria em Amsterdã, e Moscou seria a terceira parada.

Cruzando o planeta de um lado a outro desse jeito, usando identidades falsas e vendendo pedras aqui e ali — nunca muitas de cada vez —, calculava que em seis meses, no máximo, teria se livrado de todas e poderia curtir a vida que sempre merecera.

Iria precisar de algumas cirurgias de escultura facial, o que era uma pena, pois gostava muito do seu rosto. Mas alguns sacrifícios eram necessários.

Estava de olho em uma ilha no Sul do Pacífico, onde poderia viver como um rei. Ou, melhor ainda, como um verdadeiro Deus. Além desse lugar, descobrira uma cobertura palaciana no suntuoso Olympus Resort, que ficava fora do planeta. Ela iria lhe servir como uma excelente moradia secundária.

Nunca, nunca mais teria de seguir regras criadas por outros. Nunca mais seria obrigado a se curvar às vontades e queixas dos pais; nem precisaria fingir interesse nos detestáveis parentes da mãe; nem passar tantas horas tediosas num cubículo dentro de um escritório fechado.

Seria completamente livre, como deveria e gostaria de ser. Finalmente receberia sua herança, depois de tantos anos.

— Maldito trabalho — reclamou Dix.

Trevor olhou de esguelha. Ele encarava o *tele-link*, que tocava.

— Ah, que se danem! — Trevor colocou a mão sobre a de Dix. — Eles que esperem.

— Isso mesmo, que se lixem. — Com o gim acelerando sua corrente sanguínea, Dix riu e guardou o aparelho novamente no bolso. — Já que sou tão indispensável, está na hora de pedir um aumento. — Entrou no prédio ao lado de Trevor. — Aliás, acho que vou tirar o restante do dia e deixar que alguém por lá resolva os pepinos, para variar. Sabe que eu não tiro uns dias de folga há mais de três meses? Vivo com a cabeça enterrada no trabalho. — Usou uma senha para acionar o elevador. — Você sabe como são essas coisas.

— Nossa, como sei! — Trevor entrou no elevador com ele e sentiu o coração saltando no peito.

— Hoje temos um jantar marcado para mais tarde, lembra? Jan e Lucia. Vai dar para você ir?

Tudo lhe parecia tão sem importância, naquele momento, tão monótono, tão *pequeno*.

— Não sei, estou de saco cheio.

— Eu também ando assim. Tudo acaba sendo igual, dia após dia. As mesmas pessoas, os mesmos papos. Precisamos fazer algo a respeito. Até que me cairia bem um pouco de emoção, alguma coisa diferente. Um lance inesperado.

Trevor sorriu quando eles saíram do elevador.

— Cuidado com o que você deseja — avisou, e deu boas gargalhadas quando Dix destrancou a porta.

E ve freou bruscamente, cantando pneu diante do prédio de Dix. Já estava fora da viatura com o distintivo na mão antes que o porteiro tivesse chance de reclamar.

— Chad Dix.

— Entrou há dez minutos com um amigo. Sinto muito, mas a senhora não pode estacionar...

— Preciso da planta do prédio e do apartamento.

— Não posso ajudá-la a...

Ela o cortou erguendo a mão e olhou para trás quando Roarke estacionou o carro atrás do dela.

— Preciso da planta do edifício, dos apartamentos, e quero que sua segurança bloqueie todos os elevadores e escadas em todos os andares. Roarke — fez sinal com a cabeça, sabendo que ele conseguiria bons resultados muito mais depressa —, complete o papo. Peabody, vamos pedir reforço.

Pegou o comunicador para falar com o comandante e colocá-lo a par da situação.

Quando terminou, estava pronta para se encontrar com Feeney e McNab na sala dos seguranças do prédio. O diagrama do edifício estava no telão.

— Mandamos um guarda para os outros apartamentos do andar. Vamos evacuar todos os moradores de forma rápida e silenciosa. Depois, cercamos todas as saídas novamente. Vá cuidar disso — ordenou a Peabody.

— Sim, tenente.

— A saída de emergência do apartamento de Dix fica bem aqui. — Bateu com o dedo na tela. — Dá para isolar tudo a partir deste local?

— Claro. — Feeney apontou para McNab e ordenou que ele tratasse daquilo.

— Ele não vai a canto algum — afirmou Eve. — Está isolado e encurralado, mas isso não ajuda Dix em nada. Se ficarmos esperando e Whittier continuar sem desconfiar da nossa presença, talvez saia sozinho numa boa, mas o mais provável é que mate Dix, pegue o prêmio e tente escapar. É o estilo dele, o seu padrão. Se formos em frente, colocaremos em perigo a vida de um civil. Se Whittier souber que estamos aqui e que ficou sem saída, terá um refém.

— Uma pessoa precisa estar viva para virar refém.

Ela olhou para Feeney.

— É verdade, mas não precisa continuar viva. O lugar é imenso — continuou, analisando a planta do apartamento. — Chad mora num tremendo apê. Não dá para saber onde eles estão.

— Entraram numa boa, como dois amigos — lembrou Feeney. — Talvez ele pegue o brinquedo e deixe Dix vivo.

Eve balançou a cabeça.

— O instinto de sobrevivência fala mais alto. Dix é um risco grande demais e precisa ser eliminado. É mais fácil fazer isso agora. Já matou duas vezes e escapou numa boa.

Para assimilar melhor o conjunto, ela se afastou da tela.

— Isolamos o local completamente e o deixamos sem escapatória. Depois, vamos trabalhar com uma isca. Um entregador de pizza ou algo assim. Quem sabe se Dix não abre a porta? Se isso acontecer, nós o tiramos de lá e invadimos. Se não atender, presumimos que ele está morto ou incapacitado e arrombamos a porta. — Puxou os próprios cabelos com força. — Depois, poderemos tentar filmar e gravar o local, mas antes eu quero tentar a isca. Se isso se transformar num evento com refém, você trata das negociações? — perguntou ela a Feeney.

— Claro, deixe que eu cuido de tudo.

— Está bem, então. Alguém arrume algo para ser entregue no apartamento. McNab, você vai bancar o rapaz da entrega. Quero três agentes da equipe tática lá em cima, posicionados aqui, aqui e aqui — ordenou, apontando os pontos na tela. — Feeney, a segurança e as comunicações ficam por sua conta. McNab, vamos em frente.

Relíquia Mortal

Olhou para Roarke e perguntou:

— Você consegue abrir a fechadura da porta sem que ninguém do lado de dentro perceba?

— Claro, sem problemas.

— Muito bem, então. — Girou os ombros, preparando-se para a luta. — Vamos lá!

Capítulo Trinta e Um

Dentro do apartamento, Dix sugeriu outra bebida.

— Já que vou tirar o restante do dia de folga, quero que isso valha a pena.

Trevor calculou as probabilidades enquanto o observava pegando um misturador de drinques e uma garrafa de martíni. O porteiro o tinha visto entrar. Os discos da segurança o haviam filmado. Caso precisasse de mais tempo para escapar, poderia ser útil simular um acidente. Muito álcool no sangue, um escorregão no banheiro? Ele poderia e estaria longe dali antes de encontrarem o corpo. Isso lhe daria mais margem de manobra enquanto investigavam aquilo que pareceria, à primeira vista, o tombo de um bêbado.

Meu Deus, como era esperto! O avô teria orgulho dele.

— Não posso recusar o drinque, mas gostaria de ver a peça.

— Claro, claro. — Dix fez um gesto vago enquanto misturava as bebidas.

Enviaria uma mensagem do *tele-link* de Dix para o trabalho, decidiu. Iria configurá-la para ser transmitida dez minutos depois de ele sair do prédio. A segurança e o porteiro iriam confirmar a sua saída, se necessário. A mensagem pareceria ter sido enviada pelo próprio Dix, vivinho da silva e sozinho no apartamento.

Deus estava nos detalhes.

Relíquia Mortal

Trevor poderia nocauteá-lo e deixá-lo sem sentidos em qualquer lugar do apartamento. Depois o levaria até a banheira, o levantaria no ângulo certo e o largaria para que batesse com a cabeça na quina, por exemplo.

Todo mundo sabe que banheiros são verdadeiras armadilhas.

— Qual é a piada? — quis saber Dix, ao ver Trevor rindo.

— Nada não. Uma lembrança pessoal. — Pegou o copo. As impressões digitais não fariam diferença. Na verdade, era até melhor que estivessem ali, provando que tinham curtido um drinque entre amigos. Não era preciso esconder isso.

— Então, qual é o problema com o seu pai?

— É um cara travado, que se julga mais do que é e desaprova tudo que eu faço.

— Palavras duras, ainda mais se considerarmos que ele está à beira da morte.

— Como assim? — Trevor se xingou ao lembrar a mentira que contara, mas foi em frente. — Na verdade, morrer não vai mudar o que ele é. Não vou bancar o hipócrita agora. Sinto muito por ele estar doente, mas preciso viver minha vida. O velho viveu a dele, do seu jeito.

— Nossa! — Dix deu uma risadinha e tomou um gole. — Quanta frieza. Eu também tenho alguns problemas de relacionamento com meu pai. Quem não tem? Mas não me imagino tendo esse distanciamento, caso descobrisse que ele está a ponto de bater as botas. Seu pai ainda é jovem para morrer, não acha? — Estreitou os olhos tentando se lembrar da imagem de Whittier pai. — Ainda tem menos de setenta anos. Acaba de chegar à meia-idade, está no auge.

— Nunca esteve no auge de coisa nenhuma. — Como gostava de mentir, Trevor elaborou a história. Mentir era quase tão divertido quanto enganar, e enganar era quase tão bom quanto roubar. Matar não proporcionava a mesma emoção e geralmente resultava numa sujeira danada. Era mais uma espécie de tarefa desagradável. Mas Trevor começava a acreditar que iria curtir acabar com a raça de Dix. — Deve ser algum lance genético — decidiu. — Da minha avó foi para meu pai. O filho da mãe provavelmente me passou isso pelos genes. É um vírus no cérebro, alguma merda desse tipo. Aposto que ele vai ficar meio bobão antes de bater as botas.

Ainda vamos ter de interná-lo numa gaiola sofisticada feita para débeis mentais.

— Caraca, Trevor, você está sendo cruel demais. — Em meio à névoa de gim, surgiu em Dix uma centelha do homem por quem Samantha Gannon se interessara. — Lamento muito, de verdade. Vamos combinar uma coisa: esqueça a grana. Eu não sabia que a situação era essa. Agora que sei sobre todos esses problemas em sua vida, não me sentiria bem recebendo dinheiro pelo aluguel de uma peça da minha coleção. Para deixar tudo como deve ser, vou preparar um recibo simples, mas não quero dinheiro pelo empréstimo.

— Puxa, grande gesto o seu, Dix. — A coisa ficava melhor a cada instante. — Só que eu não quero lucrar nada por causa da pena que alguém possa sentir de mim.

— Que nada, esqueça isso. A peça tem um valor sentimental para o seu pai. Eu o compreendo porque também sou assim. Não me sentiria à vontade com a situação sabendo que o seu velho ficaria chateado ao saber da venda. Quando toda a coleção for sua e você quiser se desfazer de alguma coisa, pode contar comigo.

— Isso é uma promessa. Não queria apressá-lo, mas eu realmente preciso ir andando.

— Ah, claro. — Dix esvaziou o copo e o colocou de lado. — Venha para a minha sala-vitrine. O motivo de eu ter escolhido este apartamento foi justamente essa sala. O espaço, a luz. Samantha costumava dizer que eu era obcecado.

— Ela é sua ex, o que lhe importa o que dizia?

— Às vezes sinto falta dela. Não encontrei ninguém que me interessasse tanto quanto Samantha. Isso é que é obsessão. — Parou de repente, bloqueando a entrada. — Ela se envolveu tanto com aquele livro que não conseguia pensar em mais nada. Não queria sair de casa, mal me dava atenção. Qual era o grande lance, afinal? Só a recordação de várias histórias familiares e um papo furado sobre diamantes desaparecidos. Quem se interessa por algo assim? O que poderia ser mais antiquado?

Sim, pensou Trevor, seria um prazer matar aquele idiota chatíssimo.

Relíquia Mortal

— Nunca dá para prever o que vai atrair a massa de leitores pobres.

— Sem dúvida. O livro está vendendo como se fosse uma nova Bíblia. Aliás, você demonstrou interesse pela história — lembrou Dix. — Pelo menos chegou a ler a cópia que eu lhe consegui?

— Dei uma folheada. — Aquela era mais uma razão para cortar a ponta solta, lembrou a si mesmo. E depressa. — Não foi tão cativante quanto eu imaginei. Como você descreveu, é uma história antiquada. Estou com um pouco de pressa, Chad.

— Desculpe, eu me distraí. — Virou-se para a porta de vidro jateado. Através dela, Trevor viu as prateleiras, os armários em preto brilhante cheios de brinquedos e jogos antigos. — Está tudo trancado e protegido por senha. Não confio nos profissionais de limpeza.

A luz do trinco continuou a piscar em vermelho, e a voz do computador informou que ele tinha digitado a senha errada.

— É isso que dá beber três martínis. Espere um segundinho aí...

Tornou a digitar a senha, e Trevor sentiu o corpo todo vibrar. Avistou a retroescavadeira em amarelo cintilante guardada com a pá para cima sobre uma prateleira larga.

— Você vai precisar de uma caixa para levá-la — avisou Dix, digitando a senha mais uma vez. — Tenho algumas na despensa, junto da cozinha. Também tenho material de proteção para embalar as peças.

Dix parou e se encostou à porta e Trevor se imaginou quebrando o vidro com a cabeça dele.

— Você tem de me prometer que vai devolvê-la nas mesmas condições, Trev. Sei que seu pai é cuidadoso; também sei que você tem uma bela coleção e sabe o quanto isso é importante.

— Tudo bem, prometo não brincar na terra com a máquina.

— O pior é que eu fiz exatamente isso quando era criança. Nem acredito. Ainda tenho uns caminhões daquela época e alguns dos primeiros modelos de ônibus aéreos. Estão meio amassados, mas têm grande valor sentimental.

A luz ficou verde e as portas deslizaram para os lados.

— Vamos fazer isso com os efeitos especiais que a ocasião pede. Luzes no máximo! — ordenou.

Todas as lâmpadas se acenderam subitamente e iluminaram por cima e por baixo as prateleiras quase invisíveis. Os brinquedos de cores vivas brilharam como joias em vermelho-rubi, azul-safira, âmbar e esmeralda.

O olhar de Trevor percorreu tudo num relance e reparou na janela larga e curva, sem telas de privacidade. Foi até lá com um jeito casual, como se apreciasse a coleção e examinou as janelas do edifício ao lado.

Estavam fechadas. Não sabia ao certo, não podia ter cem por cento de certeza de que não havia ninguém olhando pela janela do outro lado. Precisava garantir que Dix não seria visto quando o derrubasse.

— Coleciono essas peças desde os dez anos. Comecei a levar isso a sério aos vinte, mas foi nos últimos cinco anos que comecei a curtir mais esse hobby. Você está vendo isso aqui, na seção agrícola? É um elevador de carga, réplica de um John Deere feita em aço galvanizado numa escala de um para dezesseis. Fabricado em 1960. Está em excelente estado e me custou uma grana preta, mas valeu a pena. Esse aqui... — Deu uns passos para a frente e balançou para os lados. — Uau, o gim me subiu à cabeça. Vou pegar um comprimido para acabar com a bebedeira. Dê uma olhada por aqui, fique à vontade.

— Espere um segundo... — Assim o plano não daria certo. Trevor queria que o excesso de álcool permanecesse no organismo de Dix. Isso o deixaria sem defesa e tornaria muito mais fácil a tarefa de matá-lo. — E esta peça aqui?

Foi o bastante para atrair a atenção de Dix. Ele mudou de direção e saiu do campo de visão da janela.

— Ah, é da seção de jogos — anunciou Dix, alegremente. — Miniatura de uma máquina de fliperama com tema de beisebol. Fabricada em 1970. Valeria muito mais se estivesse lacrada, mas também é interessante saber que alguém já brincou com ela de verdade.

— Humm. — Trevor se virou e abriu um largo sorriso. — Ora, mas essa é uma peça fantástica!

— Qual? — Dix se virou também. — Na seção militar?

Trevor pegou no bolso um bastão articulado.

— O tanque — disse.

— Ah, essa é uma joia!

Relíquia Mortal

Quando Dix deu um passo à frente dele, Trevor girou o pulso para esticar o bastão. Levantou-o em arco e bateu com toda a força na cabeça de Dix.

Ele caiu exatamente onde Trevor queria, longe das prateleiras e do campo de visão da janela desprotegida.

— Depois de passar tanto tempo com você — disse Trevor, pegando um lenço para limpar meticulosamente a arma mortífera —, descobri uma coisa da qual só desconfiava. Você é um sujeito insuportavelmente chato. O mundo vai ficar bem melhor sem a sua presença. Antes de qualquer coisa, porém, vamos ao que interessa.

Passou por cima do corpo rumo ao brinquedo que tinha sido de seu pai. Quando estendeu a mão, a campainha tocou.

O coração não pulou no seu peito. Ficou tão firme quanto no instante em que fraturara o crânio de Dix. No entanto, ele se virou e pensou sobre o que fazer. Se ignorasse a campainha — queria muito fazer isso, pegar a miniatura e finalmente examiná-la —, cometeria um erro.

Os dois tinham sido vistos entrando no edifício e subindo no elevador. Num prédio daqueles haveria câmeras de segurança nos corredores. Teria de ir ver — e dispensar — quem quer que estivesse na porta.

Mais irritado do que preocupado, apressou-se a atender. Primeiro ligou a tela de segurança e estudou o jovem magro de camisa rosa-shocking com estampa de palmeiras. Parecia entediado e mascava um chiclete imenso. Carregava uma caixa grande e quadrada, totalmente vedada. Enquanto Trevor o observava, o homem fez uma bola do tamanho de um pequeno planeta e tornou a apertar a campainha.

Trevor ligou o interfone.

— Quem é?

— Encomenda para Dix. Chad Dix.

— Deixe na porta.

— Não posso. O recibo precisa ser assinado. Vamos lá, meu irmãozinho, tenho de vazar daqui o mais rápido possível.

Cauteloso, Trevor olhou com mais atenção. O entregador usava uma calça roxa e justa e botas cor-de-rosa com amortecimento a ar. Onde é que essa gente comprava roupas tão *exóticas*? Estava prestes a tocar na maçaneta, mas manteve a mão no ar no último segundo.

Aquilo não valia o risco. Haveria muitas perguntas se ele recebesse a encomenda e assinasse como se fosse Dix. Pior ainda seria usar seu nome verdadeiro.

— Deixe o pacote com o porteiro. Ele assina. Estou muito ocupado.

— Escute aqui, amigão...

— Estou ocupado! — esbravejou Trevor. Desligou o interfone e ficou observando pela tela, só por garantia; abriu um sorriso de escárnio quando o entregador lhe fez um gesto obsceno com o dedo e saiu de vista.

Satisfeito, desligou a tela. Era hora de receber sua encomenda especial, que já estava mais do que na hora de chegar.

— Desliguem os interfones e as telas do prédio! — ordenou Eve a Feeney pelo seu comunicador. — Vamos ter de arrombar a porta.

— Desligando tudo — respondeu Feeney.

Ela se virou para McNab e o elogiou:

— Bom trabalho. Eu teria acreditado em você.

— Se a voz fosse de Dix ou se ele não estivesse impossibilitado de fazer isso, certamente teria aberto a porta. — McNab sacou a arma que tinha atrás das costas e a enfiou no coldre que prendera no cinto.

— Com certeza! Cuide das trancas — disse Eve para Roarke. — Armas de atordoar em punho — ordenou à equipe. — Não quero perder o refém. Só disparem se eu mandar. Eu e Peabody entramos na frente. Você cobre a direita. McNab, você cobre a esquerda. Você, você e você se espalhem em leque e entrem em seguida. Quero a porta fechada e protegida atrás de nós. Roarke?

— Estou quase lá, tenente. — Ele se manteve agachado, desativando com muito cuidado os alarmes e as trancas, usando ferramentas tão finas quanto fios de cabelo.

Ela se agachou ao lado dele e baixou a voz.

— Você não vai poder entrar.

Relíquia Mortal

— Percebi isso quando não ouvi você pronunciar meu nome.

Eve desconfiava que ele estivesse armado — ilegalmente — e que seria discreto a respeito disso — provavelmente —, mas ela não poderia justificar o risco.

— Não posso colocar um civil na linha de fogo até ter o suspeito sob controle. Com tantos tiras em volta, isso não vai rolar.

Roarke olhou para ela com aqueles olhos azuis.

— Você não precisa me explicar nada, nem aplacar o meu ego desprezível.

— Ótimo.

— A porta está destrancada, pode entrar.

Ela assentiu com a cabeça e elogiou:

— Até que você é um cara jeitoso, útil para se ter por perto. Agora, saia da minha frente para podermos pegar esse babaca.

Eve sabia o quanto era difícil, para Roarke, fazer isso. Ficar de lado enquanto ela entrava por uma porta atrás da qual havia riscos inimagináveis. Whittier estava armado, isso era quase certo, e mataria sem hesitar quem se colocasse em seu caminho. Mesmo assim, Roarke se ergueu e se afastou para dar passagem ao grupo tático.

Eve guardaria na memória para sempre aquele momento ou pelo menos tentaria guardar. E se lembraria daquilo quando as coisas entre eles ficassem complicadas, como costumava acontecer. Ela se obrigaria a lembrar que, nos momentos mais importantes, ele sempre saía do caminho para ela fazer seu trabalho.

— Feeney? A evacuação de emergência já foi completada?

— Positivo. Ele está sem saída.

— Estamos na porta. Peabody?

— Estou pronta, senhora.

Com a arma na mão direita, Eve empurrou a porta destrancada com a esquerda. Com um aceno de cabeça vigoroso, dobrou os joelhos e entrou, movendo-se rapidamente.

— Polícia! — Ela girou a arma e os olhos em arco. Peabody entrou pela direita, McNab invadiu pela esquerda, apontando a arma para baixo.

— Trevor Whittier, aqui é a polícia. Este prédio está cercado. Todas as saídas estão bloqueadas. Saia com as mãos para cima e se posicione por completo em meu campo de visão.

Fez sinais com a mão para direcionar sua equipe às outras áreas do apartamento e aos outros cômodos, enquanto avançava.

— Você não tem para onde fugir, Trevor.

— Para trás todos vocês, senão eu vou matá-lo. Tenho um refém! Estou com Dix e vou matá-lo.

Eve ergueu um punho fechado, sinal para a equipe parar, manter as posições e se colocar nos cantos.

— Eu já disse que vou matá-lo! — repetiu Trevor.

— Ouvi perfeitamente. — Eve ficou onde estava, olhando pelas portas de vidro abertas. A luz cintilava nas prateleiras cheias de brinquedos e no sangue derramado no chão branco.

Trevor estava sentado no meio da sala, com o prêmio, que matara duas vezes para conseguir, bem atrás de si. Tinha um dos braços em torno do pescoço de Dix e uma faca apontada para sua garganta.

Os olhos de Dix estavam fechados e havia sangue no chão, mas Eve reparou que o peito dele subia e descia. Estava vivo.

Pareciam dois meninos grandes que tinham exagerado na violência durante a brincadeira de luta.

Ela manteve a arma apontada com firmeza.

— Parece que você já fez isso. Já o matou.

— Está respirando. — Trevor espetou a faca na carne de Dix e fez um corte de alguns centímetros. O sangue escorreu pela lâmina e pingou. — Posso mudar isso, e farei sem hesitar. Abaixe a arma!

— Essa fala é minha, Trevor. Só há dois jeitos de você sair desta sala: andando por conta própria ou carregado por nós.

— Mas antes disso eu o mato. Mesmo que você atire e me deixe atordoado, terei tempo e força para cortar o pescoço dele e largá-lo no chão como um saco de lixo. Você sabe disso ou já teria disparado. Se quer mantê-lo vivo, recue. Afaste-se agora mesmo!

— Mate Dix, e outra coisa vai despencar no chão como lixo. Quer morrer hoje, Trevor?

Relíquia Mortal

— E você, quer que ele morra? — Puxou a cabeça de Dix com força e ele soltou um gemido fraco. — Se não saírem todos daqui imediatamente, é o que vai acontecer. Vamos começar as negociações agora mesmo. Para trás!

— Você anda assistindo a muitos seriados policiais, sabia? Acha realmente que eu vou negociar com um assassino por causa de um civil que provavelmente vai morrer de um jeito ou de outro, a julgar pela quantidade de sangue que estou vendo? Caia na real, Trev. — Seus lábios se abriram ao dizer isso, exibindo um sorriso largo e cativante. — Na minha cabeça estão passando as imagens das duas mulheres que você matou. Meu dia ficaria perfeito se eu eliminasse você aqui e agora, seu merda. Vá em frente e acabe com a vida do refém.

— Você está blefando. Acha que eu sou *burro*?

— Na verdade eu não acho... Tenho *certeza* disso! Veja só a situação: você está sentado no chão tentando me convencer a negociar quando tudo que tem na mão é uma faca. Eu, do lado de cá, tenho essa arma pequena, linda e certeira. Você sabe o que uma arma de atordoar faz quando está no máximo? É um estrago considerável, não é nada bonito. O pior é que estou começando a ficar meio de saco cheio desse papo sem fim. Se você quiser morrer por causa de um caminhãozinho de brinquedo, a escolha é sua.

— Você não faz ideia da arma que eu tenho comigo. Mande os outros saírem. Sei que há mais tiras espalhados. Mande-os embora e poderemos conversar. Vamos montar o melhor acordo da sua vida.

— Você está se referindo aos diamantes? — Ela deu uma risada de deboche, curta e rude. — Meu santo Cristo, você é muito *burro*, mesmo. Acho que eu superestimei sua inteligência. As pedras já estão comigo, Trevor. As que estão dentro da peça são falsas, foram plantadas lá para podermos pegá-lo em flagrante. Montei a armadilha e usei o palhaço que está com a faca na garganta como isca. Funcionou que foi uma beleza! A escavadeira é apenas um brinquedo velho, Trevor, e você caiu como um patinho.

— Isso é mentira! — O choque e a raiva surgiram em seu rosto. Quando a cabeça de Trevor se virou ligeiramente na direção do caminhão amarelo, a faca se afastou alguns milímetros. Eve disparou no ombro direito dele. Seu braço se sacudiu num espasmo e a faca caiu de seus dedos trêmulos.

Quando seu corpo reagiu lentamente, numa tentativa de retomar o controle, Eve já atravessara a sala e estava com a arma pressionada contra sua garganta.

— Puxa, você acertou: eu menti.

Eve ficou feliz por ele permanecer consciente e compreender tudo o que ela dizia. Lágrimas de raiva lhe brotaram nos cantos dos olhos quando ela o afastou de Dix.

— O suspeito foi contido. Chamem a ambulância! — Eve sentiu uma imensa satisfação quando o virou de barriga para baixo, com a cara no chão, e lhe puxou as mãos com violência para algemar seus punhos.

Tinha mentido sobre os diamantes, mas não a respeito das imagens em sua cabeça.

— Andrea Jacobs — sussurrou, junto do ouvido dele. — Tina Cobb. Pense nelas, seu fodido inútil. Pense nelas pelo resto de sua vida miserável e patética.

— Quero o que é meu! Quero o que pertence a mim!

— Elas também queriam a vida que lhes pertencia. Você tem o direito de ficar calado — começou ela, e o virou de barriga para cima para poder encará-lo enquanto recitava seus direitos e deveres legais. — Você entendeu tudo que eu disse?

— Quero um advogado.

— Lá vem você novamente, sendo previsível. — Mas Eve queria mais alguns minutos com ele. Olhou por sobre o ombro, para onde os paramédicos preparavam Dix para o transporte. — Como ele está?

— Tem boa chance, tenente.

— Essa é uma notícia excelente, não acha, Trev? No caso de Dix, talvez você pegue apenas uma condenação por tentativa de homicídio. Se bem que, pensando melhor, isso não vai servir de muita coisa depois de dois assassinatos em primeiro grau. Que diferença faz ganhar mais alguns anos de cadeia somados a duas sentenças de prisão perpétua?

— Você não pode provar nada.

Relíquia Mortal

— Posso, sim. — Ela quase encostou o rosto no dele. — Peguei você com as duas armas usadas nos assassinatos. Aliás, foi muita gentileza sua trazê-las para mim, hoje.

Eve viu quando os olhos dele se voltaram para Peabody, que lacrava o bastão num saco de provas.

Eve se endireitou, colocou a mão na retroescavadeira e a girou.

— Você realmente acha que elas podem estar aqui? Tantas pedrinhas brilhantes? Seria uma piada se o seu avô tivesse aprontado mais essa farsa. Pode ser que isso não passe de um brinquedo. Tudo que você fez e todos os muitos anos que vai passar na cadeia terão sido por nada. Já pensou nisso?

— Estão aí dentro, sim, e são minhas.

— Isso dá margem para um bom debate, não acha? — Lentamente, ela puxou a alavanca que erguia e baixava a pá. — Seria muita arrogância do seu avô colocar milhões aqui dentro e entregar o brinquedo a uma criança. Acho que você puxou a ele.

— Foi uma ideia genial. — Havia advogados, pensou. Seu pai pagaria pelos melhores. — O local é perfeito, mais seguro que um cofre. Eles não fizeram exatamente o que meu avô mandou? Mesmo depois da sua morte, eles continuaram cuidando da peça.

— Nisso você tem razão. Mas quer que eu lhe conte quando é que você não foi brilhante? Desde o princípio. Não fez seu dever de casa direitinho, Trevor, não pesquisou com cuidado. Seu avô certamente não teria sido tão descuidado. Ele saberia que Samantha Gannon tinha deixado alguém tomando conta da casa. Os diamantes escorreram pelos seus dedos no instante em que você enfiou a faca no pescoço de Andrea Jacobs. Antes disso até, se analisarmos bem. Depois resolveu matar Tina Cobb dentro de um canteiro de obras que pertence ao seu pai? Isso é muita burrice!

Eve adorou ver a cara dele empalidecendo de choque. Foi mesquinho de sua parte, ela admitiu, mas adorou do mesmo jeito.

— Esse foi um furo inaceitável. Você deveria ter raciocinado melhor, deveria ter planejado mais. Poderia tê-la levado até Nova Jersey. Um piquenique romântico nos bosques, por exemplo. Você conseguiria o que queria numa boa, poderia eliminá-la ali mesmo e ainda enterrá-la sem deixar rastros. — Eve encolheu os ombros. — Você não planejou as coisas com inteligência.

— Você não conseguirá ligá-la a mim. Nunca ninguém nos viu nem... — Calou-se sem completar a frase.

— Nem prestou atenção em vocês dois juntos? Ledo engano, seu mané. Tenho uma testemunha ocular. Quando Dix acordar, ele nos contará que lhe falou sobre o livro de Samantha Gannon. Seu pai completará o resto da história e preencherá as lacunas contando como ele lhe relatou tudo a respeito do seu avô e dos diamantes.

— Meu pai nunca testemunhará contra mim.

— Sua avó está viva. — Eve reparou quando as pálpebras dele tremularam. — Ele está com ela neste exato momento, e já sabe que você a deixou, a mulher que passou a vida tentando protegê-lo, largada no chão como se fosse lixo. O que teria lhe custado, Trev? Mais quinze minutos? Meia hora? Daria para você pedir ajuda e bancar o neto preocupado e devotado. Depois, era só ir embora. Mas sua avó não valia tanto esforço. Pensando bem, ela continuava protegendo o filho. A única diferença foi que dessa vez ela o protegeu de você.

Pegou a retroescavadeira e a colocou entre os dois.

— A história se repete. Você vai pagar caro, do mesmo modo que seu avô pagou. Vai descobrir, assim como ele, que aqueles diamantes imensos e brilhantes estão fora do seu alcance. Fico me perguntando o que será pior: A cadeia ou saber que eles nunca serão seus.

Eve se levantou e ficou olhando-o de cima.

— Vamos conversar novamente em breve.

— Eu quero vê-los.

Ela pegou a retroescavadeira e a colocou debaixo do braço.

— Eu sei. Levem-no! — ordenou, e se afastou lentamente enquanto Trevor a xingava.

Epílogo

A quele não era exatamente um procedimento habitual, mas tudo lhe pareceu certo. Poderia até ser considerado lógico. Precauções e medidas de segurança tiveram de ser tomadas e muita papelada teve de ser preenchida. Porém, como todas as partes cooperaram de bom grado, a burocracia foi pequena.

A sala de conferências A da Central de Polícia estava cheia de civis. E havia muitos tiras também. A equipe de investigação estava toda lá, assim como o comandante.

Fora ideia dele alertar a mídia para o evento. Esse era um aspecto político que irritava Eve, embora ela entendesse os motivos. E, entendendo ou não, teria de participar de uma coletiva para a imprensa, mais tarde.

Por ora, os lobos da mídia ainda estavam esquentando os motores e, apesar da quantidade incomum de gente, tudo parecia sossegado.

Samantha Gannon estava ali, e Eve finalmente fora apresentada a Laine e Max, que estavam de mãos dadas.

Pareciam bem para a idade, avaliou, e firmes como uma rocha. Unidos. Como seria isso?, refletiu consigo mesma. Viver mais de meio século juntos e ainda sentir o desejo e a necessidade de uma ligação física?

Steven Whittier também estava na sala, acompanhado da mulher. Eve não sabia exatamente o que aconteceria ao misturar elementos tão díspares, mas, às vezes, as pessoas a surpreendiam. Não quando eram idiotas ou babacas, pois isso era comum. O incomum era aquilo: pessoas decentes e íntegras.

Max Gannon até mesmo cumprimentara Steven Whittier, e não fora uma saudação forçada, e sim calorosa. Laine Gannon dera um beijo no rosto de Whittier e se inclinara para sussurrar algo ao seu ouvido que fez seus olhos se encherem de lágrimas.

O momento especial e sua retidão fizeram a garganta de Eve arder de emoção. Fitou Roarke e viu a própria reação refletida nele.

Com ou sem os diamantes, o círculo se fechara.

— Tenente. — Whitney fez um sinal com a cabeça para ela.

— Sim, senhor. A Polícia e a Secretaria de Segurança Pública da cidade de Nova York agradecem a sua colaboração e a sua presença aqui hoje. Essa cooperação ajudou esta Divisão a encerrar o caso. As mortes de...

Eve tinha declarações específicas e diretas que estavam devidamente preparadas para aquele momento, mas as descartou e disse o que lhe veio à cabeça.

— Jerome Myers, William Young, Andrea Jacobs, Tina Cobb. Suas mortes nunca poderão ser superadas, apenas a investigação sobre elas pode ser concluída. Isso é o melhor que podemos fazer. Fossem quem fossem, fizessem o que fizessem, as suas vidas foram roubadas e nunca haverá reparação adequada para um assassinato. Os elementos da corporação presentes nesta sala... comandante Whitney; capitão Feeney; detetives Baxter, McNab e Peabody; policial Trueheart; todos fizeram o possível para resolver o caso e buscar justiça para os mortos. Esse é o nosso dever e o nosso trabalho. Os civis aqui presentes — o casal Gannon e sua neta, o casal Whittier e Roarke — contribuíram com seu tempo e seus conhecimentos. Por meio do trabalho de todas as pessoas citadas nós conseguimos encerrar o caso e ir em frente.

Tirou a retroescavadeira de dentro da caixa que abrira anteriormente. É claro que a peça tinha passado pelo scanner. Eve já vira, na tela, o que havia ali dentro. Mas o momento, ela sabia, era uma questão pessoal.

— Nesse caso, especificamente, nós tivemos que voltar lá atrás, investigar o passado. Sr. Whittier, para que fique registrado: foi determinado

Relíquia Mortal

que este objeto lhe pertence, por direito, e o senhor nos deu permissão por escrito para que ele fosse quebrado agora. Esta afirmação é correta?

— Sim.

— O senhor também concordou em quebrá-lo pessoalmente, neste momento.

— Exato. Antes, porém, eu gostaria de dizer... Gostaria de pedir desculpas pelo...

— Isso não é necessário, Steven — disse Laine, calmamente, com a mão ainda entrelaçada à de Max. — A tenente Dallas tem razão. Há coisas que não conseguimos, só podemos fazer o nosso melhor.

Sem dizer nada, ele assentiu e pegou as ferramentas que estavam sobre a mesa. Enquanto ele se preparava, Laine tornou a falar. Seu tom de voz estava mais leve naquele momento, como se estivesse decidida a levantar o astral de todos.

— Você lembra, Max? Nós dois sentados na cozinha diante daquele tolo cãozinho de cerâmica?

— Claro que lembro. — Levou as mãos deles, ainda juntas, aos lábios. — E também do porquinho de cerâmica. Bastaram alguns golpes do martelo. Esta peça aqui dará muito mais trabalho. — Deu uma palmadinha no ombro de Steve.

— Você foi policial — comentou Eve.

— Sim, antes da virada do século. Depois disso, passei a ser detetive particular. Não creio que os procedimentos sejam tão diferentes, hoje em dia. Vocês trabalham com brinquedos e ferramentas mais avançadas, mas o trabalho é basicamente o mesmo. Se eu tivesse nascido algumas décadas mais tarde, certamente me dedicaria à detecção eletrônica. — Sorriu para Feeney e completou: — Achei fantásticas estas instalações.

— Ficarei feliz em lhe proporcionar um tour guiado — ofereceu Feeney. — Você ainda trabalha?

— Sim, quando um caso me interessa.

— E isso acontece quase sempre — acrescentou Laine. — Uma vez tira, sempre tira — completou, com uma risada.

— Eu que o diga! — exclamou Roarke.

Ouviu-se o barulho de metal se estraçalhando, e a conversa foi interrompida.

— Aqui há muito enchimento — disse Steve, pigarreando. — Não será difícil tirá-lo. — Mesmo assim, afastou-se da mesa e pediu: — Não quer fazer as honras, sra. Gannon?

— Não. Já cumprimos nosso papel, todos nós. Agora isso é assunto da polícia, certo? A tenente Dallas deve assumir o controle a partir deste momento. Só espero que ela faça isso depressa para eu voltar a respirar.

Para resolver o problema de uma vez, Eve ergueu o corpo da retroescavadeira e começou a puxar o enchimento. Pousou-a sobre a mesa, abriu um pouco mais a peça quebrada e pegou a bolsinha de veludo que havia lá dentro.

Abriu-a e deixou que as pedras escorregassem para sua mão.

— Eu não acreditava — disse Samantha, expirando com força depois de alguns segundos. — Mesmo depois disso tudo eu ainda não acreditava. No entanto, aqui estão eles.

— Depois desse tempo todo... — Laine viu Eve colocar novamente os diamantes na bolsinha. — Meu pai teria rido muito desta cena. Depois, certamente tentaria descobrir um jeito de esconder alguns deles na palma da mão, a caminho da porta.

Peabody se aproximou e Eve permitiu que ela desse uma boa olhada antes de afastá-la com o cotovelo.

— Eles ainda precisam ser conferidos, autenticados e também avaliados, mas...

— Você me dá licença? — Sem esperar resposta, Roarke sacou uma lupa de dentro do bolso e pegou uma das pedras. — Hummm... Espetacular. Um diamante de primeira água lapidado, com cerca de sete quilates. Provavelmente eles valem o dobro de quando foram escondidos. Vai haver toda espécie de manobras interessantes e complicadas, imagino, entre a seguradora e os herdeiros dos donos originais.

— Isso já não é problema nosso. Coloque-os de volta.

— Claro, tenente. — Roarke fez o que Eve lhe pedira e voltou para junto dos outros.

Relíquia Mortal

Eve levou mais de uma hora para passar pelo frenesi da mídia. Não se espantou de encontrar Roarke em sua sala no fim da entrevista coletiva. Ele estava recostado na cadeira dela, os pés elegantemente calçados pousados sobre a mesa, enquanto mexia num tablet.

— Você tem um escritório próprio, sabia? — lembrou-lhe ela.

— Tenho, sim. Aliás, muito mais bem-decorado que o seu. Na verdade, um vagão de metrô sucateado é mais bem-decorado que sua sala. Assisti à entrevista coletiva. Bom trabalho, tenente.

— Ainda estou com zoeira nos ouvidos. E os únicos pés que deviam ir para cima da minha mesa são os meus. — Mas deixou-o como estava e foi se sentar no canto da sala.

— Isso foi duro para os Whittier — comentou Roarke.

— Certamente foi uma decisão muito difícil. Não deve ser fácil virar as costas para um filho. Mas Júnior não vai conseguir convencê-los a pagar as custas do processo. Vai afundar, e os pais ficarão só olhando.

— Eles deram ao filho amor e uma bela casa, mas Trevor desperdiçou tudo. Foi escolha dele.

— Isso mesmo. — As imagens de Andrea Jacobs e de Tina Cobb dançaram na cabeça de Eve por um instante, mas ela logo as afastou. — Queria apenas que você me respondesse a uma pergunta, sem me enrolar. Você não trocou aquele diamante, trocou?

— Você está grampeada?

— Droga, Roarke!

— Não, eu não troquei o diamante. Podia ter feito isso apenas por curtição, é claro, mas sei o quanto você fica revoltada com essas coisas. De qualquer modo, acho que vou lhe comprar alguns deles.

— Eu não preciso de...

— Blá-blá-blá — completou ele, abanando o ar com a mão, e os olhos dela se arregalaram. — Venha aqui sentar no meu colo.

— Se você acha que existe uma remota possibilidade de isso acontecer, é melhor procurar um médico.

— Tudo bem. De qualquer modo, vou comprar alguns desses diamantes — continuou. — Eles precisam de alguém que lave o sangue que os cobre, Eve. Podem ser apenas coisas, como disse Laine Gannon, mas são símbolos, e devem ser símbolos limpos. Não se pode superar a morte, como você mesma disse. As pessoas fazem o que podem. E quando usam pedras que custaram tantas vidas, é como se as purificassem. Serão uma espécie de distintivo e servirão de testemunho de que alguém lutou pelas vítimas, de que sempre haverá alguém para fazer isso. Então, quando você usar esses diamantes, vai se lembrar disso.

Ela olhou fixamente para ele.

— Nossa, você me fascina. Consegue alcançar o fundo da minha alma.

— E quando eu a vir usando essas pedras também me lembrarei disso e saberei que foi você quem lutou por elas. — Colocou a mão sobre a de Eve. — Sabe o que eu quero de você, minha querida Eve?

— Pode usar toda a sua lábia que não vai adiantar. Só sento no seu colo aqui na Central de Polícia no dia de São Nunca, à tarde. Pode esquecer.

Ele riu.

— Puxa, mais uma fantasia destroçada. O que eu quero de você são os cinquenta e tantos anos de cumplicidade que vi entre os Gannon hoje. O amor e a compreensão, as recordações de uma vida. É isso que quero de você.

— Já completamos um ano de casados. E o segundo ano está indo muito bem, até agora.

— Não me queixo.

— Vou encerrar o turno. Por que nós dois não tiramos o restante do dia para...?

— Já são seis e meia da tarde, tenente. Seu turno já acabou, oficialmente, faz tempo.

Ela fez um ar de estranheza, olhou para o relógio de pulso e viu que ele tinha razão.

— O que vale é a intenção. Vamos para casa, então, curtir um pouco mais do nosso segundo ano.

Ele a pegou pela mão quando saíram da sala.

— O que acontecerá aos diamantes antes de serem devolvidos aos legítimos donos?

Relíquia Mortal

— Serão isolados, registrados, avaliados e lacrados numa caixa de provas que ficará enterrada em algum cofre deste prédio. — Olhou para ele meio de lado. — Ainda bem que você não é mais um ladrão.

— Ainda bem. — Roarke pousou carinhosamente o braço no ombro dela quando pegaram a passarela aérea. — Ainda bem mesmo.

E nas profundezas, sob as ruas da cidade imensa, na quietude fria, os diamantes esperavam sua hora de brilhar mais uma vez.

Impresso no Brasil pelo
Sistema Cameron da Divisão Gráfica da
DISTRIBUIDORA RECORD DE SERVIÇOS DE IMPRENSA S.A.
Rua Argentina 171 – Rio de Janeiro, RJ – 20921-380 – Tel.: 2585-2000